HEIDI
REHN
Gold und Stein

HEIDI
REHN

Gold und Stein

Roman

Knaur

Besuchen Sie uns im Internet:
www.knaur.de

FSC
www.fsc.org
MIX
Papier aus verantwortungsvollen Quellen
FSC® C006701

Ein Unternehmen der Droemerschen Verlagsanstalt
Th. Knaur Nachf. GmbH & Co. KG, München

Redaktion: Regine Weisbrod
Karte: Computerkartographie Carrle
Umschlaggestaltung: ZERO Werbeagentur, München
Umschlagabbildung: plainpicture/CLMasur;
FinePic®, München
Satz: Adobe InDesign im Verlag
Druck und Bindung: CPI – Ebner & Spiegel, Ulm
Printed in Germany
ISBN 978-3-426-65261-9

2 4 5 3 1

Für Brinja und Milian

Wir sehen die Dinge nicht, wie sie sind,
sondern wir sehen sie, wie wir sind.

(Talmud)

O S T S E E
Rauschen
Königsberg
Fischhausen
Pillau
Frisching
Frisches Haff
HEILIGES RÖMISCHES REICH
Danzig
Balga
Fbm. Ermland
Elbing
Nogat
Marienburg
Alle
POMMERELLEN
Marienwerder
M A
Allenstein
Weichsel
Neidenburg
Kulm
Bromberg
Thorn
K Ö N I G R E I C

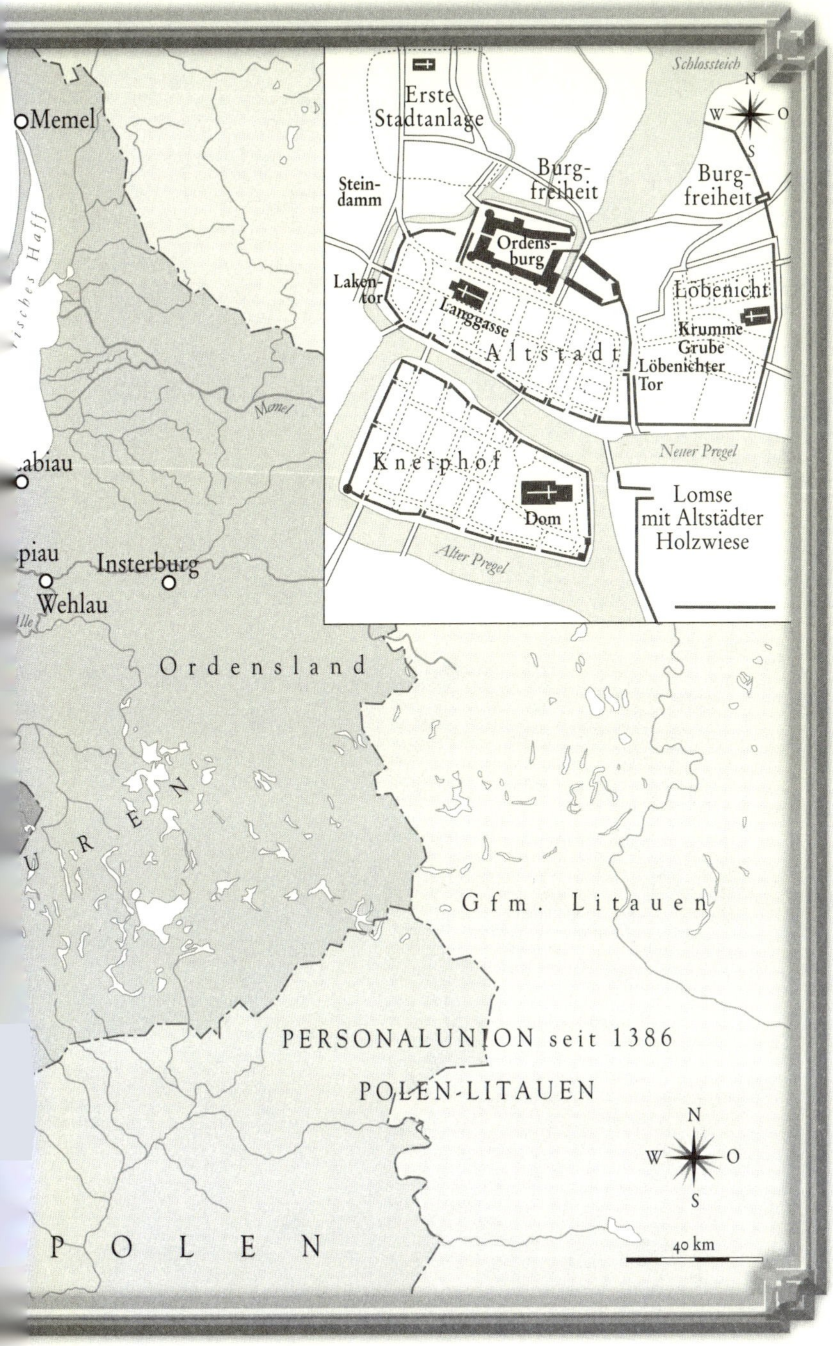
Schlossteich
N
W
O
S
Erste Stadtanlage
Burg-freiheit
Burg-freiheit
Stein-damm
Ordens-burg
Laken-tor
Langgasse
Löbenicht
Krumme Grube
Altstadt
Löbenichter Tor
Neuer Pregel
Kneiphof
Dom
Lomse mit Altstädter Holzwiese
Alter Pregel
Memel
Memel
Insterburg
Wehlau
Ordensland
Gfm. Litauen
PERSONALUNION seit 1386
POLEN-LITAUEN
POLEN
N
W
O
S
40 km

Prolog

LÖBENICHT (KÖNIGSBERG)
9. Mai 1438

Es war da! Erschöpft fiel Gunda auf das Bett zurück. Nach dem ersten kraftvollen Schrei des Neugeborenen überrollte sie ein nie zuvor empfundenes Gefühl von Zärtlichkeit. Sie streckte die Arme aus, um das schleimverschmierte Bündel aus den Händen der Hebamme entgegenzunehmen. Mitten in der Bewegung hielt sie inne. Was, wenn sich beim Anblick des Kindes die Alpträume der letzten Monate bewahrheiteten? Eine neuerliche Schmerzwelle erfasste ihren Leib. Jäh bäumte sie sich auf und stieß einen fürchterlichen Schrei aus. Im nächsten Moment krümmte es sie nach vorn. Sie meinte, von innen heraus zu zerreißen.

»Heilige Margareta, steh uns bei!« Hastig übergab die Hebamme Gerda Selege das Kind an Gundas Mutter Lore und eilte zurück zum Bett. Aufmerksam glitt ihr Blick über Gundas weiterhin stark aufgedunsenen Leib. Wesentlich unsanfter als beim ersten Mal zerrte sie die Achtzehnjährige auf den Gebärstuhl zurück, tastete sie ab, schüttelte ungläubig den Kopf. »Es ist noch nicht vorbei. Da kommt noch eins.«

Gunda begriff nicht. Warum fand dieser Alptraum kein Ende, seit so vielen Monaten nicht? Verwirrt strich sie sich das schweißnasse Haar aus der Stirn, schloss die Lider. Das Kind war da, das reichte. Jetzt wollte sie sich ausruhen, bevor sie der Wahrheit ins Auge sah.

Von neuem erfüllte ein eigenartiges Ziehen ihren Unterleib. Bald schon ging es wieder in jene kaum auszuhaltende Pein über, die binnen weniger Atemzüge den gesamten Körper erfasste. Ihr schwanden die Sinne. Eine schallende Maulschelle brachte sie ins Bewusstsein zurück.

»Hiergeblieben!«, knurrte Gerda. »Was du dir eingebrockt hast, badest du gefälligst auch aus.«

Sie setzte ihr einen Becher an die Lippen, schob mit den Fingerkuppen einige Körner zwischen Gundas Zähnen hindurch und nötigte sie anschließend zum Trinken. Der Sud schmeckte mindestens so bitter wie die Körner. Angeekelt verzog Gunda das Gesicht. Gerda zeigte kein Erbarmen, kippte ihr den Rest des widerwärtigen Gebräus in den Mund. Kaum hatte Gunda den letzten Schluck hinuntergewürgt, machte sich die Hebamme bereits an ihrem Unterleib zu schaffen. Ein seifiger, zugleich würziger Geruch nach Koriander durchzog den Raum. Voller Entsetzen spürte Gunda, wie Gerda mit dem Kraut an ihren Schamlippen entlangrieb, mit den Fingern den Muttermund bearbeitete. Sie begann, sich zu wehren, presste die Schenkel zusammen. Die erfahrene Geburtshelferin war stärker als sie und spreizte ihr energisch die Beine auseinander. Gunda erstarrte.

Nicht!, wollte sie rufen, brachte jedoch keinen Ton heraus. Ein dunkelbärtiges Gesicht schob sich ihr vor Augen. Sie meinte, würgen zu müssen, so deutlich hatte sie den sauren Atem ihres Peinigers in der Nase, spürte das garstige Reiben seines Lederwamses auf der Haut, hörte sein widerliches Keuchen in den Ohren. Wie damals fuhr ihr auch jetzt wieder ein stechender Schmerz von unten her in den Leib. Die Qual nahm kein Ende. *Heilige Mutter Gottes,* flehte sie, *hab Erbarmen mit mir armer Sünderin!* Von neuem verlor sie die Besinnung. Dieses Mal klatschte Gerda ihr einen Schwall eiskalten Wassers ins Gesicht. »So leicht machst du dich nicht davon!«

Wieder erfasste die Woge Gundas Leib. Ein zweites Mal wollte sie sich vor der Hebamme keine Blöße geben. Sie biss sich auf die Lippen, drückte und presste, wie Gerda sie geheißen hatte. Ihre Beine zitterten. Der Rand des hölzernen Gebärstuhls bohrte sich in ihr Gesäß. Feucht klebte ihr das Leinenhemd auf der Brust. Sie fror und schwitzte gleichzeitig. Die Augen zu schließen, wagte sie nicht mehr. Die bärtige Fratze sollte nicht zurückkehren.

Eine halbe Ewigkeit schien vergangen, bis das Auf und Ab der Schmerzen nachließ. Wie ein Pfropfen aus dem Weinschlauch entlud sich endlich die schwere Last aus Gundas Bauch. Nass rann es ihr die Innenseiten der Schenkel hinab. Ein letzter, schmerzvoller Schub folgte, eine blutige Masse klatschte zu Boden. Dann war es vorbei.

Kaum nahm Gunda den empörten Aufschrei wahr, mit dem auch das zweite Kind seinen Schreck über die Ankunft in der kalten Welt zum Besten gab. Das zärtliche Gefühl in ihrem Busen blieb allerdings aus. Ein wenig zu eilig übergab die Hebamme das Kleine der wartenden Magd. Lore half ihr, es hinter dem Vorhang zu baden und zu wickeln. Das Nächste, was Gunda wahrnahm, war, wie Lore ihr sanft über den Kopf strich. Aufmunternd lächelte sie, wiegte ein Kind auf ihrem Arm. »Ist das nicht schön? Von jeder Sorte eins: ein Mädchen und ein Junge.«

Verwirrt starrte Gunda sie an. Wie konnte die Mutter sich freuen? Hatte sie vergessen, was geschehen war? Trug Lore nicht selbst entsetzlich schwer an den Folgen jenes schrecklichen Überfalls? Gundas Blick streifte die Narbe, die das vertraute Antlitz der Mutter seither am Kinn verunstaltete. Für alle Ewigkeit hatten die wüsten Peiniger sich damit in ihre Erinnerung eingeschrieben. Übelkeit stieg in Gundas Kehle auf.

Gerda brachte ihr den zweiten Säugling ans Bett. Ihre Miene war abweisend. »Zwillinge sind es. Du weißt, was das heißt. Noch ist Zeit. Dein Mann muss nichts erfahren. Soll ich mich um eins von ihnen kümmern? Mir kannst du trauen. Ich werde rasch jemanden finden, der sich um das arme Würmchen kümmert. Am besten nehme ich wohl das Mädchen.«

Knapp nickte sie zu dem Bündel, das Lore in Armen hielt. Ängstlich drückte die das Mädchen enger gegen die Brust. Gerda reichte den Jungen an Gunda, half ihr, den gierig schnappenden Mund des Kleinen um die Brustwarze zu schließen. Trotz der Nähe vermisste Gunda das Aufflammen von Wärme in ihrem Leib. Sollte eine Mutter nicht etwas empfinden, wenn sie ihr Kind zum ersten Mal am Busen nährte? Während der Kleine zu saugen begann, besah sie sich mit Bangen sein rotes Gesichtchen. Einen kurzen Moment öffnete er die Augen. Gunda meinte, das Herz zerspringe ihr, so vorwurfsvoll erschien ihr der Blick. Die Nase des Jungen war winzig. Dennoch hatte sie bereits einen eindeutigen Höcker gleich unterhalb der Wurzel. Die Kerbe am Kinn und die Form der Augen bewiesen Gunda jedoch rasch etwas, was sie kaum zu hoffen gewagt hatte. Behutsam drehte sie das Köpfchen, besah sich den Nacken. Ein längliches Feuermal zog sich dort entlang. Genau wie bei Gernot! Mit einem befreiten Aufschluchzen sank sie ins Kissen, kostete endlich das glucksende Saugen des Kleinen an ihrer Brust aus. Das dunkelbärtige Ungeheuer löste sich in Nebel auf.

»Überlässt du mir also das Mädchen?« Gerdas Frage riss sie in die Wirklichkeit zurück. Da war noch ein Kind! Wie gern hätte sie das nun, da mit dem Jungen alles klar war, vergessen. Die Hebamme hatte recht. Ein Kind war genug. Die Zwillingsgeburt warf nur neue Schwierigkeiten auf. Widerwillig schob sie sich in den Kissen hoch. Gerda machte sich bereits an Lores Armen zu schaffen. Die Mutter aber wollte ihr das Bündel nicht geben.

»Gunda, Kind!«, flehte sie. »Sag doch etwas! Mach dich nicht unglücklich! Auch das hier ist dein Kind. Wir finden schon einen Weg, Kelletat alles zu erklären.«

Lores Hinweis versetzte Gunda einen Stich. An ihren Gemahl wollte sie jetzt nicht denken. Vielleicht blieb ihr das Glück hold, und er merkte nichts von der Ähnlichkeit des Jungen mit Gernot. So gut kannte der Böttchermeister aus dem Löbenicht den Kaufmannssohn aus der Altstadt glücklicherweise nicht. Außerdem hieß es, Männer schauten sich Kinder selten genauer an. Die Nachricht, einen Sohn zu haben, würde ihn in einen Freudentaumel versetzen.

Leider aber war da noch das Mädchen. Bei ihm drohte von neuem die Gefahr, dass der Alptraum wahr wurde und der Samen des stinkenden Hundes ihren Leib befruchtet hatte. Immerhin hatte das Mädchen zuerst das Licht der Welt erblickt, wie auch ihre grausame Schändung vor der verbotenen Nacht mit Gernot gelegen hatte. Seltsam, dass sie vorhin ausgerechnet für dieses Kind die ungeahnte Zärtlichkeit empfunden hatte. Ein Schauer überfiel sie. Gerdas Angebot war verlockend. Noch war es leicht, das erste Kind zu vergessen.

Nie würde jemand erfahren, dass sie an diesem Tag mehr als einen Jungen geboren hatte. Die Vorstellung gefiel ihr. Doch da war noch etwas, eine eigenartige Unruhe, ein beklemmendes Gefühl. Immer würde es da sein, wenn der Kleine an ihr saugte, wenn ein Mädchen ihren Weg kreuzte. Für einen Moment schloss sie die Augen, horchte in sich hinein. Es half nichts. Sie musste den Blick wagen, auch wenn damit alles zu spät sein würde.

»Lass es mich sehen«, bat sie mit zitternder Stimme und streckte den freien Arm nach der Mutter aus. Dem Kind an ihrem Busen entfuhr ein schwacher Seufzer. Sacht entglitt ihm die Brustwarze aus den Lippen, und es schlief ein. Lore trottete mit dem kostbaren zweiten Bündel ans Bett, behielt Gerda allerdings argwöhnisch im Auge.

»Nehmt den Jungen und legt ihn in die Wiege«, wies Gunda die Hebamme an. Erst als das geschehen war, bettete Lore ihr das Mädchen behutsam in die Armbeuge.

Von neuem überflutete Gunda bei seinem Anblick eine Woge der Zärtlichkeit. Noch ehe sie das Köpfchen gedreht und den Nacken des Kindes begutachtet hatte, wusste sie, was sie tun musste. Nie und nimmer würde sie Gerda das Kind freiwillig überlassen, selbst wenn das ihr Verderben war! Kaum nahm sie wahr, dass sich im Nacken der Kleinen dasselbe Feuermal wie bei Gernot und seinem Sohn abzeichnete. Glücklich hauchte sie einen Kuss auf das winzige, haarlose Köpfchen, drückte das Bündel eng an ihre Brust.

»Und?« Gerda machte aus ihrer Ungeduld keinen Hehl, ahnte doch auch sie bereits, was das Zaudern bedeutete. »Du weißt, was die Leute reden, wenn eine Frau zwei Kinder zugleich gebiert. Sind es wie bei dir ein Mädchen und ein Junge, ist die Sache eindeutig: Du hast nicht nur mit deinem Gemahl das Lager geteilt.«

»Was fällt Euch ein, so mit meiner Tochter zu reden?« Zitternd vor Wut hob Lore die Hand. Die Geste hatte etwas Verzweifeltes. Lore war einen guten Kopf kleiner und weitaus zierlicher als Gerda. Unbeeindruckt zuckte die Wehmutter mit den Achseln und sah wieder zu Gunda.

Unten in der Werkstatt schlug der Hund an, die Katze fauchte. Jemand stieß gegen eines der Fässer, Metall polterte zu Boden. Erschreckt sahen die Frauen einander an. Ein Fremder musste im Haus sein. Um der Gebärenden die nötige Ruhe zu verschaffen, hatte sich der Löbenichter Böttchermeister Rudolf Kelletat bereits am frühen Morgen mit seinem Knecht zur Altstadt aufgemacht. Mit ängstlichem Gesicht schlurfte die bucklige alte Magd vom Herdfeuer zur Bettstatt in der Mitte der geräumigen Wohnstube herüber.

Die Angst der Frauen erwies sich als unbegründet. Leichtfüßig sprang Gerdas zehnjähriger Sohn Laurenz die Stufen hinauf. »Hier steckst du, Mutter! Du wirst gesucht. Oh, was gibt es denn hier?«, unterbrach er sich selbst. Blitzschnell erfassten seine wachen Augen die Lage. Ohne der Mutter zu erklären, wer sie suchte, lief er erst zur Wiege, dann zum Bett, betrachtete beide Kinder mit einem verzückten Lächeln. »Zwei auf einmal!«, stieß er verwundert zwischen den Lippen hervor.

Schon beugte er sich zu Gunda herunter und streichelte dem Mädchen mit seinen feingliedrigen Fingern sacht über die Wange. Gerührt beobachtete Gunda ihn. Als sie seiner Augen gewahr wurde, schauderte sie. Laurenz hatte ein grünes und ein blaues Auge! Sie wandte sich zu Gerda. Der erschrockene Ausdruck auf dem Antlitz der Hebamme genügte. Gerda war klar, dass Gunda die Besonderheit entdeckt hatte. Widerstrebend rang sie sich ein Lächeln ab. Gunda erwiderte es zaghaft. Wenn Gerda es gelungen war, ihren Sohn trotz dieses Makels vor bösem Gerede zu bewahren, würde sie mit den Zwillingen ebenfalls zurechtkommen.

»Oh!«, entschlüpfte es Laurenz. Über der Berührung an der Wange hatte der Säugling den Kopf gedreht. Dabei wurde das Mal sichtbar. Feuerrot zog es sich vom ersten, zarten Haarflaum bis in den Nacken hinunter. Laurenz betrachtete es eine Weile. Schweigend ging er zur Wiege, besah sich den Jungen und legte unwillkürlich den rechten Zeigefinger an seinen Nasenflügel.

»Wer sucht nach mir?«, fragte Gerda unwirsch.

Der schlaksige Zehnjährige zuckte zusammen, hob den Blick. »Ich h-h-hab's v-v-vergessen«, stotterte er.

»Dann verschwinde wieder!« Gerda stupste ihn zur Treppe. »In einer Wöchnerinnenstube hast du nichts verloren.«

Eilig sprang Laurenz die Treppe hinunter. Unter dem Gepolter ging das neuerliche Anschlagen des Hundes beinahe unter.

»Wo seid ihr alle?« Eine aufgeregte Frauenstimme drang nach oben, übertönte das aufgeregter werdende Bellen. Ehe die Magd nach dem Rechten sehen konnte, kam wieder jemand die Treppen heraufgerannt. Ein wirrer, blonder Haarschopf wurde sichtbar. Kurz darauf stand eine junge, erstaunlich kräftige Frau im dämmrigen Wohnraum des Obergeschosses.

»Hermine, du?« Überrascht starrte Gerda sie an. Das breite Gesicht der jungen Frau war gerötet, ihr Atem ging heftig. Aufgeregt raufte sie sich mit den Fingern das offene Haar. In der Eile hatte sie vergessen, eine Haube aufzusetzen.

»Die Fischartin, Gerda, schnell, Ihr müsst mir helfen! Es ist entsetzlich. Der Junge ist tot zur Welt gekommen. Sie will es nicht wahrhaben, droht und zetert, ist wie von Sinnen. Was soll ich nur machen? Helft mir, sonst tut sie sich ein Leid an!«

»In dem Zustand hast du sie allein gelassen?«

»Ihre Magd ist bei ihr. Ich habe gesagt, ich hole Euch. Bitte, kommt sofort mit!«

»Langsam, langsam.« Gerda musterte Hermine von oben bis unten. Bis vor kurzem war sie noch ihre Gehilfin gewesen. »Schlimm, dass dir das gleich bei einer deiner ersten Geburten passiert. Vielleicht hättest du doch noch ein Jahr länger bei mir bleiben sollen? Auf alle Fälle musst du jetzt ruhig bleiben. So einfach kann ich hier nicht weg. Sag mir, was bei der Fischartin genau passiert ist. Vielleicht fällt mir etwas ein, was ihr hilft.«

»Hier ist Eure Arbeit doch längst getan! Den Rest erledigen die Frauen allein.« Verzweifelt schüttelte Hermine den Kopf, stellte sich an die Wiege und besah sich den darin schlafenden Jungen. Mit einem Mal senkte sich eine eigenartige Ruhe über sie. Andächtig faltete sie die Hände.

»Der ist ihm ja wie aus dem Gesicht geschnitten!« Sie fuhr herum, blickte zur Wöchnerin. Als sie an deren Busen ein zweites Kind entdeckte, weiteten sich ihre Augen vor Staunen. »Zwillinge? Und dann sieht auch noch das eine aus wie das drüben bei den Fischarts. Heilige Margareta, steh uns bei! Das ist ein Zeichen.« Sie bekreuzigte sich.

»Was redest du für einen Unsinn?« Gerda trat zu ihr, rüttelte sie an den Schultern. »Warum soll der Junge aussehen wie der von der Fischartin? Wie soll das gehen?«

»Fragt nicht mich, fragt lieber die Kelle…«

Weiter kam sie nicht. Gerda Selege gebot ihr mit einer ungeduldigen Handbewegung zu schweigen. Ein Leuchten huschte über ihr Gesicht.

»Kelletatin, ich weiß, wie dein Mann ist«, begann sie in überaus mildem Ton und trat vors Bett. »Schon bei seiner ersten Frau war ich als Wehmutter hier im Haus. Glaub mir, ein Mädchen ist ihm ebenso willkommen wie ein Junge. Hauptsache, Mutter und Kind sind wohlauf. Das Beste ist, du überlässt uns also doch den Jungen. Hermine, nimm ihn, schnell. Bring ihn rüber in die Altstadt und leg ihn der Fischartin an die Brust. Je eher sie das Kind am Busen spürt, desto leichter nimmt sie es als das ihre an. Solange einer wie der andere aussieht, wird sie am Ende rasch vergessen, was in Wahrheit geschehen ist. Und du, Kelletatin, bist die Sorge los, wie du deinem Mann die beiden Kinder erklärst.«

»Was soll sie mir zu den beiden Kindern erklären?« Von den Frauen unbemerkt war der Böttchermeister Rudolf Kelletat in die Stube getreten. Seine stattliche Gestalt füllte den niedrigen Raum sogleich aus, die dunkle Stimme dröhnte durch das Haus. »Von hier wird kein Kind genommen und irgendwohin gebracht! Alles bleibt, wie es ist. In meinem Haus entscheide ich. Ist das klar?«

Die beiden Hebammen duckten sich erschrocken, die Magd verschanzte sich beim Herdfeuer. Lore aber stellte sich schutzspendend an das Kopfende des Betts zu ihrer Tochter. Gunda blieb keine Wahl. Bebend vor Angst zwang sie sich, ihrem Gemahl direkt ins Gesicht zu sehen.

»Sieh nur, mein lieber Rudolf, die heilige Margareta war gütig zu uns und hat uns gleich zwei Kinder beschert: einen Jungen, wie du ihn dir gewünscht hast, und ein Mädchen, wie ich es seit Wochen schon so lieblich unter meinem Herzen gespürt habe.« Umständlich reckte sie das Bündel aus ihren Armen in die Höhe, lud Kelletat ein, den neuen Erdenbürger näher zu betrachten.

Der Böttchermeister reagierte verlegen. Vorsichtig nahm er die Mütze vom Kopf, fuhr sich mit den klobigen Fingern übers glattrasierte Kinn. Seine hellen Augen schimmerten feucht. Endlich gab er sich einen Ruck, ging zu Gundas Bett, kniete nieder und fasste nach ihrer freien Hand. Er hauchte ihr einen Kuss auf den Handrücken. »Liebste, du bist wohlauf! Gott im Himmel sei Dank!«

Rudolfs sanftes Gebaren entlockte Gunda ein Lächeln. Vielleicht ging die Geschichte doch gut aus. Die rehbraunen Augen starr auf sein breites Antlitz gerichtet, drehte sie das winzige Mädchen zu ihm hin. Lore huschte zur Kiste. Umsichtig nahm sie den Jungen heraus, legte auch ihn zu Gunda ins Bett, so dass Rudolf ihn ebenfalls genauer betrachten konnte. Die beiden Hebammen rührten sich noch immer nicht. Auch die Magd schien die Luft anzuhalten. Lore verharrte neben dem Bett, jederzeit bereit, der Tochter beizustehen. Der breitschultrige Böttchermeister ließ sich Zeit.

Das Knistern des Herdfeuers füllte die Stube aus. Aufmerksam beobachtete Gunda Kelletats Mienenspiel. Er roch nach milder Frühlingsluft, Harz, Rauch und Fisch. Der zarte Milchduft der Säuglinge verschwand darüber ganz. Dicht beugte Kelletat sich über die Kinder, musterte sie genau. Gundas Herz klopfte bis zum Hals, als sie zu erkennen meinte, wie er die linke Augenbraue hochzog, die Stirn kaum merklich runzelte. Im nächsten Augenblick war nichts mehr davon zu sehen. Scheinbar ausdruckslos sah er mehrmals zwischen den beiden Säuglingen hin und her, hob schließlich die riesige Hand und stippte mit dem Zeigefinger auf die winzige Nase des Jungen. Sacht fuhr er den markanten Schwung des Nasenrückens nach.

Jetzt war es so weit! Gunda stockte der Atem. Der wahre Vater der Kinder war ihm klar. Kelletats Lippen verzogen sich zu einem wissenden Schmunzeln, seine Augen funkelten.

»Wie schön die beiden sind«, sagte er. »Zwei unverkennbare Kelletats! Wenn Gott, der Allmächtige, am Tag der Himmelfahrt seines Sohnes, Jesu Christi, ausgerechnet uns dieses außergewöhnliche Geschenk macht, wird er sich dabei etwas gedacht haben. Am besten nennen wir sie nach meiner verstorbenen ersten Frau und meinem toten Sohn. Agnes und Caspar, das klingt doch sehr gut für zwei am selben Tag geborene Geschwister. Mir wird es großen Trost spenden.«

Er sah Gunda an. Sie schluckte, unfähig, seinem Blick auszuweichen. Was ging in dem Mann vor, dass er sie so deutlich an seinen Kummer erinnern musste? Vor vier Jahren war seine erste Gemahlin Agnes im Kindbett gestorben. Der kleine Caspar hatte seine Mutter nur wenige Tage überlebt. Kaum ein Tag verging, an dem Rudolf nicht ihrer armen Seelen gedachte. Fortan würde Gunda bei jedem Atemzug des kleinen Mädchens an Rudolfs treue, aufopferungsvolle erste Gemahlin, bei jedem Schreien des winzigen Knaben an die Unschuld seines Erstgeborenen denken. Beschämt und verzweifelt zugleich rang sie mit den Tränen und nickte, ohne ein Wort zu sagen.

»Dann ist es also beschlossen.« Rudolf beugte sich vor und verschloss ihr den Mund mit einem Kuss. Das geschah so zärtlich und ehrlich, dass Gunda ein weiteres Mal völlig überrumpelt war. Flink richtete er sich auf und sah voller Stolz in die Runde. »Ihr habt es gehört. Meine liebe Frau und ich haben uns entschieden, unsere beiden Kinder Caspar und Agnes zu nennen. In demütiger Dankbarkeit und mit höchster Freude nehmen wir das ungewöhnlich großzügige Geschenk Gottes an.«

Gerda schnaubte, Hermine schlug sich die Hand vor den Mund. Die Magd dagegen schüttelte den Kopf und stieß ein »Allmächtiger!« aus. Kelletat musste das gehört haben, scherte sich aber nicht im Geringsten darum. Strahlend wandte er sich wieder Gunda zu und griff nach ihrer Hand.

Eine unerwartete Ruhe überkam sie. Wie hatte sie nur an ihm zweifeln können? Seinem rauhen Auftreten zum Trotz war der Böttchermeister nicht der Mann, der die ihm angetraute Gemahlin in aller Öffentlichkeit im Stich ließ, erst recht nicht auf das törichte Geschwätz zweier übellauniger Hebammen hin. Damit hatte er bewiesen, was sie sich von ihrem einstigen Verlobten Gernot sehnlichst gewünscht hätte: zu ihr zu stehen, ihre Hand zu nehmen, ganz gleich, was die anderen über sie dachten oder sagten. Entschlossen zog sie Kelletat noch einmal zu sich herunter. »Danke«, flüsterte sie ihm ins Ohr.

Ohne ein weiteres Wort erhob er sich und ging zum Tisch in der Nähe des Herdfeuers, wo die Magd ihm von der Suppe schöpfte. Hermine nutzte die Gelegenheit und trat noch einmal zum Bett, stierte auf den Jungen in Gundas Armen. Leise murmelte sie: »Kelletat kann sagen, was er will. Ich weiß, wessen Kind das ist.«

Gunda wollte sie zurechtweisen, doch Gerda kam ihr zuvor. Fest packte sie die jüngere Hebamme am Arm und zischte ihr warnend ins Ohr: »Nimm dich in Acht! Meister Kelletat hat es eben laut und deutlich verkündet: Die beiden Kinder sind ein Geschenk Gottes. Sie sollen ihn darüber hinwegtrösten, dass er seine erste Frau und den Sohn so früh verloren hat. Deshalb tragen sie auch deren Namen.«

»Und wenn Ihr mir das noch zehn Mal sagt, ändert das nichts an der Wahrheit«, erwiderte Hermine trotzig. »Keine Frau gebiert an einem Tag zwei Kinder vom selben Mann, vor allem nicht zwei so unterschiedliche wie dieses Mädchen und diesen Jungen.«

Gerda hob die Hand, um ihr eine Maulschelle zu verpassen, doch Hermine war schneller. Flink schlüpfte sie unter dem Arm hindurch und eilte die Stiege hinunter.

»Pass gut auf, Kelletatin.« Kopfschüttelnd ließ Gerda die Hand sinken. »Vor der musst du dich in Acht nehmen. Gerade jetzt, da du zwei Kinder gleichzeitig an der Brust zu nähren hast, ist das wichtig. Noch ist es nicht überstanden.«

»Solange ich der Herr im Haus bin, gibt es nichts weiter zu überstehen.« Wieder war Kelletat unbemerkt ans Bett zurückgekehrt und stampfte zur Unterstreichung seiner Worte kräftig mit dem Fuß auf den Boden. Davon schreckten die Kinder auf und begannen gleichzeitig zu weinen. Hilflos versuchte Gunda, sie zu beruhigen. Wen von beiden aber sollte sie zuerst an sich drücken? Während sie grübelte, legte sich ein großer Schatten über ihr Bett.

»Verzeih«, murmelte Kelletat und nahm eines der beiden Kinder auf den Arm. Dankbar lächelte sie ihn an. Mit einem Mal wusste sie: Alles war überstanden. Mit ihm an der Seite konnte ihr und den Kindern nichts geschehen.

Erster Teil

WEHLAU UND KÖNIGSBERG

Frühjahr 1455

Fortune rota volvitur:
descendo minoratus;
alter in altum tollitur;
nimis exaltatus

Das Glücksrad reißt in raschem Lauf
Fallende ins Dunkel,
einen andern trägt's hinauf:
hell im Lichtgefunkel.

Carmina Burana 16,3

1

An diesem Vormittag herrschte reges Treiben in der Fröbelschen Schankwirtschaft. Seit den frühen Morgenstunden zogen Händler mit ihren Waren den steinigen Weg vom Ufer der Alle zum Tor an der Westseite der Stadtumfriedung hinauf. Ihr Ziel war der Wehlauer Markt auf dem weiten Platz vor der mehr als einhundert Jahre alten Jakobikirche. Nach Ostern war er besonders gut besucht, galt es doch, die Erzeugnisse des langen Winters wie Felle, Wolle, Web- und Tonarbeiten, Schnitzereien oder Korbgeflechte anzupreisen. Auch zahlreiches Gut zweifelhafter Herkunft fand sich darunter. Nach den unerwartet raschen Siegen des Preußischen Bundes über die Deutschordensritter im Vorjahr riss der Strom der Söldner nicht ab, die die Beutestücke aus den Kreuzherrenpalästen in klingende Münze umzuwandeln suchten. Den meisten Männern bescherte die warme Frühlingssonne einen guten Vorwand, zunächst eine kurze Rast im Silbernen Hirschen gleich hinter dem Stadttor einzulegen. Bis weit ins Samland und Nadrauen hinein war das Bier der braven Wirtin Gunda Fröbel bekannt. Selbst ehemalige Kriegsgegner aus den versprengten Söldner- und Deutschordenstruppen rückten auf den Bänken eng zusammen, um sich den köstlichen Gerstensaft schmecken zu lassen. Kaum kam die siebzehnjährige Wirtstochter Agnes mit dem Einschenken nach, so gierig gossen sich die Männer das erfrischende Nass in die Kehlen.

Agnes stand trotz des Andrangs allein mit der Magd Griet in der Gaststube. Großmutter Lore war zum Markt gegangen, um frischen Fisch zu erstehen, und Mutter Gunda mischte im rückwärtigen Bau an der Sudpfanne Hopfen unter die Würze. Seit dem Tod ihres Gemahls, des Brauers und Gastwirts Zacharias Fröbel, ging sie dieser Tätigkeit am liebsten für sich nach.

Kurz hielt Agnes beim Einschenken inne und wischte sich mit dem Handrücken über die Stirn. Schon die Vorstellung, wie heiß es im Sudhaus am Feuer sein musste, brachte sie ins Schwitzen.

Sie lehnte sich gegen die Wand, schüttelte das offene, kupferbraune Haar nach hinten und ließ den Blick ihrer rehbraunen Augen über die Gesichter der Händler, Kaufleute, Söldner, Gaukler und Spielleute gleiten. Gedankenverloren lockerte sie das helle Tuch um ihren Hals, das sie sommers wie winters trug. Ein Gesicht schien ihr so ausdruckslos wie das andere. Kaum nahm sie die verschieden stark gekrümmten Nasen, die hohlen oder feisten Wangen, die weit hervorquellenden oder tief in die Höhlen versunkenen Augen wahr. Erst an dem Antlitz eines Schwarzbärtigen ein Stück abseits von den Karten- und Würfelspielern blieb sie hängen. Bald konnte sie den Blick nicht mehr von dem Fremden lassen, sog jede Einzelheit in sich auf.

Er merkte nichts davon. Leicht vornübergebeugt hockte er da, steckte die auffällig große, an der Spitze leicht nach oben gebogene Nase tief in ein abgegriffenes Büchlein. Den rechten Zeigefinger an den Nasenflügel gepresst, verfolgte er Zeile für Zeile auf den Buchseiten. Eine Strähne des welligen, ordentlich auf Kinnlänge gestutzten braunen Haares verdeckte Stirn und Augenpartie nahezu vollständig. Dafür sprang das Kinn umso deutlicher hervor. Die vollen, gleichmäßig geschwungenen Lippen bewegten sich lautlos, als spräche er ein Gebet. Um einen Mönch mit seinem Brevier handelte es sich wohl trotzdem nicht. Dafür fiel seine Kleidung zu bunt und modisch aus. Für einen Deutschordensmann, der sich angesichts der Niederlage still und heimlich davonstehlen wollte, hielt Agnes ihn allerdings ebenso wenig. Auch ein fahrender Geselle kam nicht in Frage. Die schmalen, feingliedrigen Hände, die eifrig in den Seiten des Büchleins blätterten, sprachen dem zuwider. Für einen Kaufmann indes erschien er Agnes zu still. Der musste den Austausch mit anderen suchen, jede Gelegenheit nutzen, um neue Verbindungen zu knüpfen. Was also tat der Mann? In Agnes' Kopf wirbelten die abenteuerlichsten Vorstellungen durcheinander. Sie wollte, nein, sie musste sein Geheimnis ergründen. Ihr Herz klopfte schneller. Wieder studierte sie jede Regung des Fremden. Sie schätzte ihn auf Mitte zwanzig, also gut zehn Jahre älter als sie.

»Was ist, Mädchen? Starrst du Löcher in die Luft? Das wird meinen Durst nicht lindern. Schenk mir endlich nach!« Wütend knallte ein grobschlächtiger Mann den Krug auf die Tischplatte.

»Bin sofort da!«, rief Agnes. Missmutig sah er ihr entgegen, trommelte ungeduldig mit den dicken Fingern. Die kleinen Augen schwammen in milchigem Sud, die dicke Nase glühte. Aufgeregt wie ein Fisch im brakigen Wasser schnappten seine blutleeren Lippen nach Luft. Dabei stieß er sauren Atem aus. Wie Agnes solche Leute hasste! Ohne ihn anzusehen, goss sie ihm Bier nach.

»Bist heute wohl nicht so recht mit den Gedanken dabei, was?« Der Mann kniff sie in die Wange. Erschrocken wich sie zurück. »Keine Angst, mein Täubchen, ich geh dir nicht unter die Röcke.« Blitzschnell fasste er nach ihr und hielt sie am Handgelenk fest.

»Lasst mich!« Durch eine abrupte Drehung versuchte sie sich zu befreien. Er aber ließ nicht los. Bei dem Gerangel verrutschte ihr Halstuch. Hastig versuchte sie es zu richten. Ihr Geheimnis musste gewahrt bleiben. Verzweiflung überfiel sie. Wenn sie wenigstens männlichen Beistand hätte! Seit Fröbels Tod im letzten Jahr wirtschaftete sie mit Mutter und Großmutter allein im Silbernen Hirschen. Nicht einmal Brauknecht Ulrich, der einzige Mann im Haus, war da, um ihr zu helfen. Sie äugte umher. Der Schwarzbärtige vom Nachbartisch sah sie an. Unwillkürlich fasste sie sich an den Hals, nestelte von neuem am Tuch. Hatte er das hässliche Feuermal entdeckt?

»Nehmt Eure dreckigen Finger von dem Fräulein! Oder wollt Ihr Ärger?« Mit einem Satz war der Schwarzbärtige aufgesprungen und entriss sie den Fängen des Betrunkenen.

»Halt ein, du naseweiser Speichellecker!« Angriffslustig hob der Grobian die geballten Hände.

Das Gemurmel ringsumher verstummte. Agnes meinte, die Männer atmen zu hören, so still wurde es.

»Überleg dir lieber zweimal, was du sagst!« Der Schwarzbärtige brachte sich ebenfalls in Positur. Ein Anflug von Abscheu huschte über sein freundliches Antlitz. Er überragte den Grobschlächtigen um Haupteslänge. Trotz der breiten Schultern und kräftigen Arme wirkte er nicht wie jemand, der sich sonderlich gern in einen Faustkampf stürzte. Sein Aufzug mit dem eng anliegenden Rock aus englischem Tuch und den modischen zweifarbigen Strumpfhosen sprach dagegen. Die feinen Gesichtszüge und der wache Blick verrieten ihn als einen, der eher mit Worten denn mit gezielten Schlägen zu streiten verstand. Damit aber geriet er bei seinem Widerpart an den Falschen. Das abgerissene Hemd, die flickenübersäte Hose sowie die zahlreichen Narben auf Gesicht und

Händen entlarvten seine Lust zu balgen. Wirr stand ihm das Haar vom Schädel ab, schon riss er den Mund zu einem wüsten Geheul auf. Agnes wurde bang um ihren vornehmen Verteidiger.

»Leg los, wenn du ein Kerl bist, du geleckter Zungenkläffer!«

Die Faust des Grobians schoss nach vorn. Im letzten Moment duckte sich der Schwarzbärtige weg. Von dem Schlag ins Leere geriet der Angreifer aus dem Gleichgewicht. Behende streckte der Schwarzbärtige ihm die Hand entgegen und bewahrte ihn vor dem Hinfallen. »Mit Trunkenbolden wie dir halte ich mich für gewöhnlich nicht lang auf.«

Schwungvoll schob er ihn auf die Bank zurück. Agnes atmete auf. Völlig verdutzt ob der ungeahnten Kraftleistung seines Gegners plumpste der Grobian hart auf den Hintern. Die Männer an den übrigen Tischen lachten schadenfroh.

»Pass auf, du gieriger Buchstabenfresser!« Vor Wut verengte der Grobian die glasigen Trinkeraugen und machte Anstalten, sich wieder zu erheben. Die Beine aber wollten ihm nicht gehorchen. Nach Halt suchend umklammerte er die Tischkante, schwankte allerdings immer noch.

»Was ist hier los?« Wie aus dem Nichts tauchte der einäugige Brauknecht Ulrich auf. Erleichtert nickte Agnes ihm zu. Ulrich stemmte die Hände in die Hüften und stellte sich breitbeinig in Positur. »Die Wirtin duldet keine Schlägerei in ihrem Gasthaus.«

»Setzt diesen Rüpel vor die Tür, dann herrscht sofort wieder Ruhe. Er hat zu viel getrunken und kann seine Finger nicht da lassen, wo sie hingehören.« Der Schwarzbärtige zupfte sich den Stoff seiner Ärmel zurecht und trat einen Schritt beiseite, um Ulrich den Weg zu seinem Widersacher freizugeben.

»Der Rüpel bist ja wohl du, du elendiger Buchstabenfresser! Dir werde ich zeigen, wohin meine Finger gehören.«

Erneut wollte sich der Grobian auf ihn stürzen. Ulrich bekam ihn an den Schultern zu fassen und hielt ihn zurück. Schmunzelnd sah der Schwarzbärtige zu, wie Ulrich den Rüpel lahmlegte. Voller Bewunderung betrachtete Agnes sein Antlitz, stutzte, sah genauer hin.

Zunächst meinte sie, das Licht wäre schuld an der Täuschung. Als sie den Blickwinkel änderte, erkannte sie, dass dem nicht so war. Der Mann hatte tatsächlich verschiedenfarbige Augen! Das rechte war blau, das linke grün. Er war gezeichnet wie sie selbst! Das nahm Agnes vollends für ihn ein.

»Beruhigt Euch! Oder soll ich mit Euch nach draußen gehen?«, mahnte Ulrich den Grobian. Ihm schien der Makel des Schwarzbärtigen ebenso wenig aufzufallen wie den anderen Männern in der Wirtsstube.

»Nein, nein«, beeilte sich der Trunkenbold kleinlaut zu versichern und trat einen Schritt zurück. Zögernd sah er zu Ulrich. Die stämmige Statur des Knechts flößte ihm Respekt ein. Im nächsten Moment aber wechselte der Ausdruck auf seinem Gesicht von Achtung zu Abscheu. Da, wo das linke Auge sein sollte, klaffte bei Ulrich eine wulstige Narbe. Die zog sich die gesamte Wange hinunter und war blutunterlaufen. Als der Rüpel das Ausmaß der Hässlichkeit erfasst hatte, grinste er dreist. »Muss ja eine feine Wirtschaft sein, wenn Krüppel wie du hier den Beschützer spielen.«

Dieses Mal war es an Ulrich, mit der Faust zum Schlag auszuholen. Der Schwarzbärtige war jedoch schneller und schnappte flink nach seiner Hand. »Lasst gut sein! Das ist der Tölpel nicht wert.«

Offen sah er ihm ins Gesicht. Ihn schien die Narbe nicht

im Geringsten zu schrecken, wahrscheinlich, weil er selbst mit einem Makel gezeichnet war. Agnes atmete auf.

Trotz des entstellten Gesichts war Ulrich mit seinen knapp dreißig Jahren ein ansehnlicher Bursche. Das blonde Haar reichte ihm bis zum Kinn, die Wangen waren glatt rasiert. Auf die Sauberkeit seines Kittels legte er trotz der schweren Arbeit im Sud- und Gasthaus großen Wert, ebenso war er auf überlegtes Auftreten bedacht.

»Mir ist ein ehrlicher Einäugiger als Beschützer lieber als ein ungehobelter Gast«, wandte Agnes sich an den Grobschlächtigen. »Wenn Ihr ausgetrunken habt, verlasst Ihr bitte die Gaststube und lasst Euch nie mehr hier sehen. Fortan bleibt unser Bierfass für Euch leer.«

Ulrich begleitete ihre Worte mit einem aufgebrachten Schnauben, der Schwarzbärtige nickte zustimmend.

»Gut gesagt! Solche wie den dulden wir nicht. In letzter Zeit werden es einfach zu viele, die denken, nur weil sie einmal tapfer gegen die Ordensritter gekämpft haben, könnten sie sich ab sofort alles herausnehmen«, pflichtete ein Gast bei.

»Recht hast du, fort mit dem stinkenden Narrenesel!«, rief sein Nachbar. »Genau. Weg mit dem Lump!«, stimmte ein Dritter zu. *»Dat gespuis moet verdwijnen!«*, verlangte auch ein flämischer Gast, woraufhin ein Schwede den Becher hob und forderte: *»Sluta nu. Låta oss vidga dricka!«* Auch die übrigen Gäste taten ihre Zustimmung kund. »Das gute Bier der Fröbelin soll nicht an solche Lumpen verschwendet werden!«

»Drum schenk mir noch einmal kräftig nach, liebes Kind. Ich lass dich auch in Frieden deine Arbeit tun.« Ein Rotbärtiger zwinkerte Agnes zu.

Während sie seiner Bitte nachkam, beobachtete sie aus den Augenwinkeln Ulrich. Die muskulösen Arme vor der Brust verschränkt, wartete er, bis der Raufbold aufreizend langsam seinen Krug geleert und die Münzen für die Zeche auf den Tisch gezählt hatte. Erst dann griff der ungebetene Gast sich seine löchrige Mütze, setzte sie auf und marschierte ohne weiteren Gruß aus der Gaststube. Zufrieden schlurfte Ulrich zu einem der nächsten Tische und begann ein Gespräch. Ein Gast packte die Würfel aus, ein zweiter legte einen Stapel Karten auf den Tisch. Bald setzte emsiges Spielen ein.

Vorsichtig spähte Agnes zu dem Schwarzbärtigen. Die ganze Zeit hatte er neben dem Tisch des Grobians ausgeharrt. Anders als Ulrich mied er nach dessen Weggang die Gesellschaft der Männer und zog sich wieder in seinen stillen Winkel zurück. Bevor er sein kleines Büchlein aufblätterte und von neuem darin zu lesen begann, hob er den Kopf. Sein Blick traf den von Agnes. Aus den schönsten grünen und blauen Augen, die ihr je begegnet waren, zwinkerte er ihr zu. Ihr Herz machte einen Sprung, ihre Wangen glühten. Beschwingt kehrte sie zum Schanktisch zurück.

2

Um für die nächste Bestellung gerüstet zu sein, füllte Agnes die Kanne am Bierfass auf. Während der goldgelbe Gerstensaft in das blecherne Gefäß schäumte, kreisten ihre Gedanken um den Schwarzbärtigen. Was las er so andächtig? Was führte ihn überhaupt nach Wehlau, in das Gasthaus zum Silbernen Hirschen? Der Markt schien es nicht zu sein, sonst wäre er längst aufgebrochen oder hätte in der Gaststube die Nähe zu den Kaufleuten gesucht. Wer mochte er sein? Nie zuvor hatte sie ihn in der Stadt gesehen.

»Was ist heute nur los?« Schnaufend baute sich Griet neben ihr auf. Die pausbäckige Magd stemmte sich die feuchten

Hände in die Hüften und musterte die Männer in der Schankstube. Dabei pustete sie eine vorwitzige Strähne ihres hellen, fast weißen Haares aus der Stirn. »Müsste ich nicht drüben am Suppenkessel aufpassen, würde ich die Burschen hier an den Tischen keinen Moment aus den Augen lassen. Die ungewohnte Frühlingshitze ist ihnen wohl zu Kopf gestiegen! Kaum lugt die Sonne hinter den letzten Winterwolken hervor, werden sie übermütig. Noch bevor sie auf dem Markt ein einziges Geschäft getätigt haben, zechen sie hier bei uns, als gäbe es einen besonders guten Handel zu feiern. Dabei dürfte keiner von denen im Winter Reichtümer gehortet haben. Ganz zu schweigen davon, dass die hier Heldentaten im Kampf gegen die Ordensritter vorzuweisen hätten. Schau dir die Spitzbuben doch an! Wahrscheinlich sind sie beim Ausmisten ihrer Ställe von den Strohhalmen zu kräftig in den Hintern gestochen worden. Allesamt sind das törichte Bauerntölpel mit nichts als Unsinn im Kopf!«

Agnes ließ sich von Griets Murren nicht beeindrucken. Trubel und Zwist gab es im Silbernen Hirschen jeden Tag. Gerade an Markttagen kamen übermütige Sprücheklopfer und wagemutige Raufbolde zuhauf in die Stadt. Außerdem durchschaute sie die Magd, die nur zu gern jede Gelegenheit nutzte, sich die Anwesenden genauer anzusehen. Offenbar suchte sie jemand ganz Bestimmten. Agnes stutzte. Es war ihr, als stierte die Magd in die Ecke, wo der Schwarzbärtige saß! Endlich wanderte Griets Blick weiter, und Agnes atmete auf. Als Griet zum Herd zurückging, folgte ihr Agnes.

So nah beim Feuer war es unerträglich heiß. Wieder lockerte Agnes das Tuch an ihrem Hals, warf das glatte braune Haar zurück. Wie all die Stunden zuvor rührte Griet in dem Suppenkessel. Ihr Gesicht schimmerte rot und feucht, eine Strähne des weißblonden Haares klebte auf der hohen Stirn.

Seit dem Weggang der alten Käth vor mehreren Monaten kochte Griet im Silbernen Hirschen. Die rege Nachfrage nach ihrer kräftigen Brühe bewies, wie gut ihr das gelang. Ein geheimnisvolles Lächeln umspielte die schön geschwungenen Lippen der Fünfundzwanzigjährigen. Wie gern würde Agnes ihr in den Kopf schauen, um zu erfahren, an wen sie beim emsigen Rühren dachte. Dass es derjenige sein musste, den sie eben in der Gaststube gesucht hatte, daran zweifelte Agnes nicht. In letzter Zeit verging kaum ein Tag, an dem Griet nicht vom Heiraten sprach. Dabei strahlten ihre grünblauen Augen hell wie die Mittagssonne. Zeit wurde es, betonten Mutter Gunda und Großmutter Lore in seltener Einmütigkeit. Auch wenn sie damit ihre Magd verlieren würde, hatte Mutter Gunda sich erboten, für die Einrichtung des ersten Hausstands zu sorgen, sollte es zur Hochzeit kommen.

Unter lautem Getöse lehnte Griet den Rührlöffel an die Wand des Kessels, nahm eine Möhre und schnippelte sie in die Suppe. Rasch folgten eine Zwiebel und eine weitere Möhre. Mit jedem Schnitz, der in der kräftig duftenden Suppe landete, verklärte sich ihr Lächeln weiter. Agnes seufzte. Griet musste es tatsächlich ums baldige Heiraten zu tun sein! Aber wen? Sie meinte, vor Neugier zu platzen.

Lächelnd wandte sie sich wieder dem Fass zu. Während sie eine zweite Kanne mit Bier befüllte, spähte sie abermals vorsichtig in Richtung des Schwarzbärtigen. Wie ritterlich er ihr beigestanden hatte! Sah er nicht gerade unauffällig zu ihr herüber? Unsinn! Was sollte ein Mann seines Alters an einer unbedarften Siebzehnjährigen finden? Sein Verhalten entsprach einzig seiner noblen Art. Ein Mann dieses Auftretens stand Bedürftigen bei, ohne sich viel dabei zu denken. Tapfer kämpfte sie gegen die Tränen bitterer Enttäuschung an. Griets ständiges Gerede über die Liebe musste an ihren wirren Gefühlen schuld sein. Mit zittrigen Fingern setzte sie die Kanne ab, sah wieder zu Griet, die noch immer verträumt im Suppenkessel rührte. Die Vorstellung, ebenfalls einmal so verliebt zu sein, befremdete Agnes. Mit ihren siebzehn Jahren fühlte sie sich zu jung für die Liebe.

Es zischte. Die Flammen um den Kessel züngelten hoch. Griet fluchte. Sie hatte den Löffel halb auf dem Rand des Kessels abgelegt und einige Kräuter in die Suppe gestreut. Offenbar hatte sie nicht nur eine Prise zu viel von den gerebelten Blättern über den Rand gegeben, sondern auch von der fettigen Brühe vom Löffel ins Feuer tropfen lassen. Agnes unterdrückte ein Lachen, als sie das schuldbewusste Gesicht der Magd bemerkte.

»Ist noch ausreichend Bier in Eurem Fass?«, kam eine dunkle Männerstimme von der Seite. Erschrocken zuckte Agnes zusammen und stieß dabei gegen die Kanne auf dem Tisch. Das kostbare Nass spritzte auf, als sie sie im letzten Moment vor dem Umkippen bewahrte, und benetzte ihre von Sommersprossen übersäten Hände.

»Verzeiht«, entschuldigte sich der Schwarzbärtige mit einer tiefen Verbeugung. »Ich wollte Euch nicht erschrecken.«

Behutsam schob er seinen leeren Becher auf den Schanktisch. Das Lächeln, das er Agnes zuwarf, ließ sie den erlittenen Schrecken vergessen.

»Natürlich, gern«, krächzte sie heiser und schenkte ihm ein. Aus Richtung des Herds war ein Glucksen zu hören. Agnes warf Griet einen wütenden Blick zu, woraufhin sich die Magd belustigt wieder dem Suppenkessel zuwandte.

Fieberhaft überlegte Agnes, was sie sagen konnte. Zu gern wollte sie noch seiner schönen Stimme lauschen. Dabei wagte sie nicht einmal, ihn direkt anzusehen. Er sollte nicht denken, seine seltsamen Augen verwirrten sie.

»Euer Bier ist das Beste, was ich seit langem getrunken habe.« Er wischte sich mit dem Handrücken den Schaum aus Mundwinkel und Barthaaren. »Ich komme viel herum. Seit langem habe ich keine so gute Erfrischung genossen. Ein Kompliment an den Brauer!«

»Die Brauer*in*«, verbesserte Agnes.

»Oh, eine Frau? Habt Ihr etwa selbst …«

»Nein, nein«, beeilte sie sich zu versichern. »Ich gebe Euer Lob gern an meine Mutter weiter. Sie steht hinten im Sudhaus.« Verlegen spielten ihre Finger mit den Falten ihres hellen Leinenrocks.

»Was bin ich für ein Narr! Ich hätte es mir denken können. So ausgewogen versteht nur eine Frau zu würzen. Sicher werdet Ihr Euch gelegentlich ebenfalls an der Zubereitung des Bieres versuchen. Ihr habt gewiss auch ein gutes Gespür für den richtigen Geschmack.«

»Nein, nein«, wehrte sie ab. »Das habe ich noch nie probiert. So etwas liegt mir nicht.«

Sie schnappte sich ein Wischtuch und begann den Tisch abzuwischen, um ihn nicht ständig anzuschauen.

»Schade«, entfuhr ihm. »Was bin ich Euch schuldig?«

Zu ihrem Bedauern zückte er sofort die lederne Börse. Sie nannte ihm den Preis für zwei Becher Bier. Viel zu schnell zählte er die Münzen auf den Tisch. Dabei stachen ihr die zwei mittleren Finger seiner rechten Hand ins Auge. Sie waren nicht nur steif, sondern seltsam krumm aneinandergezwängt. Geschickt gelang es ihm durch eine Handbewegung, diese Behinderung zu überspielen. Hastig strich sie das Geld ein und verstaute es in der kleinen Holzkiste auf dem Wandbord.

»Darf ich Euch fragen, warum Ihr trotz des warmen Wetters ein Halstuch tragt? Es kleidet Euch sehr gut. Dennoch frage ich mich, ob Euch nicht wohl ist, liebes Fräulein?«

Verlegen fasste sie sich wieder an den Hals.

»Gestattet.« Er neigte den Kopf ein wenig näher zu ihr. Überrascht sog sie den leicht erdigen Geruch ein, der in seiner Kleidung und seinen Haaren hing. »Mir war, als hättet Ihr dort hinten am Hals ein Mal.«

Er wies mit dem Zeigefinger exakt an die Stelle zwischen Haaransatz und Nacken, wo sie das Mal verbarg.

»Verzeiht meine Offenheit. Es erinnert mich nur an eine alte Geschichte.«

Auf einmal hatte er es doch nicht mehr eilig. Geruhsam schloss er die Börse und verstaute sie an seinem Gürtel. Wieder stachen ihr dabei seine Hände ins Auge. Die Haut war hell und gepflegt, selbst die Fingernägel waren ungewöhnlich sauber.

»Wie Ihr seht, bin ich selbst mit einem deutlichen Makel ausgestattet. Deshalb denke ich, dass das Schicksal nur besondere Menschen mit solchen Zeichen versieht.« Mit dem rechten Zeigefinger tippte er erst auf das linke, dann auf das rechte Auge und zwinkerte ihr verschwörerisch zu. »Erlaubt mir, mich kurz vorzustellen. Mein Name ist Laurenz Selege, Werkmeister aus Königsberg. Ein Auftrag führt mich in Eure Stadt. Meine Mutter war in meiner Heimatstadt Löbenicht Hebamme. Vor etwa siebzehn Jahren hat sie einer jungen Frau bei der Geburt von Zwillingen geholfen, ein Mädchen und ein Junge. Die beiden Kinder trugen ein ebensolches Feuermal im Nacken wie Ihr. Ich weiß das so gut, weil ich es mit eigenen Augen gesehen habe. Auch wenn ich damals noch ein vorlauter Lausbub von kaum zehn Jahren gewesen bin, der sich für vieles, nur nicht für anderer Leute Säuglinge interessiert hat: Diese beiden vom Schicksal gezeichneten Kinder sind mir bis heute fest im Gedächtnis geblieben. Zeit meines Lebens lassen sie mich nicht mehr los.«

Nachdenklich glitt sein Blick in die Ferne.

»Warum?«, fragte sie. »Warum denkt Ihr, die Kinder seien vom Schicksal besonders gezeichnet gewesen? Ist ihnen später etwas so Außergewöhnliches widerfahren?«

»In gewisser Weise schon«, erwiderte er zögernd. »Viel weiß ich darüber allerdings nicht. Sowohl die Kinder wie auch die Mutter sind bald schon aus dem Löbenicht verschwunden. Kurz nach der Geburt ist der Vater eines tragischen Todes gestorben. Ich bin im Übrigen nicht der Einzige, der die Familie nicht vergessen hat. Meine Mutter hat ihr trauriges Los ebenfalls zeitlebens beschäftigt. Dabei hat sie unzählige Kinder auf die Welt geholt und mehr als zwei Generationen Löbenichter Frauen während der Geburt betreut. Bis aufs Sterbebett aber hat sie immer wieder von diesen Zwillingen und ihrem schweren Los gesprochen.«

Von neuem legte er eine Pause ein, horchte den eigenen Worten nach. »Ihr müsst dasselbe Alter haben wie diese Kinder. Und nun habt Ihr ebendieses Mal wie sie.«

Damit warf er wieder einen forschenden Blick auf ihren Hals. Längst war sie sicher, dass das Tuch das Feuermal ausreichend verdeckte. Niemand konnte ahnen, wie deutlich es sich vom Haaransatz bis hinunter in den Nacken zog. Umso verwirrender, dass er es so genau zu beschreiben wusste.

»Ich habe keinen Bruder«, erwiderte sie schroff und erschrak über sich selbst. Sanfter fügte sie hinzu: »Ich habe gar keine Geschwister, und mein Vater, Zacharias Fröbel, Gott sei seiner armen Seele gnädig, ist erst letztes Jahr gestorben. Sein Todestag jährt sich an Georgi zum ersten Mal.«

»Oh, verzeiht, das tut mir sehr leid …«

»Schon gut«, wiegelte sie ab. »Außerdem sind wir hier in Wehlau, wie Euch aufgefallen sein dürfte, und nicht in Königsberg.«

»Ich bitte Euch nochmals um Verzeihung.« Er deutete eine Verbeugung an und setzte sich das schwarze Barett aufs wellige Haar. »Nichts lag mir ferner, als Euch zu nahe zu treten. Es fiel mir eben nur so ein, welch eigentümliche Zufälle es gibt. Kaum zu glauben, dass mehrere Menschen desselben Alters an derselben Stelle mit demselben Mal gezeichnet sind. Aber so muss es wohl sein.«

Sein Lächeln erschien ihr verzerrt. Plötzlich begriff sie. Was war sie für eine Närrin gewesen! Wie hatte sie so töricht sein können zu denken, es wäre ihm um sie zu tun? Allein das widerwärtige Mal an ihrem Hals hatte seine Aufmerksamkeit erregt. Nur deshalb hatte er sie überhaupt erst beachtet. Ihre Wangen färbten sich rot vor Scham.

»Lebt wohl!«, verabschiedete sie sich heiser und tat, als müsste sie Griet am Herdfeuer mit dem Suppenkessel zur Hand gehen. Er nickte bloß und verließ die Schankstube.

3

Im Hinterhof des Silbernen Hirschen staute sich die Luft. Kurz vor Mittag erreichten zwar nur mehr wenige Sonnenstrahlen den festgestampften Boden, trotzdem hatten die Morgenstunden bereits ausgereicht, das ummauerte Geviert aufzuwärmen. Der Frühling nahte mit großen Schritten. An den Büschen sprangen die ersten Knospen auf, am Apfelbaum zeigten sich zaghafte Blütenansätze.

Gunda freute sich über das Ende der trüben Wintertage, zugleich aber beschlich sie Trauer. In wenig mehr als einer Woche stand Georgi vor der Tür. Kaum zu glauben, dass der gute Zacharias Fröbel dann bereits ein Jahr tot war. Sie vermisste den liebevollen, lebensklugen Gefährten noch genauso schmerzlich wie am ersten Tag. Wehmut erfasste sie. Ein weiterer treuer Weggefährte fiel ihr ein: Rudolf Kelletat. Weitaus kürzer als Fröbel, aber nicht minder aufrichtig und am Ende sogar aufopferungsvoll hatte auch er ihr einst in größter Not beigestanden. Für ihn hatte sie ebenso wie für Fröbel zunächst keine große Zuneigung empfunden. Viel zu spät erst war ihr bewusst geworden, was sie ihm und letztlich auch er ihr bedeutet hatte. Ausgerechnet dort, wo anfangs nicht einmal Zuneigung, sondern nur Vernunft gewesen war, war über die Jahre wahre Liebe gewachsen. Dagegen hatte sich da, wo zu Beginn die große, ungestüme Liebe geherrscht hatte, am Ende nur noch bittere Enttäuschung ausgebreitet. Viele Jahre waren seither vergangen. Jahre, in denen sie dank Fröbel gelernt hatte, mit dem unerträglichen Schmerz des Verlustes zu leben. Was geschehen war, war geschehen und nicht mehr rückgängig zu machen. Es galt, nach vorn zu schauen. Nur so ließ sich die nötige Kraft sammeln, um das Künftige sinnvoll zu gestalten.

Auf dem Sterbebett hatte sie Fröbel versprochen, ein Jahr zu warten, bis sie entschied, was sie tun wollte. Jetzt nahte Georgi und damit der Tag der Entscheidung. Ob es als Zeichen zu verstehen war, dass der alte Fröbel ausgerechnet am Tag des tapferen heiligen Drachentöters sein Lebenslicht ausgehaucht hatte? Der heilige Georg schützte auch die Ritter des Deutschordens und galt als Patron der Böttcher, wie Kelletat einer gewesen war. Aus dem offenen Schweinekoben drang empörtes Quieken an ihr Ohr. Sie schreckte auf.

»Hätte ich euch doch fast vergessen!« Viel zu lang schon stand sie mitten im Hof und träumte vor sich hin. Dabei war helllichter Tag, keine Zeit für Müßiggang. Flugs bückte sie sich und hob den Korb mit Hopfenabfällen auf. Als sie auf ihren klappernden Holztrippen zum Pferch ging, streckten die Schweine vorwitzig die Schnauzen über das Gatter. Schwungvoll kippte Gunda die aussortierten Dolden hinein. Da sie nur weibliche Ähren zum Würzen verwendete, gab es immer wieder Ausschuss, mit denen sie die Schweine mästete. Gierig stürzten sich die beiden Tiere darauf und fraßen zufrieden. Voller Argwohn hatten die Hühner das beobachtet. Unter Führung des eitlen Hahns gackerten sie heran und scharrten sich um Gundas Beine. Mit einem sanften Tritt versuchte Gunda, das Federvieh auseinanderzuscheuchen. »Schaut, die Reste auf dem Boden! Seid nicht so faul und pickt sie auf.«

Geschäftig trat sie zum Brunnen auf der gegenüberliegenden Seite des Hofs. Dankbar entdeckte sie den randvoll mit Wasser gefüllten Eimer auf der Mauer. Silbern glänzte die unberührte Oberfläche, im einfallenden Mittagslicht zum zittrigen Spiegel geworden. Versonnen betrachtete Gunda ihr Abbild. Ihren fünfunddreißig Jahren und dem Witwenstand zum Trotz fand sie sich noch recht ansehnlich: Im kupferbraunen Haar, das unter der hellen Flügelhaube hervorlugte, zeigten sich noch keinerlei Ansätze von Grau. Die hohe Stirn sowie die Partie um die rehbraunen Augen waren beruhigend glatt. In großzügigem Rund hatte sie am Morgen die Bogen ihrer Brauen gezupft und mit Indigo schwarz gefärbt. Auf Brombeersaft und Öl zum Röten der Wangen konnte sie verzichten. Ihr Antlitz schimmerte von allein rosig. Selbst der stete Dampf über der Sudpfanne hatte der Haut ihres ebenmäßigen Gesichts bislang wenig anhaben können. Weder zeigten sich spröde Risse an den voll geschwungenen Lippen, noch wies die Halspartie bis zum dreieckigen Ausschnitt des Kleides Falten auf. Zufrieden schürzte Gunda die Lippen, freute sich an den geraden weißen Zähnen in dem noch vollständigen Gebiss und tauchte die Fingerspitzen in das eiskalte Wasser. Sogleich verzerrte sich ihr Gesicht in dem flüchtigen Spiegel, löste sich in den kreisrunden Wellen auf. Gunda bespritzte ihr Antlitz und trank schließlich einige Schlucke des erfrischenden Nass aus der hohlen Hand.

»Was tust du da?« Aus der Hintertür kam Lore in den Hof. Die breiten Hüften wiegten im Rhythmus ihrer tapsigen Schritte, über das runzelige Gesicht unter der weißen Flügelhaube huschte ein mattes Lächeln. Wie so oft versetzte Gunda der Anblick der verlebten Schönheit einen Stich. Die dreiundfünfzig Jahre sah man der Mutter inzwischen deutlich an, auch wenn sie durch sorgfältig ausgewählte Kleidung und mühevolle Körperpflege tapfer gegen das Altern ankämpfte. Das Leid des Lebens aber ließ sich weder unter aufwendigen Hauben, gestickten Bändern oder bunten Tüchern verbergen, noch ließ es sich mit duftenden Ölen und feinen Salben fortzaubern. Wie die entstellende Narbe am Kinn, die Lore seit jenem schrecklichen Überfall vor achtzehn Jahren zierte, gruben sich Tag für Tag unerbittlich die Spuren des Daseins auf dem leicht vorgebeugten Leib ein.

»Du weißt doch, Mutter, eine Brauerin muss wissen, wie gut ihr Wasser schmeckt«, erwiderte Gunda munter. »Nur wenn es von bester Qualität ist, wird ihr auch das Bier gelingen.«

»Du warst noch nie um eine Ausrede verlegen.« Schmunzelnd schüttelte Lore das Haupt. Einige dünne weiße Haarsträhnen rutschten unter der Haube heraus. Die im Lauf der Jahre krumm gewordenen Finger klimperten ungeduldig mit dem Schlüsselbund am Gürtel. »Wolltest du nicht zum Markt?«

»Bist du gekommen, um mich daran zu erinnern?« Gunda zwinkerte belustigt. »Dann willst du mich wohl unbedingt loswerden, um das Regiment im Haus zu übernehmen. Meine liebe Tochter aber denkt wohl nicht daran, mich zu begleiten? Dabei haben wir das heute früh besprochen. Es wird Zeit, dass sie Einblick in die Geschäfte jenseits der Sudpfanne gewinnt.«

Kaum hatte sie das gesagt, schob sich die Siebzehnjährige hinter ihrer Großmutter in den Hof. Gunda musterte sie mit Wohlgefallen. Wie am Morgen vereinbart, trug Agnes das rote Leinenkleid mit den weit auslaufenden Ärmeln, dessen Teufelsfenster mit hellrotem, glänzendem Stoff abgesetzt waren. An Ausschnitt und Ärmelaufschlägen war das Kleid mit einem dunkelroten, reich bestickten Band gesäumt. Der Gürtel war von der gleichen Farbe. Das glatte braune Haar hatte Agnes seitlich über den Ohren zu kreisrunden Schnecken aufgedreht. Wie stets trug sie ein leinenweißes Tuch um den schlanken, langen Hals, um das entstellende Feuermal vor neugierigen Blicken zu schützen. Eine Last, die ihrem Vater geschuldet war. Doch das tat dem selbstbewussten Auftreten des Mädchens keinerlei Abbruch. Je älter sie wurde, desto mehr wuchs sie zu einer wahren Schönheit heran. Kaum vermochte Gunda ihren Stolz zu verbergen. Hoffentlich merkte Agnes das nicht. Das Mädchen sollte nicht hoffärtig werden.

»Wartest du auf mich?«, fragte Agnes und hauchte ihr einen zarten Kuss auf die Wange. »Verzeih, aber ich wollte Griet nicht allein in der Schankstube zurücklassen, ohne die Becher der durstigen Gäste noch einmal aufgefüllt zu haben.«

»Gut.« Wie gern hätte Gunda ihr über die Wange gestrichen, sie in den Arm genommen und fest an sich gedrückt. Doch kaum wollte sie die Hand heben, war da wieder diese unermessliche Scheu, die sie in solchen Momenten stets befiel. Verlegen legte sie die Hand an die Stirn und tat, als müsste sie eine Haarsträhne unter die Haube stecken. Fröbel hatte recht behalten: Mit ihrer Klugheit machte Agnes mehr als einen Sohn wett.

»Bis später, Mutter.« Gunda nickte Lore zu und eilte Agnes mit großen Schritten zum Hoftor voraus. In einer dichten Traube hefteten sich die Hühner an ihre Fersen. Als Gunda das Tor erreichte, scharrten sie sich noch enger um sie. Sie holte zu einem sanften Tritt aus, um die gackernden Tiere auseinanderzutreiben. Beleidigt pickte eines der Hühner nach ihrem Zeh, erwischte ihn zielsicher durch den Stoff ihres Schuhs. »Autsch!«, entfuhr es Gunda. Nicht zum ersten Mal verfluchte sie, dass sie keine Schnabelschuhe aus Leder ertrug. Lore nähte ihr eigens welche aus festem Stoff, unter die sie Holztrippen schnallte. Die aber schützten kaum vor dem wütenden Picken eines Huhns. Verärgert stieß sie das Tier in die Seite.

Dicht gefolgt von Agnes trat sie auf die belebte Straße hinaus. Grell schien die Sonne auf das Getümmel. Dank des warmen Frühlingswetters standen an jedem Haus die Fenster und Türen zu den Werkstätten weit offen. Es klopfte, hämmerte und bohrte an Drehscheiben und Werkbänken, selbst die Gewandschneider und Bortensticker hockten in den offenen Stuben, um ihrem Tagwerk nachzugehen und gleichzeitig das Treiben auf der Straße zu verfolgen. Es war die zweite Woche nach Ostern. Unablässig strömten Händler mit hoch beladenen Karren sowie unzählige Bauersweiber mit vollgepackten Kiezen auf dem Rücken vom Alletor in die Stadt. Vereinzelt versuchten Fuhrleute, ihre von Ochsen gezogenen Wagen durch das Gedränge zu lenken. Empörte Aufschreie flogen durch die Luft. Wie im Sog trieb es alle zum Markt. Ein Junge von kaum acht Jahren trieb eine kleine Ziegenherde vor sich her, ein Mädchen von höchstens neun beaufsichtigte ein halbes Dutzend Gänse. Dazwischen grunzten Schweine jedweder Größe, sogar eine Kuh marschierte brav neben ihrem Aufseher zum Markt.

Es stank. Nicht nur die Tiere verströmten einen scharfen Geruch. Garbräter dehnten ihre Buden weit in die Gassen jenseits des Marktes aus. In ihren Kesseln kochten seit Stunden Nieren, Herzen, Mägen und andere Innereien, vermischt mit unzähligen Zutaten, deren Herkunft man besser nicht ergründete. Zwielichtiges Volk scharte sich um die Stände, boten sie das Essen doch zu niedrigen Preisen feil. Die Leute drängelten und feilschten, weil auch die wenigen Pfennige für manchen noch zu viel waren, um sich den knurrenden Magen zu stopfen. »Du nichtsnutziges Rabenaas! Gib mir noch eine Kelle Suppe, sonst schlag ich dir deinen Topf vom Feuer!«, erboste sich ein hinkender Mann darüber, dass seine Schale vom Garbräter nicht gut gefüllt worden war.

»Haub ab, du stinkender Galgenstrick, sonst zieh ich dir die Kelle über den grindigen Schädel!«

Beleidigt stürzte sich der Hinkende auf den Garbräter, ein anderer Mann suchte die beiden Streithähne auseinanderzureißen, was einen Dritten zum Einschreiten verleitete.

Widerwillig wich Gunda den Streithähnen auf die andere Straßenseite aus, musste sich dabei bereits gegen einen Pulk Neugieriger stemmen, die von dem Lärm zur Quelle des Aufruhrs angezogen wurden. Wie sehnte Gunda sich in die Ruhe ihres Sudhauses zurück! Dort gab es weder übelriechende Garküchen noch unzufriedene Kundschaft.

»Worauf wartest du?« Agnes hatte sich bereits einige Schritte von ihr entfernt, bis sie merkte, dass Gunda ihr nicht gefolgt war. Ungeduldig drehte sie sich um.

»Ich komme schon!« Gunda raffte den Rock und eilte weiter.

»Pass auf, du alte Pfennigjungfer!«, herrschte eine Frau sie unflätig an. Ohne Absicht war Gunda gegen sie gestoßen. Aus dem Eimer, den sie auf dem Kopf balancierte, schwappte eisiges Wasser heraus.

»Nimm dich in Acht, frecher Bauerntrampel!« Verärgert funkelte Gunda sie an, strich vorwurfsvoll über den nassen Ärmel ihres dunkelblauen Kleides.

»Verzeiht vielmals«, lenkte die Frau ein, sobald sie sah, wen sie vor sich hatte. »Ich habe nicht gesehen, wer Ihr seid.«

Gunda nickte huldvoll und hastete weiter. Agnes studierte bereits das Angebot einer an der Hauswand kauernden Bauersfrau. In einem großen Korb pries sie die letzten Bündel getrockneter Kräuter vom Winter an, daneben fanden sich die ersten zarten Blumen des Frühlings. Auch Bärlauch hatte sie reichlich feilzubieten. Der Geruch stieg Gunda bereits in die Nase, als sie die Alte noch gar nicht erreicht hatte. Angewidert verzog sie das Gesicht.

»Wir haben es eilig, Kind«, rief sie Agnes zu. »Drüben am Markt warten zwei wichtige Kaufleute auf uns. Von dem Gespräch mit ihnen hängt unser beider weiteres Geschick ab.«

»Was soll das heißen?«, fragte Agnes verwundert.

»Das erkläre ich dir ein anderes Mal«, erwiderte Gunda und zog sie energisch mit sich fort.

4

Noch bevor der Marktplatz in Sicht kam, hörte man das emsige Hämmern und Klopfen auf den Baustellen ringsum. Seit einigen Wochen wurde an den Häusern der reichen Bürger an-, um- und neugebaut. Der Abbruch der Burgen des Deutschen Ordens im letzten Jahr hatte das Land mit Steinen und anderen, sonst sehr seltenen Baumaterialien überschwemmt. Wer es sich leisten konnte, nutzte die Gelegenheit, sein Anwesen prächtig auszugestalten.

Das stolze Rathaus mit seinem imposanten Stufengiebel und dem zierlichen, hoch in der Dachmitte aufragenden Turm begrenzte den Marktplatz auf der einen, die trutzige Jakobikirche auf der anderen Seite. Dicht an dicht reihten sich auf dem weiten Platz die Verkaufsstände aneinander. In den dunklen Ecken bei den Gassen, in denen sich Tagelöhner, entlaufene Söldner und anderes lichtscheues Gesindel herumtrieb, fanden sich weitere Buden von Garbrätern. Auch sie verbreiteten einen üblen Gestank und waren trotzdem von hungriger Kundschaft umlagert. In großem Abstand dazu fanden sich die Tische mit fangfrischen Fischen aus Alle und Pregel, Fleisch und Geflügel sowie die ersten Bänke mit Brotfladen und allerlei Backwerk. An diese schlossen sich Stände mit Butter, Käse, Schmalz und Eiern an, bevor sich die Gewürzkramer mit ihren duftenden Kostbarkeiten aneinanderreihten. Immer wieder schoben sich Pferche mit aufgeregt flatterndem Federvieh dazwischen. Einzelne Hütejungen mit meckernden Ziegenböcken sowie Bauern mit wohlgemästeten Schweinen mischten sich darunter.

Auf der anderen Seite des Marktes, den warmen Strahlen der mittäglichen Sonne ausgesetzt, standen Händler mit Fässern voller Pelze und Tierfellen aus Litauen, daneben Kaufleute mit Ballen teurer Stoffe und Rollen bunter Bänder, die als Zierat für Kleider und Haar dienen sollten. Hie und da trieben Gaukler ihre Späße, musizierten Spielleute auf ihren Instrumenten und zeigten Zauberkünstler ihre Fertigkeiten. Mit heiserer Stimme pries ein Quacksalber die Wunderkräfte seiner Tropfen an, ein anderer lud zum Zähneausreißen ein. »Das Ziehen des zweiten Zahnes kostest euch heute keinen Pfennig!«

»Wohin willst du eigentlich?«, zerrte Agnes unwillig an Gundas Hand. »Jetzt sind wir bald den gesamten Marktplatz abgelaufen, aber nirgendwo scheinen deine Kaufleute zu sein.«

»Keine Sorge, wir finden sie schon!« Gunda bemühte sich um einen zuversichtlichen Ton. Allerdings war sie selbst verwirrt, die Herren aus Königsberg bislang nirgendwo entdeckt zu haben. Obwohl sie für eine Frau groß war und über viele Köpfe hinweg sehen konnte, reckte sie sich nun doch besorgt auf die Zehenspitzen. Hinten am Rathaus, direkt an der Ecke zur nächsten Gasse, meinte sie, ein bekanntes Gesicht zu entdecken, gleich daneben ein zweites. Sie atmete auf. Wie vereinbart hatten sich die beiden einen Platz gesucht, der aus der Menge herausragte, andererseits aber nicht zu auffällig war. Weder Gunda noch die Kaufleute legten Wert darauf, zusammen gesehen zu werden.

»Ich weiß, wo sie sind«, rief Gunda erfreut und schaute sich nach Agnes um. Die stand einige Schritte entfernt, dort, wo abenteuerlichste Singvögel feilgeboten wurden. Sogar ein kostbarer Papagei war darunter. Verängstigt, den Kopf halb unter die Flügel gesteckt, kauerte das exotische Tier auf seiner Stange. Es musste eine weite Reise hinter sich haben. Im fernen Afrika, hatte Gunda gehört, lebten solche bunten Vögel.

Agnes stand dicht vor dem Käfig und redete beruhigend auf das wertvolle Tier ein. Es machte bereits erste Ansätze, seine verkrampfte Haltung zu lockern. Nicht zum ersten Mal erlebte Gunda dieses Schauspiel. Beim Umgang mit Tieren zeigte das Mädchen ein ungewöhnliches Geschick. Wieder fiel ihr der alte Fröbel ein. »Wer die Sprache der Tiere spricht, versteht die Sprache des Herzens«, hatte er zu Agnes' ungewöhnlicher Gabe gemeint.

Auf Zehenspitzen näherte Gunda sich der Tochter. Staunend umringte eine Schar Kinder und Neugieriger den Vogelbauer, zeigte verblüfft mit den Fingern auf das seltene Tier. Sein Gefieder war grau, lediglich die rote Schwanzfeder stach heraus. Unter Agnes' Worten löste es sich schließlich ganz aus seiner Starre, trippelte bald leutselig auf das Mädchen zu und rief mehrmals laut vernehmlich: »Grüß Euch! Grüß Euch!« Agnes strahlte über das ganze Gesicht. Die Menge applaudierte, die Brust des Händlers schwellte vor Stolz an. Offenbar hoffte er, Agnes kaufte ihm den Vogel nun, da sie Freundschaft mit dem Tier geschlossen hatte, zu einem horrenden Preis ab. Schon wollte Gunda sich einschalten, da kam ein vornehm gekleideter, schwarzbärtiger Mann mit Barett auf den welligen Haaren von der anderen Seite auf Agnes zu. Wohlwollend lächelte er. »Anscheinend habt Ihr eine ganz besondere Gabe für Tiere. In Eurer Gegenwart fühlt sich der Papagei wohl. Ihr solltet ihn besitzen. Darf ich mir erlauben, ihn Euch zu schenken?«

»Nein!«, entfuhr es Gunda übertrieben laut. Aus unerfindlichen Gründen verlangte es sie sogleich danach, Agnes aus der Nähe des Schwarzbärtigen wegzuziehen. »Meine Tochter nimmt keine Geschenke von wildfremden Menschen an.«

Besorgt griff sie Agnes am Arm. Das Mädchen schüttelte sie verärgert ab.

»Aber Mutter, das ist doch …«

»Du kennst diesen Herrn?«

Erst jetzt sah Gunda den Schwarzbärtigen genauer an. Sie erstarrte. Diese Augen! Der Mann hatte zwei verschiedenfarbige Augen! Ein spitzer Aufschrei entfuhr ihr. Nicht nur die Augen, das ganze Auftreten des Fremden schien ihr vertraut. Dabei war sie sicher, ihm noch nie zuvor begegnet zu sein. Während sie angestrengt nachdachte, begann sie zu frösteln. Sie schnappte nach Luft, klammerte sich an Agnes' Arm. Ein Bild aus lang vergangenen Tagen stieg in ihr auf. Eine Frau war es gewesen, an die der Fremde sie erinnerte. Eine Frau, nicht eben vertraut, doch Gunda an einem folgenschweren Tag ihres Lebens so nah wie kaum ein anderer, nicht einmal Mutter Lore.

»Mutter, was hast du?« Behutsam legte Agnes ihr den Arm um die Schultern, während sie sich nach einer Sitzgelegenheit umsah. Gunda schloss die Augen, genoss für einen Moment die seltene Zärtlichkeit. Wie gern würde sie die in vollen Zügen auskosten, doch da war immer noch die unbändige Angst vor dem, was sie gerade eben entdeckt hatte.

»Hier, setzt sie auf das Fass«, schlug der Schwarzbärtige vor und half Agnes, Gunda zu dem umgekippten Fass am Stand eines litauischen Händlers zu bringen.

»Lasst mich! Alles nicht so schlimm. Es geht schon wieder.« Gunda stemmte sich gegen die beiden. Aus den Augenwinkeln hatte sie erkannt, womit der Händler sein Geld verdiente: Leder! Übelkeit erfasste sie. »Nicht hier, bitte nicht hier!«, stieß sie keuchend zwischen den Lippen hervor und versuchte, den Geruch wie auch den Anblick der frisch gegerbten Stücke zu verdrängen. »Das Leder, Agnes, du weißt doch!«.

»Schon gut, Mutter, beruhige dich.« Zum Glück verstand Agnes sogleich ihre Not und führte sie von dem Stand weg. Ein Tuchhändler mehrere Tische weiter wies hilfsbereit auf eine Kiste.

»Setzt sie hierher zu mir. Anscheinend kann sie den Geruch von Leder nicht ertragen. Ich sage es ja immer: Diese Gerber sind mit sämtlichen Teufeln im Bunde!« Als er breit zu lachen begann, entblößte er ein halbverfaultes Gebiss. Zugleich rieb er sich freudig die Hände. Offenbar witterte er ein gutes Geschäft. Die Gewänder der beiden Frauen und der nicht minder teuer gekleidete Schwarzbärtige dicht hinter ihnen versprachen Aussicht auf vermögende Kundschaft. »Will der Herr nicht einen Blick auf meine Schätze werfen?«

»Danke«, wiegelte der Fremde ab und bückte sich stattdessen zu Gunda herunter. Aufmerksam musterte er ihr Gesicht. Gunda fühlte sich außerstande, sich wegzudrehen. Zu sehr war sie noch von dem Schreck gebannt, seine eigenartigen Augen erkannt und zugleich des Ledergeruchs wegen an eine noch viel schlimmere Begebenheit aus ihrem früheren Leben erinnert zu werden.

»Ich habe mich nicht getäuscht: Ihr seid es tatsächlich, Gunda Kelletat, Mutter der Zwillinge mit dem Feuermal und Witwe des ehrbaren Böttchermeisters Rudolf Kelletat aus dem Löbenicht!« Der Mann zog das Barett vom Kopf und verbeugte sich tief. Über sein fein geschnittenes Gesicht huschte ein Anflug von Freude, gepaart mit aufrichtiger Verwunderung. »Gestern schon war mir, als müsste ich Euch hier in Wehlau treffen.«

»Was redet Ihr da? Ihr müsst sie verwechseln. Das ist meine Mutter, Gunda Fröbelin, Witwe des im letzten Jahr verstorbenen Zacharias Fröbel, Wirtin des Silbernen Hirschen vorn am Alletor, neben dem Witoldschen Haus.«

»Das mag sein«, lenkte der Schwarzbärtige mit seiner schönen Stimme ein. »Das ändert jedoch nichts daran, dass sie einmal Gunda Kelletat im Königsberger Löbenicht gewesen ist. Schon gestern, als ich Euer Mal am Hals entdeckt habe, ist mir die Erinnerung gekommen. Jetzt, da ich Eure verehrte Frau Mutter mit eigenen Augen vor mir habe, bestätigt sich meine Vermutung. Sie ist es, glaubt mir! Nie im Leben werde ich ihr Gesicht vergessen.«

»Laurenz Selege«, murmelte Gunda. Langsam drang in ihr Hirn vor, dass er zugab, Agnes' Feuermal bereits gesehen zu haben. Wie konnte das sein?

So leise sie auch sprach, hatte Agnes ihre Worte doch vernommen. Fragend sah sie sie an. Gunda reagierte nicht. Für eine Weile schloss sie die Augen, lehnte erschöpft den Kopf gegen Agnes' schlanken Leib. Es tat gut, wenigstens das Mädchen sicher bei sich zu wissen. Einmal musste das alles doch vorbei sein, auch für sie! Einige Atemzüge später beschloss sie, der unliebsamen Begegnung ein rasches Ende zu bereiten. Mit neuer Kraft erhob sie sich und sah dem Schwarzbärtigen geradewegs ins Gesicht.

»Mir scheint, mein Lieber, wir sind beide einer Verwechslung aufgesessen. Verzeiht, wenn ich Euch Unannehmlichkeiten bereitet habe. Ich kenne Euch nicht, und auch Ihr müsst Euch täuschen. Wie meine Tochter schon gesagt hat: Mein Name ist Gunda Fröbel, Witwe des ehrbaren Schankwirts und Bierbrauers Zacharias Fröbel. Wenn Euch danach ist, so seid Ihr jederzeit in meinem Gasthaus herzlich willkommen. Doch jetzt entschuldigt meine Tochter und mich. Wir haben wichtige Dinge zu erledigen. Gehabt Euch wohl.«

Ihre Finger suchten in den Falten ihres Rocks nach dem kleinen Leinenbeutel, in dem sie ihr Geld zu verwahren pflegte. Achtlos wühlte sie einige Münzen heraus. »Gebt mir von den blauen Bändern dort hinten«, wies sie den Händler an. Noch bevor er nachfragen konnte, welche sie meinte, griff sie sich zwei beliebige Stücke von dem erstbesten Haufen, warf die Münzen auf den Tisch und zog Agnes mit sich fort.

Es entging ihr nicht, wie widerstrebend die Siebzehnjährige ihr folgte. Es kümmerte sie nicht. Sie hatte es eilig, auf die andere Seite des Marktplatzes zu gelangen. Viel zu lang schon ließ sie die beiden Kaufleute aus Königsberg dort warten.

»Warte doch!«, rief Agnes und stolperte ihr nach. »Bleib einmal kurz stehen und erklär mir das alles. Woher kennst du den Namen dieses Mannes?«

»Wieso bist du so vertraut mit ihm?« Gunda missfiel, wie laut Agnes sprach. Sie blieb so abrupt stehen, dass das Mädchen regelrecht in sie hineinlief. Einen Moment verhakten sich ihre Blicke. Agnes hatte die bernsteinfarbenen Augen ihres Vaters geerbt. Ein weiterer bitterer Zug des Schicksals, sie auf Schritt und Tritt an ihn zu erinnern.

»Es hat den Anschein, liebes Kind, dass dir dieser Herr im Gegensatz zu mir alles andere als fremd ist. Denk an deinen guten Ruf!«

Schuldbewusst senkte Agnes den Blick. Dennoch spürte Gunda, dass es weiter in dem Mädchen arbeitete. Schon hob sie wieder den Kopf. »Verzeih, Mutter, aber ich habe mich eben ganz gewiss nicht getäuscht. Laut und deutlich hast du den Herrn Laurenz Selege genannt. Mit diesem Namen hat er sich mir gestern in unserem Gasthaus vorgestellt.«

»Was?« Gunda rang abermals um Fassung.

»Ganz gleich, ob du nun zugeben willst oder nicht, dass du ihn kennst: Sag mir, was an seiner Behauptung dran ist, du wärest diese Gunda Kelletat aus Königsberg!«

Einen Moment meinte Gunda, der Erdboden zu ihren Füßen täte sich auf, und die finsteren Mächte der Hölle streckten ihre spitzen Krallen nach ihr aus. Sie schwankte, schloss die Augen, flehte den heiligen Georg um Hilfe an. Ritterlich sollte er ihr zur Seite stehen, wenn er ihr schon den klugen Fröbel entrissen hatte.

Zacharias schien tatsächlich ein gutes Wort bei dem Drachentöter für sie eingelegt zu haben. Als sie die Augen wieder öffnete, fühlte sie ihre gewohnte Kraft zurückkehren. Erstaunlich gelassen hörte sie sich selbst feststellen: »Mag sein, dass ich vorhin den Namen des Schwarzbärtigen gemurmelt habe. Ich muss ihn kurz zuvor aufgeschnappt haben. Hast du ihn nicht mit diesem Namen angesprochen? Ach, das spielt alles keine Rolle! In jedem Fall täuschst du dich: Ich weiß nicht, wer der Herr ist und was er von mir will. Es kümmert mich auch nicht, was er über diese Frau gesagt hat. Das Einzige, was mich kümmert, ist, dass wir viel zu spät dran sind, um die Kaufleute aus Königsberg zu treffen. Wir sollten sie nicht verärgern. Wir sind auf sie angewiesen, um unsere weiteren Geschäfte abzuwickeln. Du weißt, wie die Lage hier bei uns im Ordensland ist. Wir müssen an unsere Zukunft denken.«

Schon schickte sie sich an weiterzugehen, da hielt Agnes sie abermals zurück. »Hätte ich einen Bruder, würdest du dann auch so mit mir umgehen?«

»Wie kommst du nur auf diesen Unsinn?« Schleppend brachte Gunda das heraus, schwankte abermals. Schneller als erwartet drohte die mühsam wiedergefundene Kraft erneut zu versiegen.

»Wahrscheinlich nicht.« Agnes blieb unerbittlich. »Dann hättest du *ihn* mit zu diesen Geschäften genommen und nicht mich. Ich würde keine große Rolle in deinem Leben spielen. Ein Sohn ist nun einmal eher dafür gemacht, Geschäfte zu tätigen. Mit dem kann man mehr anfangen als mit einer Tochter. Die gilt es nur gut zu verheiraten, alles andere zählt nicht.«

»Was redest du da für törichtes Zeug?« Fassungslos starrte Gunda sie an. Wie kam das Mädchen ausgerechnet jetzt auf diese Idee? Was hatte der Schwarzbärtige ihr erzählt? Gunda meinte, zu Boden sinken zu müssen. Es gelang ihr gerade noch rechtzeitig, Halt an einer der Brotbänke zu finden, die rechts und links des Weges standen.

Erbarmungslos erwiderte Agnes ihren Blick. So schwer es ihr fiel, zwang sich Gunda, nicht auszuweichen und ihr so ruhig wie möglich zu versichern: »Du weißt gar nicht, was du da sagst. Wieso hätte ich mich je nach einem Sohn sehnen sollen? Für Fröbel und mich warst du stets das größte Glück unseres Lebens.«

5

For heaven's sake! Editha hasste es, wenn Gernot derart herablassend mit ihr sprach. Erzürnt wandte sie sich von ihrem Gemahl ab und trat ans Fenster. Ihre kleinen Hände ballten sich zu Fäusten, ihr gedrungener Körper bebte vor Zorn. Durch das offen stehende Fenster strömte milde Frühlingsluft herein. Tief sog sie sie ein. Um Zeit zu gewinnen, sah sie lange hinaus.

Seit dem Öffnen der Stadttore zogen Fuhrwagen und Karren vom Löbenicht kommend durch die Altstädter Langgasse zum Marktplatz. Die Aufregungen der letzten Wochen schienen vergessen. Dabei wäre es innerhalb der Stadtmauern fast zum Krieg gekommen. So grässlich die Vorstellung von Kämpfen vor der eigenen Haustür auch war, noch viel mehr erschütterte Editha die Vorstellung, beinahe Zeugin einer Fehde von Königsbergern gegen Königsberger geworden zu sein. Schuld daran trug allein der Preußische Bund. Seit seinen Anfängen vor fünfzehn Jahren misstraute Editha ihm, zu Recht, wie sich nun gezeigt hatte: Erst trieb er einen Keil zwischen die Städte des Ordenslandes und den ihnen über Jahrhunderte treuen Schutzherrn, den Deutschen Orden. Dann löste er beinahe einen Krieg zwischen den drei Königsberger Städten aus. Dabei hatten Altstädter, Löbenichter und Kneiphöfer Bürger im letzten Jahr noch einträchtig die Kreuzherren aus der Ordensburg oberhalb der Altstadt vertrieben. Editha schnaufte. Niemals durfte man sich des einmal Erreichten zu sicher sein. Der Streit mit Gernot bewies, dass das leider auch auf die eigene Familie zutraf. Die Auseinandersetzung innerhalb der Königsberger Mauern war noch einmal gut ausgegangen. Im letzten Augenblick hatten die Altstädter und Löbenichter Vernunft angenommen und die wahren Absichten der Bündischen sowie des von ihnen hochverehrten polnischen Königs Kasimir durchschaut. Der Elbinger Komtur, Heinrich Reuß von Plauen, war ihnen zu Hilfe geeilt und hatte mit seinen tapferen Mannen die letzten Aufmüpfigen in den Kneiphof verjagt. Seither verschanzten sie sich dort. In der Rückkehr zur alten Ordnung unter dem Schutz der Kreuzherren sah Editha die einzige Möglichkeit, in Königsberg friedlich und erfolgreich Handel zu treiben. Vielleicht, so hoffte sie, lernte Gernot aus diesem Beispiel, auch im eigenen Haus Vernunft walten und die bestehende Ordnung unangetastet zu lassen. Caspar musste zu Hause bleiben. Änderungen und Neuerungen beschworen nur Unheil herauf. Gar nicht auszumalen, was dem Jungen in der Fremde widerfahren, welchen Gefahren er ausgesetzt werden konnte! Abermals ballte sie die Fäuste, schloss die Augen und sammelte neue Kraft. Ruhiger geworden, blickte sie noch einmal nach draußen.

Das sonnige Wetter der letzten Tage dauerte an. Nach dem Ausbleiben der Kämpfe trauten sich die Bürger wieder vor die Tür, um den Frühling und die Rückkehr des friedlichen Miteinanders zu begrüßen. Weit standen die Tore zu den Werkstätten offen, auch die teuren Glasfenster an vielen Kaufmannshäusern waren geöffnet. In jedem Winkel sammelten sich Männer und Frauen, um Neuigkeiten auszutauschen. Die zufriedenen Gesichter verrieten, wie gut diese ausfielen. Mit gewachsener Zuversicht drehte Editha sich zurück ins Innere der Stube.

In wenigen Schritten stand sie bei dem Käfig mit dem grüngelben Vogel. Das kostbare Tier war ein eindeutiger Liebesbeweis. Vor wenigen Wochen erst hatte Gernot ihn ihr geschenkt. Die Erinnerung an jenen Nachmittag, als er den Käfig stolz ins Haus gebracht hatte, rührte sie. Wer seine Frau nach achtzehn Jahren Ehe mit einem solch wertvollen Geschenk bedachte, musste immer noch viel für sie empfinden. Sie sollte Gernots streitsüchtigen Ton nicht überbewerten. Leise pfiff sie, um den Vogel zu locken. Kaum wurde das kleine Tier ihrer Aufmerksamkeit gewahr, plusterte es sich auf und stimmte sein zweizeiliges Lied an, das in einem anschwellenden »Türelli« anhob und mit einem abfallenden »Düdüdü« endete. Sie streckte den Zeigefinger zwischen die Stäbe und schnalzte mit der Zunge. Der Vogel aber hatte genug geträllert und verbarg den kleinen Kopf zwischen Brust und Flügel. Enttäuscht wandte Editha sich endlich wieder ihrem Gemahl zu und betrachtete ihn nachdenklich.

Trotz seiner fast vierzig Jahre strahlte Gernot jugendlichen Schwung aus. Arme und Hände zeugten von einer gewissen Feingliedrigkeit, während das breite Gesicht mit der platten Nase und den hervorquellenden Froschaugen sowie der schwulstige Nacken alles andere als zart wirkten. Womöglich war es genau dieser Widerspruch zwischen grob und fein, der Gernots besonderen Reiz ausmachte. Edithas Blick wanderte weiter. Unter dem weit schwingenden, oberschenkellangen Rock aus dunkelblauem Tuch trug ihr Gemahl ein hellbraunes Wams mit auffällig verzierten Säumen. Die roten Strumpfhosen mit den blauen Längsstreifen betonten die dünnen Beine fast eine Spur zu viel. Wie so oft fragte sich Editha, wie sie das Gewicht des Körpers überhaupt zu tragen vermochten. Früher einmal war Gernot gertenschlank gewesen. Erst im Lauf der Jahre hatte sich sein Bauch zu wölben begonnen. Sie sah an ihrer eigenen, rundlichen Gestalt hinunter. Eheleute passten sich einander auch äußerlich an, ein weiterer Beweis ihrer unerschütterlichen Liebe. Zärtlichkeit erfasste sie. Die Schatten der Vergangenheit, die sie noch viel zu oft in Alpträumen heimsuchten und ihr die Gestalt einer hochgewachsenen, schlanken, braunhaarigen Frau quälend nah vor Augen führten, verblassten mit jedem weiteren Jahr und jedem weiteren Speckgürtel um Gernots Hüften. Sie durfte nur das Vertrauen in ihren Sieg nicht verlieren. Errungen hatte sie ihn schon vor langer Zeit.

»Du wirfst mir also vor, unseren Sohn zu verzärteln?«, knüpfte sie an das unterbrochene Gespräch an und machte zwei Schritte auf Gernot zu. Obwohl er nicht sonderlich groß war, musste sie das Kinn recken, um ihm ins Gesicht zu schauen. Beiläufig strich sie mit den Fingern am weiten Ausschnitt ihres hellblauen Kleides entlang, richtete die Rüschen und entblößte dabei viel helle, trotz ihrer achtunddreißig Jahre noch recht makellose Pfirsichhaut. Sie warf den Kopf zurück und schürzte die rot gefärbten Lippen. Aufmerksam suchten ihre blauen Augen seinen Blick, doch er wich ihr aus.

»Wie soll ich unseren Sohn deiner Meinung nach behandeln, damit er nicht verweichlicht? Soll ich ihn losschicken, um sich den böhmischen Söldnern anzuschließen, die der Preußische Bund angeheuert hat? Äußerst rauhe Burschen sollen das sein, angeführt von Männern, die sich ihre Lorbeeren in den Hussitenkriegen verdient haben. Seine erste Probe könnte Caspar gleich im Kampf gegen Plauens Truppen drüben im Kneiphof bestehen. Plauen setzt übrigens auch zum Großteil auf Männer aus Böhmen, wie man hört. Egal also, auf welcher Seite er sich einreiht: Überall wird er von den tapferen Burschen lernen, seinen Mann zu stehen. Das willst du doch, oder?«

Sie hielt inne und schöpfte nach Luft. Wieder stellte sie sich vor den Käfig, besah sich den Vogel, um zur Ruhe zu kommen. Als richtete sich ihre Empörung gegen ihn, war der kleine Bursche verängstigt ins äußerste Eck seines Bauers zurückgewichen.

»Darf ich dich daran erinnern, mein Lieber«, fuhr sie an Gernot gewandt fort, »dass Caspar unser einziges Kind ist? Verlieren wir ihn, haben wir niemanden mehr. Oder denkst du, es geschähe noch einmal ein Wunder und die Gnade Gottes bescherte uns einen weiteren Nachkommen? Sieh der Wahrheit ins Gesicht: Sowohl für dich wie auch für mich sind die besten Jahre vorbei. Bei Caspar ist das anders. Siebzehn Jahre ist er gerade erst alt. Das ist weit entfernt von dem Alter, in dem man ihn auf eine Abenteuerreise schicken sollte, insbesondere in Zeiten wie diesen.«

»Du drehst mir mal wieder jedes Wort im Mund herum!« Empört begann Gernot in der weitläufigen Wohnstube auf und ab zu gehen. »Von einer Abenteuerreise war niemals die Rede. Ebenso wenig wollte ich ihn als Söldner anpreisen. Dennoch: Gerade angesichts der unsicheren Lage im Ordensland ist jetzt der richtige Zeitpunkt gekommen, den Jungen auf Reisen zu schicken.«

Editha folgte ihm mit den Augen. Seine dünnen Beine holten beim Gehen weit aus, die Mantelschöße umflatterten die breiten Hüften. Trotz aller Aufregung saß das nackenlange, dunkelblonde Haar wie ein Helm um Gernots Haupt, bedeckte die verräterische Zeichnung im Nacken vollständig.

»Selbst wenn er dadurch von den kriegerischen Ereignissen bei uns verschont wird, ist und bleibt es eine Abenteuerreise«, beharrte sie trotzig. »Oder wie nennst du es sonst, wenn ein Siebzehnjähriger allein in die Fremde geschickt wird? Danzig, Lübeck und Bremen sind weit entfernte Ziele. Allein schon an diese Orte zu gelangen ist ein gefährliches Abenteuer, von dem Leben in der Fremde ganz zu schweigen. Mehrere Jahre wird er fort sein. Niemanden wird er unterwegs kennen, niemand wird ihm eine Heimat bieten können. Wie soll er das aushalten?«

»Frag lieber, wie du das aushalten sollst!«

Jäh blieb Gernot stehen und drehte sich zu ihr um. Sein Aussehen erschreckte Editha. Die bernsteinfarbenen Augen weit aufgerissen, war sein Antlitz aschfahl geworden. Der rot gefärbte Bart zitterte, die schmalen Lippen waren blutleer.

»Ich war nicht viel älter als er, als ich meine Lehrjahre in der Fremde angetreten habe. Meine Mutter wäre nie auf die Idee gekommen, meinem Vater …«

»Ich bin nicht deine Mutter! Davon abgesehen, warst du bereits um einiges älter. Anfang zwanzig wirst du gewiss gewesen sein, als du bei meinem Vater in London aufgetaucht bist.«

»Großer Gott, London!«, rief er mit einem Mal begeistert. Darüber gewannen seine Wangen wieder an Farbe. »Warum bin ich da nicht selbst draufgekommen? Das ist doch genau das richtige Ziel für Caspar. In deinem geliebten Heimatland hat dein Sohn weder Einsamkeit noch gefährliche Abenteuer zu befürchten. Dorthin werden wir ihn fürs Erste schicken.«

»*Good gracious!* Hast du etwa vergessen, dass London noch weiter von Königsberg entfernt ist als die anderen Städte? Ganz zu schweigen von der gefährlichen Reise. Denk nur an deine armen Eltern! Kurz nach unserer Hochzeit sind sie auf dem Weg zu meinen Eltern bei einem Sturm elend im Kanal ertrunken.«

Als erhielte sie gerade noch einmal die schreckliche Nachricht, schlug sie sich die Hand vor den Mund. Hastig setzte sie nach: »Von der Unberechenbarkeit des Wetters einmal abgesehen, werden Handelsschiffe auf dem Weg an die Themse ausgeraubt oder verschleppt, im schlimmsten Fall gleich samt Besatzung von Piraten versenkt.«

»Ja, der Tod meiner Eltern damals war furchtbar«, griff Gernot ihre früheren Worte auf. »Aber trotzdem, Editha,

Liebste, müssen wir weiterdenken: Stell dir nur vor, welch große Freude es wäre, wenn *unser* lieber Caspar bei *deiner* lieben Familie in London einträfe! Dieser Gedanke muss dich doch entzücken.«

Es gefiel ihr nicht, wie er die Worte *unser* und *deiner* betonte. Argwöhnisch betrachtete sie ihn. Der Blick seiner Augen wirkte entrückt, als er fortfuhr: »Ich finde es sehr verlockend, Caspar nach London zu schicken. Was soll er unterwegs schon zu befürchten haben? Immerhin ist *unser* Sohn dank *deiner* Abkunft ein halber Engländer.«

Bei den letzten Worten lachte er auf, tat dann aber so, als hätte er gehustet. »Um die Fahrt sicherer zu machen, könnten wir ihn in die Obhut eines englischen Kaufmanns geben, der von hier aus in sein Heimatland reist. Ach, meine Liebe, die Idee gefällt mir immer besser. Stell dir nur vor, wie er die Stätten deiner Kindheit aufsucht, deine weitverzweigte Familie kennenlernt. Blut ist und bleibt doch die stärkste Verbindung. Das wird er spüren, kaum dass er englischen Boden betreten hat. London wird ihm eine zweite Heimat werden.«

Schmunzelnd verschränkte er die Hände hinter dem Rücken und wippte auf den Fußspitzen. Sein Gebaren reizte Editha. Sie konnte nicht anders, als ihm einen vernichtenden Blick zuzuwerfen.

»Bedenke doch nur weiter: Gelingt es Caspar, während seines Aufenthalts engere Verbindungen zu englischen Kaufleuten zu knüpfen, verschafft uns das einen riesigen Vorsprung gegenüber den anderen Königsbergern«, schmückte er seinen Plan weiter aus. »Du als seine Mutter kennst sein angenehmes Wesen selbst am besten. Im Handstreich wird er die Herzen deiner Landsleute gewinnen. Sein umfangreiches Wissen wird die Menschen beeindrucken. Davon abgesehen, werden ihm auch die verwandtschaftlichen Beziehungen von

Vorteil sein. Das wiegt letztlich schwerer als alle Empfehlungsschreiben.«

Sein Wippen auf den Fußspitzen wurde heftiger. Der kleine Vogel stimmte von neuem sein kurzes Lied an.

»Also gut«, lenkte Editha zögerlich ein, »ich bin einverstanden, dass London oder vielmehr das Kontor meiner Familie der Ausgangspunkt für Caspars Lehrjahre in der Fremde ist. Allerdings sollten wir erst einmal meinen Bruder fragen, was er davon hält. Du weißt, was er uns in seinen Briefen über die derzeitige Lage aus London berichtet. Beruhigend klingt das nicht. Erhebt er Bedenken, warten wir lieber noch ein paar Jahre. Nein, noch besser«, sie rang sich ein gewinnendes Lächeln ab, »fragen wir Caspar doch selbst. Wenn du ihn für alt genug hältst, allein in die Fremde zu ziehen, ist er auch vernünftig genug, selbst zu entscheiden, ob er bereits dieses Jahr oder erst nächstes oder gar übernächstes aufbrechen will.«

Sogleich rauschte sie aus der Stube. »Anna!«, rief sie ins Dunkel des Treppenhauses. Schlurfend tauchte die alte Magd auf. Ihre Holzpantinen klackten laut über den Dielenboden. »Ruf Caspar! Er soll sofort in die Stube kommen.«

Die Alte schaute kaum auf. Der Lauf der Jahre hatte der dürren Frau den Buckel gekrümmt und das farblose Haar gelichtet. Die weiße Haube wirkte zu mächtig für den kleinen Kopf, die seitlichen Aufschläge daran ähnelten verhinderten Schmetterlingsflügeln. Wie sehr man sich jedoch davor hüten sollte, Anna zu unterschätzen, verrieten ihre wachen grauen Augen. Als sie sich mit einem kaum merklichen Nicken umdrehte und die Stiege zum Kontor im Erdgeschoss hinunterschlurfte, atmete Editha auf. Gleich würde Caspar mit einem entschiedenen Nein Gernots Ansinnen ein rasches Ende bereiten.

6

Einem Windstoß milder Frühlingsluft gleich fegte Caspars gute Laune den trüben Winter aus der Wohnstube. Die grünlich braunen Augen strahlten, das dunkelblonde Haar glänzte im Sonnenlicht. *For heaven's sake!* Sein Anblick gemahnte Editha schmerzlich an das unaufhörliche Verrinnen der Zeit. Ähnlich frisch und unbeschwert war auch Gernot einst als junger Bursche ins Londoner Kontor ihres Vaters geschneit. Waren seither tatsächlich schon zwanzig Jahre vergangen?

»Was gibt es? Seid ihr euch nicht einig, wo der beste Platz für den neuen Schrank ist? Wo ist er denn? Wollte ihn Meister Eggers nicht heute Vormittag liefern?« Schwungvoll drehte Caspar sich um die eigene Achse, maß die gesamte Stube mit den Augen ab und zeigte schließlich mit dem ausgestreckten Zeigefinger zur hinteren Längsseite der mit dunklem Holz getäfelten Stube. »Wie wäre es dort hinten an der Wand, gleich neben dem Wandbord mit Vaters geliebten Zinnkrügen? Das Licht von den Fenstern wird die Schnitzereien an dem neuen Stück bestens zur Geltung bringen.«

»Ein guter Vorschlag.« Stolz tätschelte Gernot dem Siebzehnjährigen die Schulter. So dicht nebeneinander wurde die Ähnlichkeit zwischen Vater und Sohn offenkundig. Es bestand kein Zweifel, wie Caspar in zwanzig Jahren aussehen würde. Schon jetzt wölbte sich sein Leib über den dünnen, schlaksigen Beinen leicht hervor. Von der Seite betrachtet waren die Gesichtszüge des Jungen ein exaktes Abbild von Gernots. Lediglich der Bartwuchs fehlte noch, auch war seine Nase schmaler und dank eines kleinen Höckers an der Wurzel leicht gekrümmt.

»Das entscheiden wir später«, stellte Editha klar. »Der Schrank ist an und für sich schon überflüssig. Sämtliches Geschirr und die Tischwäsche passen nach wie vor gut in die alte Eichenholztruhe meiner Eltern. Gib zu, Gernot: Er dient dir nur als Vorwand, um weitere Zinnkrüge und sündhaft teure Bücher zu kaufen.«

Abfällig betrachtete sie die drei bereits vorhandenen Folianten auf dem Bord, die Gernot hütete wie seinen Augapfel. »Wozu sollen Bücher überhaupt gut sein? Außer törichter Verse über vergebliches Liebeswerben und überflüssige Heldentaten aus längst vergangenen Zeiten steht nichts darin. Dafür aber vernebelt einem das Lesen die Sicht auf das wirkliche Leben. Kein Wunder, dass du so einen ungesunden Hang zu gefährlichen Abenteuern hast, mein Lieber.«

Gernot betrachtete seufzend den noch nicht abgeräumten Tisch in der Mitte des Raumes. Surrend umschwirrte eine Fliege die Reste des süßen Muses. »Nun, mein Sohn«, begann er umständlich, während er sich vor den Vogelbauer zwischen den beiden Fenstern zur Straßenseite stellte. Er musterte das Gefieder des kleinen Tieres, bevor er sich ganz dem Jungen zuwandte. »Du hast die Lateinschule abgeschlossen und erste Einblicke in die Geschäfte unseres Kontors gewonnen. Deine stetig wachsenden Kenntnisse erfreuen deine Mutter und mich jeden Tag mehr.«

Editha warf ihm einen warnenden Blick zu. Caspars Miene verriet Ratlosigkeit. Schon wollte er etwas fragen, da besann sich Gernot, trat einen Schritt zur Seite und fuhr sich mehrmals mit der rechten Hand am Nacken entlang. Für einen kurzen Augenblick entblößte er das Feuermal. Unbeholfen platzte er heraus: »Jedenfalls sind deine Mutter und ich zu dem Schluss gekommen, du solltest für eine Weile in die Fremde reisen.«

»Was?«

»Erschreckt dich das, mein lieber Sohn?«, fragte Editha fürsorglich und spürte Genugtuung. Caspar mit Gernots unausgegorenen Plänen zu konfrontieren hatte schneller als erwartet die erwünschte Wirkung erzielt. »Dein Vater und ich wollen dir damit beweisen, wie viel wir bereits jetzt von deinen Fähigkeiten halten. Eigentlich bist du noch zu jung, um in die Welt geschickt zu werden. Andere müssen damit warten, bis sie neunzehn oder zwanzig Jahre alt sind. Sieh es also …«

»Ich denke, mein Sohn«, fiel Gernot ihr ins Wort, um klarzustellen, dass er derjenige gewesen war, der zuerst den Vorschlag unterbreitet hatte, »du solltest deinen derzeitigen Schwung nutzen, um deine jugendliche Neugier zu befriedigen. Brennst du nicht schon lange darauf, mehr über die Gepflogenheiten in fremden Städten zu erfahren? Mit eigenen Augen zu sehen, wie die Handelshäuser in anderen Ländern beschaffen sind, wie sie die Geschäfte mit uns abwickeln? Doch sei gewiss, mein Lieber«, abermals landete seine riesige Hand auf der schmalen Schulter des Siebzehnjährigen, »natürlich wirst du nicht gleich Hals über Kopf ins Ungewisse geschickt. Was hältst du von London? Dann kannst du endlich die Familie deiner Mutter in die Arme schließen. Bislang kennst du sie nur durch Briefe und aus Edithas Erzählungen. Mich hat meine Lehrreise seinerzeit ebenfalls zuerst an die Themse geführt. Ich spreche also aus eigener Erfahrung, wenn ich dir versichere, dass man dich dort herzlich willkommen heißen wird.«

Editha meinte, einen Schatten über sein Gesicht huschen zu sehen. Schweigen breitete sich zwischen ihnen aus. Selbst der Vogel verharrte starr auf der obersten Stange seines Käfigs.

»Sosehr ich mich danach sehne, die Familie meiner Mutter kennenzulernen«, setzte Caspar nach einer Weile vorsichtig an, »gestatte mir dennoch eine Frage, Vater: Warum ausgerechnet jetzt? Und wieso London? Mit Verlaub, liebe Mutter«, er verbeugte sich tief vor ihr, wandte sich dann wieder Gernot zu, »aber du sagst doch selbst, die Engländer tun seit vielen Jahren nichts, was das Handeln mit ihnen für uns zur Freude macht. Hat nicht letztens erst Ludwig Perlbach darüber geklagt, noch immer auf die Bezahlung der im letzten Jahr gelieferten Pottasche zu warten? Claus Rose hat man gar gezwungen, auf dem Rückweg ohne Entgelt Wolle nach Calais zu liefern, von den überhöhten Zöllen, die man Hermann Grobe im Hafen von Bristol für seine Pelze abverlangt hat, ganz zu schweigen. Das klingt alles nicht danach, als würden sich die verworrenen Beziehungen zwischen Londoner und Königsberger Kaufleuten durch den Besuch eines unbedarften Jungen wie mir rasch und einfach ändern lassen.«

»Nun, da hast du sehr gut aufgepasst«, entgegnete Gernot. Unbehaglich fuhr er sich mit den Fingern am Hals entlang und warf einen vorwurfsvollen Blick auf Editha. »Wie ich dir schon gesagt habe: Die Berichte unserer Zunftgenossen über die Handelsbeziehungen mit England sind in der Tat wenig erfreulich. Dennoch scheint mir London als erstes Ziel deiner Reise schon allein aus familiären Gründen angemessen. Ich betrachte es als großes Versäumnis, dass du die Familie deiner Mutter und die Stätten ihrer Kindheit immer noch nicht aus eigener Anschauung kennst. Das ist eine Schande!«

Ob des lauten Ausrufs zuckte Editha zusammen. Gernot konnte sich ein zufriedenes Grinsen nicht verkneifen, was Caspar wiederum zu einem erstaunten Hochziehen der rechten Augenbraue veranlasste.

»Es sollte uns nichts über die Familie gehen«, fügte Gernot hinzu und schob den stattlichen Bauch weit heraus, verschränkte die Hände wieder auf dem Rücken. »Davon abgesehen, kannst du als Spross aus einem Königsberger und einem Londoner Kaufhaus mit deinem Besuch an der Themse weitaus mehr ausrichten als so manch anderer. Du sprichst beide Sprachen. Der familiäre Rückhalt hilft dir überdies, Brücken zu schlagen, um die tiefen Gräben zwischen London und Königsberg zu überwinden. Denk nur daran, wie viel litauisches Eibenholz früher auf der Holzwiese gelagert wurde. Die Engländer bezogen es über uns, um daraus die Bogen für ihre gefürchteten Bogenschützen zu fertigen. Jetzt könnte die Zeit gekommen sein, das Geschäft wieder anzukurbeln. Ein Gewährsmann hat mir ein sehr gutes Angebot unterbreitet. Er weilt häufig in Wehlau und kann von dort aus direkt mit den Litauern verhandeln. Wir brauchen nur dafür zu sorgen, in England die Abnahme zu steigern, und schon machen wir ein ausgezeichnetes Geschäft!«

Begeistert rieb er sich die Hände. Der Vogel stimmte abermals seinen kurzen, fröhlichen Gesang an.

»Ich wüsste sogar einen guten Grund, warum die Engländer wieder auf das litauische Eibenholz für ihre Bogenschützen setzen sollten«, ergänzte Caspar mit bitterem Unterton. »Die schmähliche Niederlage in Frankreich vor fünf Jahren zeigt es überdeutlich: Sie haben etwas nachzuholen.«

»Na also!« Gernot klang erleichtert.

»Trotzdem zögere ich, dir zuzustimmen, Vater. Erst gestern hast du betont, dass derzeit kein guter Zeitpunkt ist, um an die Verbesserung des Handels mit England zu denken. In seinem jüngsten Schreiben berichtet mein Oheim, wie unsicher das Land auch fünf Jahre nach dem Aufruhr um John Cade und seine Rebellen aus Kent weiter ist. Das Murren über Heinrich VI. nimmt kein Ende. Erst war es der Herzog von Sommerset, der an seinem Thron gesägt hat, nun gibt es mit dem Herzog von York einen weiteren gefährlichen Gegenspieler des Königs. Plantagenet gewinnt immer mehr Anhänger. Unter diesen Umständen ist wohl kaum an einen neuerlichen Ausbau der Handelsbeziehungen zwischen England und Königsberg zu denken. Nicht einmal das litauische Eibenholz für die Bogenschützen wird die Londoner Kaufleute dazu verlocken, freiwillig Fremde in ihre Kontore aufzunehmen und ihnen Einblick in ihr Tun zu gewähren.«

»Die Ereignisse in London scheinen dich sehr zu beschäftigen«, merkte Gernot an. »Erstaunlich, wie genau du das alles wiedergeben kannst.«

»Right!«, entfuhr es Editha zutiefst beeindruckt. Nicht im Traum hätte sie zu hoffen gewagt, wie aufmerksam Caspar die Entwicklung in ihrer früheren Heimat verfolgte. Sie sah zu Gernot. Dessen Laune verschlechterte sich zusehends. Um ihn zu besänftigen, hakte sie sich an seiner Seite ein und strahlte ihn gewinnend an. »Ist es nicht herrlich, wie trefflich es unser Sohn versteht, das derzeitige Geschehen in der Welt zu beobachten und daraus gleich die richtigen Schlüsse zu ziehen? Für einen Siebzehnjährigen ist das alles andere als selbstverständlich. Das liegt wohl daran, dass er in vielem ganz der Sohn seines Vaters ist.« Sie tätschelte dem Gemahl den Arm.

Hin- und hergerissen zwischen dem Groll ob der offensichtlichen Niederlage und dem unverkennbaren Stolz auf den eigenen Spross zauderte Gernot. »Also gut«, lenkte er schließlich ein. »Es ist wohl meine Schuld, wenn du London nicht für geeignet hältst. Zu düster habe ich dir die dortige Lage ausgemalt. Wie aber sieht es mit Lübeck, Bremen oder meinetwegen auch Danzig aus? Wären das nicht Städte, die du einmal sehen möchtest? Immerhin blüht gerade in Danzig der Handel dieser Tage weitaus mehr, als uns Königsbergern lieb sein kann. Im Gegensatz zu uns haben sich die Danziger im letzten Jahr ein für alle Mal vom Joch der Kreuzherren befreit. Die neue Freiheit unter dem Schutz des polnischen Königs Kasimir nutzen sie für ihre Zwecke bestens aus. Ich wüsste aus früheren Zeiten noch so manchen Gefährten, bei dem du eine Menge lernen könntest. Davon abgesehen, würdest du viele aufregende Geschichten erleben.«

»Weil sich die Danziger plötzlich zum Vorkämpfer des Preußischen Bundes aufgeschwungen und damit gegen uns Königsberger gestellt haben?« Entrüstet mischte sich Editha ein. »Vergiss nicht, Gernot, dass du wie die anderen Altstädter Kaufleute der bündischen Sache inzwischen den Rücken gekehrt hast! Einen Altstädter Kaufmannssohn wie Caspar würden sie in Danzig derzeit wohl kaum freundlich empfangen.«

Editha löste sich eine Spur zu hastig von Gernots Seite und ging zwei Schritte auf Abstand. Im nächsten Moment schon ärgerte sie sich über ihre Unbeherrschtheit. Sie drehte sich zu Caspar um. Den Siebzehnjährigen schien es nicht im Geringsten zu stören, im Mittelpunkt des Interesses beider Eltern zu stehen. Kurz blitzte die Zungenspitze zwischen seinen Lippen hervor. Seine schlanken Finger glitten zum Hals, begannen, mit dem Tuch darum zu spielen. Zu Edithas Leidwesen trug er es sommers wie winters, um das vom Vater geerbte Feuermal im Nacken vor neugierigen Blicken zu verbergen.

»Verzeih, Vater, aber gerade jetzt ist es für mich ausgeschlossen, unsere Stadt zu verlassen«, erklärte er nach einer kurzen Pause.

»Und warum?«

»Weil bei uns in der nächsten Zeit noch viel aufregendere Dinge geschehen werden als in Danzig.«

»Ich glaube, da täuschst du dich, mein Sohn. Große Aufregungen sind hier in den nächsten Jahren bestimmt nicht mehr zu erwarten. Nachdem wir Altstädter uns zusammen mit den Löbenichtern vom Preußischen Bund befreit haben, haben uns die Deutschordensritter versichert, auf jegliche Form der Rache zu verzichten. Zum Beweis ihres guten Willens haben sie uns die alten Vorrechte wieder eingeräumt. Damit ist alles so, wie es zuvor gewesen war. Unruhe und Gewalt wird es nicht geben. Mögen auch die letzten Aufrührerischen unter den Ratsherren vorläufig im Kneiphof Unterschlupf gefunden haben, so werden auch die Kneiphöfer über kurz oder lang die Rückkehr unter die Obhut des Ordens antreten. Der Übermacht Reuß von Plauens und seiner Mannen haben sie nichts entgegenzusetzen. Davon abgesehen, klingt auch für sie das Angebot der Kreuzherren zu verlockend. Letztlich sind sie Kaufleute wie wir und wissen, dass die Rechnung mit dem Aufstand gegen den Orden nur zu ihren Ungunsten ausfallen kann.«

»Ich glaube, Vater, in diesem Fall bist du derjenige, der sich gewaltig täuscht«, widersprach Caspar. »So rasch wird keine Ruhe einkehren. Plauens Heer mag in der Überzahl sein, dennoch schüchtert es die Bündischen im Kneiphof keineswegs ein. Erst letzte Woche ist der Versuch, die Mauern zu erstürmen, kläglich gescheitert. Die Zufahrtswege über den Pregel können nicht abgeriegelt werden. So war es den Danzigern ein Leichtes, Schiffe übers Haff den Pregel hinauf zu schicken, um den Kneiphöfern beizustehen. Plauen wird bereits eifrig über einen möglichen Gegenschlag nachdenken. Es heißt, dass er wahrscheinlich den Pregel weiter unterhalb des Kneiphofs absperren wird. Gelänge ihm das, wären die

Kneiphöfer von sämtlicher Unterstützung abgeschnitten. Für den Krieg zwischen den Bündischen und den Deutschordensrittern könnte das den Ausschlag geben, wer am Ende der Stärkere ist. Und das, mein lieber Vater, bedeutet für mich«, er deutete eine unterwürfige Verbeugung an, »dass mein Platz vorerst hier zu Hause ist. Ich werde weder dich und Mutter noch meine Heimatstadt im Stich lassen, bis die alte Ordnung tatsächlich wiederhergestellt und die Rückkehr zum gewöhnlichen Tagesgeschäft möglich ist. Nie und nimmer ertrage ich es, in Danzig, Lübeck oder Bremen zu sein, während Mutter und du hier des noch offenen Krieges wegen in Gefahr schwebt.«

Thank goodness, was für ein Junge! Am liebsten hätte sich Editha auf ihn gestürzt und ihn ans Herz gedrückt. Ein kurzer Blick zu Gernot gemahnte sie jedoch zur Zurückhaltung. Gesenkten Blickes schlich sie an ihrem Gemahl vorbei zum Fenster.

»Mein Sohn.« Gernots Stimme klang heiser. Bewegt umarmte er Caspar und klopfte ihm auf den Rücken. »Dann soll es wohl so sein.« Ohne Editha eines Blickes zu würdigen, verließ er den Raum.

Erleichtert atmete Editha auf. Sie ging zu Caspar, strich ihm eine Strähne des dunkelblonden Haares aus dem Gesicht, berührte wie zufällig das Feuermal in seinem Nacken. Mit den Fingern fuhr sie dessen Umrisse unter dem Halstuch nach.

»Lass das!« Jäh drehte Caspar sich von ihr weg.

Erschrocken wich sie zurück. Sie hatte eine Regung an ihm entdeckt, die er nicht von Gernot hatte. Genauso wenig wie die schmale Nase mit dem Höcker knapp unterhalb der Nasenwurzel. Dunkel stieg in ihr wieder das Bild einer anderen Person auf, der sie vor bald achtzehn Jahren begegnet war. Sie wedelte mit der Hand durch die Luft, als könnte sie so die Erinnerung ein für alle Mal aus dem Gedächtnis bannen.

»Dein Vater hat recht«, sagte sie leise. »Blut ist die stärkste Verbindung. Das sollte man nie vergessen. Aus tiefstem Herzen bin ich erleichtert, mein Junge, dass du bei uns in der Altstadt bleiben willst.«

7

So warm es in den letzten beiden Aprilwochen gewesen war, so kühl begann der Mai. Die Sonne hatte sich hinter gewaltige Wolkenberge zurückgezogen. Es war nur eine Frage der Zeit, bis sie sich in sintflutartigen Regengüssen entladen würden. Einem Unglücksboten gleich frischte der Wind zu heftigen Böen auf, trieb immer mehr dunkle Wolken heran. Über dem unheimlichen Klappern der Fensterläden und dem lauten Schlagen der losen Türen war das muntere Gezwitscher der Vögel nahezu verstummt. Nur wenige Händler zogen durch das Alletor zum Markt in die Stadt, die Bänke in der Schankstube des Silbernen Hirschen waren spärlich besetzt. Die unbeschwerte Frühlingsstimmung der Vorwoche hatte noch einmal der winterlichen Schwermut weichen müssen. Agnes wusste, es war nur eine Frage der Zeit, bis der Mai seinem Ruf wieder alle Ehre machen und das schlechte Wetter endgültig aus den engen Gassen Wehlaus vertreiben würde. Bis es so weit war, freute sie sich, der Mutter beim Brauen zur Hand gehen zu dürfen. Das war eine willkommene Abwechslung von der Arbeit in der Schankwirtschaft. Sie betrat den engen Hof. Die Hühner hatten sich in ihren Stall verzogen, ebenso waren die Schweine in die hinterste Ecke ihres Kobens zurückgewichen. Selbst die Tauben trauten sich bei dem unwirtlichen Wetter nicht heraus.

Der Taubenschlag befand sich am Hinterhaus, in dem gebraut wurde. Gunda beteiligte sich nicht am Reihebrauen, bei dem jedem Brauberechtigten der Stadt ein bestimmter Tag der Woche zum Bierbrauen zugewiesen und von den Brauknechten die riesige Sudpfanne in die Diele gestellt wurde. Vor einigen Jahren schon hatte Fröbel auf dem hinteren Teil seines Anwesens ein Sudhaus errichtet und sich eigenes Braugerät angeschafft. Dort führte Gunda das Brauen in seinem Sinn fort.

Gut gelaunt trat Agnes ein und ging bald ganz in der neu von Gunda zugewiesenen Aufgabe auf. Das Feuer unter der Maischpfanne im mittleren Raum sorgte für wohlige Wärme, während sie dort das Erhitzen der Maische beaufsichtigte. Das war keine sonderlich anspruchsvolle Tätigkeit. Ebenso wenig war das anschließende Läutern sonderlich spannend zu nennen. Dabei wurde die Maische im Läuterbottich gefiltert und durch Absinken der Malzreste in die flüssige Würze und den festen Malzkuchen getrennt. Letzteres bildete den Treber am Boden des Bottichs. Beim Anschwänzen wurde der Treber noch einmal mit klarem Wasser übergossen, um alle wichtigen Stoffe aus ihm herauszuschwemmen. Aufregend wurde es, wenn die Würze beim Kochen in der Sudpfanne durch die Zugabe des Hopfens ihren Geschmack erhielt. Agnes hoffte, Gunda dabei endlich einmal über die Schulter schauen zu dürfen. Das Lüften des streng gehüteten Braurezepts wäre eine Entschädigung für das seltsame Verhalten der Mutter in den letzten Tagen.

Ohne es offen auszusprechen, hielt Gunda sie von allen Orten fern, an denen ein neuerliches Zusammentreffen mit Laurenz Selege zu befürchten war. Weder durfte Agnes allein in der Schankstube die Gäste bedienen noch ohne Gundas Begleitung das Haus verlassen. Nicht einmal Großmutter Lore genügte der Mutter als Aufpasserin, wie der Gang zur Messe am vorigen Sonntag gezeigt hatte. Zum ersten Mal seit Fröbels Beerdigung vor einem Jahr hatten sie den wieder zu dritt angetreten.

Agnes unterbrach das Rühren in der Maische. Gundas strenge Aufsicht behagte ihr nicht. Ohnehin bewirkte sie damit das Gegenteil dessen, was sie erreichen wollte: Statt Laurenz Selege und seine rätselhaften Andeutungen zu vergessen, stand er Agnes umso deutlicher vor Augen. Bei der Erinnerung an seine unterschiedlich farbigen Augen wurde ihr flau. Der Mann war etwas ganz Besonderes. Schon allein deshalb musste sie ihn wiedersehen! Natürlich würde sie ihn bei der Gelegenheit auch nach der Ursache für Gundas seltsames Verhalten fragen. Die Mutter hatte ihn wiedererkannt, daran bestand kein Zweifel. Also musste etwas Wahres an seinen rätselhaften Andeutungen über die Zwillinge im Königsberger Löbenicht sein. War es Zufall, dass sie dasselbe Feuermal wie Agnes trugen und Gunda denselben Namen wie deren Mutter hatte? Noch dazu waren die beiden Frauen zur selben Zeit niedergekommen. Nein, das konnten keine Zufälle mehr sein. Das waren viel zu viele Übereinstimmungen. Noch dazu, wo Gunda nie ein Wort über Agnes' leiblichen Vater verlor und auch Lore sich über ihn ausschwieg. Wenigstens hatte Fröbel nie behauptet, ihr leiblicher Vater zu sein.

Doch nicht allein dieser Fragen wegen wollte Agnes Laurenz Selege wiedersehen. Längst hatte sich die Begegnung mit ihm tief in ihr Herz eingegraben. Ihr Blick wanderte von der brodelnden Maische hinunter zur züngelnden Flamme unter dem Bottich. Der Klang seines Namens machte sie schaudern. Sie sehnte sich danach, seine wohltönende Stimme zu hören, die langen, schlanken Hände zu bewundern und das sanfte Lächeln um seinen Mund aufblitzen zu sehen. Er musste ein recht erfolgreicher Werkmeister sein, das meinte sie an seinem feinsinnigen Auftreten abzulesen, wie auch sein gelehrtes Gebaren und die kostbare Kleidung dazu passten.

»Rollt die Fässer gleich nach hinten durch!«, rief die Mutter quer durch den vorderen Raum. Agnes erschrak. Schon ertönte lautes Poltern, Männer ächzten, das Gackern der Hühner im Hof wurde lauter. Rasch zupfte sie sich das Halstuch zurecht und stierte so angestrengt in den Bottich, als hätte sie die ganze Zeit nichts anderes getan.

Auf Gundas Geheiß lenkte Ulrich einen Böttchergesellen, der ein hüfthohes Fass über den Boden rollte, durch die Enge des Sudhauses. Allerorten standen Fässer, Bottiche, Körbe und Kisten im Weg. Der einäugige Brauknecht kannte jeden Winkel, und so gelang es ihm, das Fass unbeschadet dicht an Agnes und dem Maischbottich vorbei in den hinteren Teil des Sudhauses bringen zu lassen. Eine Wolke scharfen Männerschweißes mischte sich mit dem herben Malzduft über dem Bottich. Verstohlen schneuzte Agnes sich die Nase in einen Zipfel ihrer Schürze. Kaum kehrte Ulrich mit dem Böttcher zurück, rollte ein zweiter Geselle bereits das nächste Fass heran. »Wie viele kommen denn noch?«, fragte sie verwundert. Niemand hatte ihr von der Lieferung erzählt. Gunda sprach derzeit nur das Nötigste mit ihr. »Da müssen wir uns mit dem Brauen wohl tüchtig ranhalten, damit die neuen Fässer bald gut gefüllt sind.«

»Wenn es nach den Gästen geht, die vorn im Wirtshaus zechen, könnten wir wohl sämtliche Böttcher in Wehlau beschäftigen, um uns Fässer zu fertigen«, dröhnte Ulrich mit stolzgeschwellter Brust. Dabei legte er es darauf an, dass die Böttchergesellen jedes seiner Worte mit anhörten. »Tag und

Nacht müsste gebraut werden, damit der Gerstensaft nicht aufhört zu fließen. Zum Glück haben viele Brauer ihr Braurecht an deine Mutter abgetreten. Sie hat wirklich ein gutes Händchen fürs Bier. Ich bin mir sicher, du wirst bald in ihre Fußstapfen treten. Der alte Fröbel, Gott hab ihn selig, wäre stolz auf euch beide!«

Insgesamt wurden vier neue Fässer angeliefert. Agnes fand das reichlich vermessen, wenn sie die kargen Vorräte an Hopfen und Malzschrot bedachte. Am Morgen erst hatte sie der Mutter bei der Auflistung des Lagerbestands geholfen. Andererseits ging es auf Pfingsten zu. Mit jeder Woche würde es wärmer werden, und an den Markttagen sollten stetig neue Händler und Kaufleute in die Stadt kommen. Immer mehr durstige Kehlen würden das berühmte Bier der Fröbelin kosten wollen. Zugleich verkürzten die wärmeren Tage die Haltbarkeit des Bieres. Sie waren wirklich gut beraten, baldmöglichst kräftig Nachschub an Fässern anzufordern, um in kürzeren Abständen zu brauen.

»Was ist mit dir? Träumst du?« Gunda stand plötzlich neben ihr und betrachtete sie aufmerksam. »Wenn du nicht aufpasst, kocht die Maische zu heiß. Das ist nicht gut. Schau, dort steigen schon erste Blasen auf!«

Ungeduldig nahm sie ihr den Rührlöffel aus der Hand und rückte den Bottich ein Stück von der Flamme weg. Sie bückte sich und schob mit dem Schürhaken das Feuerholz etwas auseinander.

»Ich habe wohl viel zu lang damit gewartet, dich an die Bottiche zu stellen«, erklärte sie beim Wiederaufrichten. »Fröbel hatte recht: Es bedarf seiner Zeit, bis du begreifst, welche Handgriffe vonnöten sind.«

»Vielleicht hätte es auch einfach eines Sohnes bedurft?« Aufgebracht wischte Agnes sich den Schweiß von der Stirn.

»Den hättest du bestimmt viel früher im Sudhaus anpacken lassen.«

»Was redest du da schon wieder? Wieso fängst du in letzter Zeit stets aufs Neue mit diesem Thema an?«

Hart fasste die Mutter ihr mit der Hand unters Kinn und zwang ihr Gesicht zu sich herum. So vorwurfsvoll ihre Stimme klang, so sehr verriet das Flackern ihrer hellbraunen Augen, wie verletzt sie war. Um ihren Mund zitterte es. Fast hatte es den Anschein, als ringe sie mit den Tränen. Doch Tränen hatte sie seit Jahren keine mehr vergossen, wie Agnes wusste. Nicht einmal Fröbels Tod hatte sie zum Weinen gebracht. Doch schon hatte sich Gunda wieder im Griff, reckte das Kinn und erklärte in einem Ton, der keinen Widerspruch duldete: »Du weißt genau, wie sehr der selige Zacharias Fröbel und ich uns stets an dir erfreut haben. Nie haben wir es bedauert, keinen Sohn zu haben.«

»Bist du dir da sicher?« Der Teufel musste Agnes reiten, dass sie diese Bemerkung nicht unterdrücken konnte.

»Warum fragst du?«

»Weil ich mich gerade bei allem, was du sagst, frage, ob es überhaupt noch stimmt, oder ob du mich nicht …«

»Was behauptest du da? Was fällt dir ein …«, fiel Gunda ihr ins Wort und hob drohend die Hand, schlug aber nicht zu.

Einen Moment starrten sie einander an. Langsam ließ Gunda die Hand wieder sinken. »Was ist plötzlich in dich gefahren? Mir ist, als erkenne ich dich gar nicht mehr wieder, mein Kind.« Sie klang bekümmert.

Agnes senkte den Blick und kämpfte mit den Tränen. Wie gern wäre sie der Mutter um den Hals gefallen und hätte sie inständig um Verzeihung gebeten. Doch es ging nicht. »Ich kenne dich auch nicht wieder, Mutter«, murmelte sie leise.

»Also gut«, sagte Gunda entschieden. »Es gibt noch viel zu tun. Lass uns weitermachen, damit sich die Anschaffung der neuen Fässer tatsächlich lohnt.«

»Warte bitte.« Umständlich streifte Agnes die Finger an der Schürze trocken und rückte das Halstuch zurecht, um noch etwas Zeit zu schinden.

»Was gibt es noch?« Erste Zeichen von Ungeduld standen auf Gundas Antlitz.

»Warum gibst du es nicht einfach zu?«

»Was?«

Agnes zauderte, holte tief Luft und schleuderte ihr entschlossen entgegen: »Dass du einmal Gunda Kelletat geheißen und vor siebzehn Jahren in Königsberg Zwillinge zur Welt gebracht hast.«

»Hör auf mit diesem törichten Zeug!«

»Das ist kein törichtes Zeug. Das weißt du genauso gut wie ich«, beharrte Agnes. »Was ist so schlimm daran? Ich mache dir doch gar keine Vorwürfe, jedenfalls nicht, solange du mir die Wahrheit sagst. Zacharias Fröbel werde ich immer als meinen wahren Vater lieben, gleichgültig, wer mein leiblicher Vater ist. Das weißt du genau. Ihr beide habt mich aufgezogen und mir eure Zuneigung geschenkt. Mehr kann ein Vater für sein Kind nicht tun. Daran wird sich nie etwas ändern.«

»Dann lass es einfach so, wie es ist.«

Gunda wollte weggehen, aber Agnes verstellte ihr den Weg. »Das geht nicht, jetzt nicht mehr. Lange schon habe ich gespürt, dass mir etwas fehlt und du mir etwas Wichtiges verschweigst. Endlich weiß ich, was es ist: ein Zwillingsbruder! Und dir fehlt dieser Sohn doch auch. Gib es bitte wenigstens einmal zu.«

»Den Floh hat dir dieser schwarzbärtige Selege ins Ohr

gesetzt, nicht wahr?« Aufmerksam musterte Gunda ihr Gesicht, schürzte die Lippen. Die Ungeduld wich deutlichem Unmut. Sie stemmte die Hände in die Hüften und fügte mit drohendem Unterton hinzu: »Ich glaube, mein Kind, da bringst du einiges durcheinander. Dieser Selege gefällt dir, deshalb glaubst du nur zu gern, was er von sich gibt. Er ist ein gutaussehender Mann, keine Frage, wirkt obendrein gebildet und galant, weiß sich vornehm zu betragen. Zum ersten Mal in deinem Leben bist du verliebt, liebes Kind. Kein Wunder! Seit Wochen tut Griet tagaus, tagein nichts anderes, als dir von ihrer Liebelei zu erzählen. Das muss dir den Verstand vernebelt haben. Gut, dass ich dich jetzt zu mir ins Sudhaus geholt habe. Hier wirst du bald wieder auf klare Gedanken kommen, schließlich bist du ein kluges Mädchen.«

Trotz ihres Unmuts huschte bei den letzten Worten ein Anflug von Stolz über ihr Gesicht. Er erstarb, als Agnes von neuem widersprach. »Ich weiß, was ich weiß, Mutter. Das kannst du nicht mehr ungeschehen machen. Es wäre besser, du wärst aufrichtig zu mir und würdest mir die Wahrheit erzählen.«

»Pass auf, was du sagst! Du vergisst wohl, wer ich bin!«

Patsch! Dieses Mal verpasste Gunda ihr die Maulschelle tatsächlich. Agnes war fassungslos. Niemals zuvor hatte die Mutter sie geschlagen. Überrascht und entsetzt zugleich verlor sie das Gleichgewicht, torkelte gegen den Bottich, fand wieder Halt. Die Hand auf der brennenden Wange, starrte sie Gunda an, riss sich die Schürze vom Leib, stieß die Mutter beiseite und stürzte davon.

8

Erst am Hoftor hielt Agnes inne, richtete das Halstuch und strich den Rock glatt. Die Kälte ließ sie frösteln. Sie sollte sich einen Umhang holen. Der aber hing in der Küche, und zurück ins Haus wollte sie nicht mehr. Ein Blick gen Himmel genügte, um sich auszumalen, dass ihr bald nicht allein die Kälte, sondern auch der Regen zu schaffen machen würde. Im Hof hinter ihr wurden Stimmen laut. »Agnes, warte!« Die Mutter wollte ihr folgen, Ulrich versuchte, sie aufzuhalten. »Lasst sie, Fröbelin! Sie kommt schon wieder.«

Vorsichtig öffnete Agnes das Tor zur Straße und schlüpfte hinaus. Ohne nachzudenken, wandte sie sich nach rechts, dem Markt zu. Plötzlich wusste sie, was sie wollte: nach Laurenz Selege suchen! Da die Mutter weiterhin alles abstritt, sollte er ihr verraten, was es mit dieser Gunda Kelletat und ihren Kindern auf sich hatte. Die Vorstellung, Selege wiederzusehen, sein grünes und sein blaues Auge mit dem betörenden Zwinkern auf sich gerichtet zu wissen und seine wundervolle Stimme zu hören, versetzte sie in Aufruhr. Hoffentlich wollte auch er sie sehen. Eine Zurückweisung würde sie nicht ertragen. Sie schluckte. Es half nichts. Lief sie nicht los, würde sie es nie erfahren. Ohnehin war die Frage, wo sie nach ihm suchen sollte. Er hatte behauptet, eines Bauauftrags wegen nach Wehlau gekommen zu sein. Um den Markt herum wurden einige Häuser neu errichtet oder umgebaut. Dort würde sie beginnen, sich nach ihm zu erkundigen. Letzte Woche hatten sie ihn ebenfalls auf dem Markt getroffen.

Mit neuer Zuversicht lief sie los. Heftiger Ostwind schlug ihr entgegen. In seinem Schlepptau fegte ein erster Regenschauer durch die Gassen. Nach wenigen Schritten klebte ihr das Haar nass auf dem Kopf. Frierend zog sie die Arme eng vor die Brust, barg die Hände unter den Achseln und stemmte sich mit vorgeneigtem Oberkörper gegen Wind und Regen. Das Straßenpflaster war glitschig. Oft schlitterte sie mehr, als dass sie richtig laufen konnte. Zum Glück waren nur wenige Menschen unterwegs. Ein einzelnes Fuhrwerk ruckelte zum Markt, dumpf schlugen die leeren Fässer darauf gegeneinander. Auch die Händler mit den Kiezen auf dem Rücken machten sich an diesem Vormittag rar. Missmutig hockte eine Kräuterfrau an der Ecke zur Hintergasse, mehr darum bemüht, ihre Schätze im Korb vor Wind und Wetter zu schützen, als nach Kundschaft Ausschau zu halten. Fensterläden und Türen der Werkstätten waren fest verschlossen.

Am Marktbrunnen ausgangs der Rechten Gasse hatten sich dem Regen zum Trotz einige Frauen versammelt. Die Umhänge fest um Kopf und Schultern gezogen, redeten sie aufeinander ein. Agnes wollte sich an ihnen vorbeischlängeln, da erspähte sie Großmutter Lore. Lachend schwatzte sie mit einer Frau aus der Badergasse. Agnes senkte den Blick, wollte rasch weiter, doch es war zu spät. Lore hatte sie entdeckt.

»Wo kommst du her? Schickt dich deine Mutter, mich zu holen?« In ihrer Stimme klang das schlechte Gewissen deutlich mit. Das erleichterte Agnes. Verschwörerisch zwinkerte sie Lore zu. »Keine Sorge, Großmutter, du musst nicht nach Hause. Griet kommt in der Schankstube gut allein zurecht. Es sind kaum Gäste da. Lass dir also ruhig Zeit. Mutter und Ulrich sind im Sudhaus beim Brauen. Sie hat wohl noch gar nicht bemerkt, dass du weg bist. Doch verzeih, ich muss weiter. Ich habe Wichtiges zu erledigen.«

»Was hast du denn so Wichtiges zu erledigen? Es muss sehr dringend sein, wenn du ohne Umhang im Regen herumläufst.« Lore war hellhörig geworden. »Mich wundert, dass

Gunda dich überhaupt hat gehen lassen. Sind nicht die neuen Fässer geliefert worden? Da wird sie jede Hilfe im Sudhaus brauchen.«

»Deshalb solltest du eigentlich statt meiner in der Schankstube sein. Erzähl mir nicht, du wolltest Wasser holen. Dazu brauchst du nur von der Küche in den Hof zu laufen.«

»Kind!«, versuchte sich Lore an einem strengen Ordnungsruf. Als Agnes sich nicht beeindrucken ließ, schwand auf Lores faltigem Antlitz der Ärger und machte einem wissenden Schmunzeln Platz. »Wie es aussieht, sind wir beide ohne Gundas Billigung fortgegangen. Verrat mir lieber gleich, was dich bei diesem scheußlichen Wetter zum Markt treibt. Botengänge lässt deine Mutter neuerdings kaum von dir erledigen.«

Längst hatte Lore sich bei ihr untergehakt und sie vom Brunnen weggezogen. Seite an Seite gingen sie weiter. Lores Gang war unbeholfen. Die breiten Hüften und die über die Jahre krumm gewordenen Beine erschwerten ihr die Bewegung. »Ich bin schon zu lang auf Gottes wunderbarer Erde unterwegs, um nicht zu spüren, wenn ein junges Mädchen wie du anfängt, Geheimnisse vor seiner Mutter zu haben. Selbst wenn du es dir nicht vorstellen kannst: Auch ich war einmal jung. Dein Großvater Ewald, Gott sei seiner armen Seele gnädig, hat mich mehr als einmal unter einem Vorwand aus dem Haus meiner Eltern gelockt, ohne dass meine Eltern oder Geschwister etwas geahnt hätten. Niemand durfte wissen, dass wir uns heimlich treffen.«

Sie blieb stehen, blickte schwärmerisch in die Ferne und scherte sich nicht um den Regentropfen, der von ihrer Haube mitten auf ihre Nase gefallen war. Agnes jedoch verfolgte ihn gebannt. Zunächst verharrte er auf dem Höcker, der sich knapp unterhalb der Nasenwurzel erhob. Zäh rann er weiter den schmalen, langen Grat hinab bis zur Nasenspitze und tropfte träge ins Leere.

»Mein guter Ewald, das war ein Mann!« Gerührt wischte Lore sich übers regennasse Gesicht. »So ein grausames Ende kurz vor dem Ziel unserer Reise hat er nicht verdient.«

Ein Zittern durchlief ihren Körper, um die Mundwinkel zuckte es. Auf einmal wirkte sie sehr zerbrechlich.

Unter lautem Getöse krachte keine fünf Schritte entfernt ein dicker Balken zu Boden. Entsetzt schrien die Handwerker auf, auch die wenigen Leute auf dem Markt fuhren herum. Der Lärm brachte Lore wieder zurück in die Gegenwart. »Schade, dass du meinen guten Ewald nie kennengelernt hast. Er hätte dir gefallen, Liebes.«

Ein scheues Lächeln huschte ihr übers Gesicht. Verstohlen tupfte sie sich mit dem Zipfel ihrer Heuke die Augenwinkel trocken.

Auf der Baustelle war nichts geschehen. Bald war das stete Klopfen und Hämmern wieder zu hören, das das Errichten eines kleinen Anbaus am Haus des Ratsvorsitzenden begleitete.

»Was ist mit Mutter?«, fragte Agnes. »War sie nicht auch einmal jung und richtig verliebt? In meinen leiblichen Vater vielleicht? Wer ist das überhaupt? Warum erzählt sie nie von ihm? Fröbel hat mir doch auch nie verschwiegen, dass er nicht mein richtiger Vater ist.«

Mitten auf dem Markt blieb sie stehen. Der weite Platz war nahezu menschenleer. Der Regen hatte nachgelassen, auch der Wind flaute ab.

»Das muss Gunda dir selbst sagen. Da mische ich mich nicht ein.« Lores Erwiderung klang schroff. Als sie Agnes' erschrockenes Gesicht bemerkte, schob sie beruhigend nach: »Denke nur nicht, sie wäre nie in Fröbel verliebt gewesen!

Nur, weil er so viel älter gewesen ist als sie, heißt das nicht, sie hätte ihn allein aus Vernunft geheiratet. Wahre Liebe kennt kein Alter. Das hat deine Mutter erkannt und ihr großes Glück mit Fröbel gefunden.«

»Das muss ziemlich schnell nach der Geschichte mit meinem leiblichen Vater gewesen sein«, überging Agnes Lores Versuch, von ihrer Frage abzulenken. »Ich war gerade mal ein Jahr alt, als Gunda Fröbel geheiratet hat. Gab es da eigentlich noch ein zweites Kind, einen Zwillingsbruder vielleicht?«

»Wie kommst du darauf?« Wieder reagierte Lore ungewohnt brüsk, um sich sogleich wieder eines Besseren zu besinnen: »Ach, Liebes, lass es gut sein mit dieser Fragerei. Es reißt nur alte Wunden auf. Die Angelegenheit mit deinem leiblichen Vater war für Gunda eine furchtbare Erfahrung. Nach allem, was wir auf unserer Reise von Dortmund ins Ordensland erlebt haben, ist es überhaupt ein Wunder, dass der gute Fröbel deine Mutter wieder das Lachen gelehrt und ihr den Glauben an das Leben zurückgegeben hat.«

»Was ist damals auf eurer Reise eigentlich genau geschehen?«, bohrte Agnes weiter und spielte mit dem Tuch um ihren Hals. »Willst du mir nicht wenigstens davon mehr erzählen?«

»Aber das weißt du doch längst alles«, erwiderte Lore mit leiser Verzweiflung und wollte weitergehen. Agnes hielt sie zurück. Widerstrebend sagte sie schließlich: »Dein Großvater, deine Mutter und ich, wir waren zusammen mit anderen Kaufleuten auf dem Weg nach Königsberg …«

»Nach Königsberg?«, hakte Agnes überrascht nach. »Sonst hast du immer gesagt, ihr hättet nach Wehlau gewollt.«

»Habe ich das? Vielleicht hast du recht, ja, genau, natürlich war es Wehlau. Wie konnte ich das nur durcheinanderbringen? Es muss am Wetter liegen. Dieser ständige Wechsel zwischen warm und kalt bringt eine alte Frau wie mich ganz durcheinander.«

»Du bist noch lange keine alte Frau! Warum willst du mir nicht einfach die Wahrheit sagen? Wohin wart ihr damals wirklich unterwegs?«

»Aber das weißt du doch!« Lore erschrak selbst ob der Lautstärke, mit der sie das ausgerufen hatte. Deutlich leiser fuhr sie fort: »Wir wollten an den Pregel. Kurz vor unserem Ziel wurden wir von Räubern überfallen. Die haben deinen Großvater vor unseren Augen getötet. Nie im Leben werde ich den Moment vergessen, in dem mein geliebter Ewald in meinen Armen seinen letzten Atemzug getan hat!«

»Das tut mir leid. Ich wollte dir nicht weh tun.« Agnes schämte sich ihrer Taktlosigkeit.

»Schon gut, Liebes. Du bist noch jung und hast zum Glück kein solches Leid erlebt. Ich hoffe, das bleibt dir für alle Zeit erspart.« Lore legte ihr die Hand auf den Arm, lächelte milde. »Deine Mutter und ich haben damals einzig unser nacktes Leben retten können. Für eine Weile haben wir Zuflucht in einer kleinen Stadt gefunden. Dort hat deine Mutter deinen leiblichen Vater geheiratet. Du wurdest geboren, er ist kurz darauf gestorben. Um das zu vergessen, sind wir weiter nach Wehlau gezogen. Der gute Zacharias Fröbel hat sich unserer angenommen, hat sich in deine Mutter verliebt und sie sich in ihn. Sie haben geheiratet und sind sehr glücklich miteinander geworden. Den Rest kennst du.«

Kaum hatte sie die letzten Worte ausgesprochen, wurde ihr Mund zu einem schmalen, geraden Strich. Ihre Augen blickten starr, jeder Anflug von Lächeln war aus ihrer Miene gewichen.

»Du siehst, mein Kind«, hub Lore noch einmal an, »nach all dem Unglück war es ein sehr großes Glück für Gunda, dem guten Zacharias Fröbel zu begegnen. Durch seine Liebe wurde alles gut. Vom ersten Augenblick an war er in deine Mutter vernarrt. Sie war ebenso schön, wie du jetzt bist, großgewachsen, klug. Sie hat viel von Ewald geerbt, meinem seligen Mann, ihrem guten Vater. Jeden Tag sehe ich das in all ihren Bewegungen, höre es an dem, was sie sagt, wie sie denkt. Durch und durch ist sie Ewalds Kind.«

Als Agnes ihre leuchtenden Augen sah, begriff sie, dass Lore Ewald bis in alle Ewigkeit liebte. Der Tod hatte sie nicht voneinander trennen können. Seither waren achtzehn Jahre vergangen, in etwa so viel Zeit, wie sie an seiner Seite verbracht hatte. Das musste wahre Liebe gewesen sein! Der Gedanke rührte Agnes. Plötzlich sah sie Laurenz Seleges verschiedenfarbige Augen vor sich, hörte seine wohlklingende Stimme. Wie sehnte sie sich danach, einmal ähnlich stark wie die Großmutter zu lieben!

»Agnes, Kind, was ist?« Lore legte ihr den Arm um die Schultern und drückte sie zärtlich an den weichen Busen. »Wahre Liebe ist wunderschön, mein Kind! Ich bete für dich, dass du sie bald am eigenen Leib erfährst.«

Behutsam schob sie sie von sich weg, strich eine vor Nässe triefende Haarsträhne aus ihrer Stirn und ließ die Hand länger als nötig an ihrer Wange ruhen.

»In den letzten Tagen hat übrigens immer wieder jemand nach dir gefragt, Liebes.«

»Wer?«

Statt zu antworten, griff die Großmutter nach ihrer Hand und zog sie an den wenigen besetzten Brot- und Fleischbänken vorbei zu einem zweistöckig aufragenden Haus mit einem hohen Stufengiebel, der sich fast mit dem des Rathauses messen konnte. Weit stand die Eingangstür offen, geschäftig eilten Handwerker, Knechte und Mägde hinein und heraus, trugen Werkzeuge, Holz und Steine sowie Körbe mit Brot und Gemüse an Agnes und Lore vorbei. Ein erdiger Geruch zog aus der Diele zu ihnen heraus. Im Innern des Anwesens befand sich eine große Baustelle, wie der ohrenbetäubende Lärm verriet.

»Ich kenne seinen Namen nicht«, sagte Lore. »Nie zuvor habe ich ihn bei uns in der Schankstube gesehen. Doch eins weiß ich genau, mein Kind: Er meint es ernst. Warum sonst hat er jeden Tag nach dir gefragt?«

»Bist du sicher?« Ungläubig starrte Agnes sie an.

»Was denkst du, Liebes? Eine alte Frau wie ich sollte wissen, wie es um einen jungen Mann steht, der nicht müde wird, nach einem jungen Mädchen zu fragen.« Sie stieß ein keckerndes Lachen aus. »Kindchen, Kindchen! Dich muss es ebenfalls ernsthaft erwischt haben, wenn du derart ängstlich fragst, ob er dich tatsächlich will. Höchste Zeit, dass du dir selbst Gewissheit verschaffst.«

»Ach, Großmutter, wie soll ich mir nur Gewissheit verschaffen? Noch dazu, wo die Mutter nicht will, dass ich ihn wiedersehe.«

Bei diesem Gedanken raste ihr Herz noch schneller. Lore durfte nicht erfahren, warum Gunda das verhindern wollte. Am Ende würde sie dann auch …

»Wozu hast du eine lebenserfahrene Großmutter?«, platzte Lore gut gelaunt in ihre trüben Gedanken. »Habe ich dir vorhin nicht erzählt, wie dein Großvater und ich uns früher heimlich zu treffen wussten? Ich mag zwar alt und grau geworden sein, doch was es heißt zu lieben, das habe ich nicht vergessen. Also habe ich mich ein bisschen für dich umgehört. Die Frauen drüben am Brunnen haben mir erzählt, wo dein Liebster zu finden ist. Sein schwarzer Bart allein hätte nicht gereicht, um ihn aufzuspüren. Seine besonderen Augen aber sind es, die jedem sofort auffallen. So einen Blick vergisst man nicht. Geh nur rasch hier hinein. Oben im ersten Stock, gleich in der Wohnstube bei Konrad Stein und seiner Frau Edeltrude wirst du ihn finden. Er ist der Baumeister und beaufsichtigt den Umbau ihres Hauses.«

»Aber wie kommst du … Was soll ich tun? Ich kann doch nicht einfach … Ach, Großmutter, das geht doch alles gar nicht!« So nah am Ziel ihrer geheimen Wünsche packte Agnes schiere Verzweiflung. Flehentlich sah sie die alte Frau an.

»Du machst das schon, Liebes, davon bin ich überzeugt.« Lore reckte sich auf die Zehenspitzen und hauchte ihr einen Kuss auf die Wange. »Ich gehe zurück und erkläre deiner Mutter, dass du für mich noch etwas zu erledigen hast. Keine Sorge, ich lüge nicht. Das ist die volle Wahrheit, mein Kind! Immerhin hast du von mir die Aufgabe, die Sache mit deinem Liebsten in Ordnung zu bringen. Ich wünsche dir viel Glück. Denk daran: Manche Gelegenheiten bekommt man nur einmal im Leben. Umso wichtiger ist es, sie zu nutzen.«

Damit zog sie die Kapuze ihrer Heuke tiefer ins Gesicht und wandte sich ab, in ihrem wiegenden Gang langsam nach Hause zurückzukehren. Voll dankbarer Zärtlichkeit sah Agnes ihr nach.

9

Als Lores schwankende Gestalt im trüben Regenschleier verschwunden war, stand Agnes immer noch reglos vor dem Hauseingang. Die Finger zupften unsichtbare Fussel aus den Falten ihres Surkots. Kalte Regentropfen rannen ihr über die Wangen. Der Wind spielte mit den Zipfeln ihres Halstuchs. Von alldem spürte Agnes nichts. Viel zu sehr war sie mit ihren Gedanken beschäftigt. Durfte sie es wagen, Lores Rat zu folgen und im Haus des ehrwürdigen Ratsherrn Stein nach Laurenz Selege zu fragen? Was, wenn er gleich vor ihr stand? Was wollte sie ihm sagen? Und was sollte sie tun, wenn die Großmutter sich doch geirrt und er nicht ständig um ihrer selbst willen im Silbernen Hirschen nach ihr gefragt hatte, sondern weil er Gewissheit über das Feuermal haben wollte?

»Achtung!« Ein Zimmermann balancierte einen langen Balken auf der Schulter dicht an ihr vorbei und stieß sie unwirsch an. Erschrocken sprang sie beiseite, knickte mit dem Knöchel auf einem Stein um. Jäh fuhr ihr der Schmerz in den Fuß. Sie unterdrückte einen Aufschrei.

»Ist Euch etwas geschehen? Kann ich Euch helfen?« Eine Magd mittleren Alters tauchte hinter dem Handwerker auf. »Kommt herein und wärmt Euch an unserem Herdfeuer. Wenn Ihr noch lange draußen im Regen steht, holt Ihr Euch den Tod.«

»Danke.« Ohne weiter nachzudenken, humpelte Agnes hinter ihr her ins Haus. Drinnen herrschte noch mehr Unordnung als vor dem Eingang. Überall in der weitläufigen Diele standen Eimer, türmten sich Mauersteine, Holzlatten oder Kisten, dazwischen lagen Werkzeuge. In einer Ecke fand sich gar ein ansehnlicher Haufen Sand. Tische, Stühle und Truhen hatte man in einer anderen Ecke aufeinandergestapelt. Die Fenster zum Hof standen offen, die beiden zur Straßenseite waren mit hölzernen Läden verschlossen. Im hinteren Teil der Diele war eine Magd mit der Zubereitung des Mittagsmahls beschäftigt. Der dunstige Qualm des Herdfeuers ließ Agnes husten.

»Hoppla! Jetzt hat es Euch doch schon erwischt«, stellte die Frau fest, die sie ins Haus gebeten hatte. Flugs eilte sie zu einer Truhe und zog ein Leinentuch heraus. »Trocknet Euch damit ab. Am besten stellt Ihr Euch gleich zum Feuer hinüber, das wärmt Euch auf. Geht es mit Eurem Fuß wieder besser?«

Besorgt wies sie mit der Hand nach unten. Agnes schluckte die Tränen hinunter und nickte stumm. Das Auftreten tat zwar nach wie vor weh, aber sie wollte nicht jammern.

»Oh, wer kommt denn da?« Eine zweite Magd, die einen halbzerfallenen Kohlkopf für die Suppe kleinschnitt, sah ihr neugierig entgegen. Sobald sie Agnes' Hinken bemerkte, unterbrach sie ihre Arbeit und rückte einen Schemel heran. »Hier, setzt Euch darauf. Seid Ihr nicht die Tochter der Fröbelin aus dem Silbernen Hirschen? Was führt Euch zu uns? Sicher wollt Ihr zu unserer Herrschaft. Wartet, gleich bringt Euch jemand nach oben.«

Sie legte das Messer beiseite, mit dem sie eben noch die Reste des Gemüses gehackt hatte, trocknete die Finger an der Schürze. Achtlos versetzte sie einer gestreiften Katze, die ihr um die Beine schlich, einen Tritt. Zuvorkommend half sie Agnes, sich hinzusetzen und mit dem leinenen Tuch das Haar zu trocknen. Sofort war die Katze wieder da und rollte sich zu Agnes' Füßen zusammen. »Fort mit dir!«, fauchte die Magd das Tier an, Agnes beugte sich jedoch vor und strich der Katze durch das wunderbar flauschige Fell, bis sie zufrieden schnurrte und den Kopf gegen ihr Bein rieb.

»Ihr mögt wohl Tiere, oder besser, die Tiere mögen Euch«, bemerkte die Magd und begann, ihr die Zöpfe neu zu flechten. Es bereitete ihr sichtliches Vergnügen, sie seitlich über den Ohren zu artigen Schnecken zu rollen. Als sie ihr das Halstuch lösen wollte, wehrte Agnes ab.

»Lass ihr das Tuch um den Hals. Das nimmt sie niemals ab«, ertönte eine dunkle Männerstimme von der Treppe.

Agnes und die Magd fuhren herum. Im trüben Licht der Diele sprang Laurenz Selege mit federnden Schritten die Stufen herab. Agnes spürte, wie ihr das Herz bei seinem Anblick bis zum Hals schlug. Sie wollte sich abwenden, konnte den Blick aber nicht von ihm lösen. Wieder betonte die ausgewählt gute Kleidung seine schlanke Gestalt. Verschiedenfarbige Strümpfe griffen spielerisch die grüne und blaue Farbe der Augen auf, der knappe Rock passte zur schmalen Taille und hob das breite Kreuz hervor. Der Rock war ebenfalls zweifarbig in einem warmen Rot und einem dunklen Tannengrün gehalten. Auffällige Bänder und Nähte unterstrichen den modischen Schnitt. Fast konnte man Selege für einen aufgeplusterten Gockel halten. Das einnehmende Lächeln aber und die bescheidene Art, sich zu bewegen, verhinderten dies.

»Gott zum Gruße, verehrtes Fräulein«, grüßte er und schenkte Agnes einen warmen Blick, der sie angenehm schaudern ließ. »Wie schön, Euch wiederzusehen. Fast habe ich befürchtet, Ihr gingt mir aus dem Weg. Das würde ich zutiefst bedauern.«

Den rechten Fuß mit den spitzen Schnabelschuhen weit vorgestreckt, die Hand aufs Herz gepresst, verneigte er sich vor ihr. Das entlockte ihr ein Schmunzeln.

»Es freut mich, Euch zu erheitern«, merkte er beim Aufrichten an. »Bei dem schaurigen Wetter draußen ist man um jede Aufmunterung froh. Was führt Euch hierher? Habt Ihr den Herrschaften Stein etwas auszurichten? Gestattet mir, dass ich Euch nach oben begleite.«

»Nein, nein«, winkte sie verlegen ab.

»Sie hat sich den Fuß verletzt. Weil es draußen gar so arg regnet, habe ich sie zum Aufwärmen an den Herd gebeten«, mischte sich die erste Magd ins Gespräch. Die Apfelwangen der Frau glühten. Nervös spielte sie mit den Fingern an ihrer Haube. Auch die zweite Magd, die gerade noch Agnes' Haar frisiert hatte, schien darum bemüht, einen guten Eindruck auf Selege zu machen. Das Leinentuch hatte sie zum Trocknen am Herd aufgehängt. Nun brachte sie einen Krug Bier und zwei Becher, die sie auf dem Tisch in der Dielenmitte aufstellte. Einladend wies sie darauf. »Vielleicht wollen sich die Herrschaften erfrischen?«

»Danke, aber ich glaube, ich sollte jetzt besser wieder gehen.« Agnes erhob sich von dem Schemel und probierte vorsichtig, mit dem verletzten Fuß aufzutreten. Die klamme Kleidung klebte ihr auf den Schultern. Kaum trat sie zwei Schritte vom wärmenden Herdfeuer weg, fröstelte sie. Auch ihr Haar war noch nicht trocken. Es erschien ihr jedoch ungehörig, ohne das Wissen der Herrschaft länger im Haus zu verweilen. Noch weniger wollte sie im Beisein der beiden Mägde eine Unterhaltung mit Selege führen. Selbst auf die Gefahr hin, seiner Gesellschaft damit endgültig verlustig zu gehen, musste sie sich verabschieden. »Es war sehr freundlich von Euch, mir diese kleine Rast zu erlauben. Richtet Eurer Herrschaft bitte meinen innigsten Dank aus.«

»Erlaubt mir, Euch ein Stück Wegs zu begleiten.« Zuvorkommend reichte Selege ihr den Arm. »Es ist nötig, dass Euch jemand stützt. Ihr müsst Euren Fuß schonen.«

Sie hoffte, ihm fiel nicht auf, wie stark sie zitterte, als sie die Hand auf seinen Arm legte.

»Oh, ich sehe, Euer Kleid ist nass vom Regen. Vielleicht kann eine der Mägde eine Decke besorgen, die Euch als Umhang dient?«

Ungeduldig winkte er den beiden Frauen zu. Die erste Magd begriff sofort und holte einen Umhang, der neben der Tür auf einem Haken hing. Mit einem artigen Knicks reichte sie ihn Selege. Agnes bedauerte, für eine Weile die Hand von seinem Arm nehmen zu müssen.

»Danke. Er wird Euch später wieder zurückgebracht.« Behutsam legte er Agnes den Umhang auf die Schultern. Einen Moment länger als nötig ließ er dabei die Hände auf ihren Schultern ruhen. Sie wünschte, dieser Augenblick würde nie vergehen. Gierig sog sie seinen Duft ein.

»Gehabt Euch wohl!«, riss eine schrille Frauenstimme sie aus der Träumerei. Mit einem missbilligenden Gesichtsausdruck nickte die zweite Magd ihr zu. Als sie an der Seite von Selege das Haus verließ, genoss sie ihren neidischen Blick und reckte das Kinn ein wenig höher.

»Stützt Euch ruhig fest auf meinem Arm ab«, ermutigte sie Selege. Das Antlitz der Magd verfinsterte sich noch weiter. »Auf mich braucht Ihr keinerlei Rücksicht zu nehmen. Das Gewicht eines so zarten Fräuleins kann ich jederzeit gut ertragen.«

Geschickt half er ihr über die vielen Unebenheiten auf der Straße hinweg. Dazu fasste er sie bei der Hand und verzichtete zu ihrer Freude darauf, sie nach Überwinden der gröbsten Hindernisse wieder loszulassen. Unter dem Vorwand, weiterhin seiner Hilfe zu bedürfen, schmiegte sie sich enger an ihn. Die Haut seiner Hand war glatt und warm, selbst die beiden steifen Finger fühlten sich gut an. Ihr war, als umschloss auch er ihre Hand fester als nötig. Sie wähnte sich am Ziel ihrer geheimen Wünsche. Vergessen war der Schmerz im Knöchel, verdrängt der Streit mit der Mutter. Selbst der wieder einsetzende Regen und die Kälte berührten sie kaum mehr. Eine Ahnung dessen, was Griet seit Wochen so glücklich machte, erfüllte sie. Mit neuen Augen betrachtete sie die Welt um sich her.

Die Zimmerleute, Maurer und Steinmetze, die sie vorhin noch ungeduldig beiseitegeschoben oder missgünstig angeschaut hatten, erwiesen sich auf einmal als äußerst wohlerzogen. Zuvorkommend grüßten sie, räumten ihnen den Weg frei, buckelten vor Selege, auch wenn sie ihm vom Alter her um Jahre voraus waren. Selbst die Händler an den spärlichen Marktbuden zollten ihnen ehrfürchtige Aufmerksamkeit. Selege führte sie in leichtem Bogen zum äußeren Rand des Marktes, wo die Pflasterung wieder ebener wurde und sie unbehelligt von neugierigen Blicken waren.

»Welch glücklicher Zufall, Euch ausgerechnet im Hause der Familie Stein zu begegnen«, begann er nach einer Weile. »Eine gute Woche ist es schon her, seit wir uns zuletzt gesehen haben. Zwar bin ich der Einladung Eurer verehrten Frau Mutter gefolgt und war nahezu jeden Tag im Silbernen Hirschen. Doch weder sie noch Euch habe ich dort angetroffen. Es war, als wärt Ihr beide vom Erdboden verschluckt.«

»Meine Mutter und ich haben viel im Sudhaus zu tun. Nach den warmen Tagen letzte Woche sind unsere Biervorräte arg geschrumpft. Nichts aber ist schlimmer für ein Wirtshaus als leere Bierfässer.«

»Noch dazu, wenn das Bier so beliebt ist wie das Eure«, ergänzte er. »Inzwischen mag ich es gar nicht mehr missen. Meine tiefste Verehrung an die Braumeisterin, Eure Mutter.«

Wieder deutete er eine galante Verbeugung an und blieb nah vor ihr stehen. Eindringlich suchte er ihren Blick. Agnes errötete und senkte den Kopf.

»Hat sich Eure verehrte Frau Mutter von dem Schreck unseres Zusammentreffens erholt? Mir schien, die Begegnung mit mir hat sie völlig überrumpelt. Dabei liegt mir nichts ferner, als jemanden in Verwirrung zu stürzen. Richtet ihr bitte aus, wie sehr ich es bedaure, die Ursache für Unannehmlichkeiten zu sein.«

»Macht Euch keine Sorgen.« Langsam hob Agnes den Blick. »Ihr tragt nicht die geringste Schuld an der Unpässlichkeit meiner Mutter. Sie kann den Geruch von Leder nicht ertragen. Auf dem Markt ist sie dem Stand eines Gerbers zu nah gekommen. Geschieht das, vergisst sie oft, was sie sagt oder tut. Leder raubt ihr schier die Sinne.«

Ohne nachzudenken, übernahm sie Gundas fadenscheinige Erklärung für ihr merkwürdiges Verhalten letztens. Dabei glaubte sie sie selbst nicht.

»Meine Mutter ist diese Gunda Kelletat aus dem Löbenicht, nicht wahr?«, hörte sie sich plötzlich fragen und erschrak. Ohne nachzudenken, fügte sie hinzu: »Sie hat Euch erkannt und beim Namen genannt. Das ist kein Zufall mehr.«

»Ich glaube, Ihr täuscht Euch. Wir alle täuschen uns.«

»Was?« Sie meinte, ihren Ohren nicht zu trauen. Seleges Zaudern brachte sie auf. Wütend riss sie sich das Tuch vom Hals, drehte den Nacken zu ihm hin und wies mit dem Finger auf das Feuermal. »Niemand von uns täuscht sich, das wisst Ihr so gut wie ich. Seht Euch doch genau an, was ich hier am Hals trage! Ihr selbst habt bei unserer ersten Begegnung daran gezweifelt, dass das Schicksal mehrere Menschen desselben Alters mit demselben Mal gezeichnet hat. Noch dazu, wenn die Mütter jeweils Gunda heißen und ebenfalls dasselbe Alter haben.«

»Aber es muss so sein«, erwiderte er in ruhigem Ton, während er ihr das Tuch aus der Hand nahm und es ihr behutsam wieder um den Hals legte. Mit den beiden steifen Fingern der rechten Hand gelang es ihm nicht gleich, den Knoten zu binden. Deshalb beugte er sich nah zu ihr.

Jede Pore seines Gesichts konnte sie betrachten, spürte seinen Atem auf der Haut, bemerkte das leichte Zittern der dunklen Barthaare. Eben noch wäre diese Nähe für sie das

Tor zum Paradies gewesen. Nun wischte sie zornig seine Hand beiseite. Das entlockte ihm ein beschwichtigendes »Scht«, und er mühte sich weiter mit dem Knoten ab. Vor Rührung über diese Geste verebbte ihre Wut so rasch, wie sie gekommen war.

»Es bleibt uns gar keine andere Wahl, als an den großen Zufall zu glauben.« Der sanfte Ton seiner Stimme beschämte sie. »Verzeiht, wenn ich Euch verwirrt habe, und lasst uns alles so nehmen, wie Ihr selbst es bei unserer ersten Begegnung gesagt habt: Ihr lebt hier in Wehlau, seid die Tochter eines kürzlich verstorbenen, angesehenen Bürgers der Stadt und habt keinen Bruder. Eure Mutter ist die hochgeschätzte Witwe Gunda Fröbel, wie alle hier wissen. Ich muss mich also geirrt haben. Die Geschichte im Löbenicht ist zu lange her. Ich war damals zehn Jahre alt. Wie will ich das heute noch so genau wissen? Es hat keinen Sinn, sich noch länger damit zu beschäftigen.«

Das Lächeln, mit dem er die letzten Worte begleitete, überzeugte sie nicht. Starr sah sie ihm in die Augen, hoffte, in dem Grün oder Blau eine Antwort, wenigstens einen zarten Hinweis auf die quälende Frage zu erhalten, die plötzlich mit gewaltiger Heftigkeit in ihr aufbrach: Wie hatte Gunda sie all die Jahre so schändlich belügen können? Und nicht allein ihre Mutter, auch Großmutter Lore sowie der gute alte Fröbel hatten von dem Trug gewusst und mitgespielt. Aber warum? Was hatte Gunda Schlimmes zu verbergen?

Eine eisige Windböe erfasste sie von hinten, bauschte den Stoff ihres Surkots auf und zerrte an dem Umhang, den Selege für sie von den Mägden geborgt hatte. Es fiel ihr schwer, das Gleichgewicht zu halten. Der Fuß schmerzte, als sie ihn belastete. Sie schwankte, kippte nach vorn und sackte gegen Seleges Brust. Fest schlossen sich seine Arme um ihren Leib.

Das Ohr genau über der Stelle, an der sein Herz pochte, beschleunigte sich ihr Atem. Auch Selege holte vor Aufregung immer heftiger Luft. Unwillkürlich hob sie den Kopf, öffnete halb die Lippen und merkte erstaunt, wie er sich im selben Moment zu ihr herunterbeugte und seinen Mund auf den ihren presste. Mit einem leisen Aufstöhnen verschloss er ihre Lippen mit den seinen.

Überrascht schmeckte sie ihn, fühlte seine Zungenspitze vorsichtig in ihre Mundhöhle stoßen, erst zaghaft über ihre Zähne fahren und dann kühner mit ihrer Zunge spielen. Verzückt gab sie sich dem seligen, noch nie zuvor erlebten Küssen hin. Er zog sie enger zu sich heran, schmiegte seinen starken, warmen Körper an ihre Rundungen.

Vergessen waren Raum und Zeit, selbst der Anlass für ihr Zusammentreffen rückte in weite Ferne. Nie sollte dieser Moment der Einigkeit zu Ende gehen. Umso entsetzlicher empfand Agnes die plötzliche Kälte, als er sich viel zu jäh von dem Kuss zurückzog. Noch schlimmer war, dass er sie zugleich mit den Armen von sich stieß.

»Nein!«, erklärte er mit zitternder Stimme. Seine eigenartigen Augen suchten nach einem Punkt, an dem sie Halt finden konnten. »Verzeiht vielmals, Teuerste, aber ich habe mich gerade wohl völlig vergessen.«

Er sah zu Boden, wischte mit der Hand über den Mund, als wollte er sie und die Erinnerung an den leidenschaftlichen Kuss wegwischen.

Das traf sie wie ein Schlag ins Gesicht. Sie wollte etwas sagen, ihn anflehen, sie wieder zu umarmen und noch einmal so zu küssen. Wie gelähmt aber stand sie vor ihm, einzig dazu imstande, ihn ratlos anzustarren.

»Es ist wohl besser, wir belassen alles so, wie es ist.« Seine Stimme klang belegt. »Glaubt mir, Liebste: Die Begegnung mit Euch hat mich zutiefst berührt. Das muss mich dazu verleitet haben, einiges durcheinanderzubringen. Vergesst, was ich Euch erzählt habe, vergesst um Gottes willen diese alte Geschichte mit den Zwillingen im fernen Königsberg. Und vergesst vor allem, dass wir beide uns überhaupt je begegnet sind. Wir haben keine gemeinsame Zukunft.«

»Wie könnt Ihr das sagen? So einfach kann ich Euch nicht vergessen! Nicht, nachdem wir beide uns gerade so nah gewesen sind. Ich spüre doch, was ich Euch bedeute. Das ist alles, was jetzt noch zählt. Es muss einen Weg für uns beide geben, bitte!«

Bang fasste sie nach seiner Hand, umschloss sie mit beiden Händen, ertastete die verkrüppelten mittleren Finger. Tränen standen ihr in den Augen. Verzweifelt suchte sie seinen Blick.

»Agnes, Liebste«, wand er sich eine Weile, schaute erst ziellos in die Ferne, studierte dann die nähere Umgebung und grüßte einen Maurer, der mit einer Trage voller Steine dicht an ihnen vorbei zum Haus der Steins hastete. »Es ist besser so, glaubt mir.«

Er hob ihre Hände zum Mund, hauchte einen zarten Kuss darauf, beließ seine Lippen noch eine ganze Weile auf ihren Fingern, klammerte sich daran fest wie ein Ertrinkender an den rettenden Balken im Fluss.

»Aber warum?« Agnes konnte es nicht begreifen. »Was ist nur in Euch gefahren, dass Ihr mich so jäh zurückweist? Eben noch habt Ihr Euch gefreut, mich zu sehen. Jeden Tag habt Ihr im Silbernen Hirschen nach mir gefragt. Was habe ich Euch getan? Vergesst nicht: Ihr wart derjenige, der die nie gekannte Sehnsucht in mir geweckt, mich mit den süßesten Gefühlen zu Euch gelockt hat.«

»Verzeiht, Agnes, bitte verzeiht.« Zerknirscht sah er sie an. Seine Lippen bebten, die verschiedenfarbigen Augen glänzten verräterisch. »Es war nicht recht von mir, falsche Hoffnungen in Euch zu entfachen.«

»Falsche Hoffnungen?« Vor Empörung überschlug sich ihre Stimme. »Meint Ihr, gerade eben oder überhaupt bei allem, was Ihr mir seit unserer ersten Begegnung erzählt habt?«

»Wie ich eben gesagt habe, Agnes: Am besten vergesst Ihr alles. Tut, als wären wir uns nie begegnet. Ich habe mich getäuscht und schäme mich dafür, Euch unvorsichtigerweise da mit hineingezogen zu haben.«

»Wobei habt Ihr Euch getäuscht?« Plötzlich vergaß Agnes alles, was sie über Anstand und züchtiges Betragen gelernt hatte. Empört schrie sie ihn an: »Ihr seid keiner Täuschung erlegen, das wisst Ihr genauso gut wie ich. Dass Ihr mich als diejenige erkannt habt, deren Geschichte Euch seit Euren Kindertagen nicht mehr loslässt, muss ein Zeichen sein. Bitte, Laurenz, begreift das doch endlich! Ihr konntet mich nicht vergessen, weil das Schicksal uns füreinander bestimmt hat. Mein Feuermal sollte Euch das zeigen.«

Beharrlich wich er ihrem Blick aus.

»Gut«, bezwang sie mühsam das Beben in ihrer Brust. »Wenn Ihr schweigt, dann muss ich das wohl so hinnehmen. Verstehen werde ich es nie, geschweige denn, je aus meiner Erinnerung löschen können. Doch was soll ich anderes tun?« Sie hielt inne, betrachtete ihn abermals prüfend. »Verratet mir wenigstens, was damals im Königsberger Löbenicht geschehen ist und warum meine Mutter mir nicht die Wahrheit sagt.«

»Ich weiß es nicht«, entgegnete er leise und gab ihre Hände frei, richtete die Augen über ihren Kopf hinweg auf die Front des nahen Rathauses. »Glaubt mir, liebste Agnes, ich weiß es wirklich nicht, warum Eure Mutter nicht mit Euch über die Vergangenheit spricht.«

»Ihr seid grausam!« Sie ballte die Hände zu Fäusten und trommelte gegen seine breite Brust. »Ihr seid so unendlich grausam zu mir! Erst stehlt Ihr Euch auf ganz hinterhältige Weise in mein Herz, und dann sät Ihr Zwietracht zwischen meiner Mutter und mir, verwirrt mir die Sinne, raubt mir den Verstand und zerstört alles, was mir bislang lieb und teuer war. Und wenn Ihr Euer Ziel erreicht habt, zieht Ihr Euch rücksichtslos von mir zurück.«

Kurz hielt sie inne, lauschte den eigenen Worten nach, um ihn im nächsten Moment erbost anzuschreien: »Haut ab, verschwindet aus meinem Leben und kehrt nie mehr hierher zurück!«

In den letzten Schlag gegen seine Brust legte sie alle Kraft, die sie aufbrachte.

»Agnes, Liebste, nicht!«, stieß er aus. Sie aber riss sich den Umhang von den Schultern und schleuderte ihn in den Dreck vor seinen Füßen.

»Bringt das zurück zu den Mägden! Die zwei werden sich freuen, wenn Ihr ihnen mehr Beachtung schenkt.«

Flugs machte sie kehrt und stürzte die Rechte Straße Richtung Silbernen Hirschen davon.

10

Die Abenddämmerung entzündete ein beeindruckendes Farbengewitter am Horizont. Maiabende wie dieser weckten Hoffnung auf einen prächtigen Sommer. Goldrot versank die Sonne in der Ferne, tauchte in ein Meer aus graublauen Wolkenfetzen. Kühler Wind kam auf, blies dickere Wolken heran. Immer schneller wechselte der Himmel seine Farben, schillerte von dunstig blau über golden-weiß bis glühend rot.

Vom schnellen Laufen außer Atem blieb Editha mitten auf der menschenleeren Straße stehen und beobachtete das Schauspiel in den Lüften. Ihr schwerer Busen bebte heftig von der gerade durchlebten Wut. Wie jeden Donnerstag war sie bei Hermine Hundskötter gewesen. *Blasted old shrew!* Dass ihre frühere Hebamme noch immer solche Macht über sie besaß, erzürnte sie. Es hatte den Anschein, als könne sie den Fängen der gerissenen Hexe zeit ihres Lebens nicht mehr entrinnen. Sie legte sich die Hand auf die Brust, zwang sich, ruhiger zu atmen. Starr sah sie gen Westen, richtete ihre Aufmerksamkeit ganz auf den glutroten Sonnenball. Bald tat das friedliche Bild des sich im dunstblauen Abendhimmel auflösenden Lichts seine Wirkung, und Editha begann sich auf die bevorstehende Nacht mit Gernot zu freuen. So viele Jahre sie auch schon miteinander lebten, so heftig loderte nach wie vor die Leidenschaft zwischen ihnen. Schloss sich des Abends die Tür ihres Schlafgemachs, entbrannte in ihnen beiden ein schier unersättliches Begehren. Eigentlich waren dabei die Mittel der Hundskötterin überflüssig. Die brauchte Editha lediglich, weil sie ihren achtunddreißig Jahren zum Trotz auf mehr als nur auf die Erfüllung ihrer zügellosen Fleischeslüste hoffte. Inständig sehnte sie sich danach, die Befriedigung derselben würde noch einmal Früchte tragen und sie wieder ein Kind empfangen lassen. Ihre Finger tasteten nach dem braunen Säckchen, das die Hundskötterin ihr anvertraut hatte. Vielleicht war ihr in dieser Nacht Glück beschieden.

Ihr Blick wanderte weiter über die satten, grünen Wiesen des Rossgartens. Zwischen den Obstbäumen grasten die Pferde der Ordensritter. Bewaffnete beaufsichtigten die kostbaren Tiere, ihrerseits streng bewacht vom ordensritterlichen Stallmeister. Bedrohlich nah reichte die Lagerstatt der aus

Böhmen und Mähren gedungenen Söldner an die Koppel heran. Die dunkelbärtigen Männer hausten in einem bunten Gemisch aus Zelten und notdürftig aus Ästen, Büschen und Decken gezimmerten Unterständen. Es erstreckte sich vom hinteren Rossgarten hügelaufwärts bis zum Steindamm im Norden der Altstadt. Längst waren dort die alten Obstgärten verschwunden. Editha sah zum trutzigen Befestigungsring um Königsberg hinüber. Ein letztes Mal für diesen Tag zauberte die untergehende Sonne ihr Lichtspiel auf die roten Backsteinmauern, ließ sie golden schimmern. Die Umrisse der nahen Altstadt zeichneten sich scharf darüber ab. Mitten aus den unzähligen Türmen und Giebeln ragte der achteckige Haberturm im Nordosten der Burganlage empor. Bei dem Gedanken, wie nah der vollständige Abriss des imposanten Bauwerks vor einem Jahr noch bevorgestanden hatte, schauderte Editha. Gleich nach der Vertreibung der Ordensritter hatten die Altstädter und Löbenichter begonnen, die südliche Vorburgmauer sowie Teile des Haupthauses abzutragen. Mehr als ein Dutzend Bürger waren so zu glücklichen Besitzern eines prächtigen Steinhauses geworden, das aus den Beutestücken errichtet worden war. Nun aber, da sich die Bürger der Altstadt wie des Löbenichts dem Druck der Gewerke gebeugt und die Rückkehr zur Ordensherrschaft gutgeheißen hatten, waren sie emsig darauf bedacht, die alte Pracht auf dem Burgberg schnellstmöglich wiederherzustellen. In unterwürfiger Demut traten sie Reuß von Plauen und seinen Mannen entgegen. Wie schnell sich das Rad der Fortuna drehte! Kaum wähnte man sich oben, erwies sich der mühsam erklommene Gipfel bereits als Scheitelpunkt, von dem es steil bergab zu gehen drohte.

Seufzend zog Editha die Kapuze ihrer Heuke tiefer ins Gesicht. Es wurde höchste Zeit, das Laakentor zu erreichen, bevor es geschlossen wurde. Sie äugte gen Süden, schielte zum Hundegatt hinüber. Hinter den Masten der im Pregel dümpelnden Schiffe erspähte sie die Mauern des Kneiphofs. Waren obenauf nicht Umrisse von Soldaten zu erkennen? Gewiss ließen die Belagerten auf der Mauerkrone Wache gehen, um einem Überraschungsansturm der Ordensritter vorzubeugen. Hoffentlich geschah nichts, bis Editha die sichere Mauer um die Altstadt erreicht hatte. Nicht zum ersten Mal verfluchte sie den weiten Weg, den sie vom Anwesen der Hundskötterin nahe der alten Stadtschmiede an der Laak bis zu ihrem eigenen Haus in der Altstädter Langgasse unweit des Marktes zurückzulegen hatte. Seit Wochen lungerten im Schatten der Belagerung viele Fremde in der Gegend herum, darunter äußerst zwielichtige Abenteuerlustige sowie fahrendes Volk aus aller Herren Länder. Die Büttel wurden ihrer kaum Herr. Selbst in den vorgerückten Abendstunden kehrte innerhalb der Stadtmauern nur schwerlich Ruhe ein. Das milde Frühlingswetter der letzten Tage tat ein Übriges, bis spät in die Nacht in allen Winkeln ausgelassene Stimmung vorherrschen zu lassen.

Noch bevor Editha das von einer steinernen Bildsäule der Heiligen Jungfrau Maria geschmückte Laakentor erreichte, drang bereits das gierige Grunzen von Schweinen an ihr Ohr. Seit Jahr und Tag tummelten sie sich im Stadtgraben, üppig gemästet mit den nahrhaften Küchenabfällen der Städter und Burgleute. Der strenge Geruch des Borstenviehs widerte Editha an. Geringschätzig hielt sie sich den Zipfel ihrer Heuke vor die Nase.

»Wer seid Ihr, Fremde?«, herrschte sie eine der Torwachen an und kreuzte mit seinem Gegenüber die Piken.

»Lasst mich durch, wenn Ihr keinen Ärger haben wollt. Mein Gemahl ist der ehrwürdige Kaufmann Gernot Frischart aus der Langgasse.« Unwirsch nahm sie den Stoff vom Gesicht und blitzte den graubärtigen Wachposten böse an.

»Schon gut«, wisperte der zweite Posten seinem übereifrigen Kumpan zu. »Lass sie durch. Die Fischartin kommt jeden Donnerstag um diese Stunde hier vorbei. Offenbar hat sie vor den Toren der Stadt wichtige Geschäfte.«

»Das geht Euch gar nichts an«, brauste sie auf, verzichtete aber auf weitere Drohungen, sobald die Posten ihr den Weg freigegeben hatten. Sie war zu spät dran, um sich auf eine Auseinandersetzung einzulassen. Ohnehin missfielen Gernot die regelmäßigen Gänge zur Hundskötterin, da musste sie ihn durch zu langes Ausbleiben nicht zusätzlich reizen, noch dazu, da sie für die Nacht andere Pläne mit ihm hatte.

So gut wie die Wachen am Tor aufpassten, wer in die Stadt hineinwollte, so wenig achteten sie darauf, was sich nur wenige Schritte weiter drinnen in den Gassen abspielte. Eine Horde zerlumpter, schmutziger Kinder schoss auf Editha zu, die winzigen Hände bettelnd in die Luft gestreckt. *»Get off, you damned bastards!«* Verärgert zog sie sich den Zipfel ihrer Heuke wieder vor die Nase. Mochte die Ordensherrschaft wiederhergestellt sein, die Ordnung auf den Straßen war es noch lange nicht. Sie stapfte weiter, sorgfältig darauf bedacht, die kleinen Füße in den spitzen Schnabelschuhen keinem Dreck auszusetzen. Um diese Stunde wurden die Werkstätten ausgefegt, bevor sich die Läden und Türen zur Nachtruhe schlossen. Das hieß, besonders aufmerksam zu sein, was einem vor die Schuhspitzen gekehrt wurde. Kaum hob sie deshalb den Blick.

»Wohin des Wegs, schöne Frau?«, wurde sie unvermittelt angesprochen. Erschrocken fuhr sie auf. Ein dick beleibter Mann in löchrigem braunem Kittel versperrte ihr den Weg. In seinem Mund faulten die Zähne schneller, als er die Lippen vor dem kläglichen Anblick zu schließen vermochte. »So allein solltet Ihr um diese Stunde nicht mehr durch die Stadt spazieren. Kaum ist die Sonne am Horizont versunken, wagt sich allerhand lichtscheues Gesindel aus seinen Schlupflöchern. Fort, fort.« Um seinen Worten Nachdruck zu verleihen, jagte er mit einem ärgerlichen Winken zwei Knaben davon. »Gern biete ich Euch Geleitschutz an. So wird niemand mehr wagen, Euch zu nahe zu treten.«

»Bei dem Duft, den Ihr verströmt, ist das kein Wunder«, wies Editha ihn ab und floh auf die andere Straßenseite. Von den eingesessenen Bürgern der Altstadt waren nur wenige unterwegs. Die meisten zogen es vor, um diese Zeit längst beim Abendmahl zu sitzen. Editha beschleunigte ihre Schritte. Kaum hatte sie die nächste Straßenecke erreicht, tastete sie an ihrem Gürtel herum. Eine düstere Ahnung beschlich sie. *»Silly shrew!«,* fluchte sie, derweil ihre Finger ins Leere griffen. Die Börse war weg! Und das Kästchen mit dem Besteck gleich dazu. Lediglich den Rosenkranz und das Gebetbuch hatten die elenden Spitzbuben ihr gelassen. Gerissen waren sie, das musste sie ihnen zugestehen. Während der Dicke sie abgelenkt hatte, hatten die nichtsnutzigen kleinen Galgenstricke ihren Gürtel geplündert, und sie hatte es nicht einmal bemerkt. Wie hatte sie nur so einfältig sein können? Hatte die laue Abendstimmung draußen an der Laak ihr das Hirn vernebelt? Oder war es die sündige Vorfreude auf die Nacht mit ihrem Gemahl? Zum Glück befand sie sich bereits auf dem Heimweg. Zu ärgerlich, wenn ihr das früher passiert wäre. Ohne Geld wäre ihr Gang zwecklos gewesen. Nie und nimmer hätte die raffgierige Hundskötterin die neue Rezeptur herausgerückt, ohne dass sie ihr die Münzen auf den Tisch gezählt hätte. Höhnisch hätte sie das zum Anlass genommen, unverschämte Mutmaßungen über den Gang von Gernots

Geschäften anzustellen, am Ende gar zu behaupten, den Fischarts ginge das Geld aus! Verbissen kniff Editha die Lippen zusammen, zog die Heuke enger um den rundlichen Leib. Ihre kurzen Finger hatten Mühe, den dick gebauschten Stoff vor der Brust zusammenzuraffen.

Der Gedanke an den gerade wieder einmal überstandenen Besuch bei ihrer früheren Hebamme wurmte sie nun, nach Entdeckung des Diebstahls, noch mehr. Selbst nach siebzehn Jahren ließ die meineidige Metze keine Gelegenheit aus, sie daran zu erinnern, wie sehr sie und Gernot auf ihr Wohlwollen angewiesen waren. Das düstere Geheimnis aus jenen Maitagen band sie bis an ihr Lebensende zusammen, und das nicht allein Caspars wegen. Hermine verstand es zudem, ihr immer weitere Zaubermittel aufzuschwatzen, um den Wunsch nach einem gemeinsamen Kind mit Gernot lebendig zu halten. Wie ein törichtes, folgsames Mädchen schluckte sie seit Jahr und Tag die bittersten Säfte, würgte die abscheulichsten Pulver hinunter. Insgeheim spukte ihr dabei stets Gundas Geist durch den Kopf. Nicht genug, dass sie nach angeblich nur einer einzigen Nacht gleich ein Kind von Gernot empfangen hatte. Dank der Zwillinge war sie gleich doppelt gesegnet worden! Ein Stich fuhr Editha in die Brust. In ihrer englischen Heimat galt die Geburt von Zwillingen als besondere Gunst Gottes und nicht, wie hier im Ordensland, als Beweis für die Untreue der Mutter.

Wieso ausgerechnet Gunda einer solchen Gunst würdig befunden worden war, würde Editha nie begreifen. Noch dazu, wo sie selbst ein halbes Dutzend Kinder entweder bereits im Mutterleib verloren oder kurz nach der Geburt tot in den Armen gewiegt hatte. Ein Zuckerschlecken war das nicht gewesen, erst recht nicht, wenn sie in den Stunden tiefster Demütigung den kleinen Caspar ans Herz zu drücken und ihm eine gute Mutter zu sein hatte. Das Schlimmste war, dass sie insgeheim stets fürchtete, auch Gernot leide unter ihrem Versagen und sehnte sich darum nach Gunda. Wie viel Hoffnung aber blieb ihr noch auf ein eigenes Kind? Achtunddreißig war sie inzwischen, auch Gernot ging auf die vierzig zu. Gängige Hausmittel wie Beifuß, Nesselblätter, in Essig getrunkene Pfefferminze, Muskat, Liebstöckel oder Hauswurz hatten sich leider viel zu schnell als unwirksam erwiesen. Auch in Eselsmilch getränkte Wolle, der Lauf eines am ersten Freitag im März erlegten Hasen, die linke Hode eines schwarzen Stieres sowie das aus dem Maul eines Hengstes heraustriefende Wasser hatten nicht die erhoffte Wirkung gezeigt. Völlig umsonst war ebenso der in Branntwein gemischte Pferdemist gewesen, von sündhaft teuren Mitteln wie Safrankrokus oder Trüffelpaste ganz zu schweigen. Am liebsten hätte Editha ihre Verzweiflung laut herausgeschrien. Der Wind sollte ihre Worte aufgreifen und in die weite Welt davontragen. Dabei loderte das Feuer der Leidenschaft zwischen Gernot und ihr weiterhin heftiger, als es der Würde ihres Alters entsprach. Vom ersten Tag an war sie diesem Mann und seinen geschickten Künsten verfallen, jede Stunde der Zweisamkeit mit ihm hatte sie in die höchsten Gefilde der Lust geführt. Umso bitterer, dass bis zum heutigen Tag keine gewaltige Kinderschar nach außen hin von ihrem geheimen Glück zwischen den Laken kündete.

Sie reckte das Kinn, spürte den kühlen Lufthauch an der nach oben gebogenen Nasenspitze. Eine Horde grölender, betrunkener Söldner kam ihr vom Burgberg herunter entgegen. Sie rettete sich abermals auf die gegenüberliegende Straßenseite und suchte Schutz hinter einem leeren Karren, den ein alter Mann mühsam über das Pflaster schob. Hoch zu Ross trabte ein Deutschordensritter heran, scheuchte die besoffene Meute dem Laakentor zu. Auf dem nahen Marktplatz hielten vier Büttel Wache. Im letzten Tageslicht räumten die Krämer ihre Buden auf, verschlossen die Läden und gingen nach Hause. Editha grüßte den Käskrämer Bolte und nickte der Bäckerin Steinhaupt zu, die es beide eilig hatten, den langgezogenen Platz unweit der Deutschordensburg zu verlassen.

Im Weiterlaufen drückte Editha den winzigen Beutel der Hundskötterin fest an sich. Sie hütete ihn wie einen kostbaren Schatz. Deshalb war er vorhin auch den frechen Langfingern entgangen. Stellte sie sich jedoch vor, wie sie vor dem Zubettgehen das aus zerstampften Insektenlarven, Schneckenhäusern, Käfern und Spinnen bestehende Pulver hinunterwürgen sollte, schüttelte es sie. Schwer atmend blieb sie am Marktbrunnen stehen und lehnte sich an den gemauerten Rand. Selbst wenn sie das Pulver in Wein mischte, würde sie beim Trinken die unappetitlichen Bestandteile vor Augen haben. Gewiss würde Gernot sich weigern, das eigenartige Gesöff zu trinken. Warum konnte ihr das nicht einerlei sein? Längst hatte er die Hoffnung, seinen fruchtbaren Samen noch einmal ihrem Leib einzupflanzen, aufgegeben. Sie sollte froh sein, dass er des Nachts dennoch mit Wonne seinen ehelichen Pflichten nachkam. Welch grässlicher Alptraum, sich auszumalen, dass ihm eines Tages ein üppiges Gelage mit Unmengen Fleisch, Fisch und teuren Genüssen aus fernen Ländern mehr Spaß bereiten könnte als das Reiten auf ihren nackten Oberschenkeln oder das wollüstige Kneten ihrer drallen Brüste, ganz zu schweigen von der Schmach, wenn er sich einmal bei einer anderen Frau holen sollte, was er bei ihr nicht mehr fand. Editha ballte die Fäuste. Trotz ihrer achtunddreißig Jahre war ihre Schönheit noch nicht verblüht. Sie schob den üppigen Busen nach oben, fuhr mit den Fingern der linken Hand am tief gezogenen Ausschnitt ihres Kleides entlang. Die kostspielige Robe aus dunkelroter Seide glänzte im immer schwächer werdenden Abendlicht. Ihre Finger wanderten zum Hals. Die Haut erwies sich als zart wie eh und je. Edithas Blick glitt wieder an ihrem Leib hinunter. Der straffe Busen gereichte einer Zwanzigjährigen zur Ehre, auch die fülligen Hüften sowie die schwanenweißen Schenkel, die das Seidenkleid knisternd umhüllte, wusste sie Gernot im Bett noch genauso aufreizend darzubieten wie in den ersten Jahren ihrer Ehe. Heißes Begehren flammte in ihr auf. Im Bann der Vorfreude auf die nächste Nacht schloss sie die Augen. Gernots lüsterne Gewalt in ihrem Schoß zu spüren, sich seiner anschwellenden Lust mit lautem Aufschrei hinzugeben, entlockte ihr schon jetzt ein tiefes Seufzen.

»Ist Euch nicht wohl, werte Fischartin?«

Holy moly! Was tat sie da, mitten auf dem Markt? Sie zuckte zusammen, riss die Augen auf. Vor ihr stand Gernots langjähriger Zunftgenosse und Freund, Ludwig Perlbach. An seinem besorgten Blick las sie ab, dass er sie tatsächlich für krank hielt. »Danke, lieber Perlbach, es ist alles in bester Ordnung. Mir ist nur etwas warm.« Zur Bekräftigung hob sie die linke Hand und wedelte vor ihrem Gesicht herum, bevor sie die Kapuze der Heuke aus dem Gesicht zurückschob.

»Gestattet mir, Euch trotzdem nach Hause zu geleiten. Weit ist der Weg zwar nicht, aber angesichts der anbrechenden Dunkelheit und des üblen Gesindels, das sich neuerdings in unseren Straßen tummelt, möchte ich Euch nicht allein gehen lassen.«

Editha zögerte einen Moment, bevor sie seinen Arm ergriff, und betrachtete ihn verstohlen. Etwas an ihm befremdete sie. Sein Haar war licht geworden. Unter dem dunklen Barett lugten wenige weiße Büschel hervor. Das bartlose Gesicht wirkte müde, die leicht vornübergebeugte Haltung des Kaufmanns zeugte vom unweigerlichen Voranschreiten des Alterns. Seinen erschlafften Lenden halfen die Zauberkuren der Hundskötterin gewiss nicht mehr. Gegen ihren Willen lachte sie auf, schlug sich rasch die Hand vor den Mund und gab vor, husten zu müssen.

»Seht Ihr«, erklärte Perlbach mit deutlicher Genugtuung in der krächzenden Altmännerstimme. »Auch wenn Ihr es nicht zugeben wollt, so höre ich doch, wie schlecht Ihr beieinander seid.«

»Wie Ihr meint«, lenkte sie ein. Die wenigen Schritte legten sie sehr langsam zurück, was weniger an Editha als an dem Kaufmann lag. Er war nicht viel größer als sie und ebenfalls von eher gedrungener Statur. Durch den eng anliegenden Rock und die noch engeren Strumpfhosen stachen die aus den Fugen geratenen Formen an Bauch und Hintern geradezu ins Auge. Das Gehen in den modisch langen Schnabelschuhen bereitete ihm große Mühe. Mehrmals verfing er sich in den langen Gogeln. Editha war erleichtert, als die graue Steinfassade ihres im letzten Sommer auf zwei Stockwerke erhöhten Hauses in Sicht kam. Auch Perlbach atmete hörbar auf.

»Da wären wir also«, erklärte er, sobald sie die Haustür erreicht hatten, um plötzlich nach ihrer Hand zu greifen und umständlich zu erklären: »Ihr wisst, Euer Gemahl und ich, also, der teure Gernot Fischart und ich, wir kennen uns seit frühesten Kindertagen. Bereits unsere Väter und deren Väter haben gemeinsam hier am Pregel …«

»Was liegt Euch auf der Seele, mein Lieber?«, unterbrach sie ihn und bemühte sich um ein aufmunterndes Lächeln. »Worüber soll ich in Eurem Auftrag mit meinem Gemahl reden?«

»Also, um es kurz zu machen: Wie Ihr wisst, hat die Altstädter wie die Löbenichter Kaufmannschaft bis vor wenigen Wochen noch die bündische Sache gegen den Deutschen Orden vertreten. Dann aber haben uns die Gewerke davon überzeugt, wie falsch das ist, und wir haben uns zur neuerlichen Huldigung vor dem ehrwürdigen Komtur Heinrich Reuß von Plauen durchgerungen.«

»Fürwahr eine heldenhafte Tat«, entfuhr ihr.

»Die Kneiphöfer jedoch bieten Plauen und seinen Ordensrittern weiterhin kühn die Stirn«, überging er ihren Spott, »haben gar Brunau, Swake, Dreher und den anderen bündischen Ratsherren aus der Altstadt bereitwillig Unterschlupf gewährt. Zudem ist es ihnen gelungen, die Unterstützung ihrer Zunftgenossen aus Danzig zu gewinnen. Unter Führung Henning Germans und des Bremer Kaufmanns Merten Holtorp sind die über den Wasserweg bis kurz vor den Kneiphof gelangt.«

»Damit teilt Ihr mir keine Neuigkeiten mit«, ging Editha ungeduldig dazwischen. »Mein Gemahl weiß ebenso Bescheid wie Ihr. Warum also sollte ich mit ihm noch einmal darüber sprechen?«

»Darüber nicht direkt, meine Teuerste«, wand sich Perlbach unbeholfen. »Vielmehr geht es darum, dass es Anzeichen gibt, Euer verehrter Herr Gemahl unterhalte trotzdem noch enge Handelsbeziehungen nach Danzig und Bremen. Ihr könnt Euch denken, wie unerfreulich das für uns alle ist.«

»Passt auf, was Ihr da sagt, mein Lieber!« Ein schlimmer Verdacht reifte in ihr. Das also war der Grund, warum Gernot Caspar auf Reisen nach Danzig und Bremen schicken wollte: Der Junge sollte ihm als Mittelsmann zu den Abtrünnigen dienen. Auf London war er nur eingegangen, um überhaupt ihr Einverständnis zu Caspars Abreise zu erlangen.

War der Junge erst einmal weg, war es nur eine Frage der Zeit, bis Gernot ihn für seine Zwecke einspannen würde. Damit stand ihr Gemahl nicht nur im Begriff, seine Altstädter Zunftgenossen zu hintergehen, sondern auch seinen arglosen Sohn für diese verdammenswürdige Schandtat zu missbrauchen. *Good grief!* Wie weit war es mit Gernot gekommen? Während die anderen Kaufleute am Pregel sich auf ihren Treueid für die Deutschordensritter besonnen und alle Kontakte zu den aufrührerischen Städten des Bundes abgebrochen hatten, unterhielt Gernot im Verborgenen beste Beziehungen zu den Verrätern. Wahrscheinlich wollte er sich die Türen in alle Richtungen offen halten und sowohl mit der wiederhergestellten Ordensmacht als auch mit den Bündischen seine Geschäfte tätigen. Jäh fiel ihr ein, wie hoffnungsvoll er von neuen Beziehungen nach Wehlau gesprochen hatte. *Good gracious!* Die dortige Bürgerschaft kämpfte entschieden gegen die Kreuzherren. Unlängst hatten sie mit den Rastenburgern einen Vorstoß gegen die Ordensburg in Tapiau unternommen. Editha schauderte. Je länger sie über Gernots Verhalten nachdachte, desto weniger konnte sie es begreifen. Auch wenn sich die einzelnen Stücke so passgenau zusammenfügten, es konnte einfach nicht sein. Seit gut zwanzig Jahren kannte sie Gernot, hatte ihn in hellen und in finsteren Zeiten erlebt. Solch abenteuerliche Geheimniskrämerei passte einfach nicht zu ihm. Entweder log Perlbach, oder aber jemand hatte Gernot eine Falle gestellt, und er war ahnungslos hineingetappt. *For heaven's sake!* Was war das für eine Sache mit Wehlau? Nie zuvor hatte er engere Verbindungen dorthin unterhalten, warum also ausgerechnet jetzt? Dem musste sie auf den Grund gehen.

»Habe ich Euch erschreckt?«, platzte Perlbach in ihre Gedanken. »Verzeiht. Nichts lag mir ferner, als Euch in Verwirrung zu stürzen, meine liebe Fischartin. Bedenkt bitte: Noch ist nichts bewiesen. Als einer der ältesten Freunde Eures Gemahls kann und will ich mir nicht vorstellen, dass er zu solchen Dingen überhaupt fähig ist. Deshalb bitte ich Euch, dass Ihr ganz behutsam ...«

»Ihr wollt mir doch nicht allen Ernstes vorschlagen, ich soll meinen eigenen Gemahl aushorchen? Ihm klammheimlich eine Falle stellen, um ihn dann öffentlich des Verrats an seiner Zunft und der gesamten Altstädter Bürgerschaft zu bezichtigen?« Mit jeder Silbe wurde ihre Stimme schriller. Vor Empörung bebte ihr Leib. Perlbach konnte nicht ahnen, was sie zudem befürchtete: dass die Hundskötterin Wind von der Sache bekam und damit den Preis für ihr Schweigen in unermessliche Höhen schraubte. Sie griff sich an den Hals, schnappte nach Luft.

»Haltet ein, Teuerste, ich flehe Euch an!« Ihre heftige Reaktion trieb dem Kaufmann den Schweiß auf die Stirn. Ängstlich äugte er umher, wer Zeuge ihrer Unterredung geworden sein könnte. »Aufsehen gilt es in jedem Fall zu vermeiden, meine Liebe. Nie im Leben würde ich wagen, Euch vorzuschlagen, Euren Gemahl auszuhorchen und am Ende gar öffentlich anzuprangern!«

Jetzt war es an ihm, zitternd vor Empörung innezuhalten und nach Luft zu ringen. Erwartungsvoll sah sie ihn an. Das machte ihn verlegen. Erst nach geraumer Zeit war er in der Lage, unsicher fortzufahren: »Ich dachte also, vielleicht wäre es Euch möglich und Ihr könntet in den nächsten Tagen etwas mehr darauf achten, mit wem Euer Gemahl derzeit zu tun hat, von wem er Nachrichten erhält, welche Geschäfte ihm gerade besonders am Herzen liegen.«

Bang suchte er ihren Blick. Als sie ihn weiter nur schweigend ansah, fühlte er sich bemüßigt, unterwürfig hinzuzufügen: »Ich bin mir sicher, binnen kürzester Zeit wird sich der Verdacht gegen den guten Gernot Fischart als absolut haltlos erweisen.«

»So?«, erwiderte sie spitz. »Und ich bin mir sicher, Ihr solltet besser darauf achten, was *Euch* gerade besonders am Herzen liegt. Euer alter Freund Gernot Fischart scheint es jedenfalls nicht zu sein, mein lieber Perlbach, sonst würdet Ihr solch unverschämte Unterstellungen gleich im Keim ersticken.«

Bebend vor Wut schwang sie den Zipfel ihrer Heuke vors Gesicht, machte auf dem Absatz kehrt und schlüpfte ohne ein Wort des Abschieds ins Haus. Den Türflügel warf sie so heftig zu, dass das ganze Haus zu beben schien.

11

Das Fieber wollte nicht schwinden. Mehrere Tage schon hielt es Agnes fest in den Fängen. Verwirrende Träume plagten sie. Laurenz Selege erschien ihr darin, streckte die Hand nach ihr aus, doch sie bekam ihn nicht zu fassen. Immer wieder entglitten ihr im letzten Moment seine zum Teil steif gekrümmten Finger. Darüber schob sich das Bild ihres Feuermals, wie es blaurot und hässlich ihren Nacken verunzierte. Doch es war nicht ihr Hals, an dem sie es entdeckte. Ein Kopf drehte sich zu ihr um, ein fremdes Gesicht sah sie an. Der Bursche, zu dem es gehörte, war in ihrem Alter. Obwohl sie ihm nie zuvor begegnet war, erfüllte sie bei seinem Anblick ein wohliges Gefühl. Aus bernsteinfarbenen Augen musterte er sie, lächelte über das ganze Gesicht. Eine lange, schmale Nase, versehen mit einem auffälligen Höcker gleich unterhalb der Nasenwurzel, teilte es in zwei ebenmäßige Hälften. Sie wollte sich vorbeugen und ihn küssen, er aber warf den Kopf übermütig nach hinten, schüttelte den dichten Schopf seines nackenlangen, dunkelblonden Haares. Langsam entschwand er in dunstige Fernen.

Schweißgebadet schlug Agnes die Augen auf und sah in eine verschwommene, nebelverhangene Welt. Von weit her drangen die besorgten Stimmen Gundas, Lores und Griets zu ihr. Kaum konnte sie die Umrisse der drei Frauen unterscheiden. Kniff sie die Augen zusammen, um mehr zu erkennen, wurde es nicht besser. Stattdessen verstärkte sich der Druck in ihrem Kopf, der sich bald darauf zu heftigsten Schmerzen über dem rechten Auge verdichtete. Antwortete sie auf die ihr gestellten Fragen, schienen die anderen ihre Worte nicht zu hören. Dabei meinte Agnes, der Schädel platze ihr beim Reden, so laut hallte ihr die eigene Stimme in den Ohren wider. Deshalb sparte sie sich meist die Anstrengung des Sprechens und trank lieber durstig aus dem Becher, den ihr die Mutter oder Großmutter gelegentlich an die Lippen setzte. Zugleich genoss sie die Kühle des feuchten Leinens, das sie ihr auf die Stirn legten. Alsbald versank sie wieder in ihren Träumen, versuchte von neuem, Laurenz und den Unbekannten festzuhalten.

»Bleib hier!« Energisch rüttelte Griet sie an den Schultern, ließ nicht ab, bis Agnes endlich die schweren Lider öffnete.

»Höchste Zeit, aufzuwachen«, erklärte die pausbäckige Magd. »Oder willst du gar nicht mehr gesund werden? Schau, was ich dir heute Besonderes bringe.«

Sie hielt ihr eine dampfende Schale entgegen. Ein verheißungsvoller Geruch stieg daraus auf. Agnes musste den Kopf leicht anheben, schnupperte, bis sie erkannte, was es war: Hühnerbrühe! Ehe sie sich's versah, zog Griet das Gefäß mit der köstlichen Speise zurück. »Die kriegst du nur, wenn du nicht gleich wieder im Fieber versinkst.«

Schelmisch zwinkerte sie ihr zu. Die Aussicht auf die unverhoffte Köstlichkeit lohnte, die Augen weiter aufzuhalten. Zum ersten Mal hatte Agnes erkannt, wer vor ihr stand und mit ihr sprach. Willig ließ sie sich von Griet zum Sitzen aufrichten. Beflissen schüttelte die Magd das dicke Kissen in ihrem Rücken auf. Dankbar lehnte Agnes sich zurück. Gleich ging es ihr besser. Der dichte Nebelschleier zerriss, sie erkannte ihre nächste Umgebung wieder: die dicken roten Vorhänge am Bett, die gedrechselten Stangen des Himmels, der sich über dem Lager wölbte, die reichverzierte Wäschetruhe vor der Bettstatt, die Stühle und den Tisch mit dem Bild der Gottesmutter auf der gegenüberliegenden Wand. Griet hatte die unteren Holzflügel des Fensters an der Stirnseite des langgestreckten Raumes weit geöffnet. Milde Frühlingsluft wehte herein. Aus dem Hof klang das Gegacker der Hühner herauf, dazwischen mischte sich munteres Vogelgezwitscher aus den Büschen. Die Tauben gurrten. Hoch ragte die Spitze des blütenübersäten Apfelbaums vor dem Fenster auf. Ein Distelfink hüpfte auf das Fensterbrett und streckte den weißen Schnabel neugierig in die Stube. Das bunte Federkleid leuchtete in der Sonne.

»Sieh nur, der freche Bursche, gleich fliegt er zu uns rein.« Griet scheuchte ihn mit der Hand fort. »Selbst die Tiere sind munterer als du, mein Kind. Komm, iss von der Suppe. Die wird dir helfen, zu Kräften zu kommen. Dann kannst du bald auch wieder draußen herumspringen.«

Sie setzte sich auf die Kante des breiten Bettes und hob Agnes den Löffel an den Mund. Vorsichtig pustete sie in die heiße Brühe. Artig wie ein kleines Kind ließ Agnes sich füttern. Es ging nur langsam vonstatten, das Schlucken fiel ihr noch schwer. Dennoch spürte sie, wie gut ihr die Suppe tat. Mehr und mehr verblasste die Erinnerung an den seltsamen

Traum. Der Bursche mit den bernsteinfarbenen Augen und dem Feuermal schien ihr bald eine rätselhafte Erinnerung. Nie zuvor hatte sie ihn gesehen. Gewiss gehörte er zu den Trugbildern des hohen Fiebers. Sie beschloss, ihn ein für alle Mal zu vergessen. Als Griet endlich mit dem Löffel über den Boden der Schüssel schabte, atmete sie erleichtert auf und sank matt ins Kissen zurück.

»Was machst du nur für einen Unsinn? Uns alle so zu erschrecken!« Kopfschüttelnd stellte Griet die Schale auf die Truhe und fasste nach ihrer Hand. Agnes fühlte die rauhe Haut der Magd, genoss ihre Kühle. Eindringlich sah Griet sie an. »Versprich mir, so schnell wie möglich wieder auf die Beine zu kommen.«

»Wie lange liege ich schon hier?«, schummelte Agnes sich um die gewünschte Erwiderung herum.

»Weißt du das nicht?« Griet runzelte die hohe Stirn. »Vier, fünf Tage werden es gut sein. So genau weiß ich es selbst nicht mehr. Deine Großmutter hat bereits einige Kerzen gestiftet und den heiligen Georg um Hilfe angefleht. Es hat genutzt, wie man sieht. Sie wird staunen, wenn sie dich hier sitzen sieht, und ein Dankgebet gen Himmel senden.«

Prüfend legte sie ihr die Hand auf die Stirn. Agnes spürte, dass sie nicht mehr fieberte. Dennoch genoss sie die Berührung.

»Das Fieber ist weg. Gott sei Dank!« Aufmunternd lächelte Griet ihr zu und tätschelte ihr die Wange.

»Wo ist meine Mutter?«

»Wo schon?« Griet lächelte. »Im Sudhaus bei ihrem Bier natürlich! Es ist Markt, wir brauchen Nachschub für die durstigen Kehlen unten in der Schankstube. Auch wenn du krank hier oben im Bett liegst, geht unten das Leben weiter.«

Kaum hatte sie das gesagt, polterte es laut im Erdgeschoss, als gelte es, den Beweis für ihre Worte zu liefern. Aufgebracht schimpfte jemand, ein anderer fuhr dazwischen, eine dritte Stimme mahnte zur Ruhe. Das Wirtshaus schien gut gefüllt. Also musste es gegen Mittag sein. Angestrengt blinzelte Agnes in das Sonnenlicht, das durch das geöffnete Fenster hereinfiel. Es brachte Griets weißblonden Haarschopf zum Leuchten. Beflissen schickte sich die Magd an, die Bettdecke aufzuschütteln, schaute in den Krug und griff sich die leere Suppenschale.

»Es ist Zeit, unten wieder an die Arbeit zu gehen. Deine Mutter wird sicher bald nach dir sehen. Auch deine Großmutter kommt später bestimmt rauf. Wenn ich ihr erzähle, dass du die Augen aufgeschlagen hast, wird sie die erstbeste Gelegenheit nutzen, mich unten mit den Gästen allein zu lassen.« Verschwörerisch zwinkerte sie ihr zu.

»Ich werde mein Bestes tun, so schnell wie möglich auf die Beine zu kommen und euch wieder zu helfen.« Agnes schob sich ein Stück höher in die Kissen. Sie würde versuchen, wach zu bleiben. Denn auch wenn das Fieber gesunken war, fürchtete sie sich vor weiteren wirren Träumen.

»Das höre ich gern«, erwiderte Griet und wollte gehen. Ängstlich hielt Agnes sie fest.

»Bitte bleib noch eine Weile«, flehte sie.

»Du bist gut. Du hast doch gehört, was in der Schankstube los ist. Deine Großmutter ist mit Ulrich allein, dabei sollte er eigentlich deiner Mutter im Sudhaus zur Hand gehen. Nur weil der Knecht von Poschenrieder Zeit hat auszuhelfen, habe ich mich zu dir setzen dürfen.«

»Es tut mir leid.« Agnes' Wangen röteten sich vor Scham. »Ich will euch nicht zur Last fallen.«

»Schon gut. Mach dir keine Sorgen, sondern werde erst einmal gesund. Es nützt keinem, wenn du zu früh aufstehst und gleich wieder umfällst. Zwar können wir jede helfende Hand gebrauchen, die aber sollte kräftig genug sein, fest mit anzupacken.«

Von neuem machte sie Anstalten zu gehen, wieder hielt Agnes sie zurück. »Ich werde mir Mühe geben, rasch gesund zu werden. Versprochen! Doch bevor du gehst, musst du mir noch etwas verraten.«

»Was denn?«

»Hat jemand nach mir gefragt?«

»Wer sollte nach dir gefragt haben? Denkst du an jemand Bestimmten?«

Griets Reaktion war Antwort genug. Wie hatte sie so von sich eingenommen sein können? Alles um Agnes herum begann sich zu drehen. Von neuem meinte sie, aufziehende Nebelschwaden auszumachen. Fast hoffte sie, sich darin auflösen zu können. Was wollte sie noch hier? Vermissen würde sie niemand. Der Mutter, Lore und Griet fiel sie seit Tagen zur Last. Laurenz Selege hatte ihr zu verstehen gegeben, ihr künftig aus dem Weg gehen zu wollen. Und dieser andere aus den Träumen, der ihr Feuermal trug, war nur ein Fieberwahn. Sie presste die Augen zu. Rasch wollte sie vergessen. Dabei ahnte sie längst, dass ihr dies mit Laurenz niemals gelingen würde, auch wenn er selbst inständig darum gebeten hatte. Sie hatte von dem süßen Topf der Lust gekostet, und er hatte sie dazu verführt, mehr davon zu schmecken. Heiß brannten ihr die Lippen, als spürte sie wieder seinen Kuss. Rief sie sich die Umarmung mit ihm in Erinnerung, brodelte ein Feuer in ihr auf. Einmal noch wollte sie sich an ihn schmiegen … Sie erschrak: Diese Lust war es, deretwegen Laurenz sie von sich gestoßen hatte! Er hatte gespürt, welches Verderben von ihr ausging. Scham erfasste sie. Ihre Wangen begannen zu glühen, Tränen schwammen ihr in den Augen. Sie zog die Bettdecke hoch bis zum Kinn, kämpfte gegen das Aufschluchzen an.

»Was ist mit dir?« Griet beugte sich über sie und strich ihr sanft über die Wange. »Bist du verliebt?«

Die direkte Frage brachte Agnes vollends aus der Fassung. Sie stöhnte, warf sich zur Seite, zog die Decke über den Kopf.

»Ach Kleines, ist das schön!« Griets Stimme überschlug sich vor Freude. Auf einmal hatte sie es nicht mehr eilig, nach unten zu gehen. Sie stellte die Schale ab und setzte sich auf die Bettkante. »Beim ersten Mal ist es völlig neu und eigenartig. Da weiß man noch gar nicht, wie man damit umgehen soll. Zu nah liegen Freud und Leid beieinander. An einem Tag ist man ganz von schier unbeschreiblichem Glück erfüllt. Man schwebt auf einer Wolke, tanzt federleicht durch die Lüfte, sieht vor lauter Übermut duftende Rosenblätter auf die sonnenüberflutete Erde herabregnen. Alles gelingt. Am nächsten Tag aber ziehen schwarze Gewitterwolken auf, die Rosen sind verblüht, die Dornen fügen einem schmerzhafte Stiche zu, der Sturm bricht los. Vor Kummer möchte man sich in einer Höhle vergraben, das Tageslicht bis zum Ende aller Tage meiden. Ängste plagen einen. Man fragt sich, ob es richtig ist, was man in seinem Herzen fühlt. Ob einem das große Glück wirklich zusteht und man es so eigensüchtig auf Dauer für sich und den Liebsten beanspruchen darf. Jedes noch so geringe Vergehen aus der Vergangenheit fällt einem ein, das einen des Glücks unwürdig machen könnte. Zweifel nagen, ob man vielleicht einem Wahn aufgesessen ist und der Liebste die Gefühle gar nicht in der gleichen Weise erwidert. Inbrünstig sehnt man sich einen Wink des Schicksals herbei.

Bis man irgendwo in der Ferne einen Fingerzeig erspäht. Plötzlich genügt ein flüchtiger Augenaufschlag des Liebsten, und aller Kummer ist vergessen. Manchmal allerdings wartet man sehr lange, hofft, sehnt, fleht einen Lichtblick herbei, doch es geschieht einfach gar nichts. Das ist bitter. Trotzdem darf man nicht verzweifeln. Es gibt die vielfältigsten Gründe, warum der erhoffte Hinweis ausbleibt oder der Liebste vorübergehend aus dem Blickfeld gerutscht ist. Genauso gut wie ein schlechtes kann das auch ein gutes Zeichen sein. Deshalb darfst du niemals zu schnell die Hoffnung verlieren. Am nächsten Tag schon kann aller Kummer vergessen sein und du genießt den schönsten Moment des Lebens! Ach, wie selig sind diese Gefühle. Daran merkt man, warum man auf Gottes Erden wandelt: einzig, um zu lieben und geliebt zu werden. Darum dreht sich das ganze Leben, darin liegt der Sinn und Zweck unseres Daseins.«

Zärtlich strich sie mit den Fingern über Agnes' Rücken. Unter der Berührung stellten sich Agnes die Nackenhaare auf. Ihr Leib bebte. Abermals loderte die Glut in ihr auf. Erschrocken biss sie sich auf die Lippen. Griet nahm ihre Hände zurück. Eine seltsame Kälte breitete sich in ihrem Körper aus.

Mit belegter Stimme sprach Griet weiter: »Soll ich dir ein Geheimnis anvertrauen, mein Kleines? Du musst mir aber versprechen, deiner Mutter und Großmutter nichts davon zu erzählen, ja?«

Agnes konnte nur mit einem stummen Nicken antworten. Griet wartete das kaum ab, sprudelte bereits eifrig los: »Da ist nämlich noch etwas anderes, was dieses schwebende Gefühl in wahre Wonne verwandelt. Erst weiß man nichts davon, fürchtet sich sogar ein wenig davor. Hat man aber einmal von dem Kelch mit dem süßen Trank gekostet, will man stets mehr und immer mehr davon trinken. Eine regelrechte Gier erfasst einen. Es schmeckt so wundervoll und berauscht vollends. Ach, Kleines, was rede ich da?« Sie kicherte wie ein kleines Mädchen. »Es ist doch verboten, davon zu sprechen oder gar sich dem offen hinzugeben. Vor allem für uns zarte weibliche Geschöpfe. Der Garten der Lust, so heißt es überall, sei ein verrufener Garten. Höchstens die Männer dürften ihn betreten. Pah, wie töricht! Dabei brauchen sie uns, um ihn in all seinen Freuden auskosten zu können. Ach, wenn du wüsstest, wie es sich anfühlt, wie heiß diese Glut in einem brennen kann. Wie man alles um sich herum vergisst und einfach nur noch dahingleitet in diesem wundervollen Rhythmus. Das Miteinander ist das Schönste daran. Unglaublich, wie zwei Menschen derart eins werden, so innig miteinander verschmelzen können.«

In seliger Verzückung faltete sie die Hände vor der Brust und verlor sich in einem verheißungsvollen Lächeln. Über der Schwärmerei presste Agnes sich die Hände auf die Ohren. Trotzdem drang jede Silbe zu ihr vor. Wie konnte Griet nur derart reden? Woher wusste sie in Worte zu fassen, was Agnes bei Laurenz empfunden hatte? Dabei waren ihre Gefühle für ihn doch einzigartig. Sie war sich sicher: So innig wie sie hatte nie zuvor jemand geliebt oder gefühlt. Niemals konnte irgendwer diese Hitze in sich gespürt, diesen unwiderstehlichen Drang empfunden haben, sich dem anderen ganz und gar hinzugeben. Nicht einmal Großmutter Lore, auch wenn sie sich selbst achtzehn Jahre nach Großvater Ewalds Tod noch nach ihm verzehrte. Dennoch: Von ihr musste sie diese Leidenschaft geerbt haben. Wenn, dann war die Großmutter zu etwas Vergleichbarem fähig, die Mutter ganz gewiss nicht. Die brachte es nicht einmal über sich, zu Agnes zärtlich zu sein, geschweige denn, einem anderen Menschen eine Geste der Zuneigung zu schenken. Von neuem sah Agnes Laurenz' geliebtes Gesicht nah vor sich, spürte seinen warmen Atem auf der Haut. Bei der Erinnerung an den Kuss brannten ihr die Lippen. Sie schmeckte seine Zunge wieder in ihrem Mund, spürte seinen Herzschlag in ihrer Brust. Eins stand fest: Nach Laurenz würde es keinen anderen mehr für sie geben. Hätte das Fieber sie doch dahingerafft, dann bliebe ihr wenigstens das Weiterleben ohne ihn erspart.

»Du hast keine Ahnung!«, hörte sie sich plötzlich schreien und schlug die Decke zurück. Ehe sie sich's versah, saß sie aufrecht im Bett und funkelte Griet zornig an. »Du weißt überhaupt nicht, wovon du redest.«

12

Stille breitete sich im Schlafgemach aus. Die eben noch so vertraute Nähe zwischen Agnes und Griet war zerstört. Erschrocken sahen sie einander an. Im selben Moment öffnete sich die Tür.

»Oh, unsere Kranke befindet sich auf dem Weg der Besserung. Wie schön, sie wieder aufrecht im Bett sitzen zu sehen.« Gut gelaunt schob sich Großmutter Lore ans Bett. »Wie konntest du uns nur so einen Schrecken einjagen, Liebes? Ein derart hohes Fieber habe ich selten bei jemandem erlebt. Am Mairegen allein mag es nicht gelegen haben. Der macht schön, wie es heißt, aber nicht todkrank.«

Geschäftig stopfte und zupfte sie an der Bettdecke herum, strich wie zufällig mit den Fingern über Agnes' Wange, fühlte die Temperatur an ihrer Stirn. »Bist du kräftig genug, eine Überraschung zu vertragen?«

Aufmerksam musterte sie ihr Gesicht. Griet stieß ein kaum hörbares Glucksen aus. Die Großmutter und die Magd wechselten belustigte Blicke, sahen dann beide einhellig zur Tür, die im nächsten Moment aufschwang, und Ulrich trat ein. Viel war nicht von ihm zu sehen. Direkt vor Brust und Gesicht hielt er eine große Kiste, die mit einem hellen Tuch verhüllt war. Vorsichtig näherte er sich dem Bett. Agnes wich zurück, starrte gebannt auf den Knecht. Schwungvoll zog Griet das Tuch fort. »Grüß dich!«, knarzte ein grauroter Papagei in seinem Käfig.

»Wo habt ihr den her?« Agnes jauchzte auf, schlug die Hände vor den Mund. Andächtig betrachtete sie das im Sonnenlicht schimmernde Gefieder des ungewöhnlichen Tieres, musterte den riesigen schwarzen Schnabel und die leuchtend roten Schwanzfedern. Es war, als wusste auch der Vogel gleich, wen er vor sich hatte. Freudig ruckte er mit dem Kopf, spreizte einen Flügel, hob eine Kralle und streckte sie zur Seite aus. »Grüß dich, grüß dich!«, wiederholte er immer flüssiger. Mit einem Satz plumpste er von der Stange auf den Boden des Vogelbauers und begann, Körner aufzupicken. Vorsichtig stellte Ulrich den Käfig auf einem Schemel ab, den Griet nahe ans Bett gerückt hatte.

»Es ist ein Geschenk«, verriet Lore schmunzelnd. Ulrich und Griet wechselten vergnügte Blicke. »Ein außergewöhnlich großzügiges noch dazu. Du weißt, was es bedeutet, wenn ein Herr einer Dame einen so kostbaren Vogel schenkt? Wahrscheinlich kannst du dir längst denken, wer dir damit seine Aufwartung machen will.«

»Was?« Ungläubig starrte Agnes die Großmutter an. Sie wagte nicht, den Namen auszusprechen. Jede Regung auf Lores Gesicht schien ihr entgegenzuschreien, was sie nicht zu hoffen wagte: Laurenz Selege schickte ihr den Vogel! Ihr wurde heiß. Natürlich wusste sie, was ein solch wertvolles Geschenk bedeutete. Aufgeregt knetete sie die Finger.

»Griet, Ulrich, ich glaube, es ist höchste Zeit, dass ihr unten nach dem Rechten seht. Nicht, dass die Gäste denken, sie dürften sich selbst bedienen. Die Suppe ist fertig, Kannen mit frischem Bier stehen bereit.«

Als gelte es, neugierige Hühner aus dem Raum zu verjagen, scheuchte Lore die beiden zur Tür hinaus. Zufällig stieß Griet beim Hinausgehen gegen Ulrich. Sogleich tasteten ihre Finger nacheinander, verschränkten sich für einen Augenblick. Da fiel es Agnes wie Schuppen von den Augen: Ulrich war Griets Liebster! Wie hatte sie nur das Nächstliegende übersehen können? Oder rührte es daher, dass sie dem einäugigen Brauknecht nicht zutraute, eine so hübsche Frau wie Griet für sich zu gewinnen?

»Ein schönes Paar!« Lore sah den beiden verzückt hinterher. »Was freue ich mich für sie! Jetzt müssen wir nur noch deine Mutter behutsam darauf einstimmen, dann steht der lang ersehnten Heirat nichts mehr im Weg.«

»Was sollte sie dagegen haben? Sie drängt Griet doch immerzu, endlich zu heiraten und einen eigenen Hausstand zu gründen.«

»Ach, das ist ein weites Feld, Liebes.« Lore trat zum offenen Fenster und sah neugierig in den Hof hinunter.

Das Sonnenlicht zauberte einen hellen Lichtschein um ihren Kopf. Sie drehte ihn halb beiseite. Agnes betrachtete das Profil mit der auffällig gekrümmten Nase. Jäh kam ihr die rätselhafte Traumgestalt wieder in den Sinn. Die Ähnlichkeit zwischen ihr und Lore war kaum zu übersehen. Was bedeutete das? Hatte Laurenz tatsächlich die Wahrheit gesagt, und sie hatte einen Zwillingsbruder? Sogleich rief sie sich das Gespräch mit Lore in Erinnerung. Entschieden hatte Lore die Frage zurückgewiesen. Wahrscheinlich hatte sie nur von dem fremden Burschen mit dem Feuermal im Nacken geträumt, weil Laurenz ihr von jenen Zwillingen erzählt hatte. Warum sollte sie einen Bruder haben, über den niemand sprach? Warum sollten Lore und Gunda ihr einen so wichtigen Menschen verschweigen? Alles in ihr wehrte sich dagegen, sich vorzustellen, die Großmutter und ihre Mutter würden sie seit Jahren belügen.

»Lass uns lieber von dir sprechen, Liebes.« Entschlossen drehte Lore sich um, strahlte über das ganze Gesicht. Nicht die geringste Spur von Falsch lag darin. Es bestand auch keine Ähnlichkeit mehr mit jenem Burschen aus dem Traum. Beruhigt lehnte Agnes sich ins Kissen zurück.

»Dieser Papagei ist ein außergewöhnliches Geschenk. Damit legt dir jemand sein Herz zu Füßen.«

»Was sagt Mutter dazu?«

»Lass Gunda nur meine Sorge sein. Sie ist meine Tochter, ich weiß, wie ich sie nehmen muss, um sie in meinem Sinn zu überzeugen.« Sie zwinkerte verschwörerisch, stellte sich vor den Vogelkäfig und betrachtete das Tier. Neugierig hüpfte der Papagei zu ihr, krächzte wieder sein »Grüß dich, grüß dich«. Lore streckte den Finger in den Käfig. Sofort schnappte der Vogel danach. »Autsch!« Kopfschüttelnd zog Lore den Finger zurück.

»Sonderlich zahm ist er nicht«, stellte Agnes fest. »Er braucht wohl eine Weile, bis er sich an uns gewöhnt hat.«

»Wir alle brauchen eine Weile, um uns an neue Menschen und Umgebungen zu gewöhnen«, stimmte die Großmutter zu. »Deshalb soll ich dir auch eine zutiefst aufrichtige Entschuldigung ausrichten.«

Sie strich Agnes über den Kopf und kniff sie anschließend zart in die Wange. Agnes wollte sich wegdrehen, hatte aber nicht die Kraft dazu.

»Ach, Liebes, ist das schön! Wahre Liebe zu finden ist ein ganz besonderes Geschenk. Es ist sehr rar. Deshalb sollte man es nur zu gern annehmen, wenn es einem derart untertänig angeboten wird. Allzu oft wird sich die Gelegenheit nicht im Leben bieten.«

»Wann hast du mit Laurenz gesprochen?«, überging Agnes die Bemerkung. »Ich dachte, er wollte sich künftig von mir, nein, von uns allen fernhalten.«

»Hat er das gesagt? Ach, meine arme Kleine!« Liebevoll tätschelte Lore ihr die Wange. »Wie gut, dass ich gleich erraten habe, wie es um euch beide steht. Als du letztens so verzweifelt und völlig durchnässt nach Hause gekommen bist, war mir klar, dass ich dir helfen muss. Deshalb bin ich gleich am nächsten Tag zu Laurenz Selege gelaufen und habe ihm alles erzählt. Ich wusste ja, dass ich ihn im Haus der Steins gleich beim Rathaus finde. Seither habe ich ihn jeden Tag getroffen und ihm berichtet, wie es dir geht. Stets hat er ungeduldig auf mein Auftauchen gewartet. Er ist ein verliebter junger Narr! Nur Männer können so sein. Du darfst nicht alles so ernst nehmen, was einer wie er im ersten Liebestaumel sagt. Es hat ihn wohl völlig unvorbereitet getroffen, dir gegenüberzustehen und sogleich so tief für dich zu empfinden. Männer fürchten sich davor, sich zu ihren Gefühlen zu bekennen, erst recht, wenn ihnen klarwird, welch weitreichende Folgen das haben kann. Mitte zwanzig wird er schon sein. Das ist recht alt für einen Burschen, um eine solche Erfahrung zu machen. Das liegt wohl daran, dass er bislang einzig für seine Arbeit und seine Kunst gelebt hat. Nach Wehlau ist er gekommen, um einige gut bezahlte Aufträge zu übernehmen. Seit Jahren zieht er durchs Land, ist heute hier, morgen dort, hat ein unstetes Leben und keine Eltern mehr, die zu Hause auf ihn warten. Kein Wunder, dass es ihn wie aus heiterem Himmel trifft, wenn er plötzlich jemandem wie dir gegenübersteht, der dieses Dasein völlig auf den Kopf stellt.

Er muss sich entscheiden, wie er weiterleben will: frei und ungebunden, dafür aber einsam und ohne Liebe, oder fest verwurzelt an einem sicheren Platz, dabei künftig nicht nur für sich, sondern auch für andere verantwortlich. So etwas stürzt einen Mann in größte Not. Da kann er schon mal im ersten Moment den Kopf verlieren und törichte Dinge tun oder sagen. Ach, wenn du nur meinen Ewald gekannt hättest! Der war sogleich bereit, sein ganzes Leben für mich hinzugeben. Leider ist es am Ende auch so gekommen.«

Sie biss sich auf die Lippen und senkte den Kopf. Agnes wusste nicht so recht, was sie nun glauben sollte. Offenbar kannte Lore nur die eine Seite der Geschichte, sah nur die Liebe, die Laurenz für sie empfand. Was sie beide womöglich noch miteinander verband, ahnte sie nicht. Also hatten weder Laurenz noch Gunda ihr gegenüber eine Andeutung zu der Geschichte mit den Zwillingen fallenlassen. Konnte es sein, dass die Großmutter nichts ahnte? Gewiss war sie Gunda damals nicht von der Seite gewichen. Sie hätte sowohl die beiden Kinder mit dem Feuermal als auch jenen zehnjährigen Jungen mit den verschiedenfarbigen Augen miterleben müssen. Beides aber würde eine Frau wie Lore nicht vergessen. Warum hatte sie ihr nie davon erzählt? War sie tatsächlich fähig, ihr gegenüber kühn die Ahnungslose zu geben?

Aufmerksam musterte Agnes das geliebte Gesicht der Großmutter. Sie konnte und wollte sich nicht vorstellen, dass Lore seit Jahren eine derart große Lüge ihr gegenüber aufrechterhielt. Nie im Leben würde sie sie weiterhin so anlächeln, zu ihr so selbstverständlich von Liebe und großen Gefühlen sprechen.

Matt sank sie ins Kissen zurück. Es war alles zu viel für sie. Das Einzige, was sie begriff, war, dass Laurenz recht hatte: Die traurige Geschichte mit den Zwillingen stand für immer zwischen ihnen und überschattete ihre Liebe. Umso schlimmer, dass er seinem Entschluss untreu geworden war und Agnes nicht in Ruhe lassen konnte. Lore musste ihn in ihrer Unbedarftheit, ihr einen Gefallen tun zu wollen, erweicht haben. Also würde Agnes für sie beide handeln müssen, musste ihn und alles, was mit ihrer Begegnung zusammenhing, vergessen. Daran änderte auch ein so wertvolles, von Herzen kommendes Geschenk wie der Papagei nichts. Es gab keine Zukunft für sie, wollte sie nicht ein für alle Mal mit ihrer Mutter und Großmutter brechen.

»Ulrich soll den Vogel zurückbringen«, erklärte sie hastig, bevor ihr die aufsteigenden Tränen das Sprechen unmöglich machten. »Am besten sofort.«

»Aber Liebes! Sei nicht voreilig und überleg es dir noch einmal in Ruhe. Gerade bei einem derart großen Liebesbeweis solltest du dir sicher sein, was du tust. Der arme Selege wird zutiefst verstört sein, wenn du dieses Geschenk abweist.«

Lore griff nach ihrer Hand und sah ihr eindringlich in die Augen.

»Ich kann den Vogel nicht annehmen«, presste Agnes mühsam unter aufsteigenden Tränen heraus, »gerade weil ich weiß, was das Geschenk bedeutet.«

»Agnes, Kind, bedenke bitte«, verlegte Lore sich aufs Flehen, »schenkt ein Mann einer Dame einen Vogel, legt er ihr damit sein Herz zu Füßen. Bei einem so wertvollen wie diesem Papagei ist das ganz offensichtlich.«

»Ich will Laurenz nie wiedersehen.«

»Weißt du, was du ihm damit antust?«

»Schluss damit! Ich kann es nicht mehr hören! Ihr lügt doch alle!«

Agnes packte die Decke, zog sie sich über den Kopf und warf sich zur Seite. Hemmungslos weinte sie in die Kissen.

13

Auf dem Gemeindeland im Südosten Wehlaus herrschte ausgelassene Stimmung. Die Heuernte bereitete dem Gesinde großen Spaß. Flink hüpften die in helle Kittel, weiße Kopftücher oder gelbe Strohhüte gekleideten Mägde und Knechte mit nackten Füßen über die Felder. Weit ausholend schwangen die Burschen die Sensen, behende rechten die Mägde die abgeschnittenen Halme zu Haufen zusammen. Frauen und Kinder rafften sie zu Bündeln und verschnürten diese. Trotz der mühseligen Arbeit blieb allen genug Luft für ein fröhliches Lied oder eine freche Neckerei. Sanft trug der Wind das vielstimmige Lachen über das Land.

Agnes stand etwas abseits am Wegesrand und schirmte die Augen mit der flachen Hand gegen die gleißende Vormittagssonne ab. Die Finger ihrer linken Hand spielten gedankenverloren mit den Zipfeln des hellen Halstuchs. Sehnsüchtig sah sie dem Treiben auf den Wiesen zu. Wie wünschte sie sich, eine der lachenden Mägde mit den Heubündeln zu sein! Oder eine der Frauen, die das Heu zusammenrechten. Das unbeschwerte Lachen würde sie endlich auf andere Gedanken bringen. Viel zu oft hatte sie in den letzten Wochen von dem fremden Burschen mit dem Feuermal geträumt. In der Ferne erspähte sie eine Gestalt. Die Bewegungen schienen ihr vertraut. Laurenz Selege! Sie erstarrte und kniff die Augen zusammen, um besser zu sehen. Er stand mit dem Rücken zu ihr, beugte sich zu einer der Frauen hinunter und küsste sie. Die Frau ließ den Rechen fallen, umarmte ihn und versank mit ihm in einem leidenschaftlichen Kuss. Agnes kribbelte es im Bauch. Sie meinte, Laurenz' Lippen auf den ihren zu spüren, den Geschmack seiner Zunge im Mund zu schmecken. Jäh fuhr der Mann in der Ferne herum. Es war nicht Laurenz.

Sie wusste nicht, ob sie sich darüber freuen oder weinen sollte. Sosehr sie Laurenz in einem Moment herbeisehnte, so sehr fürchtete sie im nächsten das Wiedersehen. Seit ihrer Genesung war er spurlos verschwunden. Die Zurückweisung seines wertvollen Geschenks musste ihn zutiefst verletzt haben. Beschämt senkte sie den Blick. Das hatte sie nicht gewollt. Zugleich wollte sie sich nicht mit ihrer Mutter und Großmutter überwerfen. Griet hatte recht, in der Liebe lagen Freud und Leid eng beieinander. Das eine schien ohne das andere nicht denkbar.

»Wir müssen weiter«, mahnte Ulrich und schob den Karren an. Agnes sah auf. Die zwei großen Fässer Bier sollten sie zu Kollmann ins nahe Bürgerdorf bringen. In der flirrenden Hitze kein angenehmer Gang, führte die von unzähligen Fuhrwerken stark ausgefahrene Straße doch mitten durch die Gemeindewiesen. Kaum ein Baum oder Strauch spendete Schatten. Dennoch war Agnes froh, den einäugigen Brauknecht begleiten zu dürfen. Es tat gut, für einen Tag aus Lores und Gundas Dunstkreis zu fliehen.

»Warum bringen wir Kollmann eigentlich regelmäßig Bier? Braut er nicht selbst welches oder bekommt es von den Bauern seiner Lischke?« Im Gehen brach Agnes sich am Wegesrand eine weiße Blütendolde ab, spielte mit den ausgefransten Blättern, roch an der Blüte und äugte dabei zu Ulrich. Das Schieben des Karrens war anstrengend. An den Rändern der verschlissenen Gugel, unter der sein blondes Haar verschwand, zeichnete sich dunkle Feuchtigkeit ab. Auch auf der Stirn stand ihm der Schweiß. Die Ärmel seines Kittels hatte er hochgekrempelt. Das Muskelspiel an seinen Armen flößte Agnes Respekt ein. Sie bewunderte auch die riesigen Hände, die sich fest um die Griffe des Karrens schlossen.

»Kollmann bekommt seit Jahren das Bier aus dem Silbernen Hirschen«, antwortete Ulrich. »Seit ich bei Zacharias Fröbel Knecht bin, ist das schon so. Die beiden Männer haben wohl eine Abmachung, die über den Tod des einen hinausreicht. Da fällt mir ein: Weißt du eigentlich, wie man einen toten Mann bei uns im Samland ordentlich begräbt?«

»Wie?« Froh, ihm das Stichwort für eine seiner launigen Erzählungen geliefert zu haben, schaute sie ihn an. Der Narbenwulst auf seiner linken Gesichtshälfte war von der Sonne stark gerötet und verlieh ihm ein vierschrötiges Aussehen. Sommersprossen überzogen den platten Nasenrücken und die rechte Gesichtsseite. Mit dem gesunden Auge zwinkerte er ihr zu.

»Man gibt ihm ein Schwert und eine Handvoll Münzen mit ins Grab. Ersteres dient dazu, sich die lästigen Deutschordensritter vom Hals zu halten, die seit dem letzten Jahr wie freigelassenes Vieh aus ihren Burgen flüchten, und Letztere braucht er, um sich danach im Wirtshaus zur Stärkung eine Kanne frischen Bieres zu gönnen.«

Sein Lachen war ansteckend. Sogleich fühlte Ulrich sich zu einer weiteren Geschichte ermutigt. »Du darfst aber nicht denken, die Ordensritter wären nur feiges Gesindel. Unter ihnen finden sich immer auch lustige und kluge Burschen. Erst wenige Jahre ist es her, da sind zwei von ihnen durchs ganze Ordensland gezogen und haben allerorten vom Bier gekostet. So, wie es ihnen geschmeckt hat, so haben sie es genannt. Seither heißt etwa das Bier aus Danzig ›Wehre dich‹, das aus den Königsberger Städten ›Saure Maid‹, das aus Graudenz ›Kranker Heinrich‹ und das aus Frauenburg ›Singe wohl‹.«

»Und wie haben sie unseres aus Wehlau genannt?«

»Bis zu uns sind sie wohl doch nicht gekommen.« Ulrich zwinkerte abermals. »Wahrscheinlich sind sie im nassen

Sumpf um die Allemündung stecken geblieben. Dem Bier aus dem Silbernen Hirschen eilt ohnehin der beste Ruf voraus. Ich bin mir sicher, es wäre ihnen schwergefallen, die passenden Worte zu finden.«

»Schade.« Agnes lächelte. »Woher hast du eigentlich all diese wunderlichen Geschichten?«

»Der alte Fröbel hat sie mir erzählt.«

»Das hätte ich mir denken können.« Wehmut überfiel sie. Wie oft hatte sie auf Fröbels Knien gesessen und den Erzählungen ihres Stiefvaters gelauscht. Über seinen Worten war ihr das riesige Ordensland vertraut geworden, hatte sie mehr und mehr begriffen, was die Besonderheit des Landstrichs und seiner so unterschiedlichen Bewohner ausmachte. Nicht nur damit hatte er sie gelehrt, die Gegend aus tiefster Seele zu lieben. Sie ließ den Blick schweifen.

Weit erstreckte sich das Wehlauer Gemeindeland. Im Südosten schälten sich die Wipfel und Dächer der Lischke Bürgersdorf heraus, im Südwesten ahnte man den von Bäumen gesäumten Lauf der Alle, die aus Richtung Polen dem Pregel zufloss. Überall auf dem hügeligen Weideland tanzten die fleißigen Erntehelfer als helle Punkte munter auf und ab. Weitaus gemächlicher als die Menschen bewegten sich die braunen Ochsen vor den hochbeladenen Fuhrwerken. Ein leichter Ostwind strich über die goldgelben Ähren. Es duftete nach frisch gemähtem Heu und sandiger Erde. Mücken schwirrten umher, Grillen zirpten. Auf einem abgestorbenen Baum thronte eine Saatkrähe und schickte ihr heiseres »kroah, kroah« in die Ferne. Irgendwo antwortete eine zweite Krähe. Tiefblau wölbte sich der Himmel über die Wiesen. Weiße Wolkengebirge schoben sich zusammen. Agnes erinnerte sich an längst vergangene Sommer, in denen sie an der Hand des alten Fröbel über die Felder gewandert war. Wie gern hatte er ihr von den Gestalten erzählt, die oben in den Wolken wohnten. Auch in den knorrigen Eichen am Wegesrand, in den eigenartigen Steinen an den Straßengabelungen und selbst in den winzigen Ameisenstraßen zu ihren Füßen hatte Fröbel Spuren fremder Wesen entdeckt, die ihm stets neue Geschichten zuflüsterten. Auf die Worte von Laurenz Selege über die Zwillinge mit dem Feuermal hätte er anders als Gunda nicht mit Leugnen, sondern mit einer noch besseren Geschichte reagiert.

Hastig wandte sich Agnes wieder an Ulrich. »Du bist doch schon lange vor meiner Mutter im Silbernen Hirschen gewesen. Kannst du dich noch erinnern, wie es war, als Gunda mit mir und meiner Großmutter nach Wehlau gekommen ist?«

»Das ist sehr lange her. Damals war ich kaum vierzehn. Warum willst du das wissen?« Er tat, als erforderte das Schieben des Karrens plötzlich seine gesamte Aufmerksamkeit. Kurz schwenkte er nach links, um einer Vertiefung auszuweichen, dann wieder nach rechts, weil ein dicker Stein im Weg lag. Das hatte den Vorteil, nicht weiterreden zu müssen.

»Erzähl mir davon, bitte! Du musst dich doch daran erinnern, wenn du auch noch all die anderen alten Geschichten zu erzählen weißt.«

»Sechzehn Jahre sind eine lange Zeit, Agnes, da kann man viel vergessen.« Von neuem wandte er sich ab, um den Karren über eine kaum sichtbare Unebenheit zu lenken.

»Warum willst du nicht darüber reden?«

Rasch fasste sie nach den rumpelnden Bierfässern. Das rechte Rad war in ein Loch geraten und steckte fest. Der ganze Karren neigte sich gefährlich zur Seite. Ulrich biss die Lippen zusammen, ging in die Knie und schob den Karren mit einem energischen Stoß an. Erleichtert, dass alles gutgegangen war, wischte er sich mit der Hand den Schweiß von der Stirn und schob weiter.

»Hatte Gunda damals noch ein zweites Kind dabei? Einen Jungen vielleicht?« Agnes warf Ulrich einen vorsichtigen Blick zu. Sein Gesicht war verschlossen. Schweiß rann ihm von der Stirn über die Schläfen. Das gesunde rechte Auge war starr nach vorn gerichtet.

Die einzelnen Bäume um Bürgersdorf herum schälten sich allmählich aus dem flirrenden Sonnenlicht heraus, auch die Umrisse der verschiedenen Gehöfte wurden erkennbar. Bald erreichten sie die Lischke. Viel Zeit blieb nicht mehr, Ulrich zu befragen.

»Bitte sag mir die Wahrheit«, flehte sie den stämmigen Brauknecht an. »Ich schwöre dir, weder mit Gunda noch mit Lore darüber zu reden.«

»Was soll diese Fragerei nach einem zweiten Kind?«, knurrte Ulrich leise. Als sie ihn fragend musterte, hielt er den Blick des rechten Auges stur geradeaus, kaute auf seinen Lippen. Die Hitze hatte sie spröde werden lassen. Mehrmals fuhr er mit der Zunge darüber. »Gunda hatte nur dich, und dabei ist es leider auch geblieben. Da konnte Fröbel sich noch so sehr einen Sohn wünschen, es war ihm einfach nicht beschieden. Seltsam, nicht wahr? So ein herzensguter Mensch und trotzdem ohne eigene Kinder.«

»Du bist für ihn wie ein Sohn gewesen«, warf Agnes ein.

»Stimmt«, begann er zögernd, um sofort wieder zu verstummen. Es galt, den schweren Karren geschickt nach links zu schwenken, um die Abzweigung nach Bürgersdorf einzuschlagen. Ein mannshoher Bildstock barg im Tabernakel ein schlichtes Kreuz. Davor lag ein Strauß verdorrter blauer Blumen. Ulrich schenkte dem keine Beachtung, Agnes aber schlug im Vorbeigehen hastig das Kreuzzeichen.

»Fröbel ist wie ein Vater zu mir gewesen«, fuhr er nach einer Weile fort. »Ich war zehn, als ich zu ihm kam. An meine Eltern kann ich mich kaum erinnern. Ich weiß nur, dass ich das hier meinem richtigen Vater zu verdanken habe.« Mit dem Zeigefinger wies er auf die entstellende Narbe, die ihm statt des linken Auges geblieben war und die sich blutunterlaufen die gesamte Wange bis zum Kinn hinabzog. »Am selben Abend, an dem er auf mich losgegangen ist, hat er auch meine Mutter verprügelt. Die Schreie gellen mir manchmal noch nachts in den Ohren. Das ist das Letzte, was ich von meiner Familie weiß. Eine alte Nachbarin hat sich um mich gekümmert und dafür gesorgt, dass mir jemand das Gesicht geflickt hat. Kurz darauf hat sie mich zu Zacharias Fröbel in den Silbernen Hirschen gebracht. Seither geht es mir gut.«

Er holte Luft, schürzte die Lippen. Agnes berührte scheu seinen sehnigen Arm, meinte, ein verräterisches Zucken in den Mundwinkeln zu erspähen. Ein Mückenschwarm, zu einer sirrenden schwarzen Säule geformt, flog nah an ihnen vorbei. Sie zog die Hand zurück, um sie zu verjagen.

»Fröbel hatte also keine Frau und keine Kinder, als du zu ihm gekommen ist?«, hakte sie nach. »Aber er wird damals den Silbernen Hirschen wohl kaum allein bewirtschaftet haben. Wer ist damals noch da gewesen, um ihm in der Schankstube und im Sudhaus zur Hand zu gehen?«

»Du willst wissen, wen du noch ausfragen kannst, um mehr über eure Ankunft zu erfahren, nicht wahr? Lass es gut sein, Agnes, die leben alle nicht mehr.«

14

Die Sonne stand inzwischen im Zenit, brannte gnadenlos auf die ärmlichen Behausungen und die wenigen größeren Gehöfte. Bürgersdorf war eine kleine, von einem Anger in die Länge gezogene Lischke, in der vor allem Ackerbürger lebten, für die Wehlau vor bald mehr als zwei Generationen zu eng geworden war. Die meisten Bewohner waren mit der Heuernte auf den umliegenden Gemeindewiesen beschäftigt. Die ausgetretenen Pfade zwischen den Häusern waren menschenleer. Eine mehrfarbige Katze strolchte umher. Unter Führung eines ausgemergelten Hahns pickte eine Handvoll Hühner im Schatten eines Weißdorngebüschs auf die ausgedorrte Erde ein. Sobald ihnen die Katze zu nah kam, gackerten sie empört auf. Auf dem Anger grasten zwei Kühe, ein etwa achtjähriges Mädchen führte eine Schar Gänse zum Dorfteich am östlichen Ausgang der Siedlung.

Kollmanns Gehöft befand sich in der Mitte der Lischke. Anders als die benachbarten Anwesen war es von einer brusthohen Mauer umgeben. Als sich Ulrich und Agnes mit dem Karren näherten, schlugen die Hunde an.

»Endlich kommt ihr«, rief jemand aus dem Hof. Zu sehen war er nicht, auch wenn das Tor weit offen stand. Der Rufer entpuppte sich als zahnloser, weit vorgebeugter Alter. Schlurfend schleppte er sich ihnen auf einen krummen Stock gestützt entgegen.

»Wo ist Kollmann?«, fragte Ulrich und schob den Karren zur Hintertür des Hauses. »Will er sein Bier nicht selbst in Empfang nehmen?«

»Trag es nur rein, er kommt schon noch!« Der Alte ruderte mit dem freien Arm, um ihn ins Haus zu weisen. Ulrich zuckte mit den Schultern, lud die Fässer vom Karren und trug sie hinein. Der Alte achtete nicht weiter auf ihn, sondern schob sich dicht vor Agnes, um sie aufmerksam zu mustern. »Du bist also die schöne Tochter der Fröbelin. Ich freue mich, dich endlich einmal mit eigenen Augen zu sehen. Mir ist schon einiges über dich zu Ohren gekommen.«

Er hob seine freie Hand. Die Finger daran bogen sich wie Adlerkrallen. Genauso knöchrig waren sie auch und fühlten sich eiskalt an. Viel zu fest kniff er sie damit in die Wange.

»Du gefällst mir, mein Täubchen! Das wundert mich nicht. Schon deine Mutter war eine Schönheit und deine Großmutter ebenfalls. Fröbel hat großes Glück gehabt, euch drei Frauen auf einen Schlag ins Haus zu kriegen.«

Er lächelte, dabei verzog sich sein schmallippiger Mund zu einer schiefen Fratze. Die Falten vermehrten sich gewaltig, gruben sich um die Augenpartie wie ein Kranz Sonnenstrahlen ein. In seinem Mund blitzten zwei einzelne, blendend weiße Zähne auf. Sein Atem roch frisch, als habe er gerade erst Minze gekaut. Das Lächeln versöhnte etwas mit seinem sonstigen Gebaren.

»Wer seid Ihr?«, fragte sie. »Ich habe Euch noch nie hier in Bürgersdorf gesehen. Woher kennt Ihr meine Familie? Bei uns im Silbernen Hirschen seid Ihr auch noch nie gewesen.«

»Doch, mein Täubchen, da war ich schon oft. Aber das ist lange her. Da waren der alte Fröbel und ich noch jung und standen beide gut im Saft. Das war übrigens der Vater von dem Fröbel, den du deinen Vater nennst. Auch wenn es heute keiner mehr glauben mag: Wir zwei waren eine große Gefahr für so manch schöne Frau in der Gegend.« Schelmisch keckerte er in sich hinein, klopfte schließlich mit dem Stock auf den staubigen Boden. »Kaum zu glauben, aber diese Zeiten hat es tatsächlich einmal gegeben. Nach Wehlau in den Silbernen Hirschen kann ich längst nicht mehr laufen. Mein ganzes Leben habe ich in Allenburg verbracht, kaum eine halbe Stunde von Euch entfernt. Als meine Frau gestorben ist, hat meine Tochter mich hierher nach Bürgersdorf geholt. Sie ist mit Kollmann verheiratet gewesen. Allerdings ist sie vor zwei Jahren gestorben. Das letzte Kind, mit dem sie niedergekommen ist, hat sie aller Kräfte beraubt. Seither haben Kollmann und ich das Haus für uns allein. Das Kind war bald nach seiner Mutter tot, die älteren Töchter sind längst in andere Dörfer verheiratet. Zu Söhnen aber hat es bei Kollmann nicht gereicht. Nur unsere Magd Trude ist uns noch geblieben. Doch wenn du mich fragst, ist sie alles andere als ein Sonnenschein für meine alten Tage.«

»Was redest du da wieder für törichtes Zeug, Vater? Bitte entschuldigt, verehrtes Fräulein Agnes, das Alter lässt ihn oft vergessen, mit wem er spricht.«

Unbemerkt war Kollmann aufgetaucht und beugte artig sein kahles, nur notdürftig von dem schwarzen Barett gegen die Sonne geschütztes Haupt. Neben dem dürren, in sich zusammengesunkenen Alten wirkte er nicht nur größer, sondern auch jünger als sonst. Dabei mochte er die vierzig längst überschritten haben. Auch der um die Taille eng gegürtete Rock und die modischen Strumpfhosen unterstrichen diesen Eindruck. Nicht zum ersten Mal wunderte sich Agnes über seine Kleidung. Einem Bauern war sie kaum angemessen. Zudem schmiss er bei seinen Besuchen im Silbernen Hirschen meist mit mehr Geld um sich als so mancher Kaufmann, was ihm viele neideten. Auf seinem von der Hitze geröteten Gesicht lag ein gehetzter Ausdruck. Er musste den Weg nach Hause unter größter Eile zurückgelegt haben.

»Ich vermute, Euer Auftauchen bedeutet, dass der gute Ulrich mir frisches Bier gebracht hat«, fuhr Kollmann fort.

»Lasst uns ins Haus gehen und gemeinsam etwas trinken. Eine Erfrischung wird uns allen guttun.«

Behende half er seinem Schwäher über die Stufe ins Innere des Hauses. Das ebenerdige Geschoss bestand aus einer einzigen großen Stube. Mit Ausnahme der Herdstelle waren die Wände mit dunklem Holz getäfelt, der Boden von steinernen Fliesen bedeckt, über die sorgfältig Stroh gestreut war. Auf Wandborden fand sich eine erstaunlich reiche Auswahl zinnernes und irdenes Geschirr. Es gab sogar eine brusthohe Truhe für Vorräte und Wäsche. An der Seitenwand führte eine Stiege ins obere Geschoss, wo vermutlich die Schlafkammern lagen. Auch Kollmanns Einrichtung zeugte von für einen Dörfler ungewöhnlichem Wohlstand.

Ulrich kam ihnen aus dem hinteren Bereich der Stube entgegen, dicht gefolgt von der Magd, die eine braunschwarz gestreifte Katze hinausscheuchte. Trude war nicht sonderlich ansehnlich. Vermutlich trug sie die über die Jahre verschlissenen Kleider der verstorbenen Hausherrin auf. Die Ärmel waren ihr zu kurz, die Röcke zu lang und um die Hüften zu eng. Zu allem Überfluss blickte Trude allzu streng, was vor allem von dem schmallippigen, geraden Mund herrührte, um den sich zwei tiefe Kummerfalten eingegraben hatten.

»Wie gut, Euch zu treffen«, rief Kollmann dem Brauknecht zu. »Kommt, setzt Euch und lasst Euch berichten, was Neues geschehen ist. Die gute Fröbelin wird es ebenfalls interessieren, wenn sie es nicht längst schon weiß.«

Einladend wies er auf den Tisch in der Mitte des dämmrigen Raumes und gab Trude Anweisung, ihnen eine Kanne Bier sowie Brot und Käse zu bringen. Ulrich nickte Agnes aufmunternd zu, sich auf die Bank an der Längsseite zu setzen. Erstaunlich flink rutschte der Alte direkt neben sie, so dass Agnes auf eine Gelegenheit zu hoffen begann, ihn unbemerkt über frühere Zeiten im Silbernen Hirschen auszufragen. Kollmann und Ulrich nahmen jeweils an den Kopfenden des Tisches Platz und tranken durstig von dem frischen Bier.

»Wann seid Ihr in Wehlau aufgebrochen?«, wollte Kollmann wissen und wischte sich genüsslich den Schaum vom Mund.

»Am Vormittag«, erwiderte Ulrich. »Warum wollt Ihr das wissen? Der Weg hierher ist immer gleich lang. Mit dem Karren voll Bier und bei der großen Hitze dauert er gut eine Stunde. Oder war Euch das Bier nicht schnell genug da? Dabei seid Ihr selbst doch gerade erst nach Hause …«

»Nein, nein, darum geht es nicht. Ich wundere mich nur, wie Ihr so ruhig bleiben könnt. Oder wisst Ihr noch gar nicht, was geschehen ist?«

»Wovon redet Ihr?« Ulrich sah ihn verwirrt an.

»Die ersten Söldner aus Tapiau sind zurück. Habt Ihr davon tatsächlich nichts mitbekommen, als Ihr vom Silbernen Hirschen aufgebrochen seid? Ich kann es nicht glauben! Bei der Fröbelin sammeln sich die Boten doch sonst als Erstes. Bevor wir anderen überhaupt erfahren, dass es etwas Neues gibt, sieht man es im Silbernen Hirschen schon als Schnee von gestern an.«

»Mach es nicht so spannend«, mahnte der Alte seinen Eidam. »Du hast gehört, der gute Ulrich und das schöne Fräulein hier wissen von nichts, genau wie ich. Also verrat uns, was es mit den Söldnern aus Tapiau auf sich hat. Sind sie siegreich gewesen und haben die Deutschordensritter aus der Stadt vertrieben? Lang genug haben die Weißmäntel dort ausgehalten. In den anderen Städten sind sie vor mehr als einem Jahr abgezogen.«

»Und in der Königsberger Altstadt und im Löbenicht sind sie schon wieder zurück«, ergänzte Ulrich. »Da fällt wohl bald auch der Kneiphof, wie es heißt, weil er nach wochenlanger Belagerung ausgehungert ist. Daraus werden die Ordensritter neue Kraft schöpfen.«

Agnes horchte auf. Für die Ereignisse um die Deutschordensritter hatte sie sich bislang nicht sonderlich interessiert. Was für sie zählte, war, dass die Leute in die Schankstube kamen und ausreichend Bier und Suppe bestellten, damit sich die hölzerne Geldkiste auf dem Wandbord füllte. Auf Frauen wie ihre Mutter und Großmutter, die zeit ihres Lebens für sich selbst gesorgt hatten, hörte ohnehin niemand. Da war es einerlei, ob die preußischen Städte künftig dem polnischen König oder weiterhin dem Komtur im weißen Mantel mit schwarzem Kreuz huldigten. Seit der Begegnung mit Laurenz wurde sie jedoch hellhörig, wann immer sie Neuigkeiten aus seiner Heimat Königsberg aufschnappte. Fahrig spielte sie mit den Zipfeln des Halstuchs.

»In Tapiau sieht es noch ein wenig anders aus«, erklärte Kollmann. »Eindeutige Sieger und Verlierer gibt es wohl nicht. Wie Ihr wisst, sind unsere Söldner vor wenigen Wochen gemeinsam mit denen aus Rastenburg nach Tapiau gezogen. Immerhin zählt Wehlau zu den ersten Städten des Preußischen Bundes, hat aber trotzdem mit am längsten unter der Herrschaft der Ordensritter gestanden. Mit Rastenburg verhält es sich ähnlich. So erfolgreich der erste Vorstoß der Bündischen gegen die Ordensburg gewesen ist, so lange hat sich die Belagerung am Ende hingezogen. Die dortigen Kreuzherren haben einfach nicht aufgeben wollen und schließlich einen Gegenangriff gestartet. Fünfzig Männer aus den Reihen der Unsrigen mussten dabei ihr Leben lassen, und dreiundzwanzig wurden als Gefangene genommen. Keiner weiß, wie das am Ende ausgehen wird. Zunächst einmal haben die Söldnerführer den Rückzug beschlossen. Die ersten Boten sind heute Morgen mit den Berichten hier in der Gegend eingetroffen.«

»Wahrscheinlich haben wir sie gerade verpasst«, stellte Ulrich fest. »Kaum vorstellbar, dass eine solche Neuigkeit durch das Alletor am Silbernen Hirschen vorbei in die Stadt gelangt.«

»Wie wird es jetzt weitergehen?«, fragte der Alte, doch sein Eidam schwieg. Auch Ulrich setzte lediglich eine besorgte Miene auf.

»Woher wisst Ihr das alles?«, mischte sich Agnes ein.

»Ein reitender Bote ist aufs Feld gekommen, wo ich meine Leute bei der Heumahd beaufsichtigt habe. Die Wiesen liegen auf der östlichen Seite des Dorfes. Deshalb bin ich aus der Euch entgegengesetzten Richtung gekommen. Wahrscheinlich ist der Bote unterwegs nach Insterburg.«

»Das heißt, es ist einer von den Deutschordensrittern.« So krumm, wie der Alte war, so flink funktionierte sein Verstand. »In der dortigen Komturei wartet man auf Nachrichten, wie der Stand der bündischen Sache ist. Jede Burg, die in der Hand der Weißmäntel bleibt, ist für die ein Gewinn, um den nächsten Schlag gegen die Aufständischen vorzubereiten. Das Kriegswesen ist eben das ureigene Geschäft der Kreuzherren, seit vielen Generationen schon. Da werden wir anderen früher oder später das Nachsehen haben, noch dazu, wo unsere Söldner so schlecht bezahlt sind, dass sie bald allein aus Wut das Weite suchen.«

»Den Söldnern der Weißmäntel geht es kaum besser«, gab Ulrich zu bedenken. »Es heißt, der Hochmeister in der Marienburg sei nicht sonderlich gut bei Kasse. Deshalb drückt er den Städten auch immer neue Abgaben auf.«

»Wie kommt Ihr dazu, mit einem Boten der Ordensritter zu reden?«, erkundigte sich Agnes bei Kollmann. Auch wenn er ihr als alter Freund Fröbels vertraut war, machte sie das doch stutzig. Unter dem Tisch versetzte Ulrich ihr einen schmerzhaften Tritt gegen das Schienbein.

»Die Kleine hat recht«, nickte der Alte zustimmend. »Wie kommst du dazu, dich mit einem von den Weißmänteln einzulassen? Hast du vergessen, auf welcher Seite wir stehen? Oder bist du einfach nur zu töricht zu begreifen, dass sie einem von uns nie die Wahrheit sagen?«

»Noch ist die Zeit nicht gekommen, da ich mich vor einem naseweisen Kind und einem verdorrten Alten rechtfertigen muss«, stellte Kollmann mit einem schiefen Grinsen klar. »Sei froh, mein lieber Schwäher, dass ich Trude erlaube, dir Tag für Tag deinen Brei hinzustellen.«

Schnaufend erhob er sich vom Tisch.

»Ich glaube, wir müssen dringend zurück nach Wehlau. Die Wirtin braucht uns beim Brauen«, erklärte Ulrich hastig.

»Schade, mein Täubchen«, raunzte der Alte und kniff Agnes abermals mit den feuchtkalten Fingern in die Wange. »Gerade habe ich begonnen, deine Gegenwart so richtig zu genießen. Wir beide könnten eine schöne Zeit miteinander haben. Wir hätten uns viel zu sagen. Komm bald wieder! Und grüß deine verehrte Frau Mutter und auch die gute Frau Großmutter. Das sind Frauen, nach denen sich so manch einer zeit seines Lebens vergeblich sehnt. Nicht jeder hat eben ein solches Glück wie der gute Fröbel.«

Die letzten Sätze rief er Agnes und Ulrich bereits nach. Kollmann geleitete sie beide so eilig zur Tür, als befürchtete er weitere unangenehme Bemerkungen seines Schwähers.

»Warum hast du nur so vorlaut sein müssen?«, schalt Ulrich Agnes, sobald sie die letzten Hütten von Bürgersdorf hinter sich gelassen hatten und wieder auf der kargen Landstraße unterwegs waren. Mit dem leeren Karren konnten sie schneller ausschreiten.

»Was heißt hier vorlaut?«, empörte sie sich. »Es war mein gutes Recht, nach dem Boten zu fragen. Kollmann ist schon immer etwas seltsam gewesen. Umso eigenartiger, dass er sich bei einem Boten der Ordensritter nach den Ereignissen erkundigt. Ist dir noch nie aufgefallen, dass etwas mit ihm nicht stimmen könnte? Wie kommt einer wie er zu der teuren Kleidung eines Kaufmanns? Woher nimmt er das Geld, Woche für Woche die halbe Schankstube im Silbernen Hirschen freizuhalten? Ganz abgesehen davon, ist er der Einzige, der einmal in der Woche zwei Fässer Bier von dir ins Haus gebracht bekommt.«

»Er ist ein alter Freund von Fröbel.«

»Aber nicht alle alten Freunde von Fröbel genießen eine solche Sonderbehandlung wie er.«

»Ich glaube, du tust gut daran, Kollmann künftig mit mehr Wohlwollen entgegenzutreten.«

Verblüfft blieb sie stehen, doch Ulrich schenkte dem keinerlei Beachtung. Wollte sie weiter mit ihm mithalten, musste sie rasch hinter ihm herlaufen. Für weitere Fragen fehlte ihr deshalb bald die Puste.

15

Den Rest des Weges von Bürgersdorf zurück nach Wehlau schwieg Ulrich beharrlich, ging aber ihr zuliebe wieder langsamer. Um sich zu beschäftigen, pflückte Agnes Blumen vom Wegesrand und flocht sie zu einem bunten Kranz. Ihn aufzusetzen stand ihr nicht der Sinn, wegwerfen aber wollte sie ihn auch nicht. Unschlüssig drehte sie ihn in der Hand.

Von Wehlau her kamen ihnen viele Menschen entgegen. Die ersten Feldarbeiter hatten bereits Sensen und Rechen geschultert und zogen mit den Fuhrwerken voller Heu nach Bürgersdorf zurück. Agnes warf einen Blick über die Wiesen. Insgeheim hoffte sie, noch einmal den Mann zu entdecken, der sie am Vormittag an Laurenz erinnert hatte. Er war nicht mehr da. Enttäuscht zupfte sie an dem Blumengebinde, schleuderte es schließlich in die Wiese. Ein kleines Mädchen, das bei der Heumahd geholfen hatte, holte es sich. Agnes winkte ihr zu, sie solle den Kranz behalten. Überglücklich setzte die Kleine ihn sich aufs Haupt.

Je näher sie der Stadt kamen, desto mehr Söldner mischten sich unter die Feldarbeiter. Die zerrissene Kleidung und die fehlenden Waffen zeugten davon, dass sie sich auf einem schmählichen Rückzug befanden. Offenbar hatten sie ihre Truppen verlassen und schlugen sich auf eigene Faust nach Hause durch.

»Kollmann hat also recht gehabt: Die Söldner der Bündischen sind aus Tapiau vertrieben«, stellte Agnes fest, als sie wenig später an dem Franziskanerkloster vorbeikamen, das anstelle der zerstörten Ordensburg schon vor mehr als hundert Jahren inmitten der sumpfigen Wiesen am Zusammenfluss von Alle und Pregel errichtet worden war. Einige Söldner hielten direkt darauf zu, hofften, von den Ordensbrüdern eine Schale Brei gegen den ärgsten Hunger sowie eine Bleibe für die Nacht zu erhalten. Direkt hinter dem bescheidenen Kloster ragte der trutzige Turm der Georgskapelle auf. Sie befand sich auf einer vorgelagerten Insel inmitten der Alle. Agnes hatte erzählen hören, sie sei vor nicht einmal zwanzig Jahren erbaut worden. Einige Steinmetze waren dort zugange. Das emsige Klopfen wehte mit dem Wind herüber. Agnes wurde bang. Wenn Laurenz dort zu tun hatte, könnte sie ihm gleich beim Stadttor begegnen. Aufmerksam schaute sie vor sich, sorgsam darauf bedacht, von weitem zu erkennen, wer ihnen entgegenkam. Zu ihrer Erleichterung und gleichzeitigen Enttäuschung erspähte sie jedoch niemanden mehr, der Laurenz auch nur annähernd ähnelte.

An der Weggabelung zur Alle folgte sie Ulrich auf dem Weg nach rechts, der auf das Stadttor zuführte. Von dort strömten noch mehr Menschen der Alle zu. Mit zufriedener Miene gingen die Händler nach Hause, die Kisten und Fässer leer, die Geldbeutel voll. Auch einige Fischer trugen leere Körbe heimwärts. Wieder musterte Agnes die Gesichter, suchte unter ihnen nach einem Schwarzbärtigen mit verschiedenfarbigen Augen. Flüchtig grüßte sie zwei Kaufleute aus Friedland, die von ihren hohen Rössern zu ihr hinunterwinkten. »Bis zum nächsten Mal!«, rief der eine und schwenkte gut gelaunt sein Barett.

»Wenn es denn ein nächstes Mal gibt!« Sein Kumpan sah weitaus verdrießlicher drein als er. »Wollen wir hoffen, die Bürger Wehlaus sind klug genug, sich nicht auf einen offenen Kampf mit den Ordensrittern einzulassen.«

»Oder die Ordensritter sind klug genug, nicht auf Wehlau zu ziehen«, erwiderte der Erstere schmunzelnd. »Lasst Euch nicht verwirren, verehrtes Fräulein Agnes. Ich habe schon Eurer Mutter versichert, dass wir uns gewiss bald alle gesund wiedersehen. Solange es Geschäfte zu tätigen gibt, so lange wird auch eine Stadt wie Wehlau in Frieden bestehen. Ihre Lage am Zusammenfluss von Alle und Pregel macht sie einfach zu wichtig. Davon leben auch die Männer mit den weißen Mänteln und dem schwarzen Kreuz. Gehabt Euch wohl!«

Im Trubel vor dem Alletor hatte Agnes Ulrich aus den Augen verloren. Wahrscheinlich war er längst zum Silbernen Hirschen gegangen. Sie schlüpfte an den Torwachen vorbei, die sie seit langem kannten und einfach nur durchwinkten.

»Wo hast du nur gesteckt, mein Kind?«, empfing sie Großmutter Lore, als sie die Schankstube betrat. Das weiße Haar quoll unter ihrer Haube hervor. »Wir haben uns große Sorgen gemacht. Ulrich ist schon hinten im Sudhaus. Wie konntest du dir nur so viel Zeit lassen? Ausgerechnet jetzt, wo es in jedem Winkel der Stadt von Söldnern wimmelt. Hast du etwa noch nichts davon mitbekommen?«

»Doch, doch«, erwiderte Agnes und sah sich in der Schankstube um. Die Nachmittagsstunden waren die ruhigsten des ganzen Tages. Lediglich der Tisch gleich neben der Tür war von einer Handvoll Männer besetzt. Die Köpfe über die Tischplatte geneigt, würfelten sie eifrig. Laut knallte der lederne Becher auf den Tisch, mit großem Getöse purzelten die knöchernen Würfel heraus. Jeder Wurf wurde von Freudenjauchzern oder bösen Flüchen begleitet. Träge fiel das Licht der Sonne durch die offenen Fenster, ein lauer Wind wehte herein, frischte den Geruch nach abgestandenem Bier und kalt gewordenen Suppenresten auf.

»Loses Söldnergesindel!«, schimpfte Lore unterdessen weiter. »Nimm dich in Acht, Liebes. Leider weiß ich, wovon ich rede. Schneller, als man ahnt, haben sie einen in einen Hinterhalt gelockt, selbst mitten im Getümmel der Straße. Ach, wenn ich nur daran denke! Mein armer Ewald, Gott hab ihn selig.«

»Reg dich nicht auf, Großmutter.« Tröstend strich Agnes ihr über den Arm. »Ich bin doch wohlbehalten zurückgekehrt. Mir ist nichts geschehen. Es ist nicht mehr übles Volk auf den Straßen unterwegs als sonst. Lediglich drüben beim Franziskanerkloster sammeln sich einige Söldner und hoffen auf Unterkunft. Doch die haben einen harmlosen Eindruck gemacht. Die sind hungrig und durstig, suchen eine Bleibe für die Nacht, mehr nicht. Kurz vor dem Tor bin ich zwei

Kaufleuten begegnet, die oft bei uns zu Gast sind. Die wollte ich nicht einfach übersehen, zumal einer der beiden mich direkt angesprochen hat. Ulrich aber hat nicht gewartet und ist vorgelaufen. Du weißt, wie er ist.«

Sie schielte hinüber zum Herdfeuer, wo Griet eifrig den Suppenkessel scheuerte. Die Großmutter rang sich ein Lächeln ab. »Ja, ja, die Liebe, die raubt manch einem den Kopf. Er konnte es wohl kaum erwarten, wieder hier zu sein. Nachher werde ich deswegen ein Wörtchen mit ihm reden. Auf dich sollte er aufpassen, nicht auf seine Liebelei.«

»Lass nur, es ist doch alles gutgegangen«, beschwichtigte Agnes erneut. »Erzähl mir, wie es hier war, nachdem die Nachricht aus Tapiau eingetroffen ist. Wie haben die Leute darauf reagiert? Und vor allem: Was sagt man, wie es weitergehen wird?«

»Ach, Liebes, was denkst du? Natürlich hat es große Aufregung gegeben, als am Vormittag der Bote mit den Nachrichten aus Tapiau eingetroffen ist. Die Trauer um die vielen Toten zerreißt so manchem das Herz. Viele hier haben Familie dort. Und deine arme Mutter ist gestorben vor Sorge um dich! Ulrich und du, ihr wart kurz zuvor erst nach Bürgersdorf aufgebrochen. Gleich wollte Gunda euch jemanden nachschicken, um euch zum Umkehren aufzufordern. Griet aber hat ihr davon abgeraten. Zum einen, weil Ulrich ein kräftiger Bursche ist, der dich im Zweifelsfall auch gegen zwei beschützen kann, zum anderen, weil der Weg nach Bürgersdorf nicht auf der Strecke liegt, die die Söldner und Deutschordensritter benutzen. Am besten gehst du sofort ins Sudhaus, um deiner armen Mutter Bescheid zu geben, dass du wieder da bist und dass es dir gutgeht.«

»Gleich«, wiegelte Agnes ab.

»Bist du mit deiner Mutter böse?« Forschend musterte Lore sie. »Etwas scheint zwischen euch beiden zu stehen, das spüre ich genau. Willst du es mir nicht verraten?«

Sacht strich sie Agnes übers Haupt, ordnete das zu Zöpfen geflochtene Haar. Den Blick hielt sie prüfend auf Agnes' Antlitz gerichtet. Ihre Lippen bildeten einen geraden Strich, die Narbe am Kinn grub sich weiß in die Haut ein. Agnes rang mit sich, fand jedoch nicht die richtigen Worte.

»Hat es etwas mit dem galanten Baumeister zu tun, der eine Weile so eifrig nach dir gefragt hat? Mit dem kostbaren Geschenk hat er sich weit vorgewagt. Das muss wahre Liebe sein. Schade, dass du ihn abgewiesen hast. Dabei habe ich gedacht, dir läge ebenfalls viel an ihm.« Lore nahm ihre Hand und drückte sie fest. »Oder hast du den Vogel Gundas wegen zurückgeschickt? Was stört sie an dem Burschen? Soll ich mit ihr reden? Sie weiß doch selbst, was wahre Liebe bedeutet.«

»Nein!« Entsetzt riss Agnes sich los und verschränkte die Arme vor der Brust.

»Ach, Kind, manchmal tut es entsetzlich weh zu lieben.« Lore fasste Agnes' Kinn und zog ihr Gesicht wieder zu sich herum. »Wie heißt es doch so schön in den alten Weisen? ›Wem nie durch Liebe Leid geschah, dem geschah auch das Glück der Liebe nicht.‹ Glaub mir, Liebes, ich weiß, wovon ich spreche. Liebe und Leid, das sind enge Geschwister. Trotz allem aber ist und bleibt die Liebe das Wertvollste, was es auf der Welt gibt. Nie darf man sie vorschnell aufgeben! Mit allen Mitteln muss man um sie kämpfen.«

»Ach, Großmutter!« Mehr brachte Agnes nicht heraus. Aufschluchzend fiel sie der alten Frau um den Hals, presste ihr tränennasses Gesicht gegen ihre Schulter. Lore war nicht sonderlich groß. Dennoch wiegte sie die gut eineinhalb Kopf größere Agnes wie ein kleines Kind in den Armen. Zart strich sie ihr über den Rücken, raunte ihr tröstende Worte ins Ohr.

Endlich fühlte Agnes sich besser. Sie richtete sich wieder auf, wischte die feuchten Wangen verschämt mit den Handrücken trocken. Gütig lächelnd reichte Lore ihr ein Tuch.

»Was sagt Kollmann zu Tapiau?«, erkundigte sie sich, um Agnes auf andere Gedanken zu bringen. »Denkt er, wir geraten in Gefahr? Werden die Ordensritter Wehlau demnächst angreifen? Immerhin haben wir dem Komtur in Tapiau unterstanden. Er wird sich für unsere Untreue rächen wollen. Ach, Kind, wenn es nur keinen offenen Kampf bei uns gibt! All die Jahre haben wir hier in Frieden gelebt. Warum meinen so viele, es ginge uns mit dem polnischen König besser? Letztlich ist es doch gleichgültig, wer das Sagen im Land hat, solange wir unser Bier brauen und unsere Gäste bewirten können. Wenn wir doch nur einen Mann mehr im Haus hätten!«

Besorgt äugte sie zu Griet hinten am Herdfeuer. Die pausbäckige Magd tat, als hörte sie die Worte nicht, und kratzte weiter verbissen mit dem Messer die Kruste vom Boden des blechernen Suppenkessels. Von der anstrengenden Arbeit war ihr Gesicht gerötet, das helle Haar hatte sich gelöst, und einige verschwitzte Strähnen fielen ihr in die Stirn.

»Nun gut«, murmelte Lore. »Hoffen wir das Beste! Vielleicht haben wir Glück und werden vom Schlimmsten verschont.«

Damit beugte sie sich über einen der leeren Tische und wienerte die Holzplatte. Agnes sah ihr eine Weile zu, dann trat sie neben Griet.

»Vergiss ihn, Kleines, auch wenn es weh tut. Doch das geht wieder vorbei, vertrau mir«, flüsterte die Magd und drückte ihr flüchtig den Arm. Laut fragte sie: »Hast du Hunger? Nimm dir von dem Brot hier. Noch ist es warm und duftet köstlich.«

Sie bückte sich nach dem Korb und hielt ihn Agnes direkt unter die Nase. Bei dem verführerischen Geruch siegte der Hunger rasch über die nagende Enttäuschung. Herzhaft biss Agnes in einen Fladen. Dann schenkte sie sich einen Becher frischen Brunnenwassers aus der bereitstehenden Kanne ein und trank gierig.

»Los, Liebes, halt dich hier nicht so lange auf«, mahnte Lore. »Ich glaube, deine Mutter will dich jetzt endlich sehen. Bestimmt will sie auch wissen, wie es dir in Bürgersdorf bei Kollmann gefallen hat.«

»Warum?« Agnes horchte auf und spürte, wie sich ihr Gesicht rot verfärbte. »Was hat Ulrich denn erzählt?«

»Was soll er erzählt haben?«, mischte Griet sich schmunzelnd ein. »Müssten wir da etwas wissen?«

Agnes schüttelte hastig den Kopf, nickte Griet und Lore zu und schlüpfte zur Hintertür hinaus in den Hof, um ins Sudhaus zu Gunda zu gelangen.

Längst war die Sonne aus dem engen Hof verschwunden, dennoch stand die Hitze unerträglich in dem eng von Mauern umgrenzten Geviert. Scharf roch es nach Federvieh und Schweinen, vermischt mit dem Malzgeruch des Bierbrauens.

Agnes verharrte an der Hauswand, erspähte durch das Geäst des Apfelbaums eine Schwalbe, die sich unter der Traufe am Rand ihres halboffenen Nestes festklammerte, um die Jungen zu füttern. Die letzten Sonnenstrahlen, die das obere Geschoss des Hauses streiften, brachten das dunkelblaue Gefieder zum Schimmern. Gebannt verharrte Agnes unter dem Apfelbaum, tastete wie zufällig ihr blaurotes Feuermal im Nacken entlang. Warum konnte sie nicht ein Vogel sein, einzig darauf bedacht, Würmer und Mücken zu fangen, um ihren Nachwuchs zu versorgen? Wie viel einfacher hatten es die Tiere im Vergleich zu den Menschen! Liebe und die damit verbundenen schmerzhaften Entwicklungen kannten sie nicht. Was zählte, war einzig die Sorge um das Hier und Jetzt, das eigene Überleben und das der Nachkommen. Seufzend strich Agnes sich das braune Haar aus dem Gesicht, fuhr mit den Fingerkuppen die Augenbrauenbogen nach und richtete das Halstuch. Liebe brachte nur Unruhe. Dabei kostete bereits das tägliche Überleben viel Kraft. Ein letztes Mal sah sie zu dem Nest hinauf. Die Schwalbe war bereits fort, Nachschub aufzutreiben. Gierig reckten sich die winzigen Schnäbel über den Rand des Nestes in die Luft.

»Agnes, wo bleibst du nur?« Plötzlich stand Gunda in der offenen Tür des Sudhauses. Die Hände in die Hüften gestemmt, sah sie ihr ungeduldig entgegen. Schweren Herzens verließ Agnes den Platz unter dem Apfelbaum und ging zu ihr. Als sie ihr gegenüberstand, lächelte die Mutter und legte ihr den Arm um die Schultern.

»Schön, dass du endlich zurück bist. Hast du je einen Gedanken daran verschwendet, wie sehr ich mich um dich gesorgt habe?« Unerwartet zärtlich drückte sie Agnes an sich. »Erzähl mir, wie es bei Kollmann gewesen ist. Es freut mich, dass du wieder einmal mit nach Bürgersdorf gegangen bist. Eine gute Idee von Ulrich, dich gerade heute mitzunehmen. Als hätte er geahnt, welchen Trubel es hier bei uns geben würde. Ich hoffe, es hat dir dort gefallen.«

»Warum fragst du das immerzu? Wir haben ihm nur das Bier gebracht und kurz in seiner Stube gesessen.«

»Hat er euch ordentlich empfangen?«, hakte Gunda nach. »Du weißt ja, Kollmann ist ein alter Freund von Fröbel. Er hat viel von ihm gehalten. Kollmann ist ein kluger Mann und trotz der fehlenden Haare auf dem Kopf auch noch sehr ansehnlich für sein Alter. Das heißt, eigentlich ist er kaum älter als ich, für einen Mann also die beste Zeit seines Lebens. Und er legt viel Wert auf sein Aussehen. Stets ist er gut gekleidet, und sein Haus ist ebenfalls fein hergerichtet. Ich kenne seine Magd Trude, eine verlässliche Frau, die sich um Haus und Hof sowie den alten Schwäher umsichtig kümmert. Kollmann ist viel in Geschäften unterwegs, deshalb ist das umso wichtiger, seit die Frau im Hause fehlt. An ihm sieht man übrigens, wozu es ein Mann bringen kann, wenn er mit Verstand wirtschaftet. Er ist auf dem besten Weg, als Kaufmann Erfolg zu haben. Vor kurzem hat er ein Anwesen hier bei uns am Markt gekauft, direkt neben dem Rathaus. Er will es wohl umbauen lassen. Bald wird es weitaus prächtiger und größer sein als vormals und von Kollmanns neuer Stellung künden.«

Sie hielt inne. Eine zaghafte Ahnung keimte in Agnes, warum die Mutter Kollmann auf einmal in den höchsten Tönen lobte. Es überraschte sie, erst jetzt dieser Absichten gewahr zu werden. Wann war Kollmann zuletzt im Silbernen Hirschen gewesen, um mit Gunda zu reden? Warum war ihr da nichts aufgefallen?

»Bald wird er sich hier in Wehlau niederlassen und ein neues Leben beginnen«, berichtete Gunda weiter. »Nach dem Tod seiner geliebten Frau hält er Ausschau nach einer neuen Gefährtin. Es wird auch Zeit. Zwei Jahre Trauer sind mehr als genug.«

Agnes rang sich zu einem Lächeln durch. Fröbel lag seit mehr als einem Jahr unter der Erde, Gunda hingegen war in den besten Jahren. Ihre Schönheit war nach wie vor atemberaubend. Warum sollte sie sich länger als nötig im Gasthaus und beim Bierbrauen aufarbeiten? Niemandem stand es an, der Mutter weiteres Lebensglück zu verwehren.

»Es freut mich sehr, Mutter, dass du dich zu diesem Schritt durchgerungen hast. Nach all den Jahren voll schwerer, harter Arbeit hast du es dir wohlverdient, ein ruhigeres Leben an der Seite eines begüterten Mannes wie Kollmann zu führen.«

»Wieso sprichst du von mir? Längst bin ich aus dem Alter heraus, mich noch einmal auf einen Mann einzulassen. Aber du …«

»Was?« Agnes schrie geradezu. »Bildest du dir etwa ein, ich würde einen Mann wie Kollmann heiraten?«

»Warum nicht?«

»Niemals!«

Aufgebracht stieß Agnes die Mutter beiseite und stürzte davon, raus aus dem Hof, hinüber zum Alletor, an den verdutzten Wachmännern vorbei hinaus vor die Stadt, vorbei am Kloster und hinunter zum Fluss. Es war ihr gleichgültig, wie viele Söldner sich mittlerweile vor dem Franziskanerkloster versammelt hatten. Sie hatte keine Angst vor ihnen. Ihr Ziel war das Alleufer oder vielmehr die Stelle, an der ein kleiner Steg zur Georgskapelle auf die Insel führte.

Schon von weitem hörte sie das stete Klopfen der Steinmetze. Auf einer kleinen Anhöhe hielt sie inne und schöpfte nach Atem. Um sie her wölbte sich das sanfte Auf und Ab der goldenen Felder. Nur noch wenige Knechte strichen über die abgeernteten Wiesen, rafften die letzten Halme zusammen. Die Sonne sank immer tiefer und tauschte ihr strahlend helles Gelb des Nachmittags gegen das sanftere Gelbrot des Abends. Graublaue Schleierwolken zogen vorüber, führten einen sanften Wind mit sich. Die Vögel stimmten ihren Abendgesang an, riefen über die Baumwipfel hinweg nach den Gefährten für die Nacht. Kaum wurde Agnes dessen gewahr. Viel zu sehr beschäftigte sie das gerade Erlebte: Die Mutter wollte sie tatsächlich mit Kollmann verheiraten!

Das Klopfen auf den Steinen wurde stärker, die ersten Stimmen der Fischer am Ufer erklangen. Bei der nächsten Wegbiegung sah Agnes die Alle bereits vor sich. Bald stand sie auf dem Steg, hielt noch einmal inne und fasste sich an die Brust. Ihr Herz raste. Was tat sie da überhaupt? Erst allmählich wurde ihr klar, dass sie hoffte, Laurenz Selege bei der Kapelle zu finden. Wie sie darauf kam, konnte sie sich nicht erklären. Sie wusste nur eins: Sie musste ihn unbedingt sprechen. Warum also nicht bei der Baustelle an der Georgskapelle mit dem Suchen beginnen? Was sie ihm sagen, was überhaupt weiter mit ihm und ihr werden sollte, darüber wollte sie vorerst nicht nachdenken.

16

Ulrichs Rücken verdeckte die Sicht auf den großen Maischbottich. Breitbeinig stand er da, ganz auf seine Tätigkeit konzentriert. Gunda betrachtete ihn versonnen. Noch hatte er sie nicht bemerkt. Sie waren allein in dem verwinkelten, engen Sudhaus. Das sanfte Brodeln in den Pfannen und das Knacken des Feuers waren die einzigen Geräusche, die die angenehme Stille abseits des Geschehens im Wirtshaus unterbrachen. Gunda genoss die Atmosphäre, roch zufrieden den Duft der herben Maische, vermischt mit dem Geruch nach feuchten Mauern und anstrengender Arbeit. In dem Aufruhr, der seit dem Rückzug der Wehlauer und Rastenburger Söldner aus Tapiau vor wenigen Tagen herrschte, tat es gut, sich für eine Weile andere Gedanken zuzugestehen. Sie pustete sich eine Strähne des kupferbraunen Haares aus der Stirn und prüfte den Sitz der Flügelhaube. Dabei schaute sie weiter wie gebannt auf Ulrich.

In den Armen hielt er einen gewaltigen Kübel frischen Brauwassers. Trotz des immensen Gewichts goss er das kristallklare Nass mit schwungvoller Leichtigkeit auf das Schrot hinunter. Die Sehnen an den nackten Unterarmen sprangen hervor, die Muskeln an den Oberarmen waren angespannt, die großen Hände umspannten den Eimer. Als das Wasser auf die Maische traf, stieg ein sanfter Nebel eiskalter Feuchtigkeit aus dem Bottich, umfing den Körper des Brauknechts, benetzte sein blondes, nackenlanges Haar. Bald klebten einige Strähnen an der Haut. Dunkle Schweißflecken zeichneten sich auf seinem hellen Kittel ab, die einzigen Zeichen, die auf eine größere Anstrengung schließen ließen.

Gunda konnte sich nicht von dem Anblick lösen. Ein eigenartiges Prickeln befiel ihren Körper, löste eine wohlige Hitze in ihr aus. Unwillkürlich legte sie die rechte Hand an den Hals, strich sich eine Weile sanft über die Haut. Allmählich glitten die Finger tiefer, fuhren zärtlich am Ausschnitt ihres roten Kleides entlang, genossen es, über den weicher werdenden Ansatz ihrer Brüste zu streichen. Sie seufzte leise und spürte der aufflackernden Begierde nach.

Viel zu lange war es her, dass sie zuletzt so empfunden hatte. Sie dachte an Gernot, an jene einzige gemeinsame Nacht voller Leidenschaft vor gut achtzehn Jahren, die so weitreichende Folgen gehabt hatte. Doch auch der brave Kelletat und erst recht der liebe Fröbel hatten es verstanden, ihre Lust zu entfachen. Ob dieser Erinnerungen röteten sich ihre Wangen. Trotz erfasste sie. Anders, als sie letztens zu Agnes gesagt hatte, fühlte sie sich mit ihren fünfunddreißig Jahren beileibe noch nicht zu alt, um an das vertraute Zusammensein mit einem Mann zu denken. Sich weiter Glück und Zärtlichkeit zu gönnen, das hatte sie sogar Fröbel auf dem Sterbebett versprechen müssen.

Der gute Zacharias! Wie viele schöne Jahre hatten sie miteinander gehabt? Versonnen schmunzelte Gunda in sich hinein. Er hatte die Kunst bestens beherrscht, sie rasch vergessen zu lassen, welch grausame Erlebnisse hinter ihr lagen. Wie durch ein Wunder hatte er ihr die Freude am Hier und Jetzt zurückgegeben. Von neuem sah sie auf Ulrich. Fröbel hatte viel von ihm gehalten, ihn wie einen Sohn behandelt. Bei dem Gedanken fühlte sie einen Stich im Herzen. Sie rang mit sich, den Schmerz rasch zu verdrängen. Ihren Sohn musste sie ein für alle Mal vergessen. Was zählte, war allein Agnes. Für sie galt es zu sorgen. Das zu tun, hatte Fröbel sie ebenfalls beschworen.

Wieder versank Gunda in der Betrachtung von Ulrich. Der Brauknecht war ein stattlicher Bursche. Dem tat auch die entstellende Narbe im Gesicht keinerlei Abbruch. Als er den Kopf leicht zur Seite drehte, um dem aus dem Bottich aufsteigenden Dampf zu entgehen, wurde sie kurz sichtbar. Sein beeindruckendes Auftreten machte diesen Makel wett. Vom Brauen verstand er eine Menge, auch wenn das als Frauenarbeit galt. Er liebte es – selbst mitten im heißen Sommer, wenn es an der Sudpfanne unerträglich wurde und das frisch gebraute Bier viel zu rasch verdarb. Seit seinem zehnten Lebensjahr verdingte er sich im Silbernen Hirschen, war damit sogar sehr viel länger im Haus als sie selbst. Dabei mochte er gut eine Handvoll Jahre jünger sein als sie.

Ob der alte Fröbel gewollt hätte, dass sie Ulrich nach der angemessenen Trauerzeit heiratete? Es hätte zu ihm gepasst. Seit seinem Tod war mehr als ein Jahr vergangen. Die Zeit war also gekommen, an eine neue Ehe zu denken. Auch angesichts der Unruhe im Ordensland empfahl es sich, die Zustände im Silbernen Hirschen zu ordnen. Falls es zum Äußersten kommen und Wehlau tatsächlich in kriegerische Auseinandersetzungen mit den Deutschordensrittern verstrickt werden würde, flößte ein Mann als Haushaltsvorstand den nötigen Respekt ein. Ulrich war wie geschaffen für diese Aufgabe. Lediglich seine offensichtliche Liebe zu Griet stand dem entgegen. Gunda seufzte. Sie mochte die Magd und wollte ihr nicht weh tun. Dennoch war sie zuversichtlich, eine angemessene Lösung für sie zu finden. Viel schwieriger würde es mit Agnes werden. Kollmann fiel ihr ein und Agnes' verworrene Vorstellung, er hätte um Gunda geworben. Sie schüttelte den Kopf. Wie hatte Agnes auf diese Idee verfallen können? Seit langem schon brannte er darauf, die Siebzehnjährige zu heiraten, hatte gar noch bei Fröbel einen ersten Vorstoß unternommen.

Zitternd lehnte sie sich an eines der brusthohen Fässer, die rehbraunen Augen weiter auf Ulrichs breites Kreuz gerichtet. Der Gedanke, Agnes aus ihrer nächsten Nähe zu verlieren, erschreckte sie. Doch Agnes wurde erwachsen, das zeigte sich mit jedem Tag deutlicher. Gunda atmete tief durch. Kollmann war ein anständiger Mensch, Fröbel hatte ihm blind vertraut. Besser konnte ihre Tochter es kaum treffen. Bereits jetzt liebte er sie, wie nur ein lebenskluger Mann seines Alters eine blutjunge, ungestüme Frau wie Agnes lieben konnte. Auch sie würde lernen, ihn zu lieben. Liebe wuchs mit der Zeit, das wusste Gunda aus eigener Erfahrung, besser als jede ungestüme Liebe auf den ersten Blick. Von neuem spürte sie einen Kloß im Hals. Eine große Dankbarkeit erfasste sie, nicht allein Fröbel gegenüber. Sie gab sich einen Ruck, löste sich von dem Fass. Sie sollte die Geschichte endlich gut zu Ende bringen. Wenn Agnes einverstanden war, würden sie noch vor Anbruch des nahen Herbstes eine Doppelhochzeit feiern. Wer konnte schon ahnen, wie lange man in Wehlau noch Anlass zum Feiern fand?

Zufrieden mit sich befeuchtete sie ein weiteres Mal die Lippen, bis sie glänzten, und richtete den aus Wolle geflochtenen Gürtel um die Hüften. Ohne hinzusehen, prüfte sie tastend die Vollständigkeit des daran hängenden Schlüsselbunds und das Vorhandensein des kleinen Kästchens mit Werkzeug und Besteck. Mit spitzen Fingern zupfte sie schließlich einige Fussel aus den Falten ihres Rocks. Seit den Ostertagen trug sie wieder bunte, leicht fließende Stoffe. Das betonte ihre noch nicht erloschene Jugendlichkeit und hob die Linien ihres Körpers besser hervor. Selbst an Tagen, die sie ausschließlich beim Brauen verbrachte, munterte sie das auf.

»Ihr seid zurück, Fröbelin?« Kaum war sie zwei Schritte näher getreten, entdeckte Ulrich sie und setzte vorsichtig den Kübel ab. Dabei schenkte er ihr ein wohlwollendes Lächeln. »Verzeiht, ich habe Euch gar nicht kommen hören. Soll ich Euch die zweite Sudpfanne herrichten? Oder wollt Ihr hinten die neu gefüllten Fässer kontrollieren? Wartet, ich helfe Euch gern, Platz zu schaffen. Es steht einfach viel zu viel im Weg herum.«

Damit wollte er von dannen eilen. »Warte!« Sie hielt ihn am Arm zurück. Ob der Berührung durchzuckte sie ein heißer Strahl. Kaum vermochte sie Ulrich ins Gesicht zu blicken. Zum ersten Mal im Leben war sie froh, dass er nur ein Auge besaß und nicht so scharf sehen konnte. »Ich möchte dich kurz sprechen«, setzte sie mit zitternder Stimme nach. Gezwungen lachte sie auf. Gegen ihren Willen raste ihr Herz, und sie fürchtete, er könnte es bemerken. Mit der Hand fächelte sie sich Luft zu, tat, als würde ihr die Hitze zu schaffen machen. Törichtes Weib!, schalt sie sich im Stillen. Sie war doch eine erwachsene Frau, die wusste, was sie wollte.

»Wie Ihr meint«, erwiderte Ulrich, wischte sich die Hände an seinem weiten Kittel trocken und sah sie erwartungsvoll an.

Angestrengt suchte sie nach Worten. »Ulrich, du weißt, mein Gemahl, der gute Fröbel, hat immer große Stücke auf dich …«

»Mutter, schnell!« Mit lautem Getöse wurde die Tür zum Sudhaus aufgestoßen, und Agnes platzte herein. Gunda fuhr herum. Einen Herzschlag lang fürchtete sie, Agnes brächte die Meldung vom Aufmarsch der Deutschordensritter vor der Stadt. Ihre Wangen waren von Flecken übersät.

»Was gibt es so Dringendes, das nicht bis nachher warten kann?«, fragte Gunda betont ruhig. »In wenigen Augenblicken komme ich zu dir. Zunächst aber habe ich mit Ulrich zu reden. Allein.«

»Es kann nicht warten.« Auf Agnes' Gesicht lag Trotz. Empört stemmte Gunda die Hände in die Seiten. Seit sie von ihrem hohen Fieber genesen war, gab das Mädchen sich oft widerborstig. Als sie ihr letztens von Kollmanns Heiratswunsch erzählt hatte, war sie gar kopflos davongerannt und erst Stunden später mit rotgeweinten Augen zurückgekehrt. Gunda fühlte sich hin- und hergerissen. Wie gern würde sie die Hand ausstrecken, Agnes zärtlich über die Wange streichen und um Versöhnung bitten. Andererseits galt es, streng zu bleiben und ihr nicht zu vieles durchgehen zu lassen. Auf einmal stockte sie. Hatte das Mädchen etwa Laurenz Selege wiedergetroffen? Dabei hatte es doch so ausgesehen, als wollte sie nichts mehr mit ihm zu tun haben! Immerhin hatte sie aus freien Stücken das wertvolle Geschenk zurückgewiesen. Prüfend sah sie ihr ins Gesicht. »Was ist los?« Sie zwang sich, weiter Ruhe zu bewahren.

»Drüben in der Schankstube sitzt ein Gast und besteht darauf, dich sofort zu sprechen. Sein Auftauchen hat für reichlich Wirbel gesorgt. Am liebsten wäre er gleich selbst zu dir ins Sudhaus gerannt. Ich konnte ihn gerade noch davon abhalten.«

»Wenn er für Aufruhr sorgt, sollte besser Ulrich mitkommen«, erwiderte Gunda und wollte den Knecht bereits dazu auffordern, da beugte sich Agnes vor und raunte ihr hinter vorgehaltener Hand zu: »Ich glaube nicht, dass das klug ist. Es ist einer der beiden Kaufleute, die wir vor einigen Wochen beim Rathaus getroffen haben. Rehbinder heißt er, wenn ich mich recht entsinne. Seinen Namen wollte er mir nicht noch einmal sagen, doch er ist mir noch gut im Ohr.«

»Was?« Gundas Stimme überschlug sich. Wie konnte Rehbinder nur so töricht sein und am helllichten Tag in den Silbernen Hirschen gehen, um nach ihr zu fragen? Aus gutem Grund lautete ihre Abmachung anders.

»Keine Sorge, Mutter.« Beruhigend tätschelte Agnes ihr den Arm. »Mir ist es gelungen, ihn zu überzeugen, auf der Wiese vor dem Pregeltor auf uns zu warten. Bei der schattigen Eiche wird uns keiner sehen, der uns nicht sehen soll.«

»Gut.« Agnes' Umsicht verblüffte Gunda. Vielleicht hatte sie sich doch getäuscht und ihren vermeintlichen Trotz einfach nur falsch verstanden.

»Du hast gehört, ich muss dringend weg. Lass uns heute Abend in Ruhe bereden, was zu bereden ist«, erklärte sie Ulrich mit einem bedauernden Lächeln. Er nickte. Sein Gesichtsausdruck verriet, dass er nicht im Geringsten ahnte, was sie von ihm wollte. Gemächlich trat er zurück an den Maischbottich und bückte sich nach dem Kübel mit Brauwasser. Ein letztes Mal betrachtete Gunda das Muskelspiel auf dem breiten Kreuz, dann wandte sie sich schweren Herzens um.

»Am besten kommst du gleich mit«, wies sie Agnes an und verließ mit ihr das Sudhaus.

17

Agnes war nicht entgangen, wie ungelegen Gunda Rehbinders Auftauchen kam. Schweigend liefen sie nebeneinander her. Die Mutter kniff die Lippen aufeinander und sah stur geradeaus. Mit keinem Wort hatte sie sich nach den näheren Umständen des unerwarteten Besuchs erkundigt. Dabei lag es auf der Hand, dass es damit eine besondere Bewandtnis haben musste. Bei ihrem Zusammentreffen vor wenigen Wochen auf dem Wehlauer Markt hatten sie vereinbart, sich erst im Herbst wiederzusehen und zwischenzeitlich nur in äußersten Notfällen Verbindung zueinander aufzunehmen. Hatte es etwas mit den Ereignissen bei Tapiau zu tun? Täglich wurden Mutmaßungen ausgetauscht, wie es mit den preußischen Städten und ihrem Zwist mit den Deutschordensrittern weitergehen würde. Gewiss war es nur eine Frage der Zeit, bis die Handelsgeschäfte mit Litauen, wie die Mutter sie mit Rehbinders Hilfe tätigte, davon berührt wurden. Agnes brannte darauf zu erfahren, ob es längst so weit war. Umso eigenartiger, wie wenig Gunda sich darum zu sorgen schien. Was mochte es derzeit Wichtigeres für sie geben? Kollmanns Heiratspläne konnten das gewiss nicht sein. Davon hatte die Mutter seit letzter Woche nicht mehr geredet. Vielleicht hatte er es sich anders überlegt. Ach, wenn es nur so wäre …

Auf den Straßen war um diese Stunde nicht sehr viel los. Die träge Julihitze hielt die besseren Bürger in ihren kühlen Häusern oder Höfen. Die Bauern und ihr Gesinde hatten auf den Feldern zu tun. Noch stand die weitere Heumahd an, bald begann die Getreideernte. Solange keine Ordensritter am Horizont auftauchten, galt es allerorten, die Ernte sicher in die Scheunen einzubringen.

Bald erreichten Agnes und Gunda die Pregelgasse und schlugen von dort den Weg nach rechts zum Pregeltor ein. Die zweite der beiden großen Wehlauer Straßen verlief nördlich von der Rechten Gasse und durchquerte wie diese die Stadt von West nach Ost. Allerdings ermöglichte sie den Fußgängern ein leichteres Vorankommen, waren in ihr doch kaum Fuhrwerke und Karren anzutreffen. Kinder spielten in den schattigen Winkeln, alte Weiber versammelten sich an einer Ecke zum Tratsch. Ein zahnloser Knecht redete auf einen Esel ein, nicht länger mitten auf der Gasse in der brütenden Sonne zu verharren. Dem Alten rann der Schweiß von der Stirn, sein Antlitz war besorgniserregend rot. Der Graubeiner aber rührte sich nicht von der Stelle. In wenigen Schritten stand Agnes bei den beiden. Das Lasttier wirkte kaum jünger als sein zweibeiniger Herr und litt ebenfalls unter der unerbittlichen Julisonne. Sacht strich Agnes dem Esel über den Kopf, klopfte ihm auf die Flanken. Eine dichte Wolke Staub wirbelte auf. »Geh zu«, raunte sie dem Esel ins Ohr und drückte mit der Hand in seine Seite. Gleich machte das Tier die ersten Schritte. Agnes schob ihn weiter, bis er die schattige Straßenseite erreicht hatte. Von da an setzte er wieder freiwillig einen Fuß vor den anderen. »Na also, er will doch!«, rief sie dem zahnlosen Alten zu. Der strahlte übers ganze Gesicht.

Zufrieden, geholfen zu haben, sah Agnes ihnen nach, bis sie in einer der Gassen verschwanden. Die Mutter! Hastig drehte Agnes sich um. Weit und breit war von Gunda keine Spur zu entdecken. Zum Glück wusste Agnes, wo sie Rehbinder treffen würde, und lief rasch zum Pregeltor. Bald traf sie auf eine Schar vergnügt schwatzender Mägde. Geschickt balancierten sie ihre vollgeladenen Wäschekörbe auf den Köpfen. Ihr Ziel war die Senke am Pregelufer ein Stück flussabwärts der Brücke. Mitte der Woche trafen sie sich dort zum Wäschewaschen und Bleichen, wobei sie ausgelassen die neuesten Liebesabenteuer austauschten. Voller Neid beobachtete Agnes sie und fragte sich, warum sie Laurenz nicht auch unter ähnlich harmlosen Umständen begegnet war. Wäre das herrlich, ihn unten bei der Bleiche am Fluss zu treffen, mit ihm durchs kühle Nass zu laufen und seiner wundervollen Stimme zu lauschen, wie er von neuen Bauplänen für die Bürgerhäuser oder von fremden Städten und Ordensburgen erzählte. Seine verschiedenfarbigen Augen würden ihr zuzwinkern, sie die Gluthitze und die lästigen Fliegen vergessen lassen. Nur sie beide würden zählen, wie sie dem Lauf der weißen Wolken am blauen Himmel nachträumten und sich eine gemeinsame Zukunft jenseits von Wehlau und den lästigen Geschichten um Gunda und Lore ausmalten. Selbst die Träume von dem rätselhaften Burschen mit dem Feuermal würden darüber verschwinden. Unvermittelt blieb sie stehen, lehnte sich an eine Hauswand. Fast war ihr, als stünde Laurenz ganz nah bei ihr, und sie spürte seinen Atem auf den Wangen. Langsam beugte er sich zu ihr vor, spitzte die Lippen zu einem Kuss und entführte sie in eine andere Welt. Ihre Finger spielten mit den Zipfeln des Halstuchs, berührten dabei sacht die nackte Haut auf ihrer Brust.

Was tat sie da nur? Jäh rief sie sich in die Wirklichkeit zurück. Am liebsten würde sie sich das elende Tuch vom Hals reißen und aller Welt das hässliche Mal in ihrem Nacken entgegenstrecken. Das aber brachte Laurenz auch nicht zurück. Es war ihr, als brannte das Mal wie Feuer im Nacken. Klar stand ihr vor Augen, wie verzweifelt sie auf der Baustelle um die Georgskapelle herumgeirrt war, um nach Laurenz zu suchen. Sogar zum Haus der Ratsherrenfamilie Stein am Markt war sie noch einmal gelaufen. Außer den beiden hämisch grinsenden Mägden hatte sie dort niemanden angetroffen. Laurenz schien wie vom Erdboden verschluckt. Die Zurückweisung des kostbaren Papageis hatte ihn zutiefst getroffen. Warum hatte sie das nur getan? Wäre es nicht besser gewesen, mit Gunda und Lore zu brechen und an Laurenz' Seite glücklich zu leben, statt so allein wie jetzt durchs Leben zu irren? Nun harrte sie unglücklich bei Mutter und Großmutter aus, um demnächst mit Kollmann verheiratet zu werden, einem Mann, den sie niemals auch nur mögen, geschweige denn je lieben würde! Allein bei dem Gedanken, wie er sich ihr nähern würde, wurde ihr übel.

»Agnes? Was tust du da?« Überraschend tauchte Gunda neben ihr auf. »Träumst du etwa am helllichten Tag? Ich dachte, wir hätten es äußerst eilig, zum Pregeltor zu gelangen. Oder stimmt das gar nicht?«

»Was?« Hastig wischte Agnes sich die Stirn, richtete das Halstuch. Gerade wollte sie die Mutter beruhigen, da veränderte sich Gundas aufgebrachte Miene, und ein zuvorkommendes Lächeln breitete sich darauf aus. Der behäbige Böttchermeister Haude war aus der Badergasse um die Ecke gebogen und versperrte ihnen den Weg. »Gott zum Gruße, verehrte Fröbelin!«

Freundlich erwiderte Gunda den Gruß. »Was habt Ihr auf dem Herzen, mein Lieber?«

»Welch Zufall! Gerade wollte ich zu Euch in den Silbernen Hirschen«, begann er reichlich umständlich und drehte das Barett in den Händen vor seinem weit vorspringenden Bauch. »Ihr habt noch einmal zwei neue, große Fässer bei mir bestellt, auch einen offenen Zuber, wenn ich richtig liege. Leider kann ich sie Euch erst nächste, vielleicht sogar erst übernächste Woche liefern, wenn überhaupt.«

»Was wollt Ihr damit sagen? Soll ich bis dahin mein Bier in Kannen abfüllen?« Um ihren Worten die Schärfe zu nehmen, lachte sie übertrieben auf. »Oder soll ich das Bierbrauen vorläufig einstellen und meine durstigen Gäste auf später vertrösten, weil Ihr mir keine Fässer mehr liefern könnt?«

Als Haude keine Reaktion zeigte, verlegte sie sich aufs Schmeicheln. »Ihr wollt mich doch am Ende nicht an Eure Zunftgenossen verweisen? Dabei wisst Ihr so gut wie ich, dass das Fröbelsche Bier am besten aus den Fässern schmeckt, die unter Eurer kundigen Hand und der Eurer Vorväter entstanden sind. Schon mein Gemahl hat ebenso darauf geschworen wie sein Vater und seines Vaters Vater. Wahrscheinlich sind im Silbernen Hirschen niemals andere Fässer als die aus der Haudeschen Werkstatt in der Badergasse verwendet worden. Genau das macht wohl das Besondere an unserem Bier aus.«

»Ich bin der Erste, der alles daransetzt, dass dies auch in weiteren Generationen der Fall sein wird«, erwiderte Haude. Das Unbehagen, Gunda eine Absage erteilen zu müssen, stand ihm ins glattrasierte Gesicht geschrieben. Hilflos hob er die fleischigen Hände. Als er noch etwas hinzufügen wollte, setzte das Geläut der Jakobikirche ein. Entschuldigend deutete er in die Luft und gab ein Zeichen, gleich etwas erklären zu wollen. In der eben noch mittäglich trägen Gasse wurde es unruhig. Die Hoftore öffneten sich, und einige Männer eilten heraus. In den offenen Werkstätten legten sie ihre Werkzeuge beiseite, rissen sich die Schürzen von der Brust und eilten ebenfalls von dannen.

»Ihr hört es selbst, Fröbelin«, rief Haude in das abschwellende Geläut hinein. »Die Glocken verkünden einen wichtigen Ratsbeschluss und rufen die Männer zum Markt. Leider liegt die Lösung der derzeitigen Schwierigkeiten nicht in meiner Hand. Seid froh, wenn Ihr Euch nur für wenige Tage mit den neuen Fässern gedulden müsst. Gerade komme ich aus dem Rathaus. Dort wurde vereinbart, dass die Stadt nach dem schmählichen Rückzug unserer Truppen aus Tapiau gewappnet sein muss. Noch heute wird mit dem Bau von Schanzen im Osten und Süden der Stadt begonnen. Wie Ihr Euch denken könnt, sind dafür zum einen alle verfügbaren Männer vonnöten, zudem natürlich auch alles Holz und Baumaterial, dessen man habhaft werden kann. Bis über den Pregel und die Alle weiterer Nachschub aus Litauen und Polen eintrifft, heißt das, alle Werkstätten sind zu schließen. Zu unser aller Wohl werden wir bis auf weiteres allein an der Sicherung unserer Verteidigungsanlagen arbeiten und alle anderen Dinge hintanstellen müssen.«

»So weit ist es schon?«, murmelte Gunda, um kurz darauf entschieden festzustellen: »Hoffentlich hält die Gluthitze nicht an. Es wäre übel, wenn die armen Burschen bei der harten Arbeit an den Schanzen Durst leiden müssen. So, wie es jetzt aussieht, werden wir ihnen nicht lange ausreichend Bier zur Stärkung reichen können. Ihr wisst, wie rasch es bei der Hitze verdirbt.«

»Wenn es nur das Bier wäre, um das wir uns sorgen müssten«, erwiderte Haude empört. »Aber eine Frau wie Ihr, verehrte Fröbelin, sieht das wohl anders.«

Damit verabschiedete er sich und ging fort. Verdutzt blickte Agnes ihm nach. Gunda schürzte die Lippen, sichtlich damit beschäftigt, Haudes Bemerkung zu verdauen.

»Was hat er mit seinem letzten Satz gemeint?«, fragte Agnes.

»Vergiss es, Kind! Wir haben es eilig. Rehbinder wartet.« Ungeduldig zog Gunda sie am Arm, drängte sie, einen halben Schritt vor ihr zu gehen, als wollte sie ein abermaliges Stehenbleiben verhindern.

»Und was ist mit Ulrich?«, rief Agnes über die Schulter nach hinten. »Muss er nicht auch fort, um beim Bau der Schanzen zu helfen?«

»Auf einäugige Krüppel werden sie wohl vorerst verzichten. Das ist einer der wenigen Vorteile, die er seinem Unglück verdankt.«

Je näher sie dem Pregeltor kamen, umso dichter wurde das Gedränge. Der Ratsbeschluss schien tatsächlich sofort in die Tat umgesetzt zu werden. Überstürzt mit Holz, Steinen und anderen wahllos zusammengesuchten Materialien beladene Karren drängten zur Stadt hinaus, umringt von Knechten, die Äxte, Beile, Schaufeln und dergleichen Gerätschaften geschultert hatten. Fröhlich singend zogen sie von dannen, verschwendeten offenbar keinen Gedanken daran, was der Schanzenbau bedeutete: dass der Rat der Stadt tatsächlich mit einem baldigen offenen Kampf gegen die Deutschordensritter rechnete!

Gunda und Agnes reihten sich geduldig in die Schlange der Wartenden ein, die sich vor dem Tor gebildet hatte. Gebannt suchte Agnes die Gesichter der vielen Männer ringsumher ab. Erst als sie beim Anblick eines Schwarzbärtigen erschrocken zusammenzuckte, gestand sie sich ein, von neuem nach Laurenz Ausschau zu halten. Verhieß der Bau einer Verteidigungsanlage nicht viel Arbeit für Baumeister wie ihn? Ihr Herz raste. Zugleich wuchs in ihr die Angst, was es bedeutete, ihn nicht zu entdecken: dass er Wehlau längst verlassen hatte. Was hielt ihn auch noch hier? Der Umbau des Steinschen Anwesens am Markt war abgeschlossen. Verschämt wischte sie die feucht gewordenen Augenwinkel. Als sie Gundas missbilligenden Blick auf sich spürte, zwang sie sich zu einem Lächeln. »Ich finde es beunruhigend, was um uns her geschieht. Denkst du, es wird einen richtigen Krieg geben?«

»Du hast doch gehört, was Haude gesagt hat«, erwiderte Gunda. »Schanzen werden wohl kaum gebaut, weil das Wetter so schön ist und gerade jetzt im Juli keine andere Arbeit anliegt. Doch vielleicht kommt alles ganz anders.«

Unverhofft änderte sie den Tonfall und legte ihr den Arm um die Schultern. Die ungewohnte Zärtlichkeit schreckte Agnes mehr, als dass sie sie genießen konnte. Ein zarter Duft nach Rosen ging von Gunda aus. Sie liebte es, die Haut am Hals mit dem kostbaren Öl zu benetzen. Agnes versteifte sich, wollte weder den Duft einatmen noch die ungewohnte Nähe ertragen.

»Warum sollten die Deutschordensritter überhaupt für Wehlau einen Kampf riskieren?«, fragte die Mutter mehr sich selbst als Agnes. »Wir haben nicht einmal mehr eine eigene Ordensburg. Die Rastenburger haben unsere Söldner doch ebenfalls gegen Tapiau unterstützt. Dort mag mehr zu gewinnen sein als hier bei uns. Unsere Stadt liegt in einem Sumpfgebiet und gehört trotz ihrer Lage am Zusammenfluss von Alle und Pregel nicht eben zu den wichtigen Knotenpunkten der Handelswege. Vielleicht haben wir noch einmal Glück, und am Ende bleibt es bei einem drohenden Säbelrasseln in unsere Richtung. Reuß von Plauen muss seine Kräfte bündeln, um die aufrührerischen Kneiphöfer niederzuringen. Immerhin werden die von den widerborstigen Danzigern unterstützt, was ihn doppelt ärgern muss. Doch ganz gleich, wie es kommen wird, einer Sache kannst du gewiss sein: Deine Heirat mit Kollmann gerät darüber nicht in Gefahr. Er wird zu seinem einmal gegebenen Wort stehen.«

»Das ist nicht dein Ernst! Du willst mich immer noch mit Kollmann verheiraten? Aber warum? Du weißt, dass ich ihn nicht liebe. Wie kannst du mir das antun?«

Ein dicker Kloß engte Agnes die Kehle ein. Am liebsten hätte sie Gunda beiseitegestoßen und wäre davongerannt. Doch wohin? Ihre Augen irrten über das dichte Gedränge. Auf den Gesichtern der Menschen stand die Entschlossenheit, ihre Stadt gegen die anrückenden Deutschordensritter zu verteidigen. Angesichts der näher rückenden Söldnertruppen war es nicht ratsam, als junge Frau ohne Schutz allein außerhalb der Stadt unterwegs zu sein.

»Aber Kind«, Gunda wirkte erstaunt, »wieso denkst du, die Heirat geschähe zu deinem Schaden? Kollmann ist ein kluger, aufmerksamer Mann. Er ist von dir sehr angetan. Ich bin sicher, er wird alles tun, dir das Leben an seiner Seite so angenehm wie möglich zu machen. Und das mit der Liebe, mein Kind, das ergibt sich mit der Zeit von allein. Liebe muss nicht von Beginn an vorhanden sein. Sie kann auch im Lauf der gemeinsamen Jahre wachsen. Vielleicht ist das am Ende sogar die beständigere, ausdauerndere Art zu lieben. Der ungestüme Rausch der Liebe auf den ersten Blick verfliegt meist schneller, als einem lieb sein kann. Mitunter gibt es danach ein sehr bitteres Erwachen, an dessen Folgen man zeit seines Lebens trägt.«

Ihre braunen Augen verengten sich, der schön geschwungene Mund verlor sich in einem harten, geraden Zug.

»Du weißt doch gar nicht, wovon du redest.« Agnes zwang sich, Ruhe zu bewahren. »Sicher hast du Fröbel im Lauf eurer Ehe aufrichtig lieben gelernt. Er war ein Mensch, dem man schwerlich seine Liebe versagen konnte. Aber das heißt noch lange nicht, dass du weißt, was es bedeutet, einen anderen Menschen vom ersten Augenblick an wahrhaftig zu lieben, ihm bedingungslos verfallen zu sein.«

»Aber du weißt das mit deinen gerade einmal siebzehn Jahren?« Gundas Stimme klang gefährlich leise. Eindringlich suchte sie Agnes' Blick, erlaubte ihr kein Ausweichen. »So klug und umsichtig du sonst auch sein magst, mein Kind, so hast du doch oft von den nächstliegenden Dingen noch nicht die geringste Ahnung.«

Jäh wandte sie sich ab, tat, als erforderte das Geschehen vorn am Tor ihre gesamte Aufmerksamkeit. Agnes ahnte, wie viel Kraft es Gunda gekostet hatte, diese Worte ruhig auszusprechen. Den schlanken, hoch aufgeschossenen Körper der Mutter durchlief ein Zittern. Der Ton, in dem sie gesprochen hatte, war rauh gewesen. Die harte Schale, die Gunda umgab, verbarg eine zutiefst verletzte Seele. Gern hätte Agnes der Mutter die Hand auf den Arm gelegt, um sie zu trösten. Gleichzeitig spürte sie, dass sie nicht diejenige war, die Gunda diesen Trost zu spenden vermochte. Zu dick und unüberwindbar ragte die unsichtbare Mauer zwischen ihnen beiden auf. Sie waren zwar Mutter und Tochter, schienen zuweilen jedoch weiter voneinander entfernt, als zwei fremde Menschen es je sein konnten.

18

Gunda und Agnes brauchten lange, um zu der weit ausladenden Eiche auf halbem Weg zum Flussufer zu gelangen, wo Rehbinder sie treffen wollte. Vor Ungeduld hielt es den dicken kleinen Mann kaum noch im Schatten unter dem jahrhundertealten Baum. Längst war ihm außerdem klar geworden, wie unpassend dieser Treffpunkt an einem Tag wie diesem war. Unablässig zogen Gesellen vorbei, die zum Pregel hinuntereilten. Ihnen kamen zahllose Landarbeiterinnen und Mägde entgegen, die von der Heumahd auf den Gemeindewiesen und den Waschplätzen am Pregel vorzeitig in die

Stadt zurückkehrten. Der Aufruhr rings um die Stadt hatte sie aufgescheucht. Am Pregel wurden sämtliche Schiffe zum Anlanden gezwungen. Mitten auf der Flussbrücke hatten sich Schützen postiert, die Bogen schussbereit aufs Wasser gerichtet. Unter empörtem Gebrüll der Schiffer enterten waghalsige Burschen die Kähne und prüften die Ladung, ob sie zum Schanzenbau geeignet war. Falls ja, wurde sie direkt nach dem Festmachen am Ufer abgeladen. Um das Holz und weitere Baumaterialien für den Schanzenbau auf den bereits abgemähten Heuwiesen zu lagern, bildete sich hügelaufwärts eine lange Kette kräftig zupackender Männer. Von der Stadt her tauchten die ersten Mädchen auf, die prall mit Brot, Schinken, Käse und Bierkannen gefüllte Körbe herbeischleppten, um die Männer mit kräftestärkenden Köstlichkeiten zu versorgen.

Die Stimmung ähnelte zunehmend einem ausgelassenen Jahrmarkttreiben. Die eben noch aufgeloderte Furcht vor einem grausamen Gefecht mit den kampferprobten Deutschordensrittern geriet in Vergessenheit. Von einem tiefblauen Himmel strahlte die Sonne herab. Weit breitete sich das hügelige Land vor Agnes' Augen aus, überzogen von im lauen Wind wogenden goldgelben Kornfeldern, aus denen einzelne Bäume stolz emporragten. Dazwischen schlängelte sich das grünblaue Band des Pregels. Zahllose Kähne schifften neben Holz auch Asche, Teer, Flachs oder Leder aus Litauen heran.

»Lasst uns weitergehen«, hörte sie Gunda vorschlagen, kaum dass sie bei dem unruhig gewordenen Kaufmann aus Königsberg angelangt waren. Zustimmend nickte er und verzichtete auf die übliche ehrerbietende Begrüßung. Schweigend folgten sie der Menge den gewundenen Weg zum Pregelufer hinunter. Brusthohes Gras säumte rechts und links den ausgetretenen Pfad. Je näher sie dem Ufer kamen, desto sumpfiger wurde das Gelände. Mücken schwirrten durch die Luft und ließen sich kaum verscheuchen. Das Rufen der Schiffsleute wurde lauter. Vom Fluss aus verhandelten sie heftig gestikulierend mit den Leuten am Ufer. Kurz vor Erreichen der hölzernen Pregelbrücke bat Rehbinder Agnes und Gunda nach rechts, den Fluss hinauf. Mannshohe Büsche sowie vereinzelte Birken spendeten gelegentlich Schatten, ansonsten schlängelte sich der Pfad ungeschützt in der prallen Sonnenglut dahin.

»Meine Schiffe mit dem Eibenholz haben flussaufwärts festgemacht. Mit eigenen Augen werdet Ihr sehen, dass es sich um allerbeste Ware direkt aus Litauen handelt, genau wie verabredet«, begann Rehbinder und wies mit der Rechten stromaufwärts. »Ihr bürgt schließlich mit Eurem guten Namen für die Güte der Ware, liebe Fröbelin.«

Unter den vielen Schiffen, die bereits am Ufer festgemacht hatten, fiel es schwer, die richtigen auszumachen. Das aber kümmerte weder ihn noch Gunda.

»Allerdings ist genau das unser Problem«, fuhr er fort, ehe Gunda etwas hätte erwidern können. »Darum bin ich zu Euch ins Wirtshaus gekommen. Dringend müssen wir miteinander sprechen.« Er warf einen fragenden Blick auf Agnes. »Seid Ihr sicher, dass Eure Tochter ...«

»Keine Sorge«, wiegelte Gunda ab. »Meine Tochter geht mir bei all meinen Geschäften zur Hand. Sie ist alt genug. Wie Ihr Euch erinnert, war sie auch Ende April bei unserem ersten Gespräch dabei und weiß, worum es bei unserem Handel geht. Mir ist es wichtig, jemanden meines Vertrauens an meiner Seite zu haben.« Sie lächelte Rehbinder vielsagend an. »Wo ist eigentlich Euer Gefährte, der Euch damals begleitet hat?«

»Ich denke, wir werden künftig allein miteinander zu tun haben«, wich er in seiner volltönenden Stimme ihrer Frage aus und schenkte Agnes einen eindringlichen Seitenblick.

Sie musterte ihn unverhohlen. So nah neben der Mutter wirkte er noch kleiner als bei ihrem letzten Zusammentreffen auf dem Wehlauer Markt. Die prallen Wangen des runden Gesichts bildeten am Kragen des Rocks fingerdicke Wülste. Der Hitze wegen staute sich der Schweiß und färbte den Stoff dunkel ein. Immer wieder wischte er mit seinen fleischigen Händen darüber und schnaufte dazu zum Gotterbarmen. Über der Anstrengung rötete sich sein Antlitz, dabei gingen sie gemächlichen Schritts nebeneinander her. Wie zufällig hatte sich Rehbinder zwischen Gunda und Agnes geschoben. Die Vorstellung, welch seltsames Bild sie drei abgeben mussten, erheiterte Agnes. Auf Rehbinders gewaltigem Schädel thronte ein schwarzes Barett, unter dem spärliche, gelblichgraue Haarbüschel hervorblitzten. Kaum reichten die bis zum dicken, kurzen Nacken hinab, der auf deutlich vorgewölbten Schultern saß. Der reichverzierte, bunte Rock umspannte straff den vorspringenden Bauch, die ebenfalls massigen Beine steckten in grün-rot gestreiften Strumpfhosen. Er trug überlange Schnabelschuhe, die ihm das Gehen auf dem unebenen Uferpfad erschwerten. Trotz dieser geckenhaften Aufmachung machte er auf Agnes einen ehrlichen Eindruck. Nichts an seinem Auftreten schien Berechnung zu sein.

»Was habt Ihr also so Wichtiges auf dem Herzen, mein Lieber?«, griff die Mutter das Gespräch wieder auf, sobald sie sich den letzten Schiffen näherten und deutlich weniger Auslader und Mägde ihren Weg kreuzten. »So ganz verstehe ich Eure Aufregung nicht. Wenn Ihr wie verabredet beste Ware aus Litauen beschafft habt, gibt es keinen Anlass zur Sorge. Da jeder sieht, wie ungeeignet das feine Eibenholz für den Schanzenbau ist, werden Eure Schiffe Wehlau heute noch ohne Schwierigkeiten passieren. Wir waren uns einig, wie es weitergeht: Ihr lasst die Schiffe bis nach Königsberg fahren. Das dauert flussabwärts kaum länger als einen weiteren Tag. Auf der Altstädter Holzwiese wird der gute Gernot Fischart sie spätestens morgen Abend in Empfang nehmen. Nach der Prüfung durch die Holzbraker wird er nichts Eiligeres zu tun haben, als sie so schnell wie möglich weiter nach England zu verschiffen. Ihr selbst habt mir doch letztens erst geschrieben, Fischart brenne darauf, dank dieser Lieferung die alten Handelskontakte nach London wieder aufleben zu lassen. Die englischen Bogenschützen dürsteten geradezu nach dem litauischen Eibenholz für die Bogen ihrer trefflichen Schützen. Vor wenigen Tagen wurde die Belagerung des Kneiphofs aufgehoben. Damit geht in allen drei Königsberger Städten alles seinen gewohnten Gang, und dem Handel steht nichts mehr im Weg. Ungestört kann Fischart also seine ehrgeizigen Pläne für England verfolgen. Wohlan, lieber Rehbinder, tut auch Ihr wie vereinbart und lasst den armen Mann nicht länger als nötig auf sein Holz warten. Wie Ihr wisst, geht es am Ende für uns alle bei dem Geschäft um viel Geld.«

»Ihr besteht also weiter darauf, dass ich Gernot Fischart die Schiffsladung Eibenholz in Eurem Auftrag liefere«, hakte Rehbinder nach. »Wisst Ihr eigentlich, verehrte Fröbelin, in welche Lage Ihr den guten Mann damit bringt? Wie Ihr eben selbst gesagt habt, hat sich unter dem unerbittlichen Druck Heinrich Reuß von Plauens nach der Königsberger Altstadt und dem Löbenicht vor wenigen Tagen auch der über vierzehn Wochen belagerte Kneiphof vom Preußischen Bund losgesagt. Damit steht die gesamte Dreistädtestadt am Pregel wieder einhellig unter der Herrschaft der Kreuzherren.

Längst ist die Rede davon, dass Reuß von Plauen die Bürger für ihre Aufmüpfigkeit nicht strafen, sondern ihnen gnädig wieder ihre alten Sonderrechte gewähren will. Nachdem die Marienburg Gefahr läuft, an die Söldner verpfändet zu werden, kommt auf Königsberg womöglich eine ganz neue Rolle im Ordensland zu.«

»Das freut mich sehr für Eure Heimatstadt, verehrter Rehbinder«, warf Gunda ein. »Was aber hat das mit unseren Geschäften und vor allem mit dem guten Gernot Fischart sowie der für ihn bestimmten Ladung Eibenholz zu tun? Für ihn bedeutet das höchstens eine weitere Verbesserung seiner Handelsbeziehungen. Unter dem neuen Schutz der Deutschordensritter wird es eher noch leichter für ihn, die Verbindungen nach England auszubauen.«

»Nun ja«, wand sich der dicke Mann. »Bei dieser Einschätzung überseht Ihr einen wichtigen Teil der Geschichte. Fischart ist inzwischen der einzige Altstädter Kaufmann, der mit Kaufleuten der Bündischen, wie Ihr es seid, Handel treibt. Das bringt ihn zusehends in Bedrängnis, noch dazu, da jedermann sich an einer Hand ausrechnen kann, was Ihr mit dem verdienten Geld weiter vorhabt: die Aufrührer gegen die Kreuzherren zu unterstützen.«

»Ach, erzählt mir doch nicht so etwas!«, brauste Gunda auf. »Als ob es einem Kaufmann wie Fischart um solche Dinge ginge! Was soll ihn das groß schrecken? Ihr kennt Fischart seit Jahren. Ihr wisst, er ist allein auf einen günstigen Handel aus. Was kümmert ihn, was darum herum geschieht, solange sich sein Geldbeutel füllt? Das neidische Gerede seiner Zunftgenossen wird ihn nicht weiter stören. Wäre das anders, hätte er wohl kaum an unserem Geschäft festgehalten. Davon abgesehen, war er es doch, der vor wenigen Wochen die Hände nach Wehlau ausgestreckt hat.«

»Wart nicht vielmehr umgekehrt Ihr es, verehrte Fröbelin, die mit meiner Hilfe unbedingt mit ihm und mit keinem anderen des Eibenholzes wegen in Kontakt treten wollte? Noch dazu darf ich ihm nicht verraten, dass Ihr dahintersteckt.«

»Worauf wollt Ihr hinaus, mein lieber Rehbinder? Hat Fischart Euch etwa zu mir geschickt, um in seinem Namen das Geschäft doch noch rückgängig zu machen? Ist es den Weißmänteln etwa gelungen, ihm Angst einzujagen? Dabei gilt er weit über die Mauern seiner Stadt hinaus als mutiger, unerschrockener und erfolgreicher Kaufmann.«

Ihr Tonfall schwankte zwischen Hohn und Unmut. Jäh blieb sie stehen. Ihre Augen sprühten vor Ärger. Agnes war erstaunt. Rehbinder hatte recht: Es drängte sich der Eindruck auf, es ginge Gunda mehr um den fremden Kaufmann in Königsberg als um das Geschäft selbst. Dabei steckte in den beiden Schiffen, die frisch aus Litauen eingetroffen waren, ein Vermögen. Kaum wagte Agnes daran zu denken, woher die Mutter das Geld für solche Geschäfte nahm.

»Haben wir hier in Wehlau Aussatz?«, verlegte sich Gunda auf einen belustigten Ton. »Liefern wir etwa schlechte Ware? Wovor fürchtet sich Fischart auf einmal? Der Handel wurde bereits vor Wochen besiegelt. Niemand von uns konnte damals ahnen, wie sich die Lage im Ordensland entwickeln würde. Abgesehen davon, haben unsere Geschäfte nichts, aber auch rein gar nichts mit den Händeln zwischen den Bündischen und den Deutschordensrittern zu tun. Was ich im Nachhinein mit dem verdienten Geld anfange, kann und darf ihn nicht interessieren. Ich frage umgekehrt ja auch nicht, was er mit seinem Gewinn vorhat. Wie stellt sich der gute Fischart das nun also vor? Soll ich das teure Eibenholz meinen Wehlauer Mitbürgern zum Bau der Schanzen anbieten? Ihr wisst, wie wenig es dazu geeignet ist. Soll die Sicherheit unserer Stadt und unserer Bürger darunter leiden, dass Fischart es nicht mehr nehmen will?«

»Gemach, gemach«, versuchte Rehbinder, sie zu beschwichtigen. »Ihr habt mich gründlich missverstanden. Ich komme nicht im Auftrag von Gernot Fischart. Allein meine eigenen Überlegungen führen mich zu Euch. Ich habe gedacht, gerade weil Ihr unbedingt mit Fischart handeln wollt, es Euch also um ihn persönlich geht, solltet Ihr wissen, in welche Lage Ihr den Guten jetzt …«

»Und was ist mit mir?«, fiel sie ihm aufgebracht ins Wort. »Wie stellt Ihr Euch meine Situation vor, wenn Ihr mir davon abratet, das Eibenholz wie abgemacht nach Königsberg zu liefern? Wie gesagt, zum Schanzenbau eignet es sich wohl kaum. Auch wüsste ich in der näheren und weiteren Umgebung keinen Bogner, der mir die umfangreiche Ladung kurzfristig abnimmt, von einem angemessenen Preis ganz zu schweigen. Und nicht zuletzt stehe ich natürlich bei Fischart selbst im Wort. Ihr habt ihm in meinem Auftrag die Lieferung zugesagt. Wie wollt Ihr ihm erklären, dass die Ware ausbleibt? Gewiss hat er auch bei den Londoner Kaufleuten längst Zusagen gegeben. Weil er das über Jahre brachliegende Geschäft mit ihnen wieder aufleben lassen will, wären die Folgen meiner Absage für ihn nicht abzusehen. Nein, mein Lieber, nie und nimmer verzichte ich darauf, das Holz nach Königsberg bringen zu lassen. Wenn Ihr es nicht übernehmen wollt, so werde ich wohl jemand anderen finden, der das letzte Stück Weg übernimmt.«

Sie raffte den Rock. Gundas Entschlossenheit flößte Agnes Respekt ein. Zugleich schälte sich ein flaues, unbestimmtes Gefühl in ihr heraus. Eins stand fest: Mit der Mutter war nicht leicht Geschäfte zu machen. Sie kannte keine Gnade.

Im Zweifelsfall bestand sie unerbittlich auf der Einhaltung des einmal Beschlossenen. Oder gab es im Fall dieses Handels noch etwas, was sie so unverrückbar an der einmal getroffenen Abmachung festhalten ließ? Es musste mit diesem Fischart zusammenhängen. Warum sonst hatte Rehbinder betont, wie sehr Gunda darauf gedrängt hatte, dieses Geschäft mit ihm abzuschließen?

Gesenkten Hauptes hatte der dicke Kaufmann Gundas Worten gelauscht, rührte sich allerdings nicht, um sie am Weggehen zu hindern. Das verwirrte Gunda offenbar doch. Statt wie angedroht davonzueilen und nach einem anderen Mittler zu suchen, begann sie, unruhig am Ufer auf und ab zu gehen. Fahrig pflückte sie Halme des hoch stehenden Grases, spielte mit ihnen, warf sie achtlos beiseite. Ihre Lippen waren schmal und gerade, um den Mund hatten sich zwei tiefe Falten eingegraben, die Augen waren eng zusammengezogen.

»Ach, Rehbinder, was wollt Ihr eigentlich? Warum mischt Ihr Euch derart in den Handel ein?«, fragte sie endlich. »Ihr seid doch lediglich der Mittler zwischen Fischart und mir. Was kümmert Euch seine Lage, noch bevor er sich überhaupt selbst Gedanken darüber macht? Warum berührt Euch seine vermeintlich in Gefahr geratene Stellung in Königsberg mehr als meine Position? Habt Ihr vergessen, wer ich bin?«

Dramatisch schlug sie sich die rechte Hand flach auf die Brust, beugte sich nah zu Rehbinder. »Seht mich an, mein Lieber! Ich bin eine arme Witwe, seit dem Tod meines Gemahls bar jedweden männlichen Beistands. Zacharias Fröbel, Gott hab ihn selig, hat mir deshalb noch auf dem Sterbebett geraten, mich in geschäftlichen Angelegenheiten immer auf Euch zu verlassen. Ihr, mein bester Rehbinder, seid ein verlässlicher Kaufmann, hat er mir gesagt. Ach, wie gern hat er mit Euch zu tun gehabt! Auch sein Freund, der verehrte Kollmann aus Bürgersdorf, war voll des Lobes über Euch und stets bereit, seine Hand für Euch ins Feuer zu legen. Vielleicht sollte ich ihm erzählen, wie seltsam Ihr Euch mir gegenüber verhaltet.«

Bei dem Erwähnen Kollmanns wurde Rehbinder aschfahl im Gesicht. Nervös griff er sich an den Hals, versuchte, den Kragen seines engen Rocks zu lockern.

»N-n-n-natürlich habt Ihr weiter mein W-w-w-wort, Fröbelin«, stotterte er mit schreckgeweiteten Augen. »Es bleibt also dabei, wie abgemacht: Ich werde mein Bestes tun, das Eibenholz so schnell als möglich nach Königsberg zu bringen. Noch während es dort auf den städtischen Holzwiesen gelagert und von den Brakern geprüft wird, gebe ich Fischart Bescheid, damit er es rasch übernehmen und nach England liefern kann.«

»Wollen wir hoffen, die Prüfung der Braker dauert nicht allzu lang«, erwiderte Gunda und reckte das Kinn, um ihn von oben herab streng anzuschauen, als stünde er höchstpersönlich für diese Prozedur in der Verantwortung. »Es wäre doch zu schade, wenn der Handel für Fischart am Ende daran scheitert, dass die englischen Schützen zwischenzeitlich ihr Holz aus anderen Quellen beziehen. Das, mein lieber Rehbinder, brächte ihn in arge Bedrängnis, nicht die Tatsache, dass er Geschäfte mit Kaufleuten aus den Gefilden der Bündischen macht. Davon abgesehen, werdet Ihr gehört haben, wie sehr sich die Lage in unserer Gegend zuspitzt. Das Geld aus diesem Handel benötige ich damit dringender denn je. Die Ordensritter haben die preußischen Söldner aus Tapiau vertrieben. Auch von daher muss es in Eurem Interesse sein, die beiden Schiffe so schnell wie möglich nach Königsberg zu bringen. Bleiben sie länger hier am Ufer liegen, werden sie womöglich den Wirren eines Kampfes zum Opfer fallen. Wie aber sollte ich das Holz bezahlen, wenn Ihr es nicht wie vereinbart zu meinem Handelsmann nach Königsberg liefert?«

»Also gut, Fröbelin. Ihr habt es nicht anders gewollt. Ich bringe das Holz zu Fischart. Doch seid gewiss, ein gutes Geschäft wird das für Euch nicht mehr. Ganz gleich, ob Fischart will oder nicht: Den vereinbarten Preis wird er Euch dafür nicht mehr zahlen können. Zu arg ist er bereits ins Zwielicht geraten. Das Wasser steht ihm bis zum Hals, seine Zunftgenossen heißen das Geschäft nicht gut. Ich wollte Euch nur warnen. Vielleicht hättet Ihr von hier aus doch noch einen anderen Abnehmer aufgetrieben. Wenn Ihr aber weiter an dem Handel mit Fischart festhaltet, müsst Ihr die Suppe, die Ihr Euch damit einbrockt, selbst auslöffeln.«

»Seid gewiss, mein Lieber, dass ich dazu auch ohne Eure Zustimmung in der Lage bin«, erwiderte Gunda ungerührt. »Euren Anteil nehmt Ihr am besten gleich entgegen. Sonst quält Ihr Euch nur unnötig mit der Frage, ob Ihr trotz allem Euren Gewinn dabei macht.«

Flink griff sie sich in den Ausschnitt und zog zu Agnes' Verwunderung einen prall gefüllten Leinenbeutel aus den Tiefen zwischen ihren Brüsten hervor. Als sie das Säckchen dicht vor Rehbinders Gesicht baumeln ließ, klirrten die Münzen laut gegeneinander. Dem braven Kaufmann quollen die Augen über. Ehe Agnes sich's versah, griff er nach dem Beutel und wog ihn prüfend in der Hand. Sein breites Gesicht strahlte. »Ich wusste doch, auf Euch ist Verlass, Fröbelin.«

»Dasselbe kann ich von Euch behaupten.« Gunda lächelte spöttisch. »Ihr wisst, ich geize niemals mit der Bezahlung.«

Rehbinder rann der Schweiß über die Schläfen. Hastig verabschiedete er sich.

»Bis zum nächsten Mal, mein Lieber«, rief Gunda ihm nach. In unbeholfenen Schritten stolperte Rehbinder zu seinen Kähnen hinüber.

»Du siehst, meine Kleine«, wandte sie sich schmunzelnd an Agnes, »am Ende zahlt es sich für beide Seiten aus, wenn sie ehrlich zueinander sind. Der gute Rehbinder weiß jetzt wieder, was ich von ihm erwarte, und wird sich an unsere Abmachung halten. Lass uns nach Hause gehen und dafür sorgen, dass auch im Silbernen Hirschen die Geschäfte so gut weiterlaufen, wie wir es erhoffen.«

Damit wollte sie sich bei Agnes unterhaken. Agnes jedoch verweigerte sich. Ausgerechnet Gunda maßte sich an, von Ehrlichkeit zu sprechen!

»Nein!«, erklärte sie bestimmt. »Ich gehe besser allein.« Flugs drehte sie sich um und eilte davon. In ihrem Kopf wirbelten die Gedanken wild durcheinander. Das Einzige, was ihr klar vor Augen stand, war, dass sie Gundas Nähe nicht mehr länger ertrug.

19

Die Schwüle des Julitages drückte schwer auf die Stadt. Das Wasser des Neuen Pregels schien nicht zu fließen, sondern zu stehen und verwandelte den Fluss in eine brackige Kloake. Der faulige Gestank nahm einem den Atem. *Holy moly!* Editha presste sich einen Zipfel ihres Gewands schützend vor die Nase. Gelegentlich tupfte sie sich mit dem Stoff über die schweißnassen Schläfen, strich die klebrigen Haare unter die helle Flügelhaube zurück. Ihr üppiger Busen hob und senkte sich im Rhythmus ihrer aufgebrachten Atemzüge. Sie dürstete nach einer Erfrischung, weit und breit war jedoch nichts in Sicht. Wenn sie doch nur ein wenig Naschwerk und einen Krug kühlen Bieres mitgenommen hätte!

Aus der Ferne drang Donnergrollen herüber. Besorgt richtete sie den Blick gen Osten. Grauschwarze Wolkengebirge dräuten am Horizont. Die Schwalben flogen tief, das vormals so muntere Zwitschern ihrer Artgenossen war verstummt. Auch das Zirpen und Brummen von Insekten war verschwunden. Ein heller Blitz zuckte über den Himmel. Für einen Moment stand er senkrecht in der Luft, schenkte dem düsteren Firmament ein goldenes Leuchten, um im nächsten Augenblick jedwedes Licht in finstere Abgründe zu reißen. Sogleich eroberte ein wütendes Donnern das Feld. In seinem Gefolge brauste Wind auf, bauschte die Gewänder der Passanten auf, wirbelte Staub und Holzspäne auf, warf eine leere Tonne um, jagte sie mitsamt einigen losen Latten über den holprigen Lehmboden. Editha sicherte mit einer Hand ihre Haube und wandte mit zusammengepressten Lippen das Gesicht zur Seite, um keinen Dreck einatmen zu müssen.

»Wie lang willst du noch hier stehen?«, rief sie nach Abflauen der Windböe ihrem Gemahl zu. »Gleich gibt es ein heftiges Unwetter.«

Obwohl nur wenige Schritte von ihr entfernt, schien Gernot sie nicht zu hören. Die Hände auf dem Rücken verschränkt, stand er neben einigen hoch aufgeschichteten Stapeln Eibenholz und hatte weder Auge noch Ohr für das Geschehen in seiner nächsten Umgebung. Darin unterschied er sich nicht im Geringsten von seinen Zunftgenossen, die an diesem Julinachmittag mit Argusaugen ihre wertvollen Waren bewachten. Die Altstädter Holzwiese lag auf der Lomse, einer Insel zwischen den beiden Pregelarmen, dem Königsberger Löbenicht direkt gegenüber. Seit Generationen warteten an dieser Stelle die Altstädter Kaufleute darauf, dass die

Braker ihre Dielen, Koggenborten, Knarr-, Klapper-, Kisten- und Stabhölzer begutachteten und mit dem ersehnten Brakzeichen versahen, damit sie entweder flussabwärts Richtung Frisches Haff weiterverschifft oder an Ort und Stelle an die Handwerker aus Königsberg und den umliegenden Städten und Dörfern weiterverkauft werden konnten. Der wochenlangen Belagerung des Kneiphofs wegen war der Schiffsverkehr auf dem Pregel geraume Zeit gesperrt gewesen. Erst seit wenigen Tagen war der Fluss wieder freigegeben. Dennoch staute sich noch immer ein Vielfaches der gewöhnlichen Holzmenge auf der Holzwiese. Kaum kamen die fünf vereidigten Braker ihrer Aufgabe nach, das Holz entsprechend der Altstädter Willkür in Augenschein zu nehmen. Immer wieder brach Unmut aus, weil ein Kaufmann fürchtete, seine Ware würde über dem langen Warten auf das Brakzeichen in der sengenden Hitze unbrauchbar, vom nahenden Gewitter verdorben, oder seine Kundschaft würde sich zwischenzeitlich neue Quellen erschließen.

Auch Gernot wippte aufgeregt auf den Fußspitzen, die Hände auf dem Rücken verschränkt, den gewaltigen Bauch in dem bunten, taillenbetonten Rock weit nach vorn gestreckt. Ob der Unruhe war ihm das schwarze Barett auf dem dunkelblonden Haupt verrutscht. Schweiß perlte über den platten Rücken seiner Nase, der rotgefärbte Bart glänzte feucht. Näherte sich einer der Braker, hob er freudig erregt den Kopf und sah ihm erwartungsfroh entgegen. Immer wieder aber wurde er enttäuscht. Der Braker würdigte ihn keines Blickes und stapfte an ihm vorbei zu einem der anderen Kaufleute. Mehr als zwei Stunden dauerte dieses Schauspiel schon. Editha war zwar erst seit kurzem auf der Holzwiese, doch längst durchschaute sie, was dort mit Gernot geschah.

»Wann begreifst du endlich, was hier vor sich geht?«, versuchte sie abermals, Verbindung zu ihm aufzunehmen. Missmutig schürzte sie die Lippen. Es fiel ihr schwer, die unflätigen Worte zurückzuhalten, die ihr auf der Zunge lagen. Sie wusste, wie sehr Gernot es missbilligte, wenn sie in ihrer Muttersprache schimpfte. Bald aber war ihre Geduld erschöpft. Das Verhalten ihres Gemahls trug das Seine dazu bei, dass sie es nicht mehr länger aushielt. *»Damned bastard«*, zischte sie in den Zipfel ihres Tuchs, das sie sich wohlweislich gerade noch vor den Mund gezogen hatte. Düster blickte sie dem langen, dürren Mann hinterher, der sich seiner verantwortungsvollen Aufgabe auf der Holzwiese bewusst war.

Hoch erhobenen Hauptes schritt er vorbei, kümmerte sich weder um das aufziehende Unwetter noch um die erbosten Bemerkungen der wartenden Kaufleute. Ein gutes Dutzend Brakzeichen erst hatte er verteilt. Die Fuhrwerke rückten auf. Ein weiterer Blitz zuckte über den Himmel. Der folgende Donner ließ sich noch weniger Zeit als der vorherige, um daraufhin die Gegend zu erschüttern. Der Boden bebte, das laute Krachen schmerzte in den Ohren. Offenbar erreichte es dieses Mal auch den Braker. Der dunkel gekleidete Mann schenkte es sich, die nächsten Stapel wie vorgeschrieben durchzuschauen, bevor er bei dem neben Gernot wartenden Kaufmann die Gebühr einstrich und das Holz zum Abtransport freigab. Statt Gernot wandte er sich jedoch abermals dem übernächsten Kaufmann zu. Ludwig Perlbach gab ihm Zeichen, erst Gernots Eibenholz zu prüfen.

»Wenn Ihr wollt«, sagte der Braker so laut zu Perlbach, dass auch Editha und Gernot ihn verstanden, »könnt Ihr auch bis morgen warten. Neben Euch stehen noch weitere Kaufleute. Die werde ich gern vor dem Regen noch annehmen.«

»Nein, nein«, lenkte Perlbach mit einem scheuen Lächeln zu den Fischarts hin ein. »Macht schnell, damit mein Holz ins Trockene gelangt. Ich verspüre nicht die geringste Lust, triefnass nach Hause zu kommen.«

Abermals krachte ein Donner in die Stille, dieses Mal nahezu zeitgleich mit dem Blitz, der das Grau der Wolken erst wenige Augenblicke zuvor durchschnitten hatte. Eilig winkte Perlbach seinen Fuhrmann heran. Der lenkte den leeren Wagen dicht an Editha und Gernot vorbei zu ihm herüber.

»Ist es zu fassen!«, entfuhr es Gernot entrüstet. »Perlbach, was tut Ihr mir an? Soll ich hier im Regen ausharren, bis mein teures Eibenholz dahin ist, derweil Ihr Euch zu Hause im Trockenen das abendliche Bier munden lasst? Wisst Ihr überhaupt, wie viel ich für diese gewaltige Lieferung bezahlt habe? Meine Kundschaft in London wird sich freuen, wenn das Holz bereits zu faulen beginnt, noch bevor es überhaupt die Themse erreicht hat. Ein gelungener Einstieg, um für uns Königsberger Kaufleute die alte Verbindung nach London wieder aufleben zu lassen.«

»So eilig, wie Ihr es hattet, das Holz über Eure besondere Verbindung nach Wehlau zu beschaffen, könnt Ihr Euch jetzt auch gut und gern noch ein paar Tage für das Braken gedulden. Bislang hat noch kein Gewitter das Holz unbrauchbar gemacht, mein Lieber.« Unaufgefordert war Spelmann zu ihm getreten, ein Zunftgenosse aus der Koggenstraße. Herausfordernd baute er sich neben Gernot auf. Er war gut einen halben Kopf kleiner und weitaus schmächtiger, dennoch wirkte er furchteinflößend. Zu Edithas Empörung duckte sich ihr Gemahl zur Seite. *Good grief!* Sie schnaufte und stellte sich zu den beiden. Verächtlich beäugte sie Spelmanns schäbige Kleidung, starrte betont auffällig auf den ausgeblichenen Stoff des vormals wohl dunkelbraunen, nun eher rotgelben Rocks. Von der bestickten Borte lösten sich bereits die ersten Fäden, mehrere Knöpfe fehlten. An den Strumpfhosen prangten zwei, drei grob gestopfte Stellen, die Glöckchen hingen lose an den Kogeln seiner Schuhe. Spelmann schien sich dessen jedoch nicht zu schämen, ebenso wenig wie er angesichts seines scharfen Schweißgeruchs und seines fauligen Atems auf Abstand hielt. *»Mangy dog!«*, zischte Editha leise. Unfassbar, dass sich ihr eleganter Gemahl von solch einem dahergelaufenen Lump einschüchtern ließ!

»Was stört Euch daran, dass ich eine neue Quelle in Wehlau aufgetan habe?«, fragte Gernot.

»Mein Mann hat recht«, schaltete sie sich ein und überging Gernots warnendes Augenrollen. »Am Ende wird es für alle Königsberger Kaufleute von Vorteil sein, wenn er diese Verbindung ausprobiert hat und für verlässlich empfehlen kann. Vermittelt hat das Geschäft übrigens der ehrwürdige Rehbinder. Ihr selbst, mein lieber Spelmann, schwört doch auch auf seine Dienste, wenn es neue Quellen in Riga, Tallinn oder Nowgorod aufzutreiben gilt, nicht wahr? Nun also hat er jemanden in Wehlau aufgetan, der bestes Eibenholz aus Litauen zu einem sehr guten Preis liefert. Das Holz geht übrigens nach London. Damit knüpft unser Kontor an frühere Geschäfte an. Nur zu gern haben die englischen Bogenschützen damals über Königsberger Kaufleute Holz für ihre berühmten Bogen bestellt. Auch das eröffnet für alle hier am Pregel neue Möglichkeiten.«

Sie reckte das Kinn und schob die breiten Hüften heraus. Unauffällig knuffte sie Gernot in die Seite. Er sollte nicht stumm dastehen wie ein ob einer Missetat zurechtgewiesener kleiner Junge. Erst beim zweiten Knuffen und nach Abwarten eines weiteren eindringlichen Donnergrollens räusperte er sich, wippte auf den Fußspitzen und betrachtete Spelmann nachdenklich. »Was also ist so verwerflich an meinem Tun? Schaut Euch um: Ihr alle bezieht Holz aus Litauen, woher auch sonst? Davon abgesehen, ist es kaum mehr möglich einzuschätzen, ob der Gewährsmann, mit dem man heute ein Geschäft vereinbart hat, morgen noch zum selben Lager gehört wie man selbst. Die Lage im Ordensland ändert sich derzeit schneller, als so manch einer sein Hemd und seine Strumpfhosen wechselt.«

Ein abfälliger Blick streifte Spelmanns verwahrloste Gewandung. Editha kicherte. Gelegentlich fand Gernot zu seiner früheren Scharfzüngigkeit zurück. Aufmunternd zwinkerte sie ihm zu. Schon plusterte er sich weiter auf, verschränkte abermals die Hände auf dem Rücken und fuhr in süßlichem Ton fort: »Waren wir Altstädter nicht bis in den April hinein selbst noch bündisch, mein lieber Spelmann? Der Kneiphof war es gar bis vor wenigen Tagen. Euch als meinem langjährigen Zunftgenossen muss ich wohl kaum erklären, wie langfristig dagegen unser Handel verläuft. Vor Monaten schon sind die Geschäfte ins Rollen gekommen, die wir heute hier begutachten lassen. Ihr werdet nicht abstreiten können, wie anders damals die Entwicklung im Ordensland ausgesehen hat.«

Über seinen Worten war Spelmann ruhig geworden. Seine knochigen Schultern waren nach vorn gesackt, unter dem fadenscheinigen Rock stach der helle Stoff des Leinenhemds hervor. Abrupt hob er den Kopf. Im selben Moment zuckte ein gewaltiger Blitz über den grauschwarzen Himmel, ließ ein markerschütterndes Krachen folgen. Eine Böe peitschte heran, brachte Holzstapel zum Umfallen, jagte einzelne Latten und Kübel polternd über die Erde. Die Kaufleute schrien auf, rannten kopflos umher. Jeder versuchte, sein Holz zu retten. Die Holzbraker waren sichtlich überfordert mit der

Aufgabe, die weiteren Lieferungen zu prüfen und den verzweifelten Bitten einiger Kaufleute nachzukommen, mit anzupacken, bevor das Unwetter eine noch schlimmere Verwüstung anrichtete. Auch Gernot stürmte davon, um mit seinen beiden Fuhrknechten den schlimmsten Schaden für seine Ware zu verhindern.

»Ihr zieht also Eure Vorwürfe gegen meinen Gemahl zurück?«, wandte sich Editha an Spelmann, sobald sich die Böe gelegt hatte. Seltsamerweise war er der Einzige, der ruhig geblieben war.

»Vorwürfe? Wie kommt Ihr darauf, ich hätte ihm Vorwürfe gemacht?« Übertrieben sorgfältig zupfte der schmächtige Kaufmann an seinem verblichenen Rock, verknotete lose Fäden und richtete locker am letzten Faden baumelnde Knöpfe gerade. »Ich habe lediglich gesagt, was alle Zunftgenossen in der Altstadt und im Löbenicht denken: dass es um das Kontor Eures verehrten Herrn Gemahl schlecht bestellt sein muss, wenn er sich in Zeiten wie diesen so verzweifelt an den Handel mit einem bei uns unbekannten Wehlauer Kaufmann klammert. Mag auch der ehrwürdige Rehbinder der Gewährsmann sein, so ist doch offenkundig, was dieser Unbekannte aus Wehlau im Schilde führt: Zugang zu uns redlichen Königsbergern will er sich verschaffen. Dabei setzt er auf ein unlauteres Vorgehen, garantiert etwa einen Preis für das Holz, der in jedem Fall unter dem liegt, was andere für das Gleiche verlangen. Das hat einen seltsamen Beigeschmack. Noch dazu, wo Rehbinder betont, wie wichtig es dem Unbekannten ist, den Handel allein mit Eurem Gemahl zu tätigen. Was ihn dazu verleiten könnte, das will Euer Gemahl leider nicht verraten. Ich bin mir sicher: Mit dem Geld, das der große Unbekannte bei der Sache verdient, wird er zwielichtige Söldnergestalten aus Böhmen bezahlen. Die wiederum führen unter dem Banner der Bündischen den Kampf gegen die Deutschordensritter weiter. Euer Gemahl bezahlt also letztlich diejenigen, die unseren Frieden gefährden. So kommt das Ordensland nie und nimmer zur Ruhe, und wir alle werden am Ende die Verlierer sein.«

»Es freut mich zu hören, wie sehr Euch das Ende der kriegerischen Auseinandersetzungen am Herzen liegt«, erwiderte Editha spitz. »Umso erstaunlicher finde ich, dass Ihr mit zweierlei Maß messt. Ist es nicht auch Heinrich Reuß von Plauen an der Spitze des Deutschen Ordens, der selbst so gern auf die Unterstützung der kampferprobten böhmischen Söldner setzt? Billig sind ihre Dienste nicht, wie man hört, aber wie kaum andere sind sie geschult darin, die Waffen zu Fuß und zu Pferde zu führen. Unerschrocken sind sie noch dazu. Nach der neuerlichen Huldigung der Königsberger vor den Weißmänteln sind es auch die Altstädter, Löbenichter und Kneiphöfer, die mit ihren Zahlungen die Hilfe dieser tapferen Kämpfer für die Kreuzherren ermöglichen. So schenken sich beide Seiten nichts, wenn es darum geht, wer wem Geld zuschiebt, um böhmische Söldner anzuheuern und den Krieg in die Länge zu ziehen. Gewinner, da habt Ihr wohl recht, mein lieber Spelmann, sind am Ende weder die Bündischen noch die Deutschordensritter, sondern allein die böhmischen Söldner. Auf unser aller Kosten verdienen sie mit dem Zwist der Städte und der Ordensritter ein Vermögen. Sogar das Recht zu plündern wurde ihnen mancherorts bereits gewährt. Aber so ist das wohl immer, wenn man meint, auf Krieg setzen zu müssen, um seine Pfründe zu verteidigen. Die Teufel, die man zu Hilfe rief, wird man so schnell nicht wieder los. Was regt Ihr Euch also über meinen Gemahl auf, der allein das Geschäft im Auge hat? Wenn der unbekannte Wehlauer ihm bessere Bedingungen bietet als andere, so ist es sein gutes Recht, darauf einzugehen. Niemand hier«, sie beschrieb mit der Hand einen weiten Bogen über die Holzwiese, auf der noch immer die Kaufleute ihre Waren bewachten, »hat das Recht, meinen Gemahl deswegen schief anzusehen. Jeder Einzelne hier hätte das Geschäft selbst gern getätigt, wenn Rehbinder es ihm angeboten hätte. Und Ihr, mein lieber Spelmann, wärt sogar der Erste, der sogar heute noch allzu gern dafür einspringen würde.«

»Ihr scheint Euch reichlich sicher zu sein.«

»Nicht nur das, mein Lieber! Ich kenne einfach meine Königsberger viel zu gut, um sie nicht zur Gänze zu durchschauen.«

Sie schürzte die Lippen, reckte das Kinn und ließ den Blick ihrer kleinen, blauen Augen auf dem verdutzten Kaufmann ruhen. Einige Atemzüge hielt Spelmann dem stand, dann aber senkte er den Kopf, betrachtete die zerschlissenen Spitzen seiner Schnabelschuhe und stieß ein mattes »Wohl denn« aus. Ohne weitere Erklärung nickte er ihr zu und verschwand so unauffällig, wie er gekommen war, zwischen den Holzstapeln.

»Mangy dog!«, zischte sie ihm noch einmal hinterher, beschloss dann aber, seinen wortkargen Abgang als Bestätigung ihrer Vermutung zu verstehen: Wie so viele Königsberger Zunftgenossen trieb ihn allein die Gier nach guten Geschäften um. Tätigte ein anderer den vermeintlich besseren Abschluss, missgönnte man ihm das gründlich und verleidete ihm mit allen Mitteln den Erfolg. Nichts anderes zeigte sich in dem lächerlichen Gebaren auf der Holzwiese: Die Zunftgenossen hatten die Braker bestochen, um Gernots kostbares Eibenholz dem Unwetter auszusetzen. So sollte er gezwun-

gen werden, den Preis herunterzusetzen, weil die Güte des Holzes Schaden genommen hatte. *»Rotting sons of a whore!«*, bedachte sie die Männer mit einem wenig schmeichelhaften Ausruf in ihrer Muttersprache. Die winzigen Hände an der Seite zu Fäusten geballt, ließ sie den Blick über die Holzwiese schweifen. Der Himmel hellte sich auf. Die Schwüle hatte sich verzogen, die grauschwarzen Regenwolken waren schneller als erwartet weitergewandert. Die Sonne schaffte es zwar nicht mehr, zwischen dem Gewölk am Firmament durchzubrechen, doch dem unruhigen Nachmittag folgte ein friedlicher, stiller Sommerabend ohne Regen oder Gewitter. Das machte Hoffnung. Editha fasste sich an die Brust. Über der Aufregung mit dem Holz hatte sie völlig vergessen, wozu sie eigentlich unterwegs war. Das vertraute braune Säckchen, das sie sich wie jeden Donnerstag zu einem viel zu hohen Preis bei der Hundskötterin an der Laak abgeholt hatte, hing gut versteckt zwischen ihren Brüsten. Sie schnaufte. Es gab doch weitaus angenehmere Angelegenheiten im Leben als die Auseinandersetzung mit den drögen Zunftgenossen. Nein, davon wollte sie sich den Tag nicht verderben lassen. Jeden Augenblick galt es zu nutzen. Die guten Zeiten konnten schneller vorbei sein, als einem lieb war.

Hinter einem Holzstapel tauchte Gernot auf. Hände reibend kehrte er von Perlbachs Lagerplatz zurück. Der Anblick des sorgfältig gekleideten, trotz der Hitze noch immer tadellos auftretenden Mannes erfüllte sie mit einem wohligen Schauer. Wie um ihre sündigen Gedanken weiter anzustacheln, sah er zu ihr herüber, schüttelte das nackenlange dunkelblonde Haar zurück. Kurz meinte sie das Feuermal im Nacken aufblitzen zu sehen. Wie gern würde sie jetzt darüberstreichen und von dort aus andere Stellen seines Leibes erkunden.

»Komm besser jetzt gleich mit nach Hause, mein Lieber«, rief sie ihm zu. »Es hat wenig Sinn, länger hier auszuharren. Die Braker packen bereits ihre Sachen. Heute werden sie dein Eibenholz nicht mehr prüfen. Lass die Fuhrleute über Nacht Wache schieben und komm morgen früh zurück. Ich bin mir sicher, die Aufregung über deine Geschäfte wird sich über Nacht gelegt haben. Es gibt keinen Grund, dich für Dinge schief anzusehen, die jeder andere hier am Pregel zu jeder Gelegenheit genauso tun würde wie du. Morgen früh werden sie das wohl auch begriffen haben.«

Bei ihren letzten Sätzen streifte ihr Blick wie zufällig Perlbach. Der langjährige Freund ihres Gemahls wich ihr aus. Sie erinnerte sich an ihre Begegnung vor wenigen Wochen. Ob er die Meinung der anderen Zunftgenossen weiter teilte und Gernot ebenfalls unlautere Vorteilsnahme unterstellte? Was war das für eine Freundschaft, die bei jedem Windstoß ins Wanken geriet? Die Welt der Männer schien ihr undurchsichtig. Das stete Lechzen nach dem besseren Geschäft, dem höheren Ansehen oder dem tapfereren Gebaren war ihr fremd. Dabei ging es letztlich doch immer nur um dasselbe: Geld und Macht anzuhäufen, um einer Frau zu gefallen, die man zu sich ins Bett locken wollte. Das aber konnte Gernot auch ohne das leidige Buhlen unter seinesgleichen haben. Hell lachte sie auf. Ihr wurde heiß. Sie fuhr mit den Fingerspitzen am Ausschnitt ihres prächtigen Seidengewands entlang, weitete ihn dabei. Das verräterische Aufflackern in Gernots Augen bestätigte sie. Abermals reckte sie das Kinn und lächelte ihn verschwörerisch an. »Wir sollten wirklich schnell nach Hause gehen, mein Lieber. Ich denke, wir beide haben Besseres zu tun, als diese Holzstämme zu bewachen.«

20

Im fahlen Licht der Dämmerung schimmerte Gernots Haut feucht. Splitterfasernackt lag er auf dem Bauch, den breiten Schädel in die Armbeuge gebettet, die Augenlider geschlossen. Gleichmäßig hob und senkte sich sein Rumpf.

Kühle Luft zog durch das offene Fenster herein, ließ den Holzladen leise gegen die Wand klirren. Vorsichtig beugte sich Editha über Gernots Schulter, leckte die einzelnen Schweißperlen auf der Haut mit der Zungenspitze auf. Bald spürte sie, wie Gernot sich unter ihrer Berührung abermals genussvoll zu räkeln begann. Sie fuhr mit den Lippen über das Mal in seinem Nacken, blies sacht in die Kuhle. Ein Frösteln erfasste seinen Leib. Starr richteten sich die Härchen auf, Gänsehaut überzog den ganzen Körper. Ein langgezogenes Seufzen entfuhr ihm. Mit einem Mal drehte er sich um und umschloss sie fest mit den Armen, presste seinen Unterleib gegen ihren. Bald wiegten sie im selben Rhythmus gegeneinander, erst langsam, dann schneller, bis die Lust sie gierig werden ließ und er abermals aufstöhnend in sie eindrang. Ein Freudenjauchzer entfuhr ihr, als sie ihn in sich willkommen hieß. Viel zu bald schon entlud er sich mit einem dumpfen Brummen. Sie versuchte ihn noch einmal anzuspornen, um ihre eigene Lust zu stillen. Vergebens. Er rollte von ihr herunter.

»Ein Teufelsweib bist du!«, grunzte er. Breit ausgestreckt blieb er neben ihr auf dem Rücken liegen. »Was willst du nur immer mit den Pulvern der Hundskötterin? Die brauchen wir doch nicht. Unseren Spaß haben wir auch ohne sie. Du solltest nicht mehr zu ihr gehen.«

»Bist du von Sinnen?« Unwillig, ausgerechnet in diesem Moment an die leidige Hebamme erinnert zu werden, richtete sie sich halb auf, stützte den Oberkörper auf die Ellbogen und sah ihn an. Sie fröstelte. Bei ihrem heftigen Akt war die Decke vom Bett gerutscht. Sie hätte aufstehen müssen, um sie vom Boden aufzuheben. Stattdessen rückte sie näher zu Gernot, schmiegte sich eng an ihn an und atmete den Geruch seines Körpers. Sie versuchte noch einmal, ihn zum Liebesspiel zu verführen.

»Es reicht«, knurrte er und schälte sich mühsam aus dem Lager, um sich selbst nach der Decke zu bücken. Achtlos warf er sie aufs Fußende des Bettes und trat in die Mitte des Raumes. Sein feister Leib glänzte immer noch schweißnass. Aus diesem Blickwinkel entbehrte er sämtlicher Reize. Viel zu dick rollten sich die Wülste vom Bauch abwärts, kümmerlich baumelte sein eben noch so stark geschwollenes Glied zwischen den dünnen Oberschenkeln. Das weiße Fleisch leuchtete im Mondlicht, die Haare darauf wirkten borstig. Editha schauderte. Trotz seiner Plumpheit verschaffte ihr dieser Leib die kühnsten Genüsse. Er hatte recht: Die Pulver der Hundskötterin waren völlig überflüssig. Dennoch brauchte sie sie. Sie malte sich lieber nicht aus, was die gerissene Pfennigfuchserin anstellen würde, wenn sie einmal einen Donnerstagsbesuch ausließe oder gar erklärte, die wöchentliche Rezeptur zum überteuerten Preis künftig gar nicht mehr abzuholen.

»Niemals dürfen wir auf die Kräuter der Hundskötterin verzichten«, erklärte sie bestimmt. »Du weißt, warum. Nicht allein die Lust sollen sie bei uns wecken. Die, mein Lieber, ist bei dir erfreulicherweise noch immer ausreichend vorhanden. Auch ich fühle mich nach wie vor glücklich wie in der ersten Nacht mit dir.«

Sie suchte seinen Blick und räkelte sich abermals aufreizend auf dem Laken. Aus der Ferne drangen Glockenschläge herüber. Mitternacht. Bei weitem nicht die Stunde, um in einer schwülen Nacht wie dieser verzweifelt nach einem unruhigen Schlaf zu lechzen. Oder war Gernot ihr bereits mit seinen Gedanken entglitten?

Vor dem Fenster hob ein jämmerliches Geschrei an. Splitternackt stellte sich Gernot vors offene Fenster und sah hinaus. Sein breiter Rücken füllte den Rahmen ganz aus. Sie konnte die Augen nicht von ihm abwenden. Von hinten erinnerte er nach wie vor an den ungestümen jungen Burschen, der vor fast zwei Jahrzehnten ihr Herz im Sturm erobert hatte. Heimat und Familie hatte sie seinetwegen verlassen, um bei ihm im rauhen Königsberg zu leben. *Heaven forbid!* War es zu viel verlangt, dass auch er so manches Opfer dafür brachte? Umso bitterer, was sie noch alles hatte tun müssen, damit ihr das Glück mit ihm erhalten blieb. Der Tag von Caspars Geburt kam ihr in den Sinn. Wie groß war die Schmach gewesen, selbst nur ein blau angelaufenes, lebloses Wesen in den Armen zu halten, während Gunda gleich zwei gesunden Kindern das Leben geschenkt hatte! Gab Gernot ihr allein die Schuld dafür und sehnte sich heimlich doch nach der dunkelhaarigen Hexe? Vielleicht war es ein Fehler gewesen, Caspar ins Haus zu holen. Tag für Tag rief ihm der Junge die Erinnerung an die alte Geschichte ins Gedächtnis. Dabei war er seinem Vater zum Glück wie aus dem Gesicht geschnitten. Lediglich die lange, schmale Nase mit dem seltsamen Höcker gleich an der Wurzel stammte von der anderen Seite. Verstohlen wischte sich Editha die Augenwinkel. Nein, es war gut, Caspar zu sich geholt zu haben. Wie sollte sie ohne ihn das Dasein ertragen? Von klein auf hatte er ihr seine bedingungslose Liebe geschenkt. Sie war seine Mutter, für immer und ewig. Sie schluchzte auf.

»Katzen!« Kopfschüttelnd drehte Gernot sich wieder ins Schlafgemach um. Langsam glitt sein Blick über ihren bloßen Körper. Das weckte abermals die Begierde in ihr. Die Brüste reckten die Spitzen weit empor. Sie biss die Lippen fest zusammen, hob den Kopf, lächelte ihn an. »Du weißt, es ist noch nicht zu spät«, raunte sie leise und drehte sich aufreizend auf die Seite, brachte ihm alle Vorteile ihres üppigen Leibes dar. »Wir beide sind im besten Alter. Nach wie vor besteht die Hoffnung, weitere Kinder zu haben. Denk nur, welch Freude es wäre, ein kleines Mädchen hier im Haus zu haben. Du hast es immer sehr gemocht, als Caspar noch auf deinen Schenkeln gesessen und deinen schaurigen Geschichten gelauscht hat.«

»Denkst du immer nur daran?« Ein Anflug von Unmut huschte über sein Gesicht. Die Nasenflügel bebten. »Vergiss es endlich! Nie und nimmer werden wir beide noch ein Kind miteinander haben. Die Zeit ist einfach vorbei. Lass endlich die seltsamen Rezepturen, die die Hundskötterin dir jede Woche aufschwatzt. Schade um das Geld! Viel wichtiger ist doch, trotzdem die Freude aneinander zu genießen.«

»Ist es dir nur um das Geld zu tun?«, platzte es aus ihr heraus. »Steht es also tatsächlich schon so schlecht, dass wir mit jedem Pfennig rechnen müssen? *Heaven forbid!*«

»Hör auf, auf Englisch …«

»Gott bewahre«, fügte sie misslaunig hinzu. »Dann kommt es bald also noch weitaus schlimmer für uns. Umso wichtiger, sich auf das Hier und Jetzt zu besinnen.«

Entschlossen zog sie die Decke von ihren Füßen bis zur Brust hoch und kuschelte sich in das nach Rosen duftende Leinen.

»Was redest du da? Wie kommst du darauf?« Gernot setzte sich auf die Bettkante. »Wer hat behauptet, es stünde schlimm mit uns? Hat Spelmann heute Nachmittag versucht, dir das einzureden? Vergiss den neidzerfressenen, stinkenden Zwerg! Nur weil er sich immerzu mit seinen Geschäften verrechnet und den Litauern und Russen selbst leere Fässer noch zu horrenden Preisen abkauft, geht es nicht auch mit uns anderen am Pregel gleich bergab.«

»Was war das dann heute auf der Holzwiese? Habe ich mir das nur eingebildet, oder hast du tatsächlich verzweifelt um die Aufmerksamkeit der Braker gebuhlt? Selbst Perlbach kam mit seinen kümmerlichen Dauben vor dir dran. Ganz abgesehen davon, dass mir dein guter, alter *Freund*«, sie betonte das letzte Wort mit einem höhnischen Auflachen, »vor Wochen schon zugeflüstert hat, wie argwöhnisch deine lieben Zunftgenossen sind, weil du nicht nur nach Wehlau, sondern auch nach Danzig, Bremen und Lübeck so außergewöhnlich gute Beziehungen unterhältst. Und das ausgerechnet jetzt, wo erst die Altstadt und der Löbenicht, unlängst auch der Kneiphof nach zähem Aufbegehren den Weißmänteln wieder gehuldigt haben. Hast du etwa vergessen, dass wir damit nicht mehr zum Reigen der Bündischen gehören? Dass wir fortan wieder ganz brav im Sinn des raffgierigen Großschäffers und seines Ordens nur das vom Kuchen bekommen dürfen, was die hehren Ritter uns Kaufleuten gnädig übrig lassen? Davon abgesehen, wie hart sie gleich die Daumenschrauben wieder angezogen und neue Abgaben ersonnen haben, um das viele Geld für die teuren Söldner zu beschaffen! Es kann also gar nicht zum Besten mit dir stehen, mein Lieber, wenn du in Zeiten wie diesen ausgerechnet mit fremden Kaufleuten im weiterhin bündischen Wehlau Geschäfte abschließt oder gute Verbindungen nach Danzig und Lübeck pflegst. Jeder weiß, dass die Wehlauer gerade die ersten Schanzen gegen Reuß von Plauens Truppen aufwerfen und die Danziger und Lübecker die aufmüpfigen Kneiphöfer bis zum bitteren Ende noch per Schiff gegen die Deutschordensleute unterstützt haben. Wer als einziger Altstädter mit solchen Lumpen Geschäfte macht, muss am Ende seiner Weisheit angelangt sein.«

»Ich tue nichts Unrechtes«, erwiderte er leise. »Ich tue nichts anderes als das, was alle tun: zugreifen, wenn sich mir eine günstige Gelegenheit bietet. Das war mit der Lieferung Eibenholz aus Wehlau so, das ist mit den Verbindungen nach Danzig und Lübeck nicht anders. Gerade weil sich dort neue Möglichkeiten auftun, wollte ich Caspar dorthin schicken, damit er in unserem Sinn vor Ort mit den Zunftgenossen verhandelt. Dass sich die Lage im Ordensland nach all den Jahren des Stillstands derart rasch gewandelt hat, konnte ich ebenso wenig ahnen wie jeder andere hier am Pregel. Wie aber stehe ich da, wenn ich meine Geschäfte danach ausrichte, wie die Gunst der Ordensritter gerade verteilt ist? Der Handel mit dem Wehlauer Kaufmann ist bereits im April beschlossen worden. Du weißt, ich stehe mit dem Holz bei meinem Gewährsmann in London in der Pflicht. Liefere ich nicht wie verabredet bis zum Herbst, werden wir künftig keine weiteren Geschäfte mit ihm machen. Davon abgesehen, halten es die anderen Zunftgenossen hier auch nicht anders.«

»Nur, dass sie, wenn überhaupt, mit altbekannten Kaufleuten in Wehlau und den anderen Städten zu tun haben und nicht mit gänzlich Unbekannten wie du.«

»Gänzlich unbekannt ist der Kaufmann in Wehlau nicht. Rehbinder hat das Geschäft vermittelt, also kennt er ihn. Er würde niemanden empfehlen, dem nicht zu trauen ist.«

»Das muss nichts bedeuten. Überall heißt es, der Unbekannte in Wehlau hätte einzig mit dir das Geschäft abschließen wollen, ganz egal, wie günstig die anderen es ihm angeboten haben. Denkst du nicht, dahinter steckt mehr als nur die Hoffnung auf einen guten Gewinn? Das stinkt doch zum Himmel!«

»Was willst du damit sagen? Befürchtest du etwa einen Hinterhalt? Weshalb sollte mir jemand aus Wehlau eine Falle stellen? Seit Jahren habe ich keine Verbindungen mehr dorthin unterhalten. Deshalb habe ich jetzt auch so freudig zugegriffen, als sich mir dank Rehbinder die Gelegenheit geboten hat.«

»*Good grief!* Das ist nicht dein Ernst.« Editha räusperte sich. In ihrem Innern tobte ein heftiger Kampf. Sollte sie Gernot für seine einfältige Gutgläubigkeit verachten oder bewundern? Verstohlen musterte sie ihn von der Seite. »Worauf wartest du eigentlich noch? Tu endlich das Naheliegende und erkundige dich bei Rehbinder, wer dieser rätselhafte Kaufmann in Wehlau ist, was er über ihn weiß und welche Absichten hinter den Geschäften stecken. Erst dann wirst du Gewissheit haben.«

Es hielt sie ebenfalls nicht länger im Bett. Schwungvoll schlug sie die Decke zurück und erhob sich, schlüpfte in ein Hemd, kämmte sich mit den Fingern durch das offene aschblonde Haar. Glatt fiel es ihr bis auf den breiten Hintern hinab. Ihre Finger zitterten, ihr Leib bebte. Schwer atmend zwang sie sich zur Ruhe. Sosehr sie mit sich beschäftigt war, stellte sie dennoch fest, wie gebannt Gernot von der Bettkante aus jeden einzelnen ihrer Handgriffe verfolgte. Langsam trat sie zu ihm, blieb dicht vor ihm stehen, so dass er den Kopf ein wenig recken musste, um ihren Blick zu erwidern. Ihre nackten Zehenspitzen berührten seine Füße. Ein Schauer lief ihr über den Rücken. Gernot senkte verlegen das Antlitz. Als er jedoch feststellte, so die Nase genau auf Höhe ihrer Scham zu haben, schob er sie brüsk beiseite und starrte zum offenen Fenster in den wolkenverhangenen Nachthimmel.

»Ich habe Rehbinder versprochen, das niemals zu tun«, sagte er tonlos.

»Was?«

»Ich habe ihm mein Wort gegeben, nicht nachzufragen, wer mir warum das vielversprechende Angebot mit dem Eibenholz unterbreitet hat. Das war die einzige Bedingung für ein außerordentlich gutes Geschäft zu unerhört günstigen Preisen.«

»Sag das bitte noch einmal«, bat sie und setzte sich vorsichtig neben ihn auf die Bettkante, hielt die Augen dabei starr auf sein Antlitz gerichtet. »Du willst nicht allen Ernstes behaupten, dich angesichts des Geredes hier in Königsberg weiter an diese Zusage halten zu wollen?«

»Rehbinder hat mein Wort.«

»Aber es treibt dich in den Ruin!«

Aufgewühlt sprang sie auf und begann, auf nackten Füßen über den blanken Holzboden hin und her zu laufen. Wieder griffen ihre kurzen Finger in das offene Haar, durchkämmten es, als könnte sie dadurch Erleichterung finden. Schließlich verschränkte sie die Arme vor der Brust, blieb dicht vor Gernot stehen und betrachtete ihn von oben herab.

»*For heaven's sake!* Bist du wirklich so einfältig? Glaubst du tatsächlich, niemand wollte dir arg? Wie lange nennst du dich schon Kaufmann?« Laut sog sie die Luft ein und warf den Kopf nach hinten.

»Jahr und Tag habe ich meine Geschäfte nach bestem Wissen und Gewissen getätigt. Bis zum heutigen Tag gibt es nichts, was ich mir vorzuwerfen hätte. Auch bei den derzeitigen Abschlüssen nicht. Da können die anderen Kaufleute sich das Maul wetzen, wie sie wollen. Und deshalb, meine Liebe«, jetzt war es an ihm, ihren Blick zu suchen, »habe ich weder von jemandem hier in Königsberg noch in Wehlau oder sonst wo einen Hinterhalt zu befürchten. Voller Vertrauen stehe ich zu der Abmachung mit Rehbinder. Er hat mir den Mann in Wehlau empfohlen. Er wird wissen, warum er mir den Schwur abgenommen hat, nicht nach Einzelheiten zu fragen. Du wirst sehen: Da gibt es keine Falle und keinen

Hinterhalt. Warum auch? Oder zweifelst etwa du an meiner Rechtschaffenheit?«

Unter seinen letzten Worten hatte er sich vom Bett erhoben, richtete sich dicht neben ihr zu voller Größe auf.

»*Heaven forbid!* Natürlich zweifle ich nicht an deiner Rechtschaffenheit. Dafür aber zweifle ich allmählich an etwas ganz anderem.«

Eindringlich sah sie ihn an. Ohne Arg erwiderte er ihren Blick. Konnte das tatsächlich wahr sein? Glaubte er allen Ernstes, von nichts und niemandem etwas befürchten zu müssen? Hatte sie etwa all die Jahre umsonst in der schlimmen Furcht gelebt, die Erinnerung an das dunkelhaarige Gespenst der anderen nicht aus seinem Kopf tilgen zu können? Bei der kleinsten Unachtsamkeit die Geschwätzigkeit der Hundskötterin herauszufordern, die sie beide ein für alle Mal vernichten würde? Lag es nicht auf der Hand, dass dieser geheimnisumwitterte Kaufmann in Wehlau irgendetwas mit Gernots Vergangenheit zu tun hatte, die leider nicht immer so makellos gewesen war, wie er das offenbar selbst glauben mochte?

»Du willst doch nicht allen Ernstes ausgerechnet mir gegenüber behaupten, nie im Leben etwas Unrechtes getan zu haben?«, rief sie unerwartet schrill aus. »Zwingst du mich, dir jene Nacht im Mai vor siebzehn Jahren in Erinnerung zu rufen? Deinen Streit mit dem wackeren Kelletat, der sich dir mutig entgegengestellt und diesen Mut mit dem Leben bezahlt hat? Glaubst du, Gunda hätte das alles im Lauf der Jahre vergessen und nie an Rache gedacht? Du hast ihr den Sohn gestohlen und den Ehemann getötet!«

»Bist du des Wahnsinns? Willst du etwa behaupten, hinter dem unbekannten Kaufmann aus Wehlau würde Gunda stecken? Nie und nimmer wäre sie zu so etwas fähig! Sie ist die ehrbarste Frau, die mir je …«

Sein plötzlich aufflammender Zorn hinderte ihn daran, den Satz zu Ende zu sprechen. Grob packte er Editha an den Armen und schüttelte sie heftig. Wirr standen ihm die Haare zu Berge. In seinen Augen blitzte es gefährlich. Plötzlich wusste Editha sehr genau, wie es damals so weit hatte kommen können, dass er dem armen Kelletat den entscheidenden Stoß versetzt hatte. Ihr Mund öffnete sich zu einem Schrei. Im selben Moment ließ er sie los, sackte reumütig in sich zusammen und rieb sich das bärtige Kinn.

»Verzeih«, murmelte er leise. »Bitte verzeih mir, Liebes. Ich weiß nicht, was da gerade in mich gefahren ist. Natürlich hast du recht, natürlich habe ich damals ein schreckliches Unrecht begangen. Du weißt, wie wild entschlossen ich war, es wiedergutzumachen. Du und die Hundskötterin aber habt mich gezwungen, es nicht zu tun. Tagelang habt ihr auf mich eingeredet, bis ich am Ende nicht mehr wusste, wo mir der Kopf stand, was richtig und was falsch war. Als Gunda dann spurlos mit dem Mädchen aus der Stadt verschwunden war, war es längst zu spät. Da hätte es niemandem mehr genutzt, die Wahrheit zu sagen. Damit hätte ich außerdem dich und Caspar mit ins Verderben gerissen.«

Er hielt inne, schöpfte schwer nach Luft und rieb sich das bärtige Kinn. »Doch glaube nicht«, fuhr er leise fort, »ich könnte mir je verzeihen, was ich damals getan habe, was ich der armen Gunda angetan habe. Meine einzige Möglichkeit, mit der schweren Schuld zu leben, ist, alles, was in meiner Macht steht, für Caspar und für dich zu tun.«

Er trat wieder zum Fenster. Wie er da so stand, versunken in die schrecklichen Bilder der Vergangenheit, dauerte er sie. Ihn leiden zu sehen, hatte sie nicht gewollt. Immer nur wollte sie ihn glücklich machen und ihm helfen, das Geschehene ein für alle Mal aus seinem Gedächtnis zu tilgen. Deshalb liebte sie auch Caspar so abgöttisch und sehnte sich nichts mehr herbei als viele weitere, eigene Kinder mit Gernot.

Langsam drehte er sich zu ihr um, betrachtete sie versonnen. »Das alles hat nichts, aber auch rein gar nichts mit meiner Redlichkeit als Kaufmann zu tun. Geschweige denn, dass es irgendeinen Grund gibt zu befürchten, es gäbe Zweifel an der Aufrichtigkeit dieses Fremden in Wehlau. Für ihn legt Rehbinder seine Hand ins Feuer. Ich vertraue ihm.«

»Das ehrt dich«, erwiderte sie mit matter Stimme. »Ich hoffe für dich, dass dein Vertrauen niemals enttäuscht werden wird.«

21

Fast hatte Agnes die Hoffnung aufgegeben, Laurenz Selege jemals wiederzufinden. Seit einer Woche wurde eifrig an den Schanzen vor den Mauern der Stadt gebaut. Längst erhob sich in Wehlaus Osten und Süden ein beeindruckender Befestigungsring. Seine Fertigstellung würde nur noch wenige Tage in Anspruch nehmen. Alle hofften, Reuß von Plauen und seine Mannen taten ihnen den Gefallen, nicht vorher schon am Horizont aufzutauchen.

Unter dem Vorwand, frisches Bier oder einen Imbiss zu den Männern zu bringen, gelang es Agnes immer wieder, den Silbernen Hirschen unbehelligt von den Fragen der Mutter zu verlassen. Zielsicher ging sie die einzelnen Baustellen Tag für Tag ab. Ein Baumeister mit Laurenz' Fähigkeiten wurde dort in jedem Winkel gebraucht. Binnen kürzester Zeit musste eine wirkungsvolle Verteidigungsanlage entstehen. Inständig hoffte Agnes, wenn schon nicht Laurenz selbst, so doch zumindest jemanden zu finden, der ihr mehr über seinen Verbleib verraten konnte. Bislang jedoch hatte sie keinerlei Erfolg gehabt. Weder konnte ihr jemand Auskunft geben, ob er am Schanzenbau beteiligt war, noch wusste jemand zu sagen, ob er überhaupt noch in der Stadt weilte.

Verzweiflung erfasste sie. Die kostbare Zeit verrann. Trotzig streckte sie das Gesicht der Sonne entgegen. Längst war die mittägliche Glut einer milderen Strahlung gewichen. Die Farben des von der langen Trockenzeit zunehmend ausgedorrten Landes wechselten vom gleißenden Weiß ins matte Gelb, das Licht wurde milchiger. Ein lauer Wind strich über das Land. Es roch nach trockener Erde und Heu. Wie so oft im Sommer erschien ihr der Duft süß, gleichsam als Vorbote der Zeit, da überall an den Bäumen verlockendes Obst heranreifte. Ungeachtet des Lärms beim Aufschütten der Wälle herrschte eine eigentümliche Stille. Kaum schwirrten Mücken umher, auch die Vögel waren verstummt. Sämtliches Getier hatte sich bis zum Anbruch der kühleren Nacht in seine Schlupfwinkel verkrochen. Allmählich verklang sogar das Hämmern an den Baustellen. Zur Verwunderung der Baumeister begannen die Knechte, ihre Werkzeuge zusammenzupacken.

»He, was tut ihr da?«, rief ein rothaariger Mann empört. »Bis Sonnenuntergang wird weitergebaut. Die Ordensritter warten gewiss nicht brav mit ihrem Angriff, bis die Schanzen endlich stehen. Es gilt, jede Stunde zu nutzen.«

Murrend bückten sich einige, um ihre Äxte wieder aufzunehmen. Ein junger Bursche mit nacktem Oberkörper gab ihnen jedoch ein Zeichen zu warten. Breitbeinig baute er sich vor dem Rothaarigen auf und sah ihn herausfordernd an. Als er die Arme vor der Brust verschränkte, war das Muskelspiel unter der Haut deutlich zu sehen. Gebannt starrte Agnes ihn an.

»Regt Euch nicht auf, Meister!«, rief er mit fester, dunkler Stimme. Seine hellen Augen blitzten mutig. »Es hat keinen Sinn, uns bis zum Umfallen schuften zu lassen. Seit einer Woche rackern wir uns von Sonnenauf- bis Sonnenuntergang ab. Allmählich schwinden selbst den Besten unter uns die Kräfte. Wir sollten die Nachtstunden nutzen, um wieder auf die Beine zu kommen. Morgen wartet genug schwere Arbeit auf uns.«

»Was fällt dir ein? Zurück an die Arbeit! Ich habe nicht mitbekommen, dass die anderen dich gebeten haben, für sie zu sprechen.« Drohend schwang der Rothaarige einen Stock in der Hand.

Der Arbeiter beobachtete das belustigt und machte sogar noch einen Schritt auf ihn zu, als wollte er ihn zum Zuschlagen ermutigen. »Das werden sie schon selbst entscheiden.«

Daraufhin holte der Rothaarige mit dem Knüppel aus.

»Halte ein!« Wie aus dem Nichts tauchte ein schwarzbärtiger Mann hinter ihm auf und hielt seinen hoch erhobenen Arm fest. Agnes erstarrte. Bereits an der Stimme hatte sie Laurenz erkannt. Ihr Herz klopfte heftig. Wo war er hergekommen? Wie schaffte er es, stets im richtigen Moment zur Stelle zu sein und seinen Mut zu beweisen?

»Hol dich der Teufel, Selege!«, zischte unterdessen der Rothaarige, entriss sich Laurenz durch eine ruckartige Bewegung und ließ die Hand mit dem Stock sinken.

»Den Gefallen werde ich dir nicht tun, Leibold«, erwiderte Laurenz gelassen und sah sich in der Menge um. In der Zwischenzeit waren mehr als ein Dutzend Knechte und Baumeister zusammengekommen und hatten sich im Halbkreis um sie aufgestellt. Zustimmend nickten sie. Agnes sah sich die Männer an. Sie war das einzige weibliche Wesen weit und breit. Unwillkürlich glitten ihre Finger zu dem Halstuch, spielten nachdenklich damit. Bislang schien sie keinem aufzufallen. Also verhielt sie sich ruhig und hoffte, eine Gelegenheit zu finden, allein mit Laurenz zu sprechen.

»Der Mann hat recht«, erklärte Laurenz unterdessen seinem Zunftgenossen. »Die Leute brauchen die Nacht dringend, um sich von der schweren Arbeit zu erholen. Die Hitze ist mörderisch. Es ist ein Wunder, dass sie unter diesen Bedingungen überhaupt so weit mit den Schanzen gekommen sind.«

»Was willst du eigentlich, Selege?« Der Rothaarige stützte sich auf den Stock und tat, als hätte er Laurenz' Worte gar nicht gehört. »Täusche ich mich, oder warst du einige Wochen von hier verschwunden? Jetzt tauchst du auf einmal wie aus dem Nichts auf und mischst dich ein, ohne zu wissen, was hier gerade vorgeht.«

»Keine Sorge, dafür braucht es keine besonderen Fähigkeiten. Jeder weiß, wie sehr Reuß von Plauen darauf brennt, Wehlau für die Belagerung Tapiaus zur Rechenschaft zu ziehen. Sobald er sicher sein kann, die Lage im Kneiphof im Griff zu haben, wird er eiligst hierhermarschieren. Dafür werft ihr seit letzter Woche fleißig die Schanzen auf. Mich wundert allerdings, warum ihr euch so sicher seid, es genügten welche im Süden und Osten.«

»Was meinst du damit?« Verblüfft begann der rothaarige Leibold die Rinde an dem Stock mit den Fingernägeln abzuschälen. Laurenz' verschiedenfarbige Augen funkelten. Agnes konnte sich kaum beherrschen, auf ihn zuzutreten.

»Hat irgendeiner in der Stadt daran gedacht, Reuß von Plauen könnte auch vom Wasser her angreifen?«, fragte er. »Sowohl der Norden als auch der Westen der Stadt liegen frei vor ihm, als wollte man ihn geradezu dorthin einladen.«

»Du denkst doch nicht im Ernst, er kommt per Schiff den Pregel hinauf?« Jetzt war es an Leibold, belustigt das Gesicht zu verziehen. »Und selbst wenn, liegt Wehlau hoch genug, um ihn von oben her in Schach zu halten. Die Alle dagegen muss er erst einmal überschreiten. Da reicht es im Ernstfall, die Brücke abzubrechen. Die Georgskapelle ist das kleinere Opfer.«

»Wie schön, dass du dir so sicher bist. Reuß von Plauen ist allerdings immer für eine Überraschung gut. Wollen wir hoffen, er wird seinem Ruf dieses Mal nicht gerecht.« Laurenz blickte nachdenklich die Reihe der Männer entlang. Agnes war zu fasziniert von seinem Auftreten, um sich rechtzeitig hinter dem breiten Rücken ihres Vordermanns zu ducken. Als sich ihre Blicke kreuzten, stutzte Laurenz. Ein Anflug von Traurigkeit huschte über sein Gesicht. Rasch wandte er sich wieder Leibold zu.

»Wir werden wohl früh genug sehen, welchen Weg Reuß von Plauen wählt. Nichtsdestotrotz wird das kaum heute Nacht geschehen. Lass also die Männer ausruhen und neue Kraft schöpfen. Umso frischer werden sie morgen an die Arbeit gehen.«

Einen Moment zögerte Leibold. Die Knechte sahen ihn stumm an, keiner von ihnen war bereit, an diesem Tag noch einmal zu den Werkzeugen zu greifen. Das sah wohl auch der rothaarige Baumeister endlich ein und murmelte leise: »Nun gut!« Daraufhin wandten sich die Arbeiter ab, sammelten ihre Kittel, Äxte und Haken ein und marschierten davon. Unzufrieden sah Leibold ihnen nach.

»Habt Ihr noch etwas Bier für mich übrig, schönes Fräulein?« In wenigen Schritten stand Laurenz neben Agnes und lächelte sie an. Sie zuckte zusammen.

»Meine Kanne ist leider schon leer.« Bedauernd lächelnd hob sie den Korb, um ihm einen Blick hinein zu gestatten. »Die Hitze und die schwere Arbeit hat die Männer durstig gemacht. So viel Bier kann ich gar nicht herbringen, wie eigentlich vonnöten wäre.«

»Noch dazu, wenn es der begehrte Gerstensaft der Fröbelin ist.« Unbemerkt von ihnen war Böttchermeister Haude händereibend auf sie zugegangen. »Schade, nicht wahr, mein lieber Selege? Dabei würde so ein kühles Bier jetzt wirklich guttun. Mich deucht, liebes Fräulein Agnes, Eure Mutter hat sich angesichts ihrer Fässer letztens wohl doch etwas verschätzt. Bislang reichen ihre Bestände voll und ganz aus. Kein Wunder, wenn Ihr weiterhin so fleißig die Kannen voller Gerstensaft zu den Männern an den Baustellen tragt. Bleibt nur zu hoffen, Eure Mutter kommt auch mit dem Brauen nach.«

»Keine Sorge, das Brauen schafft meine Mutter leicht«, rang Agnes sich zu einer freundlichen Erwiderung durch. »Entschuldigt mich bitte. Ich bin bereits auf dem Heimweg.«

Sie raffte ihren Rock und wollte sich zum Gehen wenden, er aber hielt sie am Arm zurück, ohne sich um Laurenz' warnenden Blick zu kümmern. »Wartet, schönes Kind, verratet mir erst, warum Ihr so oft hier seid. Ich beobachte Euch seit Tagen. Oft genug bin ich hier draußen, um zu schauen, ob meine Knechte fleißig ihrer Aufgabe beim Schanzenbau nachkommen. Jedes Mal treffe ich auch Euch hier an. Warum schickt Eure Mutter nicht Eure Magd? Gibt es einen besonderen Grund, weshalb nur Ihr diese Aufgabe übernehmen könnt?«

In seinen Augen lag etwas Lauerndes, sein Ton war vorwurfsvoll. Agnes erinnerte sich daran, wie eigenartig er ihrer Mutter letztens begegnet war. Ganz offenbar traute er ihnen nicht, hielt sie womöglich für feindliche Kundschafterinnen! Wie sonst war zu verstehen, dass er die Mutter abfällig als »eine Frau wie Ihr« bezeichnet hatte?

»Ich glaube, verehrter Haude, dafür gibt es eine ganz harmlose Erklärung«, mischte sich Laurenz ein. »Die Magd hat all die einfachen Aufgaben in der Schankstube zu erledigen. Die Suppe muss nach wie vor gekocht, die Stube gefegt und die Betten müssen aufgeschüttelt werden. Fräulein Agnes dagegen kann jetzt, wo angesichts der bedrohlichen Lage im Land so wenig Gäste von außerhalb im Silbernen Hirschen einkehren, ganz gut auch einige Gänge außerhalb des Hauses erledigen. Ist es nicht so, meine Liebe?«

Der Blick, den er ihr aus dem grünen und dem blauen Auge schenkte, ließ ihr Herz abermals höher schlagen. Erleichtert fuhr sie mit dem Finger unter dem Halstuch entlang und lockerte es. Schließlich nickte sie Laurenz dankbar zu und sagte zu dem dicken Böttchermeister: »Wenn Euch nach dem frischen Bier meiner Mutter dürstet, verehrter Haude, solltet Ihr am besten gleich in die Schankstube gehen. Gewiss wird unser Knecht heute Abend noch ein frisches Fass anschlagen. Die Suppe unserer Magd wisst Ihr ohnehin zu schätzen. Doch entschuldigt mich jetzt, ich habe noch einen kleinen Botengang vor mir.«

Bei den letzten Worten zitterte ihre Stimme. Inständig hoffte sie, Laurenz deutete den Hinweis richtig und begleitete sie. Sie knickste, packte den Korb und schritt so ruhig wie möglich davon.

Zu ihrer Enttäuschung folgte Laurenz ihr jedoch nicht. Sie hörte, wie Haude ihn aufhielt, und verlangsamte ihre Schritte. Neugierig spitzte sie die Ohren. Ein Stapel Holz am Wegesrand schien ihr die rettende Zuflucht, um die beiden Männer zu belauschen. Rasch huschte sie hinter das für den Schanzenbau bereitgestellte Material. Den ganzen Tag hatte es in der Sonne gelegen. Sein betörender Geruch stach ihr in die Nase.

»Wo kommt Ihr jetzt her, mein lieber Baumeister?«, fragte Haude. »Vor Wochen seid Ihr plötzlich aus Wehlau verschwunden. Dabei hatte ich Euch doch schon gefragt, ob Ihr mein Haus in der Badergasse nicht ausbauen könnt. Das von den Steins am Markt ist Euch bestens gelungen. Wann also fangt Ihr bei mir an? Steine sind ausreichend vorhanden. Auch meine Knechte werden Euch gern helfen, sobald sie hier draußen nicht mehr gebraucht werden.«

»Ihr habt es offenbar sehr eilig.« Laurenz verbarg seine Verwunderung nicht. »Denkt Ihr, es ist vernünftig, angesichts des drohenden Gefechts mit den Kreuzherren jetzt an den Ausbau Eures Hauses zu gehen? Die Steine würden hier draußen dringend gebraucht. Soweit ich weiß, hat der Rat verboten, innerhalb der Stadt zu bauen, bis die Schanzen und Verteidigungswälle fertig sind. Jeder Mann und jeder Stein ist hier draußen vonnöten.«

»Das wird nicht mehr lang dauern. Und die Steine aus meinem Hof werden dafür gewiss nicht gebraucht.« Haude zeigte sich nicht im Geringsten verunsichert. »Mich wundert, dass Ihr Euch darüber Gedanken macht. Dabei wäre es doch eher an Euch, beunruhigt zu sein. Euer überraschendes Verschwinden letztens ist nicht nur mir aufgefallen. Ebenso werde ich nicht der Einzige sein, der sich fragt, warum Ihr ausgerechnet jetzt zurückkehrt. Wer weiß, wie lange es Euch dieses Mal bei uns hält? Gesehen habt Ihr nun gewiss genug, um gleich heute Abend noch weiterzureiten.«

»Worauf wollt Ihr hinaus?«

»Das muss ich Euch ganz gewiss nicht erklären.«

»Stimmt. Es reicht, wenn Ihr dem Rat erklärt, wozu Ihr die Steine in Eurem Hof hortet.«

»Passt auf, was Ihr sagt, mein Lieber. Ihr seid fremd bei uns in der Stadt. Ich dagegen bin ein alteingesessener Bürger.

Schon mein Vater und der Vater meines Vaters und dessen Ahn haben hier gelebt. Ihr könnt Euch leicht ausrechnen, wessen Wort am Ende mehr zählt.«

»Da mögt Ihr recht haben. Umso verwunderlicher, dass Ihr daran festhaltet, ausgerechnet mich mit dem Umbau Eures Hauses zu beauftragen. Wenn Euch so starke Vorbehalte gegen Fremde wie mich plagen, solltet Ihr doch eher auf die hiesigen Baumeister vertrauen. Fragt doch den verehrten Leibold. Ich kann mir gut vorstellen, wie gern er für Euch plant.«

»Ach, Ihr kennt, was der am Ende mauern lässt«, winkte Haude ab. »Schaut Euch doch an, wie lausig die Schanzen hier aussehen. Fremder hin oder her, mein lieber Selege. Es ist eine Schande, dass Ihr so spät erst wiederaufgetaucht seid. Am Ende können wir wirklich nur beten, Reuß von Plauen hat ein Einsehen und zieht mit seinen Mannen den Pregel herauf. So werden Leibolds Schanzen im Osten und Süden gar nicht erst in Gefahr geraten, dem Ansturm wild gewordener böhmischer Söldner standhalten zu müssen. Die Mauern im Norden dagegen stehen seit Menschengedenken. Die haben bislang noch jedem Angriff wacker widerstanden.«

»Es ehrt mich, wie sehr Ihr am Ende doch uns Fremden vertraut und nicht Euresgleichen.« Laurenz verbeugte sich galant. Agnes sah aus ihrem Versteck zwar nicht sein Gesicht, konnte sich jedoch vorstellen, wie belustigt es in seinen Augen aufblitzte. »Wenn Ihr wollt, sehe ich mir gleich morgen Euer Anwesen an, und wir besprechen, wie Ihr es erweitern wollt. Mir scheint, ich bleibe noch ein wenig länger hier.«

Mit Handschlag verabschiedeten sich die beiden Männer voneinander. Agnes harrte in ihrem Versteck aus, um zu sehen, welche Richtung Laurenz einschlagen würde. Zum Glück tat Haude ihr den Gefallen und verzichtete darauf, ihn in die Stadt zu begleiten. Eiligen Schrittes wandte sich der dickleibige Böttchermeister westwärts, um Wehlau durch das Alletor zu betreten. Gewiss wollte er ihren Vorschlag aufgreifen und rechtzeitig zum Anstich im Silbernen Hirschen eintreffen. Laurenz dagegen schlug die östliche Richtung ein. Sie zwang sich, so gelassen wie möglich hinter dem Holzstapel hinauszutreten.

»Dachte ich es mir doch«, entfuhr es Laurenz, sobald er auf ihrer Höhe war. »Mir war gleich, dass Ihr hinter diesem Stapel noch etwas Wichtiges zu erledigen hattet. Warum sonst habt Ihr dem guten Haude erzählt, noch einen Botengang machen zu müssen.«

Er blieb vor ihr stehen. Die feuerrot in seinem Rücken untergehende Sonne blendete Agnes. Schützend hob sie die flache Hand vor die Augen. Laurenz' Gesicht lag im Schatten. Sosehr sie sich bemühte, konnte sie nicht viel darauf erkennen. Als er dessen gewahr wurde, trat er lächelnd zur Seite. Damit traf ihn das milde Abendlicht von der Seite, zeichnete die markanten Züge seines Antlitzes weich nach. Er erschien ihr noch begehrenswerter als ehedem. In seinen verschiedenfarbigen Augen schimmerte ein seltsamer Ausdruck. Zunächst meinte sie, freudige Erwartung darin zu erkennen, dann schien ihr auch etwas Vorwurfsvolles mitzuschwingen.

»Sosehr Ihr auch sucht, meine Liebe, einen grauen Vogel mit einer roten Feder werdet Ihr hier hinter dem Holzstapel nicht finden. Das kostbare Tier ist längst wieder bei seinem alten Besitzer und sehnt sich vergeblich danach, jemanden mit seinem Zutrauen zu beglücken.«

Der Ton seiner Stimme schwankte zwischen Leichtigkeit und Bitterkeit.

»Ihr haltet mit Eurem Tadel nicht lange hinter dem Berg. Es tut mir leid für den Vogel. Es ist ein sehr schönes Tier. Jemand anderer wird sich seiner erbarmen und ihm ein treuer Gefährte sein.«

»Hoffen wir es für ihn.« Laurenz zog die Augenbraue nach oben und strich mit der rechten Hand durch seinen Bart. Der Anblick der beiden steifen Finger rührte sie.

»Mit teuren Geschenken allein ist es nicht getan. Das wisst Ihr genau«, fügte sie trotzig hinzu. »Das Vergessen lässt sich nicht erzwingen. Zu vieles habt Ihr aus der Vergangenheit heraufbeschworen, und zu schnell habt Ihr Euch dann davongemacht, ohne mir die richtigen Antworten zu geben.«

»Ihr habt mir keine Wahl gelassen. Mir war, als wäre jedes Wort zu viel, riefe nur neues Unheil hervor und sorgte für weitere Missverständnisse und Verletzungen. Die Berichte Eurer Großmutter über Euer Fieber klangen besorgniserregend. Deshalb wollte ich Euch ein deutliches Zeichen schicken, wie wichtig Ihr mir seid und wie viel ich an Euch denke. Das aber war wohl genau das Falsche.«

»Vielleicht hättet Ihr selbst kommen und Euch erklären sollen.«

»Vielleicht.«

Stille breitete sich über das Land. Längst waren sie die Einzigen, die sich außerhalb der Stadttore auf den hügeligen Wiesen aufhielten. Golden glänzten die Mauern Wehlaus im letzten Abendlicht, stolz überragt von den Türmen des Rathauses und der Jakobikirche. Verlassen lagen die halbfertigen Schanzen auf den Feldern. Der Boden ringsum atmete die Kühle der frisch aufgeworfenen, feuchten Erde aus. Nichts deutete auf die bevorstehende Gefahr, deretwegen die Wälle errichtet wurden. Leise setzte das Zirpen der Grillen ein, Vögel tschilpten sehnsüchtig. In der Ferne erklangen einzelne Rufe von den Fischern, die die Alle heraufzogen. Das Licht der im Westen versinkenden Sonne wanderte weiter, zauberte neue Schatten auf Laurenz' Gesicht. Der schwarze Bart schimmerte, die hellen Zähne blitzten auf.

Auf einmal hielt es Agnes nicht mehr länger auf ihrem Platz. Was vergeudeten sie kostbare Zeit? Ohne nachzudenken, warf sie sich Laurenz entgegen.

Zu ihrer Verwunderung breitete er die Arme aus. Und nicht nur das. Gierig zog er sie an sich. Sie spürte seinen aufgeregten Herzschlag durch den Stoff des Surkots hindurch, bemerkte die Wärme seines Körpers und sog den herben Geruch nach Schweiß und Sonne ein, der ihn umfing. Beglückt schloss sie die Augen, streckte ihm den halbgeöffneten Mund entgegen. Sogleich presste er seine Lippen auf die ihren. Sie spürte, wie das Feuer des Begehrens in ihr aufloderte und sie alles vergessen ließ. Seine Liebe würde ihr helfen, mit den Schatten der Vergangenheit leben zu können.

22

In den folgenden Tagen gelang es Agnes zu ihrer eigenen Verwunderung weiterhin leicht, sich zu den heimlichen Stelldicheins mit Laurenz aus dem Silbernen Hirschen zu stehlen. Griet zwinkerte ihr jedes Mal verschwörerisch zu, wenn sie unter einem Vorwand zur Tür hinauseilte. Auch Ulrich schmunzelte wissend. Zunächst störte sie das, dann aber lernte sie, damit umzugehen. Gunda dagegen war viel zu beschäftigt, um ihr häufiges Fortbleiben zu bemerken. Entweder stand sie im Sudhaus, maischte ein, kümmerte sich zusammen mit Ulrich um das Abfüllen des frisch gebrauten Bieres, oder aber sie war selbst außerhalb des Wirtshauses in Geschäften unterwegs. Gesprochen hatten sie seit Tagen kaum miteinander. Was Agnes sonst beunruhigt hätte, kam ihr jetzt entgegen. Ganz konnte sie sich der Wonne hingeben, Laurenz wiedergefunden zu haben. Ihn vor sich zu sehen, seinen klugen Worten zu lauschen oder einfach nur seine Nähe zu spüren, lenkte sie von ihrem Ärger über die Mutter ab. Das allein zählte.

»Man liebt nur einmal richtig im Leben«, raunte Griet ihr eines Mittags zu, als sie ihr zwei Schalen zum Auffüllen der Suppe entgegenstreckte. Im Dunst der rege im Sud köchelnden Gemüsestrünke lächelte die Magd ihr aufmunternd zu. »Genieß die Glut der wahren Leidenschaft in vollen Zügen. Hast du einmal davon gekostet, wirst du zeit deines Lebens davon zehren.«

»Wie kommst du dazu, mit mir über solche …«, wollte Agnes widersprechen.

»Ach, meine Kleine.« Schmunzelnd legte Griet ihr die Hand auf den Arm. »Ich mag zwar nur eine einfache Magd sein, eine liebende Frau bin ich dennoch. Und ein Herz habe ich auch. Pass nur auf, dass dir der alte Kollmann nicht dazwischenspuckt. Deine Mutter und er sind wohl ernsthaft entschlossen …«

»Woher weißt du davon schon wieder? Was hat meine Mutter erzählt?« Eine eisige Faust umklammerte ihr Herz. Wie hatte sie so leichtsinnig sein und über all der Freude, Laurenz endlich in den Armen zu liegen, die eigentliche Gefahr vergessen können? Die Schanzen um die Stadt waren fertiggestellt. Jeden Tag konnte Reuß von Plauen mit seinen Mannen am Horizont auftauchen. Längst hatte Kollmann sein neues Haus in Wehlau bezogen und das ungesicherte Anwesen in Bürgersdorf einem Verwalter überlassen. Es war wohl nur eine Frage der Zeit, bis er im Silbernen Hirschen aufkreuzte und tatsächlich darauf drängte, sie zu heiraten.

»Von wegen heiraten! Solange ich lebe, wird Kollmann nichts dergleichen tun.« Wie aus dem Nichts tauchte Großmutter Lore neben der Feuerstelle auf. »Vertrau mir, Liebes, ich weiß, was ich sage. Gunda ist meine Tochter. Wir haben unser gesamtes Leben miteinander verbracht, Freud und Leid geteilt. Ich werde nicht zulassen, dass sie eine solche Dummheit begeht und dich diesem Kollmann überlässt. Er mag ein anständiger Mensch sein und die besten Absichten hegen. Das aber ist auch schon alles. Zum Heiraten jedoch gehört mehr. Wer, wenn nicht deine alte Großmutter sollte das wissen?«

Sie lächelte verschmitzt. Agnes und Griet wechselten vielsagende Blicke. Lores unerschütterliche Liebe zu ihrem früh verstorbenen Gemahl verdiente grenzenlose Bewunderung.

»Geh nur rasch wieder zur Georgskapelle. Ich glaube, da wartet jemand auf dich.« Zu ihrer Verblüffung hauchte Lore ihr einen Kuss auf die Wange und schob sie entschlossen zur Tür.

»Danke«, murmelte Agnes und umarmte sie, bevor sie davoneilte.

Aus Angst vor dem Auftauchen der Kreuzherren wagten sich nur noch wenige vor die Stadt. Gelangweilt lehnten die beiden Torwachen an der Mauer. Als sie Agnes erspähten, hellten sich ihre Mienen auf, und sie wollten sie in ein Gespräch verwickeln. Sie winkte jedoch ab. »Tut mir leid, ich muss rasch weiter.«

»So wie jeden Tag«, erwiderte der Größere der beiden beleidigt. Sein Kumpan stieß ihn in die Seite und deutete eine Verbeugung an, als Agnes an ihm vorbeischlüpfte. »Passt gut auf Euch auf!«, rief er, doch sie winkte zur Antwort nur kurz über die Schulter zurück.

Die Heumahd war beendet, für die Roggenernte zog man frühmorgens in dichten Gruppen hinaus. Es kamen auch nur noch wenige Reisende und Händler nach Wehlau. Agnes war das recht. Umso weniger lief sie Gefahr, jemandem zu begegnen, den sie kannte. Flink hastete sie den schattigen Weg zur Alle hinunter. Längst klang aus der Richtung der Kapelle kein Baulärm mehr herüber. Die Arbeiten waren mit dem Bau der Verteidigungsanlage eingestellt worden. Selbst die Mönche im nahen Franziskanerkloster hatten sich in ein Haus innerhalb der Stadt zurückgezogen. Still und verlassen lag das Klostergebäude. Kaum zu glauben, dass es noch vor wenigen Tagen ein begehrter Unterschlupf für die von Tapiau geflohenen Söldner gewesen war.

In Freude auf die bevorstehende Begegnung mit Laurenz achtete Agnes kaum mehr auf den Weg. So erschrak sie zutiefst, als sie versehentlich auf einen trockenen Ast trat, der laut knarrte.

»Obacht!«, hörte sie Laurenz rufen. Unerwartet trat er aus einem dicht belaubten Gebüsch. »Außer uns wird zwar niemand in der Nähe sein, doch wer kann das wissen?«

Er machte noch einen Schritt auf sie zu und breitete die Arme aus. Ihr Herz begann heftig zu klopfen. Zwar hatten sie sich seit ihrem Wiedersehen beim Schanzenbau täglich gesehen, dennoch überfiel sie sogleich wieder das Gefühl, sich nicht sattsehen zu können an ihm. Es kribbelte in ihrem Bauch. Ihr wurde heiß. Fest schlang er die Arme um sie, suchte mit den Lippen ihren Mund. Für eine wundervoll lange Weile verloren sie sich in einem leidenschaftlichen Kuss, der sie alles um sich herum vergessen ließ.

»Wie habe ich dich seit gestern vermisst, Liebste«, hauchte er ihr ins Ohr. »Lass uns ein Stück gehen. Ich weiß eine schöne Stelle nur für uns beide.«

»Alles, was du willst, Liebster.« Glücklich schmiegte sie sich an seine Seite, sog gierig den Duft seines kräftigen Körpers ein. Es war ihr, als dürfte sie niemals mehr aufhören, ihn zu berühren, andernfalls musste sie vor Sehnsucht vergehen.

Nach wenigen Schritten erreichten sie ein dichtes Gebüsch. Laurenz schlug die Zweige auseinander. Vor ihr öffnete sich eine kleine grüne Höhle, die er mit frischem, weichem Heu ausgelegt und liebevoll mit blauen und roten Blumen geschmückt hatte. »Das ist wundervoll!«

Stürmisch fielen sie einander in die Arme, überließen sich abermals ganz einem Kuss. Das Verlangen nacheinander wuchs. Laurenz seufzte leise. Ein neues, ungeahntes Drängen erfasste Agnes' Leib. Sie schmiegte sich enger an Laurenz, auch er presste sich fest an sie. In stillem Einvernehmen sanken sie zu Boden. Zart strichen seine feinen Hände über ihren Leib, glitten den Rücken hinab über ihr Gesäß. Ein Schauer überlief sie. Seine Finger wanderten weiter über den Stoff ihres Rocks, krochen schließlich darunter, umfassten ihre Schenkel, zogen sie zu sich heran. Auch ihre Hände wurden mutiger, kletterten seinen Rücken hinunter und verschwanden unter dem Hosenbund. Laurenz stöhnte auf. Ihre Berührungen wurden gierig. Ungeduldig zerrten sie an den Ösen und Schlingen ihrer Kleidung, lagen kurz darauf nackt voreinander. Scheu betrachteten sie sich. Als Letztes löste Laurenz das Tuch um Agnes' Hals, liebkoste das rauhe Feuermal in ihrem Nacken mit den Lippen. Ihre Finger spielten miteinander, verschränkten sich. Seine Augen glänzten, als er ihre weiße Haut Stück für Stück in Besitz nahm, ihren Körper von Kopf bis Fuß mit Küssen überdeckte. Willig reckte sie sich ihm entgegen.

»Willst du wirklich?«, fragte er heiser und sah ihr tief in die Augen. Sein Blick nahm ihr den Atem. Sie sehnte sich nur nach dem einen: für immer in seiner Liebe zu versinken! Zu mehr als einem stummen Nicken war sie nicht fähig. Eine

Woge erfasste sie und trug sie mit sich. Behutsam presste Laurenz ihren Rücken auf die nach Heu und Blumen duftende Erde, schob mit den Händen ihre Beine auseinander. Ihr stockte der Atem. Langsam glitt er über sie, drang in sie ein. Ein überraschender Schmerz durchzuckte sie. Ehe sie sich's versah, ebbt er ab und machte einer nie geahnten Wonne Platz. Sie kannte nur noch eins: im Zusammensein mit Laurenz aufzugehen. Die Blicke ineinander verschränkt, gaben sie sich ganz ihrem Rhythmus hin, erklommen so die höchsten Gefilde der Lust, um schließlich erschöpft und von süßer Erfüllung beglückt eng umschlungen zur Seite zu sinken.

»Ich liebe dich!«, raunte er.

»Ich dich auch«, erwiderte sie und suchte Schutz in seiner Armbeuge. Sie war trunken vor Glück, endlich ganz ihm zu gehören. Die Hitze seines Körpers hallte noch lange in ihr nach. Umso mehr bedauerte sie, als er viel zu bald schon von ihr abrückte, den Kopf auf den Arm stützte und sie nachdenklich betrachtete. Seine Finger spielten mit einem Grashalm, den er ihrem Liebesnest entrissen hatte.

»Was ist?«, fragte sie, legte sich ebenfalls auf die Seite und schaute ihn verzückt an.

»Ach Agnes, Liebelein, was gäbe ich darum, Momente wie diesen ewig währen zu lassen.« Neckend tippte er ihr mit dem Grashalm auf die Nasenspitze. »Das Glück der Liebe mit dir auszukosten ist ein besonderes Geschenk. Bitte vergiss nie, was wir füreinander empfinden und wie viel mir die Liebe zu dir bedeutet.«

»Warum sollte ich das vergessen? Mir geht es doch ebenso wie dir!« Ungestüm fiel sie über ihn, küsste und herzte ihn, bis sie beide erneut von Leidenschaft ergriffen wurden und sich einander noch hungriger als beim ersten Mal hingaben.

Matt fiel er schließlich auf den Rücken, verschränkte die Arme unter dem Kopf und sah durch die Blätter des Gebüschs gen Himmel. Abermals schmiegte sie sich an ihn und folgte seinem Blick. Seit Wochen schon überzog ein tiefes Blau das gesamte Firmament. Die weißen Wolken bauschten sich und wechselten immerfort ihre Gestalt. Eine Weile schien Laurenz ganz diesem Schauspiel verfallen. Andächtig lauschte sie auf sein Atmen, gab sich ihren Träumen hin, bis sie jäh aufschreckte.

Ein donnerndes Geräusch in der Ferne verwirrte sie. Sie konnte es nicht einordnen, sah unruhig umher. Laurenz zeigte jedoch kein Zeichen von Besorgnis. »Wahrscheinlich kommt das von den Schanzen drüben«, beruhigte er sie. »Ein Balken ist heruntergefallen oder ein großer Steinbrocken zu Boden gekracht. Kein Grund zur Sorge, Liebelein. Das Donnern von Hunderten von Hufen klingt anders.« Wieder stippte er ihr mit einem Grashalm auf die Nase.

Doch Agnes hatte ihre Zuversicht verloren. »Ist es nicht schrecklich, was sich um Wehlau herum zusammenbraut? Wenn die Weißmäntel hier auftauchen, wird es tatsächlich einen Kampf geben. Mir ist so, als warteten alle nur darauf. Seit Wochen horten die Leute Vorräte. Die Bauern aus Bürgersdorf sind auch schon in die Stadt gezogen und haben in allen Winkeln ihre Lager aufgeschlagen. Wer aber weiß, was die Kreuzherren wirklich vorhaben? Stehen Plauen und seine Truppen erst einmal vor der Stadt, wird so schnell keiner mehr hinauskönnen. Am Ende halten sie uns in den Mauern gefangen wie die Hühner im Käfig. Für so viele werden die Vorräte nicht sehr lang reichen. Auch der Platz wird rasch eng. Auf Gedeih und Verderb sind wir dann ihrer Gnade ausgeliefert.«

»Keine Angst, Liebelein«, entgegnete er leise. »So schlimm wird es nicht werden. Bei Tapiau sind die Wehlauer bereits unter großen Verlusten abgezogen. Das muss genügen. Es kann nicht Reuß von Plauens Absicht sein, die Stadt nun auch noch in Schutt und Asche zu legen. Die Kreuzherren sind auf die Städte angewiesen. Sind sie zerstört, können sie auf Jahre nicht wirtschaften und werden damit für den Orden nutzlos. Außerdem hast du mit eigenen Augen gesehen, welch trutzige Wälle binnen kürzester Zeit um die Stadt errichtet wurden. Die werden helfen, das Schlimmste zu verhindern. Du darfst nicht vergessen: Plauens Mannen stecken bereits mehrere Wochen Belagerung vor dem Kneiphof in den Knochen. Noch einmal werden sie nicht so viel Ausdauer aufbringen. Davon abgesehen, sind die Vorratskeller der Wehlauer gut gefüllt, die Männer strotzen vor Tatendrang. Einige Wochen wird man einer Belagerung mühelos widerstehen können, auch wenn noch so viele hungrige Mäuler aus Bürgersdorf dazugekommen sind. Vorher geht eher den Weißmänteln die Kraft aus. Doch mir scheint, das allein ist es nicht, warum du von Wehlau fortwillst, oder täusche ich mich?«

Er hatte sie durchschaut. Das Blut rauschte ihr laut in den Ohren, so aufgewühlt war sie. Wie sollte sie es ihm erklären? »Bleibst du bei mir?«, fragte sie zaghaft und wagte kaum, ihn dabei anzusehen.

»Aber Liebelein, warum fragst du? Haben wir uns nicht eben erst versichert, was wir füreinander empfinden, was es für uns heißt, dass wir einander ganz hingegeben haben? Wie kannst du jetzt schon wieder an mir zweifeln?« Jäh richtete er sich zum Sitzen auf, umfasste ihr Gesicht mit beiden Händen und zwang sie, ihn geradewegs anzuschauen. Sein Blick war ernst. »Natürlich stehe ich zu dir und zu unserer Liebe! Gleich heute noch gehe ich zu deiner Mutter und bitte sie …«

»Nein!«, schrie sie auf und entriss sich seinen Händen. »Das geht nicht!«

»Aber warum nicht? Ich liebe dich, und genau das werde ich ihr sagen. Gern verspreche ich ihr auch, nicht noch einmal mit diesen alten Geschichten anzufangen. Was geschehen ist, ist geschehen und lässt sich nicht rückgängig machen. Es gilt, nach vorn zu schauen. Wahrscheinlich habe ich mich ohnehin getäuscht, und sie ist gar nicht diese Frau aus dem Löbenicht.«

»Das will sie sowieso nicht mehr hören. Stattdessen will sie mich mit jemand anderem verheiraten.«

»Was? Seit wann weißt du das?« Sein Gesicht wurde aschfahl. Mühsam schluckte er, rang um Fassung. »Mit wem?«

»Mit Kollmann aus Bürgersdorf«, erwiderte sie matt. Zugleich wurde ihr bewusst, was seine erste Frage bedeutete. Kleinlaut schob sie nach: »Vor einigen Wochen schon hat sie es mir gesagt. Eine Weile habe ich gehofft, es hätte sich erledigt. Nie ist Kollmann bei uns aufgetaucht, um darüber zu reden. Doch jetzt, da die Gefahr um Wehlau herum wächst, wird er wohl auf eine baldige Heirat drängen.«

»So weit darf es nicht kommen. Oh Gott! Hätte ich das nur früher gewusst.« Verzweifelt raufte er sich das Haar. »Ist dir klar, was wir eben …«

»Sprich es nicht aus«, flehte sie. »Ach, Laurenz! Wie kommen wir da nur wieder heraus? Nur, weil meine Mutter Angst hat, du könntest mir alte Geschichten über sie erzählen, will sie uns voneinander trennen und verschachert mich wie ein Stück Vieh an den Erstbesten. Dabei habe ich immer gedacht, sie würde mich wirklich lieben.«

»Natürlich tut sie das, Liebelein.« Tröstend strich Laurenz ihr über die Wange, legte ihr den Arm um die Schultern und drückte ihren frierenden nackten Leib gegen seine warme, starke Brust. »Allein aus Liebe zu dir tut sie das alles. Sie will dich vor den bösen Gespenstern der Vergangenheit beschützen. Durch mein Auftauchen sind die wieder lebendig geworden. Wenn es wirklich stimmt, dass sie diese Gunda ist, die ihren Mann und wohl auch ihr zweites Kind damals im Löbenicht verloren hat, liegt Entsetzliches hinter hier. Du bist die Einzige, die ihr von ihrer einstigen Liebe geblieben ist. Umso mehr ist sie darauf bedacht, dich vor Unheil zu bewahren und alles zu deinem Besten zu tun.«

»Aber genau deshalb darf sie mich nicht mit einem Mann verheiraten, den ich nicht liebe! Das ist doch das größte Unheil für mich.«

»Um das zu verhindern, gibt es eigentlich nur eins.«

Trotz aller Verzweiflung machte ihr Herz einen Sprung. Als sie Laurenz ansah, zuckte sie jedoch zurück. Anders als erhofft, spiegelte sein Gesicht nicht wilde Entschlossenheit, sondern eher tiefe Beklommenheit.

»Lass uns gemeinsam von hier weggehen«, kam sie ihm hastig zuvor.

»Willst du das wirklich?« Seine Stimme klang rauh. »Du weißt, was das letztlich bedeutet, Liebelein? Damit lässt du deine Mutter und deine Großmutter, also die beiden Menschen, die du am meisten liebst, allein zurück. Du kannst nicht absehen, ob du sie je wiedersiehst. Oder ob sie dich je wiedersehen wollen. Damit fügst du ihnen gewaltigen Kummer zu.«

»Wenn ich das nicht längst gewollt hätte, wäre ich nie zu dir gekommen«, erklärte sie, auf einmal von einem ungeheuren Trotz erfasst. »Oder denkst du, du hättest mich so einfach haben können, ohne dass ich bereit gewesen wäre, für dich mein Leben hinzugeben?«

23

Im Haus war es totenstill. Kaum wagte Agnes zu atmen, horchte immerzu in die Dunkelheit hinein. Es mussten Stunden vergangen sein, seit sie sich aus der Schankstube zurückgezogen hatte. Wie üblich war sie nach dem abendlichen Aufräumen in ihre Kammer ins Obergeschoss gegangen. Seit ihrem Fieber vor einigen Wochen schlief sie allein. Großmutter Lore teilte sich seither mit Gunda das große Bett in der Stube nebenan. Bis zu Fröbels Tod war es noch das Ehebett gewesen. Obwohl die Schlafkammern Wand an Wand lagen, drang kein Geräusch von nebenan herüber. Agnes erfasste Unruhe. Sie hatte bislang kein Auge zugetan, dabei wusste sie, wie gut es ihr tun würde. Sie brauchte alle Kraft. Die nächsten Tage würden sehr anstrengend werden. Angespannt lauschte sie in die Stille hinein.

Ein Käuzchen rief mehrmals sein langgestrecktes »Kwiuh« in die dunkle Nacht heraus, begleitet vom silbrig-hellen Zirpen der Grillen. Agnes' Herz pochte schneller. Regte sich draußen etwas? Vorsichtig hob sie den Kopf und äugte zum Fenster an der gegenüberliegenden Stirnseite der langen, schmalen Stube. Die hölzernen Fensterläden standen weit offen, auch die dicken roten Bettvorhänge waren zurückgezogen. Von ihrem Bett aus erhaschte sie einen schmalen Ausschnitt der Welt außerhalb des Hauses. Sternenklar wölbte sich der Nachthimmel über die schlafende Stadt. Es war, als breitete er seine schützende Hand über sie aus. Direkt vor dem Fenster ragte die dicht belaubte Spitze des Apfelbaums auf. Kaum ein Luftzug strich durch die Blätter, auch das Käuzchen war verstummt. Lediglich das Summen von Fliegen erfüllte die Nacht.

Agnes' Kopf sank ins Kissen zurück. Tief sog sie den Duft der Wäsche ein. Lore mischte stets einige getrocknete Nelken unter das Waschwasser, was für einen besonderen Geruch sorgte. Wie würde sie den vermissen! Verstohlen wischte sie eine Träne aus dem Augenwinkel und beschloss, an anderes zu denken. Sonst brachte sie es am Ende nicht über sich, aus dem Bett zu steigen und sich im ersten Morgengrauen aus dem Haus zu stehlen.

Sie tastete nach dem kleinen Bündel, das sie so weit wie möglich unter das Bett geschoben hatte. Endlich spürte sie den rauhen Stoff des Umhangs an den Fingerkuppen. Behutsam zog sie die Rolle nach vorn. Laurenz hatte ihr eingeschärft, nur das Notwendigste einzupacken: ein zweites leichtes Unterkleid aus hellem Leinen, einen dunkelroten Surkot aus leichter Wolle sowie eine Heuke aus etwas dickerem schwarzem Stoff und ein Leinenhalstuch zum Wechseln. Zudem hatte sie eine feine rote, reich mit verschiedenen Garnen und Perlen bestickte Borte aus Samt hineingelegt. Nach dem Tod des alten Fröbel hatte Gunda sie ihr feierlich überreicht und als »ein Erinnerungsstück aus vergangenen Tagen« bezeichnet. Geschickt hatte Agnes all diese Sachen zu einem langen Wulst zusammengerollt. Der Gürtel mit dem daran festgebundenen Gebetbuch, dem Rosenkranz, dem hölzernen Besteckkasten mit Klapplöffel und Messer sowie einem kleinen Geldbeutel aus Leder lag auf der Truhe bereit. Sie pries sich glücklich, seit Jahren schon einige Münzen gespart zu haben, die ihr Fröbel sowie die Mutter und Lore gelegentlich zugesteckt hatten. Zufrieden wog sie den Geldbeutel in der Hand, lauschte dem Klimpern der Münzen. Ihre Finger glitten weiter an dem Gürtel entlang. Heimlich hatte sie der Großmutter noch eine zierliche Dose mit Nadeln stibitzt, die sie ebenfalls daran befestigt hatte. Lore besaß zwei dieser Dosen. Eine trug sie stets am Gürtel, die zweite verwahrte sie auf dem schmalen Wandbord in der Schlafkammer. Des Diebstahls wegen plagten Agnes zwar Gewissensbisse, doch das Stück war ein Andenken an Lore, wie der Rosenkranz ein weiteres Geschenk der Mutter und das Gebetbuch sowie der Geldbeutel ein Geschenk des verstorbenen Fröbel war. Wieder wurden ihr die Augen feucht. Laurenz hatte recht: Es fiel ihr unendlich schwer, die Menschen, die sie liebte, zurückzulassen. Am besten, sie erhob sich und kleidete sich an. Lang konnte es ohnehin nicht mehr sein bis Tagesanbruch. Bevor die anderen aufstanden, sollte sie aus dem Haus sein und in einem Winkel nahe dem Pregeltor auf das Öffnen der Stadttore warten. Sie schwang die nackten Beine aus dem Bett und setzte sich auf.

Das Leinenkleid wartete bereits auf dem Schemel neben dem Bett aufs Überstreifen, der hellblaue Surkot hing an einem Haken gleich bei der Tür. Leise zog sie sich an, band zuletzt den Gürtel um die Taille. Dabei schlugen Nadeldose und Besteckkasten gegeneinander. Das scheppernde Geräusch klang laut in der nächtlichen Stille. Erschrocken hielt sie beides mit den Fingern fest, horchte verängstigt, ob sich etwas regte. Im Haus blieb es still. Auf Zehenspitzen schlich sie durch die Stube, kämmte sich das Haar, flocht es zu Zöpfen und wand sie zu Schnecken über den Ohren. Jetzt fehlte nur noch das Tuch am Hals, um das Feuermal zu verdecken. Ihre Finger zitterten, als sie den Kamm in die Rolle stopfte. Ein letztes Mal wanderte ihr Blick durch den dämmrigen Raum. Zuletzt trat sie ans Fenster, sah am Apfelbaum vorbei in den engen Hof hinunter. Der Brunnen in der Mitte, der Schweinekoben hinten an der Mauer, das Sudhaus mit dem Taubenschlag – all das prägte sie sich ein. Hastig wandte sie sich ab, griff sich die Rolle und klemmte sie unter den Arm, schlüpfte in die bereitstehenden Schuhe. Zum Glück schwang die Tür geräuschlos auf, auch die Holzdielen knarrten nicht. An der Tür zum elterlichen Schlafgemach blieb sie kurz stehen und lauschte. Alles blieb still. Beruhigt schlich sie weiter, stieg vorsichtig die Treppe hinunter.

Die Dunkelheit in der Schankstube schien ihr undurchdringlich. Sorgsam hatte Griet die Fensterläden verschlossen, Ulrich hatte jeweils einen Balken als Riegel davor befestigt. Durch die Ritzen drang kaum Mondlicht herein. Agnes verharrte am unteren Treppenabsatz, um sich an das schwache Licht zu gewöhnen. Ihr Blick streifte umher, erspähte im hinteren Winkel die winzige Glut des Herdfeuers unter dem schützenden Messingschirm. Der sauber gescheuerte Kessel hing an der Kette tief darüber, bereit für eine neue, kräftige Suppe, die Griet gleich am Morgen zu kochen beginnen würde. Schon meinte Agnes, den würzigen Geruch in der Nase zu haben.

»Tut es dir schon leid?«, hörte sie plötzlich Großmutter Lores Stimme von der anderen Seite der Stube. Sie erstarrte. Ihre Flucht war entdeckt, ehe sie begonnen war. Trotz des Schrecks bewies sie noch ausreichend Geistesgegenwart, ihr Bündel nicht zu Boden fallen zu lassen.

»Hab keine Angst, mein Kind!« Langsam kam Lore auf sie zu. Weit streckte sie die kurzen Arme vor. Als sie dicht vor Agnes zum Stehen kam, lag ein zärtliches Lächeln auf ihrem faltigen Gesicht. Das Weiß der Augen schimmerte hell in der fahlen Dämmerung. Gütig sah sie zu Agnes auf, hob die Hand und strich ihr sanft über den Arm.

»Von mir erfährt niemand etwas«, raunte Lore und zog sie ein Stück näher zum winzigen Feuerschein am Herd. »Doch so ganz ohne Abschied wollte ich dich nicht gehen lassen.«

»Großmutter!« Mehr vermochte Agnes nicht zu sagen. Ein dicker Kloß verschloss ihr die Kehle.

»Scht!« Beschwörend legte Lore den Finger auf die Lippen. »Wir wollen doch niemanden wecken. Komm, lass mich dich noch einmal in die Arme nehmen und an mein Herz drücken.«

Kaum hatte sie die Worte ausgesprochen, ließ Agnes ihr Bündel lautlos zu Boden gleiten und fiel der kleinen, gedrungenen Frau um den Hals. Die Großmutter wiegte sie wie ein Kind, murmelte immerzu »scht, Liebes!« vor sich hin. Endlich drückte sie Agnes mit einem sanften Stoß von sich fort und bückte sich nach ihrem Gepäck, um es ihr entgegenzuhalten.

»Du musst gehen. Lass Laurenz nicht warten. Wenn ihr heute nicht aufbrecht, wird es kaum mehr eine Gelegenheit geben. Gestern Abend noch kam die Nachricht, Reuß von Plauen wolle heute mit seinen Mannen aus Königsberg losziehen. Morgen schon werden sie vor unseren Toren auftauchen. Dann wird so schnell niemand mehr aus der Stadt hinausgelangen.« Aufmerksam musterte sie Agnes. »Vergiss nie, eure Liebe in Ehren zu halten. Sie ist einzigartig und das Beste, was dir je im Leben geschehen kann. Laurenz ist ein aufrichtiger Bursche. Er überlegt genau, bevor er etwas tut. Wenn er heute bereit ist, mit dir fortzugehen, so wird er künftig immer dazu stehen und dich beschützen und behüten wie sein eigenes Leben. Glaub mir, mein Kind, dazu ist nicht jeder bereit, auch wenn so manch einer vorgibt, es zu sein.«

Abermals hielt sie inne, um Agnes zu betrachten.

»Schau mich an, Liebes! Längst bin ich eine alte Frau. Mein lieber Ewald hat mich nur ein kurzes Stück meines Weges begleiten können. Dennoch denke ich nach wie vor ständig an ihn und weiß, unsere Liebe wird ewig währen. Einst hat er sich vor mich gestellt, um mich zu beschützen. Seither wartet er im Jenseits auf mich und bereitet dort alles für meinen Empfang vor. Eines Tages werden wir wieder vereint sein. Zeit meines Lebens habe ich in diesem Gedanken Trost gefunden. Unsere Liebe ist wahrhaftig gewesen. Ich bin sicher, das ist bei dir und Laurenz auch der Fall. Immer wird er für dich da sein.«

Noch einmal reckte sie sich auf die Zehenspitzen, schloss die Arme um Agnes und drückte sie an sich. Einen Moment war Agnes, als schluchzte Lore. Sie musste hart mit sich ringen, nicht ebenfalls in Tränen auszubrechen. Schon ließ Lore sie los, wies zur Tür.

»Jetzt geh, mein Kind! Und vergiss nie, welch schöne Zeit du hier gehabt hast. Deine Eltern waren dir immer gut. Auch wenn Gunda das nicht zeigen kann, weiß ich, dass du ihr Ein und Alles bist. Sei gewiss: Auch sie würde jederzeit ihr Leben für dich geben! Ich werde ihr sagen, warum du gehen musstest. Sie wird es verstehen, auch wenn sie einige Zeit braucht, um es zu begreifen. Doch das wird sie, vertrau mir!«

»Danke, Großmutter!«, war alles, was Agnes herausbrachte. Langsam drehte sie sich um und ging zur Tür. Lore folgte ihr, wie sie an dem leisen Schlurfen hinter sich hörte. Kaum hatte sie die Tür erreicht, hielt die Großmutter sie noch einmal am Arm zurück.

»Versprich mir noch eines, Liebes! Sei deiner Mutter nicht gram!« Sie fasste nach Agnes' Hand und drückte sie fest mit beiden Händen. »Komm eines Tages zurück und mach deinen Frieden mit ihr. Sie kann oft nicht so, wie sie eigentlich will. Niemand leidet mehr darunter als sie selbst. Das aber heißt nicht, dass sie dich nicht liebt. Es gibt einen Grund für ihr Verhalten. Irgendwann wird sie ihn dir nennen. Bis dahin musst du wissen: Alles, was sie je getan hat, hat sie aus Liebe zu dir getan.«

»Ich weiß«, hauchte Agnes, beugte sich vor und küsste Lore auf die Wange. Die runzelige Haut schmeckte trocken. Rasch wandte sie sich ab und schlüpfte aus der Tür hinaus.

Ein letztes Mal streifte ihr Blick über die Fassade des Silbernen Hirschen. Stolz ragte der hohe Giebel aus der Reihe der Steinhäuser empor. Lediglich das Witoldsche Haus wirkte größer und prächtiger. Im Osten graute bereits der Morgen. Höchste Zeit, zum Pregeltor zu gelangen. Bald öffneten die Pforten. Sie hatte mit Laurenz vereinbart, als eine der Ersten aus der Stadt zu gehen. Die Wachleute waren ihr gut, sie würden sie nicht aufhalten. Zum Dank hatte sie ihnen gestern noch eine Kanne des beliebten Fröbelschen Biers gebracht. Laurenz hatte Wehlau bereits am Vorabend durch das Alletor verlassen und erwartete sie an der breiten Eiche auf halbem Weg zum Fluss hinunter.

Klopfenden Herzens schritt sie aus. Die lichter werdende Nacht ängstigte sie nicht. Jedes Geräusch schien ihr gedämpft. Selbst das abermalige »Kwiuh« des Käuzchens klang anders als vorhin. Die gewohnte Welt um sie her war in die verschiedensten Grautöne gekleidet. Mehr und mehr hellten sie auf, dennoch wirkte alles seltsam entrückt. Sie verließ ein fremd aussehendes Wehlau. Die Stadt, in der sie aufgewachsen war, war für immer in der Nacht versunken. Der Tag brach an, und damit begann ein neues Leben.

Zweiter Teil

LABIAU UND KÖNIGSBERG

Sommer 1455

swem nie von liebe leid geschach,
dem geschach ouch liep von liebe nie.
liep unde leit diu wâren ie
an minnen ungescheiden.

(Wem nie durch Liebe Leid geschah,
dem geschah auch das Glück der Liebe nicht.
Liebe und Leid waren von je
in der Minne ungeschieden.)

Gottfried von Strassburg
Tristan, Vers 204–207

1

Müßiggang war Agnes fremd. Ohne Beschäftigung schienen ihr die Tage endlos, boten viel zu viel Zeit, um über die Ereignisse der letzten Wochen zu grübeln. Mit Neid sah sie, wie sehr Laurenz von seinen Arbeiten an der Ordensburg in Labiau in Anspruch genommen wurde. Beobachtete sie morgens, wie die eine Magd in der Schankstube die Suppe für das Mittagessen vorbereitete und die andere den Bierausschank übernahm, konnte sie sich kaum zurückhalten. Noch unruhiger wurde sie, wenn der Wirt seine älteste Tochter zum Einmaischen ins Hinterhaus befahl. Doch sie durfte sich nichts anmerken lassen. Bei ihrer Ankunft in Labiau vor fünf Tagen hatte Laurenz sie der Wirtin des Krugs als seine Base vorgestellt, die er zu Verwandten nach Königsberg bringen sollte. Zwar hatte die Wirtin sie daraufhin mit einem seltsamen Blick bedacht, ihr aber dennoch ein Bett im Schlafgemach ihrer Tochter bereitet. Agnes' zaghafte Bitte, sich im Haushalt nützlich machen zu dürfen, hatte die hagere Frau schroff zurückgewiesen. »Wäre noch schöner, wenn unsere Gäste bei uns mit anpacken müssten.« Seither verbrachte Agnes die Tage damit, die Lischke und die benachbarte Ordensburg zu erkunden.

Auch an diesem heißen Augusttag ging sie über den gut besuchten Markt. Die Erntezeit sorgte für ein reichhaltiges Angebot an Gemüse und Früchten. Das Getreide war eingebracht und wartete am nahen Hafen in großen Säcken auf den Abtransport. Die Fischer auf der Deime und dem nahen Haff schienen gute Fänge zu verbuchen. Prall gefüllte Fässer standen dicht an dicht. Hechte, Zander, Barsche, Aale und viele andere Sorten wurden darin feilgeboten. Sehnsüchtig musterte Agnes einen ellenlangen Döbel. Ein Prachtstück! Was gäbe sie darum, ihn zu kaufen und für jemanden zuzubereiten. Griet war eine gute Lehrmeisterin am Herd. Wehmut überfiel sie. Rasch ging sie weiter. Auch von den Rüben, Zwiebeln, Pastinaken oder Bohnen hätte sie gern genommen, ebenso lachte sie der helle Käse bei einem der Fettkrämer auf der Westseite des Marktes an. Der würzige Geruch stak ihr lange in der Nase, mischte sich mit dem verführerischen Duft des frischen Brotes, das an einem anderen Stand angeboten wurde. Nicht einmal der aufdringliche Gestank der Garküchen, an denen sich die ärmeren Leute gütlich taten, kam dagegen an.

Erfüllt von diesen Eindrücken, spazierte Agnes zur nahe gelegenen Ordensburg. Trutzig erhob sich der rote Steinbau im Süden der Lischke an den Ufern der Deime. Der Fluss umschlang ihn in einer großen Schleife, zur Landseite hin grenzte ihn ein tiefer Graben ab. Das verlieh dem Bau eine nahezu natürliche Insellage, was den Vorteil bot, dass sie in alle Richtungen gut zu verteidigen war, wie Laurenz ihr nicht müde wurde zu erklären. Stolz ragte der stufenartig aufgebaute Giebel des Haupthauses gen Norden in den Himmel empor, mehrere Fuß dicke Mauern umschlossen das unregelmäßige Geviert. Selbst hundert Jahre nach den letzten großen Einfällen der heidnischen Schalauer markierte die Burg ein beeindruckendes Bollwerk der christlichen Deutschordensritter gegen die ungläubigen Nachbarn in Schalau und Nadrau. Sie galt als uneinnehmbar. Zuletzt hatten das die aufmüpfigen Bündischen vor gut eineinhalb Jahren erfahren, wie die Wirtin gleich am ersten Abend Laurenz und Agnes berichtet hatte. Binnen weniger

Tage hatten sie unverrichteter Dinge abziehen müssen. Seither standen die Labiauer wieder treu auf Seiten des Ordens und hatten sich vom Städtebund losgesagt.

Neugierig betrachtete Agnes das gewaltige Gebäude. Von außen war nicht zu erkennen, wo im Innern die Arbeiten stattfanden, die Laurenz als Werkmeister beaufsichtigte. Dabei mussten sie recht umfangreich sein, war er doch bereits im Mai und Juni mehrere Wochen vor Ort gewesen. Zudem fuhren unablässig Karren und Fuhrwerke Holz, Ziegel und weitere Baumaterialien zum offen stehenden Burgtor hinein. Gelegentlich meinte Agnes den Geruch von feuchtem Sand und modrigem Gestein in der Nase zu haben.

Malerisch zeichnete sich der Umriss des rötlichen Klinkerbaus vor der bis zum Horizont flach auslaufenden Umgebung ab. Goldgelbes Sonnenlicht überflutete das von Schilf und hohen Gräsern überwucherte Land. In der Ferne war das satte Grün der beginnenden Moorlandschaft zu erspähen. Durchsetzt von dickem, weißem Gewölk lieferte der tiefblaue Augusthimmel einen kontrastreichen Hintergrund. Lautlos glitt von Süden ein Schiff auf der grünlich schimmernden Deime heran. Mit unzähligen Fässern beladen, lag es tief im Wasser. Eine Schar Enten flog dicht vor dem Bug verängstigt auf, versuchte, rasch das rettende Ufer zu erreichen. Ein halbes Dutzend Gänse plusterte sich drohend auf, um den Eindringlingen Paroli zu bieten.

»Endlich habe ich dich gefunden. Was machst du hier?« Überrascht fuhr Agnes herum. In großen Schritten hielt Laurenz auf sie zu. Er kam vom Markt herüber. Mit der Sonne im Rücken wirkten die verschiedenfarbigen Augen fahl, sein schwarzer Bart dunkler als sonst. Dass er mitten am Tag nach ihr suchte, war ungewöhnlich.

»Bringst du schlechte Nachrichten?«, fragte sie bang.

»Keine Sorge«, versicherte er und fasste nach ihrer Hand. »Lass uns ein Stück den Fluss hinaufgehen, dort sind wir allein und können besser reden.«

Zielsicher führte er sie südwärts aus der Lischke heraus. Der Weg schlängelte sich hinter der Ordensburg am Ufer entlang. Im trockenen Gras zirpten die Grillen. Es roch süßlich nach reifen Beeren und fauligem Gestrüpp.

»Was hältst du von dieser Stelle?«, schlug Laurenz vor und wies mit der Hand auf ein hüfthohes Gebüsch nahe der Deime. Zum Weg hin bot es Schutz vor neugierigen Blicken und auf der Seite zum Ufer fand sich ausreichend Platz, bequem zu zweit zu sitzen. Niedergetrampeltes Gras und abgerissene Blütenstengel verrieten, dass sie nicht die Ersten waren, die diese verschwiegene Stelle aufsuchten. Agnes strich das Gras glatt und ließ sich nieder, breitete sorgsam den Stoff ihres Leinenkleids kreisförmig um sich aus.

»Morgen früh bei Tagesanbruch werden wir aufbrechen«, verkündete Laurenz. »Ein Bote ist vorhin in der Burg aufgetaucht und hat …«

»Kam er aus Wehlau? Haben die Weißmäntel schon losgeschlagen?«, platzte sie aufgeregt dazwischen.

»Beruhige dich! Noch ist nicht viel geschehen.« Behutsam fasste er sie an den Schultern, suchte den Blick ihrer bernsteinfarbenen Augen. »Natürlich ist Reuß von Plauen mit seinen Truppen in Wehlau angekommen. Mit Schiffen sind sie den Pregel hinaufgefahren. Vermutlich hofft er, die Stadt vom Fluss her leichter einnehmen zu können. Fürs Erste aber bleiben die Tore fest verschlossen und die Mauern gut bewacht. Sowohl die Deutschordensritter als auch die Wehlauer liegen abwartend in ihren Stellungen. Es kann Tage, wenn nicht gar Wochen dauern, bis sich etwas tut. Derzeit bleibt uns nur zu hoffen, dass alles gut endet.«

»Was ist mit Mutter und Großmutter? Hat der Bote dazu etwas sagen können? Der Silberne Hirsch liegt viel zu nah an der Stadtbefestigung und am Alletor. Lang werden sie dort nicht vor Angriffen von außen geschützt sein. Da nützen ihnen all die wunderbaren Schanzen gar nichts.«

»Mach dir keine Sorgen, Liebelein«, versuchte er noch einmal, sie zu besänftigen. Behutsam hob er die rechte Hand mit den beiden steifen mittleren Fingern und strich ihr eine braune Haarsträhne aus der Stirn. Sie erzitterte. Wie lange war er ihr schon nicht mehr derart nahegekommen? Zu ihrem Bedauern rückte er gleich wieder von ihr ab und wandte den Blick zum Fluss, sah eine unerträglich lange Zeit schweigend aufs Wasser. Die Mittagssonne zauberte funkelnde Silberstreifen darauf.

»Es ist noch ein weiterer Bote hier eingetroffen. Er hat mir die Nachricht überbracht, dass ich dringend bei der Marienburg erwartet werde. Du weißt, der Orden hat sie im letzten Jahr den böhmischen Söldnern als Sicherheit für den ausstehenden Sold geboten. Wenn die Kreuzherren nicht zahlen, werden die Böhmen die Burg besetzen. Das will der Hochmeister um jeden Preis verhindern. Deshalb schickt er nach Baumeistern wie mir, um neue Wälle aufrichten zu lassen. Offenbar will er den Söldnern beweisen, wie wenig er daran denkt, auf ihre Forderungen einzugehen.«

»Bitte geh nicht!«, flehte sie. »Dort ist es viel zu gefährlich! Früher oder später wird es zu Kämpfen kommen. Was soll ein Baumeister wie du dann noch ausrichten? Bleib hier! Drüben in der Burg gibt es genug zu tun.«

»Das geht alles nicht so einfach, wie du dir das vorstellst, Liebelein. Als Baumeister bin ich vom Orden verpflichtet, ich muss …«

»Du musst gar nichts!« Zornig sprang Agnes auf, ballte die Hände zu Fäusten. »Wieso stehst du einmal in Diensten des

Ordens, und ein anderes Mal verdingst du dich als Baumeister bei Leuten wie den Steins oder Haude in Wehlau? Auf welcher Seite stehst du überhaupt?«

»Auf keiner, Liebelein.« Bedächtig erhob er sich und stellte sich vor sie. Über sein feines Gesicht huschte ein Schmunzeln, das blaue und das grüne Auge strahlten sie um die Wette an. Er fasste sie an den Händen und zog sie zu sich heran. »Ich bin Baumeister, kein Söldner. Für mich gibt es keine Seite, auf der ich zu stehen habe. Seit Jahr und Tag ziehe ich durch die Lande und baue, was zu bauen ist, ganz gleich, ob es sich um eine Ordensburg für die Kreuzherren oder um das Haus eines zu Geld gekommenen Handwerkers wie Haude oder den Ausbau eines stolzen Besitzes wie der von Ratsherr Stein handelt. Die Ereignisse der letzten Monate haben mir viele Aufträge verschafft. Zum einen haben die Bürger beim Sturm auf die Ordensburgen reichlich Steine und Mauerwerk erbeutet, um sich prächtige Steinhäuser zu errichten. Zum anderen dringen die Ordensritter darauf, die geschleiften Festungen rasch wieder aufzubauen und durch zusätzliche Mauern noch besser zu schützen. Ebenso gehen die Städte dazu über, weitere Wälle errichten zu lassen. Das alles macht ein Baumeister, wie ich einer bin, ohne für die eine oder andere Seite Partei zu ergreifen. Allerdings verpflichten mich mitunter Verträge, vor Jahren begonnene Bauwerke wie zum Beispiel auf der Marienburg bei Bedarf und auf Wunsch des Bauherrn fortzusetzen. Deshalb komme ich nicht umhin, dem Ansinnen des Hochmeisters Folge zu leisten. Kannst du das verstehen?«

»Verzeih. Es ist nur, weil ich so wenig von dir weiß«, murmelte sie und musterte ihn. Er war zwar weitaus kräftiger, aber nicht viel größer als sie. Fast konnte sie ihm direkt in die Augen sehen. Verlegen schluckte sie. Nach wie vor schlug seine Nähe sie in Bann.

»Vertraust du mir etwa nicht?« Fest umschlang er sie mit den Armen, presste sie eng gegen die Brust. Gierig sog sie den Duft seines Leibes ein. »Du magst es vielleicht anrüchig finden, dass ich für alle Seiten arbeite, doch ich ergreife die Gelegenheit gern beim Schopf. Immerhin sind insbesondere die Ordenshäuser allesamt vortreffliche Bauwerke. Bei meinen Aufträgen kann ich vieles lernen. Im Gegensatz zu ihren böhmischen Söldnern bezahlen die Weißmäntel ihre Werkmeister übrigens zuverlässig und äußerst großzügig. Alles in allem tue ich das, um die Jahre für mein Vorankommen zu nutzen und Geld beiseitezulegen. Eines Tages will ich mit dem Herumreisen aufhören und mich niederlassen, am liebsten in meiner Heimatstadt Löbenicht am Pregel. Einen eigenen Hausstand will ich gründen und den Rest meiner Tage als Baumeister verbringen, um für reiche Menschen große und schöne Gebäude zu errichten.«

»Warum sprichst du davon, als läge das alles noch in weiter, ferner Zukunft?«, hob sie leise an, um schließlich aufzubrausen: »Warum redest du nur davon, was *du* tun willst? Wo bin ich bei all diesen Plänen? Hast du darin keinen Platz für mich?«

»Genau darum geht es«, erwiderte er ruhig, lächelte und packte sie an den Schultern, um sie wieder eindringlich anzuschauen. »Das ist der zweite Punkt, weshalb wir morgen schon von hier fortmüssen.«

»Was?«

»Das Auftauchen des Boten heute ist eine gute Gelegenheit, unseren gemeinsamen Weggang zu erklären«, fuhr er fort. »Dem Pfleger drüben in der Burg ist zu Ohren gekommen, dass meine *Base* mit mir zusammen im Krug am Markt wohnt. Wahrscheinlich hat es ihm der zweite Werkmeister zugetragen. Der sucht schon seit längerem nach einer

Gelegenheit, mich loszuwerden. Ich möchte nicht, dass der Pfleger morgen zur Wirtin geht und sich dort nach uns beiden erkundigt. Auch will ich vermeiden, dass er dich befragt. Du kannst und darfst ihm keinesfalls offen ins Gesicht lügen.«

»Aber …«, versuchte sie, ihm zu widersprechen, doch er schnitt ihr das Wort ab. »Niemals darfst du lügen! Es ist schlimm genug, dass wir der Krügerin nicht die Wahrheit gesagt haben und sie sie wahrscheinlich trotzdem ahnt. Deshalb sollten wir beide morgen von hier verschwinden.«

»Du schämst dich meiner.«

»Sei nicht töricht!« Aufgebracht ging er auf der kleinen Lichtung auf und ab, fuhr sich mit der linken Hand durch den schwarzen Bart, stützte die Rechte in den Rücken und hielt den Blick angestrengt zu Boden gerichtet. Jäh blieb er stehen, wandte sich ihr wieder zu. »Du erfasst nicht den Ernst der Lage: Ich habe dich ohne das Wissen und die Einwilligung deiner Mutter aus Wehlau fortgebracht. Wir sind nicht miteinander verwandt, von Base und Vetter keine Spur. Also leben wir offen in Sünde. Davon darf niemand erfahren, das ist dir doch klar, oder? Glaub mir, Liebste«, er trat wieder ganz dicht zu ihr hin, fasste nach ihren Händen und suchte ihren Blick, »nichts täte ich lieber, als das auf der Stelle zu ändern. Bislang aber fehlen mir die Mittel, dich zu heiraten und mit dir einen Hausstand zu gründen. Lass uns noch ein, zwei Jahre warten. Dann sieht alles schon ganz anders aus.«

»Du willst noch ein, zwei Jahre warten? Letztens hat sich das noch anders angehört. Was wird bis dahin? Wie stellst du dir das vor?« Entsetzt schüttelte sie seine Hände ab. »Wer bist du eigentlich? Warum sagst du mir nicht endlich die ganze Wahrheit über dich? Meinst du nicht, ich hätte ein Recht darauf? Immerhin habe ich mich dir blindlings anvertraut, viel mehr noch: Ich habe mich dir vollends ausgeliefert! Du hast von mir das höchste Gut bekommen, das eine Frau einem Mann zu geben vermag. Ist es dir nur darum gegangen? Dich muss das nicht weiter kümmern. Für einen Mann bedeutet das kaum etwas. Wenn du mich fallenlässt, habe ich ein für alle Mal meine Ehre verloren. Allein in deiner Hand liegt es, mich vor dem Elend zu bewahren. Kannst du dir vorstellen, was es für mich heißt, du wolltest jetzt noch nicht heiraten, in ein oder zwei Jahren *vielleicht*? Was, wenn du dich zwischenzeitlich eines anderen besinnst? Wenn du vielleicht eine bessere Verbindung eingehen kannst? Vielleicht fragst du dich jetzt noch einmal, wer von uns beiden den Ernst der Lage nicht erfasst.«

»Wie kannst du nur denken, ich …« Weiter kam er nicht. Ihm versagte die Stimme. Seine Schultern sackten nach vorn. Die verschiedenfarbigen Augen schimmerten feucht, die Lippen bebten.

Sie zauderte, rang mit sich. Ein weiterer Blick in sein verstörtes Antlitz brach allen Widerstand. Aufschluchzend fiel sie ihm in die Arme. »Verzeih! Das habe ich nicht so gemeint.«

Eng umschlungen standen sie da. Es tat gut, nach dem harschen Streit Zuflucht in der innigen Umarmung zu finden. Agnes spürte, wie sich statt Verzweiflung ein ganz anderes Gefühl ihrer bemächtigte. An Laurenz' schneller werdendem Herzschlag erkannte sie, dass es ihm ähnlich erging. Viel zu lang hatten sie einander entsagen müssen! Ihr wurde heiß, zugleich verlangte sie danach, sich noch enger gegen ihn zu pressen. Ihre Hände wanderten seinen breiten Rücken entlang, die Finger bohrten sich in den Stoff seines Rocks. Auch seine Hände blieben nicht ruhig, strichen zunächst zögernd, dann immer fordernder über ihren Leib, wanderten hinab auf ihr Gesäß, kneteten das weiche Fleisch, drückten es fest gegen seinen Unterleib. Sacht ließen sie sich zu Boden gleiten. »Liebste!«, raunte er ihr ins Ohr. »Bitte glaube mir, wie sehr ich dich liebe!«

Als sie sein geliebtes Gesicht so nah vor sich sah, seinen warmen Atem auf der Haut spürte, war jeglicher Widerstand gebrochen. Sie begehrte nur noch eins: sich mit ihm zu vereinen und im gemeinsamen Streben nach der höchsten Lust Erfüllung zu finden. Entschlossen zerrte sie an seinem Rock, löste den Gürtel und knöpfte das Hemd auf. Seine Haut fühlte sich heiß an wie im Fieber. Ein leichtes Zittern lief über seinen Leib. Er stöhnte auf, stützte sich einen Moment lang noch auf seinen Armen ab und blickte ihr voller Sehnsucht in die Augen. Sie lächelte ihn an. Gierig raffte er den Stoff ihres Rocks und ließ sich zwischen ihren Beinen nieder. Das dichte Gestrüpp um sie herum bot einen guten Schutz. Trunken vor Liebe und ausgehungert von der seit Tagen verdrängten Sehnsucht fielen sie übereinander her.

Erst nach unzähligen Küssen, Umarmungen und der von ihnen beiden begehrten Vereinigung ließen sie voneinander ab. Das Zirpen der Grillen wurde lauter, Vogelgezwitscher drang an ihre Ohren. Gedankenverloren hakten sie ihre Hände ineinander, spielten mit den Fingern und betrachteten einander im schattigen Licht des Busches.

»Wieso sind deine Finger steif?«, fragte Agnes und küsste die unbeweglichen Finger seiner rechten Hand.

»Das ist eine lange Geschichte«, winkte er ab und richtete sich halb zum Sitzen auf. »Ich habe eine Unvorsichtigkeit teuer bezahlt. Wenigstens bewahrt es mich davor, bei den Bauarbeiten kräftig mit anpacken zu müssen. So kann ich mich auf das Wesentliche beschränken.«

»Und das wäre?«

»Das fragst du noch? Das Schöne natürlich.« Er beugte sich vor und küsste ihr den Bauch, wanderte mit den Lippen zu ihrer Scham hinunter. Das machte sie frösteln. Von neuem überfiel sie die Lust, auch er wurde von der Glut abermals erfasst. Wieder verschlangen sie einander gierig. Erschöpft schob sie ihn schließlich von sich hinunter, strich den Rock über ihre Blöße und setzte sich auf.

Ihre Zöpfe hatten sich gelöst, im Haar fanden sich Dutzende von Grashalmen. Sie begann, sie zu zupfen und das lange, glatte Haar von neuem ordentlich zu flechten. Dabei betrachtete sie Laurenz, der ebenfalls seine Kleidung richtete. Das schwarze Barett lag neben ihr im Gras, auch das kleine Buch und das Kästchen mit Besteck, das er an seinem Gürtel zu tragen pflegte, hatte er dort abgelegt.

»Darf ich?«, fragte sie und griff nach dem Büchlein. Schon bei seinem ersten Besuch im Silbernen Hirschen hatte er aufmerksam darin gelesen. Der etwa handgroße, mindestens gut eine halbe Handbreit dicke Band wirkte vielgenutzt. Das dicke Papier blätterte sich leicht auf. Dicht an dicht fanden sich darin endlose Zahlenkolonnen, Zeichnungen von Gebäuden, Skizzen von Ornamenten und Verzierungen, eng geschriebene Notizen. Die Buchstaben waren winzig, aber von äußerster Genauigkeit. Völlig fasziniert betrachtete Agnes sie.

»Was ist das?« Mit dem Finger wies sie auf die Zeichnung eines gewaltigen Bauwerks, umringt von mehreren Mauern. Verschieden hohe Türme durchbrachen sie.

»Das ist das Ordenshaus in Königsberg«, erklärte Laurenz und beugte sich über die Seiten, um sie auf einige Besonderheiten hinzuweisen. »Sieh hier: der freistehende Turm im Süden mit den auffälligen Rundbogenfenstern, der Danzker in der Südwestecke über dem Burggraben, die Art, wie die Vorburg das Innere an drei Seiten umschließt. Ist das nicht wundervoll? Zum Glück haben die Ordensritter sie Anfang letzten Jahres nicht bis aufs Blut verteidigt, sondern sind freiwillig abgezogen. So haben die Bürger sie ohne Kampf eingenommen. Zwar wurden große Teile der Vorburgmauer im Süden und einige Wände am Konventshaus im Innern abgetragen, doch davon ist kaum mehr etwas zu sehen. Die Leute wollten nur Steine, um ihre Häuser auszubauen. Im Innern der Burg hatte der Orden reichlich Baumaterial gelagert, von dem die Leute geplündert haben. Das hat die Burg vor weiteren Schäden bewahrt.«

Versonnen betrachtete er die Zeichnung, als gelte es, dadurch jeden einzelnen Stein wieder an seinen alten Platz zu rücken. Agnes schmunzelte, sprach daraus doch seine ganze Leidenschaft für sein Handwerk. Schließlich blätterte er weiter, zeigte ihr mehrere Zeichnungen einer weiteren riesigen Anlage in Marienburg sowie zuletzt die einer vergleichsweise bescheiden anmutenden Burg. »Die solltest du bereits erkennen können.« Erwartungsvoll sah er sie an.

»Da brauche ich wohl nicht lange zu überlegen«, erwiderte sie und drehte den Kopf in die Richtung, in der die Burg von Labiau lag. Im Vergleich zu Königsberg und Marienburg wirkte sie in der Tat sehr bescheiden.

»Du scheinst eine gelehrige Schülerin«, erklärte er und nahm ihr das Buch behutsam aus der Hand. »Das Gespräch sollten wir bei Gelegenheit fortsetzen. Im Ordensland gibt es noch viele weitere, sehr lohnenswerte Bauten, die für die jahrhundertealte Macht der Kreuzherren stehen. Wie der Bernstein ihr Gold aus der Ostsee ist, so sind die Burgen ihr Gold aus gemauertem Stein.« Als handelte es sich um einen kostbaren Schatz, stopfte er sein Büchlein umsichtig in einen Lederbeutel und verschnürte diesen an seinem Gürtel.

»Ich verspreche dir«, hub er feierlich an und hob die rechte Hand zum Schwur, »so bald als möglich darfst du ausgiebig in diesem Buch lesen, wie du längst auch in meinem Herzen lesen darfst. Zuvor aber müssen wir uns den Notwendigkeiten stellen. Noch sind wir nicht Mann und Frau, deshalb gilt es, den Schein als Base und Vetter zu wahren. Wir gehen jetzt zurück in den Krug und packen unsere Sachen. Morgen früh brechen wir zeitig auf. Ich bringe dich zu einer Verwandten in den Königsberger Löbenicht. Ich habe ihr bereits eine Nachricht geschickt. Bei ihr bist du nicht nur vor allen unerwünschten Nachfragen sicher, sondern auch vor aller Unbill, die der weitere Krieg der Städte und der Ordensritter bereithalten mag. So schnell wie möglich kehre ich dorthin zurück.«

»Wann wird das sein?«

»Bis zum Winter hoffe ich wieder zu Hause zu sein. Lass uns bis dahin warten, wie sich die Lage entwickelt. Schließlich will ich auch deine Mutter nicht übergehen und sie, wie es sich gehört, demütig um deine Hand bitten.«

»Oh Laurenz!«, war alles, was sie herausbrachte, und sie umarmte ihn von neuem.

»Versprich du mir bitte noch eins«, erklärte er und löste sich aus der Umklammerung, bevor die neuerliche Nähe weitere Begierden weckte.

»Alles, was du willst, solange du nur immer bei mir bleibst!« Ihre Stimme zitterte. Die Aussicht, ihn nicht nur für die bevorstehende Nacht, sondern für viele weitere Nächte und Tage, wenn nicht gar Wochen und Monate aus ihren Armen zu verlieren, erschreckte sie. Sie senkte das Antlitz, damit er ihre Tränen nicht sah. Sanft fasste er mit der rechten Hand unter ihr Kinn und hob es leicht nach oben. Sie biss sich auf die Lippen, rang um Fassung.

»Hör auf, an mir zu zweifeln, Liebelein. So wie du dich mir vollends ausgeliefert hast, so bin ich dir seit unserer ersten Begegnung restlos verfallen. Ein Leben ohne dich kann und will ich nicht mehr leben. Doch wir brauchen Geduld. Vertrau mir, ich werde so schnell wie möglich zu dir zurückkehren, und dann werden wir auch bald heiraten.«

»Ach Liebster, wenn es doch nur schon so weit wäre!«

2

Über dem Land lag das frühe Morgenlicht. Als riesige, unschuldig weiße Scheibe schälte sich die Sonne aus ihrem nächtlichen Bett weit hinter dem Großen Moosbruch heraus. In ihrem Gefolge breitete sich ein weißgoldener Streifen zwischen Himmel und Erde aus. Stetig wuchs er an und schenkte dem einheitlichen Dunkel ringsum die unterschiedlichsten Farbtöne. Graue Wolkenschlieren schoben sich an der Sonne vorbei, verfärbten sich darüber blaurot.

Trotz der frühen Stunde fühlte Agnes sich munter. Die Aussicht, einige Stunden allein mit Laurenz unterwegs zu sein, versetzte sie in ausgelassene Stimmung. Fasziniert schweifte der Blick ihrer bernsteinfarbenen Augen über die Umgebung. Rechter Hand war das Haff nur als schwache Erinnerung auszumachen, linker Hand wechselten sich weite, bräunlich gefärbte Äcker und satte grüne Wiesen mit lichten Laubwäldern sowie hüfthohem Gestrüpp ab. Die nächtliche Feuchtigkeit stieg in sanften Dunstfeldern aus der Erde auf. Birken säumten den Weg. In großzügigen Schleifen führte er über die hügelige Landschaft nach Südwesten zu. Obwohl es sich um die gängige Strecke von Labiau nach Königsberg handelte, hatten sie bisher lediglich zwei alte Männer mit großen Kiezen voller getrockneter Fische gleich hinter den letzten Hütten der Lischke überholt. Eine geraume Weile später waren sie an einem jungen Burschen mit einem leeren Karren vorbeigezogen. Seither schien ihnen die Straße allein zu gehören. Gelegentlich lag ein einsames Gehöft oder eine Hütte fernab des Weges auf einem Hügel. Hunde bellten, wenn sie vorüberkamen, Vögel flogen kreischend von den Bäumen auf. In den Senken, die sie durchquerten, kündeten winzige Weiher vom feuchten Grund. Einmal passierten sie eine Gruppe Eichen. Die Bäume mussten jahrhundertealt sein. Weit ragten ihre Äste von den knorrigen, ausgehöhlten Stämmen ab, die so breit waren, dass gut zwei oder mehr Männer darin Unterschlupf fanden.

»Die sind noch aus der Zeit der Prussen«, erklärte Laurenz andächtig. »Sie standen schon, als die Samländer, Nadrauer und Schalauer hier ansässig waren. Ihnen sollen sie als heilig gegolten haben. Nachdem die Kreuzherren sie vor mehr als hundert Jahren bis weit hinter die Deime und Memel zurückgedrängt hatten, waren diese Eichen Zeugen der furchtbaren Gefechte.«

»Und jetzt werden sie Zeuge, wie die Weißmäntel gegen die preußischen Städte kämpfen«, fügte Agnes hinzu.

»Tja, das ist wohl der Lauf der Zeit«, nickte Laurenz.

Agnes saß auf dem stämmigen Pferd, streckte die Beine zwischen die vielen Beutel und Kästen, in denen Laurenz seine Zirkel, Eisen, Winkel, Messlatten und sonstigen Werkzeuge verpackt hatte. Ihr eigenes Bündel lag zu einer ordentlichen Rolle geschnürt quer über dem Widerrist des Tieres. Längst hatte sie sich an das Reiten gewöhnt und klammerte sich nicht mehr allzu verkrampft an der hellen Mähne des

Braunen fest. Laurenz marschierte dicht neben ihr und hielt die Zügel in der Hand. Sie hatte sich gewundert, warum er nicht ebenfalls aufgesessen war. Womöglich mied er die körperliche Nähe zu ihr, um sich auf den bevorstehenden Abschied vorzubereiten. Ihr graute bei der Vorstellung, bald allein in der Fremde ausharren zu müssen.

»Vor Anbruch der Dunkelheit sollten wir im Löbenicht eintreffen. Bis dahin ist es noch ein weiter Weg. Im nächsten Krug wartet ein Zunftgenosse mit dem Fuhrwerk. Darauf wirst du einen Platz finden, und ich kann nebenher reiten. So werden wir schneller vorankommen.«

Agnes bedauerte, so bald schon die Zweisamkeit mit ihm aufgeben zu müssen. Versonnen betrachtete sie den Geliebten von ihrer erhöhten Warte aus. Das schwarze Barett saß ordentlich auf dem gewellten, kinnlangen dunklen Haar. Die breiten Schultern wurden durch den eng anliegenden Rock und die bunt bestrumpften Beine betont. Was gäbe sie darum, noch einmal in seinen Armen zu liegen und sich an seine Brust zu schmiegen! Er tat, als bemerkte er ihre Blicke nicht, war ganz mit dem Weg beschäftigt, obwohl er die Strecke zur Genüge kannte. »Schau nur, der kommt vom Großen Moosbruch herüber«, wies er sie auf einen Falken hin, der nicht weit von ihnen hoch oben in den Lüften seine Kreise zog.

»Falken findet man doch nur in gebirgigen Gegenden«, stellte Agnes verwundert fest und drehte sich auf dem Pferderücken vorsichtig nach dem Vogel um. Laurenz schmunzelte. »Das ist wohl das Besondere an der Gegend hier. Hier tauchen sie seltsamerweise auch auf, wie so manch anderes hier von Besonderheiten zeugt.«

Gelassen segelte der Vogel hoch am Himmel, bis er jäh nach unten stieß, geradewegs auf einen kleineren Vogel zu. Durch den Zusammenprall geriet das Beutetier aus dem

Gleichgewicht, der Falke flog zunächst weiter, machte kehrt und schnappte sich das erlegte Tier noch in der Luft.

»Der hat auch keine Zeit zu verlieren«, stellte Laurenz bewundernd fest. Entschlossen klopfte er dem Braunen auf die Flanke, um ihn zu schnellerem Gehen zu bewegen.

»Dort vorn ist der Krug«, verkündete er schließlich und wies mit der Hand nach vorn. Auf einem Hügel zeichneten sich mehrere Dächer im Schutz einiger Bäume ab. »Erschrick nicht: Mitten im Dorf liegt der Teufelsstein. Es heißt, der stamme wie die heiligen Eichen, die wir eben gesehen haben, ebenfalls noch aus der Zeit der Prussen. Wenn du die Lischke siehst, wirst du dich wundern. Als gelte es, diese Überlieferung der Ungläubigen in Ehren zu halten, haben die Siedler ihre Häuser wie ein Hufeisen um den Teufelsstein herum gebaut. Fast könnte man meinen, sie wollten den heidnischen Bann nicht durchbrechen.«

»Warum sollte ich erschrecken? Meinst du, die Geister der wilden Prussen wandern noch durch die Gegend?«

»Das könnte gut sein«, erwiderte Laurenz schmunzelnd. »Immerhin liegt ein alter prussischer Friedhof nicht weit von hier entfernt. Vielleicht finden die Toten keine Ruhe und wandeln umher.«

»Das würde mich nicht wundern! Es ist so schön hier, da wollte ich auch nicht bis in alle Ewigkeit tot unter der Erde liegen, sondern lieber als Geist weiter durch die herrliche Gegend ziehen.«

»Warten wir ab, ob du das dereinst auf dem Sterbebett immer noch so siehst«, erwiderte er mit einem seltsamen Unterton. »Die ewige Ruhe ist etwas, was man keinem verwehren sollte, nicht einmal sich selbst.«

In gedämpfter Stimmung erreichten sie die Lischke. Wie von Laurenz angekündigt, reihten sich die Häuser einem gewaltigen Hufeisen gleich um einen großen, grauen Steinbrocken. Sie waren nicht die ersten Gäste des in der Mitte liegenden Wirtshauses. Einige Pferde sowie ein Fuhrwerk mit eingespanntem Ochsen standen im Schatten einer großen Eiche. Zufrieden nahm Laurenz das zur Kenntnis und band seinen Braunen ebenfalls dort an. Neugierig ruckte ein Hahn heran, umringt von seiner ergebenen Schar Hühner. Eine dunkle Katze drückte sich im Schatten der Hauswand herum. Der verlottert aussehende Hund hob schläfrig den Kopf.

Der Krug entpuppte sich als eingeschossiges Lehmhaus mit einem tiefgezogenen Strohdach. In dem von einer niedrigen Decke mit schwarzen Balken beherrschten Raum waren Tische und Bänke weitgehend leer. Lediglich im schummrigsten Winkel an der rückwärtigen Wand hockte eine Handvoll Männer. Die Rücken tief über die Bierkrüge gebeugt, unterhielten sie sich mit gedämpften Stimmen. Agnes drang der Geruch nach kräftiger Suppe in die Nase. Sogleich musste sie an den Silbernen Hirschen denken. Wer Griet und Großmutter Lore wohl beim Bedienen der Gäste half, wenn die Mutter mit Ulrich im Sudhaus stand? Wahrscheinlich gab es dort längst kein Bier und keine Suppe mehr zu verteilen. Die Stadttore waren geschlossen, die Deutschordensritter lagen davor auf der Lauer. Fremde kamen keine mehr, und die Wehlauer hatten Wichtigeres zu tun, als sich bei Bier und Würfelspiel im Wirtshaus zu vergnügen.

»Gott zum Gruße, verehrter Werkmeister«, kam ein dickbauchiger Mann geschäftig auf Laurenz zu. »Wie schön, Euch wieder einmal bei uns begrüßen zu dürfen. Dieses Jahr kommt Ihr häufiger als sonst. Es gibt halt überall im Land viel zu tun für tüchtige Baumeister wie Euch.«

Die Hände nach Laurenz ausgestreckt, richtete er seinen Blick unverhohlen auf Agnes. Von Kopf bis Fuß maß er sie wie ein Stück Vieh, das er auf dem Markt zu kaufen gedachte. Agnes wurde unbehaglich. Sie griff sich an das Halstuch, vergewisserte sich, dass es das Feuermal im Nacken verbarg.

»Das ist wohl Eure Base, die Euch nach Labiau begleitet hat.« Langsam verzog sich der dicklippige Mund des Krügers zu einem anmaßenden Grinsen. »Längst ist die Kunde von dem schönen Kind bis zu uns nach Pronitten vorgedrungen. Ein hübsches Fräulein, mein Bester. Passt nur gut auf sie auf! Ich wusste gar nicht, dass Ihr über so ansehnliche Verwandtschaft verfügt.«

Er lachte schallend. Auch die wenigen Gäste stimmten in das Gelächter ein. »Nichts für ungut, mein Lieber!« Versöhnlich klopfte der Wirt Laurenz auf die Schultern und führte ihn zu einem der langen, blank polierten Tische. »Wir alle kennen Euch zu gut, um Euch Unehrenhaftes zu unterstellen.«

Agnes meinte, er begleitete seine Worte mit einem frechen Augenzwinkern. Laurenz schien nichts davon zu bemerken. Stattdessen musterte er die Gruppe der Männer, fand den erwarteten Zunftgenossen jedoch nicht darunter, wie sein verwirrter Blick verriet.

»Ihr seid also auf dem Weg zur Marienburg. Euer Zunftgenosse, Meister Friedrich, hat es mir vorhin erzählt. Er hat nur schnell was zu erledigen, dann kommt er wieder.« Wieder erlaubte er sich ein anzügliches Lächeln, das von den Männern am Nebentisch mit einem frechen Grinsen erwidert wurde. »Der Hochmeister ruft Euch wohl, um neue Mauern und Wälle hochzuziehen. Will er also der Welt beweisen, wie wenig ihm der Angriff der Danziger und Elbinger Bürger geschadet hat und wie reich seine Truhen gefüllt sind? Es heißt, trutzig wie eh und je erhebe sich seine Burg über den Ufern des Nogats. Die Weißmäntel gehen also davon aus, ihre Stellung im Ordensland wieder gefestigt zu haben. Warum auch nicht? Alle drei Städte Königsbergs haben ihnen gehuldigt, aus Tapiau sind die Bündischen abgezogen, und jetzt liegen die Kreuzherren vor Wehlau. Verängstigt haben sich die vor Wochen noch so stolzen Bürger hinter ihren Mauern verschanzt. So wütend, wie Reuß von Plauen inzwischen auf die Städte ist, kann man für die armen Leute nur beten. Ich aber sage Euch eins, mein Bester: Für uns alle sollten wir beten! Und wisst Ihr, warum?«

Mahnend reckte er den Zeigefinger in die Luft, rollte bedeutsam mit den vom reichlichen Bier glasig gewordenen Augen und wartete, bis alle gebannt zu ihm sahen. »Der böhmischen Söldner wegen sollten wir das tun. Wir alle wissen, warum die Kreuzherren sie gerufen haben: um die aufmüpfigen Städte in die Schranken zu weisen. Aber leider haben die hohen Herren dabei vergessen, dass die wackeren Kerle weder für die Ehre noch für Gottes Lohn ihre Schwerter schwingen. Schon heißt es, wenn die Ordensritter ihnen tatsächlich den Sold schuldig bleiben, dürften die Burschen das Geld auf eigene Faust im Land eintreiben. Ihr könnt Euch denken, was das für uns alle bedeutet. Wie man hört, soll es sich bei dem in Aussicht gestellten Lohn nicht gerade um eine geringe Summe handeln.«

Demonstrativ verschränkte er die Arme vor der Brust und sah zwischen Laurenz, Agnes und den Männern am Nachbartisch hin und her.

»Es wird nicht zu Plünderungen kommen«, entgegnete Laurenz gelassen. »Glaubt mir: Die Ordensritter verfügen über ausreichend Rücklagen. Bislang haben sie noch jede Rechnung beglichen.«

»Ihr als Baumeister müsstet es ja wohl wissen. Immerhin arbeitet Ihr für sie. Ihr werdet ja auch in Erfahrung gebracht haben, wo auf den Burgen sich die Schatzkammern befinden.« Polternd lachte er auf, auch die Männer am Tisch stimmten ein. Zufrieden fuhr er fort: »Da fällt mir ein: Eure beiden Knechte sind gestern Abend noch spät bei uns eingekehrt und heute früh gleich bei Tagesanbruch weitergeritten. Oder hätten sie gemeinsam mit Meister Friedrich auf Euch warten sollen?«

»Nein, nein«, beeilte sich Laurenz zu versichern. »Das hat schon seine Richtigkeit. Ich habe Wollrode und Staller vorausgeschickt, damit sie in der Marienburg alles für unseren Auftrag richten. Der Hochmeister hat es in der Tat sehr eilig. Mitten aus der Baustelle in Labiau lässt er uns rufen. Das zeigt im Übrigen, wie gut es um seine Mittel bestellt sein muss. Sonst würde er kaum so eilig neue Bauvorhaben beginnen.«

»Wenn Ihr Euch da mal nicht täuscht!«, rief einer der Männer vom Nachbartisch. Sein Kopf war auffallend klein, dafür umrankten ihn eine gewaltige Mähne tiefschwarzer Locken sowie ein nicht minder üppiger Bart. »Hochmeister Ludwig von Erlichshausen weiß genau, warum er seine schöne Marienburg so schnell rüsten muss. In Wahrheit geht es weniger darum, die wiedergewonnene Macht zu zeigen. Ihn plagt tatsächlich die Angst, die Söldner würden ihm die Burg belagern, um den versprochenen Sold herauszupressen.«

»So ein Lump!«, fiel ein zweiter Gast ein und schlug mit der Faust wuchtig auf die Tischplatte. Abfällig schob er die blecherne Kanne beiseite, bevor er den halbkahlen Schädel zu Agnes, Laurenz und dem Wirt drehte. »Statt zu bauen, sollte er lieber die Böhmen bezahlen, dann bräuchte er die neuen Mauern nicht.«

»Und wir müssten nicht um unser Hab und Gut sowie um unsere Frauen und Töchter bangen«, ergänzte der Wirt, sichtlich zufrieden, bei seinen Gästen Zustimmung zu finden.

»Ich kann Euch beruhigen«, versuchte Laurenz es ein weiteres Mal. »Erlichshausen wird eifrig dafür Sorge tragen, dass die angeheuerten Söldner pünktlich bezahlt werden und nicht das Land verwüsten. Er wäre doch ein schlechter Hochmeister, wollte er ihnen tatsächlich das Plündern erlauben, um sich vor dem Sold zu drücken. Dem Orden würde das doch zuallererst schaden. Woher sollen die nächsten Einnahmen für die Kreuzherren kommen, wenn das Land ausgeblutet am Boden liegt?«

»Das hätten sich die Weißmäntel früher überlegen sollen. Wer ist überhaupt schuld, dass es zum Krieg der preußischen Städte gegen den Orden gekommen ist?«, fuhr der halbkahle Mann zornig fort. »Hätten die Kreuzherren nicht auf neuen Steuern und Abgaben bestanden und überhaupt besser mit dem gewirtschaftet, was sie seit Jahr und Tag aus uns herauspressen, wäre es niemals so weit gekommen, dass sich die Städte gegen sie verbünden. Und ohne diesen vermaledeiten Krieg hätten sie weder der kostspieligen böhmischen Truppen bedurft, noch müssten sie die abgerissenen Burgen hinterher wieder für teures Geld richten, von den zerstörten Städten und dem niedergebrannten Land ganz zu schweigen. Eine Schande, dass der gute Hochmeister nicht so weit denken kann und trotzdem an der Spitze unseres Landes steht.«

»Recht habt Ihr!«, stimmte ihm der schwarzhaarige Mann zu und erhob sich von seinem Platz. Wie sein winziger Kopf bereits vermuten ließ, war er von schmächtiger Gestalt und überragte die Sitzenden selbst im Stehen nur um wenige Handbreit. Dafür aber dröhnte seine tiefe Stimme umso kräftiger durch die Stube. »Und wisst Ihr, was mir dabei gerade noch auffällt?«

Lauernd sah er in die Runde, betrachtete Agnes dabei einen Moment länger, als schicklich war. Dann wanderte sein Blick zu Laurenz. Mit hochgerecktem Zeigefinger platzte er heraus: »Die Baumeister, Maurer, Zimmerleute und Steinmetze sind diejenigen, die bei der ganzen Sache am besten verdienen, ganz gleich, was geschieht! Zum einen helfen sie den Bürgern, mit den Steinen der geschleiften Ordensburgen stattliche Häuser zu errichten, zum anderen lassen sie sich von den Ordensrittern anheuern, um die zuvor zerstörten Burgen wieder aufzubauen oder überhaupt erst tüchtig für Angriffe aufzurüsten. Solche wie sie«, er nickte abfällig zu Laurenz, »reiben sich also zufrieden die Hände, weil sie goldenen Zeiten entgegengehen. Kein Wunder, dass sie uns einreden wollen, wir sollten dem Hochmeister und seinen Mannen weiter blindlings vertrauen.«

In der Stube kehrte betretenes Schweigen ein. Die anderen Gäste senkten die Blicke, selbst der Halbkahle wirkte verstört. Unruhig strich sich der dicke Wirt über den Bauch. Laurenz war der Einzige, der erhobenen Hauptes dem Gesagten standhielt.

»Ihr wisst hoffentlich, was Ihr da gerade sagt«, begann Laurenz unerschrocken. Alles an ihm strahlte Besonnenheit aus. »Leider hatte ich noch nicht das Vergnügen, Euch kennenzulernen. Deshalb weiß ich nicht, welcher Zunft Ihr angehört und ob Ihr Euch im Klaren seid, in welcher Gesellschaft Ihr Euch hier befindet. Zur Sicherheit sage ich es Euch. Schließlich sollt Ihr nicht allzu erstaunt darüber sein, warum man Eure Worte mit Schweigen aufnimmt. Die Herren an Eurem Tisch gehören wie ich denjenigen Gewerken an, die laut Eurer Meinung als einzige ihren Vorteil aus dem Krieg des Ordens gegen die Städte ziehen. Da ist zum einen Rottinger, der Tischler aus Heiligenbeil«, mit der rechten Hand wies er auf den Halbkahlen. »Er ist zwar derjenige von allen, der in Euren Augen am wenigsten von der regen Bautätigkeit der letzten Monate profitiert. Dennoch kann auch er sich nicht beschweren, weil allerorten neue Tische, Bänke, Truhen und Regale verlangt werden. Neben ihm sitzt Huschke, ein Maurer aus Thorn.« Damit zeigte er auf Rottingers Banknachbarn. Den Mann neben ihm stellte er als Maurer Böck aus Frauenburg und den Letzten als Steinhauer Pfleiderer aus dem Süddeutschen vor.

Der Schwarzhaarige verfolgte aufmerksam seine Worte. Die Männer am Tisch nickten bei der Vorstellung. Agnes begriff erst nicht, warum er erst von Laurenz erfuhr, mit wem er am Tisch saß. Dann fielen ihr die Würfel auf. Die Spielsucht musste sie davon abgehalten haben, mehr voneinander zu erfahren. Das war ihr aus den Runden im Silbernen Hirschen bestens vertraut. Es gab Männer, die fanden sich auf ihren Reisen kreuz und quer durchs Land immer wieder mit denselben zum Würfeln zusammen. Dabei wussten sie auch noch nach Jahren kaum mehr voneinander als nur, wann sie sich das nächste Mal zum Spielen treffen würden und wie viel Geld wer wem schuldig geblieben war.

»Bestimmt verratet auch Ihr uns jetzt, womit Ihr Euer Brot verdient und was Euch hierherführt«, schloss Laurenz die Runde mit einem zuvorkommenden Lächeln ab.

Alle Blicke richteten sich neugierig auf den Schmächtigen in ihrer Mitte. Verlegen fuhr sich der Angesprochene mit den Fingern durch den üppigen Bart. Seine Kleidung war sauber und schlicht, der Kittel wie die weite, lange Hose an einigen Stellen geflickt. An seinem Gürtel baumelten neben dem schlaffen Geldbeutel aus Leder ein kleiner Kasten für sein Besteck sowie ein Rosenkranz. Auf dem Tisch lag eine schwarze Gugel, die offenbar ihm gehörte.

»Gern komme ich Eurer Aufforderung nach, verehrter Herr Baumeister.« Die Hand auf die Brust gelegt, verbeugte er sich wie vor einem hohen Herrn. »Mein Name ist Strack, und ich bin Stellmachermeister. Mein Vater und mein Vatersvater sowie dessen Ahnen haben ihr Handwerk in Konitz ausgeübt. Doch Ihr wisst alle, was sich vor fast genau einem Jahr in meiner Heimatstadt zugetragen hat. Die Ordensritter unter Bernhard von Zinnenberg sind dort gegen die polnischen Truppen unter dem ehrwürdigen König Kasimir IV. höchstselbst zu Felde gezogen. Die Polen haben als Verbündete der preußischen Städte zum Schwert gegriffen. Leider sind sie zwar mutig, aber nicht sonderlich erfolgreich gewesen, denn die Kreuzherren haben sich der Dienste der unerschrockenen Söldner aus Böhmen, Mähren und Schlesien bedient. Damals habe ich alles verloren: meine ganze Familie sowie unsere Werkstatt und unseren Besitz. Gewiss hätte ich bleiben und in Konitz noch einmal von vorn beginnen können, wie es viele meiner Mitbürger getan haben. Doch ich konnte das Leben dort nicht mehr ertragen. Aus jedem Stock, jedem Stein sah mir das Gesicht eines meiner grausam getöteten Kinder, meiner mehrfach geschändeten Frau oder meiner niedergemeuchelten Verwandten entgegen. Seither wandere ich durch die Lande, stets auf der Suche nach einem Ort, an dem man einen tüchtigen Stellmacher wie mich braucht.«

Kaum waren seine Worte verklungen, wischte sich Agnes beschämt die Augenwinkel. Auch die Männer wirkten betroffen von dem traurigen Schicksal ihres Spielkumpans. Laurenz fasste sich als Erster, ihn ihrer aller Unterstützung zu versichern. »Ich danke Euch für Eure Offenheit, lieber Strack. Lasst uns einen Krug Bier miteinander trinken und einen Imbiss einnehmen. Wenn Ihr wollt, setze ich Euch eine Empfehlung auf, mit der Ihr zur Marienburg reisen könnt. Ein tüchtiger Stellmacher wird dort immer gebraucht. Auch meinen beiden Kunstdienern werde ich Eure Dienste ankündigen.«

»Das ist zu gütig von Euch.« Strack war überrumpelt.

»Bier und einen Imbiss für alle, das ist eine hervorragende Idee!«, griff der Wirt händereibend Laurenz' ersten Vorschlag auf. »Wer gemeinsam isst und trinkt, wird nicht so leicht die Fäuste gegeneinander heben.«

Gleich machte er Anstalten, die beiden Tische zusammenzuschieben, wischte emsig mit dem Leinentuch, das an seiner Schürze gesteckt hatte, darüber und eilte zum Herd. Laurenz, Strack und die anderen Männer steckten die Köpfe zusammen, um das weitere Vorgehen zu bereden. Agnes beobachtete, wie der Wirt mit einer jungen Magd und der Krügerin Brot, Käse, Schinken sowie einige Kannen Bier richteten. Wie in einer kleinen Prozession kehrten die drei mit den Köstlichkeiten zu den Gästen zurück. Froh, etwas tun zu können, half Agnes ihnen beim Auftischen. Hungrig fielen Rottinger und seine Gefährten darüber her, Strack und Laurenz dagegen hielten sich zurück.

»Selege, Ihr seid schon da!« Laut polterte ein großgewachsener Mann zur Tür herein. Überrascht fuhren alle herum. »Warum gibt mir keiner Bescheid? Auf, auf! Wir müssen uns sputen, wollen wir bis Anbruch der Dunkelheit den Löbenicht erreichen.«

»Ihr habt recht, Meister Friedrich. Lasst uns aufbrechen! Viel zu lange sitzen wir schon hier. Packt uns von dem Brot und dem Schinken ein, lieber Wirt, und denkt an eine Kanne Bier.«

Laurenz sprang von der Bank und griff nach seinem Barett. Kaum hatte er es sich aufs Haupt gesetzt, zählte er dem Wirt einige Münzen auf den Tisch.

»Wenn Ihr schon beim Zahlen seid, dann vergesst auch mich nicht, lieber Werkmeister.« Flink streckte der halbkahle

Tischler Rottinger seine Hand aus. »Euer lieber Kunstdiener Wollrode schuldet mir noch seinen Einsatz von gestern Abend. Als guter Meister solltet Ihr für ihn zahlen. In Zeiten wie diesen kann niemand sagen, wann er wieder in der Gegend ist. Außerdem wollt Ihr wohl kaum, dass es heißt, Ihr beschäftigt Gesellen, die anderen Geld schuldig sind.«

Laurenz' Antlitz verfinsterte sich. Schon kramte er von neuem nach dem Geldbeutel an seinem Gürtel. »Wie viel ist es dieses Mal?«

»Zehn Schillinge«, erwiderte Rottinger. »Ihr solltet Eurem Gesellen einmal gründlich ins Gewissen reden, was seine Leidenschaft für das Würfeln anbetrifft. Das mag allerdings umso schwieriger werden, je mehr Ihr Euch selbst in Verruf bringt.« Frech schnippte er mit den Fingern in Agnes' Richtung.

»Passt gut auf, Rottinger, was Ihr sagt«, knurrte Laurenz.

»Ich sage nur, was ich sehe«, erwiderte der Tischler unbeeindruckt.

»Dann wird es wohl auch Zeit, dass ich sage, was ich sehe, wenn ich mir Eure Würfel betrachte. Man sollte mal genauer über Eure Art, die Würfel zu werfen, reden.«

»Wollt Ihr mir drohen?«

»Habe ich das nötig?«

Ohne den Tischler eines weiteren Blickes zu würdigen, drückte Laurenz ihm das Geld in die Hand.

»Komm, Rottinger«, winkte der Maurer Huschke den Schuldeneintreiber zurück. »Du hast dein Geld bekommen. Der Werkmeister war dir stets gut. Schließlich bist du selbst schuld, wenn du mit Wollrode würfelst. Du weißt doch, woran du mit ihm bist.«

Die anderen Männer am Tisch nickten, auch Strack erhob sich und klopfte dem weitaus größeren Rottinger auf den

Rücken. »Lasst gut sein. Der Werkmeister ist ein anständiger Mensch. Solche gibt es derzeit nicht viele.«

Agnes entging nicht, wie bei diesen Worten ein Schatten über Laurenz' Antlitz huschte. Beunruhigt suchte sie seinen Blick, er aber wich ihr aus. Eine düstere Ahnung beschlich sie: Musste er der Spielschulden seines Gesellen wegen auf die Gründung eines eigenen Hausstands verzichten? Offenbar zahlte er nicht zum ersten Mal die beträchtliche Summe, die dieser Wollrode verloren hatte.

»Los jetzt, Meister Friedrich!«, rief Laurenz ungeduldig und schnappte sich den Beutel mit dem Proviant. »Meine Base wird bei Euch auf dem Wagen sitzen. Ich hoffe, Ihr habt nicht allzu viel Gepäck.«

»Für ein hübsches Fräulein findet sich bei mir immer ein Plätzchen.« Damit verbeugte sich Meister Friedrich tief vor ihr. Agnes erschrak. Seine Art behagte ihr ganz und gar nicht. Widerwillig folgte sie ihm und Laurenz nach draußen.

Der Braune scharrte bereits mit den Hufen, auch der Ochse vor dem vollbepackten Fuhrwerk schnaubte unruhig. Laurenz half ihr auf den Wagen. »Bleib dicht beim Wagen«, bat sie und umklammerte seine Hand. Für einen Moment verweilten ihre Blicke ineinander. Sie meinte, einen fremden Ausdruck in seinen verschiedenfarbigen Augen zu erkennen. Um seinen Mund lag ein spöttischer Zug. »Mach dir keine Gedanken, Liebelein. Er ist ein anständiger Bursche.«

»Ich hoffe, du hast recht. Langsam weiß ich nicht mehr, was ich noch glauben soll.«

3

Zum ersten Mal seit Jahren ließ Gunda das Bierbrauen ausfallen, ebenso wenig kümmerte sie sich um die Gärbottiche im Keller. Das lag allerdings nicht daran, dass seit der Belagerung Wehlaus die Stadttore fest verschlossen waren und keine Fremden von auswärts mehr im Silbernen Hirschen einkehren konnten. Auch dass sich die Bürger in ihre Häuser zurückgezogen hatten und nur für die notwendigsten Gänge nach draußen gingen, spielte kaum eine Rolle. Zeiten, in denen das lustige Zechen in der Schankstube aussetzte, hatte es immer wieder gegeben. Gerade dann hatte sich Gunda sonst gern an der Sudpfanne von trüben Gedanken abgelenkt. Sogar direkt nach dem Tod ihres Gemahls vor bald eineinhalb Jahren hatte sie sich mit Einmaischen und Läutern über den schweren Verlust hinweggetröstet.

Ulrich drängte beharrlich, wenigstens die letzten Vorräte an Hopfen und Malz aufzubrauchen, bevor sie verdarben, doch selbst dazu fühlte Gunda sich außerstande. Also gestattete sie dem Knecht, Griet in die wichtigsten Schritte einzuweisen, damit sie ihm beim Brauen zur Hand gehen konnte. Ferner denn je war ihr der Gedanke, was die beiden dabei noch anstellen mochten. Es war ihr längst einerlei. Von ihr aus mochten sie allein im Sudhaus werkeln, sich dabei necken und küssen, vielleicht gar noch mehr. Erschöpft saß Gunda im hintersten Winkel der Schankstube und starrte stumpf vor sich hin. Wenn sie doch nur weinen könnte! Seit siebzehn Jahren waren ihre Augen trocken. Nun lähmte sie der Schmerz über Agnes' Weggang. Sie fürchtete, der neuerliche Verlust eines Kindes ließe sie endgültig bitter werden.

Vom offen stehenden Hoffenster zog der vertraute Malzgeruch herein. Sosehr Gunda es sonst liebte, den herben Duft in der Nase zu haben, entlockte er ihr jetzt kaum eine Regung.

»Was ist nur mit Euch los, Meisterin?«, erkundigte sich Griet besorgt, als sie gegen Mittag eine Pause einlegten. Eine Woche war seit Agnes' Verschwinden vergangen. Die Hände auf die breiten Hüften gestützt, baute sich Griet dicht vor Gunda auf und musterte sie. Die pausbäckigen Wangen der Magd glühten, einzelne Strähnen des hellen Haares klebten verschwitzt auf der Stirn. Die seit Juli herrschende Sommerhitze setzte sich auch im August unerbittlich fort. Umso schwerer war die Arbeit am Braufeuer zu ertragen. Griet beklagte sich jedoch nicht. Bienenfleißig, wie sie stets im Schankraum die Suppe gekocht und die Gäste bedient hatte, ging sie Ulrich auch beim Einmaischen und Kochen der Würze zur Hand. Viele leere Fässer standen allerdings nicht mehr bereit. Das hatte Ulrich am Morgen schon verkündet. Wie von Böttchermeister Haude angekündigt, war sämtliches neu angelandete Holz zum Bau der Schanzen verbraucht worden. Sollte die Belagerung länger andauern, würden über kurz oder lang die letzten Hopfenvorräte verrotten. Doch nicht einmal an dieser niederschmetternden Nachricht zeigte Gunda sonderliches Interesse.

»Um Agnes solltet Ihr Euch wahrlich nicht grämen«, fuhr Griet fort. »Sie weiß, was sie tut. Ihr solltet froh sein, dass sie noch rechtzeitig aus der Stadt gekommen ist. Nicht einmal mehr einer Maus gelingt jetzt noch die Flucht, ohne dass die Söldner vor den Mauern gleich die Schwerter zücken. Wer weiß, was uns die nächsten Wochen bevorsteht. So bald werden die Kreuzherren die Belagerung nicht beenden. Eure Tochter ist in Sicherheit, Meisterin. Das allein zählt.«

Ulrich nickte. »Unsere Mauern sind zwar dick, unsere Männer zu allem entschlossen und unsere Vorratskammern gut gefüllt. Die nächsten Wochen aber werden trotzdem kein Zuckerschlecken. Wohl dem, der sich diese Not ersparen kann!«

»Was wisst denn ihr«, erwiderte Gunda leise. »Nur weil ich eine großgewachsene, kräftig gebaute Frau bin, die über Jahr und Tag an der Seite ihres Mannes die Schankwirtschaft geführt und nach seinem Tod alles allein bewerkstelligt hat, heißt das nicht, dass ich noch mehr ertrage. Falls ihr es vergessen habt: Mein einziges Kind ist verschwunden! Draußen vor den Stadtmauern liegen feindliche Truppen auf der Lauer, ein wildfremder Mann hat mir meine Tochter weggenommen. Redet mir da nur nicht länger von Glück und göttlicher Fügung, die Agnes rechtzeitig in Sicherheit gebracht hätten. Bei mir wäre sie vor jeder Unbill geschützt gewesen, nicht aber bei diesem Menschen! Ihr ganzes bisheriges Leben lang habe ich auf sie aufgepasst. Wer, wenn nicht ich, weiß, was das Beste für sie ist?«

Verloren schweifte der Blick ihrer rehbraunen Augen durch die Schankstube. Selbst am helllichten Tag lag der Großteil des Raumes im Dämmerlicht. Die von Lore blank polierten Bänke und Tische fristeten ein trübes Schattendasein. Gleich bei der ersten Nachricht vom Eintreffen der ordensritterlichen Truppen hatte Ulrich Tür und Fenster von innen fest verrammelt. Lediglich zum Hof hin blieben Tür und Fenster offen. Von dort fiel auch jetzt die gleißend helle Augustsonne herein. Das Herdfeuer tat ein Übriges, für Licht im hinteren Teil der Schankstube zu sorgen und gleichzeitig den Raum aufzuheizen. Aus dem Kessel über dem Feuer stieg Dampf auf. Seit dem frühen Morgen stand Lore dort und rührte eifrig in der Suppe. »Zum letzten Mal kocht noch einmal Fleisch darin. Das nächste Huhn wird erst gerupft, wenn es die Befreiung der Stadt von der Belagerung zu feiern gilt.«

Trotz dieser Aussicht auf magere Zeiten war Gunda der Geruch nach gekochtem Gemüse und Fleisch zuwider. Sie wollte nichts essen, sie wollte ihre Tochter zurück! Unwillkürlich schlug sie mit der flachen Hand auf den Tisch. Griet zuckte zusammen, Lore fuhr herum.

»Kind!«, rief Lore und warf den Rührlöffel in den kupfernen Topf. Fettige Suppe spritzte über den Rand, verdampfte zischend im offenen Feuer.

Erregt sprang Gunda auf und schoss auf die Herdstelle zu. »Wie kannst du es wagen!«, fuhr sie ihre Mutter an. »Ich bin eine gestandene Schankwirtswitwe. Fünfunddreißig Jahre zähle ich und habe mir heute Morgen die ersten grauen Haare von den Schläfen gezupft. Kein Wunder, wenn ich daran denke, dass meine Tochter spurlos verschwunden ist.«

Lore wollte etwas erwidern, doch Gunda machte eilig kehrt und stürmte über die Treppe ins Obergeschoss. Laut polterten ihre hölzernen Trippen über die Dielen. Sie stieß die Tür zu Agnes' Schlafgemach auf und stürzte sich bäuchlings auf das Bett. Den Kopf tief in die Kissen gedrückt, sog sie den Geruch der Siebzehnjährigen ein, der noch immer in der Wäsche hing.

Über ihrer Verzweiflung verging die Zeit. Als sie den Kopf wieder hob und sich aufsetzte, lag die längliche Kammer in kühlerem Nachmittagslicht. Die Sonne war nach Westen gewandert. Durch das offene Fenster klang das Gurren der Tauben sowie munteres Vogelgezwitscher herein. Neugierig hüpfte ein Sperling in dem dicht belaubten Apfelbaum umher, lockte zwei weitere Artgenossen an. Als wollten sie nachsehen, ob Agnes im Schlafgemach anzutreffen war, landeten sie auf dem Fenstersims und streckten die winzigen Köpfe herein. Auf leisen Sohlen schlich Gunda zum Fenster. Die Vögel zeigten keinerlei Scheu. Wahrscheinlich pflegte Agnes ihnen einige Brotkrumen anzubieten. Ach, wie vermisste sie das Mädchen! Sie war ihr als Einzige geblieben. Eine Bemerkung des alten Fröbel kam ihr in den Sinn. »Wer die Sprache der Vögel spricht, spricht die Sprache des Herzens«, hatte er gesagt. Gunda hatte ihre Tochter unterschätzt. »Auf, fliegt fort und sucht mir meine Agnes«, flüsterte sie den Sperlingen auf dem Fensterbrett zu und wedelte mit der Hand durch die Luft. Erschreckt flatterten die braunschwarz gefiederten Vögel auf, flüchteten sich in den Baum, hüpften zwischen den Ästen umher, um sich endlich in die Lüfte zu schwingen und davonzufliegen. Gunda sah ihnen nach, bis sie in der Ferne verschwanden.

Die mittägliche Leuchtkraft des Himmels war in ein spätnachmittägliches blasses Blauweiß übergegangen. Dunst hing in der Luft. Zeichen für einen Wetterwechsel. In der Ferne dräuten bereits die ersten Wolken. Die Schwalben zogen ihre Kreise dicht über den Zinnen der Stadt. Gunda verweilte am Fenster, von dem unstillbaren Wunsch beseelt, die Tochter möge spüren, wie innig sie sich zu ihr wünschte.

»Dachte ich es mir«, platzte Lores Stimme in ihre Gedanken. »Du stehst am Fenster und sehnst dich nach Agnes. Aber bevor du zu ihr kannst, musst du etwas essen, mein Kind.«

Um nicht wieder aufzubrausen, zählte Gunda still bis fünf und drehte sich langsam zu ihrer Mutter um. Erstaunlich leise war Lore zu ihr gelangt. Gewöhnlich stapfte sie trotz Lederschuhen laut über die Dielen, klapperte aufreizend mit den zahlreichen Ketten und Schachteln an ihrem Gürtel. In der Hand eine dampfende Schale Suppe, blickte sie Gunda mit einem gütigen Lächeln auf dem faltenreichen Gesicht entgegen. Behende stellte sie die Schale auf dem Tisch ab und trat zu ihr ans Fenster.

Die im Lauf ihres harten Lebens krumm gewordene Frau reichte Gunda kaum bis zur Schulter. Ihre recht stattliche

Größe sowie die kräftige Gestalt hatte Gunda von ihrem Vater geerbt. Lore hob die knochige Hand und legte sie ihr tröstend auf die Wange. Aufmerksam wanderte ihr Blick über Gundas Gesicht. »Auch wenn du es nicht hören willst, Liebes«, sagte sie. »Griet hat recht: Du solltest Gott, dem Allmächtigen, danken, dass Agnes rechtzeitig aus Wehlau hinausgekommen ist. Du weißt, was es für uns Frauen heißt, wenn die Söldner in die Stadt einfallen.«

Lore kniff die schmalen Lippen zusammen und starrte in die Weite des Himmels. Im Gegenlicht zeichnete sich das feine Profil ihres Gesichts ab: die hohe Stirn, die lange, spitz auslaufende Nase, die knapp unterhalb der Wurzel den eigenartigen Höcker aufwies, sowie der markante Zug um das Kinn, auf dem sich die weiße Linie der Narbe deutlich abzeichnete. Dunkel erinnerte Gunda sich an ihre Kindheit im fernen Westfalen. Überall war Lore damals bewundert worden. Sogar ein Gedicht hatte ein Fahrender auf ihre Schönheit verfasst. Die Trauer über den grausigen Tod ihres geliebten Gemahls Ewald hatte Lores Gesichtszüge überraschenderweise nicht hart werden lassen. Gunda schien es gar, als gewänne sie mit jedem Lebensjahr an Schönheit dazu. Das musste an ihrer inneren Würde liegen. Trotz aller Bewunderung spürte Gunda erneut Wut in sich aufsteigen. Das alles gab Lore nicht das Recht, derart mit ihr zu reden. Mit einem Mal glaubte Gunda zu begreifen.

»Du hast es die ganze Zeit gewusst und kein Wort zu mir gesagt!«, brauste sie auf. »Wie konntest du mich nur so hintergehen? Ist dir klar, was Agnes' Weggang für mich bedeutet? Du bist selbst eine Mutter und weißt, was es heißt, einen geliebten Menschen zu verlieren. Zum zweiten Mal in meinem Leben wird mir das Liebste vom Herzen gerissen, und du schaust wieder einmal tatenlos zu!«

Wütend ballte sie die Fäuste. Reglos stand Lore vor ihr, starrte zum Fenster hinaus. Auf dem Kranz der nahen Stadtmauer marschierten zwei Wachposten, die Piken drohend in der rechten, einen Schild in der linken Hand. Grimmig schauten sie unter den Helmen hervor. Ihre volle Aufmerksamkeit galt dem Geschehen auf dem Gelände vor der Stadt.

»Das Schlimmste ist für dich, die eigene Schuld daran ertragen zu müssen«, stellte Lore ungerührt fest.

»Was willst du damit sagen? Wieso sollte ich schuld daran sein, dass Agnes verschwunden ist?«

»Mach dir nichts vor.« Langsam wandte sich die Mutter zu ihr um. Ihre Augen schimmerten feucht, die Lippen zitterten. »Du weißt genau: Hättest du dich anders verhalten, wäre Agnes noch hier.«

»Was fällt dir ein? Wer hat Agnes gehen lassen? Du warst doch diejenige, die ihr bei Morgengrauen in der Schankstube begegnet ist. Statt ihr Proviant für die Flucht zu bereiten, hättest du sie aufhalten müssen!«

Vor Zorn brüllte sie so laut, dass die Wachleute auf der Mauer nun doch aufmerksam wurden. Beschämt wandte sie sich ab und ging in die Stube hinein.

»Ist schon gut, Kind.« Lore kam ihr nach und legte ihr die Hand auf den Arm. »Als Mutter kann ich deine Gefühle nur zu gut nachvollziehen. Was denkst du, welche Vorwürfe ich mir gemacht habe, weil wir damals überhaupt aus Dortmund fortgegangen sind? Wie oft habe ich mich gefragt, warum wir dich nach Königsberg haben verheiraten wollen. Hätten dein Vater und ich Gernots Antrag abgelehnt, würde nicht nur mein lieber Ewald weiterhin in Frieden mit uns leben. Auch dir wäre all das schreckliche Unrecht nicht widerfahren. Alles in unserem Leben ist mit dem Tag unserer Abreise aus Dortmund anders gekommen, als wir es uns je erträumt haben. Dabei hätte es auch dort in Westfalen gute Verbindungen für dich gegeben.«

»Aber ich habe es doch selbst gewollt, Mutter!« Ehe Gunda ahnte, wie ihr geschah, entfuhr ihr ein Seufzer. Aufschluchzend schlang sie die Arme um Lore und spürte verwundert nasse Tränen über ihre Wangen rinnen. Heftig bebte ihr Leib vom Weinen. Es war, als gelte es, die nicht vergossenen Tränen der letzten siebzehn Jahre alle nachzuholen.

»Wir haben uns doch geliebt«, brachte sie schließlich stockend hervor und löste sich von Lore, wischte sich über die nassen Wangen. »Hättet ihr in die Verbindung nicht eingewilligt, dann wäre ich auch ohne euer Einverständnis mit …«

»Siehst du, mein Kind! Du hast das Gleiche erlebt, was deine Agnes jetzt bewogen hat, sich gegen dich zu entscheiden. Warum bringst du für ihre Liebe kein Verständnis auf?«

Mit einem Lächeln klatschte Lore in die Hände, faltete sie dicht vor dem Mund. Das Kinn auf die Fingerspitzen gestützt, sprach sie weiter: »Nimm es, wie es ist: Sie liebt diesen Laurenz Selege, und er liebt sie!«

»Aber, aber …«, stammelte Gunda.

»Da gibt es kein Aber, mein Liebes. Liebe ist das Schönste und Größte, was einem im Leben widerfahren kann. Das weißt du ebenso gut wie ich.«

»Nein!« Von neuem wurde Gunda wütend. »Agnes weiß doch gar nicht …«

»Das Mädchen ist siebzehn!«, fuhr Lore dazwischen. »Halte deine Tochter nicht für ein kleines Kind. Sie weiß, was sie tut. Darf ich dich daran erinnern, dass du bei deiner Verlobung damals im selben Alter …«

»Das war etwas ganz anderes! Ihr habt Gernot gut gekannt. Über viele Jahre hatte Vater bereits mit seinem Vater Geschäfte getätigt, war selbst mehr als einmal am Pregel, um direkt mit ihm zu verhandeln. Dieser Selege aber …«

»… ist ein guter Mensch, der sich dir nur zu gern ausführlicher vorgestellt hätte«, fiel Lore ihr abermals ins Wort. »Tag für Tag hat er bei uns vorgesprochen, hat während Agnes' Fieber um sie gebangt und gezittert, ihr gar einen wertvollen Vogel zum Trost schicken lassen. Du aber hast ihn nicht einmal empfangen, hast ihm im Gegenteil mehrfach zu verstehen gegeben, wie wenig Wert du darauf legst, mehr von ihm zu erfahren.«

»Aus gutem Grund.«

»So?« Aufmerksam sah Lore zu ihr hoch. »Seit wann ist es ein guter Grund, sich allein aus falsch verstandener Mutterliebe dem Liebesglück seines Kindes zu verweigern? Wenn du der Verbindung zustimmst, verlierst du nicht deine Tochter, sondern gewinnst einen Sohn dazu.«

»Selege kann und will ich nicht in unsere Familie aufnehmen.«

»Was spricht gegen ihn?«

Lore schien tatsächlich nicht zu begreifen. Wusste sie tatsächlich nicht, wer Laurenz Selege war? Gunda rang mit sich, ob sie es ihr erzählen sollte. Es riss alte Wunden auf.

»Was hast du gegen den braven Burschen?«, bohrte Lore weiter. »Er ist ein angesehener Baumeister. Nach dem Umbau des Hauses der Steins direkt am Markt wird er demnächst für Böttchermeister Haude arbeiten. Daneben soll er an den Häusern der Kreuzherren tätig sein und auch in anderen Städten den besten Ruf genießen. Er scheint mir klug und besonnen. Leichtfertig wird er deine Tochter nicht entführt haben. Viel eher wird sie ihn dazu gedrängt haben, weil du ihr die Heirat mit Kollmann schmackhaft machen wolltest. Wie konntest du ihr das nur antun? Ich bin mir sicher, sobald es die Lage zulässt, wird der ehrenwerte Selege zurückkehren und dich auf gebührende Weise um die Hand deiner Tochter bitten.«

»Auch dann werde ich ihm meine Zustimmung verweigern. Es geht einfach nicht. Agnes kann ihn nicht heiraten. Er ist, er war …«, begann Gunda zu stammeln, um schließlich wütend herauszuplatzen: »Er ist der Sohn meiner Hebamme aus dem Löbenicht!«

»Nein!«, entfuhr es Lore. Sie sank auf das Bett. »Bist du dir sicher? Der Name Selege kommt im Ordensland häufig vor. Er muss also gar nicht mit der Selege aus dem Löbenicht …«

»Es ist nicht allein der Name. Gleich bei ihrem ersten Zusammentreffen hat er Agnes an dem Feuermal im Nacken erkannt. Als wir uns wenig später auf dem Markt begegnet sind, wusste er gleich, wer ich bin. Erinnerst du dich nicht mehr? Kurz nach der Geburt ist er damals bei uns aufgetaucht und hat die beiden Kinder und mich gesehen. Zu allem Überfluss hat er es Agnes wohl schon erzählt. Genau weiß ich es zwar nicht, aber ihr Verhalten seither hat bewiesen, wie sehr sie mir plötzlich misstraut. Verstehst du jetzt, warum ich den beiden meinen Segen nicht geben kann?«

»Es kann nicht dein Ernst sein, Agnes der alten Geschichten wegen ins Unglück zu stürzen.« Lores Stimme klang rauh. »Wenn du das tust, meine Liebe, dann siegt das Böse von damals nicht nur über deine Gegenwart, sondern auch über die Zukunft deines Kindes. Das hat sie nicht verdient!«

»Aber ich habe das alles verdient?«

»Ach Liebes!« Ächzend erhob sich Lore von dem Bett, trat dicht vor sie hin und suchte ihren Blick. »Mehr als jeder andere verdienst du alles Glück dieser Welt! Sei nicht undankbar: Trotz all der furchtbaren Erlebnisse vor und nach Agnes' Geburt hast du hier in Wehlau bei Fröbel dein Glück gefunden. Er hat dir geholfen, dein Leben wieder ins rechte Lot zu rücken. Sei Gott, dem Allmächtigen, dankbar, diese Gnade empfangen zu haben. Warum gönnst du Agnes jetzt nicht das Glück, mit dem Mann ihres Herzens ein eigenes Leben zu beginnen? Du hast dir niemals etwas zuschulden kommen lassen. Im Gegenteil: Dir hat man übel mitgespielt. Laurenz' Mutter wird ihm bestimmt die Wahrheit erzählt haben. Umso wichtiger ist es, dass auch du Agnes endlich die Wahrheit sagst. Längst wäre ausreichend Gelegenheit gewesen. Stimm dieser Verbindung zu.«

»Selege ist kein Mann für sie«, beharrte Gunda.

»Aber Kollmann?«, hakte Lore ungerührt nach.

»Was weißt denn du!«

»Mehr, als du denkst, mein Kind.«

»Gerade, weil ich weiß, was Liebe anrichten kann, will ich Agnes davor bewahren, sich dem Falschen an den Hals zu werfen«, erklärte Gunda nach einer Pause. »Wer, wenn nicht ich, kann ihr helfen, einer bitteren Enttäuschung aus dem Weg zu gehen? Ich gebe dir recht, Mutter: Liebe ist ein großes Gefühl. So groß, dass es alles andere in den Schatten stellt. Genau deshalb ist Vorsicht angebracht, wenn es einen blindlings erfasst. Wer meint, allein der Liebe wegen Entscheidungen treffen zu müssen, der sollte das alles noch einmal in Ruhe überdenken.«

»Wieso traust du Laurenz alles zu, nur nichts Gutes? Doch nicht etwa nur, weil er sich dunkel daran erinnert, als kleiner Junge einmal einer Zwillingsmutter namens Gunda begegnet zu sein? Willst du nur deshalb deine Tochter mit Kollmann verheiraten und ein für alle Mal der Möglichkeit berauben, großes Glück zu erleben? Das kann nicht dein Ernst sein!«

»Kollmann ist ein verantwortungsvoller und vertrauenswürdiger Kaufmann. Er will nur das Beste für Agnes. Früher oder später wird sie das begreifen und mir dankbar sein. Große Liebe muss nicht vom ersten Augenblick an vorhanden sein. Große Liebe kann über die Jahre wachsen. Das habe ich mit Fröbel erlebt, und das wird Agnes auch mit Kollmann so gehen.«

»Dazu musst du sie erst einmal wiederfinden und zu ihm bringen.« Von neuem huschte ein Lächeln über Lores Antlitz.

»Das wird mir auch gelingen. Verlass dich darauf!« Plötzlich erfasste Gunda eine Entschlossenheit, die ihr selbst das Unmögliche möglich erscheinen ließ. Am liebsten wäre sie sofort aus dem Haus gestürmt, um ihren Plan in die Tat umzusetzen. »So schnell wie möglich werde ich Wehlau verlassen und mich auf die Suche nach meiner Tochter begeben. Ich werde sie wiederfinden. Daran hinderst weder du mich, noch werden mich die geschlossenen Stadttore oder gar die Belagerung durch die Ordensritter aufhalten. Solange ich Hoffnung habe, meine Tochter zurückzubekommen, werde ich alles ertragen.«

4

Endlich zeichneten sich die Umrisse der drei Königsberger Städte am Horizont ab. Der Abend zog herauf, die Sonne schickte sich an, als glutroter Feuerball im Westen zu versinken. Vor dem dämmrigen Blau des Übergangs zwischen Tag und Nacht erhoben sich die Mauern und Türme der Pregelstädte wie gewaltige, schwarze Bastionen. Ein letzter Streifen goldenen Lichtes tanzte über die Dächer und Spitzen der Burg oberhalb der Altstadt. Fasziniert rief sich Agnes die Zeichnungen aus Laurenz' Buch in Erinnerung. So beeindruckend diese bereits gewesen waren, die Wirklichkeit übertraf sie noch bei weitem: Ein gewaltiger Mauerring aus rotem Backstein umschloss das Innere und war mit mehreren aus den Mauern vorspringenden Türmen sowie vier Ecktürmen geschmückt. Ausladende Dächer ließen auf die stattlichen Bauten innerhalb des Rings schließen, wie sie Laurenz in seinem Buch in knappen Federstrichen festgehalten hatte. Der freistehende Turm an der Südseite diente als Wart- und Glockenturm. In seinem oberen Drittel durchbrachen mehrere Reihen Rundbogenfenster das ansonsten schlichte Mauerwerk. Auffällig war ebenso der Danzker, der an der Südwestecke auf vier Mauerpfeilern über dem Burggraben thronte. Ein gemauerter Gang verband ihn mit dem Konventshaus im Innern des Mauerrings. Agnes kam aus dem Staunen nicht mehr heraus. Wieder und wieder glitten ihre Augen an der Anlage entlang, erfreuten sich an den golden leuchtenden Dächern und dem blinkenden Stein. Wie recht Laurenz hatte: Bernstein war das Gold, die Burgen der Stein, auf dem die Kreuzherren ihre Macht im Ordensland begründeten. Ob es den Bündischen je gelingen würde, erfolgreich dagegen anzurennen?

»Gleich sind wir da«, brummte Meister Friedrich. Sie fuhr zusammen. Fast hatte sie vergessen, wo sie sich befand: auf dem rumpelnden Fuhrwerk von Laurenz' Zunftgenossen. Die Aussicht, bald wieder auf festem Boden zu stehen und sich frei bewegen zu können, war verlockend. Viel zu lange schon harrte sie zwischen den Fässern und Säcken hinten auf dem Fuhrwerk aus. Der bärbeißige Meister Friedrich vorn auf dem Balken saß da weitaus bequemer. Neben ihn zu klettern, hatte Agnes nicht gewagt. Sehnsuchtsvoll schaute sie auf Laurenz, der auf seinem Braunen ein gutes Stück vorausritt.

»Seht nur, Selege ist schon vorn am Rosstor und kündigt uns bei den Wachen an«, rief Meister Friedrich und drehte sich lachend zu ihr um. »Zum Glück kommen wir noch rechtzeitig, um Einlass zu erhalten. Die Herbergen hier draußen sind furchtbar.«

Schon wandte er sich wieder seinem Ochsen zu und schnalzte mit der Zunge. Der Schädel des massigen Tieres wippte heftig auf und ab, das breite Kreuz ruckte, als nickte er zustimmend. Geschickt lenkte Meister Friedrich das Gespann bis zum Stadttor. Breitbeinig standen dort zwei Wachen, die Piken gekreuzt, den Blick streng auf die Neuankömmlinge gerichtet. Ungeduldig sah Laurenz dem Wagen entgegen. Sein Pferd trippelte auf der Stelle. »Beeilt euch!«, rief er, als sie auf gleicher Höhe waren, und gab dem Fuhrwerk den Weg frei. Auch die Wachposten traten bereitwillig zur Seite. Dicht hinter dem Fuhrwerk ritt Laurenz hinein. Direkt hinter ihm schlossen die Wachleute das Tor.

Neugierig, was sie in Laurenz' Heimatstadt erwartete, schälte Agnes sich aus den Säcken und kroch an den wackelnden Fässern vorbei zum rückwärtigen Wagenende. Was sie von dort aus erblickte, gefiel ihr, wenn es auch ganz anders aussah als in Wehlau. Die vom Berghang geprägte Anlage der Straßen und Gebäude war eigenwillig. Trotzdem empfand Agnes sogleich eine gewisse Vertrautheit. Freundlich winkte ihr eine Alte von einem offenen Fenster aus zu, ein Mann mit einem dicken Bündel Heu auf dem Rücken nickte lächelnd. Erfreut erklärte sie Laurenz: »Das letzte Stück gehe ich zu Fuß. Mir ist nach Bewegung, und außerdem will ich etwas von der Stadt sehen.«

Mit einem Satz sprang sie schwungvoll von dem ruckelnden Fuhrwerk. Um nicht hinzufallen, musste sie sich mit den Händen auf dem unebenen Pflaster abfangen und scheuerte sich dabei die Handinnenseiten auf. Flink erhob sie sich, klopfte den Staub aus der Kleidung und setzte ein Lächeln auf. Den Schmerz an den aufgeschürften Händen und Knien verdrängte sie. »Ich habe es da oben einfach nicht mehr ausgehalten.«

Zu ihrer Überraschung glitt Laurenz aus dem Sattel und eilte, die Zügel des Braunen in der Hand, dem Fuhrwerk nach. »Wartet!« Überrascht hielt Meister Friedrich den Wagen an. Agnes' Abstieg hatte er gar nicht bemerkt. »Fahrt allein zu Eurer Unterkunft und nehmt mein Pferd mit. Das letzte Stück gehe ich mit meiner Base zu Fuß. So kann sie noch etwas vom Löbenicht sehen, bevor es dunkel wird. Wir treffen uns wie vereinbart im Morgengrauen am Mühlentor. Ich werde pünktlich sein.«

Damit lupfte er das Barett und deutete eine Verbeugung an. Agnes wollte sich ebenfalls artig von Meister Friedrich verabschieden und ihm für die Fahrt danken. Doch er kam ihr zuvor, tippte schweigend an seine Gugel und trieb den Ochsen an. Überrascht von diesem abrupten Abschied sprang Agnes beiseite und sah dem Gefährt nach, bis es in Höhe des Marktbrunnens nach links in eine Gasse bergabwärts einbog.

»Tut mir leid, Agnes«, erklärte Laurenz. »Die Fahrt auf Meister Friedrichs Wagen war gewiss nicht sonderlich bequem. Er ist ein seltsamer Kauz. Ohne ihn aber hätten wir es kaum geschafft, heute noch im Löbenicht einzutreffen. Die Zeit drängt, der Pfleger auf der Marienburg erwartet mich. Deshalb muss ich morgen gleich bei Tagesanbruch los.«

»So ist es dir wirklich ernst, mich hier allein zu lassen?«

»Es muss sein, Liebelein«, erwiderte er leise. »Komm, gehen wir weiter. Bald wird es dunkel, und der Nachtwächter beginnt seine Runde.« Einladend wies er die Gasse entlang. »Das hier ist unsere Hauptstraße. Wir nennen sie Obergasse, weil sie auf dem Berg liegt. Die Anlage Löbenichts unterscheidet sich von den anderen Ordensstädten, die du kennst. Des Berges wegen ließen sich die Straßen nicht ordentlich wie in einem Netz planen. Es gibt zahlreiche Kurven und Winkel. Alles sieht ein wenig anders aus, als du es etwa von Wehlau her gewohnt bist. Dort vorn steht schon die Barbarakirche, unser wichtigstes Gotteshaus. Es ist zugleich Johannes dem Täufer geweiht, aber so nennt es keiner. Unten am Fuß des Hügels findest du die Langgasse, die ebenso wie die Obergasse von Ost nach West verläuft und an den Toren der Altstadt endet. Diese Ausrichtung wiederum dürfte dir von deiner Heimatstadt her bekannt sein.«

Stolz wies er mit der freien Hand in die angegebene Richtung. Aufmerksam sah sie sich um. Ein- und zweigeschossige Häuser, zunächst vor allem aus Lehm und Holz, dann immer öfter aus festem Stein, säumten die Straße zu beiden Seiten. Die Bewohner waren dabei, Türen und Fensterläden zu schließen, Körbe, Fässer und Bänke nach drinnen zu räumen. Mägde und Knechte schleppten Waren, die vom Verkauf auf dem Wochenmarkt übrig geblieben waren. Die kleineren Kinder hatten ihren Spaß, das frei umherlaufende Federvieh einzufangen. Ein älterer Junge jagte mit dem Stock ein quiekendes Schwein dicht an ihnen vorbei.

Agnes schnupperte. Ein vertrauter Geruch stieg ihr in die Nase: Malz! Sie musste nicht lang suchen, um an einigen Häusern das Zeichen der Brauer oberhalb der Türen zu entdecken. Krüge oder Schankwirtschaften erblickte sie allerdings nur wenige.

»Hier bei uns liegt auf sehr vielen Grundstücken das Braurecht.« Laurenz schien ihre Gedanken erraten haben. »Unten in der Langgasse ist das fast in jedem Haus der Fall. Das geht zurück auf die Zeit der Lokatoren vor bald zweihundert Jahren. Damals hat zu fast jeder Hofstelle auch das Recht zum Bierbrauen gehört. Meine Muhme besitzt es übrigens auch, nutzt es jedoch wenig. Sie bedarf wohl erst noch einer guten Lehrmeisterin. Ihr Gerstensaft schmeckt reichlich bitter. Abhilfe täte not.« Vergnügt zwinkerte er ihr zu. »Bislang darf sie einmal in der Woche brauen. Dazu wird ihr von den Brauknechten die Sudpfanne ins Haus gebracht. In den Häusern mit einer großen Diele besitzen die Leute oft eine eigene Sudpfanne und brauen fleißiger. Das Bier verkaufen sie an die Bewohner ohne eigenes Braurecht oder an die Schankwirte. Nicht jeder unserer Wirte verfügt über das Braurecht, weil es an das Haus und nicht an den Bürger gebunden ist. Dafür gibt es in keiner der drei Städte Königsbergs ein großes Brauhaus, in dem jedermann brauen darf. In der Burg der Kreuzherren wird nur Bier für die Ordensritter selbst gebraut. Wir Löbenichter stellen mit der Malzbrauerzunft übrigens eine stolze Bürgerschaft, die mindestens so viel zählt wie die Kaufmannsgilde in der Altstadt oder im Kneiphof. Nur die ehrenwertesten Leute, alles alteingesessene Bürger, gehören dazu.«

Über seinen Worten schwoll seine Brust stolz an. Das brachte Agnes zum Schmunzeln. »Wie schön, das alles zu hören. Jeder Silbe entnehme ich, wie sehr du deine Heimatstadt liebst.«

»Ja, du hast recht. Sie gibt mir Halt in all den Wirren des Lebens. Deshalb kehre ich so oft wie möglich hierher zurück.«

Bewegt hielt er inne. Agnes verlangte es danach, seine Hand zu berühren.

»Mein Vater ist sehr früh gestorben«, erzählte er weiter. »Meine Mutter hat sich als Hebamme verdingt. Ich bin ihr einziger Sohn. Es war ihr wichtig, mir den Besuch der Lateinschule zu ermöglichen und danach für eine gute Ausbildung zu sorgen. Der Pfleger in der Ordensburg hat mein Talent und mein Interesse am Bauen und Ausstatten von Häusern früh erkannt. Deshalb hat er mir zu einer Lehre bei einem der besten Steinmetze verholfen. Dank seiner Fürsprache habe ich mich nach der fünfjährigen Lehrzeit bei einem angesehenen Baumeister in Danzig als Kunstdiener auf der Marienburg verdingen können. Seither bin ich leider viel zu selten zu Hause gewesen. Meine Mutter ist schon während meiner Lehrzeit gestorben. Meine Muhme, zu der ich dich gleich bringen werde, ist meine einzige Verwandte. Außer mir ist ihr nur die Tochter geblieben, doch die lebt fast eine Tagesreise entfernt von hier. So haben meine Muhme und ich ein ganz besonderes Verhältnis zueinander.«

Das Schicksal seiner Familie rührte Agnes. Zugleich erfüllte es sie mit Genugtuung, zum ersten Mal von seiner Herkunft und seinem Werdegang zu hören. Die Rückkehr in seine Heimatstadt hatte ihm die Zunge gelöst. Doch in diese Freude mischte sich Sorge. Bang sah sie ihn an. »Was wird deine Muhme wohl denken, wenn du ihr ein fremdes Mädchen ins Haus bringst, das Mutter und Großmutter schmählich im Stich gelassen und sich dir geradezu aufgedrängt hat?«

Ganz in Gedanken versunken, brauchte er eine Weile, bis er ihre Frage verstand. »Keine Sorge, meine Muhme wird dich wie eine eigene Tochter in ihrem Haus aufnehmen.«

»Bist du sicher?« Bei der Vorstellung, die gute Frau könne ahnen, wie nah sie und Laurenz sich bereits gekommen waren, glühten ihr die Wangen vor Scham. Sagte man nicht, dass Frauen so etwas auf den ersten Blick spürten? Griet fiel ihr ein. Wie eindrucksvoll sie ihr vom Garten der Lust erzählt hatte. Das hatte sie nur gekonnt, weil sie ahnte, dass Agnes selbst schon am offenen Tor gestanden hatte. Verstohlen äugte sie zu Laurenz. Wie sehr sie ihn liebte! Deshalb hatte sie sich ihm auch bereitwillig hingegeben. Wer, wenn nicht er, besaß das Recht an ihrem Körper? Sacht berührte sie ihn am Arm, er aber bemerkte es nicht. Starr sah er auf den Weg, kannte nur ein Ziel: sie zu seiner Muhme bringen.

Im Profil wirkte sein Gesicht besonders vornehm. Die feinen Linien von Stirn, Nase und Kinn stachen deutlicher heraus, der sorgsam gestutzte schwarze Bart unterstrich die elegante Erscheinung. Zugleich wirkte er seltsam verletzlich. Sein Auge schimmerte feucht, der zarte Faltenkranz in den Augenwinkeln sprang auf. Was gäbe sie darum, ihm jetzt um den Hals fallen und ihn mit leidenschaftlichen Küssen überschütten zu dürfen! Die Sehnsucht zerriss ihr die Brust. Sie stolperte über einen groben Pflasterstein und fiel gegen seinen Arm. Unwillkürlich fasste er nach ihrer Hand, fing sie auf und hielt sie fest. Ihre Blicke trafen sich. Sie spürte seinen Atem auf ihrer Haut. Es durchzuckte sie wie ein Blitzschlag. Schon öffneten sich ihre Lippen, sie meinte, er beuge sich herab, sie zu küssen. Abrupt hielt er in der Bewegung inne. »Lass uns weitergehen. Das Haus meiner Muhme ist gleich in der nächsten Seitenstraße.«

Viel zu schnell ließ er sie los und drehte sich um.

»Nein!« Sie hielt ihn zurück.

»Was ist?« Verwundert sah er sie an.

»Was hast du deiner Muhme von mir erzählt? Für wen hält sie mich?«

»Keine Sorge, Liebste«, erwiderte er und fasste mit der Hand unter ihr Kinn, drehte ihr Gesicht zu sich. Behutsam strich er eine Strähne ihres glatten braunen Haars zurück. »Ich habe es dir vorhin schon gesagt: Meine Muhme ist eine gütige Frau. Du wirst sie mögen. Vertrau mir.«

»Das ist keine Antwort. Versteh doch bitte: Wie soll ich sie mögen, wenn sie mich für eine Hure hält?«

»Agnes!«

»Bitte heirate mich jetzt gleich und nimm mich mit zur Marienburg! Dann wäre es gleichgültig, was die anderen sagen oder denken. Als Mann und Frau müssten wir uns nicht verstecken.«

»Aber Liebelein, ich habe dir doch schon gesagt, dass …«

»In ein oder zwei Jahren, ja, ich weiß«, unterbrach sie ihn. »Aber warum? Du bist ein freier Mann, jeder achtet dich. Du hast ordentlich zu tun und verdienst dein eigenes Geld. Warum also kannst du mich nicht jetzt schon heiraten? Hat es etwas mit meiner Mutter und der Geschichte von damals …«

»Bitte fang nicht wieder damit an. Du weißt genau: Am liebsten würde ich dich eher heute als morgen heiraten. Abgesehen davon, dass ich noch einige Aufträge in der Fremde zu erfüllen habe, bin ich auch der Ansicht: Es wäre besser, wir heirateten mit Zustimmung deiner Mutter. Daran liegt mir sehr viel.«

»Nie und nimmer wird sie dich an meiner Seite dulden. Sie kann sich nicht zu ihrer Vergangenheit bekennen und hat Angst, du stellst sie bloß. Nur deshalb will sie mich mit Kollmann verheiraten. Und selbst wenn sie inzwischen ihre Meinung geändert haben sollte, wirst du derzeit kaum nach Wehlau zurückkehren und sie fragen können.«

»Das stimmt.«

Betreten schwiegen sie. Schwer lastete der Gedanke auf ihr, die Mutter und Großmutter in Wehlau ihrem Schicksal überlassen zu haben. Hoffentlich hatte Gott, der Allmächtige, ein Einsehen und ersparte ihnen das Schlimmste!

»Gib es zu: Da ist noch etwas anderes«, setzte sie nach. »Geld, einen eigenen Hausstand zu gründen, wird dir kaum fehlen. Heute früh in Pronitten habe ich gesehen, wie leichtfertig du für einen deiner Kunstdiener den gut gefüllten Beutel gezückt hast, um seine Spielschulden zu begleichen.«

Prüfend sah sie ihn an, wartete, ob er etwas zu seiner Verteidigung erwidern würde.

»Oder ist es das, weshalb dir die Mittel zum Heiraten fehlen: Alles, was du verdienst, opferst du für deinen Kunstdiener! Aber warum? Ist er dir am Ende wichtiger als ich?« Über ihren Worten war ihre Stimme laut geworden.

»Agnes, Liebste!«, suchte Laurenz sie zu beschwichtigen. »Wie kommst du nur auf solche Gedanken?« Er streckte die Hand aus, um sie zu berühren. Sie wich ihm aus.

Sie fühlte sich wie gelähmt. Schwerfällig wischte sie sich den Schweiß von der Stirn. Kaum ein frischer Luftzug wehte herein, um für etwas Abkühlung zu sorgen. Seit Wochen, so schien es, sammelten sich alle Ausdünstungen von Mensch, Vieh und Arbeit unter der unsichtbaren Glocke des Himmels.

»Heinrich Wollrode ist einer der besten Kunstdiener, die man finden kann«, erklärte Laurenz. »Als sein Meister stehe ich für ihn ein. Doch das, meine Liebe, ist nicht der Grund, warum ich noch ein oder zwei Jahre brauche, bevor ich mich als Werkmeister in einer Stadt niederlassen und einen Hausstand gründen kann.«

»So? Was dann?«

»Ich bin noch nicht so weit. Ich brauche weitere Erfahrungen auf Baustellen, um meine Kunst so zu beherrschen, wie ich es für nötig halte. Das habe ich damit gemeint, wenn ich gesagt habe, mir fehlten noch die nötigen Mittel, einen Hausstand zu gründen.«

»Heiraten kannst du mich doch trotzdem schon!« Von jetzt auf gleich empfand Agnes neuen Mut. »Ich brauche kein eigenes Haus, kein eigenes Gesinde. Gern ziehe ich mit dir umher. Wenn ich bei dir bin, nehme ich alles hin, wie es ist.«

»Agnes, Liebelein, das geht nicht«, entgegnete er leise. »Ich kann dich nicht mit zu den Kreuzherren oder zu anderen Auftraggebern nehmen. Du bleibst bei meiner Muhme, bis ich so weit bin und dich hole. Vertrau mir, alles wird gut.«

Damit hielt er den Streit für beendet, fasste sie an der Hand und ging weiter. Ihr blieb nichts anderes, als ihm zu folgen.

»Du denkst immer nur an dich!«, entfuhr es ihr enttäuscht. »Aber vergiss nicht: Du kannst mich nicht mehr einfach so im Stich lassen. Du bist mir verpflichtet!«

Jäh fuhr er herum, umfasste ihre Schultern und funkelte sie plötzlich zornig an: »Glaub nicht, das wüsste ich nicht!«

So hatte sie ihn noch nie erlebt! Angst überfiel sie, er könnte sie im Stich lassen. Sie wollte etwas erwidern, brachte jedoch keinen Ton heraus.

»Agnes, Liebelein«, setzte er ruhiger an, »ich weiß, wie sehr du dich fürchtest, allein hier im Löbenicht zu bleiben. Doch glaub mir: Es gibt keinen besseren Menschen auf Erden als meine Muhme Agatha Streicher. Sie wird dir beistehen, was auch immer kommen mag.«

Er schlang die Arme um sie und küsste sie endlich. Gern gab sie sich der tröstenden Zärtlichkeit hin, die er leider viel zu bald beendete. Ihr blieb nichts anderes, als ihm zu folgen.

Die Straßen und Gassen hatten sich geleert. Gelegentlich hockte noch ein Alter vor der Tür und unterhielt sich mit einem Nachbarn. Eine Rotte Ordensritter zog vorbei, die Lanzen erhoben, die Mienen ernst. Eilig hielten sie auf das Tor gen Westen zu. In Höhe des Marktbrunnens schwenkte Laurenz nach links ein. Die Gasse führte in einer starken Krümmung bergab.

»Da ist es!« Er wies nach rechts. Agnes blieb stehen. Das Anwesen seiner Muhme entpuppte sich als zweistöckiges Steinhaus, dessen Fenster bereits über Oberlicht aus Glas verfügten. Die Läden im Untergeschoss waren verriegelt. Neben der Eingangstür aus dickem Eichenholz fand sich das vertraute Brauzeichen. Auch das Zeichen der Bortenmacher prangte dort.

Energisch pochte Laurenz gegen die Tür. Agnes' Herz raste. In wenigen Augenblicken würde sie jemandem gegenüberstehen, der den Geliebten schon seit ewigen Zeiten kannte. Ihre Finger glitten zum Halstuch, prüften seinen Sitz, spielten mit den Enden, landeten auf dem Mal im Nacken. Sie hob den Blick, begegnete Laurenz' fürsorglicher Miene. Seine verschiedenfarbigen Augen leuchteten im letzten Tageslicht. Trotz ihres kurzen Streits vorhin lag wieder so viel Ehrlichkeit und Aufrichtigkeit in ihnen, dass ihre Angst versiegte.

»Da seid ihr endlich!«, hörte sie eine fröhliche Stimme rufen. Erschrocken wandte sie den Kopf und blickte in das freudestrahlende Antlitz einer etwa vierzigjährigen Frau. Das Gesicht war schmal und lang. Die Nase wies denselben kecken Schwung nach oben auf wie die von Laurenz. Das Bemerkenswerteste aber war: Auch die Frau schaute ihnen aus einem grünen und einem blauen Auge entgegen.

»Liebste Muhme!«, rief Laurenz und umarmte sie herzlich. Sie waren etwa gleich groß. Dank ihrer zierlichen Figur aber wirkte die Muhme zerbrechlicher. Sie trug ein Kleid aus hellem Leinen und einen dunkelroten Surkot sowie eine weiße Flügelhaube auf dem blonden Haar. Von Laurenz' stürmischer Umarmung verrutschte ihr die Kopfbedeckung. An der vorderen linken Stirnseite wurde ein dunkler Fleck sichtbar, aus dem einige wenige dunkle Haare sprossen.

»Das ist also das Mädchen, das du aus Wehlau gerettet hast«, erklärte sie und befreite sich aus seinen Armen, um die Haube zu richten. Neugierig wanderte ihr Blick über Agnes, blieb verwundert am Halstuch hängen. Agnes stockte der Atem. Die Muhme jedoch legte den Kopf leicht schief und breitete die Arme einladend aus.

»Komm an mein Herz, Liebes! Du ahnst nicht, wie sehr ich mich freue, dich in meinem Haus begrüßen zu dürfen.«

Ehe sie sich's versah, drückte Agatha sie sich an die flache Brust. Ein herrlicher Duft nach Heu und Blumen hing in ihren Haaren.

»Danke, dass ich bei Euch wohnen darf«, war alles, was sie zwischen den Lippen hervorbrachte.

5

In dieser Nacht schlief Agnes kaum. Dabei hatte sich Laurenz' Muhme Agatha alle erdenkliche Mühe gegeben, ihr ein herzliches Willkommen zu bereiten. Doch die Angst, in wenigen Stunden ohne Laurenz in einer unbekannten Stadt bei einer fremden Frau zurückzubleiben, ließ sich nicht lindern. Ruhelos wälzte sich Agnes in ihrer Hälfte des Bettes umher. Die drückende Hitze, die auch in der Nacht noch im Gemäuer hing, tat ein Übriges. Längst hatte sie das dünne Leinentuch zurückgeschlagen. Dennoch rannen ihr die Schweißperlen den Körper hinab.

Stunde um Stunde lauschte sie den gleichmäßigen Atemzügen der Muhme dicht neben sich, ohne selbst auch nur an Schlaf denken zu können. Sie drehte sich zur Seite. Die Vorhänge an der Bettstatt waren zurückgezogen, ebenso standen die hölzernen Fensterläden weit offen. Trotzdem fiel kaum

Mondlicht herein. Zu dicht und zu hoch krochen die umliegenden Gebäude an Agathas Haus heran. Im engen Hof breitete zudem ein weit ausladender Baum seine Äste aus. Das karge Mobiliar in der Stube versank im düsteren Grau der Nacht. Endlich dämmerte der Morgen. Agnes lauschte auf den anschwellenden Gesang der Vögel. Nahebei gurrten Tauben, eine Amsel kollerte ihr Rufen darüber, ein Sperling zwitscherte frech dazwischen.

Schnaufend drehte sich die Muhme neben ihr im Bett um. Das Weißzeug knisterte. Agnes erstarrte. Da war noch ein weiteres Geräusch. Angespannt spitzte sie die Ohren. Schritte! Sollte das etwa Laurenz sein? Sie setzte sich behutsam auf, wobei sie Agatha fest im Blick behielt. Die Augen der Muhme waren geschlossen, der Atem ging gleichmäßig. So leise wie möglich schlüpfte Agnes aus dem Bett und schlich auf bloßen Füßen zur Tür. Die Dielen strahlten noch die Wärme des Tages aus. Sie presste das rechte Ohr gegen das Türblatt. Die Geräusche im Erdgeschoss wurden deutlicher. Bald war sie sicher: Laurenz packte dort unten seine Sachen!

Mit angehaltenem Atem öffnete sie die Tür und schob sich auf den Flur. Sie eilte zur Treppe und flog über die Stufen nahezu lautlos nach unten. Auf der letzten Treppenstufe blieb sie stehen. In der Diele schien das erste Licht des neuen Tages durch das Fenster zur Straße herein. Am Tisch in der Mitte der Diele stand Laurenz. Außer Rock und bunten Strumpfhosen trug er bereits das Barett auf dem welligen braunen Haar, hatte zudem die langen braunen Schnabelschuhe an den Füßen. Der schwarze Bart war ordentlich gekämmt. In hastigen Bewegungen packte er den Brotbeutel. Das Felleisen aus Schweinsleder lag bereits fertig geschnürt bereit. Ganz versunken in seine Handgriffe, bemerkte er sie nicht.

»Laurenz!«, stieß sie heiser aus und stürzte sich ihm entgegen. Überrascht hob er den Kopf. Ein Laib Brot in der einen, ein Stück Käse in der anderen Hand, hielt er inne. In seinem blauen und dem grünen Auge blitzte etwas Fremdes auf. »Agnes, habe ich dich geweckt?«, fragte er, um im nächsten Moment den Blick zu senken und sich erneut dem Proviant zu widmen. »Die Zeit ist knapp. Bald öffnen die Tore. Meister Friedrich und ich wollen die Ersten sein, die durch das Mühlentor nach draußen gelangen. Ein langer Weg liegt vor uns.«

Sie kämpfte mit den Tränen. Mühsam schluckte sie, räusperte sich, setzte mehrmals zu sprechen an. »Aber ... Du kannst dich doch nicht einfach so davonschleichen!«, brachte sie schließlich heiser heraus. »Willst du mich wirklich so hier zurücklassen?«

Laurenz hielt inne, legte das Brot auf den Tisch. Seine rechte Hand zitterte. Sanft legte sie ihre kleine Hand darauf. Laurenz' Haut fühlte sich eisig an. Verlegen zog er die Hand zurück und murmelte: »Verzeih, Liebelein, aber ich muss meine Angelegenheiten auf der Marienburg in Ordnung bringen. Man erwartet mich dort ungeduldig. Hier bei meiner Muhme hast du nichts zu befürchten.«

Mit einer Kordel zurrte er den Beutel zu. Suchend glitt sein Blick durch die Diele, streifte einen Atemzug lang ihr Gesicht. Im dämmrigen Licht blitzte das Weiß seiner Augäpfel auf. Für einen Moment wagte Agnes zu hoffen und versuchte, seinen Blick zu halten. Vergebens. Laurenz schulterte das Gepäck und eilte dicht an ihr vorbei zur Tür.

Fassungslos sah sie ihm nach. Die Hand auf der Klinke, drehte er sich noch einmal zu ihr um. Sein Gesicht lag im Schatten. Kaum konnte sie mehr als nur die groben Umrisse erahnen, sich den kecken Schwung seiner nach oben gebogenen Nasenspitze und die fein gezogenen Linien um Mund und Kinnpartie in Erinnerung rufen.

»Es fällt mir unendlich schwer, Liebelein, dich zurückzulassen. Aber mir bleibt keine Wahl. Agatha wird gut auf dich aufpassen.«

Noch ehe sie etwas erwidern konnte, schob er sich zur Tür hinaus.

Später wusste sie nicht mehr, wie sie zur Türschwelle gelangt war. Als sie eine warme Hand auf der Schulter spürte, fand sie sich zusammengesunken auf dem kalten Steinboden vor dem Eingang wieder.

»Steh auf, Liebes! Sonst holst du dir noch den Tod.« Energisch griff Agatha ihr unter die Arme und half ihr, sich aufzurichten. Umsichtig legte sie ihr eine Wolldecke um und drückte sie sanft gegen die eigene Brust. Erst da wurde Agnes des heftigen Zitterns gewahr, das ihren Leib erfasst hatte. Es tat unendlich gut, sich in Agathas schützenden Armen zu wissen.

»Nicht weinen! Er kommt zurück, ganz sicher. Ich kenne meinen Laurenz. Auf ihn ist Verlass.« Sie tupfte ihr die tränennassen Wangen mit dem Zipfel der Schürze trocken, strich ihr die wirren Haarsträhnen aus dem Gesicht. Wie zufällig streiften ihre Finger dabei das Tuch um ihren Hals. Sofort hielt Agnes es fest und trat beiseite.

»Damit verdeckst du ein Mal in deinem Nacken, nicht wahr?«

»Woher wisst Ihr …?«

»Keine Angst. Ich verrate niemandem davon. Ich weiß selbst nur zu gut, was es heißt, eines solchen Zeichens wegen schief angesehen zu werden.« Lächelnd tippte die Muhme an den braunen Fleck auf ihrer linken Stirnseite, dann zwinkerte sie mit ihrem grünen Auge verschwörerisch. »Schon als du mir gestern Abend gegenübergestanden hast, hatte ich eine Ahnung, wer du sein könntest. Du siehst deiner Mutter sehr ähnlich. Sie war nicht viel älter als du, als ich sie kennengelernt habe.«

»Ihr kennt meine Mutter? Woher?« Vor Aufregung überschlug sich Agnes' Stimme. Zugleich wurden ihr die Knie weich. Wahrscheinlich hatte Laurenz der Muhme alles verraten. Wieder fasste sie nach dem Halstuch.

Agatha ging zum Herd und bückte sich, um das Feuer zu schüren. Die Hände in die Hüften gestemmt, wartete sie, bis es ordentlich brannte, hängte den Kessel an der Kette darüber tiefer und rührte den Brei im Topf mehrmals um. In jeder Bewegung lag eine beneidenswerte Ruhe. Die Hände an der hellen Schürze abwischend, die sie statt eines Surkots über dem Leinenkleid trug, wandte sie sich Agnes wieder zu. Im sanften Morgenlicht schimmerte das Haar honiggolden. Angesichts der frühen Stunde trug sie noch keine Haube. Der Fleck auf der linken Stirnseite zeichnete sich deutlich auf der hellen Haut ab, die schwarzen Haare darauf standen borstig ab, ganz im Gegensatz zu den übrigen, straff zurückgekämmten Haaren.

»Laurenz wird dir erzählt haben, dass seine Mutter Hebamme gewesen ist. Gerda war meine ältere Schwester. Das Haus hier an der Krummen Grube hat einst ihr und ihrem Gemahl Bruno gehört. Er war ein tüchtiger Mann, Böttchermeister wie so viele hier im Löbenicht. Zudem hat er fleißig Bier gebraut. Leider ist er viel zu früh gestorben, und so hat Gerda den Jungen allein aufziehen müssen. Weil sie selbst als Wehmutter gearbeitet hat, hat sie die Böttcherwerkstatt geschlossen. Das Brauen hat sie mehr schlecht als recht weitergeführt. Ich habe damals noch auf dem Sackheim gewohnt, wo mein lieber Hans in der Mühle am Kupfergraben gearbeitet hat. Gelegentlich bin ich in die Stadt gegangen, um meine Borten zu verkaufen. So bin ich deiner Mutter bei meiner Schwester begegnet. Die Ärmste war völlig verzweifelt.«

Sacht schüttelte sie den Kopf. »Dabei stand die Niederkunft kurz bevor. Ihr Leib war mächtig angeschwollen, kaum haben ihre Beine die schwere Last tragen können. Meine Schwester gab ihr einige Ratschläge zur bevorstehenden Geburt. Insbesondere hat sie ihr das Tragen eines Edelsteins ans Herz gelegt. Schwangere Frauen sehen mit seiner Hilfe einer leichteren Geburt entgegen. Am linken Handgelenk getragen, beschützt er vor bösen Geistern. Auch das kann eine Frau kurz vor der Niederkunft gut gebrauchen. Mag er noch so klein sein, so hilft er doch. Trotzdem war deine Mutter kaum zu beruhigen. Eine schreckliche Angst hat ihr jedwede Freude auf das Bevorstehende verdorben. Fast hatte es den Anschein, als wollte sie es überhaupt nicht zur Welt bringen, lieber bis ans Ende ihrer Tage mit dem aufgedunsenen Leib herumlaufen. Glaub mir, Liebes, so etwas habe ich nie zuvor erlebt.«

Von neuem hielt sie inne, umfasste mit der linken Hand das Kinn und rieb mit Daumen und Zeigefinger mehrmals hin und her. Das Antlitz schräg zu Boden gerichtet, schien sie gedanklich in weit entfernte Gefilde entrückt. Dann ging ein Ruck durch ihren zierlichen Leib. Beschwörend griff sie nach Agnes' Handgelenken und drückte sie, bis es weh tat.

»Die Angst vor den Schmerzen war es nicht, Liebes. Deine Mutter war gewiss mutiger als andere Erstgebärende. Sie sah aus, als wäre ihr bereits alles im Leben widerfahren, was einem Menschen gemeinhin widerfahren kann, insbesondere das Schlimme, Unerfreuliche. Es muss etwas anderes gewesen sein, was sie so in Schrecken versetzt hat. Doch was, das hat sie nicht verraten. Ach, sie war so jung und schön, trotz alledem. Und mit dem guten Rudolf Kelletat hat sie einen der besten Männer zur Seite gehabt, den eine Frau sich wünschen kann.«

»Rudolf Kelletat? So hieß ihr Mann?«, platzte Agnes ungeduldig dazwischen.

»Ja, genau. Das war ihr Mann und dein Vater.« Überrascht sah Agatha sie an. »Hat sie dir nie von ihm erzählt? Ach, er muss ein guter Mensch gewesen sein. Übrigens ein Böttchermeister wie mein verstorbener Schwager.«

»Ein Böttchermeister?«, hakte Agnes ungläubig nach. Wie passte das zu Lores Behauptung, sie, ihr geliebter Ewald und die Mutter wären Gundas Verlobung wegen eigens aus Westfalen ins Ordensland gereist? Das hatte doch eher vermuten lassen, bei Gundas damaligem Verlobten handelte es sich um einen Zunftgenossen, also einen Kaufmann wie Ewald.

»Ja, ein sehr tüchtiger Böttchermeister«, beharrte die Muhme verwundert. »Leider habe ich ihn nie kennengelernt. Kurz nach deiner Geburt ist er eines tragischen Todes gestorben. Deine Mutter hat danach sehr schnell die Stadt verlassen. Haus und Hof hat sie verloren, nichts ist ihr geblieben außer dem nackten Leben. Tja, des Schicksals Wege sind für uns Sterbliche oft rätselhaft.«

»Bitte erzählt mir mehr!«, flehte Agnes. Zum ersten Mal in ihrem Leben hörte sie jemanden über ihren leiblichen Vater reden. Ihr war, als bekäme sie den ersten Zipfel des Schleiers über der Vergangenheit zu fassen.

»Leider weiß ich nicht mehr. Drei-, viermal werde ich deine Mutter vor der Geburt bei meiner Schwester gesehen haben. Von Mal zu Mal war sie seltsamer gestimmt. Zum Trost habe ich ihr eines meiner schönsten Bänder geschenkt.«

»Das wisst Ihr noch? Es ist mehr als siebzehn Jahre her!«

Agnes war verwirrt und wusste nicht so recht, wie sie die Muhme noch einmal auf die Todesumstände ihres Vaters ansprechen sollte.

»Vielleicht hätte ich es längst vergessen, wenn meine Schwester mir nicht später ganz aufgeregt von der Geburt erzählt hätte. Es ist keine gewöhnliche Niederkunft gewesen. Zwillinge kommen nicht alle Tage zur Welt, musst du wissen, gesunde noch dazu. Leider hat Gerda keine Einzelheiten berichtet. Dafür hat sie noch Jahre später bei jeder Gelegenheit von deiner Mutter und ihrem schweren Schicksal angefangen. Sogar in ihrer letzten Stunde hier auf Erden hat sie darüber gesprochen. ›Am Mal im Nacken‹, hat sie gesagt, ›werden sie sich einst wiedererkennen.‹ Bis heute ist mir ein Rätsel, was sie damit gemeint hat. Aber als du gestern mit dem Halstuch vor mir gestanden bist – ein Ebenbild deiner Mutter –, ist es mir wieder eingefallen. Erzähl mir, Liebes, wie geht es deinem Bruder? Ein kräftiger junger Mann wird er inzwischen sein, gewiss ganz das Ebenbild seines braven Vaters.«

»Ich habe keinen Bruder«, erwiderte Agnes tonlos.

»Oh«, entschlüpfte es Agatha. Bevor sie nachhaken konnte, wurden sie gestört.

»Guten Morgen«, schallten zwei fröhliche Stimmen von der Hoftür herein. »Was ist los, Meisterin? So früh schon Besuch?«

Zwei junge Frauen in schlichten Leinenkleidern und Schürzen betraten die Diele. Mit ihnen wehte kühle Morgenluft herein. Zwar sprachen sie im Gleichklang, unterschieden sich aber ansonsten wie Feuer und Wasser voneinander: Die eine war gertenschlank. Auffallend schwarzes Haar lockte sich um das ebenmäßige Gesicht, in dem zwei nicht minder schwarze Augen munter funkelten. Ihre glockenhelle Stimme war Ausdruck ihrer Lebensfreude. Ihre Gefährtin dagegen war von gedrungener Statur. Aus ihrem Vollmondgesicht stachen vor allem die großen Zähne hervor, die kaum Platz in dem dicklippigen Mund fanden und sich übereinanderschoben. Ihr Schädel war von lichtem, aschblondem Haar mehr schlecht als recht bedeckt, die grauen Augen glänzten jedoch nicht minder fröhlich. Unverhohlen musterten die beiden Agnes. Erst jetzt wurde ihr bewusst, dass sie noch immer lediglich mit dem Hemd bekleidet war und mit einer wollenen Decke auf den Schultern barfüßig vor der Muhme stand.

»Wohlan, meine Lieben, wie schön, euch zu sehen!«, klatschte die Muhme fröhlich in die Hände. »Das ist Agnes. Laurenz hat sie gestern Abend zu uns gebracht. Sie wird einige Zeit bei uns wohnen. Doch zuerst gehst du besser nach oben, Liebes, und ziehst dich an.«

In der Kammer stieß Agnes die Fensterläden auf und schnappte nach Luft. Sie meinte, ersticken zu müssen, so schwer lasteten die eben erfahrenen Neuigkeiten auf ihrer Seele. Ein Sperling hüpfte über die Äste zum Fenstersims, beäugte sie mit schief gelegtem Köpfchen. Den vertrauten Anblick ertrug sie nicht. Überstürzt wandte sie sich dem Bündel zu, in das sie in Wehlau ihre Habseligkeiten eingerollt hatte. Kaum wollten ihr die Finger gehorchen, um die Schnur aufzuknüpfen. Endlich gelang es ihr doch, und sie konnte zwischen den Kleidern und der Wäsche nach der Borte kramen, die ihr die Mutter letztes Jahr geschenkt hatte.

Mit zittrigen Händen hob sie sie vor den Mund und presste einen Kuss darauf. Heiße Tränen rannen ihr die Wangen hinab. Zumindest was die Herkunft der Borte betraf, hatte Gunda nicht gelogen. Um »ein Erinnerungsstück aus vergangenen Tagen« handelte es sich tatsächlich, auch wenn die Mutter den Eindruck erweckt hatte, der gute Fröbel hätte sie ihr geschenkt. Plötzlich sah Agnes die Mutter als junge Frau vor sich, mit einem weit hervorquellenden, schweren Bauch. Schreckliche Angst musste sie gehabt haben. Doch wovor? Eine Welle des Mitleids überflutete sie. Zum ersten Mal in ihrem Leben wurde ihr klar, dass die Mutter womöglich gar nicht die starke, durch nichts zu erschütternde Frau sein mochte, als die sie sie bislang stets erlebt hatte. Hinter der harten Fassade verbarg sich offenbar eine zutiefst verletzte Seele. Vielleicht, so schöpfte Agnes Hoffnung, gelang es ihr mit Hilfe von Laurenz' Muhme, Gundas Geheimnis zu ergründen. Zumindest wusste Agatha, wer ihr richtiger Vater gewesen war: ein Böttchermeister aus dem Löbenicht. Gut möglich, über diese Nachricht eine Spur des verlorenen Bruders zu finden. Diese Aussichten trösteten sie ein wenig über den wortkargen Abschied von Laurenz hinweg. Die Zeit bis zu seiner Rückkehr galt es zu nutzen, Licht in das Dunkel der Vergangenheit zu bringen. Das Zittern ihrer Hände ließ nach. Es gelang ihr, sich anzukleiden. Als sie zu Agatha und den beiden Mägden in die Diele zurückkehrte, war die Verzweiflung aus ihrem Gesicht verschwunden.

»Gut, dass du wieder da bist«, empfing Agatha sie. »Iss deinen Gerstenbrei mit uns. Gleich nachher heißt es, an die Arbeit zu gehen. Heute ist Brautag! Bevor ich dich zu Theres und Marie in die Werkstatt lasse, um Borten zu fertigen, wirst du mir hier in der Diele mit dem Bier zur Hand gehen. Darin wirst du dich gewiss eher einfinden als in das Sticken und Weben.«

»Ich bin neben der Sudpfanne groß geworden. Von klein auf habe ich meiner Mutter beim Brauen geholfen.«

»Umso besser für uns alle, Meisterin!«, stellte Theres erfreut fest. »Dann müsst Ihr Euch künftig nicht mehr grün und blau ärgern, weil Marie und ich so gar kein Talent fürs

Brauen an den Tag legen. Viel besser widmen wir uns den bestellten Bändern. Es liegt einiges an, seit Kaufmann Felbert von seiner Reise zurückgekehrt ist. Seine Frau hat gar nicht ausreichend Haare auf dem Kopf, all die guten Stücke auf einmal hineinzuflechten, die er für sie bestellt hat.« Keck stupste sie Marie in die Seite. Sogleich sprangen die beiden von der Bank und eilten in die angrenzende Werkstatt.

»Du siehst, Liebes«, wandte sich Agatha an Agnes, »deine Ankunft hier in der Krummen Grube kommt uns allen sehr zupass.«

»Ich denke, der Aufenthalt hier bei Euch wird auch mir sehr zupasskommen.«

6

In der Tat dauerte es nicht lang, bis Agnes den Aufenthalt bei Laurenz' Muhme zu ihrer eigenen Überraschung geradezu als Wohltat empfand. Zum ersten Mal seit ihrer Flucht aus Wehlau vor gut zwei Wochen konnte sie sich wieder nützlich machen. Das Bierbrauen vollzog sich in Agathas Haus in weitaus beengteren Verhältnissen als im Silbernen Hirschen in Wehlau. Auf dem trockenen, warmen Dachboden direkt neben der Schlafkammer wurden Malz und Hopfen aufbewahrt, während das Bier in den Bottichen im kühlen Keller lagerte. Sowohl das Einmaischen des Gerstenmalzes als auch das Läutern der Maische und das anschließende Sieden der Würze galt es mitten in der Diele über dem Herdfeuer zu bewerkstelligen. Wie Laurenz ihr erklärt hatte, brachten zwei Brauknechte die Sudpfanne nur für diesen Tag ins Haus. Agnes' Wangen glühten vor Eifer, als sie den Hopfen bereitstellte.

»Ich sehe schon, das Bierbrauen lässt dich aufblühen.« Unter Ächzen richtete sich Agatha vom Herd auf, nachdem sie noch Holz nachgelegt hatte, um das Feuer kräftiger zu schüren. »Leider kann ich dir diese Arbeit nicht jeden Tag bieten. Unsere Ratsherren haben vor wenigen Jahren eine strenge Verordnung erlassen, die besagt, dass jedes Haus mit Braurecht höchstens einen Bottich pro Woche brauen darf, und das auch nur an einem bestimmten Tag in der Woche. Sie fürchten wohl, wir würden sonst alle im Gerstensaft ertrinken. Dabei wird ein Großteil des Löbenichter Bieres an die Schankwirte in der benachbarten Altstadt und im Kneiphof verkauft. Auch einige Krüger außerhalb der drei Städte nehmen es uns ab. Auf den Freiheiten gibt es kaum Anwesen mit eigenem Braurecht. Zudem stehen die feinen Herrschaften der Dominsel ungern selbst an der Sudpfanne. Dabei verfügen sie über Häuser mit großen Dielen, in denen ordentliche Braupfannen Platz fänden. Nun, offenbar ist ihnen die Arbeit nicht fein genug. Du hättest sie mal zu Beginn des Sommers hören sollen, als während der Belagerung des Kneiphofs kein Fass Bier über den Pregel geschafft werden konnte! Das wütende Gebrüll aus ihren ausgedörrten Kehlen schallte bis zu uns in den Löbenicht. Bis letzte Woche durften wir zweimal wöchentlich brauen, um die fehlenden Vorräte aufzufüllen. Dabei weiß jeder, wie schlecht sich im Sommer brauen und Bier lagern lässt. Zudem gibt es im Löbenicht nicht ausreichend Braupfannen. Für kurze Zeit haben uns die Altstädter und Kneiphöfer welche geliehen.«

Sie krempelte die Ärmel ihres dünnen Leinenkleids hoch. Die Hitze in der Diele war kaum mehr auszuhalten. Dabei stand ihnen der anstrengendste Teil des Brauens noch bevor: das Kochen der Würze. Schwer atmend wedelte sich Agatha mit den Händen frische Luft zu.

»Mit Euren Hopfenvorräten wird es langsam eng. Die beste Ernte ist wohl schon aufgebraucht«, stellte Agnes fest.

»Wie kommst du darauf?« Überrascht begutachtete Agatha die Säcke. »Der Preis war hoch. Es muss ausgezeichneter Hopfen sein. Das hat der Hopfenhändler mir versprochen, und auch die Aufseher auf dem Markt haben zugestimmt.«

»Verzeiht. Aber wie Ihr wisst, bin ich von klein auf beim Brauen dabei«, hob Agnes vorsichtig zu einer Erklärung an. »Gleich habe ich gesehen, dass man Euch nicht die beste Ware gegeben hat. Die Dolden scheinen mir sehr spät geerntet. Das macht sie womöglich bitter. Vielleicht haben wir Glück. Lasst uns lieber weitermachen, sonst verpassen wir den rechten Zeitpunkt, den Hopfen der Würze beizugeben. Dadurch wird der Geschmack des Bieres erst recht verdorben. Dann wird es zu bitter, und keiner von uns mag es trinken. Ihr aber wollt doch gewiss kein teures Bier von anderen kaufen?«

»Ich sehe schon, du verstehst dein Handwerk.« Schmunzelnd griff die Muhme nach dem Hopfen.

»Ihr dürft ihn nicht zu eilig hinzugeben!«, hielt Agnes sie davor zurück, die Dolden schwungvoll in die frisch aufsprudelnde Würze zu geben. »Seht, die Würze hat noch kaum gekocht. Gebt Ihr ihn jetzt schon dazu, kocht er zu lange mit, und das Bier wird am Ende wirklich bitter schmecken.«

»Aber wenn ich ihn jetzt gleich hineingebe, kann ich ihn besser nutzen. So brauche ich weitaus weniger Hopfen für den gesamten Bottich. Zudem hält das Bier am Ende länger. Das ist jetzt im August sehr wichtig. Meine Schwester hat es mir so beigebracht.«

Ehe Agnes einschreiten konnte, gab Agatha den Hopfen in die Pfanne. Nach einer Weile stellte sie den Sack ab und rührte um. Schweigend beobachtete Agnes die zierliche Frau.

Ganz wie ihr Neffe versank auch sie völlig in der gerade zu erledigenden Aufgabe. Zwar ging sie beim Brauen mit weitaus weniger Leidenschaft als Gunda zu Werke, doch zumindest bemühte sie sich, die Vorgaben ihrer verstorbenen Schwester zu befolgen. Agnes bedauerte, Laurenz' Mutter nicht mehr kennenlernen zu können. Sie musste eine außergewöhnliche Frau gewesen sein. Wie sie wohl ausgesehen hatte? Abermals versank sie in der Betrachtung der Muhme. Seltsam, dass Agatha wie auch Laurenz verschiedenfarbige Augen besaßen. Nie zuvor hatte Agnes so etwas gesehen.

»Träumst du?« Agathas Stimme riss sie in die Wirklichkeit zurück.

»Nein, nein«, beeilte sie sich zu versichern. Hastig schickte sie sich an, ihr wieder aufmerksam zur Hand zu gehen.

»Du weißt also nichts von deinem Bruder«, hakte Agatha unerwartet nach und übergab ihr den Löffel, um weiter die Würze zu rühren.

»Wahrscheinlich ist er früh gestorben«, erwiderte Agnes.

»Oh, wie schrecklich!« Die Muhme schüttelte den Kopf. »Das Schicksal hat deiner Mutter wahrlich übel mitgespielt: Erst raubt es ihr den Mann, dann verliert sie Haus und Besitz, und schließlich stirbt ihr noch der Sohn.«

»Sie hatte mich«, warf Agnes trotzig ein. »Allein ist sie nie gewesen.«

Schweigend stemmte Agatha sich die Hände in die schmalen Hüften. Ihr Blick schweifte ab.

»Was genau ist meinem Vater zugestoßen? Wieso hat meine Mutter alles hier im Löbenicht verloren?« Agnes' Herz klopfte wild. Sie zwang sich, sich ganz auf das Rühren zu konzentrieren. Krampfhaft umklammerten die Finger ihrer rechten Hand den Stiel des großen Rührlöffels. Mit der Linken richtete sie das helle Tuch an ihrem Hals.

»Es heißt, er sei unglücklich im Haus gestürzt. Die Treppe war steil und eng. Leider gab es danach Streit ums Erbe, und man hat deiner Mutter alles weggenommen. Dabei hat Kelletat außer ihr keine Familie gehabt. Meine Schwester hätte dir das alles gewiss besser erzählen können als ich.«

Eine Zeitlang schwiegen sie. Aus der Werkstatt drang das muntere Singen der Mägde herüber. Draußen auf der Straße rumpelte ein eisenbeschlagener Karren vorbei. »Scher dich fort, du Lump!«, hörte man jemanden schimpfen, ein anderer hielt dagegen: »Geh zum Teufel, du Hurensohn!«

»Ich kann verstehen, dass deine Mutter dir nichts erzählt hat«, nahm Agatha das Gespräch wieder auf. »Es ist einfach zu traurig. Stell dir vor: so eine junge Frau, gerade eben erst von Zwillingen entbunden, die der Vater zum Glück sofort als seine Kinder angenommen hat, und schon steht sie plötzlich trotzdem mutterseelenallein und völlig mittellos da! Das heißt, ganz allein war sie nicht. Ihre Mutter war damals bei ihr, wie meine Schwester mir erzählt hat. Hast du deine Großmutter kennengelernt?«

»Ja, natürlich. Sie lebt noch immer bei uns in Wehlau.«

Wehmut erfasste Agnes. Deutlich sah sie Lores Gesicht vor sich, wie sie ihr beim Abschied vor zwei Wochen fest die Hände gedrückt und um Verständnis für Gunda gebeten hatte. »Es gibt einen Grund für ihr Verhalten«, hatte sie ihr versichert. »Alles, was sie je getan hat, hat sie aus Liebe zu dir getan.«

»Warum habt Ihr das eben mit meinem Vater so betont?«

»Was? Dass er die Zwillinge gleich angenommen hat?« Agatha biss sich auf die Lippen. »Du weißt doch, was es heißt, wenn eine Frau zwei Kinder zugleich …«

»Dann soll sie mit zwei Männern das Lager geteilt haben«, ergänzte Agnes. »Meint Ihr, das wäre es, wovor meine Mutter solche Angst gehabt hatte: Dass man herausfand, sie hätte ihren Gemahl betrogen?«

»Lass uns den Sud vom Feuer nehmen«, unterbrach Agatha ihre Gedanken. »Er kocht lange genug.«

Mit vereinten Kräften hoben sie den Bottich vom Herd und rückten ihn in einen dunklen, kühleren Winkel der Diele. Die Muhme beeilte sich, anschließend den Kessel mit der Suppe über das Feuer zu hängen.

»Viel kann ich dir nicht über Kelletat und deine Mutter erzählen. Meine Schwester hat zwar immer wieder von der ungewöhnlichen Niederkunft, aber nur sehr wenig von ihrem weiteren Schicksal erzählt. Ich war in jenen Jahren selbst zu sehr damit beschäftigt, nach dem Tod meines Gemahls für meine Tochter und mich zu sorgen. Wir mussten aus der Mühle weg und sind deshalb in den Löbenicht zu meiner Schwester gezogen. Hier habe ich meine Bortenmacherwerkstatt aufgebaut und von meiner Schwester das Bierbrauen gelernt. Dabei war sie wohl doch keine so gute Lehrmeisterin, wie ich immer geglaubt habe.« Sie zwinkerte Agnes zu. »Meine Tochter ist so alt wie Laurenz. Die beiden sind wie Geschwister aufgewachsen.« Ein Lächeln breitete sich auf ihrem Gesicht aus. »Eine Zeitlang habe ich gehofft, Laurenz würde Gisa eines Tages zur Frau nehmen. Doch Fortuna hatte andere Pläne mit den beiden. Meine Gisa hat einen tüchtigen Müllerburschen aus Rauschen kennengelernt. Gisa und Ludwig sind ein prächtiges Paar. Kein Wunder, haben die Burschen von dort das Herz doch allesamt auf dem rechten Fleck. Drei Kinder haben sie schon, zwei Mädchen und vor wenigen Wochen ist ein Junge dazugekommen. Besser hätte es meine Tochter nicht treffen können. Jetzt bleibt mir nur zu hoffen, dass auch der gute Laurenz bald sein Glück finden wird. Ich wünsche es ihm von Herzen, auch wenn er noch einen beschwerlichen Weg vor sich hat. Möge Gottes Gnade ihm allzeit zuteilwerden.«

Sie hielt inne und sah Agnes eindringlich an. Agnes fühlte sich außerstande, etwas zu sagen. Kaum wusste sie, wo sie hinschauen sollte. Unruhig nestelten die Finger ihrer freien Hand an dem Halstuch, fuhren darunter bis zu dem Mal im Nacken. Erst, als sie die rauhe Haut an den Fingerkuppen spürte, wurde sie ruhiger.

»Ach Liebes«, sprach Agatha in sanftem Ton weiter und tätschelte ihr die Schulter. »Die Wege des Schicksals mögen uns Sterblichen oft seltsam erscheinen. Wie oft werden wir aus der Bahn geworfen, beginnen den Weg unseres Lebens noch einmal ganz von vorn. So beschwerlich es ist: Wir müssen darauf vertrauen, dass am Ende alles einen Sinn ergibt. Mit unserem guten Laurenz hat das Schicksal es letztlich gut gemeint, trotz des frühen Todes seines Vaters. So hat er nicht das Böttcherhandwerk erlernt. Dafür hat jemand sein Talent fürs Bauen erkannt und ihm den Weg zum Werkmeister eröffnet. Seither ist er zwar wenig zu Hause, hat dafür aber im gesamten Ordensland sein Handwerk erlernt. Wie es aussieht, mit großem Geschick. Meine Schwester hat sich oft in Sehnsucht nach ihm verzehrt, auch wenn sie gewusst hat, es geschieht alles zu seinem Wohl. Ach, die Brave! Jetzt bin ich diejenige, die an ihrer statt um Laurenz bangt. Doch ich weiß, er ist auf einem guten Weg. An meiner lieben Gisa kann ich mich schon jetzt jeden Tag erfreuen. Es vergeht kaum eine Stunde, in der ich in Gedanken nicht bei ihr und ihren wohlgeratenen Kindern bin.«

Von neuem schwang Stolz in ihrer Stimme mit. Agnes wurde traurig. Ob Gunda jemals in ähnlichem Ton von ihr sprach?

»Deiner Mutter muss es sehr schwergefallen sein, dich gehen zu lassen.« Agnes schrak zusammen. Es war, als könnte die Muhme Gedanken lesen.

Inzwischen stand Agatha beim Fenster, sah auf die Straße und fuhr fort: »Andererseits ist es eine kluge Entscheidung gewesen, dich aus Wehlau fortzuschaffen. Keiner weiß, wie es dort weitergeht. Jedes Mal aufs Neue zetteln die Männer fürchterliche Kriege an, und wir Frauen müssen die Folgen ausbaden. Umso besser, wenn man sich rechtzeitig in Sicherheit bringen kann. Weder die Bündischen noch die Ordensritter sind für ihre Gnade bekannt. Laurenz hat gleich erkannt, was das Beste ist. Und ich habe auch für eine Weile meinen Vorteil davon. Deine Gegenwart entledigt nicht nur meine Mägde von dem ungeliebten Brauen. Da du es weitaus besser verstehst als ich, sollte ich dir diese Aufgabe am besten ganz überlassen. Letztlich gereicht es uns allen zum Segen, künftig ein milderes Bier zu bekommen. Ach, ich sehe schon: Da vorn kommt der gute Bierbeschauer Mohr. Der wird Augen machen, wenn er das von dir gebraute Bier verkosten darf!«

Sie eilte zu der weit offen stehenden Eingangstür und winkte. Aus dem Trubel auf der Krummen Grube schälte sich ein behäbig wirkender Mann heraus und betrat schnaufend die Diele.

»Gott zum Gruße! Ich komme wohl gerade recht. Bei Euch duftet es köstlich nach frisch Gebrautem. Wie gern lege ich da meine Pause bei Euch ein.«

Er schnupperte und drehte den Kopf neugierig in alle Richtungen. In dem feisten, über und über von einem schwarzen Bart bedeckten Gesicht leuchteten zwei helle Augen. Sein linker kurzer Arm schnellte empor. Eine dicke Hand grapschte nach dem Barett und zog es von dem struppigen Haar. Auch sein übriges Äußeres wirkte eher struppig denn ordentlich, war aber sehr sauber. Der eng anliegende Rock entbehrte mehrerer Knöpfe, ebenso wiesen die blau-rot gestreiften Strumpfhosen einige ungeschickt angenähte Flicken auf. Lediglich die Gogel des rechten Schnabelschuhs trug noch eine goldene Glocke, wie wohl auch einmal an der linken Spitze eine angenäht gewesen war.

Ein munteres Lächeln schälte sich aus dem dunklen Bart heraus. Dennoch blieb Agnes auf der Hut. Warum musste die Muhme ausgerechnet jetzt den Bierbeschauer ins Haus winken? Wehlau war nur eine Tagesreise vom Löbenicht entfernt. Was, wenn er die Fröbelsche Schankwirtschaft oder gar die Mutter kannte? Wie schnell mochte er ihr eine Nachricht schicken! Wie töricht von ihr, nicht eher daran gedacht zu haben. Viel zu dicht lagen die beiden Städte beieinander, als dass sie sich sicher fühlen konnte.

»Ich sehe, Ihr habt eine neue Magd im Haus«, wandte sich Mohr an Agatha. »So gehen die Geschäfte also gut bei Euch, und Ihr habt weitere Hilfe nötig. Mit Verlaub, aber an Eurem Bier wird es nicht liegen. Das wird so bitter schmecken wie eh und je. Anderen solltet Ihr es eigentlich besser nicht vorsetzen, es sei denn, Ihr wolltet jemandem nichts Gutes.« Er lachte schallend, sah aber beide Frauen wohlwollend an.

»Für heute wird es wohl noch so sein, mein Lieber«, erwiderte Agatha aufgeräumt. »Doch bald schon wird es besser werden. Meine liebe Agnes versteht sich nämlich bestens aufs Brauen.«

»Das freut mich zu hören. Darf ich fragen, wie es kommt, dass Ihr …«

»Das dürft Ihr, denn es geht alles mit rechten Dingen zu. Agnes ist keine dritte Magd. Die dürfte ich, wie Ihr wisst, gar nicht bei mir aufnehmen. Mit Theres und Marie habe ich schließlich schon zwei tüchtige Mägde in meinem Haus, und als Bortenmacherin kommt mir keine weitere zu. Agnes ist eine entfernte Verwandte aus Weh…«

»Labiau«, fiel Agnes ihr hastig ins Wort. Erstaunt sah Agatha sie an. Agnes gab ihr ein Zeichen und hoffte, die Muhme würde ihr die Lüge verzeihen. »Ursprünglich stamme ich zwar aus Wehlau, wie meine liebe Muhme gerade sagen wollte, doch seit letztem Jahr leben meine Mutter und ich in Labiau. Nach dem Tod meines Vaters sind wir in der Schankwirtschaft meines Oheims untergekommen. Da es dort wenig zu tun gibt, hat mich meine Mutter hierhergeschickt. Es soll nicht schaden, das Wirtschaften auch einmal bei der Muhme zu lernen.«

»Da habt Ihr recht«, stimmte Mohr mit seinem brummigen Bass zu. »Auch wenn ich jetzt schon sicher bin, dass Ihr als Schankwirtstochter eher Eurer lieben Muhme noch etwas zeigen könnt. Es freut mich, Euch kennenzulernen, liebes Fräulein. Wohlan, die Zeit drängt, Streicherin, lasst mich kosten, was in Eurem Keller gärt.«

Damit schickte er sich an, zur Bodenklappe zu gehen. Agatha öffnete sie und ließ ihm den Vortritt. Kaum war er nach unten verschwunden, winkte sie Agnes zu sich. »Ich hoffe, du wirst mir einen guten Grund nennen, warum du Mohr diese Geschichte mit Labiau erzählt hast. Ich habe keinen Anlass, ihm etwas zu verschweigen. Im Gegenteil. Als Bierbeschauer ist er sehr wichtig für mich. Mein Bier gilt nun einmal nicht als das beste hier aus dem Löbenicht. Ich muss aufpassen, mein bescheidenes Brau nicht zu verlieren. Deshalb möchte ich wissen, weshalb du ihm deine Herkunft aus Wehlau verschweigst.«

»Ihr werdet keinen Schaden davon haben. Für mich aber ist es besser, wenn vorerst keiner außerhalb Eures Hauses erfährt, woher ich wirklich komme.«

7

Gleich beim Aufwachen ahnte Editha: Dieser Freitag war kein guter Tag. Es begann damit, dass sie auf dem Laken neben sich ins Leere tastete. Klammheimlich war Gernot aufgestanden und hatte sie allein gelassen. Sogleich fiel ihr der Streit vom Vorabend ein. Beileibe war es nicht ihr erster Zank gewesen. Gerade in den letzten Wochen ging es nahezu jeden Tag hoch her zwischen ihnen, insbesondere, wenn sie wie jede Woche mit einem sündhaft teuren Säckchen Kräuter oder einer rätselhaften Phiole von der Hundskötterin zurückkehrte. Gernots seltsame Geschäfte, über die er nicht mit ihr reden wollte, und die rätselhaften Bemerkungen seiner Zunftgenossen lieferten weiteren Anlass für Zwietracht. Zum ersten Mal in ihrem gemeinsamen Leben waren sie unversöhnt nebeneinander eingeschlafen. Nicht einmal, als sie sich seine Hand auf die nackte Brust gelegt und sich eindeutig räkelnd an ihn herangeschoben hatte, war er weich geworden. *Good gracious!* Und jetzt wollte er nicht einmal mehr neben ihr aufwachen.

Missmutig quälte sie sich aus den verschwitzten Laken. Die Augusthitze wurde in diesem Jahr wohl niemals besser. Sämtliche Fasern ihres Leibes schmerzten. Kaum saß sie auf der Bettkante, drehte sich ihr alles vor Augen. Vorsichtig erhob sie sich, tapste schwerfällig zum Fenster, lehnte den Kopf schwer atmend gegen den Rahmen und sog die Morgenluft ein. Es spannte ihr in der Brust. Unwillkürlich tasteten ihre kurzen Finger über das Hemd, befühlten die prallen Brüste, glitten weiter zum Bauch hinunter. Übelkeit stieg ihr in der Kehle auf. Jäh schoss ihr in den Sinn, woher sie diesen Zustand kannte: Sie war wieder gesegneten Leibes! Ein Freudenjauchzer entfuhr ihr. Wieso war ihr das nicht früher aufgefallen? Seit Wochen hatte sie nicht mehr geblutet. Ihre Hände zitterten, der Schwindel in ihrem Kopf wurde stärker, die Brüste taten weh. Jetzt, da sie die Ursache kannte, bereitete ihr das gleich weniger Unbehagen. Was für ein Tag! Wie hatte sie eben noch denken können, er stünde unter einem schlechten Vorzeichen? Sofort musste sie Gernot sprechen. Die gute Nachricht würde ihn versöhnen. Voller Vorfreude schleppte sie sich zur Truhe, auf der ihr Kleid lag. Auf einmal hatte sie es eilig, es überzustreifen. Kaum gelang es ihr, den Surkot ordentlich darüberzuziehen. Den Kamm zog sie mehr schlecht als recht durch das offene aschblonde Haar, wand es zu einem schlichten Knoten im Nacken und setzte eine einfache Haube obenauf. Zum Schluss kniff sie sich in die runden Wangen, fuhr die Augenbrauen mit feuchten Fingerkuppen glatt und leckte die Lippen, damit sie glänzten. Erhobenen Hauptes ging sie in die Wohnstube.

Unheimliche Stille empfing sie. Niemand saß an der sorgfältig gedeckten Tafel. Unberührt standen die Schalen mit frischem Obst, die Platten mit würzig duftendem Käse und saftigem Schinken darauf. Selbst der Korb mit dem röschen Brot wirkte jungfräulich. Die Fensterflügel zur Straßenseite standen weit offen, der morgendliche Trubel von der Langgasse und dem nahen Markt wehte herein. Noch lag diese Hausseite im Schatten, dennoch war die Sommerglut der letzten Wochen zu spüren.

Enttäuscht, Gernot verpasst zu haben, trat Editha zum Tisch, schnitt lustlos ein Stück von dem harten Käse ab, naschte eine Pflaume und kramte in dem Brotkorb. Durstig goss sie sich dazu Bier in einen Becher und leerte ihn in einem Zug. Plötzlich vermisste sie etwas. Verwirrt setzte sie den Becher ab und wandte sich um. Sogleich wurde ihr bewusst, was ihr fehlte: das Trällern des Vogels! Gab er sich auch im Allgemeinen sehr scheu, so pflegte er doch wenigstens sein zweizeiliges Lied anzustimmen, wenn sie den Raum betrat. Angestrengt lauschte sie in die Stille. Ein dickes Insekt brummte, eine Fliege schwirrte durch die Luft. Vorsichtig näherte sich Editha dem Vogelbauer. Eine leise Ahnung beschlich sie, was sie dort erwarten würde. Tatsächlich! Die Stange war leer. Reglos lag der grüngelbe Vogel auf dem Boden. Sie schlug die Hand vor den Mund. Es würgte und schüttelte sie heftig. Nach Luft ringend, stolperte sie zum Tisch, griff blindlings nach einer der Schalen und übergab sich.

»Gütiger Gott!« Die alte Magd tauchte in der Tür auf, schlug die Hände über dem Kopf zusammen und starrte erschrocken auf Editha. Die brachte es kaum fertig, den Kopf zu heben, schon würgte es sie von neuem. Über dem widerlichen Lärm, den ihr Husten und Prusten verursachte, hatte sie Annas schlurfende Schritte überhört.

Unerwartet flink eilte die Alte zu ihr, fasste sie mit einem Arm um den Leib, hielt ihr mit der zweiten Hand Haare und Haube aus dem Gesicht. Drei-, viermal übergab sich Editha noch in die Schale. Mit jedem Mal wurde es weniger und bitterer. Dann meinte sie, sich alles aus den Tiefen ihres Leibes herausgewürgt zu haben.

Ein wissendes »Oh!« entschlüpfte Anna, die sie nicht aus den Augen gelassen hatte. Zögernd nahm sie die knochigen Finger von Editha. Der Blick, den sie ihrer Herrin zuwarf, sagte alles: In diesem Alter! Wut erfasste Editha. Sie griff sich einen Zipfel des leinenen Tischtuchs und tupfte sich Lippen und Mundwinkel trocken. Dann richtete sie sich würdevoll auf und sah die Magd herausfordernd an.

»Du liegst richtig, meine Liebe. Es gibt einen sehr guten Grund für mein Unwohlsein. Bevor du jetzt in die Diele eilst und es in alle Himmelsrichtungen hinausposaunst, räumst du erst mal die Stube auf.«

»Ja«, knurrte Anna und machte sich bereits daran, die Tafel abzuräumen. Editha sah ihr eine Weile unschlüssig zu, dann raffte sie den Rock und eilte zur Tür. Kurz davor hielt sie noch einmal inne, drehte sich langsam um und erklärte so ruhig wie möglich: »Vergiss auch den Vogelkäfig nicht. Unserem kleinen Sänger ist es wohl zu heiß geworden. Sorg dafür, dass bis zum Mittag alles wieder rein ist.«

Annas graue Augen weiteten sich vor Entsetzen, die Flügel ihrer Haube flatterten aufgeregt.

»Ich weiß, ich weiß, kein gutes Zeichen«, bemühte Editha sich um einen beiläufigen Ton. »Doch es muss niemand wissen, dass am selben Morgen, an dem mir mein gesegneter Umstand bewusst wurde, das Tier von der Stange gekippt ist.«

Sie wandte sich wieder um und eilte hinaus. Je weiter sie die Treppe hinabstieg, desto besser fühlte sie sich. Besonders wohltuend empfand sie die Kühle der Diele. Als sie des geschäftigen Treibens rund um Gernots Pult gewahr wurde, ging es ihr vollends wieder gut. Mit einem siegesgewissen Lächeln eilte sie auf ihren Gemahl zu.

»Welch wundervoller Morgen, mein Liebster!«, flötete sie. »Wie schade, dass du im Morgengrauen schon zu deiner Arbeit geeilt bist. Allzu gern hätte ich den ersten Imbiss des Tages mit dir gemeinsam genossen. Es gibt aufregende Neuigkeiten, die ich dir nur in trauter Zweisamkeit eröffnen möchte.«

Aufreizend schob sie das Becken vor und schwenkte die Hüften. Ob Gernot erriet, was sie ihm sagen wollte? Gebannt verfolgte sie jede Regung auf seinem Antlitz. Sein breites, von einem auffallend rot gefärbten Bart beherrschtes Gesicht wirkte erschöpft. Die vorquellenden Augen schimmerten feucht, die viel zu platte Nase war von rotblauen Adern unterlaufen. Langsam legte er den Federkiel in die Schale, faltete die fleischigen Hände auf der Schreibplatte und sah sie müde an.

»Deine Freude über diesen Tag kann ich leider nicht teilen. Ich habe bislang nur schlechte Nachrichten erhalten.«

»Gräm dich nicht, mein Lieber! Umso mehr solltest du dich mit mir freuen. Lass uns ein paar Schritte über den Markt gehen. Ich wäre so gern für eine Weile mit dir allein.«

»Sag mir lieber hier und jetzt, was dir auf der Zunge brennt. Ich kann nicht weg. Du siehst doch, was los ist.« Mit einer weit ausholenden Armbewegung zeigte er in die Diele, wo eine Handvoll Knechte unter Caspars Aufsicht damit beschäftigt war, Fässer von einem Fuhrwerk abzuladen. Auf einer Tafel markierte Caspar mit Kreidestrichen, wie viele Fässer bereits in den hinteren Teil des Hauses gerollt worden waren.

»Unser kluger Sohn hat alles im Griff. Oder willst du selbst bei den Fässern anpacken?« Sie spürte, wie ihre gute Laune dahinzuschmelzen drohte.

»Wo soll ich mit dem toten Vogel hin?« Annas krächzende Altweiberstimme schallte durch die Diele. Sofort drehten sich alle zu ihr um. Sie stand auf dem obersten Treppenabsatz und streckte mit angeekelter Miene eine Kehrschaufel weit von sich. Unverkennbar lag der Kadaver des gelbgrün gefiederten Tierchens darauf.

»Blasted old shrew!«, entfuhr es Editha.

»Was soll das?«, brauste Gernot auf. »Willst du etwa sagen, der Vogel ist tot? Seit wann? Wie konnte das passieren?«

»Reg dich nicht auf, Liebster!«, versuchte Editha, ihn zu beruhigen.

»Weißt du, wie viel mich dieses Tier geko…?«

»Aber Vater!«, meldete Caspar sich zu Wort. »Was kann Mutter dafür? Das arme Tier wird die Hitze nicht ertragen haben. Abgesehen davon, wirst du ihr wohl kaum die Kosten eines Geschenks vorhalten wollen.« Er versuchte sich in einem Lächeln. Dankbar sah Editha ihn an.

»Wenn das kein Zeichen ist!« Gernot wirkte verstört. »Gleich beim Aufwachen war mir schon so, als erwarte uns heute kein guter Tag. Habe ich nicht recht? Erst die Nachrichten aus Wehlau, jetzt das mit dem Vogel. Dabei hat es noch nicht einmal Mittag geläutet!« Seine fleischigen Finger fuhren durch den dichten Bart. Er senkte den Blick, wippte kaum merklich auf den Fußspitzen vor und zurück.

»Welche Nachrichten aus Wehlau?«, fragte Editha, obwohl ihr der Sinn ganz und gar nicht danach stand, das genauer zu erfahren. Ihr Leib krampfte sich zusammen, die Brüste spannten. »Hat es wieder Ärger mit deinen Zunftgenossen gegeben? Haben sie dich also doch …?«

»Nein!« Zornig schlug Gernot mit der geballten Faust aufs Pult. Editha zuckte zusammen. Auch die Knechte erschraken und unterbrachen die Arbeit. Mit aufgerissenen Mündern, die Fässer wahllos irgendwo abgestellt, sahen sie zu ihren Herrschaften herüber. Vergebens machte Caspar ihnen Zeichen, zurück an die Arbeit zu gehen.

»Du kannst dich beruhigen«, setzte Gernot leise nach. »Meine verehrten Zunftgenossen trifft keine Schuld. Dabei wünschte ich mir gerade nichts sehnlicher als das. So müsste ich mir wenigstens nicht selbst die größten Vorwürfe machen. Wohl oder übel muss ich ihnen zugestehen, dass mein Abenteuer mit dem Wehlauer Kaufmann ein großer Fehler gewesen ist.«

»Good grief!« Editha schlug sich die Hand vor den Mund.

»Verkneif dir dein vermaledeites Englisch!« Ein weiteres Mal sauste Gernots Faust krachend auf das Pult.

»Vater!«, wies Caspar ihn ungehörig scharf zurecht. Bleich standen die Fischartmänner einander gegenüber. Wieder wurde es gefährlich still in der Diele. Als Erste löste sich Anna aus der Starre. Bedächtig schritt sie die Treppe hinab, die Schaufel weiterhin angeekelt nach vorn gestreckt. »Was ist jetzt mit dem Vogel?«

»Scher dich zum Teufel mit dem elenden Vieh!« Das Gesicht gefährlich rot angelaufen, bebte Gernots schwerer Leib ob des Ausbruchs. Verständnislos schüttelte Anna den Kopf und schlurfte zum Hof. Als sich die Tür hinter ihr schloss, atmete Editha auf.

»Zurück an die Arbeit!«, scheuchte Caspar die Knechte auf. In wenigen Schritten stand er wieder an seinem alten Platz, griff sich die Tafel und begann von neuem, die abgeladenen Fässer zu notieren. Auch die Knechte setzten ihre Tätigkeit fort.

»Tut mir leid.« Editha verzichtete darauf, ihrem Gemahl zu erklären, worauf sich ihre Entschuldigung bezog. »Vielleicht sollte ich dir doch erst einmal meine Neuigkeit verraten. Gewiss wirst du danach die Vorgänge im Kontor mit mehr Gleichmut betrachten.«

»Du bist gut! Gerade habe ich in Wehlau ein halbes Vermögen verloren.«

»Was?« Wie vorhin in der Wohnstube überfiel sie Taumel. Hilfesuchend tastete sie nach hinten, fasste jedoch ins Leere. Flink sprang Caspar herbei und hielt sie fest.

Gernot bemerkte nichts davon und redete unerbittlich weiter: »Euch Frauen mag es einerlei sein, woher wir Männer das Geld nehmen, um euch die wertvollsten Geschenke, die ausgefallensten Kleider und das kostbarste Geschmeide zu bezahlen. Nach einer Weile langweilt es euch ohnehin. Kippt der sündhaft teure Singvogel von der Stange, lasst ihr ihn einfach von der Magd zum Unrat werfen. Doch so, wie es aussieht, ist es damit ein für alle Mal vorbei. Wenn nicht noch ein Wunder geschieht, sind wir am Ende!«

Er hielt inne, holte Luft. Dabei traf sein Blick Editha. Unfähig, etwas zu sagen, kämpfte sie wieder mit der Übelkeit.

»Du hast gar nichts mitbekommen?« Verständnislos starrte Gernot sie an. »Sicherlich weißt du wenigstens, dass Reuß von Plauen mit seinen Truppen vor einigen Wochen auf Wehlau marschiert ist. Zu Lande und zu Wasser wollte er die Aufmüpfigen in die Zange nehmen. Hohe Wälle haben die wackeren Bürger gegen ihn errichtet. Über eine erstaunlich lange Zeit haben die sogar standgehalten und die Kreuzherren vom Angriff abgehalten. Heute früh aber ist ein Bote eingetroffen, der Entsetzliches berichtet hat. Vor zwei Tagen ist es vor den Mauern der Stadt zu einem offenen Kampf gekommen. Nach dem Scharmützel hatten die Wehlauer mehr als drei Dutzend Tote zu beklagen und mussten den Kreuzherren etliche Gefangene überlassen.«

»*Heaven* …, oh, wie entsetzlich!«, verkniff Editha sich gerade noch rechtzeitig eine abermalige Ausflucht in ihre Muttersprache. Kraftlos lehnte sie sich gegen die Schulter ihres Sohnes, war ihm unendlich dankbar, dass er sie stützte, während sein Vater sich so gefühllos zeigte. »Was aber hat das mit deinen Geschäften …? Sind deine Hölzer aus Wehlau nicht längst hier eingetroffen? Damit ist doch alles …«

»Nichts ist gut!«, brauste Gernot abermals auf. »Ich habe es schon immer gewusst: Du hast keine Ahnung vom Geschäft! Es kümmert dich einfach nicht. Dabei bist du eine Kaufmannstochter! Natürlich ist eine Lieferung litauischen Eibenholzes längst hier eingetroffen. Wir beide haben gemeinsam auf der Holzwiese gestanden und auf den Braker gewartet. Aber das war doch erst der Anfang. Eben weil es sich so gut anließ, bin ich übermütig geworden. Zudem hat mir Rehbinder berichtet, wie versessen der unbekannte Wehlauer an weiteren Abschlüssen mit mir wäre. Also habe ich Hornochse alle Vorsicht fahren lassen und Rehbinder den gesamten Kaufpreis für die nächste Ladung im Voraus aufgeschwatzt. Was hat sich der gute Mann dagegen gewehrt und an meine kaufmännische Vernunft gemahnt! Ich törichter Narr aber habe nichts davon hören wollen und ihm das Geld in die Rocktasche gesteckt. Ich hatte Angst, ein anderer könnte mir zuvorkommen und die gute Quelle abspenstig machen. Noch dazu wollte ich allen beweisen, wozu ich als Kaufmann imstande bin. Dabei hätte ich ahnen müssen, wie es ausgehen wird. Das Geschäft wird platzen, alles im Trubel des Scharmützels untergehen. Wenn nur Rehbinder nichts geschieht! Sollte er meinetwegen zu Schaden kommen, würde ich mir das nie verzeihen. Einen Menschen auf dem Gewissen zu haben ist etwas Furchtbares. Und das alles nur, weil ich den Hals nicht vollkriegen konnte!«

Verzweifelt raufte er sich die nackenlangen Haare, fuhr mit den Fingern am Kragen seines Rocks entlang, verharrte hinten im Nacken. Editha wusste, dass er das Feuermal betastete.

Caspar rührte sich als Erster. Aufmerksam hatte auch er den Worten seines Vaters gelauscht. Anders als Editha aber schien ihn die Aussicht auf das drohende Ende ihres Handelshauses nicht sonderlich zu verstören. Im Gegenteil. Mit einem siegesgewissen Schmunzeln trat er auf den Vater zu und legte ihm kameradschaftlich den Arm um die Schultern. »Noch ist nichts verloren, Vater! Der Bote hat zwar von der Schlacht berichtet, doch die liegt bereits zwei Tage zurück. Vorhin an der Lastadie habe ich schon wieder ganz andere Nachrichten aufgeschnappt. Trotz der hohen Verluste haben sich die Wehlauer hinter ihre Befestigung zurückziehen können. Reuß von Plauen rennt wohl weiter gegen die Mauern an. Er wird also die Verluste der Wehlauer teuer bezahlen. Nicht nur mit Mann und Ross, auch mit Booten und Ausrüstung.«

»Umso schlimmer! Sollte Rehbinder mein Geld schon übergeben haben und das Eibenholz aus Litauen in Wehlau bereitliegen, wird es mit jedem Tag ärger. Je länger die Kämpfe dauern, desto eher wird alles zerstört. Am Ende wird alles mitsamt den Booten, Kähnen und Schanzen verbrennen, was den Kreuzherren bei ihrem Angriff im Weg steht. Zu nutzloser Asche verbrennen wird auch mein guter Ruf, den ich als Kaufmann genossen habe. Schon höre ich sie über mich lachen. Und was das Schlimmste ist: Sie tun es zu Recht! Welcher Teufel hat mich bei alldem nur geritten?«

»Du siehst das viel zu schwarz.« Caspar blieb zuversichtlich. »Du wirst derjenige sein, der über die anderen lacht. Deine Geschäfte werden ein Erfolg. Rehbinder wird es schon richten, verlass dich darauf.«

»Euer Vertrauen ehrt mich, junger Mann«, tönte eine volle Stimme vom Eingang herüber. Editha, Gernot und Caspar fuhren herum. Rehbinder stand dort! Im Gegenlicht der Vormittagssonne waren die Umrisse seiner kleinen, dicken Gestalt unverkennbar. Mit der Hand wischte er sich über die Stirn, bevor er sich schwerfällig wieder in Bewegung setzte. »Pass auf!«, stieß er einen Knecht beiseite, der ihm mit einem der Fässer zu nahe kam. Ein anderer rempelte ihn rückwärts an. Verärgert schüttelte Rehbinder den Kopf.

»Seid vorsichtig, Männer!«, mahnte Caspar und eilte dem Zunftgenossen zu Hilfe. »Wie schön, Euch zu sehen!«

Als die beiden dicht vor ihr standen, musste Editha die Luft anhalten. Rehbinder umfing nicht nur der übliche Geruch nach Schweiß. Von Kopf bis Fuß zeigte er deutliche Spuren des Abenteuers, das hinter ihm lag: Der bunte, viel zu eng sitzende Rock war über und über mit Dreck beschmiert, an manchen Stellen gar von Feuer versengt. Zudem meinte Editha, auch Blutflecken darauf auszumachen. Die Strumpfhosen an den massigen Beinen waren zerrissen, die viel zu langen Schnabelschuhe in einem erbärmlichen Zustand. Rehbinders feistes Gesicht glänzte feucht.

»Ihr könnt Euch nicht vorstellen, wie froh ich bin, wieder hier zu sein«, schnaufte er und wischte sich mit dem Handrücken abermals über Stirn und Wangen. Strähnig hing ihm das gelblich graue Haar um den Schädel, das fleckige Barett bedeckte es kaum.

»Es ist ein Wunder!« Gernot wirkte nach wie vor matt. »Ihr müsst uns berichten, was Euch widerfahren ist. Am besten trinkt Ihr einen guten Schluck Wein mit mir. Los, Caspar, sag Anna, sie soll uns von dem Rheinländer sowie reichlich Käse, Schinken und Brot oben in die Stube bringen.«

Geschäftig packte er Rehbinder am Arm und drängte ihn die Treppe hinauf. Eilig folgte Editha den beiden. Sie hoffte, Anna hatte ordentlich aufgeräumt. Nicht auszudenken, wenn die Männer auf dem Tisch die Spuren ihres Unwohlseins erblickten!

8

Trotz allen Bemühens gelang es Editha nicht, sich an Rehbinder und Gernot vorbeizudrängen. Schon betraten die Männer vor ihr die Stube. Der Tisch sah auf den ersten Blick genauso aus, wie Editha ihn verlassen hatte. Doch dann beruhigte sie sich: Zumindest die Schale, in die sie sich übergeben hatte, war beseitigt. Das Tischtuch war glattgestrichen, Geschirr und Becher an ihren Platz gerückt. Außer ihr hatte niemand von den Speisen genascht. Die Tafel konnte gut zu Rehbinders Bewirtung dienen.

Beflissen wies Gernot seinem Gast einen Platz an der Längsseite zu und ließ sich selbst am Kopfende nieder. Editha machte sich daran, Rehbinder einen Teller mit einem Imbiss zu füllen. Gierig machte er sich über die Köstlichkeiten her. Ohne Umschweife griff er nach einem Becher und goss sich Bier ein.

»Ihr seid wohl im letzten Moment aus Wehlau entkommen«, begann Gernot und schenkte sich ebenfalls von dem lauwarmen Bier ein. »Wie ist Euch das gelungen? Die ersten Nachrichten, die heute früh hier eingetroffen sind, ließen das kaum für möglich halten.«

»Es war knapp, mein Lieber.« Rehbinder sprach mit vollem Mund. »Allein dem Aufruhr nach der Schlacht habe ich es zu verdanken, dem Unglück entronnen zu sein. Gott, der Allmächtige, ist mir wohlgesinnt. Nach einer Nacht im Freien ist es mir gestern gelungen, ein Pferd aufzutreiben und hierher zurückzureiten. Ein lahmer Gaul, sage ich Euch. Doch ich will nicht klagen. Meinem Aufzug könnt Ihr entnehmen, dass ich bislang keine Zeit hatte, mich zu säubern. Gleich bin ich zu Euch, um Euch zu versichern, dass Eure Geschäfte unbeschadet weitergehen. Längst hat mein Gewährsmann in Wehlau …«

»Dann habt Ihr das Geld schon übergeben?«, mischte Editha sich ein, woraufhin Gernot ihr einen bösen Blick zuwarf.

»Aber natürlich! Sofort, nachdem mich Euer Herr Gemahl vor einem Monat dazu aufgefordert hat. Seither war ich übrigens nicht nur in Wehlau unterwegs. Ihr wisst, ich verdinge mich längst als Makler und habe sehr viel in den verschiedensten Städten …«

»Ja, ja, ich weiß«, schnitt Editha ihm das Wort ab. »Wie könnt Ihr sicher sein, dass Euer Gewährsmann in Wehlau trotz der blutigen Ereignisse weiter …«

»Ich denke, es reicht, meine Liebe«, wies Gernot sie zurecht. »Wolltest du nicht längst bei Anna in der Küche nachschauen, wo der Wein bleibt? Rehbinder und ich haben Angelegenheiten zu besprechen, die eine Frau wie dich langweilen.«

»Macht Euch meinetwegen nur keine Umstände!«, beeilte sich Rehbinder zu versichern. »Als gebürtige Kaufmannstochter und langjährige Kaufmannsgattin beweist Eure verehrte Frau Gemahlin doch jeden Tag aufs Neue ihren Sinn für die Geschäfte, lieber Fischart. Begleitet sie Euch nicht häufig zur Holzwiese? Während Eurer Reisen steht sie unten in der Diele, um das Ruder in der Hand zu behalten. Mit Verlaub: Eine sachkundige Gemahlin habt Ihr an Eurer Seite. Es wird Euch freuen zu hören, Verehrteste, dass mein Gewährsmann in Wehlau ebenfalls eine tüchtige Frau ist.«

»Was?«, riefen Gernot und Editha wie aus einem Mund. Da erst dämmerte es Rehbinder, welch entscheidender Fehler ihm unterlaufen war. »Also, das heißt, genau genommen …«, stammelte er hilflos, um zu retten, was nicht mehr zu retten war.

»Eine Frau also«, griff Editha betont ruhig das Gesagte auf und setzte sich neben Rehbinder, legte ihre kleine Hand auf die seine und spürte dem Zittern nach, das ihn durchlief. Ruhig suchte sie seinen Blick, lächelte gewinnend. Zugleich schob sie den üppigen Busen etwas weiter heraus. Der Ausschnitt ihres Kleides kam den angeschwollenen Brüsten sehr zupass. Das makellose Weiß der Haut hob sich vorteilhaft von der dunkelgrünen Einfassung am Saum ab. Aufreizend befeuchtete sie die Lippen mit der Zunge. Es freute sie zu sehen, wie ein scheues Funkeln in Rehbinders erschöpften Augen aufleuchtete. »Ich weiß, mein Bester, Ihr habt versprochen, meinem Gemahl nichts Genaueres zu verraten. Ebenso musste er Euch sein Wort geben, nicht nachzuforschen, wer an der Allemündung so erpicht darauf ist, die günstigen Geschäfte ausgerechnet mit ihm zu tätigen. Doch mir, mein Lieber, könnt Ihr es doch ruhig sagen. Ich stehe außen vor.«

Rehbinder wurde unbehaglich. Das Funkeln in seinen Augen erlosch. Mit der freien Hand fuhr er am Kragen seines schmutzigen Rocks entlang. Er reckte den stiernackigen Hals.

»Angesichts der jüngsten Ereignisse gebe ich Euch zu bedenken, wie wichtig es ist, dass außer Euch zumindest ich noch den Namen kenne«, fuhr sie eindringlich fort. »Es geht um eine gewaltige Summe Geldes, wie Ihr wisst. Wie schnell ist alles verloren. Stellt Euch vor, es stößt Euch etwas zu. Das wollen wir zwar niemals hoffen, dennoch liegt es im Bereich des Möglichen. Niemand weiß dann, wer in Wehlau anzusprechen ist. Natürlich gebe auch ich Euch mein Ehrenwort, keinem anderen gegenüber ein Wort zu verlieren. Zudem wird mein lieber Gemahl verstehen, dass Ihr mir das nur unter vier Augen preisgeben könnt. Gernot«, wandte sie sich sogleich auffordernd an ihn.

Erstaunlich schnell begriff er und erhob sich von seinem Stuhl. »Ich gehe wohl besser selbst nachsehen, wo Anna mit dem Wein bleibt. Nicht, dass sie per Schiff nach Danzig gefahren ist!« Verkrampft lachte er auf. Als die beiden anderen auf den Scherz nicht eingingen, beugte er sich vor, hauchte Editha einen Kuss aufs Haupt, nickte Rehbinder aufmunternd zu und verließ die Stube.

Kaum hatte sich die Tür geschlossen, fragte sie: »Nun?«

Rehbinder zögerte, holte Luft. Unruhig wanderten seine Augen in der Stube umher. »Also gut«, begann er endlich. »Ihr werdet sie ohnehin nicht kennen. Doch es leuchtet mir ein, wie wichtig es ist, dass außer mir noch jemand Bescheid weiß. Je länger ich darüber nachdenke, desto mehr fällt mir auf, wie ähnlich Ihr beide Euch seid. Mit Verlaub, Verehrteste: Ich bin mir sicher, würdet Ihr sie jemals treffen, würdet Ihr sie sofort als Eure Freundin in die Arme …«

»Wie heißt sie?«, hakte sie nach, bevor er ganz in seiner Schwärmerei aufging.

»Fröbelin, Gunda Fröbelin«, erwiderte er hastig, um dann mit versonnenem Blick weiter auszuholen: »Eine treffliche Frau, von sehr klugem Verstand, genau wie Ihr, Teuerste. Sie dürfte in etwa Euer Alter haben. Auch ist ihre Tochter im selben Alter wie Euer Sohn und begleitet sie ebenso interessiert bei ihren Geschäften wie Caspar Euch und Euren Gemahl bei den Euren. Ein hübsches Mädchen, der Mutter ganz wie aus dem Gesicht geschnitten: ungewöhnlich groß gewachsen, schlanker Leib, glattes, dunkles Haar, bernsteinfarbene Augen. Lediglich am Hals hat sie wohl ein entstellendes Mal. Die Ärmste! Dabei bindet sie stets ein Tuch darum, ganz ähnlich dem Eures Sohnes, und hofft, niemandem fiele das auf. Doch wenn jemand andere Menschen kennt, die ein vergleichbares Zeichen im Nacken tragen, dann weiß er sofort, was sich dahinter verbirgt.«

»Danke Euch.« Mit wachsendem Schrecken hatte Editha seinen Beschreibungen gelauscht. Sie erhob sich, murmelte hastig: »Entschuldigt, ich muss nachsehen, wo mein Gemahl so lange bleibt«, und eilte zu Rehbinders Verwunderung ebenfalls aus der Stube.

Auf dem kleinen, dämmrigen Flur stieß sie mit Gernot zusammen. Rasch legte sie den Zeigefinger auf die Lippen und zog ihn ins rückwärtig gelegene Schlafgemach. Noch war das Bett zerwühlt, die Spuren der Nacht nicht beseitigt. Energisch drückte sie ihn auf die Bettkante hinunter und baute sich dicht vor ihm auf.

»Es wird eng«, erklärte sie. »Über deinem Kopf braut sich etwas zusammen. Ich fürchte, meine schlimmsten Befürchtungen haben sich bewahrheitet.«

»Was sagst du da? Wer ist das in Wehlau? Es klingt, als wollte er mir etwas Böses. Aber wieso?«

»Der Name sagt mir wenig. Doch so, wie Rehbinder sie beschreibt, gibt es kaum einen Zweifel.«

»Du denkst an jemand Bestimmten? An wen? Ich kenne überhaupt niemanden in Wehlau. Wer sollte mir Übles wollen? Ich habe dir schon mehrmals gesagt, dass ich mir in meinem bisherigen Leben nichts habe zuschulden kommen lassen.«

»Und ich habe dir schon mehrmals gesagt, dass du dich damit gefährlich täuschst, mein Lieber. Einmal im Leben hast du …«

»Dann steckt also Gunda dahinter?« Ungläubig sprach er den Namen aus. Sein Gesicht wurde aschfahl, die Lippen bebten.

Von neuem erfasste sie Unwohlsein. Bittere Galle stieg ihr in die Kehle. Hastig schlug sie die Hand vor den Mund, schaffte es gerade noch, sich umzudrehen und tief vornübergebeugt in das Nachtgeschirr zu speien.

»Und ausgerechnet jetzt bist du in anderen Umständen!«, platzte Gernot zu ihrer Überraschung scharfsichtig heraus. »Was sollen wir tun?«

»Wir?« Langsam richtete sie sich wieder auf, wischte sich den Mund und sah ihn vorwurfsvoll an. »Das hätte ich mir denken können! Wenn es eng wird, müssen *wir* etwas tun. Dann habe ich als deine Frau treu an deiner Seite zu stehen.«

»Editha, Liebste, wie kannst du nur? Willst du mich etwa ausgerechnet jetzt im Stich lassen?« Über ihren Worten war er noch weiter erblasst. Fahrig verkrampfte er die Finger in der Bettwäsche, seine Augen schimmerten feucht. Mitleid flammte in ihr auf. Zärtlich strich sie ihm über die Wange, presste seinen Kopf gegen ihren Leib.

»Keine Sorge, mein Liebster, natürlich werde ich dich nicht im Stich lassen. Noch ist es gar nicht sicher, ob wirklich Gunda hinter allem steckt. Das herauszufinden wird mein erster Schritt sein. Vielleicht solltest du für einige Zeit auf Reisen gehen. Dann fällt es auch nicht so auf, dass ich mich wieder mehr um die Geschäfte kümmere und mich unter den Kaufleuten umhöre. Was hältst du von Riga? Täusche ich mich, oder hast du da so kurz vor Herbstbeginn nicht noch einige wichtige Angelegenheiten zu erledigen?«

Verwirrt sah er sie an. Sie schmunzelte. »Vergiss nie, mein Lieber: Auch wenn es auf den ersten Blick düster aussieht: Das Gewitter kann sich rasch wieder verziehen. Selbst ein unglückseliger Tag wie heute hält bei allem Unglück stets auch eine gute Neuigkeit bereit.«

Sie griff nach seiner Hand und legte sie auf ihren Unterleib. »Vielleicht ist das alles auch ein Zeichen, dass sich zumindest in dieser Hinsicht alles zum Guten für uns wendet.«

9

Fröhlich trällerten Theres und Marie an den Webstühlen ihre Lieder, während ihre Finger die Kämme durch die Fäden sausen ließen. Die schwarzgelockte Theres verfügte auch beim Singen über eine hervorragend hohe Stimme. Sie passte bestens zu ihrer zierlichen Gestalt. Marie ergänzte den Gesang mit einer sehr dunklen, fast schon männlichen Tonlage, was angesichts ihres fülligen Leibes ebenso wenig verwunderte. Gern lauschte Agnes ihren Weisen. Aufmerksam beobachtete sie die beiden bei der Arbeit. Auch dabei waren sie aufs trefflichste aufeinander abgestimmt. Unter flinken Handgriffen entstanden binnen kürzester Zeit die schönsten

Bänder, Kordeln und Borten. Voller Neid versuchte Agnes, das Geheimnis zu ergründen, wie sie das bewerkstelligten. Gerade webten sie an bunten Bändern, die mit kostbaren Gold- und Silberfäden durchzogen und mit rotem Seidengarn bestickt wurden.

»Wer bestellt gleich zwei so wunderschöne Stücke auf einmal? Das muss ein sehr reicher Mann sein.« Agnes spähte ihnen neugierig über die Schultern. Selbst nach gut zwei Wochen in Agathas Haus staunte sie noch immer über diese Pracht.

»Ein sehr reicher Mann – das kann man von Felbert wirklich sagen.« Mit einem verträumten Lächeln auf dem runden Gesicht unterbrach Marie ihr Tun. »Felbert ist ein überaus vermögender Kaufmann aus dem Kneiphof. Er macht alles zu Geld. Wenn er dürfte, würde er den Kreuzherren auch das Bernsteinregal wegnehmen und diese geheimnisvollen Steine aus dem Meer selbst verkaufen. Gewiss würde er dabei noch höhere Preise erzielen als der Großschäffer, und der gilt bereits als sehr rührig. Doch Felbert ist nicht nur reich, sondern auch großzügig. Und offenbar schwer verliebt: Gleich nach seiner Rückkehr aus Flandern letzte Woche hat er diese Borten als Geschenk für seine Frau bestellt. Die Goldfäden hat er eigens von Goldspinnern in Brügge herstellen lassen. Nichts scheint ihm zu teuer. Kein Wunder: Seine Gemahlin steht kurz vor der Niederkunft mit ihrem ersten Kind.«

»Wie muss der Herr seine Frau lieben, wenn er ihr solche Kostbarkeiten schenkt?«, fragte Agnes verzückt.

»Manchmal ist es weniger die Liebe, die einen Mann dazu bewegt, teure Geschenke zu machen«, stellte Theres fest, legte das Band beiseite und schickte sich an, mit dem Schweifrahmen die Kettfäden für das nächste Stück abzumessen. »Oft treibt ihn auch das schlechte Gewissen in unsere Werkstatt. Dann kann die Borte gar nicht genug Gold und Silber aufweisen, von den sündhaft teuren Seidengarnen ganz zu schweigen. Je wertvoller die Borte wird, desto lieber ist es ihm und desto größer ist wohl die Schuld, die er mit dem Geschenk begleichen will.«

Marie wurde nachdenklich. »Sei vorsichtig, was du sagst. Nicht jeder Kaufmann, der seiner Frau ausgefallene Geschenke macht, tut dies eines schlechten Gewissens wegen.«

»Oh, verzeih, meine Liebe«, fiel Theres ihr ins Wort und zwinkerte Agnes verschwörerisch zu. »Wie konnte ich vergessen, dass du nach wie vor davon träumst, jeder Mann trüge ein goldenes Herz in der Brust? Gerade unter den Kaufleuten aus dem Kneiphof oder der Altstadt wirst du kaum eine wirklich reine Seele finden. Oder denkst du nicht auch, ein einziges Band hätte es als Liebesbeweis getan? Noch dazu, da jeder weiß, dass der gute Felbert eben erst von einer längeren Reise zurückgekehrt ist. Sei nicht allzu betrübt, Liebes. Die Felberts können dir einerlei sein. Eines Tages findest du bestimmt einen gutmütigen Knecht hier im bescheidenen Löbenicht. Den ehrlichen Burschen hier fehlt es im Vergleich zu den Kneiphöfern zwar leider an der nötigen Barschaft, dafür aber sind sie durch und durch treue Seelen.«

Ob Theres' kecker Bemerkung glühten Maries runde Wangen. Ihre fleischigen Lippen bebten. Dann ging ein Ruck durch ihren Körper, und sie zischte: »Mir scheint, meine liebe Theres, du selbst hast üble Erfahrungen gemacht und sprichst deshalb so schlecht über derart kostspielige Liebesbeweise. Wollen wir für unsere liebe Kleine hier nur hoffen, ihr widerfährt nichts dergleichen.«

Damit reichte sie Agnes eine leere Winde sowie einen Ballen Garn und zeigte ihr, wie sie die Fäden aufwickelte. Theres beschäftigte sich wortlos mit dem Abmessen der Kettfäden.

Die Stille drückte Agnes aufs Gemüt. Sie war froh, dass die ihr zugewiesene Aufgabe ihre volle Aufmerksamkeit beanspruchte. Zu ihrem Leidwesen zeigte sie keinerlei Geschick im Umgang mit den verschiedenen Fäden, Spulen, Schiffchen und anderen Gerätschaften zum Bortenmachen.

»Du bist für diese Arbeit nicht geschaffen«, stellte Marie mitleidig fest. »Deine Finger sind zwar rank und schlank, bewegen sich aber nicht behende genug. Immer wieder bringst du Knoten hinein. Hier, sieh nur, an dieser Stelle schon wieder!« Damit nahm sie ihr Winde und Garn aus der Hand und wickelte binnen kürzester Zeit die Fäden ordentlich auf.

»Vielleicht liegt es weniger an der Flinkheit der Finger als daran, dass sie mit den Gedanken ganz woanders ist?« Theres schenkte Agnes ein spöttisches Lächeln. »Pass auf, Kleines, woran du denkst, während du die Fäden auf die Wellen wickelst. Ehe du dich's versiehst, wird es sonst an einer Stelle viel zu dick und an der anderen zu dünn. Deine Muhme wird nicht entzückt sein, wenn du das teure Garn verdirbst.«

»Eigentlich ist sie froh, dass du das Brauen so viel besser als wir beide beherrschst«, beeilte sich Marie anzubringen.

»Du selbst freust dich am meisten, nicht mehr Einmaischen zu müssen.« Theres lachte und zeigte ihre strahlend weißen Zähne. »Wenn ich nur daran denke, wie lästig mir das Anschwänzen fällt. Ich kann den Geruch des Trebers nun mal nicht ertragen.«

»Es ist aber nicht allein des Brauens wegen schön, Agnes bei uns zu haben. Auch hier bei der Bortenmacherei hilft sie uns sehr«, stellte Marie fest. Ihrer großen, schief gewachsenen Zähne wegen lachte sie kaum mit offenem Mund. »Gepriesen sei der Tag, an dem der gute Laurenz sie uns dagelassen hat. Wollen wir hoffen, er holt sie nicht allzu bald wieder ab.«

»Ich weiß nicht, ob wir uns das wünschen dürfen. Das ist doch sehr eigensüchtig«, warf Theres ein.

Mit hochrotem Kopf wandte Agnes sich ab und zwirbelte die Enden ihres Halstuchs so fest um den rechten Zeigefinger, dass das Blut aus der Spitze wich. »Stammt ihr beide hier aus dem Löbenicht?«, versuchte sie, das Thema zu wechseln.

»Nein. Warum willst du das wissen?« Verwundert sah Theres auf.

»Dann wisst ihr wohl wenig über die Löbenichter Familien?«

»Kommt darauf an«, erwiderte Theres.

»Wir sind beide in Rauschen aufgewachsen.« Wieder besser gestimmt, unterbrach auch Marie ihre Tätigkeit. »Das liegt weit weg von hier direkt am Meer, wie der Name verrät. Dort gibt es eine riesige Mühle. Die Kreuzherren haben sie gleich am Katzbach angelegt. Ein gewaltiges Ding. Soweit ich weiß, ist es die größte Mühle, die die Ordensritter je gebaut haben. Übrigens ist die Tochter der Meisterin mit einem der Müller verheiratet. Um die Mühle stehen nur einige karge Hütten. Fischer leben darin, so wie unsere Väter und Brüder. Die Frauen und Töchter helfen ihnen beim Netzeknüpfen und -flicken. Trotz des harten Lebens sagt man uns Menschen aus Rauschen allesamt ein heiteres Gemüt nach. Das stete Strahlen der Sonne vom tiefblauen Himmel färbt eben ab. Das siehst du bei Theres und mir.«

»Es heißt, die Nähe zum Meer, das unablässige Rauschen der Wellen sowie das geheimnisvolle Rauschen der Wälder, die bis nah zum Wasser stehen, klinge in unserem Wesen nach«, pflichtete Theres ihr stolz lächelnd bei.

»Nichts Düsteres beschwert uns lange den Sinn«, fuhr Marie fort. »Das ewige Grübeln ist nicht unsere Sache. Dafür sind wir stets offen für Neues, immer bereit, etwas zu wagen.

So haben Theres und ich auch nicht lange gezögert, als eines Tages eine richtige Dame in unserem Dorf aufgetaucht ist. Sie trug wunderschöne Bänder in Kleid und Haar. Seither stand für uns fest, etwas anderes …«

»Sei ehrlich zu Agnes, Liebes. Sie wird uns verstehen«, fiel Theres ihr vergnügt ins Wort. »Eines Tages waren wir das Knüpfen der groben Fischernetze einfach leid. Auch die Burschen dort haben uns zu sehr gestunken. Deshalb sind wir von zu Hause weg. Wir wollten feinere Arbeiten für unsere Hände und vor allem feiner riechende Burschen für unsere großen Herzen suchen.«

»Seid ihr beide etwa auch von zu Hause wegge…?«, fragte Agnes scheu.

»Mach dir keine Gedanken«, beeilte sich Marie zu versichern. »Theres übertreibt mal wieder. Von Weglaufen kann nicht die Rede sein. Theres neigt dazu, jede Kleinigkeit zu unglaublichen Geschichten aufzubauschen. Die schöne Dame ist letztlich noch einmal wiedergekommen und hat sich als Händlerin aus der Altstadt entpuppt. Wir haben unseren gesamten Mut zusammengekratzt und sie gefragt, ob sie uns als Mägde gebrauchen kann. Unsere Familien waren froh, zwei Esser weniger zu haben. Zum Glück hat die Dame gewusst, dass deine Muhme auf der Suche nach tüchtiger Hilfe war. So sind wir vor sechs Jahren in den Löbenicht gekommen.«

Der Grimm über diese wenig aufregende Wiedergabe ihrer beider Lebensgeschichte stand Theres deutlich ins Gesicht geschrieben. Missbilligend schnaufte sie und griff nach einer Winde. Marie zuckte achtlos die Schultern und nahm sich ihre Spule ebenfalls wieder zur Hand.

Nach einer Weile hob Theres den Kopf. »Jetzt weißt du also ganz sicher, Kleines, dass Marie und ich überaus biedere

Mädchen sind. Unser vorlautes Gegacker über stinkende Burschen und untreue Ehemänner ist nichts als leeres Gerede. Was soll uns auch schon anderes durch den Kopf gehen, wenn wir Tag für Tag Borten weben, die verliebte Narren ihren Herzensdamen weihen? Neidzerfressen verfolgen wir das Glück der anderen. Da ist es doch kein Wunder, dass wir uns wenigstens in Gedanken die aufregendsten Abenteuer zurechtspinnen. Wie sonst ist all das Tändeln um uns herum zu ertragen?« Spöttisch sah sie zu ihrer Gefährtin, die erneut die Augen rollte.

»Wie aber steht es mit dir?« Theres legte die Winde abermals beiseite, verschränkte die Arme vor der Brust und musterte Agnes. »Du bist erst zarte siebzehn, mehr als ansehnlich obendrein. Täusche ich mich, oder ist Laurenz weniger dem Wunsch deiner Mutter als deinem nachgekommen, als er dich hierhergebracht hat?«

Agnes meinte, vor Scham im Erdboden versinken zu müssen. Ihr Antlitz glühte. Hilflos fingerte sie am Halstuch herum.

»Was ändert das?«, schaltete sich Marie ein. »Mach dir keine Gedanken, Agnes. Bei uns bist du in Sicherheit.«

»Das will ich meinen.« Plötzlich stand Agatha in der Tür. Die Mägde zuckten zusammen. »Was ist? Habt ihr ein schlechtes Gewissen, weil ich euch beim Schwatzen ertappe? Geschieht euch recht! Wir leben nicht vom Reden, sondern vom Bortenweben. Los, an die Arbeit, ihr zwei! Wie sollen sonst all die Aufträge pünktlich fertig werden?«

Auffordernd klatschte sie in die Hände. Marie und Theres beeilten sich, die Fäden aufzuspannen. Bald flogen ihre Finger wieder flink hin und her, ein leises zweistimmiges Summen lieferte den Rhythmus dazu. Die Muhme nickte zufrieden und trat an den Tisch. Sorgfältig prüfte sie die beiden

Borten mit der aufwendigen Stickerei, musterte den Verlauf der Fäden und besah sich auch die Rückseite genau. Schließlich legte sie die Stücke zur Seite.

»Die sind euch gut gelungen! Felbert wird sehr zufrieden sein«, lobte sie. »Gewiss schafft ihr es, bald auch unsere liebe Agnes in die tieferen Geheimnisse des Handwerks einzuweisen. So, wie es aussieht, wird sie den Winter über bei uns bleiben. Oder magst du das nicht lernen?«

»Doch, doch«, versicherte Agnes.

»Das freut mich zu hören. Zunächst aber habe ich eine andere Aufgabe für dich. Was hältst du davon, einen kleinen Botengang zu übernehmen? Du kannst die Borten zu Felbert bringen. Es wird Zeit, dass du einmal außer Haus kommst. Oder fürchtest du dich draußen?«

»Wie soll ich sein Haus finden?«

»Keine Sorge! Ich habe schon dafür gesorgt, dass du uns nicht verlorengehst. Ein Knecht aus der Altstadt wird dich ein Stück begleiten. Er wartet nebenan. Komm mit! Theres und Marie werden ihr Garn auch ohne dich aufwickeln können.«

»Schade!«, bedauerte Theres. Marie fiel eifrig ein: »Lasst Agnes bei uns, liebe Meisterin! Sie ist dabei, viel zu lernen.«

»Vor allem die frechen Lieder, die ihr zu singen pflegt«, stellte Agatha lachend fest. »Ich möchte gar nicht wissen, was ihr der Kleinen sonst noch alles beibringen wollt. Vergesst nicht: Sie ist erst siebzehn. Ihr beide aber seid längst schon über zwanzig und habt ihr einiges an Erfahrungen voraus.«

Sie fasste Agnes an der Hand, griff sich die beiden Borten für Felbert und ging in die kühle Diele voran, wo bereits ein fremder Knecht wartete. Breitbeinig, die behaarten Arme vor der Brust verschränkt, stand er neben einem Fass und sah starr auf die Gasse. Durch die weit offen stehende Haustür entdeckte Agnes einen Karren, auf dem sich bereits mehrere Fässer befanden. Ein Junge von höchstens sechs Jahren lehnte daran, als wollte er sie bewachen. Der Knecht machte eine ruckartige Bewegung mit dem Kopf, woraufhin der Junge blitzschnell im Gewühl verschwand.

»Hier ist meine Nichte«, erklärte Agatha und schob Agnes in die Mitte der Diele. Langsam drehte der Knecht den Kopf, schenkte Agnes einen gelangweilten Blick aus seinen dunklen Augen. Die Muhme stellte sie überall als ihre Verwandte vor, um sich leidige Erklärungen zu sparen. »Ich bin dir dankbar, wenn du sie zum Goldenen Hasen mitnimmst. Meister Jörgen soll ihr den Weg zu Kaufmann Felbert im Kneiphof erklären.«

Der Knecht antwortete mit einem unwirschen Brummen. Sein Gesicht mit dem zotteligen Bart verfinsterte sich.

»Du, liebe Agnes, wirst Meister Jörgen fragen, ob er nicht gelegentlich noch ein weiteres Fass Bier von mir haben will. Stell dir vor, ein Wunder ist geschehen! Dank dem guten Mohr spricht es sich herum, dass ich seit einiger Zeit fachkundige Hilfe beim Brauen habe. Der Bierbeschauer erzählt überall, mein Bier sei neuerdings sehr bekömmlich. Schon fragt mich eben Meister Jörgens Knecht nach einem Fass. Sollte es dem Krüger schmecken, werde ich beim Rat anfragen, ob ich für ihn brauen darf. Mohr wird meine Bitte unterstützen. Doch zunächst muss ich wissen, ob ich es wirklich loswerde. Vom Goldenen Hasen am Altstädter Markt ist es nicht weit in den Kneiphof. Lass dir den Weg zum Haus von Kaufmann Felbert erklären und gib dort die Borten ab. Felbert wartet bereits ungeduldig. Jeden Tag kann es bei seiner Frau so weit sein. Mit dem Geschenk will er sie aufheitern. Wollen wir hoffen, es gelingt ihm.«

Sie zwinkerte Agnes vergnügt zu, als sie ihr die Borten reichte. »Warte, ich schlage sie dir noch in ein Stück Leinen ein. Dann kann den kostbaren Stücken kein Dreck etwas anhaben.« Noch einmal huschte sie in die benachbarte Werkstatt, kehrte kurz darauf mit dem Leinen zurück und wickelte es um die Borten. Zufrieden reichte sie sie Agnes.

»Auf den Königsberger Gassen hast du nichts zu befürchten«, raunte sie ihr zu. »Das hast du allein Mohrs Begeisterung für unser frisches Bier zu verdanken. Überall erzählt er herum, wie gut sich *meine Nichte aus Labiau* aufs Brauen versteht. Es ist schön zu erleben, auf meine alten Tage noch einmal Familienzuwachs zu erhalten.«

In ihren verschiedenfarbigen Augen funkelte es. Leise flüsterte sie Agnes zu: »Erkundige dich bei Meister Jörgen nach dem Böttchermeister Rudolf Kelletat. Im Goldenen Hasen laufen so manche Neuigkeiten auf, und Meister Jörgen sagt man ein gutes Gedächtnis nach. Vielleicht erinnert er sich an die alten Geschichten.«

»Danke«, brachte Agnes heraus. Es überraschte sie, dass die Muhme ihr trotz der Lüge Mohr gegenüber weiterhelfen wollte, mehr über ihren Vater zu erfahren.

»Schon gut«, winkte Agatha ab. »Ich hoffe allerdings, du erklärst mir bald, was diese Schwindelei mit Labiau bedeuten soll. Ob Laurenz sie gutheißt, bezweifle ich. Dazu ist er ein viel zu ehrlicher Bursche.«

Ein Stich fuhr Agnes durch die Brust. Der versteckte Vorwurf traf sie zutiefst. Noch dazu, wo auch Laurenz seiner Muhme gegenüber nicht aufrichtig gewesen war.

»Andererseits erzählt er mir gelegentlich auch nur die halbe Wahrheit«, fügte Agatha im selben Moment hinzu, als errate sie wieder einmal ihre Gedanken. »Mir würde jedoch nie einfallen, mich seinem Glück in den Weg zu stellen. Mach jetzt schnell, Liebes, sonst zieht der Knecht ohne dich los.«

»Ich werde Euer Vertrauen nicht missbrauchen«, beeilte Agnes sich zu versichern. Fest drückte sie das Päckchen mit den Borten an sich und hastete nach draußen. Der Knecht vom Goldenen Hasen hatte Agathas Fass bereits auf den Karren geladen. Zwischen den großen Fässern von den anderen Brauern nahm es sich recht bescheiden aus. »Endlich«, knurrte er und umfasste die beiden Holme, um das Gefährt anzuschieben. Zögernd folgte Agnes ihm. Der Gesang von Theres und Marie wehte munter aus der offenen Werkstatt auf die Krumme Grube heraus. Sehnsüchtig spähte sie noch einmal zu ihnen hinein. Die beiden waren ganz in ihre Arbeit versunken und bemerkten sie nicht. Enttäuscht wandte Agnes sich um. Sie musste sich beeilen, um mit dem Knecht Schritt zu halten. Allein auf sich gestellt, würde sie den Weg nicht finden.

10

Während Agnes darauf achtete, im dichten Gedränge auf der abschüssigen Krummen Grube den Karren mit den Bierfässern nicht aus den Augen zu verlieren, schwirrten ihr die wildesten Überlegungen durch den Kopf. Agathas Verhalten verwirrte sie. Einerseits unterstützte sie sie tatkräftig, andererseits verhielt sie sich ihr gegenüber oft distanziert. Zwar durchschaute sie, wie Agnes und Laurenz in Wahrheit zueinander standen, versagte sich jedoch jede Stellungnahme dazu. Wie aufrichtig war Agatha eigentlich selbst, während sie bei anderen so auf Aufrichtigkeit pochte? Auch bei den beiden Mägden wusste Agnes nicht so recht, wie sie ihr Verhalten einschätzen sollte. Insbesondere die vorlaute Theres, die mit ihrem Neid über Agnes' Liebesglück nicht hinter dem Berg hielt, galt es mit Vorsicht zu betrachten. Vielleicht hegte sie heimliche Gefühle für Laurenz? Im Weiterlaufen stieß Agnes sich den Zeh an einem Stein. Der jähe Schmerz riss sie aus ihren Grübeleien. Als sie den Kopf hob, erschrak sie. Wo steckte der Knecht? Suchend schaute sie sich um.

Eine Unzahl von Burschen mit ähnlich vollbeladenen Karren war auf der Gasse unterwegs. Dazwischen drängten sich Mägde und Handwerker, Hütejungen und Bauern, die ihre Früchte verkaufen wollten. Aus den Kiezen duftete es verführerisch nach frischen Äpfeln und Birnen. Endlich erspähte Agnes den breiten Rücken des Knechts vom Goldenen Hasen. Flink lavierte er den Karren bereits ein gutes Stück entfernt durch das vormittägliche Getümmel auf dem Löbenichter Markt. Agnes musste sich sputen, ihm nachzukommen. Erst kurz vor dem Löbenichter Tor zur Altstadt holte sie ihn wieder ein.

Eine eigenartige Stimmung empfing sie dort. Jedwede Unterhaltung, wie sie sonst vor den Toren üblich war, schien unterbrochen. Mehrere Reiter mit den weißen Mänteln der Kreuzherren hatten sich fügsam in die Schlange vor dem Tor eingereiht. Trotzdem achteten die Menschen auf Abstand. »Komm her!«, rief eine Frau ängstlich ihr Kind, das gewagt hatte, sich breitbeinig vor einen der Ordensritter zu stellen. Ein Mann schob seinen Karren absichtlich weit aus der Reihe, um den Reitern nicht zu nahe zu kommen. Auch die Ordensritter beäugten die Bürger von ihrer erhöhten Warte aus misstrauisch. Die Torwachen indes ließen sie besonders lange warten, bevor sie ihnen Einlass in die Altstadt gewährten. Agnes atmete auf, als die Reiter endlich im Getümmel der angrenzenden Straße verschwanden. »Sieht man die Weißmäntel oft in der Stadt?«, wollte sie den Knecht fragen. Der aber war schon weitergehastet. Wieder musste sie sich beeilen, um zu ihm aufzuschließen.

Auf der Altstädter Langgasse war das Gedränge noch dichter als im Löbenicht, auch hier zog es alle zum Markt. Zu ihrem Bedauern fand Agnes kaum Gelegenheit, sich die Straßen und Häuser genauer anzusehen. Dabei hatte Laurenz ihr davon vorgeschwärmt, dass die Altstadt als die älteste der drei Städte Königsbergs viel prächtiger sei als der Löbenicht. Dort lebten weitaus mehr Kaufleute, die ihr Vermögen mit Geschäften bis weit in den hohen Norden und sogar bis in südliche Gefilde machten. Die höheren und breiteren Gebäude ließen das gleich erkennen. Im Stillen freute sich Agnes, dank Laurenz einen Blick dafür erhalten zu haben. Viele Häuser verfügten bereits über Fenster, die selbst im Untergeschoss vollständig aus Glas gefertigt waren. Dafür verschwanden mit jedem Schritt in die Altstadt hinein die offen stehenden Werkstätten, vor denen gehämmert oder geschmiedet, gelegentlich auch genäht und gewebt wurde. Ebenso verflog der aus dem Löbenicht vertraute Malzgeruch. Dafür spazierten viele prächtig gekleidete Menschen mitten über die gepflasterte Straße. Nur wenige Hühner, Katzen oder Hunde kreuzten ihren Weg. Die Krämerinnen und Händler machten ehrfürchtig Platz. Davon hatte auch Agnes ihren Vorteil und erreichte endlich wieder den Knecht mit seinem Karren. An seiner Seite gelangte sie zum Altstädter Markt.

An den Buden und Bänken boten Händler aus nah und fern Waren feil. Agnes erfasste schnell, um wie viel reichhaltiger und ausgefallener das Angebot war als in Wehlau. Neben stark duftenden Gewürzen, prächtigen Stoffen, kostbaren Bändern und allerlei Tand, bestem Leder und ausgesuchten Pelzen fanden sich gleich mehrere Stände mit Büchern und Pergamenten.

An einer Garküche am Rand des Platzes erhob sich Aufruhr. Heftig loderte das Feuer unter einem Kessel, in dem der Koch rührte. Mehrmals schwappte dabei von der fetten Brühe über den Rand. Die Flammen schlugen auf, zischten und tanzten außen an der Kesselwand hoch. Eine stetig wachsende Zuschauerzahl verfolgte das unter begeistertem Johlen. Das spornte den Koch zu immer noch eifrigerem Rühren an.

»Bist du des Wahnsinns? Lösch das Feuer. Sofort!« Laut brüllend hielt ein Büttel auf die Ecke zu, die Lanze bereits erhoben. Jäh stoppte Meister Jörgens Knecht genau in Höhe der Bude. Agnes fürchtete bereits, er wollte sich in das Gezänk einmischen, da tauchte eine Gruppe Gaukler auf und schob sich zwischen den Knecht und die Garküche. Die Schellen des voranhüpfenden Narren klingelten hell, eine aufreizend schöne Frau in buntem Fetzenkleid schob sich an den grimmigen Knecht heran. Lachend legte sie ihm den Arm um den Nacken. »Lass das!«, befreite er sich.

Agnes nutzte den Moment, ihn am Arm zu zupfen und zum Weitergehen zu bewegen. Der Weg war nicht mehr weit. Schon nach kurzer Zeit nickte der Knecht auf eines der Gebäude an der nördlichen Längsseite des Marktes, direkt gegenüber dem Brunnen. »Wir sind da!«, knurrte er.

Neugierig besah Agnes sich das Haus. Der Goldene Hase entpuppte sich als eines der prächtigsten Häuser der Reihe. Der Stufengiebel des mehrgeschossigen Baus wirkte noch recht frisch. Die Steine stammten gewiss von der nahen Ordensburg. Vor dem Eingang des Anwesens stand ein stattlicher Mann. Die Hände hinter dem Rücken verschränkt, den schweren Kopf auf dem kurzen Hals nach vorn geschoben, wirkte er sehr massig.

»Wo bleibst du nur?«, herrschte er den Knecht an und zog ihn an den Ohren. »Denkst du, die Gäste wollen das Bier als Schlaftrunk? Los, roll die Fässer rein!« Er versetzte dem

Knecht einen Stoß und verfolgte mit grimmiger Miene, wie er sich ans Abladen machte.

»Zürnt nicht mit Eurem Knecht«, bat Agnes. »Mich allein trifft die Schuld für die Verspätung. Ich konnte nicht so schnell laufen wie er. Meine Muhme hat mich geheißen, ihn zu begleiten und Euch nach Euren Wünschen für das Bier zu fragen.«

Offenherzig sah sie ihn an. Meister Jörgen war gut einen Kopf größer und nahezu doppelt so breit wie sie. Wie es sich für einen Wirt gehörte, hatte er eine helle Schürze vor den Bauch gebunden und die Ärmel seines Hemdes aufgekrempelt. Das runde, rot angelaufene Gesicht zierte der Mode gemäß ein ebenfalls leuchtend roter Bart. Die Reste des Haupthaars auf dem breiten Schädel verrieten allerdings, dass er einmal blond gewesen sein musste. Die Augenwinkel umgrenzte ein fröhlicher Faltenkranz, die knollige Nase mit den blauroten Adern ließ auf beträchtliche Trinkfreude schließen.

»Dann seid Ihr also die Nichte der Streicherin aus Labiau?« Neugierig musterte er sie ebenfalls. Bald verzog er den dicklippigen Mund zu einem breiten Grinsen. »Wie schön, Euch kennenzulernen. Mohr stimmt überall ein Loblied auf Euch an. Es ist lange her, dass bei mir Bier aus dem Haus an der Krummen Grube ausgeschenkt wurde. Das war noch zu Zeiten der Schwäherin von Gerda Selege. Die Schwester Eurer Muhme hat zwar die Kunst beherrscht, noch die aussichtsloseste Niederkunft einer Frau zu einem guten Ende zu bringen. Mit dem Bierbrauen aber tat sie sich schwer. Schade. Dabei gibt das Brauen ein ordentliches Zubrot. Leider versteht sich auch ihre Schwester, Eure Muhme, nicht sonderlich darauf. Doch lasst mich kosten, ob Ihr ein Wunder vollbracht habt. Dann will ich als einer der Ersten wieder von Eurem Gebräu haben. Am Ende wird Eure Muhme beim Löbenichter Rat noch anfragen müssen, ob sie wieder mehr als für den eigenen Bedarf brauen darf.«

Einladend winkte er sie in die Gaststube. Als Agnes den Raum mit den niedrigen, rußgeschwärzten Deckenbalken betrat, wurde ihr schwindlig. Halt suchend drückte sie das Leinenpäckchen mit den Borten fester an die Brust. Die Gaststube des Goldenen Hasen ähnelte dem Silbernen Hirschen erstaunlich. Im rückwärtigen Teil rührte eine dralle Magd im Kessel, eine zweite war gemeinsam mit einem Knecht dabei, Agathas eben geliefertes Bierfass anzustechen. Kaum war der Hahn geöffnet, hielt die Magd einen Krug darunter, füllte ihn auf und reichte ihn dem Wirt. Gierig setzte er ihn an die Lippen und trank.

Neugierig sah Agnes sich weiter in der Stube um: Wie stets an Markttagen waren die Bänke und Schemel gut besetzt. Die günstige Lage zahlte sich aus. Ein munteres Sprachgemisch erfüllte den Raum. Neben dem vertrauten Deutsch waren auch Polnisch, Schwedisch, Flämisch und sogar einige Fetzen Russisch herauszuhören.

»Wees gegroet, gezel!«

»Lasst uns trinken!«

»Na zdrowie!«

Beim Zuprosten verwischten die Unterschiede, und die Männer vergaßen, was sie jenseits der Sprache voneinander trennte.

»Ihr stammt also ebenfalls aus einer Schankwirtschaft«, fragte der Wirt und setzte den Krug ab. Das Bier schien ihm gut gemundet zu haben. Genüsslich wischte er den Schaum von Lippen und Bart. »Welch glückliche Fügung, dass Eure Eltern selbst brauen durften. Das macht es einfacher, einen Krug zu führen. Die Preise für guten Wein sind hoch. Oft ist das Gesöff vom Rhein oder aus Frankreich sauer, bis es bei uns eintrifft. Man traut sich kaum, es seinen Gästen vorzusetzen. Mit dem Bier aber ist es auch schwierig geworden. Im Vertrauen, liebes Fräulein …« Er beugte sich vor und legte ihr die riesige Hand auf die Schulter. »Wenn die Brauer hier so gut wären wie die in Danzig oder Lübeck, würden wir im Paradies auf Erden leben. Ich weiß zwar, dass ich als braver Altstädter mit meinem Lob für die Abtrünnigen vorsichtig sein sollte. Doch was nützt uns der Schutz der Kreuzherren, wenn ihr Bier grauslich schmeckt? Leider nehmen es unsere Brauer mit der Treue gegenüber den Ordensrittern inzwischen derart ernst, dass sie ein ebensolch scheußliches Bier wie die Weißmäntel brauen. Dabei müssten sie nur einmal nach Danzig gehen, und schon wüssten sie, wie gutes Bier schmecken muss.«

»Es liegt wohl nicht allein an der Treue Eurer Bürger zu den Ordensrittern«, erwiderte Agnes leise. »Zum einen geht man hier am Pregel großzügig mit dem Hopfen um, was das Bier zwar haltbar, aber auch sehr herb macht. Zum anderen liegt es am Wasser, das man hier verwendet. Natürlich ist es nicht das gleiche wie in Danzig. Glaubt mir, selbst wenn alle hier nach derselben Rezeptur brauen würden wie dort, würde man den Unterschied schmecken.«

»Ihr versteht Euch wirklich auf Eure Kunst. Wollen wir hoffen, Ihr bleibt Eurer Muhme noch lange als Hilfe erhalten.« Freudig rieb er sich die riesigen Hände. Seine Augen leuchteten aus dem geröteten Gesicht.

»So richte ich also meiner Muhme aus, dass Ihr noch ein weiteres Fass von ihr haben wollt?«

»Eins?« Lachend sah er sie an. »Eins jede Woche wäre gut. Oh, ich sehe schon: Bald wird Eure Muhme die Bortenmacherei aufgeben und beim Löbenichter Rat um eine Erweiterung ihres Braurechts bitten müssen. Doch richtet Eurer

Muhme bitte Folgendes aus, mein liebes Kind.« Abermals beugte er den fast kahlen Schädel zu ihr herunter. »Passt gut auf, dass Ihr es Euch nicht mit den Altstädtern und Kneiphöfern verderbt. Dringt der Ruf Eures Bieres erst einmal zu weit über den Löbenicht hinaus, kann das Ärger geben. Gewiss ist Euch schon zu Ohren gekommen, wie argwöhnisch sich die Bürger der drei Städte hier am Pregel beäugen. Gerade nach den Geschichten der letzten Monate und dem Aufstand gegen die Kreuzherren auf dem Kneiphof tut es nicht gut, zwischen die Fronten zu geraten.«

»Ihr wisst gut Bescheid.«

»Das will ich meinen, liebes Fräulein.« Stolz blähte er die Brust, verschränkte die Arme vor dem feisten Leib. »Schon mein Vater und meines Vaters Vater sowie gewiss auch dessen Vater haben hier an dieser Stelle ihre Schankwirtschaft betrieben. Damals war das Haus allerdings noch weitaus kleiner. Die Hofstellen hier in der Altstadt verfügen nur über beschränkten Raum. Erst im letzten Jahr habe ich das Gebäude nach oben hin vergrößern können. Der gute Laurenz Selege, der Neffe Eurer lieben Muhme, ist übrigens mein Baumeister. Ein tüchtiger Bursche! Doch wozu sage ich Euch das? Ihr als seine Base müsst ihn besser kennen als ich.«

Agnes' Antlitz glühte. Rasch senkte sie den Blick.

»Mir scheint, Ihr hättet noch etwas auf dem Herzen, liebes Fräulein. Nur keine Scheu, fragt mich rundheraus, was immer Ihr wissen wollt.«

Zaghaft erwiderte sie sein Lächeln. »Meine Muhme hat mir gesagt, Ihr könntet mir mehr über den Böttchermeister Keletat erzählen. Ihr habt wohl früher öfter mit ihm zu tun gehabt.«

»Meint Ihr den aus dem Löbenicht? Ein kluger Mann! Er hat die besten Fässer hier am Pregel gefertigt. Doch warum fragt Ihr? Eure Muhme wird Euch auch gesagt haben, dass er schon lange tot ist.« Verwundert musterte er sie noch einmal von Kopf bis Fuß. Wieder errötete Agnes. Es fiel ihr schwer, Meister Jörgens Blick standzuhalten. Unmöglich konnte sie ihm ihre ganze Geschichte erzählen. Also musste sie ein wenig lügen. Das bedauerte sie, doch welche Wahl blieb ihr, um die Wahrheit herauszufinden?

»Mein verstorbener Vater hat ebenfalls mit ihm zu tun gehabt und viel von ihm gesprochen. Da habe ich mir gedacht, wenn ich einmal hier am Pregel bin, frage ich nach dem braven Mann. Wenn er meinem Vater so am Herzen gelegen hat, wüsste ich gern, was aus ihm geworden ist.«

»Dann hat Euer Vater wohl auch Fässer bei ihm fertigen lassen? Sagt, wie war noch sein Name?«

»Fröbel«, entfuhr es Agnes, noch ehe sie es recht überlegt hatte.

»Fröbel aus Labiau? Und dort haben Eure Eltern einen Krug?« Verwundert schüttelte er den massigen Schädel.

»Nein, nein!«, beeilte sie sich zu versichern. Sie hatte es geahnt: Eine Lüge zog die nächste nach sich. Stellte sie jetzt richtig, dass Fröbel die Schankwirtschaft in Wehlau betrieben hatte, war es ein Leichtes für Meister Jörgen, alles über sie herauszufinden. Dann war es nur eine Frage der Zeit, bis ihre Mutter erfuhr, wo sie war.

»Ach, was spielt es für eine Rolle!«, erlöste der Krüger sie von ihren Befürchtungen. »Kelletat ist lange tot. Ihr wart wohl nicht einmal geboren, als das Unglück den braven Mann getroffen hat. Soweit ich weiß, lebt niemand von seiner Familie noch hier. Wem schadet es also, darüber zu reden? Vielleicht hilft es ihm da oben im Himmel, wenn wir ihn uns noch einmal in Erinnerung rufen.« Er hielt inne, senkte den Kopf und bekreuzigte sich, um schließlich mit rauher Stimme fortzufahren: »Siebzehn Jahre ist es her, dass der brave Mann gestorben ist. Das weiß ich deshalb so gut, weil meine gute Milla im selben Sommer geboren ist. Bis zum heutigen Tag erfreut das Mädchen mich und meine liebe Frau mit seiner Tüchtigkeit.«

Er winkte der Frau am Suppenkessel zu, die Agnes für eine Magd gehalten hatte. Bei genauerem Hinsehen war die Verwandtschaft augenfällig. Auch sie war recht groß und breit, der schwere Kopf saß auf einem kurzen Hals.

»Leider sind uns keine weiteren Kinder vergönnt gewesen«, fuhr der Wirt fort. »Jetzt hoffen wir, sie findet bald einen braven Mann, der mit ihr eine Familie gründet. Ich wüsste auch schon, wem ich sie gern anvertrauen würde.« Munter zwinkerte er ihr zu. »In dieser Sache sollte ich mich an Euch halten. Bestimmt erfahrt Ihr es als Erste, wann der gute Laurenz Selege von seinen vielen Reisen zurückkehrt. Gebt mir sofort Nachricht, dann will ich mich mit ihm zusammensetzen. Schon als er den Weiterbau an meinem Haus im letzten Jahr vorangetrieben hat, kam es mir so vor, als gefiele ihm meine kleine Milla. Natürlich war sie da noch viel zu jung, doch jetzt wird es allmählich Zeit.«

»Ihr wolltet mir von Kelletat berichten«, hakte Agnes ein, als er eine kurze Pause einlegte und sich die Hände rieb. Es behagte ihr nicht, wie er von Laurenz sprach. »Wie schade, dass es hier niemanden mehr aus der Familie gibt.«

»Ja, das ist eine seltsame Geschichte.« Meister Jörgen strich sich nachdenklich durch den roten Bart. »Kurz vor seinem Tod ist ihm eine Tochter geboren worden, genau wie mir. Dann aber ist Kelletat unglücklich in seinem Haus gestürzt. Auf der steilen, engen Treppe vom Obergeschoss in die Werkstatt hinunter, heißt es. Seine arme Frau ist wenig später mit der Kleinen fort aus der Stadt. Niemand weiß genau, wohin. Dabei hätte sie als Witwe gut die Werkstatt weiterführen können. Die beiden Knechte haben sich ordentlich auf ihre Kunst verstanden. Kelletat hat sie bestens angelernt. Vielleicht hätte sie früher oder später einen von ihnen …«

»Meine Muhme hat erzählt, der armen Frau sei das Erbe nach Streitigkeiten weggenommen worden. Deshalb ist sie fort«, fiel Agnes ihm ins Wort.

»Streitigkeiten ums Erbe? Nein, ganz bestimmt nicht.« Heftig schüttelte er den Kopf, hakte nicht einmal nach, woher Agatha das wissen sollte, wenn sie sonst nichts zu Kelletat wusste. »Wer hätte da etwas streitig machen sollen? Familie hatte Kelletat außer der Frau keine. Die sind alle früh gestorben oder fortgezogen. Er selbst ist zeit seines Lebens ein rechtschaffener Mann gewesen. In seiner Zunft hat er hohes Ansehen genossen. Da hat es ganz sicher nirgendwo Streit oder Zweifel an seinem Besitz gegeben. Im Gegenteil: Die Zunftkasse hätte der Frau beigestanden und über das Gröbste hinweggeholfen. Soweit ich weiß, ist die Frau mitsamt ihrer Mutter und dem kleinen Kind zurück in ihre alte Heimat. Sie stammte nämlich nicht von hier. Erst kurz vor der Heirat mit Kelletat ist sie hier aufgetaucht. Ich weiß noch, wie er ihr in meiner Gaststube zum ersten Mal begegnet ist. Eine ansehnliche junge Frau, sehr groß, sehr klug, aber von einer anrührenden Traurigkeit. Da fällt mir auf: Ihr ähnelt ihr ein wenig. Das mag daran liegen, dass Ihr ebenfalls sehr groß seid. Meine liebe Gattin hat sich damals übrigens sehr darum bemüht, die junge Frau aufzumuntern. So ist sie, meine Milla. Meine Tochter trägt ihren Namen. Gewiss wird auch sie einmal so innig am Leben ihrer Mitmenschen teilhaben wie ihre Mutter. Vielleicht sollte ich Euch beide miteinander bekannt machen? Ihr dürftet nicht viel jünger sein als sie.«

»Beim nächsten Mal sehr gern«, winkte Agnes ab. »Für heute muss ich mich leider verabschieden. Meine Muhme hat mir noch aufgetragen, diese Borten zu Kaufmann Felbert in den Kneiphof zu bringen. Verratet Ihr mir den schnellsten Weg zu ihm?«

»Wie Ihr wollt.« Meister Jörgen wirkte enttäuscht, erklärte ihr jedoch bereitwillig, wie sie zu Felbert kam. »Passt gut auf Euch auf, liebes Fräulein«, schloss er. »Seit einigen Monaten treibt sich bei uns seltsames Gesindel auf den Gassen herum. Nicht nur des Bieres wegen wäre es schade, wenn Eure liebe Muhme wieder auf Eure Hilfe verzichten müsste.«

Gutmütig tätschelte er ihr die Schulter. Dabei verrutschte ihr Halstuch. Sie zuckte zusammen und richtete es hastig aus. »Gehabt Euch wohl und vielen Dank!«, murmelte sie, presste das Päckchen mit den Borten gegen ihre Brust und eilte nach draußen.

In die Menge der Marktbesucher einzutauchen war die reinste Wohltat. Selbst die scharfen Gerüche der Garküchen und das Herumtanzen der Spielleute dicht vor ihrer Nase kümmerte sie kaum. Sie musste die richtige Gasse suchen, die sie vom Altstädter Markt hinunter zum Pregel und von dort über die Krämerbrücke in den Kneiphof führte.

Mit jedem Schritt wurde das Gefühl stärker, dass ihr die Mutter über dem bislang Herausgefundenen fremd geworden war. Längst schien sie ihr nicht mehr die willensstarke, unnahbare Schankwirtswitwe von Mitte dreißig, als die sie sie kannte, sondern hatte sich in eine junge, verzagte Frau verwandelt, die die nahe Niederkunft völlig aus dem Gleichgewicht gebracht hatte. Das Schicksal hatte ihr übel mitgespielt und den geliebten Mann jäh von der Seite gerissen. Verständlich, dass sie den Löbenicht als den Ort allen Unglücks rasch verlassen hatte. Warum aber nicht, wie von Meister Jörgen vermutet, um mit ihrer Mutter zurück in die alte Heimat nach Westfalen zu gehen? Und warum nur mit einem Kind? Wo war der Junge geblieben? Agatha hatte die Geschichte ganz anders erzählt als Meister Jörgen.

11

Die für Anfang September ungewöhnlich heftigen Stürme machten es nötig, die Fensterläden selbst bei Tag fest verschlossen zu halten. Unbarmherzig rüttelte der Wind daran, als begehrte er auf der Stelle Einlass. Die Luft in der dämmrigen Schlafstube war stickig. Die Talglichter verströmten einen fauligen Geruch.

Seit Tagen, so schien es Gunda, hatte sie kaum mehr frische Luft geatmet als den schwachen Hauch, der zwischen den Ritzen der hölzernen Läden nach innen drang. Das Atmen fiel ihr schwer, der Kopf schmerzte. Das lag nicht allein an der abgestandenen Luft im Schlafgemach. Die Sorge um Lore raubte ihr schier die Sinne. Nach der kräftezehrenden Zeit der Belagerung und den anschließenden schweren Gefechten zwischen Ordensrittern und Wehlauer Söldnern hatte die Mutter ein rätselhaftes Fieber erfasst. Der Kampf um die Stadt war letztlich siegreich für die Bürger ausgegangen. Reuß von Plauen und seine Mannen waren abgezogen. Auf sämtlichen Plätzen und Gassen wurde gefeiert. Im Silbernen Hirschen gab es jedoch keinen Anlass zur Freude. Je mehr der Jubel draußen anschwoll, desto weiter stieg Lores Fieber an. Weder Aderlass noch Kräuterkur vermochten etwas dagegen auszurichten, kein Bader und keine weise Frau wussten Rat. Gunda wollte aufschreien vor Verzweiflung. Hatte sich das Schicksal wieder gegen sie verschworen? Erst tauchte Laurenz Selege auf und zerrte lang verdrängtes Leid ans Licht, dann nahm er Agnes mit sich fort, und nun kämpfte Lore ihren letzten Kampf. Das durfte nicht sein! Gunda war wild entschlossen, ihre Mutter nicht gehen zu lassen. Außer ihr war ihr niemand mehr geblieben. Voller Angst blickte sie auf die Frau in dem Bett vor ihr, auf die in sich zerfallene Gestalt, die nur noch einen schwachen Schatten Lores darstellte. Es schmerzte, sie derart rasch dahinschwinden zu sehen und nichts dagegen ausrichten zu können.

Das Rütteln an den Fensterläden wurde kräftiger. Froh, einen Grund zum Aufstehen zu haben, erhob sich Gunda von ihrem Schemel und prüfte, ob die Riegel ordentlich eingerastet waren. Die Hand auf der eisernen Schließe, lehnte sie die Stirn gegen den Handrücken und atmete tief durch. Wie so oft in den letzten Jahren sehnte sie sich danach, einfach weinen zu können. Letztens war ihr das doch auch geglückt! Sie biss die Lippen aufeinander, hoffte, wartete. Die rehbraunen Augen blieben trocken. Der Druck hinter der Stirn dagegen wurde unerträglich.

»Wo bist du, Kind?«, hörte sie Lores schwache Stimme vom Bett her. Es zerriss ihr das Herz.

»Hier«, beeilte sie sich zu versichern und stürzte zu ihr. Bang fasste sie nach Lores krummen Fingern. Ein Schauer lief ihr über den Rücken. Lores Hände waren eiskalt. »Keine Angst, ich bin immer für dich da, Mutter. Ich lasse dich nicht allein. Das weißt du doch.«

»Gutes Kind.« Ein Seufzen entfuhr Lores Mund. Das Talglicht auf der Truhe neben dem Bett flackerte. In seinem schwachen Schein betrachtete Gunda den abgemagerten Leib. Kaum zeichnete er sich unter dem dünnen Betttuch ab. Die Hungerszeit während der Belagerung im August hatte bereits seine Spuren darin eingegraben, das seit Tagen währende Siechtum tat ein Übriges. Allmählich ähnelte die Farbe von Lores Haut dem Weiß der Wäsche. Scharf hoben sich die Konturen des Gesichts aus den Kissen heraus. Die sehr lange, schmale Nase mit dem auffälligen Höcker verlieh ihm etwas Habichthaftes, ein Eindruck, den die eingefallenen Wangen noch verstärkten. Unverkennbar breitete der Tod die Schwingen über sie aus. Gunda wurde die Brust eng. Was gäbe sie darum, Agnes jetzt zur Seite zu haben!

»Gunda, Liebes!« In Lores Augen glühte ein letzter Funke. Solange dieser Funke nicht erloschen war, steckte noch Lebenswille in ihr.

»Mutter, bleib bei mir!«, flehte Gunda und sank auf die Knie, presste die Lippen auf Lores knochige, kalte Hand. »Lass mich nicht allein!« Über den letzten Worten versagte ihr die Stimme. Sie hob den Kopf und schluckte.

Den Blick starr auf die ausgezehrte Frau im Bett gerichtet, hatte sie auf einmal ein Bild aus lang vergessenen Zeiten vor Augen: Die schöne Kaufmannsgattin Lore Rosskamp aus Westfalen tauchte vor ihr auf, den schlanken Leib in ein aufwendig besticktes Kleid aus schimmernder Seide gehüllt, Finger und Handgelenke mit kostbaren Ringen geschmückt, das dichte, dunkle Haar züchtig mit einem zarten Krüseler bedeckt. Stolz schritt sie neben ihrem hochgewachsenen, ebenfalls in elegante Tuche gewandeten Gemahl die Treppe des Kaufmannshauses in Dortmund herab. Ein Lächeln stahl sich auf Gundas Antlitz. Viel zu rasch verschwand es wieder. Keiner von beiden hatte damals ahnen können, dass die Reise zu Gundas Hochzeit in Königsberg das bittere Ende ihres beneidenswerten Glücks mit sich bringen würde. Sogleich schob sich ein weiteres Bild in Gundas Erinnerung: das einer von unermesslicher Pein gequälten Frau. Die Kleider in blutgetränkte Fetzen zerrissen, die dreckstarrenden Haare wild zerrauft, lag sie quer über dem geschundenen Leib ihres Gemahls. Laut haderte sie mit Gott, der ihr den über alles geliebten Ewald auf solch furchtbare Weise von der Seite gezerrt hatte. Wieder musste Gunda um Luft ringen, zugleich die Faust vor den Mund halten, um nicht laut aufzuschreien. Selbst nach all den Jahren, die seither vergangen waren, brachte sie es kaum über sich, an jene entsetzlichen Stunden zurückzudenken. In ihrer besinnungslosen Trauer hatte Lore lange nicht begreifen wollen, was Gunda zur selben Zeit widerfahren war, und nur Augen für den toten Gemahl gehabt. Als sie viel zu spät erst des Leides ihrer Tochter gewahr geworden war, hatte Gunda ihr Schicksal schon selbst in die Hand genommen. Zu diesem Zeitpunkt hatte sie das Weinen verlernt. Eine unsichtbare, unüberwindliche Kluft hatte sich damals zwischen Lore und ihr aufgetan. Trotzdem war Gunda stets froh gewesen, die Mutter an ihrer Seite zu wissen. Unvorstellbar, sie endgültig zu verlieren.

»Lass mich gehen, Kind«, stieß Lore mühsam zwischen den blassen Lippen heraus. »Es wird Zeit.«

Ein seliges Lächeln breitete sich auf ihrem Gesicht aus, die Augen leuchteten.

»Nein!«, schrie Gunda und umklammerte ihre eisige Hand fester. »Ich weiß, wohin du willst, doch ich lass dich nicht fort! Vater kann warten. So lange schon wartet er auf dich. Auf einige Jahre mehr oder weniger kommt es nicht an. Mich aber darfst du nicht allein lassen. Nicht schon wieder, Mutter! Ich brauche dich hier. Eigentlich habe ich dich immer gebraucht, viel mehr, als Vater dich je gebraucht hat. Wenn du jetzt gehst, dann weiß ich nicht, was ich tun soll.«

Plötzlich war ihr, als löste sich der Knoten in ihrer Kehle. Ein Beben durchlief ihren Leib, sie schluchzte laut auf und sank vornüber. Hemmungslos gab sie sich den Tränen hin.

»Nicht weinen, Kind!«, hörte sie Lores Stimme erstaunlich klar. »Meine Zeit ist gekommen. Du irrst dich, wenn du denkst, du brauchtest mich jetzt mehr als dein Vater. Er wartet schon so lange auf mich. Vergib mir, mein Kind. Gerade in dem Moment, als du meiner am meisten bedurftest, habe ich kläglich versagt. Niemals habe ich mir das verziehen. Und doch konnte ich damals nicht anders. Ewald hat mich ebenfalls gebraucht, mehr, als du dir vorstellen kannst. Du warst ohnehin immer schon die Stärkste von uns dreien, Liebes.«

Die letzten Worte gingen in einem heiseren Krächzen unter. Erschöpft hielt sie inne, richtete die Augen an die Decke des Betthimmels aus Eichenholz. Die blutleeren Lippen zitterten kaum merklich.

Gunda mochte kaum glauben, was sie da gerade gehört hatte. Wie konnte Lore ihre eigene Tochter nur derart verkennen? »Bleib ruhig, Mutter«, hörte sie sich im selben Moment zu ihrer eigenen Verwunderung mahnen und streichelte ihr sacht über die Wange. Lore schluckte mühsam, wandte das Antlitz langsam zu ihr um. Der tränenverschleierte Blick zog Gunda das Herz zusammen.

»Siehst du, genau das ist es!« Lores Mund verzog sich zu einem Lächeln. »Ich werde mich nicht aufregen, denn ich weiß, du bist bei mir und hilfst mir, den letzten Schritt zu tun. Du bist eine starke Frau, Liebes. Kaum zu glauben, dass ich dich aus meinem Schoß geboren habe. Ich bin so unendlich stolz auf dich.«

»Schon gut«, krächzte Gunda.

»Auch auf Agnes müssen wir stolz sein, Liebes«, sagte Lore wieder ungewöhnlich klar. »Du darfst ihr nicht zürnen, weil sie weggelaufen ist. Sie konnte nicht anders. Versprich mir, dass du deinen Frieden mit ihr machst und ihr verzeihst.«

Einen kurzen Moment blieb Gunda die Luft weg. Dann traf sie Lores Blick. Sie wusste, es blieb ihr keine Wahl. Sie musste es versprechen, sonst würde sie selbst keinen Frieden finden.

»Ich verspreche es dir, Mutter. So schnell wie möglich breche ich auf und suche nach ihr, um mich mit ihr auszusöhnen.«

»Und die Heirat mit Kollmann wird nicht stattfinden.«

»Ja.« Folgsam nickte Gunda.

»Es gibt nicht viele Orte, wohin Laurenz Agnes gebracht haben kann«, fuhr Lore fort. »Als Werkmeister ist er auf seine Auftraggeber angewiesen und muss seiner Arbeit nachgehen. Agnes wird er dabei nicht um sich haben können. Wie sollte er einem Pfleger der Kreuzherren oder einem braven Bürger gegenüber ihre Begleitung rechtfertigen? Am ehesten wird er sie in den Königsberger Löbenicht gebracht haben. Seine Mutter mag gestorben sein, dennoch wird er dort Verwandte haben, denen er Agnes anvertrauen kann. Ohne deine Zustimmung wird er sie nicht heiraten. Also muss er sie bei jemandem lassen, bis er dich erreicht hat. Für seine Redlichkeit gebe ich dir mein Wort. Er wird darauf bestehen, dass auch Agnes sich mit dir versöhnt.«

Fest umklammerte sie die Hand ihrer Tochter. Gunda musste einen Aufschrei unterdrücken. Es gelang ihr nicht, sich dem Griff der eisig kalten, knochigen Finger zu entziehen. Zugleich verblüffte sie die Scharfsichtigkeit, mit der Lore ihr Agnes' vermutlichen Aufenthaltsort erklärte. Warum war sie nicht längst selbst darauf gekommen?

»Ich freue mich, dass du zur Vernunft gefunden hast, mein Kind. Du weißt selbst am besten, wie das mit der wahren Liebe ist. Sie ist mit allerlei Leid verbunden.«

Ein Leuchten erfüllte Lores Augen. Das eingefallene Gesicht fand noch einmal zu seiner einstigen Schönheit zurück.

Gerührt hielt Gunda die Luft an, konnte den Blick nicht von der Mutter wenden. Lore indes gönnte sich keine Ruhe.

»Agnes ist genau aus diesem Grund deine Tochter, so wie du aus demselben Grund meine Tochter bist. Uns ist es nicht vergönnt, einfach so zu lieben. Unserer Liebe obliegt immer auch ein großer Schmerz, ein Leid, das wir erdulden müssen. Dennoch müssen wir an unserer Liebe festhalten. Haben wir es einmal überstanden, so steht uns das Tor zur Glückseligkeit für alle Ewigkeit offen. Erinnerst du dich an die Verse, die die Spielleute uns zu Hause in Dortmund vorgetragen haben? Sie sind und bleiben wahr: ›Wem nie aus Liebe Leid geschah …‹«

»›Dem geschah auch das Glück der Liebe nicht‹«, stimmte Gunda gedankenverloren zu. Die Erinnerung an einen besonderen Abend trat ihr vor Augen. Ein kleiner Kreis Gäste saß um das Feuer in ihrem Haus in Dortmund versammelt, ein Sänger trug ihnen den *Tristan* vor. Ausgerechnet bei diesen Zeilen traf sie ein vielsagender Blick Gernots. Kurz darauf hatte er bei ihrem Vater um ihre Hand angehalten. Ergriffen schluchzte sie auf. Das brachte sie zurück ins Wehlauer Schlafgemach. Großer Frieden lag über dem Raum. Versonnen spürte sie dem nach. Der Schmerz in ihrer Hand war verschwunden. Befreit bewegte sie sie. Ohne Widerstand glitten Lores Finger herunter.

Erst da begriff Gunda, was geschehen war: Lore war von ihr gegangen!

Sie erwachte wie aus einem Traum. Lores sanftes Sterben hatte seinen Schrecken verloren und Gundas ewige Eifersucht niedergerungen. Die Vorstellung, die Mutter von jetzt an für immer selig in den Armen ihres Vaters zu wissen, hatte etwas unendlich Tröstliches. Wenigstens bei ihr hatte die Liebe endlich über das Leid gesiegt. Vorsichtig faltete sie Lore die Hände über der Brust. Die Kälte des leblosen Körpers schreckte sie nicht mehr. Liebevoll ruhte ihr Blick auf dem mütterlichen Antlitz. Noch immer schien ein versonnenes Lächeln darauf zu liegen. Lediglich das Leuchten der Augen war erloschen. Gunda schloss ihr die Lider, hauchte einen letzten Kuss auf die lange, schmale Nase.

»Danke, Mutter«, sagte sie leise.

Bevor sie das Schlafgemach verließ, öffnete sie die Fensterläden. Sofort wirbelte ihr eine kräftige Böe Staub und Blätter ins Gesicht. In dem Apfelbaum hüpften zwei Vögel aufgeregt zwitschernd von Ast zu Ast. Als sie Gundas gewahr wurden, legten sie die Köpfe schief und betrachteten sie. Wie auf Kommando erhoben sie sich gleichzeitig in die Luft. Gunda sah ihnen nach, wie sie in der Ferne verschwanden. Schweren Herzens wandte sie sich wieder um und ging nach unten in die Schankstube, um Griet und Ulrich von Lores Tod zu berichten.

»Sobald meine Mutter ihre letzte Ruhe auf dem Friedhof gefunden hat, werde ich Wehlau verlassen«, erklärte sie. Magd und Knecht saßen dicht nebeneinander auf einer der Bänke. Griets Gesicht war vom Weinen rot verquollen, fahrig knetete sie ihre kurzen, dicken Finger. Auch Ulrich konnte nur schwer die Tränen in seinem gesunden Auge zurückhalten.

»Ihr werdet den Silbernen Hirschen bis zu meiner Rückkehr allein weiterführen«, fügte sie hastig hinzu. Das Nachdenken über die anstehenden Notwendigkeiten verhinderte, dass sie von neuem von ihren Gefühlen überwältigt wurde. »Ulrich, du weißt, wie viel Brau uns für den Rest des Jahres noch zusteht. Lass dir ausreichend Malz von der Mühle bringen. Der Hopfen müsste reichen. Haude wollte noch einige neue Fässer liefern. Jetzt, da die Belagerung vorbei ist, wird es ausreichend Holz geben. Denk daran, nur das Wasser aus unserem eigenen Brunnen fürs Brauen zu verwenden. Jedes andere ist zu schlecht. Ich hoffe, nicht allzu lange fortzubleiben.«

Nun versagte ihr doch die Stimme. Wie seltsam, sich mit dem Brauen zu beschäftigen, wenn oben im Schlafgemach Lores kaum erkalteter Leib auf den Totengräber wartete. Erst nach einer längeren Pause fühlte sie sich imstande fortzufahren: »Wer weiß, ob es überhaupt viel für euch zu tun gibt. Bislang schlagen die Leute einen weiten Bogen um den Silbernen Hirschen. Es hat sich wohl herumgesprochen, dass meine Mutter im Sterben liegt. Mit dem Tod will vorerst niemand mehr in Berührung kommen. Davon abgesehen, wird auch der Wehlauer Markt für lange Zeit nicht sonderlich gut besucht sein. Die wochenlange Belagerung durch die Kreuzherren hat ihre Spuren hinterlassen.«

»Darunter werden wir nicht lange leiden.« Ulrich löste sich allmählich aus der Starre. »Wie im Flug breitet sich die Kunde von unserem erfolgreichen Widerstand gegen die Weißmäntel im ganzen Land aus. Bei vielen stößt sie auf Bewunderung. Letztlich ist der Kampf für uns glimpflich ausgegangen. Vierzig Tote hat es in unseren Reihen gegeben, die Kreuzherren dagegen haben zweihundert Mann und fünf Boote verloren. Die Leute wollen wissen, wie wir den Abzug von Reuß von Plauen und seinen Mannen erzwungen haben. Es war ein weiser Entschluss, nach dem ersten Scharmützel zum Rückzug hinter die festen Mauern zu blasen. Selbst die wildeste Entschlossenheit der Kreuzherren ist daraufhin ins Leere gelaufen. Unsere Befestigung hat an allen Ecken ihrem Ansturm standgehalten. Sang- und klanglos hat Reuß von Plauen seine Truppen abdrehen lassen. Dabei waren sie uns an Waffen und Manneskraft haushoch überlegen. Ihr werdet staunen, liebe Fröbelin, wie viele Kaufleute aus nah und fern demnächst kommen werden, um sich mit eigenen Augen von unserem Sieg zu überzeugen. Immerhin sind wir eine der wenigen Städte, die nach wie vor treu zum Preußischen Bund stehen. Da werden wir sämtliche Biervorräte schneller los, als wir sie auffüllen können.«

Zufrieden rieb er sich die Hände, bis ihm Griet einen kräftigen Stoß mit dem Ellbogen versetzte und empört zischte: »Wie kannst du es wagen, ausgerechnet jetzt …«

»Lass gut sein«, wiegelte Gunda ab. »Auch nach Lores Tod geht das Leben weiter. Ulrich tut recht daran, davon zu sprechen. In den letzten Tagen habe ich kaum mitbekommen, was außerhalb von Lores Schlafgemach vor sich ging. Das Getümmel während des Gefechts hat sich durch die geschlossenen Läden angehört, als stünde der Weltuntergang bevor. Ich hatte schon Angst, eines der Wurfgeschosse träfe unser Dach. Nicht auszudenken, wenn wir Lore in ihren letzten Stunden hätten fortschaffen müssen. So ist es ihr letztlich vergönnt gewesen, im eigenen Bett die Augen für immer zu schließen.«

»Und in den Armen ihrer geliebten Tochter«, fügte Griet hinzu.

»Aber leider ohne Agnes«, entfuhr es Gunda. Der Gedanke rief neuen Schmerz in ihr hervor. Zwar hatte sie ihren Frieden mit Lore gemacht, doch bezweifelte sie, ob sie imstande sein würde, sich wie versprochen mit der Tochter auszusöhnen.

»Seid Ihr sicher, dass Ihr fortwollt? Jetzt, da Wehlau wieder frei ist, wird es nicht lange dauern, bis Agnes zurückkehrt.«

Griet erhob sich von der Bank und stellte sich dicht zu ihr hin. Zunächst zögerte sie, dann aber wagte sie doch, ihr den Arm um die Schultern zu legen und sie kurz zu drücken. Auf ihrem Gesicht lag echte Besorgnis.

»Eine Frau allein unterwegs, das ist immer sehr gefährlich«, meldete auch Ulrich Bedenken an. Die Narbe um das fehlende Auge auf seiner linken Gesichtshälfte wirkte nach den Wochen des Hungers noch wulstiger als sonst. Sein rechtes Auge schimmerte feucht. Als einziger Mann aber wollte er sich vor den beiden Frauen nicht die Blöße geben und offen weinen. Das rührte Gunda. Dennoch fühlte sie sich außerstande, den beiden die Wahrheit zu sagen: dass Agnes auch nach dem Ende der Gefechte nicht freiwillig nach Wehlau zurückkehren würde. Zu sehr hatte sie als Mutter versagt.

»Macht euch keine Sorgen. Ich schaffe das«, erklärte sie und spürte, wie sie sich damit selbst Mut zusprach. »Wie ihr wisst, habe ich schon ganz andere Dinge in meinem Leben überstanden.«

12

Die wachsende Beliebtheit von Agathas Bier bescherte im Anwesen an der Krummen Grube zusätzliche Arbeit. Die ersten Fässer des mit Agnes' Hilfe gebrauten Gerstensafts waren rasch leer. Aus immer entlegeneren Gassen tauchten die Kunden auf und ließen sich die Kannen bei der Streicherin füllen. Neben Meister Jörgen aus dem Goldenen Hasen in der Altstadt erkundigten sich weitere Krüger, ob sie Bier aus dem Haus an der Krummen Grube beziehen konnten. Wie die anderen Löbenichter Bürger hatte die Muhme jedoch nur noch alle vierzehn Tage Anrecht auf die kupferne Braupfanne und das Braugerät.

»Vielleicht kann man noch eine weitere Pfanne leihen und vorübergehend jede Woche brauen«, schlug Agnes vor, als die vier Frauen beim morgendlichen Imbiss saßen.

»Die Zeiten sind wohl vorbei. Anders als im Sommer rücken die Kneiphöfer und Altstädter ihre kupfernen Pfannen nicht mehr heraus. Im Löbenicht sind ohnehin zu wenige von den großen Pfannen vorhanden. Mit den kleineren aber kommen wir erst recht nicht aus.« Agatha wurde nachdenklich. »Zudem müssten wir beim Rat erst darum bitten, vorübergehend öfter brauen zu dürfen. Die Menge steht mir zwar zu, denn bislang habe ich meinen Brau gar nicht ausgeschöpft. Doch du weißt, wie streng allerorten auf die Einhaltung der Brauordnung geachtet wird. Das war bei euch zu Hause sicher nicht anders.«

»Wir durften jede Woche brauen und hatten sogar unser eigenes Sudhaus im Hof«, erwiderte Agnes. »Mohr wird Euch gewiss behilflich sein, die Ratsherren zu einer Ausnahme zu bewegen. Immerhin erzählt er überall herum, wie schmackhaft Euer Bier geworden ist.«

»Ja, da hast du recht, Agnes. Wir sollten es versuchen. Den Gang zu Mohr kannst du nachher gleich für mich übernehmen. Theres und Marie haben noch einige Borten zu fertigen. Seit das Bier neue Kundschaft lockt, gibt es auch in der Werkstatt mehr zu tun. Die Leute finden zunehmend auch Gefallen an unseren Bändern. Bald werden wir damit wohl ebenfalls in Bedrängnis kommen. Ach, ist das nicht schön? Zum ersten Mal seit Jahren nutze ich mein Braurecht nahezu vollständig aus und muss mir auch sonst keine Sorgen über meine Einnahmen machen.«

Freudestrahlend sah sie zwischen Agnes und den beiden Mägden hin und her. Sie alle löffelten ihren Gerstenbrei aus den tönernen Schalen. Eine Kanne Bier stand auf dem Tisch, zudem hatte Agatha ein großes Stück würzigen Käse, helles, weiches Brot sowie eine Schale mit süßem Pflaumenmus dazugestellt. Solche Köstlichkeiten hatte es zuvor lediglich an Sonn- und Feiertagen gegeben.

»Wollen wir hoffen, die Begeisterung hält noch eine Weile an.« Marie stopfte sich eine dicke Scheibe Brot sowie einen Brocken Käse in den Mund.

»Zumindest so lange, bis du dich rundherum satt gegessen hast«, merkte Theres lachend an. »Aber so schnell, wie du isst, brauchst du dir wohl keine Sorgen zu machen. Wie schade, dass wir bislang besser mit Garn und Winde umzugehen wussten als mit Hopfen und Malz. Unsere Kunst beim Weben findet leider erst dank Agnes' Bier ihre volle Beachtung.«

»Vielleicht hättest du dich eher daran halten sollen, was der blonde Brauknecht aus dem Sackheim uns über das Brauen beibringen wollte. Dann wären auch unsere Borten schon viel früher begehrt gewesen«, warf Marie ein. »Aber der war dir wohl nicht gut genug.«

»*Mir* hat er das Brauen gar nicht zeigen wollen, meine Liebe«, gab Theres mit einem frechen Grinsen zurück. »Oder ist dir etwa entgangen, wie eifrig er um dich herumgetänzelt ist? Er stammt zwar eigentlich aus den tiefen Wäldern Litauens und hängt recht rauhen Sitten an, aber du magst doch solch verschrobene Gestalten gern. Sagst du nicht immer, es kommt allein auf das Herz an?«

»Das hat der gute Nedas sicherlich auf dem rechten Fleck«, mischte sich die Muhme gut gelaunt ein. »Gern könnt ihr ihn demnächst wieder bitten, euch in die Geheimnisse des rechten Brauens einzuweisen. Ich habe ihn für Ende der Woche bestellt, damit er uns beim Abfüllen des Bieres aus dem Gärbottich in die Fässer im Keller hilft. Auch die Säcke mit dem Malz soll er uns aus der Mühle holen und oben auf den Boden bringen. Das alles sind Arbeiten, die nur ein kräftiger Mann wie er erledigen kann. Wenn es mit der Nachfrage nach unserem Bier so weitergeht, werde ich den Burschen wohl zudem zum Ausfahren der Fässer bestellen. Noch holt der Knecht von Meister Jörgen die meisten ab. Doch je mehr Krüger unser Bier wollen, desto mehr Ausfahrten sind zu erledigen.«

»Wir haben auch noch einige Borten auszutragen.« Marie griff sich das letzte Stück Käse und schob es in den Mund. Kauend wischte sie sich die dicken Finger an der Schürze sauber.

»Die willst du wohl kaum dem Brauknecht mitgeben? Oder soll er sie quer über die Fässer legen?« Theres schüttelte den Kopf.

»Das Austragen der Borten kann ich gerne übernehmen«, meldete sich Agnes zu Wort. Sie hegte die Hoffnung, auf diese Weise doch noch dem Besuch bei Bierbeschauer Mohr zu entgehen. Nach wie vor fürchtete sie, er könnte ihre wahre Herkunft herausfinden und die Mutter über ihren Verbleib benachrichtigen. »Solange nicht gebraut wird, habe ich wenig zu tun. Die Betten sind aufgeschüttelt, die Hühner und das Schwein versorgt, auch die Gasse ist gefegt. Selbst nach den Tauben habe ich schon gesehen.«

»Danke, Agnes, das ist eine gute Idee.« Agatha tätschelte ihr wohlwollend die Schulter. »Da du ohnehin zu Mohr musst, kannst du auch den Rest der Gänge übernehmen. Einige Bänder sind hier im Löbenicht wegzubringen, zwei oder drei in der Altstadt, und eines musst du in den Kneiphof tragen. Zum Glück kennst du dich inzwischen in allen drei Städten gut aus. Während du das Geschirr abwäschst, packt Marie dir die Borten ein, und ich schreibe eine Nachricht für Mohr.«

Folgsam räumten Theres und Marie den Tisch ab und holten dann die Borten aus der Werkstatt, um die guten Stücke sorgfältig in Leinentücher einzuschlagen. Während Agatha Papier und Feder bereitlegte, blieb Agnes nichts anderes übrig, als sich dem Abwasch zu widmen.

Lustlos füllte sie den Bottich mit heißem Wasser aus dem Kessel, der über dem Herdfeuer hing. Die drei Schalen und Löffel waren schnell sauber, lediglich der kleine Topf, in dem der Brei gekocht hatte, erforderte mehr Mühe. Darüber hörte sie erst viel zu spät, dass jemand in die Diele gekommen war. Die laute Stimme ließ sie erschreckt herumfahren.

»Liebe Streicherin, wie gut, Euch zu sehen. Ich bringe Euch eine Nachricht von Eurem Neffen!« Breitbeinig baute sich Meister Friedrich in der offen stehenden Tür zur Krummen Grube auf und streckte Agatha einen Brief entgegen.

»Wie kommt es, dass Ihr nicht mehr bei ihm auf der Marienburg seid?« Während die Muhme den Brief erbrach, musterte sie den Gast. »Ist Eure Arbeit bei den Kreuzherren schon erledigt?«

Sie wartete die Antwort nicht ab, sondern überflog rasch die wenigen Zeilen, die Laurenz ihr geschrieben hatte. So unauffällig wie möglich schlich Agnes zu ihr und versuchte, ihr über die Schultern zu spicken. Kaum konnte sie die Enttäuschung zurückhalten, dass Laurenz ihr nicht ebenfalls eine Nachricht geschickt hatte.

»Mein Neffe bleibt also noch den ganzen Winter über dort«, erklärte Agatha nach dem Lesen. »Schade. Ich hätte ihn gern für einige Wochen hier bei mir zu Hause gehabt.«

Ehe es Agnes gelungen war, die ersten Worte des Schreibens zu entziffern, faltete die Muhme das Blatt wieder zusammen und verstaute es unter der Schürze. »Darf ich Euch zum Dank für Eure Dienste einen Krug Bier anbieten, Meister Friedrich? Es schmeckt sehr mild. Meine liebe Nichte versteht sich gut aufs Brauen.«

Sie drehte sich schmunzelnd zu Agnes um. Offenbar war ihr nicht entgangen, dass Agnes den Brief hatte mitlesen wollen. Fahrig klammerten sich Agnes' Finger in die Falten ihres

Kleides, spielten mit dem Rosenkranz, der an ihrem Gürtel hing. Das sachte Klingeln der Perlen klang tröstlich.

»Ein Gutes hat es«, fuhr Agatha fort. »Wenn Laurenz noch bis ins Frühjahr auf der Marienburg zu tun hat, bleibst du mir so lange als Hilfe erhalten, liebes Kind. Das wird den guten Mohr und all die anderen freuen, die sich an den besseren Geschmack meines Bieres gewöhnt haben.«

»Zu einem guten Bier sage ich auch nicht nein«, stellte Meister Friedrich fest. In Vorfreude rieb er sich die rauhen Hände.

Agnes vermochte sich über die Neuigkeit jedoch nicht zu freuen. Ein langer Winter in der Fremde lag vor ihr. Vernehmlich räusperte sich Meister Friedrich. Sie beeilte sich, ihm einen Becher mit Bier zu füllen. Gierig trank er in großen Schlucken. »Das schmeckt wirklich bestens!« Er strahlte Agnes an.

»Sagt, was tut sich im Ordensland?«, erkundigte sich Agatha. »Gibt es Neuigkeiten, was die Fehde zwischen den Bündischen und den Kreuzherren anbetrifft? Seit sich die drei Königsberger Städte den Ordensrittern gebeugt haben, erfährt man hier am Pregel leider kaum, wie es sich andernorts verhält. Auf der Marienburg wart Ihr sehr nah am Geschehen und habt auch auf Eurer Reise hierher gewiss so einiges gesehen.«

»Das kann man wohl sagen, verehrte Streicherin. Doch macht Euch keine Sorgen: Fürs Erste sind die Kämpfe überstanden. Die Kreuzherren wie die böhmischen Söldner ziehen sich in ihre Winterlager zurück. Auf der Marienburg wird es voll, rundherum schlagen die Söldner ihre Lager auf. Andernorts trifft man kaum mehr welche von ihnen. Selbst das räuberische Pack hat sich fürs Erste verzogen.«

»Denkt Ihr, im nächsten Jahr geht der Spuk zwischen den Kreuzherren und den Bündischen von neuem los?«

»Aber sicher!«, rief Meister Friedrich ungestüm. »Reuß von Plauen wurmt es gewaltig, dass er aus Wehlau unverrichteter Dinge hat abziehen müssen. Für dieses Jahr ist die Gelegenheit vertan, und er muss den Winter über neue Kräfte sammeln. Er wird sich wohl um frische Söldner kümmern und vor allem darum, Geld für deren Bezahlung aufzutreiben. Seid also gewiss, bald neue Abgaben aufbringen zu müssen. Zudem will er verhindern, dass die Marienburg weiter ausgeplündert wird. Seit letztem Jahr haben sich die Leute mehr als genug Steine aus den Ordensburgen geholt. Vor allem Danzig und Elbing erstrahlen in neuem Glanz. Alle Bürger haben auf einmal prächtige Steinhäuser. Das gefällt Hochmeister Ludwig von Erlichshausen ganz und gar nicht. Mit dem Zerfall der Ordenshäuser gerät auch sein Ansehen in Gefahr.«

Kurz hielt er inne, trank zur Stärkung noch einmal von dem Bier. »Deshalb bleibt Euer Neffe vorerst in der Marienburg. Ihm wurde angetragen, zusammen mit Meister Jagusch der Bauhütte für den Bau der neuen Verteidigungswälle vorzustehen. Eine große Ehre für einen Mann seines Alters! Ihr müsst stolz auf ihn sein, liebe Streicherin.«

Zustimmend nickte die Muhme, strich gedankenverloren mit den Fingern über das Mal an ihrer linken Stirnseite. Agnes seufzte. Wie gern würde auch sie ihren Stolz auf Laurenz zeigen!

»An der Allemündung wird seit Tagen ein rauschendes Fest gefeiert«, fuhr Meister Friedrich fort. Agnes horchte auf. »Die Bürger sind ganz trunken von ihrem unerwarteten Sieg. Aus nah und fern kommen sie nach Wehlau, um das Wunder mit eigenen Augen zu sehen und tüchtig mitzufeiern. Das Bier soll dort übrigens recht gut schmecken. Doch mich kümmert das wenig. Mich zieht es einfach nur noch eilig zurück zu meiner

Familie nach Labiau. Ich habe Nachricht, dass meine Frau mit einem weiteren Sohn niedergekommen ist. Morgen früh will ich aufbrechen, um ihn in die Arme zu schließen.«

»Das freut mich für Euch!« Herzlich schüttelte Agatha seine Hand. Erwartungsvoll sah Meister Friedrich zu Agnes. Sie machte keinen Anstalten, ihn ebenfalls zu beglückwünschen. Zu sehr beschäftigte sie die Frage, was sie vom Sieg der Wehlauer halten sollte, noch dazu, wenn dadurch Laurenz länger auf der Marienburg festgehalten wurde. Unschlüssig spielte sie mit den Zipfeln ihres Halstuchs. Meister Friedrich zog die Augenbraue hoch, wandte sich schließlich schnaubend von ihr ab.

»Dann bleibt Agnes also den ganzen Winter bei uns?«, fragte Theres. »Das wäre zu schön!«, stimmte Marie zu und fügte, als sie Agnes' erschrockenen Blick bemerkte, rasch hinzu: »Das ist zwar sehr schade für dich, Liebes, aber gut für uns.«

»Weil du uns vom Brauen und den anderen Hausarbeiten befreist«, ergänzte Theres und reichte ihr das Päckchen mit den Borten.

»Geh nur schnell los, sonst wird es Mittag.« Marie schubste sie zur Tür. Ihr war nicht entgangen, wie seltsam Meister Friedrich Agnes angestarrt hatte.

»Vergiss den Brief an Mohr nicht«, ermahnte die Muhme. »Ich bin gleich fertig. Schenk nur rasch Meister Friedrich ein zweites Bier ein. Bis dahin bin ich so weit.«

Bei jedem Handgriff spürte Agnes den bohrenden Blick des Gastes auf sich ruhen. Sie bemühte sich, das Zittern ihrer Finger zu überspielen. Kaum gelang es ihr, das Bier aus der Kanne in den Becher zu gießen.

»Danke, verehrtes Fräulein«, sagte er und holte Luft, etwas hinzuzufügen, als die Muhme ihm zuvorkam: »Hier, Liebes, nimm das Schreiben und beeile dich, meine Aufträge auszuführen. Es ist bereits reichlich spät, und die Wege sind weit. Der gute Mohr wird mittags ungern gestört. Und Ihr, lieber Meister Friedrich«, wandte sie sich wieder dem Gast zu, »müsst mir jetzt unbedingt mehr von meinem Neffen erzählen. Sein Brief war sehr kurz. Er schreibt nur, dass er den Winter über auf der Marienburg bleiben muss. Umso mehr dränge ich auf Euren Bericht. Wenn der Hochmeister die Burg stärker befestigen lassen will, rechnet er dort also tatsächlich mit neuen Angriffen der Bündischen. Ach, hoffentlich kommt Laurenz im Frühjahr rechtzeitig dort weg! Sollte ihm etwas zustoßen, wäre das ein großes Unglück für mich!«

»Seid unbesorgt, gute Frau«, versicherte Meister Friedrich. Bevor er weitersprach, blickte er noch einmal stirnrunzelnd zu Agnes und räusperte sich. Agnes errötete.

»Gehabt Euch wohl«, murmelte sie, nahm sich die Borten sowie das Schreiben für den Bierbeschauer und eilte zur Tür. Kurz bevor sie zur Straße hinaustrat, hörte sie noch, wie Meister Friedrich zur Muhme sagte: »Eure Nichte verhält sich äußerst merkwürdig.«

Jäh hielt Agnes an und verbarg sich hinter dem Türflügel, um das Gespräch zu belauschen.

»Wie kommt Ihr darauf?«, erkundigte sich Agatha.

»Habt Ihr nicht bemerkt, wie eifrig sie versucht hat, Euch beim Lesen des Briefes von Laurenz über die Schulter zu linsen? Als Ihr gesagt habt, er bliebe den Winter über fort, ist sie leichenblass geworden. Da steckt doch mehr dahinter als die Sorge um den Vetter! Schon als ich sie und Euren Neffen von Pronitten aus in den Löbenicht begleitet habe, ist mir aufgefallen, wie sie ihn immerfort angeschaut hat, wenn sie dachte, ich merke es nicht. Ihr solltet auf der Hut sein, Streicherin!

Sagt, von welcher Eurer Schwestern ist sie die Tochter? Ich kannte immer nur die Hebamme hier aus der Krummen Grube. Schade, dass Ihr mir bislang nie von einer anderen Schwester erzählt habt. Dabei kennen wir uns, seit ich Euren Neffen zu seinen Baustellen begleite.«

»Das ist eine sehr weit entfernte Familie«, erwiderte Agatha ausweichend. Zu gern hätte Agnes weiter gelauscht, doch die Muhme unterbrach sich und kam zur Tür, um sie zu schließen. Rasch raffte Agnes den Rock und eilte davon.

13

Das Wetter hatte vor einigen Tagen umgeschlagen. Unter heftigen Stürmen neigte sich der Sommer unweigerlich dem Ende zu. Erstes Laub wirbelte in den Gassen auf. Der Wind pfiff eisig um die Ecken. Agnes presste die Päckchen fest gegen die Brust und hob den Blick gen Himmel. Die Sonne verbarg sich hinter schweren, dunklen Wolken. Es war nur eine Frage der Zeit, bis sie ihre Last über der Stadt entluden. Wollte sie ihre Aufträge noch trockenen Fußes erledigen, musste sie sich sputen.

Auf den Straßen herrschte reger Betrieb. Bevor die kälteren, feuchten Herbsttage begannen, stürzten sich alle noch einmal in die Arbeit, um Lager und Vorratskammern zu füllen. Manch ein Brauer hatte verbotenerweise seinen Gärbottich zum Abkühlen vors Haus gestellt, daneben versuchten sich Hausfrauen im Anbieten von Suppe oder Gesottenem. Der Büttel würde seine Freude haben, wenn er die unerlaubten Feuerstellen erblickte. Bauersfrauen schoben sich mit vollgepackten Kiezen durch die Gassen. Die Obsternte war trotz der ungewöhnlichen Augusthitze üppig ausgefallen. Vor Winteranbruch galt es, die Früchte zu verkaufen. »Wollt Ihr kosten?« Ungefragt streckte eine Frau Agnes einen Apfel dicht vors Gesicht. Er duftete verführerisch. »Später vielleicht, ich muss erst einiges erledigen«, wehrte Agnes ab und eilte weiter.

Fast wäre sie gegen einen Karren gestoßen, den ein Knecht aus einem Hoftor auf die Gasse schob. Im letzten Moment sprang sie beiseite. Dabei drohte ihr das kostbare Päckchen mit den Borten zu entgleiten. Geistesgegenwärtig schnappte sie es gerade rechtzeitig wieder auf. Nicht auszudenken, wenn die Borten im Dreck gelandet wären! Erbost wollte sie dem Burschen etwas hinterherrufen, da erstarrte sie. Eine Frau verschwand eilig in dem Tor, aus dem der Karren gekommen war. Agnes meinte, ihren Augen nicht zu trauen: Gunda! Das konnte nicht sein. Sie musste sich getäuscht haben. In wenigen Schritten stand sie an der Hausecke, spähte in den dunklen Hof. Niemand war zu sehen. Weiter hineinzugehen wagte sie nicht. Sie musste einer Täuschung aufgesessen sein. Der Kummer um Laurenz' langes Fortbleiben vernebelte ihr das Hirn. Große, braunhaarige Frauen gab es in der Stadt zuhauf. Außerdem hatte Meister Friedrich von dem Siegestaumel in Wehlau berichtet. Nach dem Abzug der Kreuzherren würde es dort also gewiss zugehen wie auf dem Jahrmarkt. Das hieße, dass im Silbernen Hirschen jede Hand gebraucht wurde. Das Bier musste gebraut, die Gäste bewirtet werden. Undenkbar, dass Gunda ausgerechnet jetzt Wehlau verlassen würde. Noch dazu, da sie gar nicht wissen konnte, dass Agnes sich im Löbenicht aufhielt. Agathas und Meister Jörgens Erzählungen zufolge machte Gunda zeit ihres Lebens einen riesigen Bogen um die Stadt ihres größten Unglücks. Agnes atmete auf.

Am Rathaus auf dem Löbenichter Markt wehte die rote Marktfahne. Rund um den gewaltigen Mälzerbrunnen sowie auf dem länglichen Platz bis weit in die Langgasse hinüber waren Stände aufgeschlagen. Anders als in der benachbarten Altstadt oder im Kneiphof boten vor allem Krämer aus der näheren und weiteren Umgebung ihre kupfernen Töpfe und Kessel an, ausgefallene Waren fanden sich kaum. Daneben gab es Körbe in allen Größen, Fischernetze und Reußen sowie diverses Geschirr aus Holz. Das zog sogar Kundschaft aus den beiden anderen Königsberger Städten an. Selbst einige Ordensritter mischten sich neugierig unter das Volk, was die Krämer gelegentlich zu übertrieben unterwürfigem Gebaren verleitete. Agnes winkte dem Weber aus der Obergasse zu. Auch eine Bortenmacherin aus der Kohlgrube entdeckte sie. Direkt neben ihr pries ein Fremder Papier und abgeschabtes Pergament an. Viele Neugierige drängten sich um ihn, besahen sich dabei auch gleich die Borten auf dem Nachbartisch. Zufrieden stellte Agnes fest, um wie viel besser die der Muhme waren. Nur schade, dass sie keinen Verkaufsstand auf dem Markt unterhielt. Endlich erreichte Agnes das erste Haus, in dem sie eine Borte abzuliefern hatte. Bald waren alle Borten im Löbenicht bestellt, und es galt, den Bierbeschauer Mohr aufzusuchen, der nahe beim Tor zur Altstadt wohnte.

»Ihr seid also die berühmte Nichte der Streicherin. Wie schön, Euch einmal mit eigenen Augen zu sehen«, begrüßte Mohrs Frau sie fröhlich, kaum dass sie die Diele betreten hatte. Wie ihr Gemahl so war auch sie von kleiner Gestalt und erstaunlicher Leibesfülle. Neugierig sah sie Agnes aus ihren strahlenden Augen an. Ihr Gesicht war stark gerötet, sie keuchte wie nach großer Anstrengung. Gleich entdeckte Agnes den Grund dafür: Auf dem Tisch lag ein dicker Brotteig, den sie durchzuwalken hatte.

»Mein Mann hat mir viel von Euch erzählt«, plapperte die Frau und schob sie zu einem Schemel neben dem Tisch.

Folgsam nahm sie darauf Platz, während die Gattin des Bierbeschauers weiterredete. »Vor allem schwärmt er davon, wie gut Ihr Euch auf das Brauen versteht. Welch glückliche Fügung für Eure Muhme! Viel zu viele hat sie mit dem bitteren Gebräu vergrätzt, das sie als Bier bezeichnet. Nur dem guten Willen meines Gemahls hat sie es zu verdanken, dass der Rat ihr überhaupt noch gestattet, das Braurecht auszuüben. Andere Brauer haben schon darauf gedrängt, ihr Brau zu übernehmen. Eure Muhme ist bislang stur geblieben, und mein Mann hat einfach ein zu gutes Herz. Schließlich hat er noch die Vorfahren aus der Krummen Grube gekannt. Die wussten alle einen ordentlichen Gerstensaft zu bereiten, deshalb hat mein lieber Mohr der Streicherin das Braurecht erhalten wollen. Wie recht er daran getan hat, zeigt sich jetzt.«

»Ich habe Eurem Gemahl ein Schreiben meiner Muhme zu bestellen«, nutzte Agnes die kleine Pause.

»Oh, da hätte ich gleich dran denken müssen! Natürlich kommt Ihr nicht meinetwegen. Den Brief könnt Ihr mir dalassen. Mohr ist den ganzen Tag auf dem Sackheim unterwegs. Erst zur Vesper wird er zurück sein.«

Erleichtert atmete Agnes auf. »Gern.« Sie überreichte der Frau das Papier und wollte sich rasch verabschieden.

»Sagt«, hielt die Frau sie an der Tür am Arm fest und sah sie von neuem eindringlich an, »kann es sein, dass Eure Mutter einmal hier im Löbenicht gelebt hat? Mir kommt Euer Gesicht so bekannt vor.«

»Oh, sie wird einmal bei der Muhme zu Besuch gewesen sein«, antwortete Agnes, strich verlegen eine Strähne des braunen Haares zurück und senkte die bernsteinfarbenen Augen. »Wahrscheinlich seid Ihr einander bei dieser Gelegenheit begegnet. Die eine oder andere Ähnlichkeit zwischen der Muhme und mir gibt es natürlich auch. Seht nur, wie groß ich bin.«

»Nein, nein. Wie eine aus der Familie der Streicherin seht Ihr ganz und gar nicht aus. Die kenne ich alle sehr gut. Eben drum hat es mich verwundert zu hören, dass mit Euch eine unbekannte Nichte aufgetaucht sein soll. Die Schwester Eurer Muhme hat mir bei all meinen Geburten als Wehmutter beigestanden. Einem Dutzend Kinder habe ich das Leben geschenkt. Daher rühren auch meine breiten Hüften.« Versonnen strich sie darüber. »Schon die Mutter der Streicherin hat meiner Mutter beim Gebären geholfen. Deshalb sind mir die Frauen aus der Krummen Grube alle bestens bekannt. Wenn Ihr nicht von der Streicherin geschickt worden wärt, hätte ich fast gedacht, Ihr habt etwas mit der unglücklichen Frau von Rudolf Kelletat zu tun. Habt Ihr von der schon einmal gehört?«

Agnes wurde unbehaglich. Kaum wusste sie, wo sie hinschauen sollte.

»Die Ärmste!«, fuhr Frau Mohr fort. »Blutjung war sie, als das Schicksal ihr den guten Mann von der Seite gerissen hat. Der Kelletat war ein hervorragender Böttchermeister, einer der besten weit und breit. Sämtliche Brauer hat er beliefert, sogar die Kreuzherren auf der Burg oberhalb der Altstadt. Von jetzt auf gleich ist er gestorben und hat die arme Frau mutterseelenallein mit ihrem hübschen Kind zurückgelassen. Man mag es nicht glauben, was manch einem an Prüfungen hier auf Erden zugedacht ist. Sie jedenfalls hat es arg getroffen. Kurz vor der Heirat mit dem Böttchermeister hat sie schon einmal viel Unbill erlitten.«

»Wieso das?«, entfuhr es Agnes bestürzt.

»Das sage ich Euch gern!« Der Mohr gefiel es, eine willige Zuhörerin gefunden zu haben. »Die arme Kelletatin hat ein unfassbar schweres Los gezogen. Ich weiß das, weil meine verstorbene Nachbarin damals Magd bei einer Familie in der

Altstadt gewesen ist. Aus nächster Nähe hat sie es erlebt und mir erzählt. Stellt Euch vor, eigentlich ist die arme Kelletatin von weit her an den Pregel gekommen, um einen gut betuchten Kaufmannssohn zu heiraten. Als sie nach der beschwerlichen Reise endlich vor ihm stand, hatte der schon eine andere zur Frau genommen. Gibt es so etwas? Das arme Ding! Er hat wohl gedacht, sie käme nicht mehr, um ihn zu heiraten, und wollte die gute Partie nicht verpassen, die sich ihm zwischenzeitlich geboten hat. Die Ärmste ist daraufhin in den Löbenicht gegangen, wo der brave Kelletat sich ihrer erbarmt hat. Nur wenige Jahre vorher ist ihm die Frau im Kindbett gestorben, mitsamt dem Kleinen, und er konnte das Alleinsein kaum ertragen. Im Goldenen Hasen in der Altstadt ist er der Kelletatin zum ersten Mal begegnet. Meister Jörgen redet heute noch davon. Gleich hat Kelletat gewusst, dass sie ihn in seinem Kummer trösten könnte. Ein schönes Paar sind die beiden gewesen, trotz all des Leids, das sie zu tragen hatten, jeder auf seine Weise. Umso trauriger, dass ihrem Glück nur kurze Zeit beschieden war.«

»Das ist eine schlimme Geschichte.« Agnes spürte, wie es ihr die Kehle zuschnürte. »Wisst Ihr noch, wer der Kaufmann war, den die Ärmste zuerst heiraten wollte? Lebt er etwa noch?«

»Das nehme ich an, liebes Kind! So lange ist das alles schließlich auch nicht her. Er wird kaum die vierzig erreicht haben. Nur den Namen weiß ich leider nicht. Ach, es gibt drüben in der Altstadt einfach viel zu viele Kaufleute. Schade, denn an einen ordentlichen Handwerker, Krüger oder Brauer würde ich mich jederzeit erinnern. Aber diese hohen Herren, die sich für etwas Besseres halten, weil ihre Hände bei der Arbeit sauber bleiben, die vergesse ich immer gleich gern wieder. Es lohnt der Mühe nicht, sich länger mit ihnen zu beschäftigen, auch wenn mein armer Mann deshalb immerzu mit mir schimpft.« Sie schüttelte den schweren Kopf. Dabei verrutschte ihr die Haube, und ihr fahles Haar wurde sichtbar.

»Wozu grämen wir uns über alte Geschichten?« Fröhlich schaute sie zu Agnes auf. »Ihr seid noch so jung, liebes Kind! Da liegt das ganze Leben und vor allem alles Glück der Liebe noch vor Euch. Passt gut auf Euch auf, damit Euch das Schicksal allzeit gewogen bleibt. Ich wünsche es Euch von Herzen.«

Überraschend entschlossen schob sie Agnes auf die Straße und verabschiedete sich knapp. Wieder auf der Langgasse, fiel es Agnes schwer, sich gegen den Strom der Leute zu behaupten. Sie war eine der wenigen, die in Richtung Altstadt unterwegs war. Zielstrebig drängten die Menschen von Westen her in die Stadt, schubsten beiseite, wer ihnen im Weg war. Als sie das Tor zur Altstadt endlich erreichte, atmete sie auf. Agathas Päckchen mit den Borten war schmaler geworden. Umso schwieriger war es gewesen, es in dem Trubel festzuhalten.

»Seid Ihr sicher, in die richtige Richtung zu gehen, gutes Fräulein?« Eine der Torwachen versperrte ihr mit seiner Pike den Durchgang.

»Natürlich.« Ihr Herz klopfte, sie presste das Päckchen an die Brust, tastete, ob das Halstuch richtig saß. »Ich muss in der Altstadt Botengänge für meine Muhme erledigen. Das ist die Agatha Streicherin aus der Krummen Grube. Hier seht, dieses Päckchen hat sie mir mitgegeben. Darin sind Borten, die ich zu verschiedenen Herrschaften bringen soll. Bitte lasst mich durch, sonst wird es zu spät.«

Er zögerte, schaute auf das Päckchen. »Lass schon!«, knurrte sein Kamerad, der die Leute auf der anderen Torseite prüfte und dennoch des drohenden Ärgers in seinem Rücken gewahr geworden war. »Du hörst doch, wer sie schickt. In den letzten Wochen ist sie öfter in die Altstadt gekommen. Stell dir vor, eine der vornehmen Damen erhält deinetwegen ihre feine Borte nicht rechtzeitig. Dann will ich nicht in deiner Haut stecken.«

»Trotzdem finde ich es seltsam. Heute will doch alle Welt zum Löbenichter Markt. Warum verkauft sie die Borten nicht dort? Siehst du ihr Halstuch und wie sie sich daran festklammert? Was, wenn sie darunter etwas verbirgt? Eine Krankheit in die Stadt schleppt? Vielleicht sollten wir besser nachsehen.«

Er machte Anstalten, an ihr Tuch zu fassen. Agnes errötete. Der zweite Wachmann hielt ihn zurück »Schau nur genau hin, du Tölpel! Sie sieht völlig gesund aus. So schön, wie sie ist, verdeckt sie unter dem Tuch gewiss Spuren, die ihr der Liebste zugefügt hat. Oder hast du etwa vergessen, wie es des Nachts zwischen zwei Menschen zugehen kann?«

Er lachte dreckig und stieß seinen Kameraden Zustimmung heischend in die Seite. Agnes wäre am liebsten vor Scham im Erdboden versunken. Der erste Wachmann schüttelte den Kopf, gab aber den Durchgang frei.

Mit Schrecken bemerkte Agnes, welches Aufsehen der Zwischenfall erregt hatte. Seltsame Blicke trafen sie, als sie gesenkten Hauptes an der langen Schlange entlanglief. »Sieh dir die an!«, keifte eine Frau. »Was ist mit der?«, hörte sie eine andere fragen. »Hat wohl zu viel mit einem Burschen geturtelt«, erwiderte eine dritte.

Agnes' Wangen begannen zu glühen. Sie wollte nur noch weg von diesen Weibern und beschleunigte ihre Schritte, zwängte sich zwischen zwei breiten Rücken durch, schlüpfte an einer dürren Frau vorbei, warf einen hastigen Blick nach hinten zu den Klatschmäulern, stolperte, kippte nach vorn und ruderte hilflos mit den Armen. Jemand hatte ihr ein Bein gestellt. Aus den Augenwinkeln erspähte sie das hämische Grinsen einer Frau, die kaum älter als sie selbst war. Das Päckchen!, wollte sie rufen, doch es war zu spät.

»Achtung!« Jemand sprang aus der Schlange der Wartenden und beeilte sich, das Päckchen aufzufangen. Dabei stolperte er ebenfalls und schlug der Länge nach hin. Agnes kam nicht mehr rechtzeitig zum Stehen. Hilflos fiel sie über ihn. »Oh Gott!«, entfuhr es ihr. Sie hatte Mühe, sich aufzurappeln. Die Ungeschicklichkeit war ihr peinlich. Betreten klopfte sie den Staub aus ihren Kleidern, wischte die Hände an dem dunkelgrünen Surkot sauber und wollte sich bei ihrem unbekannten Helfer bedanken.

»Das wäre noch einmal gut gegangen!«, rief er fröhlich. Trotz des Sturzes und der beschmutzten Kleidung strahlte er übers ganze Gesicht, als er ihr die Borten reichte.

»Danke Euch vielmals!« Mit einem Knicks fasste sie nach dem Päckchen, beäugte ihn dabei unauffällig. Sie waren in etwa von derselben Größe, allerdings hatte er bereits einen leicht hervorquellenden Leib, der auf viel zu dünnen, langen Beinen thronte. Das hoben der enge, elegante Rock und die ebenfalls eng sitzenden Strumpfhosen gut hervor.

Er bemerkte ihren Blick, deutete ihn jedoch falsch und begann hastig, Staub und Schmutz aus Rock und Hosen zu klopfen. Beim Hinunterbeugen fiel das dunkelblonde, glatte Haar wie ein dichter Helm vor sein Gesicht. Das schwarze Barett rutschte nach vorn. Jäh richtete er sich auf und rückte es mittig auf den Kopf. Ihr fiel auf, wie massig sein Kopf wirkte. Das rührte von dem kurzen, nicht minder mächtigen Hals. Verblüfft stellte sie fest, dass auch er ein helles Halstuch trug. Unwillkürlich fasste sie an ihres. Zeitgleich richtete er sein Tuch und zwinkerte ihr aus bernsteinfarbenen Augen vergnügt zu. Dieselbe Augenfarbe hatte sie! Neugierig musterte sie ihn weiter. Sein breites Gesicht war von einer erstaunlich schmalen, langen Nase mit einem auffälligen Höcker beherrscht. Beim Lächeln verlor diese Unebenmäßigkeit an Gewicht. Die von spärlichem Bartflaum bedeckte Mundpartie war trotz der breiten Knochen wohlgeformt. Etwas daran, wie er lächelte und ihr zuzwinkerte, kam ihr bekannt vor. Es war, als wären sie einander seit Urzeiten vertraut. Gleich fühlte sie sich gut bei ihm aufgehoben. Sie erschrak über sich selbst. Was würde Laurenz davon halten? Am besten, sie verabschiedete sich rasch von dem Fremden.

Er kam ihr jedoch zuvor: »Darf ich Euch ein Stück des Weges begleiten? Wenn wir noch länger hier stehen, machen wir uns wenig Freunde.«

Seine Stimme war melodisch. Im Rhythmus des Sprechens wippte er auf den Fußspitzen und wies mit dem Kinn zu der Schlange der Wartenden. Von neuem überflutete sie eine Woge der Zuneigung. Statt die Gelegenheit zu ergreifen und sich zu verabschieden, stimmte sie zu: »Oh ja, sehr gern«, und folgte ihm die Langgasse hinunter zum Altstädter Markt. Der Wind schien auf einmal weniger eisig als vorhin im Löbenicht. Selbst das Grau der Wolken lichtete sich, gelegentlich spitzte ein Sonnenstrahl durch. Der Regen hatte sich verzogen. Tiefe Zufriedenheit erfüllte Agnes.

14

In Agathas ebenerdig gelegener Werkstatt herrschte munteres Treiben. Das frühe Herbstwetter war noch einmal einem beeindruckenden Spätsommer gewichen. Durch die beiden Fenster zur Straße fiel gleißendes Vormittagssonnenlicht. Weit standen die Flügel offen. Herber Malzgeruch aus der unteren Stadt zog herein, mischte sich mit dem Duft sonnenwarmen Holzes und reifen Obstes, das in einer Schale auf dem Tisch stand. Aus den benachbarten Werkstätten klangen die Geräusche fleißigen Tuns herüber: Rechter Hand klopfte ein Gürtler seine Messing- und Bronzeschließen, linker Hand war das Rattern eines Webstuhls zu hören, und aus der Ferne dröhnte das Schlagen der eisernen Reifen aus einer Böttcherwerkstatt herauf. Auf der gegenüberliegenden Straßenseite saß der Gewandschneider auf dem Fenstersims und nähte fleißig an einem bunten Rock.

Der leichte Ostwind wehte das Läuten vom Turm der Barbarakirche herüber. Längst hatte Agnes vergessen, wie lange sie schon am Fensterrahmen lehnte und nach draußen starrte. Seit Tagen fiel es ihr schwer, sich auf eine Tätigkeit zu besinnen. Kaum hatte sie mit etwas begonnen, flogen ihre Gedanken wie muntere Spatzen im Frühling davon. Früher oder später landeten sie bei Caspar, dem jungen Kaufmann aus der Altstadt. Die Erinnerung an seine ansteckende Fröhlichkeit ließ sie schmunzeln. Unwillkürlich spielte sie mit den Enden ihres Halstuchs. Eine knappe Woche war vergangen, seit sie am Altstädter Tor zusammengestoßen waren. Für eine zweite Begegnung hatte sich noch keine Gelegenheit ergeben. Agatha hatte eine Ausnahmeerlaubnis für zusätzliches Brauen erhalten. Seit Tagen war Agnes lediglich zur Messe in Sankt Barbara aus dem Haus gekommen. An diesem Vormittag legten sie endlich eine Pause ein. Hoffentlich stand dafür bald ein neuer Botengang in die Altstadt an. Ob sie Caspar jemals wiederfand? Seinen Familiennamen hatte er nicht verraten, lediglich, dass er nachmittags öfter zur Altstädter Holzwiese musste. Er hatte sie weder nach ihrem Namen noch nach ihrer Herkunft gefragt. Ihr wurde bang. Zugleich schämte sie sich ihrer Treulosigkeit. Angestrengt versuchte sie, sich auf Laurenz zu besinnen. Fünf Wochen war er nun schon fort und schickte seine Briefe lediglich an die Muhme. Auf einmal störte sie das weitaus weniger als letzte Woche noch.

Ein Spatz hüpfte dicht vor ihr auf das Fensterbrett, äugte in die Stube, suchte nach einem neuen Schlupfwinkel. Das graubraune Gefieder glänzte im Sonnenlicht. Rasch verscheuchte Agnes den Vogel. Kaum war er verschwunden, setzte sich eine Taube zutraulich auf ihre Hand. Das hellgraue Tier legte das Köpfchen schief und gurrte vergnügt. So niedlich es aussah, durfte Agnes sich nicht erweichen zu lassen. Die Muhme missbilligte es, wenn die Vögel mit Brotkrumen angefüttert wurden. Also verjagte sie auch die Taube und sah ihr nach, wie sie sich über die Köpfe der Menschen hinweg in die Lüfte emporschwang. Was gäbe sie dafür, es ihr nachzutun! Ob sie zu Laurenz fliegen würde? Sie zögerte. Im Umfeld der Kreuzherren war ihm ihre Anwesenheit nicht sonderlich willkommen. Vielleicht sollte sie eher in die Altstadt zu … »Halt!«, rief sie sich selbst zur Ordnung.

»Ausgeträumt, Kleines?« Theres sah von ihrer Stickerei auf. Unter ihren geschickten Händen verwandelte sich ein schmuckloses Band aus dunkelblauem Samt in ein reich mit Gold- und Silberfäden übersätes Prachtstück. »Wer dir nur so heftig im Kopf herumspukt? Dabei dachte ich, der gute Lau…«

»Halt den Mund!«, fuhr Marie ihr über den Mund. »Agnes wird Heimweh nach ihrer Mutter haben. Wie schlimm, dass Laurenz auf der Marienburg bleiben muss. So dauert es bis über den Winter, ehe er sie wieder nach Hause begleiten kann.«

»Die Ärmste!« Theres gluckste in sich hinein. »Es muss wahrlich eine Strafe für sie sein, noch länger hierzubleiben. Dann muss sie wieder langweilige Botengänge erledigen. Wer ihr dabei wohl über den Weg läuft?«

»Hör nicht auf sie!« Ehe Agnes sich's versah, stand die dicke Marie neben ihr und legte ihr tröstend den Arm um die Schultern. Agnes überragte die etwa fünf Jahre ältere Magd zwar um Haupteslänge, lehnte sich aber dennoch schutzsuchend an sie. »Theres ist eifersüchtig, weil sie seit Jahren die falschen Burschen anschmachtet. Den wackeren Brauknecht Nedas könnte sie haben. Der würde sie auf Händen tragen und ihr das Paradies auf Erden bereiten. Hast du gesehen, wie er gestern wieder in die Werkstatt gestarrt hat? Fast wäre ihm vor Verzücken das Bierfass auf den Fuß gedonnert. Kaum hat er es auf den Karren wuchten können, so sehr hat ihn ihr Anblick gefesselt. So ein starker Mann! Hast du seine Muskeln gesehen? Und dieser breite Rücken! Wie herrlich muss es sich anfühlen, von ihm umarmt zu werden.« Marie rollte die Augen, ihre Wangen röteten sich.

»Dann nimm du ihn doch! So ein Brauknecht ist allemal besser als gar kein Mann.« Trotz der kecken Worte kostete es Theres sichtlich Mühe, die Fassung zu wahren. Nicht zum ersten Mal meinte Agnes, dass sie mit ihrem losen Mundwerk eine traurige Geschichte zu verbergen suchte.

»Ich will dir niemanden wegnehmen, Liebes!«, zischte Marie sie an. »Erst recht nicht unseren braven Nedas. Wen kriegst du am Ende sonst ab?«

Wie von Sinnen stürzte Theres zum Tisch, griff sich eine der überreifen Birnen und schleuderte sie auf Marie. Im letzten Augenblick duckte Agnes sich weg. Die weiche Frucht traf die Magd mitten auf den üppigen Busen. Die Schale platzte auf, das weiche Fruchtfleisch und der klebrige Saft verteilten sich auf dem Leinenkleid. Theres begleitete ihren Sieg mit einem schrillen Auflachen.

»Du Miststück!« Angeekelt versuchte Marie, die Schweinerei zu beseitigen. Agnes wollte ihr helfen, sah sich nach einem Leinentuch um. »Gib mir dein Halstuch!«, verlangte Marie und griff schon danach.

»Nicht!« Agnes hob die Hände und hielt es mit aller Kraft fest.

»Hast du etwas zu verbergen? Es hat doch wohl nichts mit einem Burschen zu tun?« Neugierig stellte sich Theres zu ihr, zwinkerte Marie zu. Der Streit der beiden war vergessen. Sie witterten eine bessere Geschichte. Agnes zitterte.

»Komm schon, lass sehen, Kleines! Wir tun dir nicht weh. Von uns erfährt niemand etwas, deine Muhme sowieso nicht.« Marie versuchte auf sanftem Wege, sie zum Offenlegen des Geheimnisses zu bewegen.

»Hab dich nicht so! Von uns weißt du auch längst alles!«, gab sich Theres entschlossener. Ehe Agnes sich's versah, riss sie an dem Tuch. Schon hörte sie das verräterische Ratschen des Stoffes.

»Nein!«

»Was ist denn hier los?« Die Tür flog auf, und die Muhme stand vor ihnen. Verärgert sah sie von einer zur anderen. Alle drei senkten die Köpfe.

»Seid ihr von Sinnen? Zurück an die Arbeit! Passt mir bloß auf, dass ihr keine von den Borten verderbt. Sonst gibt es bis Weihnachten nur noch Gerstenbrei zu löffeln, ohne süßes Mus.«

Flugs stand sie am Tisch, besah sich die Spulen mit den Garnen und die fertigen Bänder. Erleichtert, dass sie keinen Schaden genommen hatten, wandte sie sich um und musterte nun mit strengem Blick die Mägde. Als sie Maries verschmutztes Kleid entdeckte, schüttelte sie missbilligend den Kopf, enthielt sich jedoch einer Bemerkung.

»Der Erfolg mit dem Bier hat dich wohl übermütig werden lassen«, sagte sie zu Agnes. »Wahrscheinlich hast du in den letzten Tagen zu lang die heißen Dämpfe aus der siedenden Würze eingeatmet. Komm besser mit. Mir fällt schon was ein, um dir den Kopf wieder zurechtzurücken.«

Agnes holte Luft. Konnte es wahr sein, dass sie für den Streit der Mägde büßen musste? Empört drehte sie sich zu den beiden um. Marie stand weiterhin mit gesenktem Antlitz da. Theres fasste sich ein Herz und trat der Muhme entgegen.

»Sie war es nicht, Meisterin. Marie und ich haben uns gegenseitig geneckt, bis wir …«

»Ich weiß«, winkte Agatha ab. Längst hatte sich ihr verärgerter Gesichtsausdruck in ein Schmunzeln verwandelt. »Schließlich seid ihr schon einige Jahre länger bei mir, und das ist leider nicht das erste Stück Obst, das durch die Werkstatt fliegt. Manchmal frage ich mich, was ich mir mehr wünschen soll: dass eine von euch endlich doch einen Burschen findet, der ihr gut genug zum Heiraten ist, oder dass ihr in ein Alter kommt, in dem ihr der Liebeshändel von allein überdrüssig seid. Komm, Liebes«, packte sie Agnes am Arm. »Schnell fort von hier, sonst wirst du mir noch ganz verdorben.«

Damit zog sie sie hinter sich her in die Diele. Die Mägde beeilten sich, wieder an die Arbeit zu gehen.

»Ein bisschen frische Luft wird dir nicht schaden«, stellte Agatha fest, nachdem sie die Tür zur Werkstatt geschlossen hatte. »Lauf in den Kneiphof. Am anderen Ende der Langgasse, kurz vor dem Grünen Tor, gibt es einen Krug, den Grünen Baum. Erkundige dich bei den Wirtsleuten, wie viel Bier sie haben wollen. Über Mohr haben sie gestern angefragt. Zwei Fässer könnte ich ihnen nächste Woche liefern.«

Agnes nickte erfreut. Bevor es sich die Muhme anders überlegen konnte, schlüpfte sie zur Tür hinaus. Draußen auf der Straße erst wurde ihr bewusst, welch wunderbare Möglichkeit sich ihr damit bot: Der Weg in den Kneiphof war weit. Niemand würde sich wundern, wenn sie bis zum Nachmittag brauchte. Im Vorbeilaufen spähte sie in die offene Werkstatt. Theres und Marie saßen einträchtig nebeneinander über ihre Arbeit gebeugt. Zaghaft summten sie ein Lied. Beruhigt lief Agnes weiter.

Die Vorfreude auf ein mögliches Wiedersehen mit Caspar ließ sie den Weg zur Altstadt wie im Traum bewältigen. Nach Erledigung ihres Gangs zum Grünen Baum würde ausreichend Gelegenheit bleiben, auf der Altstädter Holzwiese nach Caspar zu suchen. Agnes' Herz klopfte schneller. Auf den Straßen herrschte weniger Gedränge als an Markttagen. Zwei Brauknechte schoben einen Karren mit einer großen Kupferpfanne und verschiedenstem Braugerät vorbei. Geduldig ließ Agnes ihnen den Vortritt. Zum ersten Mal nahm sie die vielen Baustellen wahr, die sich auch im beschaulichen Löbenicht ausbreiteten. Die Steine von der Kreuzherrenburg taten auch hier gute Dienste. Umso verwunderlicher, dass auch die roten Backsteinmauern der Burg längst wieder in voller Höhe glänzten.

Neugierig sah Agnes sich um. Die Reihe der Häuser wuchs westwärts näher zur Altstadt, ebenso wurden so manche der ehemals einstöckigen Gebäude um ein oder zwei weitere gemauerte Geschosse vergrößert. »Weg mit Euch!«, riss ein Aufschrei sie herum. Ein Kran schwenkte gefährlich tief über ihrem Kopf einen Sack Sand zu einer Baustelle. Ein

Maurer schubste sie beiseite. Sie lief weiter. Mit einem artigen Nicken grüßte sie die Wachen am Tor zur Altstadt. »Geht nur, Fräulein«, winkte der eine ihr zu, ein spindeldürrer Alter mit schlohweißem Bart. Der Zweite auf der Altstädter Seite würdigte sie kaum eines Blickes. Wohlgemut hastete sie weiter, die gesamte Langgasse entlang über den nahezu leeren Markt. Auch dort fiel ihr zum ersten Mal auf, wie viele Häuser um- und angebaut wurden. Die Arbeiten hätten Laurenz mehr als einen Winter lang ernähren können. Sie unterdrückte die aufkommende Wut und zwang sich, an anderes zu denken. Kurz hinter dem Altstädter Markt schlug sie den Weg zum Pregel ein und gelangte durch das Tor auf die Krämerbrücke.

Vor der Badestube direkt zu Beginn der Kneiphöfer Langgasse herrschte Tumult. »Dich werde ich lehren, meine Bademägde anzufassen! Scher dich zum Teufel, du geiler Hurenbock!« Mit zornrotem Gesicht jagte der Bader einen glatzköpfigen, halbnackten Alten wie einen Hund vor seinem Haus im Kreis herum. Drohend wedelte er mit einem Leintuch über seinem Kopf, holte zum Schlag gegen den Glatzköpfigen aus. Der lief weiter geduckt umher, wusste nicht, was er sich eher mit den Händen bedecken sollte: den kahlen Schädel, dem Schläge drohten, oder den entblößten Oberkörper. Seine Kleider musste er in der Badestube zurückgelassen haben. Mit lautem Johlen begleiteten die Schaulustigen das Spektakel. Flink schob Agnes sich durch das Gedränge.

»Ihr seid also die berühmte Bierbrauerin aus Labiau«, begrüßte sie der Wirt des Grünen Baums, kaum dass sie wenig später ihr Begehren in der überraschend hellen, geräumigen Schankstube vorgetragen hatte. Sogleich drehten sich die Gäste zu ihr um. Sie errötete, wickelte sich fahrig die Enden ihres Halstuchs um den Finger, froh, dass es Thereses Reißen standgehalten hatte.

»Setzt Euch, liebes Fräulein, und erzählt mir ein wenig aus Eurer Heimat«, überging der Wirt ihre Verlegenheit. »Es heißt, im Moosbruch gingen seltsame Gestalten um. Der ist nicht weit von Labiau, oder? Gewiss habt Ihr dazu eine gute Geschichte parat.«

»W-w-w-wir meiden das Moor«, verfiel Agnes ins Stottern und überlegte krampfhaft, wie sie aus dieser verzwickten Lage wieder herauskam. Plötzlich kam ihr die rettende Idee. Fröbel hatte ihr einst etwas Passendes erzählt. Erleichtert sprudelte sie los: »Dafür lieben wir das Frische Haff. Wisst Ihr, warum es nicht so tief ist? Das haben wir allein der Heiligen Jungfrau Maria zu verdanken. Wie so viele hochgestellte Menschen führte auch sie der Weg eines Tages zu uns ans Frische Haff. Schließlich wollte sie von Labiau quer über das Wasser bis nach Memel, doch es fand sich kein Boot oder Kahn weit und breit, der sie hätte übersetzen können. Da nahm die Heilige Jungfrau eine Handvoll Steine und Sand und streute davon bei jedem Schritt vor sich aus. So ist das Wasser im Haff bis heute flach geblieben.«

»Herrlich!«, rief der Wirt mit leuchtenden Augen. Seine Gäste stimmten begeistert zu. Ermutigt von ihrem Erfolg, wollte Agnes gleich noch die Erklärung für den Namen der Marienfischchen hinzufügen, da tauchte unerwartet die Krügerin an ihrem Tisch auf.

»Was tust du da?«, herrschte sie ihren Mann an. »Das Fräulein ist nicht gekommen, um dir Geschichten zu erzählen. Bier von der Streicherin sollst du bei ihr bestellen, und dann lass die Arme wieder gehen. Ihre Muhme wird sich fragen, wo sie so lange bleibt. Oder sollen etwa ihre nichtsnutzigen Mägde wieder brauen? Gnade uns Gott!

Dann wird das Bier aus der Krummen Grube wieder bitter schmecken!«

»Verzeiht«, murmelte der dürre Wirt. »Ich wollte Euch nicht aufhalten.«

»Schon gut«, wiegelte Agnes ab. »Einen Gefallen aber könnt Ihr mir noch tun. Verratet mir bitte, wie ich von hier am schnellsten zur Altstädter Holzwiese gelange.«

»Was wollt Ihr dort?«, fragte die stämmige Wirtin verwundert. »Von den Brakern wird keiner eine Borte bestellt haben.«

»Ich soll dort eine Nachricht für meine Muhme bestellen«, log Agnes und schämte sich bereits ihrer Unaufrichtigkeit. Der Wirt indes war froh, ihr einen Gefallen tun zu können. »Am besten geht Ihr vor bis zur Brodbänkengasse und von dort nach Osten zum Dom. Haltet Euch links bis zur Schmiedebrücke, um zurück in die Altstadt zu gelangen. Von dort …«

»Ja, danke, jetzt weiß ich es wieder!«, fiel Agnes ihm ins Wort. »Danach gehe ich eine Weile am Pregel entlang, bis ich die Holzbrücke erreiche. Habt vielen Dank.« Sie knickste artig und brach auf.

Der Weg führte sie in eine ihr unbekannte Gegend des Kneiphofs. Häuser und Gassen wirkten viel vornehmer als die im Löbenicht. Nur vereinzelt fanden sich Werkstätten darin, auch der süßliche Geruch nach Malz war kaum zu erahnen. Stattdessen sah sie umso mehr Häuser mit blank polierten Schildern, die auf Kaufleute hinwiesen. Von der wochenlangen Belagerung durch die Kreuzherren waren kaum Spuren geblieben. Die Bürger waren bestrebt gewesen, diese rasch zu beseitigen. Es fiel auf, wie viel Büttel Wache gingen. Sogar einige Söldner der Ordensritter kamen ihr schwer bewaffnet und mit grimmiger Miene entgegen. Sobald sie sich jemandem näherten, wechselten die Kneiphöfer die Straßenseite und verweigerten ihnen den ehrfürchtigen Gruß. Diese bedrohliche

Stimmung behagte Agnes nicht. Erst, als sie die beiden Türme des trutzigen roten Backsteindoms am Ende der Gasse aufragen sah, wurde ihr wohler. Auf dem breiten Vorplatz hielt sie sich links, um zur Schmiedebrücke zu gelangen.

Eine Weile verharrte sie am Flussufer. Ein tiefblauer Spätsommerhimmel wölbte sich über die Stadt, die Sonne wärmte kräftig. Kein Wunder, dass das Wasser im Neuen Pregel von der ungewöhnlichen Hitze mitten im September brakig roch. Seit Wochen war der Wasserstand niedrig. Das erinnerte Agnes an die dürren Sommer in Wehlau. Oft waren Alle und Pregel nahezu ausgetrocknet gewesen. Die ersten Fischer in Königsberg klagten über spärliche Fänge. Ebenso sorgten sich die Schiffer, wie lange sie den Fluss noch befahren konnten. Nach der langen Blockade bei Wehlau waren sie mehr als sonst darauf angewiesen, die Boote von Litauen herüber zügig flussabwärts zu bringen.

Mit der flachen Hand schirmte Agnes die Augen gegen die Nachmittagssonne ab. Sie liebte es, das goldene Glitzern auf dem Wasser zu beobachten. In Wehlau war sie nicht oft an den Ufern der Alle oder des Pregels gewesen. Des moorigen Umlands wegen hatte man die Stadt ein gutes Stück abseits der beiden Flussläufe angelegt. Wie es Gunda und Lore wohl erging? Meister Friedrichs Erzählung über die fröhlichen Siegesfeiern kamen ihr wieder in den Sinn. Wäre es nicht besser, den beiden doch eine Nachricht zu schicken? Dann aber bestand die Gefahr, dass Gunda nichts Eiligeres zu tun hatte, als sie nach Hause zu holen und mit Kollmann zu verheiraten. Um weiteren Grübeleien zu entfliehen, wandte sie sich flussaufwärts der Holzbrücke zu.

Noch bevor sie den Brückenkopf erreichte, erspähte sie einen Burschen mit dunkelblondem Haar, schwarzem Barett und weißem Halstuch. Angeregt redete er auf einen anderen ein, wippte auf den Fußspitzen. Agnes' Herz machte einen freudigen Satz: Das war Caspar! Ehe sie so recht zu suchen begonnen hatte, hatte sie ihn bereits gefunden. Gerade holte er mit den Armen aus, um seinem Gegenüber etwas zu erklären. Genau konnte sie sich vorstellen, wie sein Antlitz dabei aussah: die Augenbrauen eng zusammengezogen, die leicht wulstigen Lippen zu einem geraden Strich verzogen. Sie schmunzelte. Ihre Finger glitten zum Hals, spielten mit den Enden des Tuchs. Unschlüssig, ob es schicklich war, einfach zu ihm zu gehen und ihn anzusprechen, oder ob sie sich doch besser zurückhalten und hoffen sollte, er würde sie zuerst entdecken, verlangsamte sie ihre Schritte.

Den Blick auf Caspar gerichtet, kam ihr Laurenz in den Sinn. Auch er hatte sie auf den ersten Blick in Bann gezogen. Wie wundervoll er sie einst aus seinen verschiedenfarbigen Augen angeschaut hatte! Noch bei der bloßen Erinnerung überlief sie ein Schaudern. Schon meinte sie, den Duft seines Körpers zu riechen, die Wärme seines Atems auf der Haut zu spüren. Inständig sehnte sie sich danach, ihm in die Arme zu fallen, sein geliebtes Gesicht mit Küssen zu bedecken, den Blick seines blauen und grünen Auges in sich aufzusaugen. Ihr wurde heiß. Die Finger fuhren unter dem Halstuch die Linien ihres Feuermals im Nacken entlang. Sie sollte umkehren und davonrennen, noch hatte Caspar sie nicht gesehen. Die Beine wurden ihr schwer. Sie kam nicht von der Stelle.

Caspar drehte den Kopf. Über sein Gesicht huschte ein Lächeln. Seine Finger glitten zum Hals, rückten das Tuch zurecht, verharrten im Nacken. Sie lachte auf.

»Agnes!«, rief er und lief ihr entgegen. »Welch freudige Überraschung, Euch wiederzusehen, meine Liebe. Schon habe ich befürchtet, Euch verloren zu haben. Doch nun steht Ihr leibhaftig vor mir. Das lässt mein Herz überlaufen vor Glück!«

Er fasste sie bei den Händen und strahlte sie an. Seine bernsteinfarbenen Augen glänzten. Wieder überkam sie das Gefühl des innigen Vertrautseins, als kenne sie ihn seit Anbeginn ihres Lebens.

»Welch schönes Fräulein hast du da erobert? Willst du uns nicht vorstellen?« Der Bursche, mit dem er sich so angeregt unterhalten hatte, trat zu ihnen und betrachtete Agnes neugierig. Er war ähnlich gut gekleidet wie Caspar, trug allerdings einen dichten, rotgefärbten Bart. Das ließ ihn um einige Jahre älter wirken. Dafür kippte seine Stimme noch auffällig zwischen hell und dunkel.

»Das ist Agnes …«, begann Caspar, um sogleich verlegen innezuhalten. Erwartungsvoll sah er zu ihr. Als sie jedoch nicht gleich reagierte, fügte er ungelenk hinzu: »Ein junges Fräulein aus, aus …«

»Dem Löbenicht«, ergänzte Agnes. Kaum ausgesprochen, erschrak sie, wie zweideutig das klang: Als wäre sie eine Hübscherin, deren Name man nicht vollständig kennt!

»Ich heiße Fröbel, Agnes Fröbel«, fügte sie hastig hinzu. »Bis zum nächsten Frühjahr bin ich bei meiner Muhme, der Agatha Streicher aus der Krummen Grube, zu Gast.«

»Dann seid Ihr die Bierbrauerin, von der Meister Jörgen im Goldenen Hasen unablässig schwärmt!« Bei diesen Worten überschlug sich die Stimme des Fremden. »Zu Recht, liebes Fräulein, völlig zu Recht. Euer Gerstensaft ist eine Freude für unsere durstigen Kehlen. Denn die sind leider immer viel zu trocken, nicht wahr, mein Lieber?« Er klopfte Caspar Zustimmung heischend auf die Schulter.

»Verzeiht, ich muss weiter. Meine Muhme wartet schon«, beschloss Agnes, sich zu verabschieden. Die Gelegenheit für ein trauliches Gespräch mit Caspar war vertan.

»Wartet, ich begleite Euch noch bis zum Tor«, erwachte

er aus seiner Starre und ergriff ihren Arm. »Bis später, Lambert!«, rief er über die Schulter hinweg seinem Gefährten zu.

»Bleib anständig, Fischart!«, erwiderte der und schwenkte überschwenglich sein Barett über dem rotblonden Lockenschopf.

»Fischart?«, wiederholte Agnes leise und stutzte. Irgendwoher kannte sie den Namen, wusste ihn allerdings nicht einzuordnen.

»Habe ich mich Euch nicht ordentlich vorgestellt?« Caspar strahlte sie an. »Verzeiht vielmals, liebe Agnes. Ihr seht mich zutiefst zerknirscht. Meinen Familiennamen wollte ich Euch ganz gewiss nicht vorenthalten.«

»Schon gut«, versicherte Agnes und grübelte weiter. »Wir sind einfach beide etwas säumig. Dort vorn ist leider schon das Tor. Es ist spät. Ich muss mich sputen, meine Muhme …«

»Geht nicht so von mir weg, liebe Agnes!« Unerwartet fest packte er sie am Arm, zwang sie, stehen zu bleiben und sich zu ihm umzudrehen. Sie spürte seinen Atem auf ihrer Haut, roch die Minze aus seinem Mund.

»Wollen wir uns morgen wiedersehen? Um dieselbe Zeit an der Holzbrücke?«, fragte er.

»Gern.« Sie schenkte ihm ein Lächeln. »Dann bis morgen. Lebt wohl!« Sie raffte den Rock und rannte los. Erst kurz vor dem Altstädter Tor verlangsamte sie ihre Schritte wieder. Wirr flogen ihr die Gedanken durch den Kopf. All die Tage hatte sie sich nach einer neuerlichen Begegnung mit Caspar gesehnt. Nun war sie zutiefst verunsichert. Wie ein Schatten hing sein Name in der Luft. *Fischart* klang ihr allzu vertraut. Wenn sie nur wüsste, woher. Zugleich erfüllte er sie mit Unbehagen. Was aber sagte schon ein Name?

15

Auf der Altstädter Holzwiese herrschte reges Treiben. Erst seit wenigen Tagen trafen wieder regelmäßig Lieferungen aus Litauen ein. Viel zu lange war der Pregel flussaufwärts durch die Belagerung Wehlaus blockiert gewesen. Weit oberhalb der Stadt an der Allemündung hatten sich unzählige Schiffe und Lastkähne gestaut. Dafür landeten nun fortwährend neue Schiffe am Pregelufer an. Der sinkende Wasserstand drängte zur Eile. Längst warteten zahllose Stapel auf der Wiese, die Fuhrwerke behinderten sich gegenseitig im Weg. Laute Rufe und unziemliche Flüche der Ablader klangen über den Platz, mischten sich mit dem steten Klopfen der Braker, die unbeirrt von dem Trubel das Holz in aller Ruhe prüften. Die Kaufleute mühten sich, ihren Zorn nicht zu offen zu zeigen. Ihrer Ansicht nach brauchten die Braker viel zu lang, um die ersehnten Zeichen auf die Hölzer zu drücken und die Ware für den Weiterverkauf freizugeben.

»Gut, dass wir heute nicht so lange hier ausharren mussten«, stellte Editha fest und sah dem Fuhrwerk nach, das hochbeladen mit Eibenholz auf die Holzbrücke einschwenkte. Noch vor Caspar und ihr würde es das Haus erreichen. Fröstelnd rieb sie sich über die von weit fallendem Stoff bedeckten Arme. Sie trug zwar einen wärmenden Surkot aus Wolle, dennoch fuhr ihr der Ostwind in die Glieder. Seit dem Morgen blies er unerwartet rauh in die Stadt. Die gestern noch so wohltuend warme Sonne hielt sich an diesem Mittag hinter grauen Wolkengebirgen verborgen. Der jähe Wetterwechsel machte Editha zu schaffen. Sie war keine zwanzig mehr und spürte, wie schwer sie an der neuerlichen Schwangerschaft trug. Der Kopf schmerzte, ihr war übel. Es hing wohl auch damit zusammen, dass sie versuchte, auf die Tinkturen der Hundskötterin zu verzichten. Ein dumpfes Gefühl im Bauch mahnte sie zur Vorsicht. Sie wollte die in ihr reifende Frucht nicht gefährden.

»Ich weiß, Vater hat in den letzten Wochen oft Schwierigkeiten gehabt, von den Brakern beachtet zu werden.« Caspar rieb sich ebenfalls fröstelnd die Hände. »Mir ist es wohl gelungen, die Herren milder zu stimmen.«

»Well done!« Voller Bewunderung musterte Editha ihren Sohn. Der Siebzehnjährige machte sich trotz seiner Jugend erstaunlich gut als Vertreter seines Vaters. Seine bernsteinfarbenen Augen leuchteten fröhlich. Das schwarze Barett leicht schief auf dem dunkelblonden Haar, die Enden des Halstuchs schwungvoll zur Seite gebunden und die muskulösen Arme keck in die Hüften gestemmt, strahlte er bis in die letzte Faser geballte Tatkraft aus. Auf dem vom Vater geerbten breiten Gesicht entfaltete sich ein unwiderstehliches Lächeln. Wie gut, ihn so erwachsen zu wissen. Wenn Gott sie beschützte und sie tatsächlich in wenigen Monaten noch einmal ein Kind gebären sollte, konnte sie ihr Augenmerk allein darauf richten. Caspar kam gut allein zurecht.

»Zum Glück ist dein Vater für eine Weile auf Reisen. So wird sich der Unmut über seine Geschäfte mit den Bündischen bald wieder legen.«

Sie hoffte, Caspar ahnte nicht, was sie noch damit verband: den Wunsch, während dieser Zeit herauszufinden, ob sich hinter der Geschäftsfrau Gunda Fröbelin aus Wehlau tatsächlich die Gunda verbarg, die seit Jahren wie ein dunkler Schatten über ihrem Leben dräute.

»Wollen wir hoffen, Vaters Abwesenheit entfacht nicht neues Gerede«, merkte Caspar an. »Schau, da kommt Spelmann. An seiner Miene kann ich ablesen, wie sehr es ihm auf der Zunge brennt, dich nach Vaters plötzlicher Abreise zu fragen. Daraus wird er nachher die seltsamsten Behauptungen zusammenspinnen. Bitte überlass ihn mir, Mutter. Mir fällt schon etwas Passendes ein.«

Verwundert sah Editha dem eilig auf sie zuschreitenden Zunftgenossen entgegen.

»Gott zum Gruße, mein Lieber«, rief Caspar ihm zu, als dieser gerade erst den benachbarten Holzstoß passierte. Erschrocken zuckte der kleinwüchsige, schäbig gekleidete Zunftgenosse zusammen. Stolz streckte Caspar die breite Brust heraus. Er wusste genau, welch gute Figur er in seinen bunt gestreiften Strumpfhosen und dem farblich passenden Rock machte. Entschlossen schob er die lange, schmale Nase in die Luft. Nicht zum ersten Mal fragte sich Editha, von welchem Ahn er die geerbt hatte.

»Liebe Fischartin, lieber Caspar, freut mich sehr, Euch hier auf der Holzwiese zu sehen. Viel zu selten treffen wir uns. Erlaubt mir die Frage: Wo steckt Euer verehrter Herr Gemahl und Vater? Ist er krank? Muss man sich Sorgen um ihn machen?«

Lauernd sah Spelmann sie an. Natürlich wusste er über Gernots Abreise bestens Bescheid.

»Ich kann Euch beruhigen. Meinem Vater geht es gut«, begann Caspar, um sogleich ungeduldig von Spelmann unterbrochen zu werden: »So stimmt es also, dass er überstürzt nach Riga aufgebrochen ist? Um diese Zeit noch? Anfang September ist dort alles gelaufen, die Ware verkauft, die Lager leer. Was hat ihn bewogen, die beschwerliche Reise trotzdem anzutreten?«

Obwohl er einen guten Kopf kleiner war als Caspar, beugte er sich vor und wisperte verschwörerisch: »Hat er schon wieder rätselhafte Gewährsleute für vermeintlich gute Geschäfte aufgetan? Man hört so einiges über seine Kontakte ins aufmüpfige Wehlau. Oben in Livland geschieht seit vielen Jahren auch nicht alles im besten Einvernehmen mit dem Hochmeister. Was ist nur los? Euer verehrter Herr Gemahl und Vater hat in den letzten Monaten ein eigentümliches Gespür, durch seltsames Verhalten innerhalb der hiesigen Kaufmannschaft Aufsehen zu erregen.«

»Mangy dog!«, zischte Editha und hob rasch den Zipfel ihres weiten Ärmels, um die Lippen zu bedecken. Auch wenn sie wusste, dass Spelmann ihrer Muttersprache nicht mächtig war, hieß es, vorsichtig zu bleiben. Bei einem durchtriebenen Lump wie ihm konnte man nie genug auf der Hut sein.

»Ich wüsste nicht, was um diese Jahreszeit so verwunderlich an einer Kaufmannsreise nach Riga sein sollte«, erwiderte Caspar freundlich. Sein Zwinkern verriet, dass er die Schimpfworte seiner Mutter sehr wohl verstanden hatte. Gemächlich verschränkte er die Hände auf dem Rücken und begann, auf den Füßen zu wippen.

»Zwei Wochen dauert die Reise für gewöhnlich«, fügte er hinzu. »Bei den derzeitigen Wetterverhältnissen ist das gut machbar. Bevor es ungemütlich wird, ist er längst wieder zurück in Königsberg. Die Lager der Rigaer Kaufleute sind noch nicht restlos geleert. Vor Anbruch des Winters wollen sie die letzten Pelze, Wachs, Eisen, Holz, Honig und dergleichen loswerden. Mein Vater wird also einige interessante Abschlüsse tätigen. Letztlich werden alle Zunftgenossen hier am Pregel ihre Vorteile daraus ziehen.«

»Wenn man Euch so reden hört, scheint tatsächlich alles in bester Ordnung«, stimmte Spelmann zu. »Doch verzeiht: Bei Eurem verehrten Herrn Vater bleibe ich vorsichtig, mein Lieber.« Väterlich tätschelte er ihm die Schulter. »Gehabt Euch wohl.« Damit verbeugte er sich in Edithas Richtung und nickte Caspar kurz zu. Die Hände ebenfalls auf dem Rücken verschränkt, marschierte er weiter, geradewegs auf einen anderen Zunftgenossen zu.

»*Damned bastard!*«, knurrte Editha ihm nach. »Weiß der Teufel, was ihn dazu treibt, jeden Schritt deines Vaters derart argwöhnisch zu verfolgen. Schon hat er nichts Besseres im Sinn, als dem braven Boeckmeier die Neuigkeit zu berichten.«

»Mach dir keine Sorgen, Mutter, ich weiß längst über den Grund von Spelmanns Missmut Bescheid. Er liegt nun einmal ständig auf der Lauer, weil er Vater den guten Abschluss mit dem Eibenholz neidet. Kaum ein anderer hier in Königsberg hat in diesem Sommer eine ähnliche Menge Holz aus Litauen erhalten wie Vater. Und schon gar nicht zu dem Preis und in der Güte. Außer uns konnte keiner Holz nach England verschiffen. Das wird unsere Vorrangstellung in London festigen. Vater hat ein hervorragendes Gespür bewiesen. Kein Wunder, dass Spelmann ihm gram ist.«

»Du hältst es also nach wie vor für ein gutes Geschäft? Dabei wäre es beinahe schiefgegangen. Erinnere dich an die Angst deines Vaters, nach den Gefechten in Wehlau alles verloren zu haben. Kaum zwei Wochen sind seither vergangen. Allein Rehbinders Mut haben wir den guten Ausgang zu verdanken. Ganz abgesehen davon, wie viel Ärger und Unmut für uns hier in Königsberg damit einhergehen.«

Nur zu gut erinnerte sie sich an Spelmanns boshaftes Geflüster bei ihrer letzten Begegnung auf der Holzwiese. Sein scheinheiliges Verhalten vorhin passte dazu. Auch Gernots Freund Perlbach hatte sie vor den Abschlüssen gewarnt. Was würden sie alle erst sagen, wenn sie ahnten, wer in Wehlau hinter alldem steckte? Je länger Editha darüber nachdachte, desto mehr war sie davon überzeugt, dass dahinter nur der lang gefürchtete Rachefeldzug Gunda Rosskamps stecken konnte.

»Wieso bist du inzwischen von dem guten Ausgang des Ganzen überzeugt, mein lieber Sohn?«, fragte sie. »Warst du im Frühjahr nicht noch ganz entschieden gegen die Geschäfte deines Vaters mit England?«

»Damals habe ich in der Tat große Bedenken gehegt. Das lag vor allem an den düsteren Nachrichten deines Bruders, meines lieben Oheims. Längst aber hat mich Vaters erfolgreiches Vorgehen eines Besseren belehrt. Endgültig Bilanz ziehen werden wir wohl erst in einigen Wochen. Dann wissen wir, ob die Fracht wohlbehalten in London eingetroffen ist und den erhofften Preis erzielt hat.«

»*Good grief!* Du redest schon wie ein alter Kaufmann«, stellte Editha fest. Vorsichtig beäugte sie ihren Sohn. Er strahlte über das ganze Gesicht. Eine seltsame Ahnung beschlich sie. »Trägst du dich etwa mit dem Gedanken, Vaters Vorschlag doch noch in die Tat umzusetzen und für einige Lehrjahre an die Themse zu gehen?« Angespannt ballte sie die Hände zu Fäusten, bis die Fingerknochen schmerzten und sich die Nägel tief in die Handmuschel eingruben. Ihr Herz pochte bis zum Hals, ihr wurde schwindlig, zugleich spürte sie einen Krampf im Unterleib, der ihr für einen Moment die Sinne zu rauben drohte.

»Früher oder später werde ich dich verlassen müssen, liebe Mutter«, erwiderte Caspar und löste ihre Fäuste behutsam, um sie in die Arme zu nehmen und sie liebevoll auf die Wangen zu küssen. »Doch sei gewiss: Ich trage dich stets in meinem Herzen. Nie werde ich vergessen, wo meine Wurzeln liegen und was ich dir, liebste Mutter, zu verdanken habe.«

»Ach, mein Lieber«, seufzte sie und strich ihm gerührt über die Wange. »Als deine Mutter wünsche ich mir, der Tag des Abschieds läge noch in sehr weiter Ferne.«

Aufmerksam musterte sie ihn. Das leichte Flackern seiner Augen entging ihr keineswegs. Gernot reagierte ähnlich, wenn sie ihm mit ihrer Liebe zu nahe rückte. Doch da war noch etwas anderes, Fremdes darin, das sie nicht entschlüsseln konnte. Zu allem Überfluss stieß ihr auch wieder der Höcker an der Nasenwurzel auf. Erneut verkrampfte sich ihr Unterleib.

»Komm, mein Junge, lass uns heimwärts gehen«, schlug sie hastig vor und hielt sich an seiner Hand fest. »Noch bist du bei mir. Das sollten wir genießen.«

»Wie du meinst.« Caspar schenkte ihr einen verwunderten Blick.

»Du hast völlig recht«, versuchte sie, von ihrer Unsicherheit abzulenken. »Wir sollten Spelmanns neidischem Gerede nicht zu viel Aufmerksamkeit schenken. Die Geschäfte mit dem Eibenholz laufen bestens. Solange unsere Bücher stimmen, kann es uns gleichgültig sein, was so ein dahergelaufener Hund wie er über Vaters Handel redet. Man muss ihn nur anschauen, schon weiß man, wie es um ihn bestellt ist. Nicht einmal neue Flicken für seinen fadenscheinigen Rock kann er sich leisten, geschweige denn einen Besuch im Badehaus.«

Zur Bekräftigung ihrer Worte kniff sie sich die Nase zu und wedelte mit der zweiten Hand durch die Luft. »Man sollte darauf bestehen, dass jeder Zunftgenosse mindestens einmal in der Woche ins Badehaus geht. Bei den Knechten und Mägden tut man das schließlich auch.«

Caspar sparte sich eine Erwiderung und schickte sich stattdessen an, seiner Mutter den Weg an den mehr als mannshohen Holzstapeln, wartenden Kaufleuten und Fuhrwerken vorbei quer über die Altstädter Holzwiese zur Brücke über den Neuen Pregel zu bahnen. Artig grüßte er nach rechts und links, winkte einem weiter entfernt stehenden Bekannten zu und erreichte schließlich das Flussufer.

Editha ließ sich bewusst etwas Zeit, um ihrem Sohn zu folgen. So konnte sie beobachten, wer von den Zunftgenossen genug Anstand besaß, den Siebzehnjährigen zuerst zu grüßen. Bei Gernots Abwesenheit galt er immerhin als der Vertreter einer der wichtigsten alteingesessenen Kaufmannsfamilien in den Königsberger Städten dies- und jenseits des Pregels. Einem Fischart aus der Altstadt gebührte in jeder Lebensphase Hochachtung. Ohnehin war ihr Caspars Tempo zu hoch. Bald nutzte es wenig, dass er voranging, um den Weg freizumachen. Bis sie auftauchte, hatte sich die von ihm gebahnte Gasse längst wieder geschlossen. Keuchend schob sie ihren gedrungenen Leib durch das Gedränge. Gelegentlich musste sie stehen bleiben und nach Luft schnappen. Versonnen strich sie sich über den Leib. Die Krämpfe hatten sich zum Glück gelegt. Wahrscheinlich wurde es ein Mädchen. Bei Mädchen, so hieß es doch, begannen die Beschwernisse schon sehr früh. Ach, was gäbe sie für eine Tochter! Schon sah sie vor sich, welch liebliches Geschöpf es sein würde. Wider Willen verlor sie über diesen Tagträumereien Caspar bald ganz aus den Augen. Suchend wanderte ihr Blick über die Menge. Von neuem erfasste sie Unruhe. Auch wenn sie wusste, ihn spätestens im Haus in der Altstädter Langgasse wiederzutreffen, fühlte sie sich mit einem Mal verloren.

16

Endlich kam die Holzbrücke über den Neuen Pregel in Sicht. Editha meinte, Caspar auf der gegenüberliegenden Flussseite warten zu sehen. Erleichtert atmete sie auf und tupfte sich mit dem Stoff ihres weiten Glockenärmels die feuchte Stirn. Unglaublich, bei dem rauhen Wind überhaupt ins Schwitzen zu geraten! Sie äugte zum Himmel. Die Wolken schienen ihr dichter und dunkler geworden. Vorhin noch hätte sie sich am liebsten in einen Pelz gehüllt, jetzt war ihr schrecklich heiß. Wie wollte sie diese wechselvollen Zustände über Monate ertragen? Es half nichts. Sie musste wohl doch wieder Hermine Hundskötter um Beistand bitten. Zum Glück war Donnerstag und damit Zeit für ihren wöchentlichen Gang an den Laak. Zunächst aber hieß es, in die Altstadt zurückzukehren und mit Caspar zusammen die neue Holzlieferung in die Bücher einzutragen.

Sie raffte den Rock und drängte sich durch das Getümmel. »Hey! Nicht so hastig!«, rief ein Mann verärgert, dem sie unabsichtlich den Ellbogen in den Rücken stieß, als sie einem zweiten ausweichen wollte. *»Holy moly!«*, rief sie, weil ihr ein anderer mit voller Wucht auf die Füße trat. Beim Zurückspringen landete sie in einer Schlammpfütze. Gleich spürte sie das kalte Dreckwasser in die flachen Schuhe rinnen. Leichtsinnigerweise hatte sie die Trippen zu Hause gelassen.

Bald hatte sie den Brückenkopf passiert und erreichte die Altstädter Uferseite. Caspar war verschwunden. Verwirrt schaute sie umher. Linker Hand erstreckte sich der Fischmarkt, wo selbst am Nachmittag noch reger Betrieb herrschte. Um die Fässer der Fischweiber drängten sich die Mägde und feilschten.

»Welch Überraschung, liebe Fischartin!«, hörte sie jemanden dicht hinter sich rufen. Zugleich spürte sie, wie sie energisch am Arm festgehalten wurde.

»For God's sake!«, entfuhr es ihr ärgerlich. »Was fällt Euch ein?« Schwungvoll fuhr sie herum und erspähte direkt hinter sich das lachende Gesicht Hermine Hundskötters.

»Ihr?«, fragte sie und bemühte sich um einen milderen Ton. »Verzeiht, meine Liebe, aber ich dachte schon, Gesindel wollte mich packen.«

»Wie schön, Euch wieder einmal zu fassen zu kriegen, Fischartin! In letzter Zeit kann ich mich kaum des Eindrucks erwehren, Ihr flieht vor mir. Wenn Ihr Euer Mittel bei mir abholt, habt Ihr kaum mehr Zeit für einen Schwatz. Auch bei anderen Gelegenheiten weicht Ihr mir aus. Nicht einmal sonntags nach der Messe wartet Ihr auf mich. Denkt nicht, meine Liebe«, leicht beugte sie sich vor und schenkte Editha ein freches Grinsen, das ihre blendend weißen Zähne freilegte, »Ihr könntet mir entkommen. Wir sind doch Freundinnen auf Lebenszeit.«

Sie lehnte sich zurück und verschränkte die fleischigen Arme vor dem drallen Busen. Über ihr rundes Vollmondgesicht breitete sich ein zufriedenes Grinsen aus. Sorgfältig hatte sie den blonden Haarflaum an Stirn und Schläfen gezupft und die langen Strähnen unter die helle Flügelhaube gesteckt. Die Augenbrauen waren nur mehr schmale, mit schwarzer Kohle betonte Bogen. Zum Färben der Wangen hatte sie etwas viel Brombeersaft und Öl verwendet, ebenso schienen die Lippen zu stark geschminkt. Trotzdem wirkte sie nicht weiblich. Die langjährige Arbeit als Wehmutter hatte ihr eine kräftige Statur beschert und ihre Bewegungen grob werden lassen. Ihre stattliche Größe sorgte dafür, dass sie es leicht mit einem Mannsbild aufnehmen konnte.

»Aber, aber, meine Liebe«, säuselte Editha und rang sich zu einem süßen Lächeln durch. »Wie könnt Ihr nur Derartiges vermuten? Ich und Euch aus dem Weg gehen? Niemals! Allenfalls kann es vorkommen, dass ich Euch einmal nicht rechtzeitig entdecke. Meine Augen sind leider nicht mehr die besten. Euch muss ich ja nicht erzählen, wie alt ich bin.«

Versöhnung heischend, legte sie der Hundskötterin die Hand auf den Arm. Insgeheim überlegte sie fieberhaft, wann ihr der unverzeihliche Fehler unterlaufen sein mochte, die Hebamme übersehen zu haben oder ihr gar aus dem Weg gegangen zu sein. Ihre letzten Besuche draußen an der Laak, das wusste sie selbst, waren in der Tat reichlich kurz ausgefallen. Gernot missfiel es immer mehr, dass sie Woche für Woche eine gewaltige Summe für überflüssige Zauberkuren zur Hundskötterin trug, gerade jetzt, da sie noch einmal gesegneten Leibes war. Am liebsten wäre es ihm, wenn sie für die neuerliche Niederkunft die Dienste einer anderen Wehmutter in Anspruch nehmen würde. Noch aber war Editha unschlüssig, ob sie das tatsächlich wagen sollte. »Verzeiht, wenn ich in den letzten Wochen vielleicht gelegentlich in Eile gewesen bin. Ihr habt gewiss gehört, dass mein lieber Gemahl noch einmal zu einer wichtigen Handelsreise aufgebrochen …«

»Oh, allerdings ist mir das zu Ohren gekommen.« Die Hundskötterin verzog die fleischigen Lippen abermals zu einem Grinsen. »Ein Schelm, wer Böses dabei denkt!«

»Wieso?«

»Haltet mich nicht für einfältig, meine Liebe.« Sie legte ihr den Arm um die Schultern und drückte sie wie ein törichtes Kind an ihre Brust. »Sowohl das Ziel der Reise Eures Gemahls als auch der Zeitpunkt Ende August sind sehr ungewöhnlich.«

»Wieso?« Editha befreite sich umständlich aus der Umarmung.

»Nun ja.« Die Hundskötterin ließ nicht locker. Entschlossen hakte sie sich bei ihr unter, um dicht an dicht mit ihr die Gasse zum Altstädter Markt hinaufzugehen. »Soweit ich mich entsinne, ist Euer Gemahl seit Jahren nicht mehr nach

Livland gereist. Hat er sich bei seinen Handelsbeziehungen in den letzten Jahren nicht insbesondere auf Danzig und Lübeck, neuerdings sogar wieder mehr auf Eure Heimatstadt London versteift? Oh, mir war sogar, ich hätte etwas von ganz ausgezeichneten Verbindungen nach Wehlau munkeln hören.«

Sie legte eine bedeutungsvolle Pause ein. Angestrengt versuchte Editha, das mit einem unbeteiligten Gesichtsausdruck zu übergehen. Das schien die Hundskötterin erst recht anzuspornen. »Angesichts der jüngsten Ereignisse ist es Eurem Gemahl wohl trefflich gelungen, seine Schäfchen rechtzeitig ins Trockene zu bringen. Die Schiffe mit seinem Eibenholz für England waren wohl die letzten, die pregelabwärts passieren konnten, bevor Reuß von Plauen dort oben alles blockiert hat. Zuvor, so habe ich verlauten hören, haben allerdings schon die Wehlauer Bürger jegliche Schiffsladung mit Holz und anderen Baumaterialien in Beschlag genommen, um die Verteidigungswälle rund um die Stadt aufzubauen. Nur die von Rehbinder im Auftrag Eures Gatten eingefädelte Ladung ist nicht geplündert worden. Dabei sollen ganz besondere Beziehungen zu den Bündischen eine Rolle gespielt haben. Von einem rätselhaften Gewährsmann direkt in der Wehlauer Kaufmannschaft ist die Rede.«

Abermals hielt sie inne. Editha meinte, ihr Blick würde sich wie ein Schwert in sie hineinbohren. Kaum konnte sie die Hebamme in ihrer Nähe ertragen. Mit einem genüsslichen Schnaufen fuhr die Hundskötterin fort: »Niemand außer Rehbinder und Eurem Gemahl kennt den Namen dieses Unbekannten. Mir scheint, liebe Fischartin, er ist da in eine vertrackte Geschichte gestolpert. Es ist ihm wohl allein darum zu tun, seine ehrbaren Zunftgenossen beim Handel mit Eurer Heimatstadt London zu übervorteilen. Oder wie ist das sonst zu erklären?« Sie rückte ein Stück ab und sah Editha durchdringend an.

Die räudige Metze wusste über alles Bescheid. Gewiss steckte sie mit Spelmann und den anderen neidzerfressenen Zunftgenossen unter einer Decke. Letztlich arbeitete das alles Gundas Absichten zu. Dass Gunda Rosskamp als Gunda Fröbel tatsächlich hinter der Geschichte steckte, daran konnte kein Zweifel mehr bestehen. In was hatte Gernot sie nun schon wieder hineingeritten? All das jahrelange Hinpilgern zur Laak und das brave Schlucken der grässlichen, viel zu teuer bezahlten Tinkturen nützte gar nichts. Bei der erstbesten Gelegenheit wetzte sich die Hundskötterin gierig das Maul, um Gernot durch den Dreck zu ziehen. Jäh kam Editha ein furchtbarer Gedanke: Die Hundskötterin könnte sich am Ende auf Gundas Seite schlagen und mit ihr gemeinsam Gernot den letzten Stoß versetzen. *Silly shrew!*, schimpfte sie. Nicht zum ersten Mal reute es sie, der meineidigen Klepperin nicht schon längst den Garaus gemacht zu haben. Wenn sie doch nur wüsste, wie sie der hinterhältigen Hundskötterin das lose Mundwerk stopfen konnte! Jetzt, da sie schwanger war, brauchte sie ihre nutzlosen Wundermittel ohnehin nicht mehr. Im Gegenteil: Vorsicht war geboten! Die boshafte Zungenkläfferin war imstande, am Ende gar die unschuldige Frucht ihres Leibes zu verderben. Gernot hatte recht: Nie und nimmer durfte sie ihr länger vertrauen. Schnellstmöglich sollte sie eine andere Wehmutter aufsuchen.

»Kein Wunder«, schwatzte die Hundskötterin unverdrossen weiter, »dass Euer lieber Herr Gemahl vor zwei oder drei Wochen nach Riga gereist ist. Nach der Schmach bei Wehlau werden die Kreuzherren jeden, den auch nur der zarteste Geruch umweht, mit den Bündischen in Verbindung zu stehen, dafür zur Rechenschaft ziehen. Heinrich Reuß von Plauen soll nicht nur zornig, sondern zutiefst ergrimmt ob der verräterischen Haltung so manchen, allein auf seinen persönlichen Vorteil bedachten Kaufmanns sein. Wollen wir hoffen«, von neuem senkte sie die Stimme und zog Editha am Arm näher zu sich heran, »Euer Gemahl ist klug genug, den ganzen Winter über in Livland auszuharren. Ich bin mir sicher, Reuß von Plauens Zorn wird im Verlauf der nächsten Monate verrauchen, insbesondere, wenn er im nächsten Frühjahr erneut gegen die Bündischen ziehen kann. Dabei kommen ihm die gut gefüllten Geldbeutel der hiesigen Kaufleute sehr zupass. Oh!«, beendete sie ihre Ausführungen mit einem schrillen Ausruf und streckte den rechten Zeigefinger weit nach vorn auf eine kleine Ansammlung Menschen an der Ecke zum Altstädter Markt. »Täusche ich mich, oder steht dort vorn Euer lieber Sohn?«

Als sie Edithas Arm freigab, versetzte sie ihr wie zufällig einen Stoß in die Seite. Editha torkelte, fing sich wieder und richtete den Blick in die vorgegebene Richtung.

Zunächst konnte sie nicht viel erkennen. Ihre Augen waren tatsächlich schlechter geworden. Das erschreckte sie, war ihre Mutter mit etwas über vierzig doch bereits vollkommen erblindet. Aber man muss nicht alles von den Eltern erben, tröstete sie sich und rief sich Caspars seltsame Nasenform in Erinnerung. Zugleich kniff sie die Augen zusammen und entdeckte den innig geliebten Sohn tatsächlich an der nächsten Straßenecke. Er war nicht allein. Editha sparte sich den kurzen Blick zur Hundskötterin. Allein die Tatsache, wie all ihre Bosheit in der Betonung der Worte »lieber Sohn« mitschwang, verriet, dass die Hebamme genau wusste, wie bitter es ihr aufstieß, Caspar in vertrautem Gespräch mit einer unbekannten jungen Frau zu erspähen. Unheilvolles ahnend, näherte sie sich den beiden, wobei sie die Fremde unauffällig zu mustern versuchte.

Das Fräulein mochte etwa das gleiche Alter haben wie er. Ebenso stand sie ihm auch von der Größe her kaum nach. Dafür aber war ihre Statur weitaus zierlicher. Die Brust war noch jungfräulich flach und zeichnete sich unter dem dunkelroten Surkot kaum ab. Ihr Gebaren sprach allerdings bis in die kleinste Regung die Sprache einer Frau, die genau wusste, welche Wirkung sie auf ihr männliches Gegenüber besaß. Edithas Augen wanderten noch einmal prüfend die gesamte Erscheinung entlang. Das glatte braune Haar hatte sie zu strengen Schnecken über den Ohren frisiert. Soweit Editha das aus der Ferne erkennen konnte, war ihr Gesicht ebenmäßig, der Hals lang und schlank. Editha sah genauer hin: Um den Hals trug die Unbekannte ein helles Tuch, dessen Enden artig auf die Brust fielen. Während des Gesprächs mit Caspar wanderten ihre Finger immer wieder dorthin und nestelten daran, als gelte es, etwas darunter zu verbergen. Bei der Beobachtung stockte Editha der Atem. Caspar neigte zu exakt demselben Gebaren!

»Geben die beiden nicht ein wunderschönes Paar ab?«, flötete die Hundskötterin begeistert. »Euer Caspar ist ein ansehnlicher Bursche. Mit Verlaub«, fügte sie mit einem hinterlistigen Schmunzeln hinzu, »mit Abstand betrachtet, hat er von der Statur her wenig mit Euch gemein. Auch rührt so mancher Zug in seinem Antlitz gar nicht aus der Fischartschen Linie, dessen bin ich mir als erfahrene Wehmutter gewiss. Wer weiß, welch unbekanntes Erbe sich in der weitläufigen Ahnenreihe auftut. Auffällig ist in jedem Fall, wie gut er zu dieser hochgewachsenen, unbekannten Schönheit passt. Die beiden scheinen füreinander bestimmt. Lasst uns noch näher herangehen, meine Liebe. Der Anblick ist einfach gar zu schön.«

Ehe Editha ein wütendes *»shut up, you blasted old shrew!«* ausstoßen konnte, hatte die Hundskötterin sie bis auf wenige

Schritte zu Caspar und der Unbekannten gezerrt. Je länger Editha im Schutz zweier dicker Mägde das Mädchen an der Seite ihres Sohnes anschaute, desto übler wurde ihr. Wie konnte Caspar ihr das nur antun?

»Ach wie hübsch!«, erging sich die Hundskötterin weiter in ihrer Schwärmerei. »Das Fräulein trägt auch ein helles Halstuch um den langen, schlanken Hals, genau wie Euer Sohn. Und seht nur, wie sie immer wieder mit den Fingern daran fasst, um es auszurichten. Fast könnte man meinen, auch sie habe im Nacken ein auffälliges Feuermal zu verbergen. Das kennen wir von Eurem lieben Caspar und Eurem Gemahl nur zu gut, nicht wahr, meine Liebe?«

Wie dumpfe Schläge dröhnten die Worte in Edithas Schädel. Ihr wurde schwindlig, die Übelkeit bahnte sich ihren Weg. Mühsam schluckte sie bittere Galle hinunter. Zugleich erfasste sie Trotz. So schnell wollte sie vor der Hebamme nicht aufgeben. Jäh reckte sie das Kinn und betrachtete Caspar und die Fremde noch einmal genauer. Da sie inzwischen fast auf Armlänge bei den beiden stand, erkannte sie die Gesichtszüge der jungen Frau besser. Sie stockte. Die Ähnlichkeit war verblüffend. Und nicht allein die Ähnlichkeit mit Caspar und Gernot. Das Bild einer anderen Frau schob sich Editha vor Augen, das Bild einer Frau, die sie zeit ihres Lebens nicht mehr wiedersehen wollte.

For God's sake! Ihre elende Angst war also gerechtfertigt: Gunda steckte hinter Gernots Wehlauer Geschäften. Offenbar genügte es ihr jedoch nicht, ihn damit bei seinen Königsberger Zunftgenossen in Misskredit zu bringen. Sie schickte auch noch das Mädchen vor, um sich Caspars zu bemächtigen. Jetzt war es nur eine Frage der Zeit, bis sie selbst am Pregel auftauchte, Caspar von Edithas Seite riss und sie alle in den Abgrund stürzte. Editha hatte gehofft, das niemals erleben zu müssen. Doch des Schicksals Gnade war im Begriff, sich endgültig von ihr abzuwenden.

Ein neuerlicher Krampf im Leib hieß sie, sich zusammenzukrümmen. Ein schwarzer Vorhang schob sich vor ihre Augen. Sie kippte ins Bodenlose. Das Letzte, was sie wahrnahm, bevor sie auf dem harten Pflaster aufschlug, war das zufriedene Grinsen im Gesicht der Hundskötterin.

17

Den Pflichten in der Bortenmacherwerkstatt und beim Brauen nachzukommen, fiel Agnes schwerer denn je. Kaum schlug sie die Augen auf, dachte sie bereits an Caspar. Einem immerwährenden Sonnenstrahl gleich flutete die Erinnerung in ihr Herz. Jeglicher Kummer über Laurenz' Fernbleiben und die Sorge um das Wohlergehen Gundas und Lores traten dahinter zurück, bis sie sich ganz in dunstigen Nebelschwaden auflösten. Selbst die Grübelei über den Namen Fischart ließ sie rasch wieder sein. Was spielte es für eine Rolle, ob und wo sie ihn schon einmal gehört hatte? Solange sie Caspar leibhaftig vor sich hatte, war alles gut.

Bis zum Ende der Woche gelang es ihr nur ein weiteres Mal, ihn zu treffen. An der Seite des Brauknechts Nedas hieß die Muhme sie Bier in der Altstadt und im Kneiphof ausliefern. Als Nedas auf dem Rückweg kurz vor dem Altstädter Markt bei einem Gefährten stehen blieb und schwatzte, konnte sie sich unbemerkt davonstehlen. Wie erhofft, traf sie Caspar nicht weit entfernt davon und konnte in der Abgeschiedenheit eines Gassenwinkels einige Worte mit ihm wechseln. Von der glücklichen Erinnerung zehrte sie die nächsten Tage.

»He, Agnes, hörst du überhaupt zu?« Ein kräftiger Rippenstoß von Marie ließ sie zusammenzucken.

»Was sage ich dir immer, meine Liebe?«, merkte Theres an. »Wenn wir nicht aufpassen, fliegt uns unsere Kleine alsbald auf goldenen Flügeln davon. Hoch oben in den Wolken scheint sie ihr Glück zu erspähen. Siehst du nicht, wie sie immerzu mit den Vögeln redet und ihnen ganz verzückt beim Davonfliegen nachschaut?«

Lachend schüttelte Theres die schwarzen Locken in den Nacken. Ihre glockenhelle Stimme klang noch munterer als sonst. Die runde Marie warf ihr einen bewundernden Blick zu und zog die Lippen über ihre vorstehenden großen Zähne. Auch in ihren grauen Augen blitzte der Schalk auf. Sie standen auf dem schmalen Vorplatz von Sankt Barbara in der Löbenichter Obergasse. Das goldene Septemberlicht schenkte den bescheidenen, eingeschossigen Handwerkerhäusern ein festliches Aussehen. Gerade war die Sonntagsmesse zu Ende gegangen. An der Kirchenpforte verabschiedeten sich die Einwohner des Löbenichts voneinander und traten den Heimweg an. Einige Männer stolzierten in bunten Strumpfhosen unter nicht minder bunten, engen Röcken umher. Bei jedem Schritt nach vorn präsentierten sie wie zufällig die auffällige Länge der Schnabelschuhe. Andere waren in lange Hosen und schlichte, saubere Kittel gekleidet. Manche Frauen hatten es zu Hörnerhauben auf den hoch erhobenen Köpfen gebracht, andere die weißen Flügelhauben so kräftig gestärkt, dass sie ihnen wahrlich Flügel zu verleihen schienen. Die unverheirateten Mädchen dagegen zeigten kühn die abenteuerlichsten Flechtfrisuren auf den Köpfen, was die Burschen zu neckenden Bemerkungen anspornte. Über der gehobenen Stimmung geriet sogar der herbe Malzgeruch in Vergessenheit, der selbst am Sonntag zum Löbenicht gehörte wie die Ordensburg zur Altstadt und der Dom zum Kneiphof.

»Wo ist meine Muhme?«, fragte Agnes. Statt einer Antwort erntete sie einvernehmliches Gekicher der beiden Mägde.

»Ja, du hast recht.« Anders als sonst schien Marie nicht dazu aufgelegt, Theres' Spott Einhalt zu gebieten. »Bald wachsen Agnes Flügel, und sie schwebt auf Wolken davon, während wir beide ihr von hier unten neidisch nachschauen.«

»Was redet ihr nur für törichtes Zeug?« Verständnislos schüttelte Agnes den Kopf und reckte sich auf die Zehenspitzen, um selbst nach der Muhme zu suchen.

»Gib dir keine Mühe.« Marie zupfte sie am Arm. »Die Meisterin ist vorhin mit der Bierbeschauerin zum Krönchentor gegangen. Dort wohnt die alte Schwäherin von der Mohr. Seit Tagen wartet die auf den Tod. Ihr letzter Wunsch ist es, ein blutrotes Band mit Gold bestickt im Haar zu tragen. So will sie vor Gott, den Allmächtigen, treten. Deine Muhme will sich jetzt genaue Anweisungen für das Muster holen, damit es auch wirklich das Richtige für den Jüngsten Tag ist.«

»Wir sollen derweil nach Hause gehen, um den Suppenkessel tiefer zu hängen, die Bohnen zu putzen und die Möhren zu schnippeln«, ergänzte Theres mit einem seltsamen Augenaufschlag.

»Das schaffen wir beide allerdings gut allein.« Aus unerfindlichen Gründen versuchte sich Marie in einem rätselhaften Zwinkern, das Agnes nicht verstand.

»Zu viele Köchinnen verderben nämlich den Brei«, kam Theres der Gefährtin zu Hilfe. »Deshalb kannst du gern spazieren gehen. Die frische Luft färbt deine Wangen so wundervoll rosig. Das steht dir gut, Kleines.«

»Geh noch ein Stück, Liebes, und genieß den schönen Tag.

Es reicht, wenn du zum Essen zu Hause bist«, schlug Marie vor.

»Wir beide müssen nämlich etwas Dringendes erledigen«, entfuhr es Theres unvermittelt.

»Genug«, zischte Marie und zog die Gefährtin fort. Über die Schulter winkte sie Agnes aufmunternd zu. »Lass dir ruhig Zeit mit dem Heimkommen. Deiner Muhme wegen musst du dir keine Sorgen machen. Die wird schon verstehen, dass du ein wenig frische Luft brauchst.«

Verwundert sah Agnes den beiden nach, wie sie Arm in Arm die Obergasse entlangschlenderten, bis sie die Ecke zur Krummen Grube erreichten. Was war nur los? So deutlich hatten sie ihr noch nie zu verstehen gegeben, dass sie eine Weile für sich sein wollten. Als die Mägde aus ihrem Blickfeld verschwunden waren, sah sie sich um. Längst waren auch die letzten Kirchenbesucher nach Hause gegangen. Über der Obergasse lag eine feierliche Ruhe. Gelegentlich wurde sie vom aufgebrachten Gackern eines Huhns oder dem wütenden Gekläff eines Hundes unterbrochen. Anders als an den herkömmlichen Wochentagen wurden die Tiere sonntags im Hof gehalten. Eine gestreifte Katze strich Agnes um die Beine, verharrte an der nächsten Hausecke, als wollte sie sich versichern, dass Agnes ihr folgte. Zögernd setzte Agnes sich in dieselbe Richtung in Bewegung.

»Endlich!« Kaum hatte sie die Ecke zur Berggasse erreicht, trat Caspar aus einem Hofeingang. Eilig zog er sie in die abgeschiedene Straße hinein. »Ich dachte schon, du kommst gar nicht mehr.«

»Woher sollte ich wissen, dass du hier auf mich wartest?«

Kaum ausgesprochen, wurde ihr bewusst, dass sie ebenfalls die vertraute Anrede verwendete. So nah wie nie zuvor standen sie voreinander. Agnes spürte ein Kribbeln im Bauch. Eine angenehme Leichtigkeit überfiel sie. Sie schloss die Augen und hoffte, er würde sie küssen. Stattdessen klopfte er ihr sacht auf die Schultern. Enttäuscht öffnete sie die Lider. Er trat einen Schritt nach hinten. Nachdenklich betrachtete sie ihn.

Im nächsten Moment schien es ihr unvorstellbar, sich nach einem Kuss von ihm gesehnt zu haben. Caspar hatte zwar etwas grundsätzlich Vertrautes, zugleich aber wirkte er unnahbar. Laurenz kam ihr in den Sinn. Was gäbe sie darum, ihn jetzt vor sich zu haben! Nie und nimmer würde er sie bei solcher Gelegenheit ungeküsst lassen. Viel zu groß war ihrer beider Verlangen, die Glut des anderen am eigenen Leib zu spüren. Für Caspar, dessen war sie auf einmal gewiss, empfand sie etwas völlig anderes. Verwirrt schluckte sie.

»Wie schön, dich endlich wiederzusehen!« Caspar strahlte. »Seit Donnerstag denke ich darüber nach, wann es uns gelingen wird, uns zu treffen. Heute früh kam mir die Idee, einmal die Messe in Sankt Barbara zu besuchen.«

»Ich hoffe, dir als Altstädter war es hier im Löbenicht nicht gar zu fremd.«

»Es hat mir gewiss nicht geschadet, einmal die Predigt im Löbenicht zu hören. Noch dazu, wenn sich mir im Anschluss daran die Möglichkeit bietet, dich zu sprechen.«

»Was allein dem Zufall zu verdanken ist. Wäre ich mit unseren Mägden gegangen, wäre dir das nicht gelungen.«

»Ach, Agnes! Sei bitte nicht so ungeduldig mit mir!« Ehrerbietig fasste er nach ihrer Hand, hob sie zum Mund, hauchte einen Kuss darauf. »Es mag dir seltsam vorkommen, dass ich hier stehe und warte, ob du kommst oder nicht. Doch ich habe nicht gewagt, mich dir mitten auf dem Kirchplatz zu nähern. Was würde deine Muhme dazu sagen? Oder die beiden Mägde, denen das Mundwerk ohnehin sehr locker zu sitzen scheint?«

Noch einmal küsste er ihr scheu den Handrücken. »Verzeih mir, aber ich verfüge über keinerlei Erfahrung, was den galanten Umgang mit einem schönen Fräulein wie dir anbelangt. Mein Vater ist vor allem darauf bedacht, mich in die Geheimnisse der Holzpreise in Litauen, den Pelzhandel in Nowgorod oder in die Umstände der Heringssaison in Schonen einzuweihen. Ebenso wichtig ist ihm, mir den geschickten Umgang mit der Großschäfferei auf der Ordensburg einzutrichtern und die hohe Kunst des Briefeschreibens an Kaufleute in Lübeck nahezubringen. Der Umgang mit dem weiblichen Geschlecht spielt bei meiner Erziehung für ihn dagegen keine Rolle. Auch meine Mutter unternimmt nichts, mich darin zu unterweisen. Wahrscheinlich sehen meine Eltern nach wie vor den kleinen Jungen in mir, den es vor sämtlicher Unbill der Welt zu bewahren gilt.«

Er verzog das Gesicht zu einer schiefen Grimasse, was Agnes endgültig zum Lachen brachte. Zufrieden fuhr er fort: »Leider verfüge ich weder über eine Schwester, noch haben wir eine hübsche junge Magd im Haus, der ich der Übung halber den Hof machen könnte. Die vielen Runzeln sowie der krumme Rücken unserer alten Anna spornen einen jungen Burschen wie mich nicht eben zu Lobpreisungen an. Ungeschlacht wie ein tumber Ochse trete ich dir deshalb unter die Augen.«

»Lass uns ein Stück gehen«, schlug sie vor. »Dabei kannst du mir mehr von dir und deiner schweren Erziehung zum Kaufmann erzählen. Dein Vater ist also ein strenger Mann, der dir nichts anderes als Rechnen und Handeln beigebracht hat. Und deine Mutter treibt die Eifersucht um, ihren einzigen Sohn nicht zu früh mit einer anderen Frau zu teilen.«

»Du kennst dich mit Müttern aus.«

»Ich habe selbst eine.«

Sie lachten einvernehmlich, bis Agnes anmerkte: »Wahrscheinlich ist deine Mutter darauf bedacht, aus dir einen guten Kaufmann zu machen, damit du dich deines Erbes würdig erweist.«

»Natürlich!«, stimmte Caspar zu. »So gehört es sich doch für eine brave Kaufmannsgattin. Schließlich muss sie meinen Vater vertreten, wenn er über Wochen, manchmal gar für Monate in die Fremde reist. Aber ihr liegt das im Blut. Sie entstammt einer alten Kaufmannsfamilie aus London.«

»Wie aufregend! Zur Hälfte fließt also englisches Blut in deinen Adern.« Sie warf ihm einen bewundernden Blick zu. Er sonnte sich in dem Gefühl, in ihren Augen etwas Besonderes zu sein. »Bist du schon einmal dort gewesen?«

»Nein, leider noch nicht. Im Frühjahr sollte ich eigentlich nach London reisen, doch die Lage ist auch an der Themse derzeit nicht sonderlich friedlich. Seit einigen Jahren gibt es Aufruhr um den König. Heinrich ist schwach, mitunter wird behauptet, er wäre gar von geringem Verstand. Ein gewisser Plantagenet fordert seine Entmachtung, um selbst den Thron zu besteigen. Früher oder später werden heftige Kämpfe entbrennen.«

»Ist der Handel zwischen Königsberg und England deshalb zum Erliegen gekommen?« Agnes erinnerte sich an die Bemühungen ihrer Mutter mit Rehbinder. Dabei war es auch um den Handel mit England gegangen. Wie es sich genau verhielt, brachte sie jedoch nicht mehr zusammen.

»Die Geschäfte stocken seit Jahren«, erklärte Caspar, »allerdings nicht allein der Thronstreitigkeiten wegen. Die Handelsroute nach England gilt als äußerst unsicher. Es gibt immer wieder Überfälle, Schiffe werden versenkt, Waren geraubt. Zudem werden in den Häfen oft unsinnige oder gar doppelte und dreifache Zölle erhoben.«

»Woher weißt du das alles?«

»Mein Oheim hält uns in seinen Briefen über die Ereignisse an der Themse auf dem Laufenden. Dabei schreibt er weitaus ehrlicher, als so manch anderer Kaufmann das tun würde. Immerhin geht es ihm um die Familie und nicht allein um das Geschäft. Das verschafft meinem Vater einen erheblichen Vorteil gegenüber seinen Zunftgenossen.«

»Das kann ich mir gut vorstellen.« Andächtig beäugte Agnes ihn. Vor ihrem inneren Auge entstand allmählich ein neues Bild von Caspar als eines sehr ernsthaften Jünglings, der tagaus, tagein Nachrichten aus England studierte und sie den Zunftgenossen erläuterte.

»Es ist sehr wichtig für uns, diesen Vorteil zu nutzen«, redete er weiter. »Im nächsten Frühjahr werde ich wohl meine Reise nach London antreten und die Gepflogenheiten vor Ort aus eigener Anschauung studieren. Das festigt diese Bindung noch mehr.«

»Wie schade!« Sie hatten das Ende der Berggasse erreicht. Unschlüssig blieben sie stehen. »Dir steht ein gewaltiges Abenteuer bevor, Caspar: erst die gefährliche Reise mit dem Schiff, dann die unruhigen Zeiten an der Themse …«

»Hast du Angst um mich?«, fiel Caspar ihr ins Wort.

Erschrocken sah sie ihn an. Über sein Antlitz huschte eine Mischung aus Freude, Stolz und Furcht. Als er ihres Blickes gewahr wurde, senkte er den Kopf. Gedankenverloren griffen sie beide an die Zipfel ihrer Halstücher.

»Wir haben gelegentlich wohl dieselben Angewohnheiten«, stellte sie fest.

»Seltsam, nicht wahr?«, stimmte Caspar zu und rückte das Halstuch gerade. Wie zum Trotz zupfte sie ihres in die andere Richtung. Beide lachten sie erleichtert.

»Falls es mit London nicht klappen sollte«, fuhr er fort, »gibt es noch andere Städte, die ich aufsuchen will. Danzig und Lübeck sind ebenfalls wichtige Stationen, zu denen mein Vater gute Beziehungen unterhält. Einige Jahre in der Fremde zu verbringen ist für einen Kaufmannssohn überaus ratsam.«

Abermals hielt er inne, wartete auf ihr begeistertes Nicken, um sich weiter in die Brust zu werfen: »Wie gut es war, dass ich im Frühjahr hiergeblieben bin, zeigt sich an mehreren Ereignissen. Die wochenlangen Belagerungen haben die Lieferungen aus Litauen gehörig ins Stocken gebracht. Seither muss man stets selbst beim Anlanden der Ware zugegen sein und die Braker im Auge behalten. Sonst verzögern sie die Verschiffung noch mehr. Deshalb gehe ich jeden Tag zur Holzwiese und schaue nach dem Rechten.«

»Sehr vernünftig«, stimmte Agnes zu.

»Mein Vater hat vor kurzem noch einmal unerwartet nach Riga reisen müssen, was erheblichen Aufruhr im Kontor entfacht hat. Ganz zu schweigen von den Schwierigkeiten, die sich durch den allmählichen Zerfall des Preußischen Städtebundes ergeben. Ohne mich stünde meine Mutter mit den daraus erwachsenden Schwierigkeiten ganz allein da.«

»Als Gemahlin und Tochter eines Kaufmanns kennt sie das alles doch von klein auf und weiß im Zweifelsfall selbst, was zu tun ist.« Agnes fuhr mit den Fingern am Rand ihres Halstuchs entlang. Kurz streifte sie dabei über die trockene Haut des Feuermals. Ob er mit dem Halstuch einen ähnlichen Makel verbarg wie sie?

»Du kennst meine Mutter nicht.« Er grinste.

»Was ist mit ihr?«

»Nichts Besonderes. Manchmal allerdings ist sie etwas eigen. Dennoch ist sie eine wundervolle Frau. Sonst hätte sich mein Vater wohl kaum in sie verliebt.«

»Wahrscheinlich trauert sie ihrer Heimat nach. Sie musste sie früh verlassen und ganz allein nach Königsberg gehen, ohne zu wissen, ob und wann sie die Ihrigen je wiedersieht.«

»Die Liebe zu meinem Vater hat sie dazu verleitet. Er hat seine Lehrzeit im Haus ihrer Familie an der Themse verbracht. So haben sie sich einst kennengelernt.«

»Dann sollte ich mir vielleicht wünschen, du würdest im nächsten Frühjahr nicht in die Fremde gehen.«

Verblüfft sah er sie an. Es dauerte einen Moment, bis er begriff, dann lachte er. »Es gibt auch Kaufmannssöhne, die bereits verlobt in die Fremde ziehen.«

»Was?«

Nun war es an ihr, ihn verständnislos anzustarren. Das gefiel ihm. Er wuchs förmlich über sich hinaus. »Was spricht dagegen? Ich bin eine gute Partie. Deine Eltern werden wohl kaum etwas gegen mich einzuwenden haben.«

»Meine Mutter«, verbesserte sie ihn. »Mein Vater ist im letzten Jahr gestorben.«

»Oh, das tut mir leid. Das hast du mir noch gar nicht erzählt. Ohnehin hast du mir bislang viel zu wenig von dir erzählt.«

»Da gibt es nicht viel zu erzählen.«

»Außer, dass du die entzückendste Tochter bist, die eine Mutter haben kann, und dass du das beste Bier der Welt zu brauen verstehst.« Übermütig fasste er sie an den Händen und wollte mit ihr herumtanzen.

»Nicht!«, versuchte sie, seinem Übermut Einhalt zu gebieten.

»Ich höre erst auf, wenn du mir versprichst, meine Frau zu werden.«

»Nein!« Sie erschraken beide, wie laut sie das rief. »Tut mir leid, ich meine, also ich denke, es ist besser …«

»Schon gut«, lenkte er ein und senkte den Kopf. »Du hast recht. Ich bin wohl etwas zu voreilig gewesen. Schließlich gehört es sich nicht, einem so anmutigen Fräulein wie dir mitten auf der Straße einen Antrag zu machen. Das ist einfach ungeschickt. Aber ich habe dir bereits zu Anfang gesagt, wie wenig Übung ich im Umgang mit jungen Damen habe.«

Caspars Anblick rührte sie. Wie auf ein geheimes Zeichen fielen sie einander in die Arme und umschlangen sich. Zum ersten Mal dachte sie dabei nicht an Laurenz.

18

Zu Wochenbeginn standen abermals zwei Brautage außer der Reihe an, die es Agnes unmöglich machten, das Haus zu verlassen. Ihre Hoffnung, am darauffolgenden Tag für eine Weile aus der Krummen Grube zu entrinnen und Caspar bei der Altstädter Holzbrücke zu treffen, schien sich ebenso zu zerschlagen. Gleich nach dem morgendlichen Imbiss sollte sie Theres und Marie in der Werkstatt mit einigen Hilfsdiensten zur Hand gehen. Vor einiger Zeit noch hätte sie sich darüber gefreut, nun aber behagte es ihr nicht. Ungeschickter denn je hantierte sie beim Aufwickeln der Fäden mit Winde und Spule.

»Wo bist du nur wieder mit deinen Gedanken, Kleines?«, tadelte Marie sie. »Geht es dir nicht gut? Deine Wangen glühen. Hast du etwa Fieber?«

»Das ist keine Fieberröte. Die gesunde Farbe kommt von etwas ganz anderem. Sieh sie dir nur an: Mit jedem Tag, den sie bei uns ist, wird sie schöner«, flötete Theres. Geschwind reichte sie Agnes ein weiteres Knäuel Garn. Dabei berührte sie ihre zitternde Hand und sah sie aus ihren dunklen Augen eindringlich an. »Was wird Laurenz staunen, wenn er im Frühjahr zurückkehrt, um sie zu ihrer Mutter zu bringen.«

»Du hast recht!« Marie nickte eifrig. »Wie komme ich nur darauf, zu denken, die Kleine wäre krank? Das Bierbrauen lässt sie wahrlich aufblühen und tröstet sie über das Heimweh hinweg. Zudem tut es ihr gut, gelegentliche Botengänge zu erledigen. Denk auch nur an den einsamen Spaziergang letzten Sonntag. Der hat ihr sehr wohlgetan. Seither hat sie die frisch geröteten Wangen und die strahlenden Augen.«

»Ein Wunder eigentlich«, fiel Theres ein. »Dabei ist die Luft hier am Pregel nach dem langen, heißen Sommer wahrlich schlecht. Der Fluss stinkt widerwärtig. Manchmal riecht man es bis zu uns in die Krumme Grube hinauf.« Theatralisch kniff sie die Nase zu, was Marie auflachen ließ. »Übertreib nicht so! Die ersten Herbststürme werden bald für Linderung sorgen und den Gestank aus den Straßen pusten.«

»Zunächst aber sieht es so aus, als sorgten sie eher dafür, dass so manch einem der Kopf kräftig durcheinandergepustet wird. Oder sollte ich besser sagen: das Herz?«

Süß lächelte Theres Agnes an. Die wäre am liebsten im Erdboden versunken. Marie versetzte der Gefährtin einen mahnenden Stoß in die Seite. »Was gäbe ich darum, mir den Wind noch einmal derart unbeschwert um die Nase wehen zu lassen!«

»Wenn du magst, kannst du das gleich haben.«

Erschrocken fuhren die Mägde herum. Wieder einmal war es ihrer Meisterin gelungen, unbemerkt die Werkstatt zu betreten. Zunächst prüfte Agatha die auf dem Tisch liegenden fertigen Borten, dann nickte sie zufrieden und wandte sich Marie zu: »Wenn du Lust hast, darfst du heute an Nedas' Seite Bier ausfahren. Meister Holbein hat zwei Fässer für seinen Krug an der Sackheimer Kirche bestellt. Theres wird in der

Werkstatt gut allein klarkommen, und für Agnes habe ich eine andere Aufgabe. Unser lieber Brauknecht wird über deine Begleitung mehr als entzückt sein.«

Entgeistert starrte die dickliche Magd Agatha an, während Theres belustigt kicherte.

»W-w-was um aller Welt ... W-w-w-wieso ich? Ich dachte, Nedas hat ein Auge auf Theres ...« Zu mehr als einem unzusammenhängenden Stottern war Marie nicht fähig. Ihre runden Wangen glühten.

»Wie kommst du darauf, Nedas habe ein Auge auf Theres geworfen?«, fragte Agatha. »Seit er uns hier beim Brauen hilft, versucht er immer wieder verzweifelt, deine Aufmerksamkeit zu erringen.«

»Das ist nicht wahr!« Marie schlug die Hände vors Gesicht.

Auf einmal war es mucksmäuschenstill in der Werkstatt. Selbst Theres verkniff sich eine freche Bemerkung. Stattdessen schlich sie zu ihrer Freundin, legte ihr den Arm um die rundlichen Schultern und drückte sie zärtlich an sich. »Wie schön, Liebes! Habe ich dir nicht immer schon gesagt, er wäre eine gute Partie für dich?«

»Glaubst du wirklich?« Langsam ließ Marie die Hände sinken. Ihr Gesicht war feucht von Tränen, die Augen waren verquollen. Als Theres gerührt nickte, verwandelte sich ihr Antlitz rasend schnell. Auf einmal lag ein geheimnisvolles Strahlen darauf, auch die hellen Augen funkelten. Theres, Agatha und Agnes wechselten einvernehmliche Blicke: So sah unverhofftes Glück aus!

»Nun geh schon! Der gute Nedas hat wirklich lange genug auf dich gewartet.« Die Muhme schubste sie zur Tür.

»Viel Glück!« Theres klopfte ihr aufmunternd auf die Schulter, scheu strich Agnes ihr beim Vorübergehen über den Arm.

»Ist es nicht immer wieder schön zu erleben, wenn zwei, die schon lange füreinander bestimmt sind, sich tatsächlich finden?« Die Stimme der Muhme klang rauh. Als Agnes sich zu ihr umdrehte, bemerkte sie zum ersten Mal Tränen in ihren verschiedenfarbigen Augen. Hastig wischte sie die Augenwinkel, tat, als müsste sie das blonde Haar unter die Haube zurückstecken, und strich dabei nachdenklich über ihr Muttermal an der linken Stirnseite. »Los, ihr zwei! Maries Glück ist kein Grund für uns, den Tag zu vertrödeln. Theres, du wirst heute die Borten für die Fischartin in der Altstadt fertigen.«

Agnes zuckte zusammen.

»Ich sehe, du hast schon damit begonnen.« Agatha begutachtete den Schweifrahmen, an dem die Magd hantierte. »Das wird dir wieder gut gelingen. Zwei dunkelrote mit grünen und gelben Stickereien hat die Fischartin bestellt sowie eine blaue, durchwebt mit Goldfäden. Alle drei ganz ähnlich denen, die sie bereits zu Pfingsten bekommen hat. Du weißt, wie genau sie es mit ihren Vorstellungen nimmt. Sie ist keine leichte Kundin.«

»Sie ist eine dicke, verwöhnte alte Metze«, zischte Theres.

»Hüte deine freche Zunge, meine Liebe! Du weißt, mit der Fischartin sollte man sich gut stellen. Grollt sie einem, kann das nur übel ausgehen.«

»Schon gut«, murrte Theres kleinlaut. »Doch Ihr wisst, wie recht …«

»Die Fischartin ist eine treue Kundin. Das reicht. Agnes wird die Borten zu ihr bringen, sobald du fertig bist.«

Agnes stockte der Atem. Gewiss würde die gute Frau sofort spüren, wie sehr ihr Caspar gefiel. Das wäre ihr äußerst unangenehm.

»Oh ja«, setzte Theres noch einmal in frechem Ton an. »Es ist ja auch nicht daran zu denken, dass die gute Frau selbst herkommt, um die Borten zu holen. Heißt es nicht, sie meidet den Löbenicht, als wohnte hier der Leibhaftige, der sie zu sich in die Hölle holen will? Dabei passt sie genau dorthin. Ihr englisches Fluchen hat sie gewiss beim Teufel höchstpersönlich gelernt. Wie töricht von ihr zu glauben, niemand würde es hören.«

»Sei nicht so vorlaut!« Agatha schüttelte missbilligend den Kopf. »Komm, Agnes, wir beide gehen nach draußen. Es ist einfach ungehörig, wie Theres über eine unserer besten Kundinnen herzieht. Vergiss es sofort wieder, Liebes.«

In der Diele griff sie zielsicher nach dem Besen, der gleich neben dem Herd an der Wand lehnte. Agnes zögerte, ob sie sie nach der Fischartin fragen durfte, doch Agatha kam ihr zuvor. »Bevor es wieder regnet, sollten wir rund um unser Haus für Ordnung sorgen. Der Staub liegt viel zu dick auf dem Pflaster. Oder willst du lieber im dunklen Keller die Vorräte durchsehen? Nein«, winkte sie ab, »das mache ich besser selbst. Du bist noch nicht lange genug bei uns, um zu wissen, was wir an Äpfeln, Birnen, Erbsen, Kohl und dergleichen für den langen Winter brauchen. Lediglich beim Bier weißt du längst besser Bescheid als ich. An Malz und Hopfen quillt der Speicher derzeit über. Also raus mit dir, Kind, an die frische Luft. Das wird dir nach den langen Tagen an der Sudpfanne guttun.«

Agnes war froh, den restlichen Vormittag vor dem Haus verbringen zu können. Das Fegen des Straßenpflasters erwies sich trotz des Drecks, der dabei aufwirbelte, als angenehme Tätigkeit, um den Kopf freizubekommen.

»Gott zum Gruße, liebes Fräulein Agnes!« Der Gewandschneider von gegenüber beugte sich zum Fenster heraus. »Was gibt es Neues? Wird Euch heute eine Pause an der Sudpfanne gegönnt? Vergesst nicht, mir nachher wieder eine Kanne Eures köstlichen Bieres zu bringen.«

»Mir auch!«, rief es aus der benachbarten Gürtlerwerkstatt herüber. Der Meister ließ den Hammer sinken, mit dem er gerade ein Stück Messing bearbeitete. »Gestern habt Ihr mich vergessen.«

»Tut mir leid«, entschuldigte sich Agnes, »aber wir hatten mit dem Brauen alle Hände voll zu tun. Schickt doch eine Eurer Mägde, dann bekommt Ihr Euer Bier.«

»Wenn er eine hätte!« Gehässig kicherte der Gewandschneider und winkte Agnes zu seinem Fenster, um ihr hinter vorgehaltener Hand zuzuflüstern: »Die letzte hat der alte Griesgram mit einem Fußtritt in den Hintern aus dem Haus gejagt. Jetzt ist er ganz allein. Kein Knecht, keine Magd, keine Frau und keine Kinder, niemand ist ihm geblieben. Wenn er nicht so wunderschöne Schnallen und Gürtel fertigen würde, hätte man ihn wohl schon aus dem Löbenicht vergrault.«

»Hört nicht auf den dürren Schwätzer! Der hockt doch selbst seit Jahren mutterseelenallein in seinem Haus. Bei dem hält es nicht einmal die Katze lange aus.« Der Gürtlermeister lachte ihr zu, was wiederum den Schneider zu einem missbilligenden Schnaufen veranlasste.

»Ich glaube, ich fege besser auf der anderen Seite weiter, sonst werde ich nicht fertig und bekomme Ärger mit meiner Muhme«, wandte sich Agnes hastig von den beiden ab. Bald versank sie über den gleichmäßigen Strichen wieder ganz in ihren Gedanken. Caspars unbekümmertes Lachen stand ihr vor Augen, seine rührende Unbeholfenheit im Umgang mit Mädchen. Davor schob sich immerzu das Bild einer kleinen, bösen Frau, die unverständliche Worte in einer fremden Sprache grummelte. Sie beschleunigte die Besenschwünge und erreichte den Hofeingang. Dort drückte sich eine Taube mit aufgeplustertem Gefieder in eine Ecke. Das blaugraue Federkleid hatte jeglichen Glanz verloren. Auf den ersten Blick war zu erkennen, dass das Tier krank war. »Was ist mit dir?« Vorsichtig beugte sie sich zu dem verängstigten Vogel hinunter und streckte die Hand aus. »Lass mich schauen, was dir fehlt.«

»Ganz meine Tochter!«

Jäh fuhr Agnes auf. Die Stimme war ihr vertrauter als jede andere. Von der abrupten Bewegung verschreckt, flatterte die Taube wild mit den Flügeln. Besorgt wandte Agnes sich ihr wieder zu. Verängstigt hatte sich das Tier in den hintersten Winkel des Eingangs zurückgezogen und hackte mit dem Schnabel nach ihr, sobald sie sich mit den Fingern näherte.

»Lass die Taube. Du kannst nichts für sie tun. Früher oder später landet sie ohnehin in der Pfanne.«

Wieder hörte sie Gundas Stimme dicht hinter sich. Sosehr sie es wünschte, wusste sie doch, es war keine Täuschung. Zögernd richtete sie sich auf und drehte sich um. Die Mutter betrachtete sie lächelnd. Agnes zauderte. Wo war der Zorn über Agnes' Aufbegehren, die Wut darüber, dass sie mit Laurenz davongerannt war, statt sich in die von ihr eingefädelte Heirat mit Kollmann zu fügen?

»Was machst du hier?«

»Das könnte ich dich auch fragen.«

Gundas Ton blieb liebevoll. Das verwunderte Agnes noch mehr. Sie musterte Gunda. Die schlanke, hochaufgeschossene Frau hatte sich stark verändert: Das Gesicht war schmaler geworden, die Wangen eingefallen. Das kupferbraune Haar, das unter der hellen Flügelhaube hervorlugte, wirkte stumpf, wie auch die rehbraunen Augen an Glanz verloren hatten. Die Wochen der Belagerung hatten Spuren hinterlassen. Angst überkam Agnes: Was mochte Gundas Auftauchen bedeuten? Wie war es Großmutter Lore ergangen? Weiterhin umspielte ein Lächeln Gundas Mundwinkel, aufmunternd hob sie die

Arme. Agnes begriff und warf sich ihr aufschluchzend gegen die Brust.

Geraume Zeit standen sie eng umschlungen vor Agathas Hoftor, versunken in das Gefühl, einander nah zu sein wie seit Jahren nicht.

»Keine Angst, Liebes!« Gunda befreite sich aus der Umarmung, fasste sie an den Händen und suchte ihren Blick. »Ich bin gekommen, um mich mit dir auszusöhnen. Es tut mir leid, dass du davongelaufen bist. Dabei wollte ich nur dein Bestes.«

»Mein Bestes?« Ungläubig wiederholte Agnes die letzten Worte. Die seltene Vertrautheit endete so abrupt, wie sie begonnen hatte. »Deshalb soll ich den grässlichen Kollmann heiraten? Wenn du dir einbildest, ich käme zurück, weil du dir das Schimpfen verkneifst, dann irrst du dich. Ich bleibe hier!«

Sie riss sich los und verschränkte die Arme vor der Brust.

»Hab keine Angst, Liebes. Ich zwinge dich nicht, mit mir zurück nach Wehlau zu gehen. Wenn du möchtest, kannst du noch eine Weile hier im Löbenicht bleiben. Ich habe Kollmann Bescheid gegeben, dass du ihn nicht heiraten wirst.«

»So?« Agnes blieb wachsam.

»Er ist sehr traurig. Er mag dich wirklich.«

Agnes war verwirrt. So recht wurde sie nicht schlau aus Gundas Verhalten. Sie schien wirklich darum bemüht, ihren Frieden mit ihr zu machen. Das konnte nur eins bedeuten: Lore hatte sie endlich überzeugt! Agnes schmunzelte bei der Vorstellung, wie entschlossen Lore ihre Tochter bei der erstbesten Gelegenheit nach der Belagerung fortgeschickt haben musste.

»Mich hier zu suchen war Großmutters Vorschlag, nicht wahr? Sie hat dich überredet, die Heirat mit Kollmann abzusagen, wenn ich ihn nicht will.«

»In gewisser Weise ja.« Unendlich langsam sprach Gunda das aus. Agnes erschrak. Da war noch etwas anderes. Auf Gundas Antlitz lag mehr als nur die Spuren wochenlangen Hungers. Ein Gedanke fraß sich in ihren Kopf, den sie nicht denken wollte. Es kostete sie alle Kraft der Welt, sich ihm zu widersetzen. Von weit her drangen Gundas Worte an ihr Ohr.

»Ich bitte dich um Verzeihung, Liebes. Ich wünsche mir so sehr, dass du mit mir nach Hause kommst. Wenn dein Herz an Laurenz hängt, so will ich mich nicht …«

»Nein!«, stieß Agnes im selben Moment aus. Sie ballte die Hände zu Fäusten und rang nach Luft.

»Ich dachte, du liebst ihn?« Erstaunt schaute Gunda sie an. »Bist du nicht seinetwegen aus Wehlau …«

»Nein!«, wiederholte Agnes noch einmal. Längst standen ihr Tränen in den Augen. Sie senkte den Kopf. Die Taube lag reglos zu ihren Füßen. Schon lauerte die Katze des Gürtlermeisters wenige Schritte entfernt, um sich die Beute zu schnappen.

»Ich kann nicht länger hier im Löbenicht bleiben«, hörte sie Gunda sagen. Sacht rüttelte sie sie am Arm. »Du findest mich in der Kneiphöfer Fleischbänkengasse, nur wenige Häuser vom Domplatz entfernt. Ich wohne bei Rehbinder.«

Kaum hatte sie den Namen ausgesprochen, war Agnes auf einmal wieder hellwach. Rehbinder, natürlich! Schon letztens, als Caspar von den Geschäften seines Vaters erzählt hatte, hätte sie darauf kommen müssen: In Gundas Gesprächen mit Rehbinder war der Name Fischart gefallen. Das war der Kaufmann, den Gunda mit Rehbinders Hilfe in Geschäfte verwickelt hatte. Es hatte ganz den Anschein, als führte sie etwas gegen Fischart persönlich im Schilde. Was mochte das sein? Woher kannte sie ihn überhaupt? Grübelnd sah Agnes an der Mutter vorbei die Krumme Grube hinunter. An der

Ecke zum Markt meinte sie, die Frau des Bierbeschauers Mohr zu erspähen. Hatte die ihr nicht von einer Verlobung Gundas mit einem jungen Kaufmann aus der Altstadt erzählt? Dabei konnte es sich um Caspars Vater gehandelt haben. Vom Alter her käme es wohl hin. Seinetwegen waren Großmutter Lore, Ewald und die Mutter von Dortmund nach Königsberg gereist, nicht Kelletats wegen. Plante Gunda etwa, sich mit dem Handel für die geplatzte Heirat zu rächen? Gab sie Fischart die Schuld am Überfall und Ewalds grausamen Tod? Wieso aber flammten ihre Rachegelüste erst nach all den Jahren so stark auf?

»Was hast du eigentlich vor?«, fragte sie harsch. »Bist du immer noch dabei, mit Rehbinders Hilfe diesen Fischart aufs Kreuz zu legen? Musst du deshalb gleich wieder fort?«

»Was redest du da?« Für einen kurzen Moment flackerte ungezügelte Wut auf Gundas Antlitz auf, verschwand alsbald wieder hinter einem milden Lächeln. »Agnes, Liebes, wie kommst du darauf, ich wollte jemanden aufs Kreuz legen? Noch dazu mit Rehbinders Hilfe? Schlimm genug, dass du mir so etwas zutraust. Rehbinder ist ein durch und durch ehrenwerter Kaufmann. Du warst doch dabei, als ich mit ihm über die Eibenholzlieferung aus Litauen gesprochen habe. Da ist alles mit rechten Dingen zugegangen. Fischart hat dadurch sogar einen großen Vorteil gewonnen. Ich habe ihm einen besonders guten Preis geboten, so dass er gegenüber seinen hiesigen Zunftgenossen einen nicht unerheblichen Vorsprung im Handel mit den Engländern genießen wird. Nächstes Jahr will er das Geschäft weiter ausbauen. Am besten gehst du gleich mit und fragst Rehbinder. Er wird dir das alles gern bestätigen.«

Über ihren Worten wurde Agnes kleinlaut. Das hörte sich einleuchtend an. Noch dazu machte Caspar nicht den Anschein, als befände sich sein Vater in Schwierigkeiten. Sonst wäre er niemals nach Riga gereist und hätte dem Siebzehnjährigen die Verantwortung für die Geschäfte aufgebürdet.

»Worauf wartest du, Kind?«, hakte die Mutter nach. Unruhig sah sie wieder die Gasse entlang. »Ich muss wirklich los. Kommst du mit?«

Gundas Ton wurde drängender, ihre Miene verfinsterte sich. Agnes meinte gar, Furcht in ihren Augen aufblitzen zu sehen. Auf einmal schwante ihr, warum.

»Du willst hier nicht gesehen werden, nicht wahr? Du hast Angst, dass dich einer im Löbenicht erkennt, so wie Laurenz dich damals im Frühjahr auf dem Wehlauer Markt erkannt hat. Was aber ist so schlimm daran, dass jemand von Gunda Kelletats Rückkehr erfährt? Du hast doch nichts zu verbergen. An Kelletats plötzlichem Tod trifft dich keine Schuld. Der arme Mann hat dir nur Gutes getan. Immerhin hat er dich nach der geplatzten Verlobung mit Fischart geheiratet. Oder hängt es mit dem Verschwinden des kleinen Jungen zusammen, den du am selben Tag wie mich geboren hast? Heißt es nicht, eine Frau, die zwei Kinder am selben Tag …«

»Halt den Mund!« Ehe Agnes sich's versah, versetzte Gunda ihr eine schallende Maulschelle. Erschrocken presste sie sich die Hand auf die schmerzende Wange. Gundas rehbraune Augen funkelten vor Zorn. Der Wunsch nach Aussöhnung war vergessen. »Was haben sie dir hier über mich erzählt? Hat Laurenz' Mutter dir das mit den Zwillingen gesagt? Hat sie etwa auch behauptet, ich hätte den armen Kelletat auf dem Gewissen?«

»Hast du deshalb Angst, gesehen zu werden?«

Gunda setzte zu einer Erwiderung an, stockte. Plötzlich flackerte Furcht in ihren Augen. In Agnes regte sich Mitleid.

Die Bierbeschauerin hatte Gunda ein »armes Ding« genannt. Agathas Schilderung kam ihr in den Sinn. Auf einmal meinte sie die junge Gunda vor sich zu sehen, wie sie mit dem viel zu dicken Leib verzweifelt bei der Wehmutter saß und die Muhme ihr die Borte schenkte.

»Verzeih.« Tröstend berührte sie die Mutter am Arm. »Du musst keine Angst haben. Hier im Löbenicht spricht niemand schlecht über dich. Alle wundern sich nur, warum du damals so schnell verschwunden bist. Und wo der Junge ist, mein Bruder. Es waren doch zwei Kinder, denen du das Leben geschenkt hast, und beide haben gelebt, als du von hier weg bist.«

Sie war nicht sicher, ob Gunda ihr wirklich zuhörte. Sie schien an ihr vorbei ins Ungewisse zu starren.

»Was ist denn so Schlimmes geschehen, dass du bis heute nicht darüber reden kannst? Lore hat gesagt, du würdest das mir zuliebe tun. Dann hör mir zuliebe doch endlich mit den Lügen auf und verrate mir die Wahrheit.«

Gunda blieb stumm.

»Wenn du es mir nicht selbst erklären kannst, dann erlaube doch bitte der Großmutter, dass sie es mir sagt! Sie wird schon die richtigen Worte finden.«

»Deine Großmutter wird gar nichts mehr finden außer der ewigen Vereinigung mit ihrem geliebten Ewald.«

»Was?«

»Deine Großmutter ist tot.«

»Nein!« Entsetzt schlug sich Agnes die Hand vor den Mund. Sie taumelte, stieß dabei mit dem Fuß die tote Taube beiseite. Sofort sprang die Katze vor und schnappte sich den Kadaver. Im Handumdrehen war sie mit der Beute verschwunden. Ein Hund kläffte erregt, eine zweite Katze miaute empört.

Als Agnes den Blick wieder hob, um Gunda nach Lores letzten Stunden zu befragen, war sie verschwunden. Verzweifelt schaute Agnes umher, entdeckte jedoch keine Spur mehr von ihr. Es war, als wäre Gunda nie da gewesen.

19

Der Kummer drohte Agnes aufzufressen. Für immer war die Großmutter bei ihrem geliebten Ewald, so, wie sie es sich von Herzen gewünscht hatte. Doch Agnes vermochte sich nicht für sie zu freuen. Gunda war die Einzige, die ihr auf Erden geblieben war. Und ohne Lores tröstliches Vermitteln blieb ihr selbst diese fremd.

»Agnes, was ist mit dir?« Marie tauchte neben ihr auf. »Warum schaust du derart finster die Krumme Grube entlang?«

»Was? Wie?« Agnes brauchte eine Weile, bis die Worte zu ihr durchdrangen. Verwundert betrachtete sie die Magd. Marie war wie verwandelt. Ihre Wangen glühten, die hellen Augen leuchteten. Einem Schmetterling gleich hatte sie sich ihrer hässlichen Hülle entledigt und war eine schöne Frau geworden. Das hatte der Gang mit Nedas bewirkt. Agnes dachte an Griet und Ulrich. Auch die beiden waren von der Liebe zueinander ganz beseelt gewesen, ebenso wie Großmutter Lore von der ihren mit Ewald. Selbst achtzehn Jahre nach seinem Tod war sie seinetwegen noch in Verzückung geraten. Und jetzt war sie bei ihm, oben im Himmel, und hatte Agnes und Gunda für immer unten auf Erden allein gelassen. »Ach, Marie!«, schluchzte sie und warf sich der verdutzten Magd um den Hals.

»Was ist los? Du weinst, als wäre etwas ganz Furchtbares geschehen. Ist etwas mit Theres und der Meisterin? Sag schon!«

Beunruhigt schälte sich Marie aus ihren Armen, wollte hineinlaufen. Da wurde Agnes gewahr, was sie angerichtet hatte.

»Nein, nein«, beeilte sie sich, die Magd zurückzuhalten. »Den beiden geht es gut. Theres ist eifrig mit den Borten für die Fischartin beschäftigt, und die Muhme hat im Haus zu tun. Verzeih, wenn ich dich erschreckt habe. Ich bin nur etwas in Aufruhr, weil ich beim Fegen eine tote Taube gefunden habe. Das heißt, erst war sie noch ganz lebendig, und ich wollte ihr helfen. Hier in der Ecke hat sie gelegen. Dann aber ist sie gestorben, und die Katze hat sie geholt.«

»Was?« Unverhofft lachte Marie los. »Du weinst wegen einer Taube? Weil die Katze sie geholt hat? Wolltest du sie etwa für die Pfanne haben? Ach, Agnes, Liebes!«

Marie legte ihr den Arm um die Schultern, drückte sie und führte sie ins Haus. Drinnen hatte sie nichts Eiligeres zu tun, als Theres und Agatha von Agnes' übertriebenem Kummer einer toten Taube wegen zu berichten. Verwundert schüttelten sie die Köpfe, die Muhme allerdings suchte forschend Agnes' Blick. Rasch schlug sie die Augen nieder.

»Eine tote Taube – oh, welch unermesslicher Kindheitskummer!« Theres war ganz in ihrem Element. Marie versuchte, ihr Einhalt zu gebieten, doch sie war nicht zu bremsen. »Dabei war ich mir sicher, unsere Kleine wäre groß geworden und hätte ihr Herz an einen jungen Burschen verloren. Der Liebe wegen bittere Tränen zu vergießen, kann ich weitaus besser nachvollziehen.«

»Begreif doch endlich: Nicht alles im Leben dreht sich nur um die Liebe«, wies Marie sie zurecht. »Gerade du, die du jahraus, jahrein vergeblich hoffst, solltest das endlich einsehen.«

»Hör sofort auf!« Theres wurde böse. »Das Glück mit Nedas zerrinnt schneller, als du denkst.«

»Und euch beiden zerrinnt die Zeit für die Arbeit schneller, als ihr denkt! Los, zurück in die Werkstatt und seht zu, dass ihr die bestellten Aufträge rechtzeitig fertig habt.«

Entschieden schob Agatha die Mägde aus der Diele und verschwand mit ihnen in der Werkstatt. Agnes hörte sie Anweisungen erteilen, dann kehrte Stille ein. Lediglich das leise Klappern von Spulen und Kurbeln sowie das sanfte Surren beim Aufwickeln des Garns waren zu hören. Kurz darauf kehrte Agatha in die Diele zurück, in der rechten Hand ein sorgfältig geschnürtes Päckchen.

»Hier, Liebes, bevor dich der Kummer über die Taube ganz zerfrisst, lauf in die Altstadt und bring der Fischartin die bestellten Borten. Sie wartet bereits ungeduldig.« Noch ehe Agnes etwas einwenden konnte, drückte sie ihr die in Leinen eingewickelten Stücke in die Hand. »Ihr Haus wirst du leicht finden. Es ist eines der prächtigsten gleich hinter dem Markt. Und hab keine Angst! Auch wenn Theres so getan hat, als wäre die Fischartin ein englisch fluchendes Ungeheuer, so ist sie doch harmlos. Das Heimweh nach ihrer Londoner Heimat macht sie gelegentlich etwas wunderlich. Wer weiß, wie unsereins sich verhalten würde, wenn er fernab der vertrauten Familie und Umgebung leben müsste?« Einen Moment ruhte ihr Blick auf Agnes. »Vielleicht hast du Glück und triffst ihren Sohn. Er wird dir gefallen. Er ist sehr klug. Du wirst ihn mögen. Er dürfte in etwa in deinem Alter sein. Ein bisschen Ablenkung wird dir guttun.«

Aufmunternd tätschelte sie ihr die Schulter. Agnes spürte die Schamesröte heiß auf ihren Wangen. Wieder einmal fragte sie sich, ob die Muhme Gedanken lesen konnte.

Verwirrt und verlegen zugleich hastete sie davon, die Krumme Grube hinunter und unten auf der Löbenichter Langgasse gleich nach rechts hinüber zur Altstadt. Jeder

Schritt, der sie von dem Haus der Muhme weiter weg und Caspar näher brachte, ließ ihr das Geschehen der letzten Stunden unwirklicher erscheinen. Bald wollte sie gar nicht mehr glauben, die Mutter getroffen und die Nachricht von Lores Tod erhalten zu haben. Das Einzige, was noch zählte, war, Caspar wiederzusehen und ihn nach den seltsamen Geschäften zu fragen, mit denen Gunda seinem Vater zu Leibe rücken wollte.

Tatsächlich fand sie das Haus der Fischarts auf Anhieb. Im Reigen der aufwendig verzierten und gestalteten Kaufmannsgebäude rund um den Altstädter Markt und die Langgasse stach es eigenwillig heraus. Sein Stufengiebel ragte am höchsten und spitzesten in den Himmel. Prächtige Steinfiguren zierten jede einzelne Stufe, obenauf thronte gar ein goldener Wetterhahn. Einen solch reichen Gebäudeschmuck kannte Agnes bislang nur von Kirchen und Rathäusern. Die Fischarts mussten viel gelten, wenn sie mitten in der Königsberger Altstadt in einem derart auffallenden Haus wohnten.

Bangen Herzens klopfte sie. Es dauerte lange, bis sie schlurfende Schritte hinter der schweren Holztür vernahm. Eine dürre alte Frau mit krummem Buckel, das lichte Haar von einer imposanten Flügelhaube bedeckt, öffnete. Schon wollte Agnes betont laut ihr Anliegen vorbringen, da schauten sie zwei wache graue Augen so durchdringend an, dass sie sofort ehrfürchtig verstummte. Verständig nickte die Alte, hieß sie mit einer einladenden Handbewegung eintreten und schlurfte wieder davon.

In der riesigen Diele herrschte reges Treiben. Niemand achtete auf Agnes. Dicht an der doppelflügeligen Eingangstür blieb sie stehen und sah sich um. Welch wundervolle Diele für einen großen Sudkessel! Mit Leichtigkeit ließe sich in dem kühlen, von mehreren Kreuzgewölben überspannten

Raum Bier brauen. Selbst die Verbindung zum Keller war ausreichend groß, um die Fässer ohne Mühe in die Tiefe zu schaffen. Ebenso konnte ein Fuhrwerk zum Aufladen bequem in die Diele fahren. Verzückt wanderte ihr Blick weiter. Von einem Podest aus beaufsichtigte ein Schreiber mehrere Ablader, die prall gefüllte Säcke sortierten. Jedes Mal, wenn sie einen auf dem Boden abstellten, markierte er das mit einem bedeutungsvollen Strich auf seiner Schiefertafel. Die Männer arbeiteten schweigend. Die Säcke schienen schwer zu sein. Ein scharfer Geruch nach harter Arbeit, vermischt mit dem nach kostspieligen Gewürzen und seltenen Kräutern erfüllte den dämmrigen Raum. Nur eine Handvoll halbrunder Fenster schenkte spärliches Licht. Die Dicke der Mauern, auf denen die oberen Geschosse des Hauses ruhten, war an den tiefen Fensterstürzen gut zu erkennen.

Wo Caspar wohl steckte? Agnes suchte nach einer Tür, hinter der sich ein weiterer Raum verbergen mochte. Da schlurfte die Alte wieder heran. Die Holzpantinen klackten laut vernehmlich auf der hölzernen Treppe. Am unteren Absatz verharrte die bucklige Frau und winkte Agnes hinauf. Im ersten Stock folgte sie der Weißhaarigen in eine vornehm eingerichtete, mit dunklem Holz getäfelte Stube. Sofort fiel ihr Blick auf einen leeren Vogelbauer vor den Fenstern.

»Gott zum Gruße, fremdes Fräulein.« Eine pummelige Frau erhob sich von einem Stuhl an der Stirnseite einer langen Tafel und kam näher. Das musste die Fischartin sein. »So seid Ihr also die tüchtige Bierbrauerin aus dem Löbenicht.«

Die Fischartin sprach mit vollem Mund, kaute nach jeder Silbe genüsslich weiter. »Wisst Ihr, dass auf unserem Haus auch das Braurecht liegt? Leider versteht sich keiner von uns auf diese Kunst, so hat mein lieber Gemahl sein Brau an andere Brauer in der Stadt verkauft.«

Sie griff nach dem Becher, hob ihn an, als wollte sie Agnes zuprosten, und nahm einen herzhaften Schluck, bevor sie ihn beiseitestellte und sich eine dicke Pflaume zwischen die Lippen schob. Auf dem Tisch standen Schalen mit süß duftendem Mus, in einem Korb lagen verschiedene Sorten Brot und anderes Backwerk. Eine üppig mit frischem Obst gefüllte Platte und eine Kanne Bier rundeten das Gedeck ab. Mit einem Zipfel ihres Surkots tupfte sich die Fischartin die Mundwinkel und fuhr mit der Zunge mehrmals über die vorderen Zähne, um sie von letzten Resten zu säubern. Die ganze Zeit ruhte ihr Blick wachsam auf Agnes. *»Holy cow«*, grummelte sie in ihr Doppelkinn.

Das klang zwar alles andere als bedrohlich, dennoch fühlte sich Agnes unbehaglich. Die blauen Augen saugten sich geradezu auf ihrem Hals fest. Als sie die Hand hob, um sich zu vergewissern, dass das Tuch das verräterische Mal richtig bedeckte, meinte sie gar, ein leichtes Erschrecken auf dem Antlitz der Fischartin zu erkennen.

Auf den ersten Blick stand fest: Caspar hatte nicht die geringste Ähnlichkeit mit seiner Mutter. Allenfalls die Freude am Essen mochten sie teilen, zeigten sie beide doch eine deutliche Neigung zu einer fülligen Leibesmitte. Saß der dickliche Bauch bei Caspar jedoch auf dünnen, verhältnismäßig langen Beinen, so schien an der Fischartin alles kurz und rundlich zu sein. Lediglich das apfelrunde Gesicht hatte sie durch das strenge Zupfen der Stirnhaare nach oben verlängert, was auch die schmalen, mit einem viel zu dunklen Kohlestift nachgezogenen Augenbrauen unterstrichen. Das aschblonde Haar verschwand nahezu vollständig unter einer hellen Hörnerhaube. Sobald sie die Lippen zu einem Lächeln öffnete, wurde Agnes ihrer schlechten Zähne gewahr. Die vielen Naschereien forderten ihren Tribut.

»Was führt Euch zu mir?« Die Fischartin bemühte sich um einen zuvorkommenden Ton.

»Meine Muhme schickt mich, Euch die bestellten Borten zu bringen«, streckte Agnes ihr das Päckchen entgegen.

»Eure Muhme? *For heaven's sake,* wieso Eure Muhme?«, fragte die Fischartin unwirsch und kniff die Augen zusammen, musterte Agnes abermals von oben bis unten. Zugleich nestelte sie ungeduldig an der Schnur, mit der Agatha das schützende Leinen um die kostbaren Bänder befestigt hatte. Ihre Finger waren dick und ungeschickt.

»Darf ich?« Flink nahm Agnes das Päckchen wieder an sich und entknotete es im Handumdrehen, um der verblüfften Fischartin sodann die kunstvoll gewebten und reich bestickten Borten auf flachen Händen zu reichen.

»Good grief!« Die Fischartin schlug die Hände vor den Mund. Ihre kleinen Hände zitterten, als sie die Stücke vorsichtig in die Hand nahm und sie von allen Seiten ausgiebig betrachtete.

»Die Streicherin ist *Eure* Muhme? Wie kommt das?«, murmelte sie und schüttelte ungläubig den Kopf. *»Holy moly!«*

»Ich sehe, die Bänder gefallen Euch«, stellte Agnes fest. »Dann werde ich meiner Muhme ausrichten, dass Ihr …«

»Wait!« Blitzschnell ergriff die Fischartin ihr Handgelenk und umklammerte es, bis Agnes vor Schmerz leise aufstöhnte. Nah zwang die Fischartin sie zu sich heran. Ihr Atem roch bitter. Zugleich gewahrte Agnes den zarten Duft von Rosenöl, mit dem sich die Fischartin reichlich benetzt hatte.

»Verratet mir erst, wie es kommt, dass die Streicherin aus der Krummen Grube Eure Muhme sein soll«, verlangte die Fischartin. »Eure Mutter stammt doch aus …«

»Wie soll das wohl kommen, liebste Mutter?« Caspars wohltuende Stimme erlöste Agnes aus der unangenehmen Lage. Überrascht gab die Fischartin sie frei.

»Bei einer Muhme handelt es sich gemeinhin entweder um die Schwester der Mutter oder um die Frau des mütterlichen Bruders«, erklärte er ruhig.

»Shut up!«, herrschte die Fischartin ihn an, um sogleich süß lächelnd hinzuzufügen: »Aber natürlich, mein Sohn, das weiß ich doch.«

Trotz dieser Versicherung spürte Agnes, wie sehr Caspars Auftauchen seine Mutter verwirrt hatte. Auch Agnes bedauerte es nun. Wäre er einen winzigen Moment später gekommen, hätte die Fischartin ihren Satz beenden können. Vielleicht hätte sie dann verraten, woher sie wusste, dass die Mutter keine Verwandten am Pregel haben konnte.

»Nun gut«, erklärte die Fischartin zuvorkommend, »richtet Eurer Muhme bitte aus, dass mir die Bänder einigermaßen gefallen, zumindest die beiden dunkelroten. Bei dem blauen hätte sie etwas großzügiger mit den Goldfäden sein können. Ich habe ihr ausreichend davon zum Einweben gegeben. Nicht, dass sie mit meinem Gold die Borten einer anderen schmückt und doppelt daran verdient. Lasst Euch von meinem Sohn unten in der Diele das Geld für die Bänder geben. Für die fehlenden Goldfäden wird er allerdings etwas abziehen. Gehabt Euch wohl.« Knapp nickte sie und rauschte an ihr vorbei nach draußen.

»Puh!«, entfuhr es Caspar, als sich die Tür hinter ihr schloss. »Etwas scheint ihr nicht zu passen.«

»Und es sind gewiss nicht die angeblich so spärlich eingewebten Goldfäden«, stimmte Agnes zu. »Gib mir besser gleich das Geld, damit ich gehen kann.«

Schon wollte auch sie zur Tür, doch Caspar stellte sich ihr in den Weg. »Sei ihr nicht gram. In letzter Zeit neigt sie zu überstürzten Äußerungen. Zumeist bedauert sie sie selbst, kaum dass sie sie hat fallenlassen. Ich glaube, sie hat derzeit ihre Gedanken oft ganz woanders. Du musst wissen, es gibt einige Schwierigkeiten mit Vaters …«

»Steht es schlecht um Euer Kontor?« Ihre Stimme zitterte.

»Ich weiß, ich habe dir das alles letztens reichlich rosig ausgemalt«, begann Caspar, hob ratlos die Arme, ließ sie sinken und schwieg.

Sie wartete geduldig, ob er ihr das genauer erklären würde. Er drehte sich halb von ihr weg und starrte aus dem Fenster. Im Gegenlicht zeichnete sich sein Profil deutlich ab. Die lange, schmale Nase mit dem Höcker gleich unterhalb der Nasenwurzel stach aus den weichen Linien des Gesichts hervor. Zum ersten Mal fiel ihr das bewusst auf. Lore!, dachte sie, Lore hat genau dieselbe Nase. *Gehabt,* setzte sie in Gedanken traurig dazu. Wieder stieg bitterer Schmerz in ihr auf. Sie schwankte.

»Lass uns nach unten gehen und das mit dem Geld für die Borten regeln.« Caspars Stimme klang brüchig, kippte vom dunklen Männlichen ins hohe Knabenhafte.

»Gut«, stimmte sie zu und folgte ihm auf weichen Knien in die Diele.

20

In der dämmrigen, sorgfältig aufgeräumten Stube der Hundskötterin fühlte Editha sich unwohler denn je. Der Weg durch die Lang- und Koggengasse zum Laakentor und von dort zum Haus der Hebamme nahe der alten Stadtschmiede bereitete ihr zunehmend größere Mühe. Die neuerliche Schwangerschaft setzte ihr weitaus früher zu als sonst. Die Brüste schienen ihr schon jetzt bis zum Bersten gefüllt, von der deutlichen Wölbung des Unterleibs ganz zu schweigen. Wie sollte sie diese Last mehrere Monate mit sich herumschleppen? Zum ersten Mal schreckte sie die lang herbeigesehnte Schwangerschaft.

Rastlos wanderte ihr Blick über die unzähligen Tonkrüge und Tiegel auf dem Wandbord. Von ihren Donnerstagsbesuchen wusste sie, dass sie neben Harmlosem wie zerstoßenem Hirschhorn, geriebenen Käferlarven, Muskatnüssen, Pfefferkörnern oder Ingwerwurzeln auch Geheimnisvolles wie im Ganzen aufbewahrte Krebsaugen, pulverisierte Schildkrötenpanzer, Stücke von Schlangenhaut oder in Bittermandelöl eingelegte Skorpione bargen. An einer Stange gleich daneben reihten sich üppige Büschel mit Kräutern, angefangen bei Melisse und Johanniskraut über Thymian und Lavendel bis hin zu Minze und Rosmarin. Kopfüber hingen sie zum Trocknen und verströmten ein abenteuerliches Duftgemisch von süßlich zart bis bitter und würzig. Editha schnappte nach Luft. Wenn sie das alles noch länger einatmete, drohten ihr die Sinne zu schwinden. Sie atmete flacher und ließ den Blick wandern zu dem gewaltigen Tresor, hinter dessen Türen sich weitere Gefäße mit zerstoßenen Insekten, Käfern, Spinnen, Heilpflanzen, Steinen und mitunter sogar Knochen und ähnlichen Absonderlichkeiten befanden. Fahrig strich sie eine Strähne ihres aschblonden Haares unter die Flügelhaube, fuhr mit den Fingern über die schweißnasse Stirn, während sie weiter auf das dunkle Holz des Möbels starrte.

Wie zufällig stellte sich Hermine Hundskötter davor, verdeckte mit ihrem breiten Kreuz beide Türflügel. Enttäuscht wandte Editha sich ab. In einer abgeschiedenen Ecke meinte sie, ein durchsichtiges Gefäß mit einer Alraune zu erspähen. Es handelte sich um ein besonders eindrucksvolles Exemplar. Edithas Mund entschlüpfte ein anerkennender Pfiff. Als die Hundskötterin Edithas neugierigen Blick gewahrte, löste sie sich von ihrem Platz vor dem Tresor und setzte sich in ihre Richtung in Bewegung. Im Vorbeigehen zog sie scheinbar achtlos ein Tuch über die Alraune.

»Wie schön, dass Ihr den Weg zu mir gefunden habt, liebe Fischartin. Seit Ihr letzte Woche an der Holzbrücke vor meinen Augen so elend zusammengebrochen seid, mache ich mir ernsthaft Sorgen um Euch.«

Blasted old shrew! Warum grinste sie so unverschämt und stierte ihr unverhohlen auf den Unterleib? Nur zu gut wusste sie, wie ungern Editha an die Entdeckung nahe der Holzbrücke erinnert wurde. Obendrein hatte die Hundskötterin ihr bereits dort zu verstehen gegeben, dass sie das Fräulein an Caspars Seite ebenfalls erkannt und die heraufziehende Gefahr begriffen hatte. Was aber wusste die räudige Betrügerin von ihrer Schwangerschaft? Editha hatte alles unternommen, sie vor ihr geheim zu halten. Seit ihrer Begegnung an der Holzbrücke stand für sie fest: Nie und nimmer wollte sie die bärbeißige Tölpelin mit ihren unwürdigen Pranken noch einmal an ihren entblößten Leib lassen, geschweige denn, sie das Frischgeborene als Erste anfassen und mit ihrem fauligen Atem für alle Zeit verfluchen lassen. Denn dieses Mal, dessen war Editha sich gewiss, würde das Kind gesund das Licht der Welt erblicken. Dieses eine und höchstwahrscheinlich letzte Mal, da sie die Frucht ihrer unbändigen Liebe zu Gernot unter dem Herzen trug, würde nichts schiefgehen. Ein Mädchen würde es werden, schön, zart und rein wie ihre Liebe zu Gernot, die sie seit Jahrzehnten fern von ihrer Heimat hielt. Unwillkürlich hielt sie die Luft an, um ihren Leib dünner aussehen zu lassen. Hermine Hundskötter bluffte. Sie konnte nicht das Geringste ahnen. Viel zu umsichtig war Editha vorgegangen. Die alte Gutloff, die sie sich vor wenigen Tagen als neue Wehmutter auserkoren hatte, hatte ihr bei der Heiligen Jungfrau Maria sowie sämtlichen Toten ihrer Familie schwören müssen, niemandem ein Sterbenswörtchen zu verraten. Da sie bei den Beginen am Kneiphöfer Dom lebte, war Editha sicher, dass sie der Hundskötterin so gut wie nie begegnete. Ebenso wenig hatte die Hundskötterin etwas von Edithas Besuchen bei der Begine beobachten können, hatte sie doch stets dafür Sorge getragen, sie unter dem Deckmantel einer geschäftlichen Angelegenheit im Kneiphof zu erledigen. Selbst Caspar und die pfiffige Anna ahnten nichts vom Zweck ihrer Gänge.

»Habt Ihr inzwischen Nachricht, ob Euer Gemahl wohlbehalten in Riga eingetroffen ist?«, säuselte Hermine Hundskötter. »Eigentlich sollte er längst dort sein und einen Boten beauftragt haben, Euch Meldung zu machen. So spät im Jahr ist eine derartige Unternehmung ein mutiger Entschluss, gerade in Zeiten wie diesen. Übles Volk und herrenlose Söldner sollen sich allerorten auf der Strecke herumtreiben. Euren Gemahl müssen ganz besondere Gründe bewogen haben, sich der gefährlichen Reise auszusetzen. Wollen wir hoffen, der Preis dafür ist nicht zu hoch.«

Sie verzog die wulstigen Lippen zu einem schiefen Lächeln. Vermaledeite Klepperin! Wütend ballte Editha die kleinen Hände in ihrem Schoß zu Fäusten, bis die Knöchel weiß wurden und die Fingerkuppen taub. Was gäbe sie darum, der gerissenen Metze auf der Stelle das sündige Maul stopfen zu dürfen! Die Wehmutter grinste sie weiter an. »Ihr dauert mich so, Fischartin! Ausgerechnet jetzt seid Ihr wieder gesegneten Leibes.«

Ein viel zu kräftiger Schlag ihrer großen Hand landete auf Edithas Schultern. Wie eine arme Sünderin vor dem Beichtstuhl hockte sie mit rundem Buckel auf dem unbequemen Schemel. Nun begriff sie, warum die Hundskötterin ihr das klapprige Stück bei ihrem Eintritt zum Sitzen angeboten hatte. Mit der klobigen Hand auf der Schulter war sie unfähig, sich gerade aufzurichten. In Demutshaltung musste sie das falsche Lächeln der Hebamme ertragen. Sie wollte zu einer Erwiderung ansetzen, doch die Hundskötterin gebot ihr Einhalt. »Aber, aber, meine Liebe! Regt Euch nicht auf. Das tut Euch und Eurem Kind nicht wohl. Gerade in Eurem Alter und mit Eurem bisherigen Schicksal müsst Ihr alles tun, um Aufregungen zu vermeiden. Wir wollen doch nichts unversucht lassen, dass Ihr dieses Mal bis zur Niederkunft durchhaltet. Was wäre das für eine Freude! Bis dahin liegt ein beschwerlicher Weg vor Euch. Verzeiht, wenn ich es Euch so ehrlich sage, aber in Eurem Alter wird Euch wohl kaum noch einmal eine weitere Möglichkeit beschieden sein, ein gesundes Kind zur Welt zu bringen. Gerade nach den vielen unglücklichen Missgeburten, die Ihr in den letzten Jahren zu erdulden hattet, ganz zu schweigen von dem bei Euch ohnehin schwierigen Unterfangen, überhaupt ein Kind aus den gesunden Lenden Eures Ehegatten zu empfangen. Wie soll das erst werden, wenn Euer Gemahl künftig wieder öfter auf gefährlichen Reisen unterwegs ist?«

Silly shrew! Editha ärgerte sich über sich selbst. Wie hatte sie so einfältig sein können, sich trotz ihres Zustands zur Hundskötterin zu wagen? Es kam einfach zu vieles zusammen: die neuerliche Schwangerschaft, Gernots unvorhergesehene Abreise, Caspars unglückselige Verliebtheit, das Auftauchen von Gundas Tochter und nun auch noch Hermines unverhohlene Schadenfreude. Erneut ballte sie die Hände zu Fäusten.

»Angesichts Eurer Lage verstehe ich, dass Ihr den Rat einer zweiten Wehmutter hinzuziehen wollt«, fuhr die Hundskötterin unbarmherzig fort. »Wenn ich selbst auch gewaltige Enttäuschung empfinde, dass Ihr mir nach all den Jahren und nach allem, was wir gemeinsam durchlitten haben, nicht mehr vollauf zu vertrauen scheint. Doch der Gutloff aus dem Kneiphöfer Beginenhaus eilt, wie jedermann weiß, ein ganz besonderer Ruf voraus. Aus Heiligenbeil stammt sie, heißt es, und lebt seit gut zehn Jahren hier bei uns am Pregel. Vielen, vielen Kindern hat sie auf die Welt geholfen. Der halbe Kneiphof muss bei ihr entbunden haben. Dass das Glück ihr bei uns hier in Königsberg so hold ist, freut mich ganz besonders für sie.«

Von neuem unterbrach sie ihren Redefluss, tätschelte zärtlich Edithas Schulter und richtete den Blick andächtig in die Ferne. Auf einmal faltete sie die Hände wie zum Gebet vor dem weit ausladenden Busen. *Heaven forbid,* was kam nun schon wieder? Editha stemmte sich die Hände stützend in die schmerzenden Lendenwirbel. Widerwillig musste sie sich eingestehen, dass sie ihre achtunddreißig Jahre nie zuvor so deutlich gespürt hatte wie in diesem Moment.

In sanftem Ton redete Hermine Hundskötter weiter: »Der heilige Pantaleon schenkt der braven Gutloff also endlich wieder seine Gnade. Nach Dutzenden unerklärlicher Fehl- und Missgeburten, denen die Unglückliche in ihrer früheren Heimat wehrlos beiwohnen musste, ist es an der Zeit gewesen, dass die Ärmste wieder Leben schenkt, statt Leben zu verderben oder gar zu vernichten. Ihr tut also sehr gut daran, Euch in ihre Hände zu begeben. In Eurem schweren Fall mit all den erlittenen Zwischenfällen wird sie an Euch ihre Bewährungsprobe zu bestehen haben. Das wird sie mit wahrer Hingabe tun! Die heilige Margareta sei mit Euch und der Gutloff. Gleich nachher werde ich eine Kerze für Euer Wohl entzünden und fünf Ave-Maria außer der Reihe beten.«

Andächtig küsste sie die gefalteten Fingerspitzen und verweilte in der Haltung, als betete sie bereits die erste Runde.

»Was, meine Liebe, aber kann ich noch für Euch tun?«, fragte sie schließlich unschuldig lächelnd. »Angesichts der Tatsache, dass Euer Gemahl in Riga weilt und Ihr Euch seit einigen Wochen eines gesegneten Leibes erfreut, sehe ich mich zum ersten Mal seit fast achtzehn Jahren am vorläufigen Ende meiner Dienste für Euch angelangt. Und was das andere anbetrifft, was uns noch zusammenschweißt, so seid gewiss, dass Ihr auf mein …«

»For heaven's sake!« Wie von einer Biene gestochen, fuhr Editha auf und ergriff die riesigen Hände der Hebamme, die schon so viel Leben geschenkt hatten. »Nie und nimmer ist der Tag gekommen, an dem ich mir anmaßen würde, auf Eure geschätzten Dienste zu verzichten!«

Kaum ausgesprochen, erschrak sie über ihre eigenen Worte. Wie konnte sie nur so töricht sein? Seit Jahren richtete sich ihr gesamtes Trachten darauf, die Hundskötterin dazu zu bringen, von sich aus auf weitere Dienste zu verzichten. Wie hatte sie darunter gelitten, jahraus, jahrein unter ihren böse funkelnden Augen die scheußlichen Tinkturen zu schlucken und sich die gehässigen Bemerkungen über ihr klägliches Scheitern beim Gebären anhören zu müssen. Wie innig hatten Gernot und sie den Tag herbeigesehnt, an dem sie gewiss sein konnten, die schändliche Klepperin würde sich ein für alle Mal mit dem bereits Bezahlten zufriedengeben und ihnen hoch und heilig versprechen, für immer über das zu schweigen, was vor mehr als siebzehn Jahren geschehen war. Nun, da sie dazu aus eigenen Stücken bereit war, hielt ausgerechnet Editha selbst sie davon ab! Verblüfft fasste sie sich an die schweißnasse Stirn. Schwindel erfasste sie. Ihr wurde flau, die Knie sackten ihr weg. Im letzten Moment sank sie wieder auf den dreibeinigen, schiefen Schemel und kauerte sich abermals wie ein Häufchen Elend vor der kräftigen Hebamme zusammen. Die Hundskötterin konnte sich ein triumphierendes Grinsen nicht verkneifen.

»So soll ich Euch also auch fürderhin als Wehmutter beistehen?«, fragte sie. »Nun gut, meine Liebe, unserer jahrelangen Freundschaft wegen. Dazu aber, das werdet Ihr verstehen, brauche ich Eure Zusage, dass Ihr der Gutloff gleich nachher noch Bescheid schickt ...«

»Ja, ja, natürlich! Auf die Dienste dieser unglückseligen Begine werde ich selbstverständlich verzichten. Unglaublich, dass sie mir verschwiegen hat, was sie in Heiligenbeil an Unheil gestiftet hat! Wie gut, dass Ihr mir die Augen geöffnet habt, welcher Betrügerin ich beinahe die kostbare Frucht meines Leibes anvertraut hätte!«

Erschöpft wischte sich Editha die feuchten Wangen. Ihre Hände zitterten. Unfähig, sie von neuem zu Fäusten zu ballen, barg sie sie in ihrem Schoß. Verdutzt hörte sie sich reden. Die Worte standen ihrem eigentlichen Willen völlig entgegen, entschlüpften aber dennoch willfährig ihrem Mund. Eine ungeheure Angst stieg in ihr auf, zugleich spürte sie das unsägliche Verlangen, den Kopf zur Seite zu neigen und Schutz suchend gegen den Schoß der hinterfotzigen Hundskötterin zu pressen.

»So ist es recht, meine Liebe«, flüsterte die Hebamme und strich ihr sanft übers Haupt. Editha entfuhr ein wohliges Grunzen. Sie rieb den Kopf gegen Hermines stämmige Schenkel und genoss die Geborgenheit. Träge schweifte der Blick ihrer halbgeschlossenen Augen umher, nahm dabei verwundert wahr, wie die Hundskötterin den rußigen Dampf aus einem flachen Gefäß mit der freien Hand in ihre Richtung wedelte. Als sie ihn einsog, breitete sich die wohlige Mattigkeit stärker in ihr aus.

»Vertraut mir nur, liebe Fischartin«, klang es aus weiter Ferne an ihr Ohr. »Nie und nimmer lasse ich Euch im Stich.

Schließlich wissen wir beide, was es für Euch heißt, dass Gundas Tochter nach all den Jahren bei uns aufgetaucht ist. Eins steht fest: Wo das Mädchen ist, da ist auch Gunda nicht weit.«

»Was?« Abrupt zerriss der Nebelschleier um Edithas Schädel. »Gunda ist tatsächlich zurückgekommen? Habt Ihr sie gesehen?«

»Regt Euch nicht auf!«, versuchte die Hundskötterin, sie zu beschwichtigen. »Gerade weil Gunda zurück ist, heißt es, Ruhe zu bewahren.«

Doch Editha war vollends aufgewacht. Eine unerwartete Kraft beseelte sie. Sie bleckte die Lippen, reckte das Kinn kampfesmutig. Mehr und mehr übernahm ihr eigener Wille wieder die Herrschaft.

»In keinem Fall dürft Ihr überstürzt handeln, Fischartin. Das hieße am Ende, genau das Falsche zu tun.«

»Danke für Euren Rat«, erwiderte Editha spitz. »Da wäre ich von selbst kaum drauf gekommen.«

»Ich weiß, meine Liebe, ich weiß«, lenkte die Hundskötterin ein.

»Ob Ihr wirklich so viel wisst, bezweifle ich sehr, meine Liebe.« Mit jeder Silbe fühlte Editha die träge Mattigkeit aus allen Fasern ihres Leibes entschwinden. Prüfend ballte sie die Fäuste. Auch das gelang ihr wieder. Herausfordernd blitzte sie die Hebamme an. »Nicht einmal Eure Kräuter scheinen heute bei mir die richtige Wirkung zu entfalten.«

Mit dem Kinn nickte sie verächtlich auf das weiterhin stark rußende Schälchen. Ohne ein Zeichen von Verlegenheit bedeckte die Hebamme es mit einem zweiten.

Editha richtete sich auf und zuckte verächtlich die Schultern. »Wie soll ich Euch da überhaupt noch glauben, Ihr hättet Mittel und Wege, mir gegen Gunda beizustehen?«

»Dann wollt Ihr also doch auf meine Unterstützung verzichten?«, fragte Hermine in beiläufigem Ton. Mit schlurfenden Schritten trat sie vor ihren Tresor und tat, als begänne sie ohne Umschweife mit einer anderen Arbeit. »Wie schade für Euch.«

»Das ist wohl der bessere Weg für mich. So kann ich zumindest sicher sein, dass die angewandten Mittel auch tatsächlich ihre erhoffte Wirkung erzielen.«

»Eure Entschlossenheit freut mich.« Aufreizend langsam drehte sich die Hundskötterin um. Viel zu spät gewahrte Editha die winzige Ampulle, die sie ihr in einer flinken Handbewegung unter die Nase streckte. Ein stechender Geruch biss sich in ihr fest. Entsetzt rang sie nach Atem, was sie das gefährliche Gemisch jedoch erst recht einsaugen ließ. Von neuem fühlte sie sich schwanken, willenlos werden. Sie versuchte, trotzdem aufrecht stehen zu bleiben.

Ungerührt redete die Hundskötterin weiter: »Ich wünsche Euch von ganzem Herzen, Ihr findet rasch die erforderlichen Mittel. Doch vergesst nicht: Die brave Gutloff kann Euch lediglich bei Eurem gesegneten Zustand zur Seite stehen. Wollen wir hoffen, der heilige Pantaleon schenke ihr weiterhin seine Gnade und die heilige Margareta stehe Euch in der schweren Stunde Eurer Niederkunft bei. Die Sache mit Gunda müsst Ihr unter diesen Umständen allerdings fortan allein in Angriff nehmen. Selbst Euer Gemahl kann Euch nicht beistehen, weil er ausgerechnet jetzt in Riga weilt. Oder wollt Ihr doch noch jemand anderen ins Vertrauen ziehen? Die Streicherin vielleicht, bei der Gundas Tochter derzeit untergekommen ist? Das wäre eine gute Idee. Immerhin ist sie die Schwester von Gundas früherer Hebamme, der braven Selege. Vielleicht hat sie von ihr noch einiges mehr als nur das Bierbrauen gelernt. Wie Ihr wisst, war die

Selege meine Lehrmeisterin. Was hat sie mir nicht alles beigebracht!«

Wie zufällig vollführte sie einen weiteren Schwenk mit der Ampulle dicht vor Edithas Gesicht. Wieder traf sie der beißende Geruch unvorbereitet.

»Niemand weiß, was die Alte ihrer Schwester auf dem Sterbebett noch alles anvertraut hat.« Hermines Stimme klang warm und schmeichelnd. Von neuem fühlte Editha sich davon angezogen.

»Denkt Ihr am Ende gar daran, mit Rehbinder zu reden? Vergesst nicht: Er hat Gundas Geschäfte mit Eurem Gemahl angezettelt«, fuhr die Hundskötterin fort. »Seid gewiss, liebe Fischartin, ihn reut es bereits heftig, Euch Näheres über seinen Gewährsmann, oder besser: seine Gewährsfrau, in Wehlau verraten zu haben. Oder wollt Ihr am Ende gar Euren Sohn, den guten Caspar, ins Vertrauen ziehen?«

Von neuem hielt sie inne, bedachte Editha mit einem forschenden Blick. Längst war Editha unfähig, sich zu rühren. »Das wäre wohl die beste Wahl, liebe Fischartin«, schloss die Hundskötterin. »Die ganze Wahrheit dürft Ihr Caspar allerdings nie und nimmer verraten. Ein Teil davon tut es auch. Ihr müsst ihm einfach weismachen, welch Unheil Euch durch Gundas Geschäfte droht. Sie zu vernichten hieße, das Familienerbe und natürlich auch die Ehre von Euch allen zu retten. Ja, das ist es! Bei der Ehre müsst Ihr Euren Sohn packen. Das spornt ihn an, Gundas Tochter auf seine Seite zu ziehen. In ihr liegt letztlich der Schlüssel, Gunda ein für alle Mal zu schlagen.«

»Aber das geht nicht, sie ist doch, auf keinen Fall darf er sie …«, stammelte Editha hilflos. »Die beiden können doch nicht …«

Jäh unterbrach ein heftiger Krampf im Unterleib ihr Sprechen. Ihre Hände krallten sich darauf fest, sie schnappte drei-, viermal nach Luft. So schnell, wie der Schmerz gekommen war, verschwand er. Erleichtert atmete sie auf. Dabei streifte ihr Blick Hermines Gesicht. Ein zufriedenes Lächeln lag darauf.

»Ihr dürft Euch nicht so aufregen, meine Liebe.« Wieder strich ihr die Hundskötterin zärtlich über den Kopf. »Mutet Euch nicht zu viel zu. Geht den einfachsten Weg. Dereinst wollt Ihr doch eine gesunde Tochter an Euer Herz drücken. Gelingt es Euch, Euch des Mädchens zu bemächtigen, werdet Ihr Gunda ein für alle Mal den Garaus bereiten. Zaudert nicht, ermutigt Caspar in seinem Werben um Gundas Tochter. Es dient Euer aller Wohl. Sein Glück wird letztlich auch Euer Glück sein, Fischartin.«

»Das ist nicht Euer Ernst!« Von neuem überfiel Editha Schwindel. Wieder durchzuckte ein Krampf ihren Leib. Sie musste sich vornüberbeugen und nach Atem ringen.

»Setzt Euch!«, befahl die Hundskötterin und schob ihr mit den Füßen den Schemel hin. Erleichtert sank Editha darauf nieder.

»Glaubt mir, meine Liebe: Wenn Ihr noch eine Tochter haben und Euren Sohn behalten wollt, bleibt Euch nichts anderes, als diesen Weg einzuschlagen. Es wird sich eine Gelegenheit finden, Caspar rechtzeitig Einhalt zu gebieten. Denkt an Euren Traum, Gernot endlich eine gesunde Tochter zu schenken.« Sie deutete mit dem fleischigen Kinn auf Edithas Unterleib. »Dafür müsst Ihr umsichtig handeln. Natürlich steht es Euch frei, dabei meine Hilfe zu wünschen oder nicht.«

Editha erschrak. »Wie könnt Ihr glauben, ich wollte ohne Euch …«

»Selbstverständlich stehe ich Euch auch dieses Mal gern bei. Ich tue doch alles, was Ihr Euch wünscht«, beruhigte die Hundskötterin sie und tätschelte ihr die Schulter.

»Ich danke Euch«, murmelte Editha erschöpft.

21

Die Behauptung der Fischartin, Agatha habe sie bei der blauen Borte um eine Handvoll Goldfäden betrogen, sorgte in der Werkstatt an der Krummen Grube noch Tage später für lebhaftes Gelächter.

»Wäre auch ein Wunder, die englische Hexe hätte die Bänder einmal in hohen Tönen gelobt«, bemerkte Theres spitz, um von Marie ergänzt zu werden: »Ebenso wäre es ein Wunder, sie hätte einmal den vereinbarten Preis in voller Höhe gezahlt. Eines Tages wird sie noch an ihrem Geld ersticken.«

»So wie der arme Vogel, der in ihrem bitteren Atem elend zugrunde gegangen ist«, pflichtete Theres bei. Als sie Agnes' fragenden Blickes gewahr wurde, fügte sie hinzu: »Davon hat mir eine der Mägde erzählt, die der alten Anna gelegentlich zur Hand gehen. Ein sündhaft teurer Vogel muss es gewesen sein, den der gutmütige Fischart seiner Frau im Frühjahr aus Venedig hat kommen lassen. Wie alles Liebliche aber hat das arme Tier nicht lange bei ihr überlebt.«

»Wie grausam! Hat die Fischartin die Federn des armen Vögelchens noch verkauft?«, wollte Marie wissen. »Vorstellen könnte ich es mir. Sie schläft doch erst gut, wenn sie abends die Türme ihrer angehäuften Goldstücke eigenhändig nachgezählt hat.«

»Dabei schleppt sie jeden Donnerstag einen gehörigen Batzen zur Hundskötterin in die alte Stadtschmiede auf dem Steindamm. Weiß der Teufel, was sie mit der gerissenen Hebamme zu tun hat.« Missbilligend kniff Theres die Lippen zusammen und versuchte, einen Faden in ein Nadelöhr zu fädeln.

»Ausgerechnet zur Hundskötterin rennt sie?« Marie staunte. »Was will sie denn bei der? Es heißt doch, die geldgierige Bübin rühre aus Hühnerdreck noch eine Paste, die sie als

Arznei anpreist. Für Eheleute in fortgeschrittenem Alter hält sie gar ganz besondere Tinkturen bereit. Aber das«, sie stupste Theres an und warf einen vielsagenden Blick auf Agnes, »sollten unschuldige Ohren besser nicht hören.«

»Mir scheint, der Umgang mit Nedas hat dich zu neuem Leben erweckt«, stellte Agatha lächelnd fest. Marie errötete. Ihre Meisterin quittierte das mit einem vergnügten Zwinkern. »Lasst die Fischartin tun, was sie tun zu müssen meint. Und was die Hundskötterin anbetrifft: Die hat ihr Handwerk einst bei meiner lieben Schwester Gerda erlernt. Seid also bitte etwas vorsichtiger, was ihr von der behauptet. So schlecht wird sie nicht sein. Über das Geld für die Borten braucht ihr euch keine Gedanken zu machen. Das, was die Fischartin uns unter einem Vorwand abzieht, schlage ich ihr von vornherein drauf. So zahlt sie immer, was die Borten wirklich wert sind.«

»Recht so, Meisterin!« Die beiden Mägde nickten einträchtig und griffen wieder zu ihren Spulen und Fäden.

Mit einem Mal fühlte sich Agnes aus dem Kreis der drei Frauen, die seit Jahr und Tag ihr Los miteinander teilten, ausgeschlossen. Leise schlich sie aus der Werkstatt. In der Diele machte sie sich daran, das Feuer unter der Sudpfanne zu entfachen. Die Aussicht auf einen langen Brautag erschien ihr erstmals wie eine kaum zu stemmende Last. Das Holz wollte nicht so recht brennen. Lustlos stocherte sie in dem Reisig, schürte die Glut mit dem Haken zu einem Haufen. Das laute Pochen an der Tür unterbrach sie. Langsam richtete sie sich auf, strich die Hände an der Schürze sauber und ging zur Tür, um zu öffnen. »Caspar, du?«

Er lächelte verlegen. Das jagte ihr einen wohligen Schauer über den Rücken. Fahrig spielte sie mit den Zipfeln ihres Halstuchs, auch er reckte unwillkürlich die Hand zu seinem Hals.

»Wer ist da?«, rief es aus der Werkstatt. Neugierig schoben sich die Gesichter der Muhme und der Mägde in die Diele.

»Oh, lieber Fischart! Was verschafft uns die seltene Ehre?« Geschäftig trat Agatha in die Diele. »Möchtet Ihr neue Borten für Eure verehrte Frau Mutter bestellen? Die letzten drei haben ihr wohl gut gefallen.«

»Nein, nein. Es ist, also ich wollte …« Mehr als ein Stottern brachte er nicht zustande.

»Ihr wolltet?«, half die Muhme mit einem aufmunternden Lächeln. Zugleich scheuchte sie die beiden Mägde zurück in die Werkstatt und schloss die Tür. Caspar dankte ihr mit einer Verbeugung.

»Ich wollte, also ich bringe Euch …«, stammelte er, um nach einem tiefen Luftholen hastig fortzufahren: »Hier ist das restliche Geld, das meine Mutter Euch noch für die Goldfäden schuldet. Sie hat wohl eingesehen, dass sie Euch zu Unrecht bezichtigt hat, zu wenig davon eingewebt zu haben. Bitte verzeiht. Die Sorge um meinen Vater, der vor einiger Zeit nach Riga aufgebrochen …«

»Lasst gut sein, mein Lieber.« Bestimmt wehrte Agatha die Münzen ab. »Ich weiß, welche Nöte Eure verehrte Frau Mutter derzeit plagen. Versichert sie meiner aufrichtigen Anteilnahme. Die Münzen aber tragt bitte zu den Beginen im Kneiphof. Die guten Damen werden damit eine Wohltat auszuführen wissen. Am besten, Ihr geht gleich zum Dom und übergebt den frommen Frauen das Geld. Agnes wird Euch begleiten. Ein Gang an der frischen Luft wird ihr guttun.«

»Aber heute ist Brautag. Es steht viel Arbeit an«, erhob Agnes zaghaft Einspruch.

»Mach dir keine unnötigen Gedanken, Liebes«, winkte die Muhme ab. »In den letzten Wochen habe ich dir oft genug über die Schulter gesehen. Es wird Zeit, dass ich es wieder einmal allein versuche. Schließlich wirst du nicht für alle Zeit bei mir im Hause bleiben.«

»Wie Ihr meint«, beeilte sich Agnes zu versichern. Trotz aller Freude über den unverhofften freien Tag fühlte sie Enttäuschung in sich aufsteigen. Über kurz oder lang bedurfte Agatha ihrer Hilfe also nicht einmal mehr beim Brauen.

»Ihr seid zu gütig.« Verlegen drehte Caspar das schwarze Barett in Händen, bis Agnes sich anschickte, dem Vorschlag der Muhme endlich Folge zu leisten und zur Tür zu gehen. Zum Abschied verbeugte er sich und folgte Agnes nach draußen.

Bis zur Löbenichter Langgasse liefen sie schweigend nebeneinander her. Unauffällig beäugte Agnes Caspar von der Seite, sogleich fiel ihr wieder der auffällige Buckel an der Nasenwurzel auf, das unruhige Zucken um seine Mundwinkel. Wärme durchflutete sie. Wie ungelenk und jung er noch war! Das festzustellen besserte ihre Laune merklich.

Deutlich hatte der Herbst inzwischen Einzug in der Stadt gehalten. Gelbbraunes, trockenes Laub wehte von Wäldern und Gärten in die Gassen herein. Bei jedem Schritt knirschte es unter den Füßen. Auch die Farben der Blumen waren von der verschwenderischen Leuchtkraft des Sommers in die milderen Töne des Herbstes übergegangen. »Ein Gruß der Liebe«, riefen die Mädchen, die die bunten Sträuße an den Straßenecken feilboten und den Vorübereilenden entgegenstreckten. Bauersleute versuchten nicht minder aufdringlich, die Ausbeute ihrer letzten Ernte loszuwerden. Der süßliche Geruch des überreifen Obstes lockte Fliegen und Wespen. Ihrem schwerfällig gewordenen Tanz in den Lüften war anzusehen, dass sie bald in der Kälte erstarren würden. Viel zu leicht ließen sie sich von einer einzigen Handbewegung aus der Bahn werfen. In den weit offen stehenden Werkstätten und Stuben wurde fieberhaft an den Vorräten für den Winter gearbeitet. Fässer wurden mit saurem Kraut und Bohnen gefüllt, Erbsen, Nüsse, Pflaumen und Kräuter zum Trocknen auf die Böden gebracht, ebenso schafften die Frauen und Mägde Obst zum Einlagern in die Keller. In allen Winkeln herrschte emsiges Treiben, als rechneten die Löbenichter damit, schon am nächsten Tag einem unerbittlichen Winter gegenüberzustehen.

»Wie kommt es, dass deine Mutter sich eines Besseren besonnen hat und das restliche Geld für die Borten schickt?«, fragte Agnes, sobald der Mälzerbrunnen am Markt ins Blickfeld rückte. »Sie schien mir nicht die Frau, die ihre eigenen Entschlüsse …«

»Warum weist deine Muhme es zurück und will es lieber den Beginen spenden? Hat sie etwas gegen meine Mutter?«

Überrascht von Caspars Reaktion blieb Agnes stehen und musterte ihn aufmerksam. Er hielt ihrem Blick nicht lange stand, sondern senkte den Kopf, um die Gogeln an seinen Schnabelschuhen zu betrachten.

»Deine Mutter weiß gar nichts von deinem Besuch. Es war deine eigene Idee, nicht wahr?« Sie sah nicht viel mehr als das Barett auf seinem gesenkten Schädel. Eine Fliege krabbelte darüber. Im Sonnenlicht schimmerten ihre durchsichtigen Flügel silbrig. Der Wind ließ sie sacht beben. Das winzige Tier drehte sich hin und her, als genieße es den Lufthauch. Agnes gefiel die Vorstellung, dass Caspar nicht ahnte, was sich auf seinem Kopf abspielte, während er den Boden zu seinen Füßen begutachtete.

»Was wäre so schlimm daran?« Endlich hob er den Blick und lächelte sie an. Ihr wurde leicht ums Herz.

»Gar nichts wäre schlimm daran. Im Gegenteil. Mich würde es freuen.«

»Warum?«

»Es zeigt mir, was dir an mir liegt.«

Agnes' Herz pochte heftig. Sie fühlte, wie ihr die Röte ins Gesicht stieg. Mit aller Kraft drängte sie es zu ihm hin, zugleich aber wehrte sich etwas in ihr dagegen. Wieder glitt ihr Blick über sein Gesicht. Der Buckel an der schmalen Nase gefiel ihr immer besser. Am liebsten allerdings betrachtete sie seine bernsteinfarbenen Augen, die wie ein von goldenem Sonnenlicht überfluteter Teich zum Eintauchen einluden. Allzu gern versank sie darin und spürte die innige Verbundenheit mit ihm. Ungestüm fiel sie ihm um den Hals, schmiegte sich gegen seine Brust. Er schnaufte und schlang nach kurzem Zögern ebenfalls die Arme um ihren Leib.

»Es ist anders als mit Laurenz«, schoss ihr durch den Kopf. Das Kribbeln im Bauch fehlte, ebenso die Gier nach mehr. Dennoch genoss sie die Nähe. Ihre Finger strichen ihm über den Rücken, wanderten zu den Schultern hinauf, glitten am Hals entlang. Unwillkürlich fuhren sie unter das Tuch, erreichten den Nacken und ertasteten das Feuermal an derselben Stelle wie ihres. Die Haut fühlte sich rauh an. Auch das kannte sie von ihrem eigenen Mal.

Unter der Berührung zuckte er kurz zusammen, ließ sie jedoch gewähren. Ihre Fingerkuppen zeichneten den Rand des Males nach. Auch darin lag etwas zutiefst Vertrautes. Sie musste es sich nicht einmal ansehen. Längst wusste sie, wie es aussah: Es hatte genau dieselbe Form und Farbe wie ihres! Ein weiterer Beweis, dass sie füreinander bestimmt waren.

»Mein lieber Caspar!«, murmelte sie, hob den Kopf, strahlte ihn an. Sofort saugte sich ihr Blick an seiner Nase fest. Sie stutzte. Das war kein Zufall! Die Erkenntnis traf sie wie ein Blitzschlag. Wie hatte sie nur so töricht sein können und es nicht erkennen wollen? Eindeutig hatte er Lores Nase! Dazu kam, dass er dasselbe Feuermal wie sie im Nacken hatte. Die Worte der Hebamme Gerda Selege kamen ihr in den Sinn. Die Muhme hatte ihr davon berichtet: »Am Feuermal werden sie sich einst erkennen!«

Wie wahr! Sie hatten dasselbe Alter, nahezu dieselbe Körpergröße sowie viele weitere Ähnlichkeiten in ihrem Verhalten und ihren Vorlieben. Die Kehle schnürte sich ihr zu. Hieß es nicht, man fühle so etwas auf den ersten Blick? Wo war ihr Gespür gewesen? Von Beginn an war da diese Vertrautheit, fast schon ein Gefühl der Geborgenheit zwischen Caspar und ihr. Die Scheu, einander zu berühren, gar zu küssen passte ebenfalls dazu. Nein, es gab keinen Zweifel: Caspar war ihr verschollener Zwillingsbruder! Kaum dachte sie das, stand ihr die Gestalt aus ihrem Fiebertraum vor Augen. Sie sah aus wie er. Längst hätte sie es sehen müssen!

Auf einmal wusste sie nur noch eins: Sie musste fort! Jäh stieß sie Caspar von sich, drehte sich um, raffte den Stoff ihres Surkots und rannte davon, mitten in das Getümmel auf der Löbenichter Langgasse.

Sie sah und hörte kaum, was um sie herum geschah. »Was fällt dir ein!« Eine Bauersfrau schrie auf, als sie gegen ihre Körbe stieß und sie umwarf. Äpfel kullerten heraus. Agnes hob den Rock, sprang über einen, um beim Landen auf der Erde den nächsten unter ihrer Fußsohle zu zermalmen. »Verzeiht!«, rief sie und hob die Hand, hielt jedoch nicht an, um den Schaden wiedergutzumachen. Keuchend rannte sie weiter, zwängte sich zwischen zwei Männern hindurch, die sich wild gestikulierend unterhielten, sprang über eine Kiste und hastete um mehrere Ecken.

Außer Atem hielt sie erst an, als sie das Pregelufer erreicht hatte. Ihr Rachen schmerzte, so heftig rang sie nach Luft. Ihre Hände umklammerten den Hals, spürten den weichen Stoff des Tuches und richteten es gerade aus. Allmählich nahm sie ihre Umgebung wieder wahr. Sie begriff, wo sie sich befand: auf der unbefestigten Wiese am nördlichen Ufer des Neuen Pregels. Flach lief sie in den Fluss aus und war damit bestens als Wäschebleiche geeignet.

Agnes wurde ruhiger. Das Wasser glitzerte golden im dunstigen Sonnenlicht des Septembertages. Lautlos glitt ein Kahn vorbei. Mit heftigen Schlägen ruderte ein Fischer ihm flussaufwärts entgegen. Das Plätschern der Ruderblätter störte die Ruhe, die über dem Fluss gelegen hatte. Enten stoben auf, eine Gans empörte sich schnatternd über den Eindringling. Auf der gegenüberliegenden Altstädter Holzwiese herrschte bereits reger Betrieb. Schiffe wurden beladen, um das von den Brakern freigegebene Holz flussabwärts zu transportieren. Am Nachmittag würden die ersten Kähne aus Litauen eintreffen, die neues Holz zum Weiterverkauf brachten.

Agnes trat auf das Ufer zu. Mägde schleppten Körbe mit Weißzeug heran und eilten auf die mit groben Steinen befestigte Waschstelle zu, um dort die besten Plätze zu besetzen. Sie kicherten und schnatterten lustig miteinander. In wenigen Schritten stand Agnes am Wasser. Streckte sie den Fuß aus, berührte sie das Wasser. Träge Wellen schwemmten heran, benetzten die Steine und Gräser mit perlenden Tropfen, zogen sich wieder zurück. Das Wasser schimmerte grünlich und hatte den fauligen Geruch des Sommers verloren.

An einer geschützten Stelle ließ Agnes sich im Gras nieder, schirmte die Augen mit der flachen Hand gegen das Sonnenlicht ab und sah sich um. Der Kahn hatte die erste Brücke erreicht, das Ruderboot hatte an seiner Seite festgemacht und war mit ihm flussabwärts gefahren. Sie wandte sich nach links, blickte den Fluss weiter hinauf. Eine Tagesreise entfernt lag Wehlau. Wehmut überkam sie. Was war alles geschehen, seit sie im August fortgelaufen war? Was war überhaupt alles geschehen, seit der Frühling begonnen und sie Laurenz zum ersten Mal gegenübergestanden hatte? Seine verschiedenfarbigen Augen kamen ihr in den Sinn. Deutlich sah sie vor sich, wie er den Zeigefinger der rechten Hand verlegen an den Nasenflügel presste, dabei die steifen mittleren Finger dem Betrachter preisgebend. Sie schluckte, spielte mit den Zipfeln des Halstuchs, wickelte den Leinenstoff fest um den Zeigefinger. Laurenz hatte ihr Leben auf den Kopf gestellt und sie dann allein im Löbenicht zurückgelassen. Ohne ihn hätte sie nie von ihrem Bruder erfahren. Seltsam, dass sie auf Anhieb so tief für Caspar empfunden hatte und nun aber, da sie endlich wusste, wie sie zueinander standen, alles andere als glücklich war.

Ihr Blick wanderte weiter. Vergnügt warfen die Mägde die Wäschestücke ins flache Wasser, banden die Röcke hoch und stiegen mit bloßen Füßen hinein. »Iiiiieh, kalt!«, kreischte eine und stakste wie ein Storch weiter. Eine zweite bückte sich und bespritzte die erste mit den Händen. Ein wildes Planschen begann. Bald waren beide pitschnass. Die dritte Magd beobachtete ihre Gefährtinnen aus sicherer Entfernung vom Ufer aus und wies sie dann an, sich um die Wäsche zu kümmern.

Vorsichtig streifte Agnes die Schuhe ab. Die Grashalme piksten, die Sonnenwärme tat gut. Sie streckte den Zeh vor, berührte das Wasser. Es war eisig. Hastig zog sie den Fuß wieder zurück.

Eine Stockentenfamilie schwamm heran. Um sie nicht zu erschrecken, verharrte Agnes auf der Stelle und betrachtete die kleine Schar. Stolz paddelte die braungefiederte Mutter ihren drei Nachkömmlingen voraus, zielsicher auf das nahe Ufer zu. Über den Sommer waren die Küken prächtig gediehen. Neugierig reckten sie die Hälse in sämtliche Richtungen, nahmen von Agnes keinerlei Notiz. Die Mutter aber änderte im letzten Moment ihren Kurs, um im weiten Bogen um Agnes herum den Nachwuchs an Land zu bringen. Fasziniert verfolgte Agnes den Weg der Tiere. Selbst am Ufer achtete das Muttertier noch darauf, den Kleinen zu helfen und sie gegen alle Gefahren zu beschützen. Schnatternd trieb sie sie zusammen und lenkte sie von dem direkten Weg auf die Wäscherinnen zu ab.

Der Anblick der watschelnden Entenfamilie rührte Agnes. Hatte Gunda jemals ähnlich fürsorglich für sie gehandelt? Selbst den Kampf um den eigenen Sohn hatte Gunda wohl vorschnell verloren gegeben, erzählte lieber Lügengeschichten, statt auf Gedeih und Verderb um ihn zu ringen. Agnes wurde nachdenklich. Der Fischartin dagegen traute sie zu, Caspar mit Klauen und Zähnen zu verteidigen. Diesen Eindruck hatte sie zumindest letztens gemacht, als Agnes ihr die Borten der Muhme überbracht hatte. War er deshalb doch eher ihr eigen Fleisch und Blut statt Gundas? Agnes wurde unsicher. Nein, das konnte nicht sein. Die Form von Caspars Nase sprach dagegen. Eindeutig rührte die von Lore her. Ebenso wies ihn das Feuermal im Nacken als ihren Bruder aus. Und sie war ganz sicher Gundas Tochter. Die Ähnlichkeit zwischen ihnen beiden konnte jeder auf Anhieb feststellen. Wie oft schon war sie darauf angesprochen worden! Dank desselben Feuermals stand also zumindest fest, dass sie und Caspar einen gemeinsamen Vater hatten. Nur, wer ihre wirkliche Mutter war, darüber stritten sich zwei Frauen. Verrückt! Eigentlich hieß es immer, die Mutter der Kinder wäre sicher. Je länger Agnes darüber nachsann, desto weniger verstand sie Gundas Verhalten. Warum kämpfte sie nicht entschiedener um ihren Sohn? Wie konnte sie nur zulassen, dass

Caspar der Fischartin so nahegekommen war? Und was ging überhaupt in der Fischartin vor? Ahnte sie, wer Agnes war?

Unwillkürlich fuhren ihre Finger unter das Halstuch, strichen sacht über die rauhe Haut des Feuermals. Unruhe erfasste sie. Es hielt sie nicht mehr auf der Wiese. Sie sprang auf, zog die Schuhe an, äugte noch einmal zu den Mägden am Waschplatz.

Zwei weitere waren dazugekommen. Sie standen ebenfalls bis zu den Knien im Wasser. Singend klatschten sie die Leintücher aufs Wasser, rieben, wrangen und scheuerten an den Wäschestücken, spritzten einander dabei immer wieder laut kreischend nass. Vom anderen Ufer rief jemand etwas herüber und winkte. Die Mägde wie Agnes wandten sich um und blickten zur Holzwiese.

Als Agnes das Holz gewahrte, stutzte sie. Wie hatte sie das nicht früher erkennen können? Rehbinder hatte für die Mutter den Handel mit dem Eibenholz eingefädelt. Laut Caspar hatte das seinen Vater in Schwierigkeiten gebracht. Deshalb war er für einige Zeit nach Riga gereist, was wiederum die Fischartin in große Aufregung versetzte. Auf einmal durchschaute Agnes Gundas Plan. Wie hatte sie sie nur derart unterschätzen können? Es ging ihr nicht im Geringsten um Rache für die einst geplatzte Verlobung. Es war etwas weitaus Schwerwiegenderes: Seit Jahren war ihr bekannt, dass Fischart und seine Frau ihren Sohn großzogen! Welch bittere Erfahrung, den Sohn ausgerechnet im Haus des Mannes zu wissen, der ihr einst eine große Schmach zugefügt hatte. Noch schlimmer: ihn am Busen der Frau zu sehen, die an ihre Stelle getreten war. Wie lange schon wartete Gunda auf die Gelegenheit, sich dafür an den beiden zu rächen? Wahrscheinlich hatte Fröbel sie davon abgehalten. Er war zu edel gewesen, um an die Kraft der Rache zu glauben. Erst sein Tod ermöglichte es Gunda, solche Pläne zu schmieden. Was aber hatte sie vor? Und wie hatte es überhaupt so weit kommen können, dass man ihr den Sohn weggenommen und ihren vermeintlich ärgsten Feinden überlassen hatte?

Agnes raffte den Rock und rannte los, scheinbar ähnlich kopflos wie vorhin, als sie vor Caspar geflohen war. Dieses Mal jedoch wusste sie genau, wo sie hinlaufen und was sie tun musste.

22

Eine Weile konnte sich Gunda nicht vom Fleck bewegen. Das, was sie da gerade kaum zwei Armlängen von ihrem Versteck entfernt erlebt hatte, raubte ihr die Sinne: Agnes und Caspar eng umschlungen mitten auf der Straße! Auf Anhieb hatte sie den Jungen erkannt. Dabei hatte sie ihn vor siebzehn Jahren zum letzten Mal gesehen, nur wenige Tage nach seiner Geburt. Die Ähnlichkeit mit dem jungen Gernot war verblüffend. Es bestand kein Zweifel, dass er ihr Sohn war. Fassungslos schüttelte sie den Kopf. Seit sie Agnes im Löbenicht wusste, fürchtete sie, dass die beiden einander begegneten. Wie recht hatte Lore gehabt, noch auf dem Sterbebett darauf zu dringen, dass sie Agnes reinen Wein einschenkte. Die erste Gelegenheit hatte sie letztens gründlich verdorben. Und nun das! Die Knie wurden ihr weich, ihr Leib zitterte heftig. Kläglich hatte sie versagt. Leider nicht zum ersten Mal in ihrem Leben. Zum Glück stand sie an eine Hauswand gelehnt. Erschöpft schloss sie die Augen. Vor ihrem inneren Auge brach sich ein lang verdrängtes Bild Bahn: sie im Bett, in der Armbeuge ein winziges Kind. Schutzsuchend schmiegte sich der kleine Körper gegen ihren Leib. Die wohltuende Wärme spürte sie bis zum jetzigen Tag, ebenso meinte sie immer noch den unverwechselbaren Geruch des Kleinen in der Nase zu haben. Dann aber war da auf einmal nur noch Agnes. Der Gedanke an die entsetzliche Trennung zerriss ihr das Herz. Rasch schlug sie die Augen wieder auf.

Nebel verschleierte ihr den Blick. Sie brauchte eine Weile, bis sie begriff, dass es Tränen waren. Verschämt wischte sie sich mit dem Handrücken über die feuchten Wangen, senkte das Antlitz. Warum hatte sie Agnes nicht die Wahrheit sagen können? Sie hatte ihr eine goldene Brücke gebaut, um die erforderlichen Worte auszusprechen. Danach hätte sie mit ihr gemeinsam dieser verfluchten Stadt für immer den Rücken kehren können. Vorsichtig blickte sie auf und erstarrte abermals: Agnes und Caspar waren verschwunden!

Sie trat zwei Schritte von der Hauswand weg, sah sich um. Von beiden keine Spur. Sie schaute die Krumme Grube hinauf – nichts. Sie sah zum Löbenichter Mälzerbrunnen hinunter – auch dort nichts. Hatte sie sich das eben nur eingebildet? Verzweiflung erfasste sie. Breitete der Wahnsinn bereits seine Schwingen über sie aus? Sie drehte sich einmal um die eigene Achse, zwang sich zur Ruhe. Sie hatte nicht geträumt. Zögernd trat sie weiter in die Gasse hinein, schaute den vorübereilenden Menschen ins Gesicht. Niemand erkannte sie. Sie beschleunigte die Schritte, ging die Gasse ganz hinunter und stand bald mitten auf dem Löbenichter Markt im Schatten des mächtigen Brunnens. Sie wollte sich nach links wenden, stieß mit jemandem zusammen. »Verzeihung«, murmelte es. Sie meinte, ihren Ohren nicht zu trauen. Gernots Stimme, jung und ungestüm wie früher! Noch ehe sie sich besinnen und Caspar am Arm festhalten konnte, eilte der gesenkten Hauptes weiter, tauchte alsbald im geschäftigen Gedränge der Langgasse unter.

Sie machte zwei, drei Schritte in dieselbe Richtung, dann blieb sie stehen. Überflüssig, ihm nachzulaufen. Sie wusste, wo sie ihn fand. Seit einigen Tagen schon führte ihr Weg regelmäßig am Haus der Fischarts vorbei. In den vergangenen siebzehn Jahren war es prächtiger geworden. Wie andere Zunftgenossen in der Altstadt hatte auch Gernot sein Vermögen vermehrt und Nutzen vom Schleifen der Deutschordensburgen gezogen, um seinen Besitz ausbauen zu lassen. Langsam ging sie dorthin. Caspar sollte einigen Vorsprung haben, bevor sie bei ihm auftauchte. Gernot weilte in Riga, wie sie dank Rehbinder wusste, und Caspar kümmerte sich währenddessen um die Geschäfte. Das machte es einfacher, direkt mit dem Jungen ins Gespräch zu kommen. Der Eibenholzhandel bot dafür einen unverdächtigen Anknüpfungspunkt. Beim Reden über die nächste Lieferung konnte sie beiläufig ausloten, wie er zu seinem Vater und Editha stand.

Beseelt von der Vorstellung, gleich dem jungen Gernot in Gestalt seines Sohnes gegenüberzustehen, warf sie den Kopf in den Nacken. Mit den langen, schlanken Fingern steckte sie eine Strähne ihres kupferbraunen Haares aus dem Gesicht unter die helle Flügelhaube. Gleich spürte sie bewundernde Blicke auf sich ruhen. Eine Frau wie sie erregte Aufsehen, trotz ihrer fünfunddreißig Jahre. Sie war sehr groß gewachsen und begegnete den Männern auf Augenhöhe. Kaum zeigten sich Falten auf ihrem Gesicht. Sie achtete auf ihr Äußeres, wie Lore es sie vor langer Zeit gelehrt hatte. An einem Tag wie diesem, da die meisten Frauen im Löbenicht mit dem einzulagernden Obst und der Größe der Krautfässer beschäftigt waren, musste das auffallen. Zufrieden strich sie den grünen Surkot glatt und vergalt die anerkennenden Blicke mit einem hoheitsvollen Nicken. Ehrfürchtig ließen ihr Bauersfrauen, Marktleute und Handwerksknechte am Altstädter Tor den

Vortritt, auch die Wachhabenden winkten sie mit einer respektvollen Verbeugung durch. Je näher sie allerdings dem langgezogenen Markt und damit Gernots Haus kam, desto aufgewühlter wurde sie.

»Liebe Fröbelin, wie gut, Euch zu treffen!« Von links trat der dickleibige Rehbinder unvermittelt aus einer Gasse und hieß sie ebenfalls stehen bleiben. Sein rotwangiges Gesicht glänzte. Gleich wischte er mit dem Handrücken darüber und blinzelte Gunda aus kleinen Augen an. »Seit unserem Morgenimbiss in meinem Haus haben sich einige Dinge ergeben, die ich Euch unbedingt mitteilen muss.«

»Hat das nicht Zeit bis später? Verzeiht, mein Lieber, aber ich habe es sehr eilig. Gewiss sehen wir uns heute Abend beim Nachtmahl. Eure Frau Gemahlin und Eure Köchin zaubern jeden Tag Wunderbares auf den Tisch.«

»Habt besten Dank für Euer Lob. Meine Frau wird es gern hören. Doch schenkt mir bitte trotzdem kurz Gehör. Ich weiß zwar nicht, wohin es Euch so eilig zieht, denn bislang dachte ich, ich wäre der einzige Kaufmann in Königsberg, mit dem Ihr Geschäfte tätigt, aber …«

»Gott bewahre, mein lieber Rehbinder! Nach wie vor seid Ihr der einzige Makler hier, mit dem ich meinen Handel treibe«, bemühte sie sich schleunigst, seine Eifersucht im Keim zu ersticken. »Nie im Leben verfiele ich darauf, jemand anderen auch so weit ins Vertrauen zu ziehen wie Euch. Ihr wisst, wie schwierig meine Vorstellungen sind.« Sie begleitete ihre Worte mit einem verschwörerischen Lächeln. »Abgesehen davon, ist es ein unverdienter Glücksfall, die Gastfreundschaft in Eurem Haus seit mehr als einer Woche schon in Anspruch nehmen zu dürfen. Im fürstlichsten Gasthaus hätte ich es nicht besser treffen können als bei Euch und Eurer Gemahlin. Schon allein deshalb würde ich niemals wagen, Euch zu hintergehen.«

»Wohl denn«, grummelte Rehbinder, wobei die Wülste seines Doppelkinns bebten. »Es überrascht mich dennoch festzustellen, dass Euch auf einmal anderes wichtiger ist als der Handel mit Fischart. Dabei habt Ihr mich damals in Wehlau so entschieden bedrängt, ihn auf Gedeih und Verderb durchzuziehen.«

»Das würde ich auch weiterhin tun, allerdings treiben mich gerade noch einige familiäre Angelegenheiten um.«

»Ich wusste gar nicht, dass Ihr in einer der drei Königsberger Städte Familie habt.«

»Es ist keine direkte Verwandtschaft«, wich sie aus. »Es geht vielmehr um eine alte Freundschaft meines verstorbenen Mannes. Ihr werdet verstehen, dass ich es seinem Andenken schuldig bin, die Leute aufzusuchen.«

»Nun gut. Dann nehmt wenigstens diese Nachricht mit auf den Weg: Ich komme gerade von der Altstädter Holzwiese, wo, wie Ihr wisst, die Schiffe mit den Holzlieferungen aus Litauen eintreffen. Zusammen mit den ersten Ladungen sind heute wenig erfreuliche Nachrichten aus Eurer Heimatstadt eingetroffen.«

»Was?«

Rehbinder genoss es, sie nun doch aus der Fassung gebracht zu haben. Zufrieden schob er den umfangreichen Wanst ein wenig weiter nach vorn, hakte die Finger in die Schlaufen seines Gürtels und setzte ein besorgtes Gesicht auf. »Nach dem Abzug der Deutschordensritter haben die Wehlauer ihren Eid auf den Preußischen Bund bekräftigt. Offenbar rechnen sie deshalb fürs nächste Jahr mit einer weiteren Belagerung.«

»Verzeiht, mein Lieber, aber das war absehbar. Das sind keine überraschenden Nachrichten. Doch ich will mich nicht beklagen, ich hatte Ärgeres befürchtet.«

»Ihr denkt wohl, Ihr habt Eure Schäfchen schon im Trockenen. Hoffentlich täuscht Ihr Euch da nicht, meine Liebe. Denkt an Euer Haus, Euer Gesinde, Euer gesamtes Hab und Gut. Oder interessiert es Euch nicht zu hören, dass die Wehlauer ihre Befestigung weiter ausbauen? Wie im August halten sie auch jetzt wieder jedes Schiff auf, das aus Litauen den Pregel herunterkommt, und beschlagnahmen das Holz sowie alle anderen, auch nur im Entferntesten zum Bauen geeigneten Materialien. Leider wird es also bis auf weiteres keine Eibenholzlieferungen mehr geben. Auch ich bin dieses Mal ratlos. Längst ist alles bezahlt und das Geld wohl für immer verloren.«

»Oh Gott!«, entfuhr es Gunda.

»Für Euch ist der Schaden vorerst begrenzt, meine Liebe. Wenn ich Euch daran erinnern darf, habt Ihr von Fischart bereits den Betrag für die noch ausstehenden Lieferungen erhalten. Da ich in Eurem Auftrag den Handel mit ihm abgeschlossen habe, betrachte ich es allerdings als meine Pflicht, Euch im Sinne eines anständigen Gebarens darum zu bitten, dem armen Fischart entgegenzukommen. Ihr solltet ihn bei dem unverschuldeten Verlust nicht im Regen stehen lassen. Vielleicht könnt Ihr ihm einen Teil der Summe zurückerstatten? Ich bin gerade auf dem Weg zu seinem Haus. Sein Sohn als sein derzeitiger Vertreter sollte so schnell wie möglich über die Lage Bescheid wissen.«

»Am besten begleite ich Euch.«

»Aber ich denke, niemand soll wissen … Habt Ihr nicht immer selbst von mir verlangt, alle Hinweise auf Euch …«, stammelte Rehbinder. Die kleinen, wässrigen Augen weit aufgerissen, vergaß er völlig, sich das nasse Antlitz trocken zu tupfen.

»Fischart habt Ihr hoffentlich nach wie vor nichts von mir verraten?«

»Fischart?« Rehbinders Gesicht färbte sich rot. Empört schnappte er nach Luft, bevor er mit krächzender Stimme entschieden erklärte: »Nie im Leben hätte ich das gewagt! Ihr habt mein Wort, Verehrteste! Oder zweifelt Ihr etwa an mir?«

»Lasst gut sein«, winkte Gunda ab. »Es ändert nichts, wenn ich Euch begleite. Erstens müsst Ihr gar nicht sagen, dass ich Eure Gewährsfrau aus Wehlau bin, und zweitens ist Fischart ohnehin noch in Riga. Sein Sohn vertritt ihn währenddessen im Kontor, habe ich gehört. Wir sollten jetzt rasch zu seinem Haus gehen. Es macht einen besseren Eindruck, wenn sein Sohn aus Eurem Mund erfährt, was sich gerade in Wehlau mit dem von seinem Vater bezahlten Eibenholz abspielt.«

»Dann seid Ihr also bereit …«

»Davon habe ich nichts gesagt. Es hängt davon ab, was uns bei den Fischarts erwartet.«

Sie setzte sich in Bewegung, er folgte ihr erstaunlich langsam. Ohne, dass sie es darauf angelegt hätte, lief sie ihm rasch einen ganzen Schritt voraus. Es war ihr ganz recht, entledigte sie das der leidigen Verpflichtung, das Gespräch mit ihm fortzusetzen. Bald hatten sie das Nachbarhaus der Fischarts erreicht.

»Einen Moment, meine Liebe.« Rehbinder fasste sie am Arm und zwang sie, stehen zu bleiben und sich zu ihm umzudrehen. »Bevor Ihr das Haus der Fischarts betretet und der Gemahlin unseres Freundes gegenübersteht, muss ich Euch noch etwas gestehen. Vielleicht werdet Ihr mich gleich verfluchen, doch seid gewiss …«

»Kommt bitte zur Sache, Rehbinder. Ich habe Euch bereits gesagt, dass ich in Eile bin.«

»Die Fischartin weiß, dass Ihr hinter dem Handel mit dem litauischen Eibenholz steckt.«

»Was?« Ungläubig blickte sie ihn an. »Aber gerade eben habt Ihr mir noch versichert …«

»Dass ich Fischart nichts von Euch gesagt habe. Seine Gemahlin hat mich jedoch bedrängt. Sie war in großer Sorge um ihn. Deshalb habe ich mich erweichen lassen, zumal mein Versprechen lautete, *ihm* kein Wort zu verraten. Ich dachte, es wäre unwahrscheinlich, dass sie Euch kennt. Ein großer Fehler, wie ich dann leider festgestellt habe. Mir schien, als würde sie Euch aufgrund meiner Beschreibung doch von irgendwoher kennen.«

Gunda brauchte eine Weile, bis sie die Tragweite seiner Worte begriff. Einen Moment zögerte sie, ob sie nicht auf der Stelle kehrtmachen sollte. Als sie den kleinen, rundlichen Rehbinder vor sich sah, musste sie an Editha denken. Auf einmal gefiel ihr der Gedanke, dass die feiste Engländerin mit dem Hang zu derben Flüchen dank seines Wortbruchs seit längerem wusste, wer dieses rätselhafte Geschäft mit Gernot abgeschlossen hatte. Es musste ihr einige schlaflose Nächte bereitet haben. Das stimmte Gunda wieder versöhnlich. Sie schmunzelte.

»Lasst gut sein, mein Lieber.« Sacht berührte sie Rehbinder an den Schultern, hieß ihn so, sich wieder aufzurichten. »Das spielt jetzt keine Rolle mehr.«

23

Bevor Agnes den Türklopfer an der Haustür der Fischarts in die Hand nahm, verharrte sie einen Moment und holte tief Luft. Viel zu schnell war sie vom Löbenichter Flussufer bis zum Altstädter Markt gelaufen. Das Rennen aber war es nicht allein, was ihr Herz zum Rasen brachte. Sie glättete den Stoff ihres Surkots, richtete das Halstuch und strich sich die losen Strähnen des braunen Haares aus dem Gesicht. Mit zittrigen Fingern griff sie nach dem Messingschlag, ließ ihn einmal kräftig gegen das Holz fallen. Es dauerte lange, bis geöffnet wurde.

»Agnes, du?« Statt der alten Magd stand Caspar vor ihr. Sie schreckte zurück, fasste nach dem Halstuch. Er wirkte nicht weniger verblüfft, griff mit derselben Geste an sein Tuch.

»Ich muss dich dringend sprechen.«

»Es tut mir leid, dass ich dich vorhin …, also, ich wollte nicht … Du hast mich völlig …, also, ich habe dir doch gesagt, wie unbeholfen ich in solchen Angelegenheiten bin«, stammelte er. »Aber trotzdem kannst du jetzt nicht … Es ist einfach schlecht, ich muss mich gerade um meine …«

»Deswegen bin ich nicht gekommen«, ging sie ungeduldig dazwischen. »Es gibt noch etwas anderes, weitaus Wichtigeres, was ich mit dir und auch mit deiner M-m-mutter …«, unerwartet geriet sie bei diesem Wort ins Stocken. Sie holte tief Luft und fuhr rasch mit einem anderen Satz fort: »Es geht gewissermaßen auch um Geschäftliches, und es ist sehr, sehr wichtig. Bitte, Caspar, lass mich rein. An der Tür sollte man nicht über solche Angelegenheiten reden.«

Zuerst sah es aus, als wollte Caspar nachgeben. Schon machte er eine knappe Bewegung zur Seite, da hielt er inne und sah sie plötzlich verärgert an: »Nein, Agnes, ich habe jetzt wirklich keine Zeit für dich. Vorhin bist du davongerannt, als wäre ich der Leibhaftige, und hast dich nicht einen Deut darum geschert, was mit mir ist. Jetzt aber habe ich anderes zu tun. Verzeih.«

Er wollte die Tür vor ihrer Nase schließen. Sie stemmte sich dagegen. Die Tür war schwer, Caspar nicht minder entschlossen als sie. Nach einigem Gerangel blieb ein schmaler

Spalt, durch den sie ihn anschauen konnte. Aus dem Innern des Hauses wehten laute, aufgebrachte Stimmen zu ihnen. Agnes horchte auf. Es handelte sich um zwei Frauenstimmen, besonnen versuchte eine dunkle Männerstimme zu schlichten. Angestrengt spitzte Agnes die Ohren. Caspar wurde unruhig, blickte mehrmals über die Schulter nach drinnen.

»Was ist los bei euch?«

»Nichts, nichts«, beeilte er sich zu versichern und versuchte von neuem, die Tür zu schließen. Wieder konnte sie das verhindern. Zur Sicherheit schob sie den Fuß zwischen Türflügel und Türstock.

»Glaub mir, Caspar: Das, was ich dir zu sagen habe, ist für dich und deine Eltern so wichtig wie nichts sonst auf der Welt. Es betrifft eure Geschäfte, eure Zukunft als Kaufleute in Königsberg.«

»Du übertreibst! Was weißt du überhaupt von unseren Geschäften?« Mit einem Mal wirkte er verunsichert. Für einen Moment war er unachtsam, ließ den Türflügel los. Agnes nutzte die Gelegenheit und stieß ihn auf. Caspar erschrak und versuchte, seinen Fehler wettzumachen, indem er ihr den Durchgang verwehrte. Breitbeinig stellte er sich vor sie hin. Sie reckte sich, wollte über seine Schultern nach drinnen linsen. Die Stimmen waren leiser geworden. Offenbar kamen sie aus dem Obergeschoss. Anscheinend stritt seine Mutter mit jemandem.

»Agnes, versteh doch: Es passt jetzt einfach nicht«, verlegte er sich aufs Flehen. »Komm später wieder. Wie wäre es mit heute Nachmittag? Jetzt muss ich mich mit meiner Mutter um dringende geschäftliche Belange kümmern.«

Wieder wollte er nach dem Türflügel greifen, doch Agnes kam ihm zuvor und schlüpfte unter seiner halberhobenen Hand hindurch.

»Agnes, bitte!«, rief er, doch sie achtete nicht auf ihn. Ihr erstes Ziel war erreicht: Sie war drin.

Allerdings begann damit der weit schwierigere Teil. Sie musste Caspar mit einer schrecklichen Wahrheit konfrontieren. Diejenigen, die er für seine Eltern hielt, waren nicht seine wahren Eltern. Agnes mochte sich nicht vorstellen, das am eigenen Leib zu erfahren. Zwar hatte sie ihren leiblichen Vater nicht gekannt und erst vor kurzem überhaupt seinen Namen erfahren, doch Fröbel hatte das mit seiner Vaterliebe mehr als wettgemacht. Gundas Mutterschaft stand ohnehin nie in Frage, ganz gleich, wie unnahbar sie schien.

Verlegen wanderte ihr Blick umher. In der dämmrigen Diele herrschte eine bedrückende Atmosphäre. Die Ablader und Schreiber hatte man offenbar mitten in ihrer Tätigkeit fortgeschickt. Ein halb mit Fässern beladenes Fuhrwerk stand unter einem der Kreuzgewölbe, dicht umringt von weiteren Fässern. An der rückwärtigen Wand lagen leere Säcke. Ein muffiger Geruch hing in der Luft, als hätte für längere Zeit die Kellertür offen gestanden. Neben den Säcken lehnte die große Schiefertafel an der Wand, auf der der Schreiber mit weißer Kreide die Anzahl der Fässer und Säcke zu notieren begonnen hatte. Mitten in der Auflistung hatte er abgebrochen. Agnes ahnte Unheilvolles. Angesichts des Krachs aus dem oberen Stockwerk behagte ihr die Stille in dem weitläufigen Raum ganz und gar nicht.

»Wo sind eure Männer? Warum arbeitet niemand? Es ist mitten am Tag.«

»Die Männer haben auf der Holzwiese zu tun.«

»So plötzlich?« Agnes nickte in Richtung des halb auf- oder abgeladenen Wagens. Caspar überging das und tat, als müsste er auf dem Pult nach Papieren suchen. »Was ist mit deiner Mutter? Ich dachte, ihr beide seid dabei, Geschäftliches zu regeln. Sie scheint oben jedoch mit anderen …«

»Sie wartet dringend auf mich«, erwiderte Caspar. »Ich suche nur nach einem Brief, dann muss ich wieder zu ihr.«

Die Stimmen im oberen Geschoss wurden wieder laut. Von neuem versuchte Agnes, Genaueres herauszuhören. Wieder gelang es ihr nicht.

»Deine Mutter ist wohl nicht allein. Also kann sie gut noch eine Weile auf dich warten. Lass uns die Gelegenheit nutzen und hier unten in aller Ruhe ungestört miteinander …«

Ein erboster Aufschrei oben ließ sie beide zusammenfahren. Erschrocken richteten sie die Blicke zur Decke.

»Du hörst es. Ich muss sofort hinauf. Meine Mutter braucht mich. Es geht ihr nicht gut. Sie regt sich viel zu sehr auf. Es ist einfach alles zu viel für sie. Ich habe schon nach der Hebamme geschickt.«

»Nach der Hebamme? Heißt das, sie ist …«

»Ja, auch.« Caspar ärgerte sich, weil er sich verplappert hatte.

»Ich komme mit. Vielleicht kann ich ihr helfen.«

Ehe Caspar es ihr verwehren konnte, sprang sie die Stufen in den ersten Stock hinauf und wandte sich dort sogleich zur Wohnstube. Ohne nachzudenken, stieß sie die Tür auf.

»Agnes!«

Sie erstarrte. Mitten in der Wohnstube stand ihre Mutter, neben ihr Rehbinder. Beide sahen ihr nicht minder entsetzt entgegen wie sie ihnen. Sie schaute zur Seite und erblickte die Fischartin. Wie bei ihrem ersten Besuch thronte sie auch jetzt wieder am Tischende und überblickte die zum Imbiss gedeckte Tafel. Die dürre, bucklige Magd stand neben ihr und reichte ihr einen Becher. Mit einer verächtlichen Handbewegung wedelte sie ihn fort. Am Gesicht der alten Anna war abzulesen, wie sehr sie das Gebaren ihrer Herrin missbilligte.

»Eure Tochter, Fröbelin, hier in der Königsberger Altstadt? Was heißt das?« Rehbinder hatte sich als Erster gefasst.

»Eure Tochter? Wieso ist Agnes Eure Tochter?« Inzwischen war auch Caspar in der Wohnstube eingetroffen und presste seine Frage atemlos heraus. Verwirrt sah er zwischen Agnes und Gunda hin und her, als wollte er auf der Stelle die Ähnlichkeit überprüfen. Agnes warf die langen braunen Haare in den Nacken und blitzte ihn aus bernsteinfarbenen Augen an. Zugleich richtete sie das weiße Halstuch herausfordernd aus. Auch er griff nach seinem Tuch und starrte sie weiter unverwandt an.

»Was willst du hier?«, mischte sich die Fischartin ein und erhob sich schwerfällig. Wie selbstverständlich gebrauchte sie die vertrauliche Anrede, tat, als würden sie einander seit langem kennen. Um ihren kleinen Mund lag ein seltsames Lächeln. Fast hätte Agnes es für Triumph gehalten, wäre da nicht auch ein unsicheres Aufflackern in den blauen Augen gewesen. Mit einer weit ausholenden Armbewegung schlug Editha sich eindrucksvoll die Hand auf die Brust, rang nach Luft und kreischte auf: »*For heaven's sake!* Das ist zu viel.«

Ihr schwerer Körper sackte in sich zusammen. Reglos sah die alte Anna zu, während Caspar zu seiner Mutter flog und ihr half, sich wieder aufzurichten.

»Ruhig Blut«, ertönte Gundas Stimme. »Natürlich schafft Ihr das alles, meine Liebe. Ihr habt schon ganz anderes in Eurem Leben gemeistert.« Gemessenen Schrittes ging sie zum Tisch, nahm der Alten den Becher aus der Hand, goss Bier aus der Kanne ein und hielt ihn der Fischartin direkt vor den Mund. Zugleich rückte sie ihr den Stuhl zum Niedersetzen zurecht. »Ein kräftiger Schluck Bier hat bislang immer geholfen.«

»Ich denke, ich bin hier nicht mehr vonnöten.« Unter kräftigem Räuspern brachte Rehbinder sich in Erinnerung. Das

Unbehagen über das Geschehen in der Wohnstube stand dem gedrungenen Kaufmann ins Gesicht geschrieben. Mit dem Handrücken wischte er sich über die Stirn, setzte das schwarze Barett auf den von schütterem, gelblich grauem Haar bedeckten Schädel. »Ich habe noch einiges zu erledigen. Morgen schon breche ich wieder nach Wehlau auf. Mit eigenen Augen werde ich mir dort ein Bild von der Lage machen und Euch, liebe Fischartin, sofort davon unterrichten, wie es sich mit dem Eibenholz aus Litauen verhält. Noch besteht die winzige Hoffnung, dass die Wehlauer Stadtbürger ein Einsehen haben und sich nicht an fremdem Gut bereichern, um ihr eigenes gegen die Kreuzherren zu verteidigen. Wenn Ihr wollt, liebe Fröbelin«, drehte er sich halb zu Gunda hin, »könnt Ihr mich selbstverständlich gern begleiten. Überlegt es Euch.«

Er lächelte sie aufmunternd an. Agnes schien, als wollte er der Mutter helfen, so schnell wie möglich aus Königsberg wegzukommen. Wollte er sie vor der Fischartin in Schutz nehmen? Die Bemerkungen von Theres und Marie kamen ihr in den Sinn. Es war wohl wirklich kein Zuckerschlecken, wenn man es sich mit der rundlichen, kleinen Engländerin verdarb. Sich zur Zielscheibe der unverständlichen englischen Flüche zu machen stellte dabei wohl noch das geringste Übel dar.

»Gewiss wollt Ihr Euch davon überzeugen, dass weder Eurem Haus noch Eurem braven Gesinde oder Eurem Hab und Gut Gefahr droht. Jetzt, da auch Eure Tochter hier am Pregel in Sicherheit ist, solltet Ihr Euch überlegen, ob nicht auch Ihr …«

»Danke, mein Lieber«, wiegelte Gunda lächelnd ab. »Euer Angebot ist wirklich großzügig. Doch Ihr seht selbst: Ich sollte Königsberg nicht so schnell verlassen. Meine Tochter braucht mich hier.«

»Pah!«, fuhr die Fischartin auf. »Wenn Ihr damit die Kleine dort vorn meint, kann ich Euch versichern, die kommt sehr gut allein klar. Vor allem ohne Euch.«

»Woher wollt Ihr das wissen?«

»Das spüre ich hier drinnen!« Sie schlug sich die rechte Hand aufs Herz. »Seit sie mir zum ersten Mal gegenübergestanden ist, wusste ich, was ich von ihr zu halten habe.« Sie schenkte Agnes einen vieldeutigen Blick, der sie verwirrte.

»Ausgerechnet Ihr wollt das spüren?« Gundas Ton war höhnisch. »Bislang habt Ihr Euch doch noch nie Gedanken darum gemacht, was in Euren Mitmenschen vorgeht.«

»Bislang stand mir auch noch nie jemand wie sie gegenüber!«

»Verzeiht«, nutzte Rehbinder ein kurzes Luftholen der beiden Frauen, um sich abermals zu Wort zu melden. »Alles Weitere regelt Ihr wohl besser ohne mich. Falls Ihr, liebe Fröbelin, es Euch anders überlegt und mit mir reisen wollt, gebt mir Bescheid. Ihr könnt auch weiterhin fest auf mich zählen.«

»Good grief!«, stöhnte die Fischartin und presste sich die Hände auf den Leib. Gunda warf ihr einen vernichtenden Blick zu.

»Gehabt Euch wohl, meine Liebe.« Rehbinder streckte Gunda die Hand entgegen. Einen Moment sah es so aus, als wollte er sie mit sich fortziehen. Dann jedoch ließ er den Arm sinken, grummelte etwas Unverständliches in sein Doppelkinn und eilte zur Tür. Die alte Anna nutzte die Gelegenheit, sich ebenfalls davonzustehlen.

Eine bedrückende Stille senkte sich über die Stube. Caspar überfiel die übliche Verlegenheit. Unschlüssig fingerte er an seinem Halstuch herum. Agnes verfolgte, wie Gunda ihn betrachtete. Bildete sie es sich ein oder leuchtete bei seinem Anblick etwas in ihren Augen auf? Die Fischartin dagegen kniff verbissen die Lippen zusammen und ballte die kleinen Hände vor sich auf der Tischplatte zu Fäusten.

»Was wird hier eigentlich gespielt?«, fragte Caspar leise und sah erst auf seine Mutter, dann auf Gunda und zuletzt auf Agnes. »Die Geschichte mit dem litauischen Eibenholz ist die eine Sache. Darüber hat uns Rehbinder eben ausführlich in Kenntnis gesetzt. Ihr, liebe Fröbelin, seid also der rätselhafte Wehlauer Kaufmann, der aus unerfindlichen Gründen allein mit meinem Vater den Handel abschließen wollte. Was Ihr damit im Schilde führt, werdet Ihr uns hoffentlich noch verraten. Vorerst aber ist das zweitrangig, da die Wehlauer ohnehin die Lieferungen aus Litauen zurückhalten. Dafür steht plötzlich eine weitere Neuigkeit im Raum: Agnes ist Eure Tochter. Warum erfahren wir das ausgerechnet jetzt und nicht etwa von dir, liebe Agnes, oder von Euch, liebe Fröbelin, sondern ebenfalls aus dem Mund von Rehbinder?«

Er hielt inne, sah erst Gunda, dann Agnes vorwurfsvoll an. Seine Stimme zitterte, als er weitersprach: »Ihr wolltet uns das gar nicht sagen, nicht wahr? Du, liebe Agnes, hast mit Absicht meine Nähe gesucht. Du wolltest mich ausfragen und hinhalten, um deine Mutter mit Informationen über uns zu versorgen. Unfassbar! Sag mir die Wahrheit, Agnes. Nach allem, was heute vorgefallen ist, bist du mir eine ehrliche Erklärung schuldig.«

»Eine Erklärung für ihr Verhalten ist unsere kleine Freundin auch mir schuldig«, meldete sich die Fischartin zu Wort. »Mich hat sie schließlich ebenso getäuscht wie dich, mein lieber Sohn. Doch wer weiß, was uns noch erwartet. Mir ist, als lägen längst nicht alle Karten offen auf dem Tisch.«

Jäh erfasste sie ein weiterer Krampf. Ihre Hände glitten zum Unterleib, pressten sich fest dagegen. Ihr rundes Gesicht verfärbte sich gefährlich grün. Sie würgte und schluckte, krümmte sich auf ihrem Stuhl.

»Mutter!« Besorgt stürzte Caspar zu ihr, fasste sie an den Schultern. Dabei warf er Agnes einen Blick zu, der sie zu Tode erschreckte.

Wie bei ihrem ersten Besuch im Haus spürte sie, dass ihn etwas ganz Besonderes mit der Fischartin verband. Die Frau, die er für seine Mutter hielt, würde er mit allen Mitteln verteidigen, ebenso wie sie für ihn unter Einsatz all ihrer Kräfte in die Bresche sprang! Agnes zauderte. Tat sie das Richtige, wenn sie ihm gegenüber auf der Wahrheit bestand? Machte das alles nicht schlimmer? Vielleicht wollte Gunda gar nicht, dass Caspar erfuhr, wie sie in Wahrheit zueinander standen.

24

Während Agnes noch mit sich rang, wusste Gunda bereits, was zu tun war.

»Regt Euch nicht auf!«, versuchte sie, die Fischartin zu beruhigen, und setzte ihr von neuem den Becher mit Bier an die Lippen.

»Was ist denn hier los?«

Plötzlich stand eine fremde Frau mitten in der Stube. Sie war von beeindruckender Statur. Sowohl die Ausmaße ihres Leibes als auch ihr Auftreten hatten etwas Grobes an sich. Das blonde Haar streng unter die Haube gekämmt, waren die schmalen Augenbrauen kohlenschwarz. Vorwurfsvoll funkelten die grünen Augen in die Runde. Das Auffälligste an ihrem Antlitz waren jedoch weder die breite, flache Nase noch das massige Kinn, sondern die blitzend weißen, geraden Zähne. Bei jeder Silbe leuchteten sie im Mund auf.

Als wäre allein das Auftauchen der Fremden ein Heilmittel, löste die Fischartin die Hände von ihrem Leib und kam wieder in die Aufrechte. Auch die Farbe ihrer Wangen veränderte sich schnell. In wenigen Schritten stand die Unbekannte bei ihr und klopfte ihr aufmunternd auf den Rücken, woraufhin der Fischartin ein erleichtertes *»Thank goodness!«* entfuhr.

»Gut, dass Ihr gekommen seid, liebe Hundskötterin.« Auch Caspar atmete auf. »Meine Mutter kann Euren Beistand dringend gebrauchen.«

»Das sehe ich«, erwiderte sie.

Das war also die Hebamme, die Caspar vorhin erwähnt hatte. Agnes gedachte mit Schrecken der Worte von Agathas Mägden. Sonderlich vertrauenserweckend hatten die nicht geklungen.

»Wie schön, einmal aus Eurem Mund Freude über mein Kommen zu hören, liebe Fischartin!« Die Hundskötterin zog die rechte Augenbraue hoch und stemmte die riesigen Hände auf die fülligen Hüften. »Sonst habt Ihr eher tausend Flüche und böse Worte auf der Zunge, wenn Ihr mich begrüßt.«

Verdutzt bemerkte Agnes, wie die Fischartin ob dieser Zurechtweisung zusammenzuckte wie ein kleines Mädchen. Die Hebamme quittierte das mit einem zufriedenen Lächeln und säuselte fröhlich weiter: »Gut zu sehen, dass es Euch schon wieder bessergeht. Wollt Ihr mich nicht mit Eurem Besuch bekannt machen? Eine der beiden Damen kenne ich wohl noch aus lang vergangenen Tagen. Nicht wahr, meine liebe Gunda? Gewiss erinnert auch Ihr Euch noch an mich.«

Sie trat dicht vor die Mutter und spitzte genüsslich den Mund. Dabei musterte sie sie von oben bis unten. Über Gundas Gesicht huschte ein Schatten. Trotzig streckte sie den Rücken durch, verschränkte die Arme vor der Brust und blickte der anderen herausfordernd entgegen. »Wer, meine liebe Hundskötterin, könnte Euch je vergessen? Egal, wo Ihr auftaucht, Ihr hinterlasst immer einen gewaltigen Eindruck. Bis an mein Lebensende bleibt Ihr in meinem Gedächtnis, dessen könnt Ihr gewiss sein.«

»Oh, das ist zu viel der Ehre.« Die Hundskötterin schlug die Hand vor die Brust und verneigte sich.

»Seid Ihr fertig mit Euren Artigkeiten?« Verärgert mischte sich die Fischartin ein. »Mir war so, als wolltet Ihr gerade gehen, Fröbelin. Auch die liebe Agnes wollte sich verabschieden. Geleite die beiden zur Tür, Caspar. Die Hundskötterin und ich haben Wichtiges miteinander zu besprechen.«

»Wie schade, meine liebe Fischartin, dass Ihr Euren Besuch schon fortschicken wollt. Das liegt hoffentlich nicht an meinem Auftauchen. Meinetwegen können die beiden Damen gern bleiben. Überlegt lieber, ob Ihr nicht die Gelegenheit nutzt und zu Ende bringt, was Ihr seit langem schon unbedingt zu Ende bringen wolltet.«

Die Hundskötterin schenkte der Fischartin ein verschwörerisches Lächeln. Agnes ließ es das Blut in den Adern stocken. Gunda entlockte es jedoch ein zustimmendes Auflachen. »Stimmt. Es wäre wirklich schade, meine Liebe, wenn wir uns jetzt, da wir endlich einmal alle beieinander sind, unverrichteter Dinge voneinander trennen würden. Dabei ist es eine ausgezeichnete Gelegenheit, reinen Tisch zu machen. Bis auf Gernot sind alle Beteiligten vollzählig vertreten, zumindest alle noch lebenden.«

»Was meint Ihr damit?« Das Antlitz der Fischartin verfärbte sich von neuem grünlich. In Erwartung eines neuerlichen Krampfes ballte sie die Hände zu Fäusten, bis die Fingerknöchel weiß hervortraten. Der Krampf blieb aus, die Fäuste aber ließ sie geballt.

»Jetzt reicht es!«, mischte Caspar sich ein. »Ihr seht doch, dass es meiner Mutter nicht gutgeht. Ihr, liebe Hundskötterin, seid ihre Hebamme und solltet das besser wissen als ich. Oder wollt Ihr riskieren, dass sie abermals ihr Kind verliert?«

»Ihr seid schwanger?« Gundas Stimme überschlug sich.

»Ja, damit hast du nicht gerechnet, was?« Auf einmal war die Fischartin wie verwandelt. Jäh richtete sie sich im Sitzen auf, schob den üppigen Leib heraus, um ihren Zustand zu unterstreichen, und blitzte sie siegessicher an. »Ob es dir passt oder nicht, meine liebe Gunda: Gernot und ich lieben uns bis zum heutigen Tag. Jede Nacht, die er hier im Haus weilt, wohnt er mir bei, jede Nacht finden wir beide höchsten Gefallen aneinander und können gar nicht genug voneinander kriegen.«

»Mutter!«, mahnte Caspar. Anders als beabsichtigt, spornte sein Einspruch die Fischartin jedoch weiter an. Unter triumphierendem Auflachen fuhr sie fort: »Nach wie vor steht Gernot bei mir seinen Mann, nach wie vor sind wir uns in allem innig verbunden, übrigens auch jenseits der Bettlaken.«

Besorgt behielt Agnes Gunda im Blick. Mit jeder Silbe der Fischartin wurde das Gesicht der Mutter fahler. Die Bierbeschauerin Mohr hatte recht gehabt: Die geplatzte Verlobung mit Gernot Fischart hatte sie tief verletzt. Bis zum heutigen Tag litt sie unter der Schmach.

»Lass uns gehen«, flüsterte Agnes der Mutter ins Ohr. »Ich denke, die Fischartin braucht Ruhe. Die ganze Aufregung um das Eibenholzgeschäft war einfach zu viel für sie. Denk an ihren Zustand.«

»Hah! Da irrst du dich aber gewaltig, mein Kind!« Die Fischartin hatte ihre Worte gehört und nahm sie ins Visier.

»Schönen Dank für deine Sorge, doch sie ist unbegründet. Ich vertrage mehr, als du denkst, selbst wenn ich wieder in anderen Umständen bin.«

»Ist das nicht wundervoll?« Die Hundskötterin rieb sich vergnügt die Hände. »Wie fürsorglich sich Agnes Euch gegenüber zeigt!«

»Bitte?«, entfuhr es Agnes, während Gunda sich angewidert abwandte.

»Vertraut meiner langjährigen Erfahrung als Hebamme«, fuhr die Hundskötterin fort. »Ich habe ein Gespür dafür, wenn zwei Menschen sich auf besondere Weise nahestehen. Blut ist eben stärker als alle anderen Bande! Jahrelang können Mutter und Kind, Bruder und Schwester voneinander getrennt sein, ohne einander zu vermissen, ja, ohne überhaupt voneinander zu ahnen. Doch sobald sie sich unverhofft gegenüberstehen, empfinden sie sofort viel füreinander und sind um das Wohl des anderen zutiefst besorgt. Dazu müssen sie sich nicht einmal auf Anhieb wiedererkennen. Oft sind sie sich zunächst sogar spinnefeind oder hegen gar verbotene Gefühle füreinander.«

Sie maß Agnes mit einem seltsamen Blick, der ihr abermals das Blut in den Adern gefrieren ließ.

»Was soll das? Was redet Ihr da?«, krächzte Caspar heiser. »Ihr wollt doch nicht im Ernst behaupten, meine Mutter und Agnes würden besondere Bande miteinander verbinden?« Missbilligend zog er die Augenbraue hoch, wippte auf den Fußspitzen und wandte sich dann ab.

In Agnes arbeitete es heftig. Sie zwirbelte das Halstuch um den Finger, bis sie sah, dass Caspar gerade das Gleiche tat.

»In gewisser Weise hat die Hundskötterin recht«, begann sie und suchte seinen Blick. »Allerdings nicht bezogen auf deine Mutter und mich, sondern auf dich und mich.«

»Ach? Danke für den Hinweis, das ist mir bis gerade eben noch gar nicht aufgefallen.« Caspar verschränkte die Arme vor der Brust und stellte sich breitbeinig auf.

»Tut mir leid, wenn ich dich vorhin verletzt habe, doch ich glaube, wir beide haben uns getäuscht, was die Art unserer Gefühle füreinander …«

»Das gehört wohl kaum in diese Runde«, fuhr Caspar ihr über den Mund.

»Doch!« Entschlossen baute sich Agnes vor ihm auf. »Schenk mir bitte noch einen Moment Gehör. Es geht nämlich genau darum, was die Hundskötterin gerade gesagt hat: Uns beide verbindet etwas Besonderes miteinander. Vom ersten Augenblick an habe ich das gespürt und gemerkt, dass es auch dir so erging. Jedes Mal, wenn wir uns wieder gegenüberstanden, wurde dieses Gefühl stärker. Doch es geht nicht in die Richtung, die wir beide zunächst vermutet haben. Seit vorhin weiß ich endlich, was es ist: Wir beide sind Bruder und Schwester!«

»Nein!« Entsetzen blitzte in Caspars Augen auf.

»Ja, wir sind Geschwister«, wiederholte sie beharrlich. »Zwillinge. Das sieht man uns nicht sofort an. Ein Junge und ein Mädchen sehen sich niemals zum Verwechseln ähnlich. Doch fällt dir nichts an mir auf?«

Langsam schüttelte er den Kopf, blieb allerdings auf der Hut.

»Sieh nur, unsere bernsteinfarbenen Augen. Und dann hier!« Mit einem Ruck zerrte sie an dem Stoff um ihren Hals, riss sich das Tuch halb herunter. »Wir beide tragen das, um etwas vor den neugierigen Blicken unserer Mitmenschen zu verbergen. Fass nur einmal mit deinen Fingern in den Nacken, betaste die rauhe Haut, fahr am Rand der Stelle entlang, und dann betrachte meinen Nacken. Was denkst du, wirst du sehen? Wir beide haben dort dasselbe Feuermal!«

Schwungvoll zerrte sie das Tuch ganz herunter, drehte sich halb zu ihm um und zeigte mit den Fingern auf ihr Mal. Aus den Augenwinkeln beobachtete sie, wie er zögernd an den eigenen Nacken fasste und ihn ungläubig betastete, während er ihren Nacken misstrauisch beäugte. Er schluckte.

»Das beweist, was ich dir eben versucht habe nahezubringen: Wir sind Geschwister!«

»Das beweist noch gar nichts«, wehrte er ab. »Wie soll das gehen? Wir haben doch gar nicht dieselben Eltern. Deine Mutter ist die Fröbelin, und meine Mutter siehst du dort am Tisch. Bevor du auf törichte Gedanken kommst, lass dir gesagt sein: Sie und ich hegen die innigsten Gefühle füreinander, wie es zwischen Mutter und Sohn natürlich ist. Mein Vater trägt übrigens ebendieses Mal an genau derselben Stelle im Nacken wie ich. Allerdings verbirgt er es nicht unter einem Tuch, sondern überdeckt es mit seinen glatten Haaren. Da du ihn nicht kennst, lass dir zudem versichert sein, dass wir beide uns auch sonst sehr ähneln und dass er dieselben bernsteinfarbenen Augen hat wie ich. Über unsere Verwandtschaft kann nicht der geringste Zweifel bestehen.«

»Das ist nicht wahr!«, wisperte Agnes ihrerseits fassungslos.

»Es stimmt: Caspar hat sehr große Ähnlichkeit mit seinem Vater«, mischte sich Gunda ein. »Verzeih, Liebes, gern hätte ich dir das bei besserer Gelegenheit in aller Ruhe erklärt, aber nun geht es wohl nicht anders. Du erinnerst dich, was Laurenz Selege dir im Frühjahr erzählt hat. Es tut mir leid, damals alles abgestritten zu haben. Ich hatte einfach große Angst. Jetzt aber muss ich dir gestehen: Er hatte recht. Ich bin diese Gunda, von der er gesprochen hat, die damals hier im Löbenicht unter Mithilfe seiner Mutter als Hebamme Zwillinge geboren hat. Der Vater meiner beiden Kinder ist allerdings nicht mein damaliger Gemahl Rudolf Kelletat, wie du vielleicht von der Streicherin gehört hast, sondern Gernot Fischart.«

Von tiefen Gefühlen übermannt, hielt sie inne, senkte den Blick und schluckte mehrmals, bis sie leise weitersprach: »Einst haben wir uns sehr geliebt. Wir waren einander längst versprochen, meine Eltern und ich haben seinetwegen unsere Heimat verlassen, um …«

»Shut up, you blasted old shrew«, entfuhr es der Fischartin böse, während die Hundskötterin ein lautes Auflachen vernehmen ließ und sich wichtigtuerisch nach vorn schob. Dabei wedelte sie wie zufällig mit ihrem Lederbeutel dicht vor Gundas Gesicht herum. Jäh erblasste diese und wich angeekelt zurück, was die stämmige Hebamme mit Genugtuung zur Kenntnis nahm. Entschlossen ergriff sie das Wort: »Verschont uns jetzt bitte mit dieser alten Geschichte, liebe Gunda! Ihr wisst doch genau, wie hohl sie klingt, selbst wenn Ihr sie wieder und wieder erzählt. Was heißt das schon: Der ehrwürdige Gernot Fischart und Ihr wart einander versprochen? Niemand bestreitet das! Ebenso wenig, dass Ihr Euch auch einmal sehr geliebt habt. Doch das ist rasch vorbei gewesen. Gefühle ändern sich, wie wir alle wissen, gerade in so jungen Jahren. Die Verlobung wurde gelöst, weil Ihr verschollen wart. Niemand wusste, ob Ihr überhaupt noch lebt. Der gute Fischart ehelichte aus freien Stücken die ehrwürdige Editha, für die er damals schon tief empfand. Bis heute ist sie ihm eine treusorgende, liebende Gemahlin, wie auch er ihr ein äußerst ergebener Gatte ist. Die Frucht dieser unendlich großen Liebe gedeiht nach wie vor. Davon haben wir alle eben erst ausführlich gehört.« Sie lächelte verschmitzt. »Was aber viel wichtiger ist, meine Lieben«, wandte sie sich an Agnes und Caspar und legte beiden fürsorglich die Arme auf die Schultern. »Die beiden sind Eure Eltern.«

»Nein!«, riefen Agnes und Gunda gleichzeitig, während Caspar und die Fischartin verwundert die Augen aufrissen.

»Ihr wollt doch nicht an der Wahrheit zweifeln?« Die Hundskötterin würdigte Gunda keines Blickes. Eindringlich sah sie allein auf Agnes und redete mit einem zufriedenen Schmunzeln weiter: »Im Gegensatz zu Euch, meine liebe Agnes, kann ich mich ebenso wie die beiden anderen Damen hier sehr genau an jenen Tag erinnern, an dem Ihr gemeinsam mit Eurem Bruder das Licht der Welt erblickt habt. Als wäre es gestern, sehe ich es vor mir, wie die schweren Stunden an den Kräften Eurer armen Mutter gezerrt haben. Unendlich lange hat sie in den Wehen gelegen und sich den Qualen der Geburt hingegeben. Schon damals bin ich ihre Wehmutter gewesen und habe sie vom ersten Anzeichen der Schwangerschaft bis zu ihrer Niederkunft treu begleitet. Deshalb werde ich es wohl am besten wissen, wer Eure Mutter ist. Schließlich habe ich Euch mit eigenen Händen aus ihrem Leib gezogen.«

»Ihr lügt!«, beharrte Agnes, während Caspar starr dastand und Gunda zwischen Wut und Ungläubigkeit ob der Entwicklung der Dinge schwankte.

»Good gracious!«, meldete sich die Fischartin leise zu Wort. Ihre Stimme zitterte. »Jedes einzelne Wort ist wahr. Ich habe euch beiden einst das Leben geschenkt, und die da …«, ihr Zeigefinger schnellte plötzlich nach vorn, wies anklagend auf Gunda, »die hat dich mir grausam von der Seite gerissen.«

Angewidert sah sie auf Gunda, die die ungeheure Anschuldigung scheinbar ungerührt ertrug.

»Und weißt du, warum, Liebes?«, wandte sich die Fischartin schließlich wieder an Agnes. »Weil sie am selben Tag niedergekommen ist wie ich. Allerdings hat sie nur ein lebloses Bündel Fleisch aus sich herausgepresst. Das konnte sie nicht dulden. Noch nie konnte sie ertragen, dass ich etwas hatte, was sie nicht hatte. Vom ersten Tag an hat sie mir geneidet, dass Gernot mich und nicht sie liebt und deshalb mich zur Frau genommen hat. Ihr ist am Ende nur dieser Grobian von Kelletat aus dem Löbenicht geblieben. Dem aber wollte sie wenigstens beim Kinderkriegen ihr Können beweisen. Das aber ist ihr ebenso misslungen, wie sie es nicht geschafft hat, Gernot auf Dauer für sich zu begeistern.«

Sie hielt inne, reckte das Kinn, gewann zunehmend an Sicherheit. »Weil sie das alles nicht ertragen hat, hat sie mir das Schlimmste angetan, was man einer Frau antun kann: Sie ist zu mir ans Kindbett geschlichen und hat mir rücksichtslos mein Kind entrissen, einzig darauf bedacht, mir weh zu tun. Ach, ich kann es kaum glauben, dich wieder bei mir zu haben, mein liebes, süßes Töchterlein!«

Schwankend erhob sie sich von ihrem Stuhl, kam mit weit ausgestreckten Armen auf Agnes zu und wollte sie an sich ziehen.

Entsetzt wich Agnes zurück.

»Don't be so shy, sweet little darling!« Die Stimme der Fischartin wurde weich, fast zärtlich. »Kein Wunder, dass du befremdet bist. Ich war es bis eben auch. Seit Jahren habe ich mir die Hoffnung versagt, dich je wieder gesund in meine Arme schließen zu dürfen. Dass ich diesen Tag noch einmal erleben würde, habe ich mir nicht mehr vorzustellen gewagt. Wir werden uns schon aneinander gewöhnen. Vertrau mir, Liebes. Jetzt, da wir uns wiederhaben, wird alles gut werden. Viel zu viele Jahre der Trennung liegen zwischen uns. Die müssen wir vergessen. Gemeinsam wird uns das gelingen. *Good grief!«* Sie warf die Arme in die Luft, richtete den Blick gen Decke und verharrte so einen Moment, bis sie sicher war, dass alle sie beobachteten. Langsam ließ sie die Arme wieder

sinken und sah Agnes aus tränenverschleierten Augen an. Mit erstickter Stimme flüsterte sie: »Wie lange habe ich geglaubt, ich hätte dich für immer verloren, mein Kind! Um das unsägliche Leid überstehen zu können, musste ich mir einreden, ich würde dich nie im Leben wiedersehen. Deshalb konnte ich es zuerst auch nicht ertragen, dich wirklich vor mir zu haben. Mein erster Wunsch war, du solltest auf der Stelle wieder verschwinden. Viel zu groß war meine Angst, dich von neuem zu verlieren. *Heaven forbid!* Noch einmal würde ich das nicht überleben. Komm an mein Herz und lass dich drücken. Nie mehr sollen wir voneinander getrennt werden!«

Mit einem kräftigen Ruck zerrte sie Agnes an ihre Brust. Diese war völlig überrumpelt, begriff erst, als sie bereits den aufdringlichen Geruch nach Rosenöl und schwitzender Haut einatmete, was da gerade geschah.

»Nie im Leben glaube ich Euch! Ihr seid nicht meine Mutter.« Angewidert stieß sie die Fischartin von sich. Die taumelte, schwankte, sank entkräftet auf den Stuhl. Hilfesuchend sah Agnes auf Caspar. Der rührte sich immer noch nicht.

»Warum sagst du nichts dazu?«, fuhr sie Gunda an. Entrückt hing Gundas Blick auf Caspar, als entdeckte sie auf seinem Gesicht etwas, was nur sie selbst sehen und deuten konnte. Agnes wollte sie an den Schultern fassen und wachrütteln, hielt jedoch auf halbem Weg inne.

Merkwürdig, dass Gunda sich nicht auf ihn stürzte, ihn umarmte und herzte, wie die Fischartin es gerade mit ihr getan hatte. Immerhin war er ihr verlorener Sohn. Seit Jahren hatte sie ihn nicht gesehen. Oder stimmte das etwa doch nicht? Erste Zweifel keimten in Agnes.

»Warum lässt du diese Frau Derartiges behaupten? Hörst du nicht, wessen sie dich beschuldigt? Das ist unfassbar! Tu endlich etwas dagegen!«

»Agnes, Liebes, reg dich nicht auf.« Gundas Stimme klang erstaunlich ruhig. In wenigen Schritten stand sie neben ihr, strich ihr zart über die Wange, ließ die Hand darauf ruhen und suchte ihren Blick. »Du weißt genauso gut wie ich, wer ich bin und was ich für dich empfinde. Vertrau deinem Gefühl. Das ist alles, was zählt.«

Sie drückte sie fest an sich und raunte ihr ins Ohr: »Ich werde Gernot suchen. Sag der Fischartin und Caspar nichts davon. Er ist der Einzige, der uns helfen kann. Einmal muss er zu uns stehen. Das ist er mir und letztlich auch dir und deinem Bruder schuldig.«

Sie hauchte ihr einen Kuss auf die Wange, drehte sich um und verließ hoch erhobenen Hauptes die Stube.

»Geh nur wieder!«, rief die Fischartin ihr nach. Dabei überschlug sich ihre Stimme vor Aufregung, »und komm frühestens in siebzehn Jahren zurück, wie du es schon einmal getan hast. So wird dir jeder deine Unschuld glauben.«

Agnes wollte Gunda folgen, doch Caspar versperrte ihr den Weg. »Bleib!« Unbändige Wut verzerrte sein Gesicht. Er packte sie so fest am Arm, bis es schmerzte. »Diese Frau benutzt dich seit Jahren für ihren Rachefeldzug gegen unsere Eltern. Glaub ihr kein Wort! Sie ist eine elende Lügnerin. Das zeigt schon die Sache mit dem litauischen Eibenholz. Du hast selbst gehört, dass sie niemandem etwas davon sagen wollte. Wozu diese Geheimniskrämerei? Unser Vater ist ihretwegen in arge Bedrängnis geraten. Die nächste Lieferung hat er bezahlt, aber bislang kein Holz erhalten. Frag Rehbinder, er wird es dir bestätigen. Ich bitte dich inständig, Agnes, schenk dieser Frau keinen Glauben! Sie will unser aller Verderben.«

Endlich gab er sie frei. Erleichtert rieb sie die schmerzenden Stellen an ihren Armen, behielt ihn im Blick. Wild wirbelten die Gedanken in ihrem Kopf, doch sie musste um jeden Preis Ruhe bewahren.

»Ich verstehe deine Verwirrung, mein Lieber«, sagte sie leise. »Du hast gerade vieles erfahren, was dein bisheriges Leben völlig auf den Kopf stellt. Mir geht es nicht anders. Das Einzige, worauf wir beide uns wohl zweifelsfrei verlassen können, ist, dass wir Geschwister sind. Lass uns daraus die nötige Kraft gewinnen, um die volle Wahrheit ans Licht zu bringen. Ich weiß einen guten Weg, wie das gelingen kann. Versprich mir, keine voreiligen Schlüsse zu ziehen. Die Sache ist auch so schon bitter genug. Wir sollten das alles nicht durch falsche Folgerungen noch schlimmer machen.«

Sie schlang die Arme um ihn und presste ihn an sich. Dabei streichelte sie zärtlich mit den Fingerkuppen über das Mal in seinem Nacken. Schweren Herzens löste sie sich von ihm und schickte sich abermals an zu gehen. Wieder hielt er sie fest.

»Bleib hier und warte mit uns gemeinsam auf die Rückkehr unseres Vaters. Er wird sagen, wessen Kinder wir sind.«

»Nichts liegt mir ferner, als dein Vertrauen in ihn zu erschüttern. Doch denkst du nicht, er hätte damals schon eingreifen und den Raub des Zwillings verhindern müssen, ganz gleich, wer von uns beiden von welcher unserer angeblichen Mütter der wahrhaftigen entrissen wurde? Vertrau mir, Caspar: Ich kenne noch jemand anderen, den ich zu der Angelegenheit befragen kann. Jemand, der im Gegensatz zu unseren Eltern keine eigenen Gefühle im Spiel hat. Zu ihm werde ich gehen, um die Wahrheit herauszufinden.«

Gebannt hing sie an Caspars Blick, verfolgte jede Regung auf seinem Gesicht. Mehrfach zuckte es um seine Mundwinkel, die Zungenspitze schob sich vorwitzig zwischen den Lippen heraus. Ach, wie liebte sie ihn in diesem Moment!

Dass er zögerte, hieß, dass er über ihre Bemerkung zumindest nachsann. Ein Bruder wie er war ein wundervolles Geschenk Gottes. Darum musste sie kämpfen, koste es, was es wolle.

»Wer soll das sein? Du hast doch gehört: Alle noch lebenden Beteiligten sind eben hier gewesen. Bis auf unseren Vater.«

»Glaub mir, Caspar, es gibt noch jemanden. Mehr kann ich dir nicht verraten. Du hast es vorhin von Gunda gehört: Vertrau auf dein Gefühl. Das allein wird dir helfen, die Wahrheit herauszufinden.«

»Caspar!«, kreischte die Fischartin plötzlich. Sie fuhren herum. Die rundliche Frau schnappte verzweifelt nach Luft und sank mit einem tiefen Aufstöhnen auf den nächststehenden Stuhl. Erschreckt eilte Caspar zu ihr. Sie presste die Hände auf ihren Unterleib und krümmte sich. Auch die Hundskötterin war gleich bei der Stelle, hielt ihr eine kleine Phiole dicht unter die Nase und redete beruhigend auf sie ein.

»Ich werde hier wohl nicht länger gebraucht«, stellte Agnes fest. »Leb wohl, mein Lieber. Du hörst von mir.«

»Du willst jetzt tatsächlich gehen?« Erstaunt hob Caspar noch einmal den Kopf. »Aber doch nicht ausgerechnet jetzt, da unsere Mutter dich braucht.«

»Gerade deshalb gehe ich, mein Lieber. Unsere Mutter braucht mich jetzt ebenso wie ich sie. Allerdings rede ich wohl von einer ganz anderen Mutter als du. Diese Verwirrung ein für alle Mal aus der Welt zu schaffen, dazu mache ich mich auf.«

25

Zum zweiten Mal innerhalb weniger Wochen stand Agnes im Dämmerlicht einer Schlafstube und raffte heimlich ihre wenigen Habseligkeiten zusammen: den Gürtel mit dem daran hängenden Gebetbuch und dem kleinen Geldbeutel aus Leder, beides Geschenke des verstorbenen Fröbel, den Rosenkranz von Gunda sowie den hölzernen Besteckkasten mit Klapplöffel und Messer. Von dem Geld hatte sie bislang keines gebraucht. Auf dem Weg von Wehlau über Labiau bis in den Löbenicht hatte Laurenz bei jeder Einkehr bezahlt. Von der Muhme hatte sie in den letzten Wochen gar einzelne Münzen zugesteckt bekommen. »Als Lohn für deine Hilfe«, hatte Agatha das gerechtfertigt. In ihrer jetzigen Lage erwies sich das als hilfreich. Mit dem Geld würde sie bei sparsamem Wirtschaften gut über den Winter kommen. Erleichtert knotete sie den Beutel fester zu.

Als sie schließlich Großmutter Lores zierliche Dose mit den Nadeln in Händen hielt, verschleierten ihr Tränen den Blick. Gerührt betastete sie die Dose, schüttelte sie sacht und lauschte dem hellen Klirren der Nadeln darin. Wie oft mochte die Großmutter das in ihrem Leben gehört haben? Ob Lore sie in ihren letzten Tagen auf Erden vermisst hatte? Bestimmt hatte sie geahnt, wer ihr die Dose stibitzt hatte. Deutlich stand ihr das Lächeln vor Augen, mit dem Lore solch kleine Gaunereien anzusprechen pflegte. Vorbei! Lore war tot. Nie wieder würde sie ihre Enkelin anlächeln. Sie wischte sich die Augenwinkel trocken. Eine eigenartige Ruhe überkam sie. Das letzte Gespräch mit der Großmutter fiel ihr ein, ihre Mahnung, die Liebe zu Laurenz in Ehren zu halten. Beschämt dachte sie daran, dass sie das für einige Zeit versäumt hatte. Ebenso, wie ihr der Glaube an Gundas Mutterliebe für eine Weile abhandengekommen war. Dabei hatte Lore sie inständig gemahnt, stets fest darauf zu vertrauen. Nie hätte sie das getan, wenn ihr Leben mit Gunda auf einem furchtbaren Betrug beruhen würde. Bei diesen Überlegungen lachte Agnes plötzlich auf. Die Behauptungen der Hundskötterin hatten das Gegenteil von dem bewirkt, was die Hebamme beabsichtigt hatte: Agnes glaubte mehr denn je an die besondere Bindung zu Gunda. Allein die Sanftmut, mit der sie Agnes ihre Liebe zeigte, stand dafür. Eine wahre Mutter riss nicht an ihrem Kind. Behutsam leitete sie es auf den richtigen Weg. Wie rücksichtslos versuchte dagegen die Fischartin, sie für sich zu gewinnen! Täglich schickte sie Agnes immer drängendere Nachrichten, endlich zu ihrer »wahren« Mutter heimzukehren.

Agnes schauderte bei der Vorstellung, das Haus der Muhme im Löbenicht verlassen und bei den Fischarts wohnen zu müssen. Bislang war es ihr noch gelungen, die Verwicklungen vor Agatha und den Mägden geheim zu halten. Zwar würde die Muhme sie in ihrem Glauben an Gundas Redlichkeit bestärken, auch Marie und Theres würden das Gebaren der Fischartin eher ins Lächerliche ziehen, als es für bare Münze zu nehmen. Dennoch wollte sie erst dann mit ihnen darüber reden, wenn sie Laurenz' Beistand gewiss war. Bei dem Gedanken an ihn schnürte es ihr die Kehle zu. Der kluge Blick seiner verschiedenfarbigen Augen genügte, der Wahrheit auf den Grund zu gehen. Kein Zweifel: Er würde die richtigen Worte finden, die ungeheuerlichen Behauptungen der Fischartin ein für alle Mal aus der Welt zu schaffen. Warum hatte Gunda sich nur so heftig gegen ihn gewehrt? Er war der Einzige, der sie retten konnte. Dringend musste sie zu ihm!

Von neuem wischte sie sich über die feuchten Augenwinkel und befestigte Lores Nadeldose mit zittrigen Fingern am

Gürtel. Rasch rollte sie den zweiten Surkot, das Leinenkleid, ein Hemd zum Wechseln sowie ein weiteres Halstuch in der Decke zusammen. Zuletzt griff sie nach der Borte, die die Muhme einst Gunda geschenkt hatte. Zart strichen ihre Fingerkuppen über den Samt und die zierliche Stickerei. Das Stück war von großer Kunstfertigkeit. Ein solch kostbares Geschenk musste Zuversicht in einer ausweglosen Lage spenden. Agnes presste es ans Herz, malte sich die Begegnung zwischen Gunda und der Muhme vor mehr als siebzehn Jahren aus. Schade, dass Agatha nichts weiter darüber zu erzählen wusste. Sie betrachtete noch einmal die Borte, zögerte, ob sie sie der Muhme hinterlassen sollte. Am Ende würde sie das falsch verstehen. Außerdem konnte sie selbst Zuversicht gebrauchen, damit ihr Vorhaben gelang. Sie küsste die Borte, legte sie sorgfältig zu den übrigen Kleidungsstücken und verschnürte alles zu einem ordentlichen Päckchen. Auf leisen Sohlen schlich sie zur Tür, legte das Ohr auf den Türflügel und lauschte.

Aus der Diele klangen weiterhin die laute Stimme des Bierbeschauers Mohr und die leisere der Muhme herauf. Gelegentlich mischte sich der Gesang der Mägde darunter. Wie üblich saßen sie in der Werkstatt und beugten die Köpfe über die Borten, die von reumütigen Ehemännern und putzsüchtigen Frauen bestellt worden waren. Agnes klopfte das Herz bis zum Hals. Sollte sie es wagen, mit dem Bündel in der Hand nach unten zu gehen? Wenn sie Glück hatte, war die Muhme so in das Gespräch mit Mohr vertieft, dass sie es nicht merkte. Ihr blieb keine andere Wahl. Noch vor dem Mittagsläuten musste sie beim Löbenichter Tor der Altstadt sein. Erst am gestrigen Sonntag war es ihr gelungen, jemanden aufzutreiben, der sie wenigstens einen Teil der Strecke bis zur Marienburg mitnehmen würde. Wenn sie daran dachte, wie verzweifelt sie in der Kneiphöfer Wirtsstube zum Grünen Baum herumgefragt und dabei stets befürchtet hatte, Rehbinder zu begegnen, wurde ihr flau. Nur weil sie dem Wirt eine weitere geheimnisvolle Geschichte über den Großen Moosbruch erzählt hatte, war er bereit gewesen, ihr zu helfen. Zum Glück! Ein paar Tage länger hätte sie ihren Plan kaum mehr vor der Muhme und den Mägden verbergen können. Vorsichtig öffnete sie die Tür, strikt darauf bedacht, jedes Geräusch zu vermeiden. Das aber war völlig unnütz. Hoch erhobenen Hauptes sollte sie durch die Diele gehen und lediglich das Bündel vor der Muhme verbergen. Wie sie ihr Fortgehen mitten am Vormittag begründen sollte, hatte sie sich sorgfältig überlegt. Auf weichen Knien erreichte sie die unterste Treppenstufe.

»Liebe Streicherin, Ihr überrascht mich immer wieder aufs Neue!«, verkündete Bierbeschauer Mohr gerade gut gelaunt und spießte mit der Spitze seines Messers ein dickes Stück Käse auf. Kauend sprach er weiter: »Ich mag es kaum fassen, dass Ihr dieses Mal das Bier wirklich ohne die Hilfe Eurer Nichte gebraut habt. Trotz ihrer jungen Jahre ist sie Euch eine ausgezeichnete Lehrmeisterin. In wenigen Wochen ist ihr gelungen, was ich in vielen Jahren nicht zuwege gebracht habe: Euch zu einer anständigen Bierbrauerin zu machen.«

Polternd lachte er auf, griff sich eine Scheibe Brot, stopfte sie in den Mund und hob währenddessen mit der zweiten Hand den Becher, um Agatha zuzutrinken. Die nickte zustimmend und verharrte mit der Kanne vor der Brust an der Stirnseite des Tisches.

»Oh, da kommt das hochverehrte Fräulein Agnes höchstpersönlich!« Die wachen Augen des Bierbeschauers hatten Agnes am unteren Treppenabsatz bereits entdeckt, noch ehe

Agatha ihrer gewahr geworden war. »Freut mich, freut mich. Tretet näher, seid nicht so schüchtern. Euch müssen die Ohren klingen, so laut singe ich mein Loblied auf Euch, meine Liebe.«

Trotz des struppigen, dunklen Bartes, der nahezu das gesamte Gesicht bedeckte, war das wohlwollende Schmunzeln gut zu erkennen. Seine Wangen glühten, ebenso war die Nasenknolle rot gefärbt, die Augen schimmerten glasig. Gewiss war das Bier der Muhme nicht das erste, das er an diesem Morgen verkostet hatte.

Agnes bemühte sich, das Bündel hinter dem Rücken zu verbergen und sich zugleich möglichst unbefangen dem Tisch zu nähern. Zur Bewirtung des Bierbeschauers hatte Agatha neben einer großen Schale mit Birnen, Äpfeln und den ersten Nüssen noch einen Laib Brot, ein großes Stück würzigen Käse und einen saftigen Schinken bereitgestellt. Sogar eine Schale mit frischem Mus fand sich auf der Tafel. Eigentlich pflegte sie das für besondere Anlässe aufzuheben. Offenbar empfand sie Mohrs Besuch als solchen. Immerhin hatte er gerade wohlwollend das Bier verköstigt, das sie letzte Woche erstmals ohne Agnes' Zutun gebraut hatte. Unbehagen erfasste Agnes bei der Erinnerung an letzten Mittwoch, an dem auch das schicksalsträchtige Gespräch bei den Fischarts stattgefunden hatte. Fünf wertvolle Tage waren seither vergangen, bis sie endlich aufbrechen konnte, um zu Laurenz zu gelangen. Noch aber war sie nicht zur Tür hinaus.

»Wo willst du hin?«, fragte Agatha und beäugte sie aufmerksam. Agnes wand sich, um das Bündel besser zu verbergen, ahnte aber bereits, dass alle Mühe umsonst war. Die Muhme durchschaute sie, wie ihr wissender Blick verriet. Trotzdem versuchte sie es mit einer kühnen Lüge: »Ich soll noch einmal zum Grünen Baum. Die Wirtin hat nach mir geschickt. Natürlich gehe ich nur, wenn Ihr erlaubt. Bis Mittag bin ich wieder zurück.«

»Das will ich hoffen«, erwiderte Agatha. »Lass dein Bündel ruhig hier. Sonst hast du so schwer zu tragen.«

Auffordernd streckte sie ihr die Hand entgegen. Agnes seufzte, versuchte ein zweites Mal ihr Glück. »Darin habe ich ein paar Dinge von meiner Großmutter, die ich der Wirtin zeigen will. Wir kamen unlängst auf sie zu sprechen.«

»Woher weiß sie, wer deine Großmutter ist? Du wirst es ihr kaum selbst auf die Nase gebunden haben. Dabei hast du allen Grund, stolz auf die Frauen in deiner Familie zu sein. Deine Großmutter ist nicht nur eine sehr kluge, sondern auch sehr schöne Frau gewesen.«

»Von wem sprecht Ihr?«, mischte sich der Bierbeschauer neugierig ins Gespräch. »Kenne ich die Frau? Schöne Frauen bleiben mir immer im Gedächtnis.«

»Daran zweifele ich nicht, mein Lieber.« Agatha schenkte ihm ein weiteres Mal von dem Bier ein. »Freut mich, freut mich«, begleitete Mohr ihr Tun und konnte es kaum erwarten, den Becher abermals an die Lippen zu setzen. Die Muhme gab Agnes ein Zeichen, ihr in die hintere Ecke der Diele zu folgen. Während sie so tat, als fülle sie die Kanne an dem Bierfass auf, zog sie Agnes nah zu sich heran. Die Haube auf ihrem Kopf war weit nach hinten gerutscht und bedeckte kaum den hohen Haaransatz. Trotz der Dämmerung waren die einzelnen schwarzen Haare auf dem braunen Mal an der linken Stirnseite gut zu erkennen. »Du willst zu Laurenz auf die Marienburg, nicht wahr?«

»Wie kommt Ihr darauf?« Agnes errötete bis unter die Haarspitzen. Rasch senkte sie den Blick, hoffte, das schummrige Licht würde ihr Antlitz verbergen. Da spürte sie, wie die Muhme mit den Fingern unter ihr Kinn fasste und es nach oben richtete. Agnes blieb keine Wahl. Sie musste ihr ins Gesicht sehen.

In Agathas verschiedenfarbigen Augen stand tiefe Besorgnis. »Seit Wochen wohnst du bei mir, Liebes, Tag für Tag erlebe ich mit, was du durchmachst. Glaub mir, ich weiß, wovon ich spreche. Immerhin bin ich selbst Mutter einer Tochter, lebe seit Jahren mit zwei jungen Mägden unter einem Dach. Zudem kenne ich Laurenz, habe ihn seit dem Tod meiner Schwester wie mein eigen Fleisch und Blut behandelt. Gleich am ersten Abend war mir klar, wie ihr beide zueinander steht.«

»Aber …«, wollte Agnes einwerfen, doch die Muhme legte ihren Finger auf die Lippen und bedeutete ihr zu schweigen. »Als ich erkannt habe, wessen Tochter du bist, ist mir das erst recht sehr zu Herzen gegangen. Deine Mutter habe ich sehr gemocht. Ihr schweres Schicksal hat mich schon damals gedauert. Umso mehr fühle ich mich für dich verantwortlich.«

Sie hielt inne, biss die Lippen fest zusammen und sah dicht an Agnes vorbei in die Weite des Raumes. Agnes folgte ihrem Blick. Der Bierbeschauer saß reglos am Tisch, das Kinn war ihm auf die Brust gekippt. Seinen tiefen, gleichmäßigen Zügen war zu entnehmen, dass er eingeschlafen war. Der leise Gesang der beiden Mägde aus der benachbarten Werkstatt tat ein Übriges, seinen Schlaf zu begleiten. Stumm nahm die Muhme Agnes das Bündel aus der Hand und legte es beiseite.

»Allzu viel wird dir Laurenz nicht von sich erzählt haben. Er ist kein Mann der großen Worte. Umso mehr aber ist er ein Mann, der zu seinem Wort steht. Wenn er dir dein Wort gegeben hat, zu dir zurückzukommen, musst du ihm vertrauen. Bleib bitte hier und warte. Er wird kommen.«

»Unmöglich!« Hastig griff Agnes wieder nach ihrem Bündel, hielt es wie einen Schutzschild vor die Brust. »Es ist nicht allein die Sehnsucht, die mich zu Laurenz treibt. Ginge es nur darum, würde ich mich darin fügen, bis zum Frühjahr auf ihn zu warten, auch wenn es mir mit jedem Tag schwerer fällt.«

Von neuem senkte sie das Antlitz, sah auf die Spitzen ihrer Schnabelschuhe. Agatha ahnte nicht das Geringste von dem, was vor ein paar Tagen bei der Fischartin vorgefallen war. Was würde sie sagen, wenn sie erfuhr, wer Gundas verschwundener Zwillingssohn war? Und dass die Hebamme Hermine Hundskötter eine unglaubliche Geschichte über Gunda zum Besten gegeben hatte? Damit bezichtigte sie auch Agathas verstorbene Schwester, Gundas Hebamme, der unverschämten Lüge. Mit einem Ruck hob sie den Kopf und sah die Muhme an. »Es geht auch um die Ehre meiner Mutter. Und nicht allein um ihre. Laurenz ist der Einzige, der mir helfen kann, sie zu retten.«

»Was redest du da? Wie soll Laurenz die Ehre deiner Mutter retten? Und wer ist noch davon betroffen?«

»Es hat mit der alten Geschichte um ihre Niederkunft zu tun. Mehr kann und will ich Euch jetzt nicht verraten. Ich muss dringend fort. Bitte gebt Euch vorerst damit zufrieden und lasst mich gehen.«

»Nein!« Entschlossen hielt Agatha sie zurück. »Du kannst nicht so einfach zu ihm auf die Marienburg. Es gibt da noch etwas, was du wissen musst. Ich hatte gehofft, es würde sich regeln, ohne dass du je davon erfährst. Doch so, wie es aussieht, bleibt mir keine Wahl. Laurenz möge mir verzeihen, aber ich muss offen zu dir sein.«

Einen quälend langen Moment hielt sie inne, holte tief Luft und fügte in rauhem Ton hinzu: »Laurenz ist seit vielen Jahren an die Tochter seines Baumeisters aus Danzig gebunden.«

»Das ist nicht wahr!« Agnes meinte, der Boden tue sich unter ihren Füßen auf. Alles um sie herum begann sich zu drehen. Einzig das Bündel vor ihrer Brust spendete Halt.

»Es ist nicht so, wie du denkst. Lass es mich in Ruhe erklären.« Sacht berührte die Muhme sie am Arm.

Energisch stieß Agnes sie fort und eilte zur Tür, Agatha ihr nach. Nach wenigen Schritten holte sie sie ein und fasste nach ihrem Arm. »Hör mir zu, Agnes, bitte!«

Langsam drehte Agnes sich um. Tränen verschleierten ihr den Blick, ihre Stimme bebte. »Dafür habe ich keine Zeit. Ich muss zu Laurenz. Er soll mir das alles selbst erklären. So viel sollte ich ihm noch wert sein. Und jetzt lasst mich bitte gehen. Am Löbenichter Tor wartet jemand, der mich zur Marienburg mitnimmt. Ich hoffe, ganz gleich, wie Laurenz' Antwort ausfällt, hilft er mir, meine Mutter zu retten.«

»Auf Laurenz ist immer Verlass, glaub mir.«

»Das habe ich auch stets geglaubt. Doch Ihr habt das gerade in arge Zweifel gezogen.«

Dritter Teil

MARIENBURG
Herbst 1455

Was aus Liebe getan wird,
geschieht immer jenseits von Gut und Böse.

FRIEDRICH NIETZSCHE
»Jenseits von Gut und Böse«, Aph. 153

1

Die Getreidehändlerfamilie wusste zu jedem Stock und Stein, an dem sie mit ihrem leeren Fuhrwagen vorbeiholperten, eine Geschichte zum Besten zu geben. Fest eingeklemmt saß Agnes zwischen der pausbäckigen Julia und ihrem rundlichen Vater Bertram Struth aus Danzig und lauschte ihren endlosen Erzählungen aus der weit zurückliegenden prussischen Vergangenheit, hörte von gefährlichen Abenteuern aus den Tagen der Lokatoren und ersten Siedler oder ließ sich von den jüngsten Auseinandersetzungen der reich gewordenen Städte mit den Ordensrittern berichten. Jede Meile, die sie auf diese Weise zwischen sich und Königsberg brachte, verkleinerte ihre Zweifel an Laurenz' Lauterkeit. Bald war sie überzeugt, die Muhme wollte einen Keil zwischen Laurenz und sie treiben und hätte ihr nur deshalb von seiner angeblichen Verpflichtung gegenüber der Tochter seines früheren Meisters erzählt. Agatha hatte schließlich auch einmal erwähnt, wie gern sie ihre eigene Tochter mit dem Sohn ihrer Schwester vermählt hätte. Laurenz hatte Agnes sein Wort gegeben. Das allein zählte. Ein Schauern erfüllte sie, wenn sie an den liebevollen Blick aus den verschiedenfarbigen Augen dachte. Nur zu gern rief sie sich in Erinnerung, wie klug er stets zu handeln pflegte. Ein Mann wie er wusste, was sie ihm geschenkt hatte. Getröstet hob sie den Kopf und sah sich um. Am Horizont tauchten die Mauern und Türme Elbings auf.

»Weißt du eigentlich«, fragte Julia sie unvermittelt, »dass es nicht weit von dieser Stelle einen kesselrunden See gibt? Willst du hören, wie er entstanden ist?« Erwartungsvoll sah sie Agnes an, wartete jedoch nicht auf eine Antwort, sondern fuhr gleich beflissen fort: »Die ersten Christen der Gegend hatten an jener Stelle ihre Kirche errichtet. Ausgerechnet während der Messe wollten die Heiden sie stürmen. Gott aber stand seinen Gläubigen bei. Auf sein Geheiß sank ein gewaltiger Feuerball hernieder, der die Ungläubigen auf einen Schlag grausam vernichtete. Der Priester und die Christen aber wurden auf einer Wolke emporgehoben. An der Stelle, an der der Feuerball in die Erde einschlug, hat sich der See als mahnende Erinnerung an jenes Ereignis ausgebreitet. Das erklärt seine kreisrunde Form.«

»Wie schade, dass wir ihn nicht sehen.« Bedauernd schweiften Agnes' Augen umher. Seit Stunden schon durchfuhren sie die Ebene mit ihren weit ausladenden, satten Wiesen und den geheimnisumwitterten Birken- und Kiefernwäldern. Gelegentlich erspähten sie am Waldsaum einen Fuchs oder eine Gruppe Damwild, auch Wisente kreuzten ihren Weg. In den Lüften über den abgeernteten Feldern zogen Raubvögel ihre Bahnen, lauerten wachsam auf Beute. Kormorane sammelten sich für ihren Weg gen Süden, auch Schwärme kleinerer Vögel kreisten am Himmel. Verstreut lagen einzelne Gehöfte und winzige Lischken entlang der Strecke. Selten war einer der Bewohner auf dem Acker zu entdecken. Die regengeschwängerte Luft sowie die heraufziehende Dämmerung trieben die Menschen ans wärmende Herdfeuer.

Fröstelnd rieb Agnes sich die Arme und duckte sich tiefer in ihren wollenen Umhang. Wie viel war geschehen, seit sie in drückender Augusthitze mit Laurenz aus Wehlau fortgegangen und über Labiau sowie Pronitten nach Königsberg an den Pregel gezogen war? Auch Laurenz hatte Geschichten über heilige Steine, traditionsreiche Eichen oder sagenumrankte Kultstätten zu erzählen gewusst, ganz zu schweigen von seinen begeisterten Erklärungen der Bauwerke, die Ordens- und Kaufleute entlang ihrer Reisestrecke hatten errichten lassen. Was würde er zu Elbing wissen? Hieß es nicht, die Stadt sei auf besonders fruchtbarem Grund errichtet? Gebannt richtete sie den Blick nach vorn.

»Gleich sind wir da!«, verkündete Struth und schnalzte mit der Zunge, um das Pferd kurz vor dem Ziel noch einmal anzutreiben. Doch der Braune ließ sich nicht aus der Ruhe bringen. Träge zockelte er weiter, nicht minder unverdrossen hob Julia zu einer weiteren Geschichte an. »Der Name Elbing stammt von dem gleichnamigen Fluss«, hörte Agnes sie erzählen, während sich die Stadtsilhouette vor ihren Augen aus dem Dunst schälte. Sie näherten sich Elbing von Osten her. Prachtvolle Türme und stufenverzierte Giebel ragten weit in den wolkenverhangenen Himmel, eine trutzige Mauer aus rotem Backstein umgab die Stadt. Der Anblick nahm ihr den Atem. Inniger denn je sehnte sie sich nach Laurenz, wünschte sich, Elbing an seiner Seite zu betreten. Vor dem breiten, doppelflügeligen Tor stauten sich Fuhrwerke und Karren sowie eine Handvoll Wanderer. Offenkundig waren es weder Deutschordensritter noch Söldner aus Böhmen. Gegen den leichten, aber steten Regen hatten sie die Gugeln tief ins Gesicht gezogen. Der aufbrausende Ostwind zerrte an ihren Umhängen. Die Wachen hatten es eilig, die Reisenden nach einer kurzen Befragung durchzuwinken und das Tor für die Nacht zu schließen.

»Na also«, knurrte Struth und hieß das Pferd wieder anziehen. Mehr sagte er nicht, auch Julia war in ungewohntes Schweigen verfallen. Trotz der anbrechenden Dämmerung und des dichten Nebels, der vom Fluss her in die Straßen zog, war das Muster der Stadt gut zu erkennen. Agnes hatte es bereits in Laurenz' Notizbuch gesehen: Hinter den breiten Stadtmauern durchzog ein Gitternetz gerader, fuhrwerkbreiter Straßen die rechtwinklig angelegte Ortschaft. Nahe beim Marktplatz erhob sich der trutzige Turm einer dreischiffigen Kirche. Ebenso war auch das Rathaus von eher wehrhaftem denn prächtigem Aussehen. Die Häuser entlang der gepflasterten Hauptstraße waren aus rotem Ziegelstein errichtet und mindestens ein, mitunter sogar zwei Stockwerke hoch. Giebel an Giebel reihten sich eng aneinander. Die zusehends prächtigere Ausgestaltung der Gemäuer verriet, dass auch die Elbinger im letzten Jahr das Ordensschloss der Kreuzherren geschleift hatten, um sich Baumaterial für ihre Bürgerhäuser einzuverleiben. Längst waren die Werkstätten geschlossen und die kostbaren Fensterscheiben aus Glas hinter hölzernen Läden verborgen. Aus den Kaminen stiegen Rauchfahnen in den grauen Abendhimmel. Hungrige Hunde und räudige Katzen streunten umher. Unvermutet tauchte ein Buckliger vor dem Fuhrwerk auf, streckte gierig die flache Hand vor und bat um ein Almosen. Drohend schwang Struth die Peitsche und jagte ihn fort. Wenig später brachte er den Wagen vor einem einstöckigen Gasthaus zum Stehen. Das Schild an der Tür zeigte einen goldenen Fisch, es fehlte jedoch das Zeichen für das Braurecht, wie Agnes bedauernd feststellte.

»Da wären wir also«, verkündete Struth. Rasch sprangen erst Julia, dann Agnes und schließlich, schwer schnaufend, der Getreidehändler selbst vom Wagen. »Geht nur schon rein, meine Lieben, die Wirtin soll euch gleich eine warme Suppe geben.« Er winkte sie zum Haus und schickte sich an, Pferd und Wagen zum benachbarten Stall zu bringen.

Julia stieß die Tür zur Gaststube auf. Warme Luft und der verführerische Geruch nach Gesottenem wehten ihnen entgegen. Eng kauerten die Gäste im rußigen Dunst der Talglampen und im schwachen Schein des Herdfeuers auf den Bänken beieinander. Ihre Stimmen dröhnten dumpf durch den niedrigen Raum, hin und wieder lachte einer, ein anderer schimpfte. Laut knallten beinerne Würfel auf die Tische. Die feuchte Kleidung tränkte die warme Luft mit Dunst. Agnes beobachtete, wie Julia mit der Wirtin bereits über den Imbiss und das Nachtlager verhandelte. Als sich Julia wieder umdrehte und den Blick auf die Frau freigab, entdeckte Agnes verwundert, wie jung die Wirtin noch war. Von der ausladenden, kugelrunden Gestalt, wie Julia die typischen Elbinger beschrieben hatte, fehlte bei ihr jede Spur. Gertenschlank überragte sie selbst einige der männlichen Gäste, die nahe beim Herdfeuer standen. Nachdem sie zwei Mägde angewiesen hatte, was zu tun sei, brachte sie Agnes und Julia zu Plätzen unweit der Tür. Kurz darauf stellte eine blonde Magd dampfende Suppenschalen auf den Tisch, eine dunkelhaarige Magd folgte mit einer Kanne würzigen Bieres.

»Lasst es Euch schmecken«, verkündete Struth. Unerwartet tauchte er zu Agnes' Linken auf und schob sich zu ihr auf die Bank. Deutlich roch sie an ihm das nasse Stroh und den Mist aus dem Pferdestall. »Das ist jetzt leider schon der letzte Abend, den wir miteinander verbringen, liebe Agnes. Beim ersten Hahnenschrei werden Julia und ich morgen nach Danzig aufbrechen. Dringende Geschäfte erwarten mich zu Hause. Unsere Wege trennen sich also schon hier in Elbing und nicht erst beim Fährmann am Ufer des Nogats. In seinem Krug findet sich übrigens nicht die beste Gesellschaft. Deshalb möchte ich Euch dort keinesfalls allein zurücklassen. Hier im Goldenen Aal seid Ihr besser aufgehoben. Noch heute Abend höre ich mich um, wer Euch das letzte Stück Wegs nach Marienburg mitnehmen kann. Einen Tag wird die Reise von hier noch dauern. Fügt sich alles wie erhofft, werdet Ihr morgen Abend schon Eurem lieben Vetter gegenüberstehen.«

»Gebt Euch keine Mühe«, mischte sich die Wirtin ungefragt in das Gespräch ein. Auf leisen Sohlen hatte sie sich zu ihnen geschlichen. Erstaunt hob Agnes den Kopf. Da entdeckte sie, dass die Frau feuerrote Haare unter der weißen Haube zu verbergen suchte. Noch ehe sie sich wundern konnte, warum sie die nicht mit Walnussschalen und Granatapfelpulver schwarz färbte, traf sie ein seltsamer Blick aus katzengrünen Augen. Ihr wurde unbehaglich. Sie fasste sich an das Halstuch. Plötzlich spürte sie ein heißes Brennen im Nacken. Nie zuvor hatte sie Derartiges erlebt. Vorsichtig tasteten ihre Finger an das Feuermal.

»Morgen bricht keiner meiner Gäste nach Marienburg auf«, erklärte die Wirtin bestimmt. »Frühestens Anfang nächster Woche wird sich etwas tun. Niemand, der nicht unbedingt muss, reist derzeit dorthin. Ihr wisst selbst, wie unübersichtlich die Lage bei den Ordensrittern ist. Es lungern einfach zu viele Söldner um die Burg herum. Immer wieder fallen sie über Reisende her, plündern und rauben, wessen sie habhaft werden können. Man kann es ihnen nicht einmal verdenken. Die armen Burschen warten auf den Sold, den die Weißmäntel ihnen schulden. Ungeheure Summen sollen es sein. Da sieht man mal wieder, wie viel man auf das Wort der Ordensritter geben kann. Wie gut, dass sich Elbing schon im letzten Jahr von ihnen losgesagt hat. Als Schutzherr ist mir Kasimir von Polen weitaus lieber. Der steht wenigstens zu dem, was er verspricht. Seit wir die Kreuzherren davongejagt haben, geht es uns hier besser als je zuvor. Statt uns darum zu sorgen, wie wir den Weißmänteln das Geld für die Akzise beschaffen, können wir uns auf unsere Geschäfte besinnen. Schaut Euch dagegen nur die feigen Königsberger an! Erst haben sie große Worte geschwungen, nie und nimmer vor einem Hochmeister mehr das Knie zu beugen, dann aber sind sie Stadt für Stadt den Ordensrittern wieder hinterhergekrochen. Eine Schande ist das. Die sind doch nur auf ihren eigenen Vorteil bedacht!«

»Was schimpft Ihr so, liebe Frau Wirtin? Zwar verstehe ich Euren Zorn auf die Königsberger. Ihr Verhalten in diesem Sommer hat so manchen verwundert. Doch was hat das mit uns zu tun? Unser Fräulein hier muss eilig zu ihrem Vetter. Ihr Oheim aus dem Kneiphof hat sie mir anvertraut. Ihr werdet verstehen, wie sehr es mir darum zu tun ist, sie für das letzte Stück des Weges, auf dem ich sie nicht begleiten kann, in eine sichere Obhut zu geben.«

»Soso, aus dem Kneiphof kommt unser Fräulein und will ganz allein zur Marienburg, um ihren *Vetter* aufzusuchen.« Die rothaarige Wirtin verschränkte die schlanken Arme vor der Brust. Abschätzig maß sie Agnes von oben bis unten.

»Das mit dem Kneiphof stimmt nicht so ganz«, warf Agnes scheu ein. Dunkel schwante ihr, was ihr bevorstand, wenn sich in der Gaststube herumsprach, sie stamme aus einer der drei Königsberger Städte. »Ursprünglich komme ich aus Wehlau. Als die Kreuzherren im Sommer vor den Mauern unserer Stadt aufgetaucht sind, hat mich mein Vetter auf Geheiß meiner Mutter zu unserer Muhme in den Löbenicht gebracht. Jetzt aber muss ich dringend wieder zu meinem Vetter auf die Marienburg. Ich soll ihm eine wichtige Nachricht übermitteln. Er verdingt sich dort als angesehener Baumeister.«

»Warum beauftragt Eure Muhme keinen Boten?« Die Wirtin zeigte sich wenig beeindruckt von ihrer Rechtfertigung. »In Zeiten wie diesen sollte ein ehrbares Fräulein nie ohne männlichen Schutz unterwegs sein, ganz gleich, woher sie kommt und zu welchem Zweck sie unterwegs ist. Es sei denn, sie hat in Wahrheit etwas weniger Ehrenhaftes im Sinn.«

Wieder bohrten sich ihre Augen in Agnes' Antlitz. Agnes' Wangen glühten, Julia schaute beschämt zur Seite.

»Aber gute Frau, ich darf doch sehr bitten!« Verärgert schlug Struth mit der Hand auf den Tisch. »Wie könnt Ihr auf eine solche Idee verfallen? Denkt Ihr am Ende, ich würde eine …«

»Schon gut, schon gut«, beschwichtigte die Wirtin. »Ich wollte Euch gar nichts unterstellen, mein lieber Struth. Dazu kennen wir uns zu lange. Aber mir scheint, Eure junge Begleiterin ist sich nicht im Klaren, worauf sie sich einlässt, wenn sie ab morgen ohne Euren Schutz unterwegs ist.«

»Das mag sein«, stimmte Struth zögernd zu, während er sich zurücklehnte und die kurzen Arme vor der breiten Brust verschränkte. »Umso wichtiger ist es mir, einen vertrauenswürdigen Mann zu finden, der sich ihrer annimmt.«

»Vielleicht interessiert es Euch zu hören, dass bereits jemand nach dem jungen Fräulein gefragt hat.«

»Was?«

Die Wirtin zeigte sich sichtlich zufrieden über die Wirkung, die ihre Worte hervorriefen, und bedachte Agnes mit einem rätselhaften Blick.

»Seid Ihr sicher?«, hakte Struth nach. »Es muss sich um eine Verwechslung handeln. Wer sollte sich nach Fräulein Agnes erkundigen? Sie wurde mir von ihrem Oheim anvertraut. Den kenne ich seit vielen Jahren. Es ist der Wirt aus dem Grünen Baum, unweit des Kneiphöfer Tores über den Alten Pregel zum Haberberg hinüber. Er hätte mir gesagt, wenn wir unterwegs jemanden treffen sollten oder jemand am Ende unserer gemeinsamen Wegstrecke auf sie wartet.«

»Wer soll das gewesen sein?«, fragte auch Agnes ungläubig, sobald sie sich von ihrem ersten Schreck erholt hatte. »Ich wüsste ebenfalls niemanden, der mich hier erwarten sollte. Niemand weiß von meiner Reise. Noch dazu bin ich nie zuvor in Elbing gewesen.«

»Das mag jetzt gar nichts heißen.« Die Wirtin rieb sich die Arme und reckte das spitze Kinn. Ihre grünen Augen funkelten gefährlich. »Ebenso wenig muss es etwas heißen, dass der Oheim nicht Bescheid weiß, was das liebe Fräulein im Sinn hat. Bedenkt doch, lieber Struth: Ihr seid selbst Vater einer Tochter, die zusehends ins Interesse so manch eines jungen Herrn rückt. Glaubt Ihr wirklich, über alles Bescheid zu wissen, was Eure Tochter betrifft?«

Dieses Mal traf ihr eigenartiger Blick Julia. Das erleichterte Agnes jedoch keineswegs. Die Wirtin führte Übles im Schilde. Viel zu offensichtlich war, auf wie wenig Aufmerksamkeit die Getreidehändlertochter mit ihren schiefen Zähnen und den schielenden Augen in der Männerwelt stieß. Seit Jahren reiste sie an der Seite ihres Vaters durchs Land, ohne dass sich jemand für sie gefunden hätte. Wie gern hätte Agnes ihr etwas Tröstendes zugeflüstert, doch schon setzte die Wirtin ihre Rede an Agnes gewandt fort: »Die Beschreibung, die der junge Herr mir von Euch gegeben hat, war eindeutig. Er fragte nach einem jungen Fräulein Euren Alters und von Eurer Statur, mit glattem braunem Haar, bernsteinfarbenen Augen und vor allem einem weißen Tuch um den Hals, wie Ihr es tragt.«

Agnes erschrak. Unter den Worten der Wirtin begann ihr Feuermal abermals heftig zu brennen. Sie fasste an das Tuch, presste es fest auf die Haut im Nacken. Sie spürte sowohl die

Blicke der Wirtin als auch von Struth und Julia neugierig auf sich ruhen.

»Warum trägst du auch dieses Tuch?«, fragte Julia vorwurfsvoll. »Das fällt jedem auf. Ich wundere mich schon lange darüber. Noch dazu legst du es nicht einmal zum Schlafen ab. Was versteckst du darunter?« Schon machte sie Anstalten, Agnes an den Hals zu fassen.

»Lass gut sein, Julia. Das ist nicht deine Sache.« Struth stieß sie zurück und wandte sich der Wirtin zu. »Verratet mir einfach, wer der junge Herr gewesen ist. Hat er eine Nachricht hinterlassen, wo er zu finden ist oder ob er wiederkommt? Wann hat er überhaupt nach Fräulein Agnes gefragt?«

»Nicht lange vor Euch wird er da gewesen sein«, erwiderte die Wirtin und freute sich an der Verwirrung, die sie gestiftet hatte. »Als ich ihm die gewünschte Auskunft schuldig geblieben bin, ist er wieder verschwunden. Seht selbst, wie viele Gäste hier sitzen. Da kann ich mich kaum bei jedem lange aufhalten, der nur eine Auskunft haben und nicht bei uns einkehren will. Wie hätte ich ahnen sollen, dass Ihr mir das gesuchte Fräulein kurz darauf schon ins Haus bringt?«

»Schon recht«, winkte Struth ab. »Wenn er weder einen Namen noch eine Nachricht hinterlassen hat, wo er zu finden ist, ist ihm nicht zu helfen. Entweder kommt er noch einmal zurück, oder aber er sucht doch nach jemand anderem. Statt zu grübeln, lasst uns lieber die Suppe essen, solange sie noch heiß ist.«

Hungrig beugte er sich über die Schüssel, auch Julia ließ sich das nicht zweimal sagen und löffelte gierig los. Agnes dagegen verspürte keinerlei Appetit mehr. Viel zu sehr beschäftigte sie die Frage, wer sich in der fremden Stadt nach ihr erkundigt haben mochte. »Könnt Ihr Euch vielleicht noch erinnern, wie der junge Herr ausgesehen hat?«

Bang sah sie zu der hochgewachsenen Wirtin auf. Eine schwache Hoffnung keimte in ihr, ein Wunder wäre geschehen und es mochte Laurenz gewesen sein. Wie er darauf gekommen sein sollte, nach ihr zu suchen und sich ausgerechnet in Elbing nach ihr zu erkundigen, war einerlei. Zu verlockend war die Vorstellung, er würde ihr baldiges Wiedersehen bereits ungeduldig herbeisehnen.

»So, wie Ihr fragt, scheint Ihr an jemand Bestimmten zu denken«, entgegnete die Wirtin spitz. »Dann ist es wohl überflüssig, dass ich ihn Euch beschreibe. Längst wisst Ihr selbst, um wen es sich handeln muss.«

Nun war Agnes klar, dass es keinesfalls Laurenz gewesen sein konnte. Sofort hätte die Wirtin seine besonderen Augen erwähnt und bei der Gelegenheit eine weitere scharfzüngige Bemerkung angebracht. Noch während sie mit der Enttäuschung rang, beugte sich die Wirtin vor und wisperte ihr hinter vorgehaltener Hand ins Ohr: »Mich wundert, wie gut es Euch gelingt, Struth tatsächlich im Glauben zu lassen, Ihr wärt noch unschuldig.«

Eine schallende Maulschelle hätte Agnes nicht härter treffen können. Tiefe Scham stieg in ihr auf. Ehe sie sich fassen und etwas erwidern konnte, war die Wirtin bereits eilig im hinteren Teil der Gaststube verschwunden. Agnes warf einen scheuen Blick auf den Getreidehändler und seine Tochter. Sie schienen die bösen Worte nicht gehört zu haben.

Später ließ Julia ihr keine Ruhe. In der winzigen Kammer, in der sie sich für die Nacht ein Bett teilten, bedrängte sie sie. »Jetzt hab dich doch nicht so mit deinem Halstuch und zeig mir endlich, was du darunter verbirgst. Ist es eine Narbe oder ein widerlicher Ausschlag? Oder ist es einfach nur die Spur deines Liebsten, der dich unter heftigsten Küssen aus seinen Armen verabschiedet hat? Wolltet ihr euch unterwegs irgendwo treffen und gemeinsam fliehen? Wie aufregend! Erzähl mir alles von ihm und eurer Liebe! Kein Wunder, dass dein Oheim meinem Vater nichts davon gesagt hat. So etwas würde ich zuallerletzt meinem Oheim erzählen.«

Übermütig tanzte sie um Agnes. Mit ihren fleischigen, kurzen Finger fuchtelte sie dicht vor Agnes' Hals herum, das Kichern wurde immer aufgeregter. Mit einem beherzten Schubs befreite Agnes sich endlich aus ihrer Nähe.

»Lass gut sein. Ich glaube, die vielen Geschichten, die du tagaus, tagein erzählst, bringen dich durcheinander. Leider muss ich dich enttäuschen. Da gibt es weder eine heimliche Flucht mit dem Liebsten noch sonst ein Geheimnis, was sich unter dem Halstuch verbirgt. Nicht einmal ein göttlicher Fluch lastet auf mir.«

»Schade.« Julia klang enttäuscht.

»Es ist alles genau so, wie dein Vater es gesagt hat«, fuhr Agnes zu lügen fort. »Mein Oheim hat mich losgeschickt, weil meine Muhme eine dringende Nachricht an meinen Vetter zu übermitteln hat. Die wollte sie niemand Unbekanntem anvertrauen, eben weil die Zeiten so unruhig sind, wie die Wirtin es behauptet. Und das hier«, mit einem Ruck zerrte sie sich das Tuch vom Hals, »ist nichts weiter als das Erbe meines Vaters. Ein hässliches Mal, das alle in seiner Familie von Geburt an tragen. Ob wir wollen oder nicht: Damit sind wir gezeichnet bis ans Ende unserer Tage.«

Zum ersten Mal sprach sie jemand Fremdem gegenüber von ihrem leiblichen Vater. Dabei war sie ihm nie im Leben begegnet und wusste kaum etwas von ihm. Plötzlich verspürte sie einen dicken Kloß im Hals. Heftig aufschluchzend warf sie sich aufs Bett und vergrub sich in den kratzenden Decken.

2

Der Abschied von Bertram Struth und seiner Tochter Julia fiel weitaus schwerer, als Agnes das am Abend zuvor gedacht hatte. Zum morgendlichen Imbiss saß sie mit den beiden in der nahezu leeren Gaststube des Goldenen Aals. Die meisten Gäste waren bereits aufgebrochen. Die Wirtin war damit beschäftigt, den Mägden im Keller das richtige Einlagern zu erklären. Gelegentlich drang aufgebrachtes Schimpfen aus der offenen Bodenluke nach oben.

»Es tut mir wirklich leid, Euch fürs Erste keine weitere Reisemöglichkeit beschaffen zu können.« Unbehaglich wand sich Struth vor ihr, knetete die fleischigen Hände. »So kurz vor Erreichen Eures Zieles ist das besonders ärgerlich. Doch die Nachricht an Euren Vetter ist besser einige Tage länger unterwegs, als dass Ihr Euch in Gefahr begebt. Versprecht mir, Euch in keinem Fall allein auf den Weg zu machen. Ihr habt gehört, was die Wirtin gestern Abend erzählt hat: Die unzufriedenen Söldner lauern selbst den kräftigsten Männern auf und machen ihnen den Garaus. Was tun sie erst, wenn ihnen ein junges Fräulein ohne männlichen Schutz gegenübersteht? Auch dürft Ihr Euch nicht blindlings irgendwelchen Reisenden anvertrauen. So manch zwielichtiges Gesindel drückt sich in den Gasthäusern herum und bietet sich als vermeintlich gute Begleitung an. Harrt lieber noch ein paar Tage länger hier in Elbing aus. Anfang nächster Woche treffen wieder Kaufleute aus der Königsberger Altstadt ein. Ich habe bereits eine Nachricht für sie hinterlegt. Bis dahin wird die Wirtin Euch gut beherbergen. Darauf gebe ich Euch mein Wort.«

»Danke, das ist sehr edel von Euch.« Agnes legte den Löffel beiseite, schob die Schale mit dem Gerstenbrei fort. Ihre

Hände zitterten. Sie wagte nicht zu sagen, dass sie der Wirtin zutiefst misstraute. »Ich stehe für immer in Eurer Schuld. In den letzten Tagen habt Ihr weitaus mehr für mich getan, als mein Oheim je guten Gewissens hätte verlangen können.«

Wie leicht ihr die Lüge mit dem Oheim inzwischen über die Lippen kam! Und das ausgerechnet dem guten Struth gegenüber, der alles für sie zu tun bereit war.

»Alles, was ich getan habe, habe ich nur zu gern für Euch getan.« Unerwartet griff Struth nach ihrer Hand, barg sie fest zwischen den Händen. Überrascht bemerkte sie, wie warm und weich sich seine Haut anfühlte. Er verstärkte den Druck. Als sie den Kopf hob und ihn anschaute, zuckte sie zurück. In seinen Augen schimmerte etwas, das weit über väterliche Zuneigung hinausging. »Bitte seid vorsichtig, liebe Agnes!«, presste er heiser zwischen den Lippen hervor. »Mir liegt sehr daran, dass Ihr Euer Ziel unversehrt erreicht. Schickt mir eine Nachricht nach Danzig. Versprecht es mir.«

»Das werde ich«, erwiderte sie und zog die Hand behutsam zurück. Willig ließ er es geschehen. Als sie kurz darauf an der Tür Abschied voneinander nahmen, unternahm er keine weiteren Anstalten, sie seiner besonderen Zuneigung zu versichern. Steif reichte er ihr die Hand und bestieg nach einem knappen Nicken das Fuhrwerk.

»Im nächsten Frühjahr werden wir gewiss wieder im Kneiphof sein«, verkündete Julia frohgemut. »Ich freue mich schon, dich wiederzusehen.« Sie schlang die Arme um Agnes und drückte sie gegen ihre Brust. Dabei raunte sie ihr ins Ohr: »Pass gut auf dich auf und sorge dich nicht wegen des Mals in deinem Nacken. Das ist eine besondere Auszeichnung für deine Familie. Eines Tages wirst du schon sehen, wozu sie gut ist.«

»Danke.« Gerührt schluckte Agnes. Winkend lief sie noch einige Schritte neben dem Fuhrwerk her, blieb schließlich am Marktplatz stehen. Grüßend hob Struth die Peitsche, Julia rief »leb wohl!«, dann fuhr der Wagen durch die engen Gassen zum westlichen Stadttor davon.

Solange es ging, sah Agnes ihnen nach. Um nicht zu schnell wieder der Wirtin aus dem Goldenen Aal ausgeliefert zu sein, beschloss sie, zunächst noch einen Spaziergang durch die Stadt zu unternehmen. Der Regen des Vortags war feuchtem Nebel gewichen. Einem dünnen weißen Vorhang gleich, schob er sich durch die Straßen. Der eisige Ostwind hatte sich gelegt, trotzdem war es viel zu kalt für einen der ersten Oktobertage. Agnes schlang den Umhang fest um die Schultern und schritt tüchtig aus. Kaum jemand begegnete ihr. Die Tore standen zwar bereits seit einiger Zeit offen. Dennoch dauerte es, bis die ersten Händler und Krämer das Innere der Stadt erreichten. Am Rathaus wehte keine Fahne, es war kein regulärer Markttag. Wie leer gefegt war der Platz unweit der dreischiffigen Nikolaikirche.

Agnes lief eine schmale Gasse entlang, die sie westwärts auf das Heilig-Geist-Spital zuführte. Der eindrucksvolle Backsteinbau beherrschte das gesamte Geviert entlang der Spitalgasse. Vor seinem Haupttor fand sich eine kleine Menschentraube. Neugierig näherte sich Agnes. Eine Gruppe Reisender hatte sich hoch zu Ross versammelt, umringt von einem guten Dutzend Frauen und Kindern. Es mochten wohl wichtige Herren sein, darauf ließen die prächtige Kleidung sowie die wunderschönen Pferde schließen. Eine Frau hob ein etwa dreijähriges Kind einem Mann entgegen, der sich ihr von seinem Rappen aus entgegenbeugte. In einer hastigen Bewegung schlug er ein Kreuzzeichen über dem Kopf des Kindes und hauchte ihm einen Kuss auf die Stirn. Dankbar lachend nahm die Frau ihr Kind wieder zurück.

Als Agnes nur noch wenige Schritte entfernt war, vernahm sie einige polnische Satzfetzen. *»Bóg z wami!«*

»Wyruszajmy w drogę. Nasza droga jeszcze jest długa.«

Sie horchte auf, besah sich die Reiter genauer. Vermutlich waren sie ins Landesinnere unterwegs. Das bedeutete, sie würden an Marienburg vorbeikommen. Agnes' Herz schlug schneller. Sie reckte sich auf die Zehenspitzen, um über die Köpfe der anderen hinweg mehr zu erspähen. Ein Fuhrwerk suchte sie jedoch vergeblich. Trotzdem wollte sie nichts unversucht lassen und trat beherzt auf einen bärtigen älteren Herrn zu, der sich ein wenig abseits von den anderen hielt und ganz in Gedanken versunken schien. Angestrengt überlegte Agnes, wie sie ihn am besten ansprechen sollte. Polnisch beherrschte sie leider kaum.

»Agnes!«

Sie erschrak. Die Stimme kannte sie gut, doch sie konnte kaum glauben, was es bedeutete, sie plötzlich in Elbing zu hören. Zugleich schoss ihr der Hinweis der Wirtin in den Kopf, jemand habe nach ihr gefragt. Es hätte ihr gleich klar sein müssen, dass es nur einen gab, der dafür in Frage kam. Langsam drehte sie sich um und rief: »Caspar!«

Vor Rührung versagte ihr die Stimme. Er war es tatsächlich! Wie er so vor ihr stand, den verlegenen Blick knapp an ihr vorbei gerichtet, quoll sie über vor zärtlichem Empfinden. Beglückt musterte sie ihn, saugte jede einzelne seiner ungeschickten Bewegungen in sich auf, blieb zuletzt an seinem Halstuch hängen. Es wunderte sie, dass die Wirtin das verschwiegen hatte. Dabei blitzte es auffällig unter dem Kragen seines bunten Rocks hervor. Agnes' Tuch hatte sie dagegen mit einem eindringlichen Blick bedacht. Für wen die Wirtin Caspar wohl hielt? Jäh schoss Agnes ein anderer Gedanke in den Sinn: Wieso dachte sie, Caspar wäre ihr aus eigenem

Antrieb nachgereist? »Was machst du hier? Hat dich wer geschickt? Glaube nicht, du könntest mich aufhalten oder gar nach Königsberg zurückbringen!«

»Agnes, Liebes, was hast du? Wieso sollte ich dich aufhalten oder gar nach Königsberg zurückbringen wollen? Du ahnst nicht, wie froh ich bin, dich endlich gefunden zu haben! Heil und unversehrt noch dazu. Ich war schon ganz beunruhigt, so lange keine Spur von dir aufzunehmen und nicht den geringsten Hinweis auf dich zu finden. Dabei hat mir der Wirt aus dem Grünen Baum im Kneiphof hoch und heilig versichert, auf den Danziger Getreidehändler Bertram Struth wäre Verlass. Wie eine Tochter würde er dich behüten. Er folge bestimmt stur der Handelsstraße und kehre nur in Gasthäusern entlang der Strecke ein. Da ihr allerdings fast einen Tag vor mir aufgebrochen und trotzdem bis gestern Abend nicht hier aufgetaucht wart, habe ich bereits das Schlimmste befürchtet.«

»Wie kommst du so schnell hierher? Solltest du nicht besser bei der Fischartin, also, ich meine, bei deiner Mutter …«

Die letzten beiden Worte kamen ihr nur stockend über die Lippen. Zu ihrer Erleichterung wischte Caspar sie mit einer weit ausholenden Handbewegung fort. »Mach dir keine Sorgen. Meiner Mutter geht es schon viel besser. Die Hundskötterin ist jeden Tag bei ihr und versorgt sie. Derzeit bin ich zu Hause völlig überflüssig.«

»Auch im Kontor?«

»Auch da. Für einige Tage kann sich unser Schreiber um alles kümmern. Die Lieferungen aus Litauen stocken ohnehin, auch sonst tut sich wenig. Für mich aber gibt es vorerst Wichtigeres, als Zahlen und Waren zu überprüfen. Agnes, Liebes!« Er griff nach ihren Händen und strahlte sie an. »Endlich haben wir uns gefunden! Ich habe eine Schwester, eine so kluge, wundervolle noch dazu. Du ahnst nicht, was das für mich bedeutet! Ich habe zwar einige Tage gebraucht, bis ich es wirklich verstanden habe, dafür aber ist es mir jetzt umso wichtiger. Deshalb wollte ich dich auch so schnell wie möglich wiederfinden und es dir sagen.«

Ungelenk wollte er sie umarmen, sie aber wehrte ab. »Ich freue mich, wie gut du die Neuigkeiten inzwischen verkraftet hast. Dich muss es wie aus heiterem Himmel getroffen haben, plötzlich eine Schwester zu haben, so eine wie mich noch dazu!« Sie versuchte sich an einem verschwörerischen Zwinkern. »Wenigstens weiß ich seit Monaten, dass ich einen Zwillingsbruder habe. Das hat es mir etwas leichter gemacht, das alles zu ertragen.«

»Da hast du recht«, stimmte er lächelnd zu und wollte abermals den Arm um sie legen. Wieder trat sie einen Schritt zurück. Trotz aller Freude über das Wiedersehen war ihr nicht unbeschwert zumute. »Wieso hast du so rasch herausgefunden, wer mir geholfen hat, den guten Struth zu überreden, mich mitzunehmen?«

»Die Streicherin hat mir verraten, dass du vom Löbenichter Tor aufbrechen wolltest. Dort war es ein Leichtes, den Namen deines Begleiters und eure Reisestrecke herauszufinden. Vergiss nicht, ich bin der Sohn, vielmehr wir beide sind die Kinder eines angesehenen Kaufmanns aus der Altstadt. Uns erteilt man gern Auskunft.«

»Die Streicherin hat dir das gesagt?« Agnes war überrascht. Zugleich suchte sie das mulmige Gefühl zu bekämpfen, das sie beschlich, sobald sie ihn so selbstverständlich von ihrem gemeinsamen Vater reden hörte, der ihr noch völlig unbekannt war. »Sie weiß doch gar nicht, dass wir beide …«

»Schämst du dich meiner? Warum hast du ihr kein Wort gesagt? Bestimmt hätte sie mir eher verraten, was du vorhast, wenn sie gewusst hätte, wie wir zueinander stehen.«

»Hast du es ihr erzählt?«

»Nein. Mir war so, als solltest du das besser selbst tun.«

»Danke!« Gerührt fiel sie ihm endlich um den Hals. »Es gibt da nämlich noch etwas, was ich ihr zuvor erklären muss. Aber dazu muss ich sicher sein, was die Wahrheit ist.«

»Du glaubst der Hundskötterin und unserer Mutter also immer noch nicht?«

»Kommt ganz darauf an«, wich sie aus.

»Und deshalb willst du zur Marienburg und diesen Laurenz befragen, der zugleich der Neffe der Streicherin ist.«

»Woher weißt du, wen ...«

»Das war das Erste, was ich überhaupt herausfinden wollte: von wem du dir die große Hilfe für uns erwartest.«

Auf einmal wirkte er gekränkt. Er verschränkte die Arme vor der Brust und wippte auf den Fußspitzen. In seinen bernsteinfarbenen Augen blitzte Eifersucht auf.

Gerührt strich Agnes ihm über die Wange. »Entschuldige. Wie hätte ich ahnen sollen, wie sehr auch dir daran gelegen ist, die Wahrheit herauszufinden? Du liebst die Fischartin wie ...«

»Vergiss nicht: Wir sind Geschwister. So unverhofft du mir als Schwester ins Leben geschneit bist, so ungern will ich dich gleich wieder verlieren. Ebenso will ich endlich die ganze Geschichte über unsere Geburt wissen, genau wie du.«

»Also gut«, lenkte sie ein. »Es stimmt, Laurenz ist derjenige, der uns die entscheidenden Hinweise geben kann, damit wir wissen, wer von unseren vermeintlichen Müttern wirklich die richtige ist.«

»Wie kommt er dazu?«

»Er ist der Sohn der Hebamme, die Gunda entbunden hat. Als Zehnjähriger ist er kurz nach der Geburt von uns Zwillingen bei ihr ...«

»Wieso denkst du, dass ausgerechnet er uns die Wahrheit sagen wird?«

»Weil ich ihn schon länger kenne und mehr als einen guten Grund habe, ihm zu vertrauen. Als er mir zum ersten Mal von den Vorfällen erzählte, wusste er nicht, wer ich bin und wie sich alles verhält. Aber das ist eine andere Geschichte«, versuchte sie, ihn zu beruhigen. Fahrig fasste sie ans Halstuch, atmete tief durch und rieb sich den Nacken.

»Diese Geschichte musst du mir bei Gelegenheit unbedingt erzählen.«

»Versprochen! Sag du mir vorher jedoch lieber, was du die letzten Tage erlebt hast. Der Ritt von Königsberg hierher ist nicht ungefährlich. Du hast dich in große Gefahr gebracht.«

»Wieso?« Einen kurzen Moment stockte er, dann breitete sich ein stolzes Lächeln auf seinem bartlosen Antlitz aus. Wichtigtuerisch schob er den kleinen Bauchansatz nach vorn und verschränkte die Hände auf dem Rücken. »Die Aussicht auf Gefahr konnte mich nicht von meiner Reise abhalten. Schließlich ging es darum, dich so rasch wie möglich wiederzufinden. Du ahnst nicht, welche Sorgen ich mir gemacht habe, liebstes *Schwester*herz! In jedem Gasthaus habe ich nach dir gefragt, jedem Reisenden von dir erzählt. Doch anscheinend habe ich dich ausgerechnet am entscheidenden Ort verpasst. Irgendwann muss ich euch jedenfalls überholt und deshalb die Spur verloren haben. Als ich gestern Nachmittag hier in Elbing eingetroffen bin und gehört habe, wie selten sich noch einzelne Fuhrwerke allein weiter bis zur Marienburg wagen und sich deshalb zumeist hier sammeln, habe ich beschlossen, einen oder zwei Tage zu warten, bis ich weiterreite. Wie wohl ich daran getan habe, sehe ich jetzt. Nie und nimmer hätten wir uns sonst getroffen.«

Er legte eine Pause ein. Seine Wangen glühten vor Eifer, die braunen Augen sprühten vor ehrlicher Freude.

»Wahrscheinlich hast du uns schon kurz nach unserem Aufbruch aus Königsberg überholt. Gegen Abend des ersten Tages hat Struth einen Umweg über eine winzige Lischke ein Stück abseits des Weges eingeschlagen. Dort hat er einen Vetter aufsuchen und einige Nachrichten für weitere Verwandte in Danzig mitnehmen müssen. Das war das einzige Mal, dass er von der vielbefahrenen Strecke abgewichen ist. Wahrscheinlich ist er allein deswegen auch erst Montagmittag vom Löbenichter Tor los. Es war nur ein halber Tag Fahrt bis zu seinem Vetter.«

»Ach, was spielt es länger für eine Rolle, Agnes! Hauptsache, wir stehen uns gesund und wohlbehalten gegenüber.«

Schwungvoll fasste er sie an den Händen und zog sie mit sich fort. Sie folgte ihm willig. Die kleine Versammlung vor dem Spital hatte sich aufgelöst, die prächtigen Reiter waren abgezogen, die Frauen und Kinder nach Hause zurückgekehrt. Agnes und Caspar liefen die Straße hinunter, hielten nach Norden zu. Dort musste sich die Lastadie befinden. Die Häuserreihen lichteten sich, auch wurden die Behausungen niedriger und einfacher. Aus den vormals großzügigen Gasthäusern wurden dunkle, schummrige Kaschemmen. Vermehrt drückten sich zwielichtige Gestalten in den düsteren Seitengassen herum. Im dichter werdenden Nebel machte Agnes endlich den ersten Kran sowie einige hochbeladene Fuhrwerke aus. Männer schoben Karren vorbei, auf denen sich Fässer und Säcke stapelten. Unverständliche Rufe gellten durch den grauen Dunst. Die Luft roch frischer als am Markt, ein untrügliches Zeichen, wie nah sie dem Fluss gekommen waren.

»Was hast du jetzt vor?«, fragte sie Caspar.

»Das fragst du noch?« Jäh blieb er stehen, brachte auch sie durch sanften Händedruck zum Anhalten. »Natürlich komme ich mit dir. Ich bin dein Bruder und sollte schon allein deshalb gut auf dich aufpassen. Erstens kannst du unmöglich länger allein reisen, und zweitens möchte ich diesen Laurenz auch kennenlernen.«

»Ich reise nicht allein. Bertram Struth und seine Tochter …«, hob sie an, wurde jedoch von ihm unterbrochen: »Die beiden sind längst nach Danzig weitergefahren, wie sie es von Anfang an geplant hatten. Andernfalls wärst du jetzt nicht mehr hier und würdest nicht so verzweifelt nach einigermaßen vertrauenswürdigen Reisebegleitern Ausschau halten.«

»Hat man mir das vorhin am Spital etwa angesehen?«

»Das fragst du noch?« Er lachte laut. »Ach, Agnes, Liebes, du bist einfach nicht fürs Reisen geschaffen. Viel zu auffällig hast du eben bei dieser Reitergruppe umhergespäht. Ein allein reisendes junges Mädchen sollte vorsichtiger sein. Man könnte das missverstehen.«

Beschämt sah sie zu Boden und sortierte mit den Spitzen ihrer Schnabelschuhe Steine auf dem Pflaster, bevor sie den Kopf wieder hob und leise weiterredete. »Anfang nächster Woche sollen Kaufleute eintreffen, die nach Marienburg wollen. Für die hat Struth bei der Wirtin im Goldenen Aal eine Nachricht hinterlegt, damit sie mich mitnehmen.«

»So lange willst du allerdings nicht warten und suchst deshalb nach anderen Reisegefährten.«

»So lange *kann* ich nicht warten, Caspar! Das sind noch drei oder vier Tage. Dabei ist es bis zur Marienburg nicht viel weiter als ein Katzensprung. Heute Abend schon könnte ich dort sein und mit Laurenz reden.«

»Das ist ein sehr langgestreckter und gefährlicher Katzensprung.« Caspars Antlitz verfinsterte sich.

»Woher nimmst du die Kühnheit, so erfahren zu tun? Bist du überhaupt jemals zuvor allein außerhalb Königsbergs unterwegs gewesen?«

»Allein noch nicht, aber an der Seite meines Vaters und anderer Kaufleute. Da habe ich so einiges aufgeschnappt. Gerade weil ich die Berichte über Überfälle und dergleichen kenne, hege ich Bedenken.«

»Ausgerechnet jetzt, nachdem du vier Tage lang allein am Frischen Haff unterwegs gewesen bist?« Sie lachte auf. »Mir scheint, du bist derjenige von uns beiden, der besser nicht länger allein unterwegs sein sollte.«

»Heißt das etwa, du würdest es wagen, mit mir aufs Pferd zu steigen und gleich loszureiten?«

»Wenn du dich das traust, traue ich mich das erst recht.«

Herausfordernd maßen sie sich mit Blicken.

»Also gut«, erklärte Caspar. »Ich bin im Grünen Tor abgestiegen, das liegt gleich dort vorn bei der Marienkirche. In Kürze ist mein Bündel gepackt und mein Pferd gesattelt. Wo finde ich dich?«

»Im Goldenen Aal, nicht weit vom Marktplatz.«

»Oh, ich weiß, bei der Wirtin mit dem durchdringenden Blick und den katzengrünen Augen. Hat sie dir gestern auch so auf das Halstuch gestarrt?« Er zwinkerte ihr zu. »Lauf schon vor und kündige ihr deine Abreise an. Sie wird dich ungern gehen lassen, wenn Bertram Struth dich ihr anempfohlen hat.«

»Woher weißt du das jetzt schon wieder?«

»Du musst mich bislang für sehr einfältig gehalten haben.« Er schüttelte sacht den Kopf. »Wahrscheinlich bin ich schon weitaus mehr in der Welt herumgekommen als du.«

»Daran zweifele ich nicht. Aber darüber können wir uns später unterhalten. Jetzt gilt es, keine Zeit zu verlieren und endlich aufzubrechen. Der Tag wird nicht länger davon, dass wir die Zeit weiter sinnlos vertun.«

3

Die Tropfen schmeckten ekelhaft. Es schüttelte Editha, als sie sie hinunterwürgte. Was flößte die alte Hexe ihr da nur wieder ein? Argwöhnisch äugte sie zu der stämmigen Frau hinüber, die sich wenige Schritte von ihrem Bett entfernt am Tisch mit ihren zahlreichen Phiolen, Säckchen, Tiegeln und Töpfchen zu schaffen machte. Im schwachen Licht des verregneten Oktobertages wirkte sie umso gewaltiger, verdeckte ihr breiter Rumpf doch nahezu die gesamte Breite des Fensters zum Hof. Ein aufdringlicher Geruch nach Minze, Rosmarin, Thymian und anderen Kräutern hing in der Luft. Dieses harmlose Gemisch aber schien rein gar nichts mit dem zu tun zu haben, was die Hebamme ihr gerade gereicht hatte. Bitterkeit breitete sich in ihrer Kehle aus. Die Zunge wurde pelzig, auf Oberarme und Schultern legte sich eine eigenartige Schwere. *Blasted old shrew!* Warum nur fehlte ihr die Kraft, die verdächtigen Tropfen in hohem Bogen auszuspucken und das meineidige Weibsstück ein für alle Mal aus dem Haus zu werfen? Wieder einmal hatte die räudige Klepperin einen Weg gefunden, sich bei ihr unentbehrlich zu machen und Druck auf sie auszuüben. Matt sank Editha in die Kissen zurück und schloss die Augen.

»Na, meine Liebe! Geht es uns besser?« Schwer atmend beugte sich die Hundskötterin über sie, legte ihr die Finger auf die Augenlider, schob sie unerbittlich nach oben. Editha erschrak fast zu Tode. Erst nach einigen Atemzügen verwandelte sich die Fratze direkt vor ihrer Nase in das verhinderte Männergesicht zurück, das der gerissenen Hebamme vom Steindamm eigen war. Sie bleckte die blendend weißen Zähne, pustete Editha einen Schwall des minzegetränkten Atems entgegen. Davon wurde der Würgereiz in Edithas Kehle stärker. Von neuem zwang es sie nach oben. Ehe sie sich's versah, waren die eben eingeflößten Tropfen ausgespien. Angeekelt wischte sie sich über die Lippen.

»Ruhig, liebe Fischartin, ganz ruhig!«, säuselte die Hebamme, griff ihr mit den riesigen Pranken unter die Achseln und richtete sie vollends zum Sitzen auf. Zugleich schüttelte sie die Kissen in ihrem Rücken auf, wollte sie dagegenlehnen.

»Lasst mich!« Mit beiden Händen schlug Editha nach der Hundskötterin, wollte sie endlich weg von ihrem Bett, aus ihrem Schlafgemach, am liebsten ganz aus ihrem Haus jagen.

»Haltet ein! Regt Euch nicht so auf. Das ist das reinste Gift für Euch. Denkt an Euer Kind!«

Sanft tätschelte die Hundskötterin ihr den Rücken. Die klobigen Finger durch das dünne Leinenhemd zu spüren widerte Editha an. »Genau das tue ich die ganze Zeit!«

Jetzt, da sie der Tropfen ledig war, fühlte sie ungeahnte Kräfte in sich. Energisch schob sie die Hebamme beiseite, schwang die Beine über die Bettkante und erhob sich. Schwankend verharrte sie vor der Bettstatt, suchte mit der Linken Halt am gedrechselten Bettpfosten. Die Holzdielen unter ihren bloßen Füßen waren eiskalt. In Windeseile kletterte die Kälte die kurzen Beine herauf. Sie rieb sich die Zehen an den nackten Waden. Das Schwindelgefühl verschwand so plötzlich, wie es gekommen war, ebenso war der widerlich bittere Geschmack im Mund auf einmal weg.

»Seid vorsichtig, Fischartin. Ihr wisst nicht, was Ihr tut. Ich gebe Euch lieber noch einige von den Tropfen, und Ihr legt Euch derweil brav zurück ins Bett.« Die Hundskötterin wollte sie abermals anfassen.

»Rührt mich nicht an! Bleibt mir mit Euren Tropfen vom Hals und bildet Euch nicht ein, ich bliebe einen Tag länger still hier liegen. Das ist genau das, was mich mein Kind kosten wird, und zwar das Kind, das ich bereits seit siebzehn Jahren habe. Ich muss fort, raus aus dem Haus und herausfinden, wo Caspar steckt. Warum sagt mir keiner was? Seit vier Tagen ist er schon verschwunden. Genauso lang versucht Ihr, mich mit Euren widerwärtigen Tropfen und Pulvern ruhigzustellen. Glaubt nur nicht, ich wüsste nicht, welches Spiel Ihr hier spielt. Ihr seid schließlich schuld, dass mein Sohn verschwunden ist, und wollt deshalb alles tun, mich davon abzulenken.«

»Ich soll schuld sein, dass *Euer* Sohn verschwunden ist? Wie kommt Ihr denn darauf?« Um die Mundwinkel der Hundskötterin zuckte es belustigt. Sie stemmte die riesigen Hände auf die breiten Hüften und schob das Kinn leicht vor. »Habe ich es nicht immer schon gesagt? Das alles ist einfach viel zu viel für Euch! Erst die neuerliche Schwangerschaft, dann die Aufregung um Euren Gemahl und schließlich letzte Woche die aufwühlende Begegnung mit Caspars Schwester. Legt Euch ins Bett, schließt die Augen und vergesst all die törichten Sorgen. Vertraut mir. Ich weiß, was zu tun ist und wessen Ihr jetzt bedürft.«

»Tricky cow!«, schrie Editha schrill auf. »Euch soll ich noch einmal vertrauen? Viel zu lange schon habe ich das getan! Welche Folgen das hat, habe ich letzte Woche gesehen. Von wegen ›Ihr gewinnt noch eine Tochter dazu‹. Gar nichts habe ich dazugewonnen. Im Gegenteil: Jetzt ist mein Sohn auch noch verloren! Und warum? Nur weil ich Euch zu lange vertraut habe! Gernot hatte recht: Niemals hätte ich auf Euch hören dürfen! Ohne Euch wäre alles gut geworden.«

Sie fasste sich an die Kehle, hustete, keuchte, sank erschöpft auf die Bettkante zurück.

»Seid Ihr da wirklich sicher, meine Liebe?« Die massige Hundskötterin schien der Ausbruch nicht im Geringsten aus der Ruhe zu bringen. Ein mitleidiger Blick aus ihren hellen Augen streifte Editha. Als sie den Kopf leicht anhob, erspähte sie das breite Kinn der Hebamme nah vor sich. Mitten darauf spross ein borstiges, dunkles Haar, das sie auszuzupfen vergessen hatte. *Disgusting!* Von neuem schüttelte es sie vor Ekel. Wie hatte sie diese räudige Metze nur je so nah an sich heranlassen können?

»Mir scheint, Ihr bringt da etwas ganz gehörig durcheinander«, fuhr die Hebamme ungerührt fort. »Soweit ich mich erinnere, hat Euch gerade das gewaltige Vertrauen in meine bescheidene Wenigkeit das allergrößte Glück beschert. Wie sonst hättet Ihr je erfahren, dass vor siebzehn Jahren in derselben Stunde, in der Euer viel zu zarter Sohn seinen ersten und zugleich letzten Atemzug geschnaubt hat, drüben im Löbenicht ein gesunder, kräftiger Knabe das Licht der Welt erblickt hat? Noch dazu mit genau demselben Gesichtsausdruck wie Euer Gemahl und zugleich als zweites Kind einer Frau, über deren Ehrbarkeit schon damals so manch berechtigter Zweifel bestanden hat. Hättet Ihr mir seinerzeit nicht vertraut, hättet Ihr nie ein so properes Kind wie Caspar an Euer Herz drücken, nie die Freude erleben können, es zu einem klugen, stattlichen jungen Mann heranwachsen zu sehen. Ganz zu schweigen von der unermesslichen Freude, dass ebenjenes Vertrauen in mich Euch nun auch noch die lang herbeigesehnte Tochter …«

»*Shut up, you silly shrew!* Genau das habt Ihr doch gründlichst verhindert. Was ist nur in Euch gefahren, im Angesicht von Gunda ausgerechnet diese Geschichte zu erzählen?«

»Das fragt Ihr tatsächlich, meine Liebe? Bislang habe ich Euch für klüger gehalten.«

Eindringlich sah die Hundskötterin sie an. In ihren Augen lauerte ein Sog, dem sich Editha nicht entziehen konnte. Von neuem schwindelte ihr. Die Arme wurden ihr schwer, Müdigkeit erfasste ihren Leib. Aus weiter Ferne drangen die nächsten Sätze der Hundskötterin an ihr Ohr. Dennoch verstand sie jede Silbe ganz genau.

»Bedenkt doch bitte Eure Lage einmal in aller Ruhe! Wieso sollte Euch Caspar je wieder von der Seite gerissen werden? Er ist Euer Sohn! Das ist längst über jeden Zweifel erhaben. Ganz abgesehen davon, wie sich die Sache mit Agnes verhält. Auch da lag bislang einfach ein sehr bedauerliches Missverständnis vor. Kaum zu glauben, dass sie Euch als ihre eigene Mutter nicht sofort erkannt hat! Dank meines beherzten Eingreifens letzte Woche konnte das alles nun endlich aufgeklärt werden. Wartet nur, bis Euer Gemahl wieder zu Hause ist, dann wird auch er alles tun, damit die Wahrheit endlich Bestand hat.«

Bedeutungsvoll hob sie den rechten Zeigefinger, hielt ihn dicht vor Edithas Gesicht. Sosehr sich Editha dagegen sträubte, blieb ihr nichts anderes, als ihm bei jeder Bewegung gehorsam zu folgen. Ebenso folgten auch ihre Gedanken brav dem, was die Hundskötterin vor ihr ausbreitete. »Als Eure treue Hebamme habe ich Euch damals bei der schweren Geburt von zwei Kindern beigestanden. Erinnert Ihr Euch noch, wie Ihr schon aufatmen wolltet, als das Mädchen endlich in Euren Armen lag? Dann aber packte Euch eine neuerliche Wehe, ein weiteres Mal bäumte sich Euer Leib auf, bis endlich auch der Junge zwischen Euren Schenkeln herausglitt. Euer Gemahl wird das nur zu gern bestätigen, ebenso wie die gute alte Anna, Eure Magd. Kaum kam sie damit nach, heißes Wasser und frische Leinentücher zu bringen.«

Editha setzte an, etwas zu sagen, doch die Hundskötterin bedeutete ihr mit einem knappen Wink des Zeigefingers zu schweigen. »Schaut Euch die zwei doch an! Agnes hat es letztens selbst gesagt: Das Feuermal im Nacken weist sie eindeutig als Bruder und Schwester aus. Ebenso eindeutig sind sie dank dessen die Kinder Eures Gemahls. Er trägt genau dasselbe Mal im Nacken. Was will Gunda dem entgegensetzen?«

Sie hielt inne, pustete sich eine Strähne ihres blonden Haars aus der Stirn, schmunzelte siegesgewiss. Ruhig fuhr sie fort: »Sie mag zur selben Zeit drüben im Löbenicht entbunden haben, unterstützt von meiner einstigen Lehrmeisterin Gerda Selege sowie ihrer eigenen Mutter. Wo aber sind die Zwillinge, denen sie damals angeblich das Leben geschenkt hat? Wer will das außer ihr noch bezeugen? Ihr Gemahl, der ehrbare Böttchermeister Rudolf Kelletat, ist leider ebenso verstorben wie die brave Gerda Selege und vermutlich auch Gundas eigene Mutter. Ein Schelm, wer Böses dabei denkt! Auch das Gesinde ist in alle Winde verstreut. Völlig allein steht sie also mit ihrer ungeheuren Behauptung da. Mutet es nicht höchst seltsam an, dass sie Anspruch auf zwei Kinder erhebt, die eindeutig den Lenden Eures Herrn Gemahls entsprungen sind? Schaut Euch nur das Mal im Nacken an, das alle drei an derselben Stelle tragen. Will Gunda etwa in aller Öffentlichkeit darauf bestehen, die so Gezeichneten wären ihre Kinder? Noch dazu im Angesicht Eures Gemahls, der dazu gewiss auch etwas zu sagen hat?«

»Aber genau das hat sie doch schon einmal getan!«, warf Editha weinerlich ein und schob den Zeigefinger der Hundskötterin mit zittriger Hand von sich weg. Ihre Wangen glühten vor Anspannung. Nur zu deutlich sah sie vor sich, wie Gunda mit dem einen Säugling im Arm vor ihr und Gernot aufgetaucht war und mit tränenerstickter Stimme Caspar zurückverlangt hatte.

»Vergesst die hässliche Szene, die sie damals aufgeführt hat: Noch während sie ihren Anspruch auf den Jungen erhoben hat, ist ihr selbst klargeworden, dass sie sich damit des Ehebruchs schuldig gemacht hätte. Wir alle wissen, welche Strafe einer Frau dafür droht. Ganz zu schweigen davon, dass man unter diesen Umständen auch noch einmal auf die Frage zu sprechen gekommen wäre, wie ihr Gemahl, der arme Rudolf Kelletat, kurze Zeit nach der Niederkunft auf so merkwürdige Art und Weise zu Tode gekommen ist.«

»Würde man uns heute nicht fragen, wieso wir sie damals mit dem Mädchen haben gehen lassen?« Edithas Stimme bebte. Verschreckt kauerte sie auf der Bettkante und wagte kaum, die Hundskötterin anzusehen.

»Habt Ihr das denn?« Die Hebamme fasste ihr ans Kinn, hob es an. Zugleich reckte sie den Zeigefinger und zwang Editha, sich von neuem ganz auf dessen Fingerspitze zu konzentrieren. »Ich erinnere mich gut, wie Euer Gemahl voller Verzweiflung versucht hat, ihr das arme Kind wieder abzunehmen. Kurz zuvor erst hat sie es Euch von der Seite gerissen. Das arme Kleine! Gewimmert hat es, dass Gott sich erbarme. Das aber hat diese schändliche Erzbübin nicht gekümmert. Wie ein wildes Tier hat sie sich Eurem Gemahl widersetzt. Ungestüm hat sie den guten Mann beiseitegestoßen und ist mit dem flennenden Kind auf dem Arm davongerannt. Euer Gemahl konnte von Glück sagen, nicht ähnlich hart mit dem Kopf gegen die Wand geschlagen zu sein wie der arme Kelletat wenige Stunden zuvor. Über Wochen hat man noch die Beule an seinem Schädel bewundern können, die er von dieser Begegnung davongetragen hat. Die grausame Kindsräuberin aber war da schon längst über alle Berge. Mit ihr ist leider auch das Kind spurlos verschwunden. Bis vor wenigen Tagen.«

»Caspar ist unverkennbar Gernots Sohn«, murmelte Editha leise, die Augen weiterhin starr auf die Fingerkuppe der

Hundskötterin gerichtet. »Wenn ich doch nur wüsste, an wen mich Agnes erinnert. Etwas in ihrem Gesicht kommt mir sehr bekannt vor.«

»Das nimmt mich nicht wunder.« Das Schmunzeln um die Mundwinkel der Hebamme wurde breiter. Ein Leuchten stand in ihren Augen, das das herbe Gesicht fast schön werden ließ. Behende griff sie an den Lederbeutel an ihrem Gürtel und öffnete ihn. Wenig später baumelte ein Emaille-Medaillon vor Edithas Gesicht. »Erinnert Ihr Euch? Ein lang verschollenes Stück aus Eurer alten Heimat.«

»Woher habt Ihr das?« Verwirrt blinzelte Editha. Sie war sich nicht sicher, ob sie das Medaillon tatsächlich schon einmal gesehen hatte. Andererseits hatte sie so vieles aus dem Sinn verloren, seit sie weit von zu Hause und ihrer liebsten Familie lebte. Ihre Mutter hatte tatsächlich ein Schmuckstück dieser Art besessen. Hatte sie es ihr nicht damals bei dem tränenreichen Abschied im Hafen von London überreicht?

»Beim Aufräumen der alten Truhe im Flur ist es Euch letztens wieder in die Hände gefallen«, erklärte die Hundskötterin mit einem zufriedenen Grinsen. »Sofort war der alte Schmerz wieder da. Das Bild Eurer verstorbenen Mutter ist zwar etwas verblasst, doch eins ist nach wie vor gut erkennbar: die Ähnlichkeit mit Eurer geliebten Tochter! Wer hätte geahnt, wie sehr sie ihrer Großmutter aus dem fernen London gleicht? Ein Wunder, dass Ihr sie endlich wieder in die Arme schließen dürft. Damit kehrt auch ein Stück alter Heimat wieder zu Euch zurück.«

Sie beugte sich vor und knüpfte das Band um Edithas Hals. Sobald Editha das kühle Metall des Medaillons auf der nackten Brust spürte, fühlte sie sich auf einen Schlag besser. Der Schwindel war fort, ebenso waren alle Unsicherheit und Zweifel ein für alle Mal beseitigt. Dank Hermine Hundskötter wusste sie endlich, wie sich alles vor siebzehn Jahren zugetragen hatte. Gestärkt von neuer Zuversicht, richtete sie sich auf, öffnete das Medaillon und besah sich das Bild. Viel war nicht darauf zu erkennen: der Kopf einer glatthaarigen Frau mit einer schlanken, geraden Nase, die dem Betrachter geradewegs entgegensah. Der Lauf der Zeit hatte dem winzigen Porträt arg zugesetzt. Doch das war Editha gleichgültig. Sie wusste, was sie darin sehen wollte. Zufrieden presste sie sich das Schmuckstück gegen die Brust.

»*Thank goodness!*« Mit einem Mal spürte Editha den Wunsch, die stämmige Hebamme zu umarmen. Ein wenig ungelenk zog sie die mehr als einen Kopf größere Frau kurz an die Brust, um sie sodann auf Armlänge von sich wegzuschieben und frohgemut zu erklären: »Ihr habt mir wahrlich sehr geholfen. Auf einmal fühle ich mich wie neugeboren. Sogleich kleide ich mich an und mache mich auf den Weg, meine Kinder zu mir zu holen. Mir ist so, als ahnte ich, wo ich den lieben Caspar finde. So ein Schelm, mir einen solchen Schreck einzujagen! Trotz all seiner Klugheit ist und bleibt er ein kleiner Junge. Doch jetzt wird es Zeit, dass wir alles für die Rückkehr meines Gemahls vorbereiten. Es kann nicht mehr lange dauern, bis er aus Riga eintrifft. Was wird er Augen machen, wenn er uns hier zu Hause endlich alle vereint vorfindet!«

Befremdet zog die Hundskötterin die linke Augenbraue hoch. Editha störte das nicht im Geringsten. Geschwind schlüpfte sie in eines ihrer Kleider, streifte einen dunkelgrünen Surkot über und band sich die Schnabelschuhe um die Füße.

»Was habt Ihr vor?«

»Das seht Ihr doch: Ich kleide mich an, um das Haus zu verlassen.« Voller Vorfreude kämmte sich Editha das farblose dunkelblonde Haar, wand es zu einem strengen Knoten am

Hinterkopf und setzte die Haube darüber. Ein flüchtiger Blick in den Spiegel genügte ihr, sich zu versichern, wie perfekt das aussah. Rasch zog sie mit einem Kohlestift die Augenbrauen nach, kniff sich in die Wangen, um sie zu röten, und befeuchtete die Lippen mit der Zunge, bis sie glänzten. Dann griff sie sich zwischen die Brüste, zog das Medaillon hervor. Hastig hauchte sie einen Kuss darauf und zwinkerte der Hundskötterin zu, bevor sie es abermals im Ausschnitt ihres Surkots versteckte.

»So, wie die Tochter die Mutter wiedergefunden hat, wird auch die Mutter ihre Tochter wiederfinden.«

»Ich hoffe, Ihr wisst, was Ihr tut.«

»Dank Eurer Unterstützung habe ich noch sie so gut wie jetzt gewusst, was ich tue.«

Übermütig eilte sie aus dem Schlafgemach. Draußen im Flur stieß sie mit der knorrigen Anna zusammen. *»Get off, you sewer-sipping piece of crap!«*, murmelte sie und hastete an der verdutzten Magd vorbei die Treppe hinunter durch die Diele und hinaus auf die Straße.

4

Trotz ihres gesegneten Zustands fühlte sich Editha beschwingt. Einem flügge gewordenen jungen Füllen gleich, stürmte sie in atemberaubendem Tempo die Altstädter Langgasse entlang bis zum Löbenichter Tor. Es fehlte nicht viel und sie hätte zu singen begonnen. Weder der herbstliche Nieselregen noch die verwunderten Blicke ihrer Mitbürger störten sie. Erst als sie den Anstieg in der Krummen Grube zum Löbenichter Berg zu bewältigen hatte, verlangsamte sie ihren Schritt, rang häufiger nach Luft. Je näher sie dem Haus der Streicherin kam, desto klarer trat ihr ins Bewusstsein, was sie gerade zu tun im Begriff stand: Zum ersten Mal seit mehr als siebzehn Jahren suchte sie jenen unglückseligen Ort auf, den sie nie im Leben mehr zu betreten geschworen hatte. Die Worte der Hundskötterin hatten ihr jedoch neue Zuversicht eingeflößt. Auch dass sie die rätselhaften, bitteren Tropfen noch rechtzeitig ausgespuckt hatte, mochte das Seine dazu beigetragen haben. Nie mehr sollte sie die Tinkturen der Hundskötterin schlucken. Ohne sie fühlte sie sich besser. Auf einmal war sie überzeugt: Nichts und niemand konnte sie daran hindern, sich endlich zu holen, worauf sie seit Jahren Anspruch hatte: auf die Zwillinge Caspar und Agnes!

»Ihr?« Einen Moment zu lang glotzte die hässliche Magd der Streicherin sie an, statt ihr dienstbeflissen die Tür zu öffnen. Zumindest erkannte sie, wen sie vor sich hatte. »Was wollt Ihr?«, fragte sie weiter und entblößte dabei die weit vorstehenden Zähne. »Eure Borten haben wir Euch längst gebracht, und das ausstehende Geld, das Euer Sohn letztens noch bezahlen wollte, hat die Meisterin den Beginen im Kneiphof bringen lassen.«

»*Silly shrew!* Ruft auf der Stelle Eure Meisterin. Ich habe mit ihr zu reden.« Editha genügte ein entschlossener Stoß mit dem Ellbogen gegen die Tür, sich Einlass zu verschaffen. In wenigen Schritten stand sie in der Diele und sah sich neugierig um.

Das Haus der Bortenmacherin war weitaus kleiner als das ihre in der Altstadt. Im Vergleich dazu erschien ihr auch die dämmrige Diele wie ein niedriges Loch. Licht erhielt sie vor allem durch ein Fenster direkt neben der Eingangstür. Im hinteren Teil, wo sich der gemauerte Herd mit den Kochgerätschaften befand, spendete eine mehr als Luke denn als Fenster zu bezeichnende Öffnung noch ein wenig Licht. Ein hüfthoher Bottich gleich neben dem Herd verströmte einen malzigen Geruch. Neugierig äugte sie hinein. Offenbar befand sich darin frischer Sud für Bier, doch damit kannte sie sich nicht aus. Gewiss würde Agnes gleich die Treppen hinunterspringen, sich eine Handvoll geheimnisvoller Zutaten schnappen und im Handumdrehen aus dem dunklen Saft ein wohlschmeckendes Bier zaubern. Wo steckte das Mädchen nur? Editha hob den Kopf und lauschte. Es war ungewöhnlich still in dem Haus. Kaum zu glauben, dass eine Bortenmacherwerkstatt mit zwei jungen Mägden und ein Haushalt mit einer Siebzehnjährigen derart ruhig sein konnte. Das beunruhigte sie, doch sie kam nicht dazu, lange darüber zu grübeln.

»Gott zum Gruße, liebe Fischartin! Was verschafft mir die unerwartete Ehre?«, ertönte bereits die Stimme der Streicherin von der entgegengesetzten Seite der Diele. Mit ausgestreckter Hand kam sie näher. Editha reckte das Kinn.

»Wo steckt mein Sohn?« Streng glitt ihr Blick über die Bortenmacherin, die sie seit Monaten nicht gesehen hatte. Sie war mehr als einen Kopf größer als sie und höchstens halb so breit. Die Flügelhaube trug sie weit in die Stirn gezogen. Ein winziges Stück von einem dunklen Mal an der linken Stirnseite blitzte dennoch hervor. Das Beunruhigende an der Streicherin waren jedoch die verschiedenfarbigen Augen. Der seltsame Blick war kaum auszuhalten. Editha presste die Lippen zusammen und ballte die Hände zu Fäusten. Die Kraft, die die Hundskötterin ihr mit ihren eindringlichen Worten eingeflößt hatte, musste von neuem beschworen werden. »Wo ist Caspar?«

»Woher soll ich das wissen?« Langsam zog die Streicherin die Hand zurück. »Vorige Woche Mittwoch habe ich Euren Sohn zuletzt gesehen. Da kam er in Eurem Auftrag zu mir, um den noch ausstehenden Betrag für die Borten zu begleichen. Da ich nicht mehr damit gerechnet habe, den vollen Preis zu erhalten, habe ich ihn gebeten, das Geld den Beginen im Kneiphof zu spenden. Das war hoffentlich ganz in Eurem Sinn.«

Ihr Lächeln war betont süß. Ob sie etwa von der Hebamme Gutloff etwas über ihren Zustand erfahren hatte? *Holy cow!* Editha musste an sich halten, ihr nicht verärgert über den Mund zu fahren.

Die Streicherin bemerkte das, legte den Finger an die Lippen und fügte hinzu: »Entschuldigt, da habe ich mich wohl geirrt. Montagmittag ist er noch einmal bei mir gewesen. Tut mir leid, nicht gleich daran gedacht zu haben. Seit Agnes fort ist, muss ich mich um so vieles kümmern, was sie vorher für mich erledigt hat, da gehen mir so manche Dinge einfach durch.«

»Agnes ist fort? Seit wann?«

»Seit Montag.«

»Good gracious!« Editha meinte, ihren Ohren nicht zu trauen. »Wohin?«

»Zu ihrer Mutter.«

»Das ist nicht wahr! Nie und nimmer ist sie zu ihrer Mutter unterwegs.«

Rücklings tastete Editha nach einem Stuhl, ließ sich langsam darauf nieder. Ein Ziehen in ihrem Unterleib erschreckte sie. Sie presste die Hände darauf, behielt die Streicherin allerdings genau im Blick. Vielleicht hätte sie die Tropfen vorhin doch noch einmal nehmen sollen.

»Woher wollt Ihr das wissen?« Ungerührt baute sich die schlanke Frau abermals nah vor ihr auf. »Weder kennt Ihr Agnes' Mutter, noch wisst Ihr, wo sie wohnt.«

»*Tricky cow!* Und ob ich sie kenne!« Wütend schlug Editha mit der Faust auf den Tisch. Ein neuerlicher Schmerz im Leib krümmte sie zusammen. Kurz schloss sie die Augen, stemmte sich mit aller Kraft dagegen. Auf einmal sah sie die Hundskötterin vor sich, wie sie den erhobenen Zeigefinger dicht vor ihrer Nase langsam hin- und herbewegte. Daran hing das lang vermisste Medaillon. Ein warmer Strahl schoss ihr durch den Körper, erfüllte sie mit neuer Kraft. Sie löste die Finger von ihrem Unterleib, richtete sich kerzengerade auf und erklärte fest: »Schließlich bin ich selbst Agnes' Mutter.«

»Wer wollt Ihr sein?« Die Streicherin lachte auf. »Was redet Ihr da, Fischartin? Seid Ihr sicher, dass es Euch gutgeht?« Besorgt beugte sie sich zu ihr herab, legte ihr die Hand auf die Schulter, stierte auf den vorgewölbten Bauch. Verärgert schüttelte Editha sie ab.

»Mir ist es nie besser gegangen. Es wundert mich nicht, dass Ihr so überrascht seid. Viel zu lange habe ich über diese alte Geschichte geschwiegen. Doch jetzt ist es an der Zeit, dass die Wahrheit ans Licht kommt.« Entschlossen erhob sie sich, blickte der Streicherin geradewegs in das fein gezeichnete Gesicht. Mit Genugtuung bemerkte sie, wie unruhig deren grünes und blaues Auge flackerten.

»Wie kommt Ihr dazu, etwas Derartiges zu behaupten? Wisst Ihr nicht, in wessen Haus Ihr seid?«

»Natürlich weiß ich das. Nur zu gut kenne ich es. Einst hat es Eurer lieben Schwester Gerda gehört. Die ist mir vor mehr als siebzehn Jahren als Wehmutter empfohlen worden. Nach einem ersten Besuch in diesem Haus aber habe ich mich zum Glück entschieden, mich lieber an Hermine Hundskötter zu wenden.«

»Ihr wisst, dass sie die Schülerin meiner Schwester gewesen ist.« Die Streicherin hielt inne, bis Editha zur Bestätigung nickte. »Was Ihr dagegen kaum wissen dürftet, ist, warum meine Schwester auf ihre weitere Unterstützung verzichtet hat.«

»Was gehen mich die alten Händel Eurer Schwester und ihrer früheren Schülerinnen an? Mir hat es gereicht, einmal bei ihr im Haus gewesen zu sein. Aus gutem Grund habe ich mich gleich danach an eine andere Hebamme gewandt.«

»Liegt es daran, dass Ihr hier im Haus Gunda Kelletat begegnet seid? Ihr wisst, wer sie heute ist? Gunda Fröbelin heißt sie inzwischen und ist im Gegensatz zu Euch tatsächlich Agnes' Mutter. Mir ist, als wäre es Euch damals nicht recht gewesen, ihr im Haus meiner Schwester zu begegnen. Meine Schwester hat einmal etwas in der Art zu mir gesagt.«

Damned! Einen Moment stutzte Editha, dann reckte sie das Kinn wieder. »Was tut es zur Sache, wer mir einmal im Haus Eurer Schwester begegnet ist? Erstens ist Gunda Kelletat oder Fröbel oder wie auch immer sie heißen mag nicht Agnes' Mutter. Genau das versuche ich Euch die ganze Zeit begreiflich zu machen. Und zweitens schien mir die Hundskötterin eben die bessere Hebamme, um mir bei der bevorstehenden Niederkunft beizustehen. Ohne ihren Beistand wäre es mir damals wohl kaum gelungen, die beiden Kinder gesund aus mir herauszupressen. Bis ans Ende meiner Tage bin ich ihr dafür zu allergrößtem Dank verpflichtet.«

»Ihr wollt Zwillinge geboren haben? Mit der Hilfe der Hundskötterin?« Erneut lachte die Streicherin auf. »Seid Ihr sicher, dass Ihr da nicht einer gewaltigen Täuschung aufgesessen seid? Angesichts Eures Zustands darf einen das wohl nicht wundern.« Sie wies mit dem Kinn auf Edithas Unterleib.

»Mein Zustand«, hob sie in feierlichem Ton an und legte zur Bekräftigung die Hand auf den gewölbten Bauch, »ist nie besser gewesen als jetzt. Das habe ich übrigens auch wieder der Hundskötterin zu verdanken. Bis zum heutigen Tag steht sie mir als Hebamme mit Rat und Tat treu zur Seite. Wenn Ihr jemals wieder in die Verlegenheit kommen solltet, einer Wehmutter zu bedürfen, kann ich Euch die gute Frau vom Steindamm nur wärmstens empfehlen.«

»Danke, aber das wird wohl kaum mehr nötig sein.« Das Gesicht der Streicherin wurde undurchdringlich. Sie verschränkte die Arme vor der Brust. »Lasst uns lieber bei Euch und Eurem Zustand bleiben. Dank den Erzählungen meiner Schwester weiß ich über die Hundskötterin und ihre verschiedenen Mittel, mit denen sie zu behandeln pflegt, nur zu gut Bescheid. Vielleicht solltet Ihr doch lieber den Rat einer zweiten Wehmutter suchen? Im Beginenhaus im Kneiphof soll es eine hervorragende Wehmutter aus …«

»Danke. Ich weiß Eure Sorge um mein Wohlbefinden sehr zu schätzen. Doch Ihr wollt damit nur vom eigentlichen Gegenstand unseres Gesprächs ablenken: die liebe Agnes. Wie seltsam, sie von Euch als ihrer Muhme sprechen zu hören.«

»Wie seltsam«, ahmte die Streicherin ihren Ton nach, »dass Euch das erst jetzt auffällt. Ist es nicht verwunderlich, wie überaus spät Ihr Eure Muttergefühle ihr gegenüber entdeckt? Dabei dachte ich immer, uns Müttern wäre ein untrügliches Gespür für unsere Kinder gegeben. Gleich würden wir es merken, um wen es sich handelt, auch wenn wir sie zuletzt als winzige Säuglinge in Armen gehalten haben. Immerhin sind sie ein Teil von uns selbst, Fleisch aus unserem Fleisch, Blut aus …«

»*Good grief!* Was denkt Ihr, ist in mir vorgegangen, seit Ihr Agnes mit den Borten zu mir geschickt habt? Warum habe ich ihr wohl den falschen Betrag für Eure Arbeit gegeben? Gänzlich verwirrt war ich von ihrem Auftauchen! Nicht mehr fähig, einen klaren Gedanken zu fassen, überhaupt nicht in der Lage, daran zu denken, was ich mit Euch wegen der Borten ausgemacht habe. Allein deshalb ist mir das Missverständnis unterlaufen. Mehr und mehr aber haben sich die einzelnen Beobachtungen zu einem Ganzen gefügt, bis dann unlängst Agnes und Gunda bei uns im Haus …«

»Gunda? Bei Euch im Haus?« Von neuem fiel ihr die Streicherin ungeduldig ins Wort, um schließlich kopfschüttelnd vor sich hin zu murmeln. »Jetzt wird mir klar, was Agnes vorhat.«

»Was hat Agnes vor?« Eine böse Ahnung beschlich Editha.

»Sagt, liebe Fischartin«, wie aus dem Nichts strahlte die Streicherin sie an, »wenn Ihr Gunda und Agnes letztens beide gemeinsam bei Euch zu Gast hattet, warum ist Euch da nichts aufgefallen?«

»Was hätte mir da auffallen sollen? Ich war doch wie von Sinnen, Agnes nach all den Jahren wiederzusehen. Glaubt mir, in solch einer Lage steht einem der Sinn nicht danach, auf sonst etwas zu achten.« Editha schnaubte verärgert. Der lauernde Unterton der Streicherin war ihr nicht entgangen. Unwillkürlich fasste sie sich an den Hals, spürte die silberne Kette, ließ die Finger daran entlanggleiten. Mit einem Mal ahnte sie, worauf die Streicherin abzielte. Wohlige Ruhe breitete sich in ihrem Innern aus. Gemächlich zog sie sich wieder den Stuhl heran und setzte sich abermals darauf nieder.

»Ich bin mir sicher, meine Liebe«, säuselte sie und lächelte die Bortenmacherin von unten herauf an, »Ihr habt die grenzenlose Güte und verratet mir, was mir angesichts der Aufregung um mein lang vermisstes Kind entgangen sein sollte.«

»Aber gern doch, liebe Fischartin.« Die Streicherin rückte sich ebenfalls einen Stuhl am Tisch zurecht. »Ich bin mir sicher, wenn Agnes und Gunda dicht beieinanderstehen, sieht selbst ein Blinder, dass sie Mutter und Tochter sind. Die Ähnlichkeit ist einfach zu deutlich.«

»Oh dear!« Wie zufällig zog Editha das Medaillon aus ihrem Ausschnitt und betrachtete es eine Weile aufmerksam. »Ich weiß nicht, wann Ihr diese Gunda zuletzt gesehen habt. Mag sein, dass sie als Siebzehnjährige ähnlich glattes braunes Haar gehabt hat wie meine liebe Agnes. Auch sind beide einigermaßen groß. Doch schaut Euch selbst an! Wäre Euer Haar einen Ton dunkler und Eure Augenfarbe eindeutiger, könntet auch Ihr glatt als ihre Mutter gelten. Aber verzeiht, Ihr behauptet ja auch, Ihre Muhme zu sein.«

Sie lehnte sich auf ihrem Stuhl zurück, hielt sich das Medaillon nachdenklich vor die Augen. Dabei spähte sie unauffällig auf die Streicherin, bis sie sicher war, ihre volle Aufmerksamkeit für das Medaillon gewonnen zu haben.

»Seht selbst!« Sie streckte ihr das Schmuckstück mit dem winzigen verblichenen Porträt unter die Nase. »Das ist meine Mutter in jungen Jahren. Als ich vor langer Zeit meine Heimat für immer verlassen habe, hat sie mir dieses winzige Bild von sich geschenkt. Findet Ihr nicht auch, das glatte braune Haar, die auffällig gerade, schmale Nase und der Ausdruck ihrer bernsteinfarbenen Augen ähneln Agnes sehr?«

Schweigsam beobachtete sie, wie der vorhin noch so siegesgewisse Ausdruck auf dem Gesicht der Streicherin einer großen Ratlosigkeit wich.

»Versteht mich nicht falsch«, fügte sie hinzu. »Natürlich weiß ich ebenso gut wie Ihr, wie wenig dieselbe Haar- und Augenfarbe oder gar derselbe Schwung der Nase bedeuten mögen, gerade wenn zwischen der Erinnerung und dem Jetzt eine so lange Zeitspanne liegt. Dieses Porträt hier«, sie klopfte auf das Medaillon, »weist ohnehin genug Spuren der Vergänglichkeit auf. Deshalb finde ich es umso aufschlussreicher, dass Agnes noch ein weiteres, untrügliches Zeichen aufweist: das Feuermal im Nacken. Das gleicht bis aufs Haar demjenigen meines Sohnes und dem meines Gemahls. Damit sind wohl alle Zweifel ein für alle Mal beseitigt, dass Agnes Gernots und meine Tochter ist.«

Noch einmal betrachtete sie das Medaillon und verbarg es dann wieder in der Falte zwischen ihren Brüsten.

»Es macht wohl wenig Sinn, Euch nochmals darauf hinzuweisen, dass Gunda kurz vor Eurer Heirat ebenfalls mit Gernot …«

»For God's sake!« Verzweifelt rang Editha die Hände. »Ihr wollt doch nicht allen Ernstes behaupten, die Ärmste hätte ihrem damaligen Gemahl, dem braven Böttchermeister Kelletat, das Kind von Gernot unterschieben wollen? Wisst Ihr eigentlich, in welche Lage Ihr die Ärmste damit bringt? Selbst nach all den Jahren kann das für sie gefährlich sein. Vergesst nicht, der arme Kelletat ist kurz nach Gundas eigener glückloser Niederkunft auf höchst seltsame Weise zu Tode gekommen. Wer wollte verhindern, dass man noch einmal genauer nachfragt, wie das eine mit dem anderen zusammenhängt? Ganz abgesehen davon, lebt zu meinem größten Bedauern wohl keiner mehr aus Gundas damaligem Haushalt, der sie in ihren Behauptungen unterstützen kann. Merkwürdig, dass sie sich nur auf die Worte von Toten berufen kann. Die können sich leider kaum dagegen wehren, wenn ihnen Falsches in den Mund gelegt wird. Aber was kümmert es mich? Ich habe meine Tochter wiedergefunden! Das allein zählt. Auch wenn Ihr mir verschweigen wollt, wohin sie am Montag aufgebrochen ist und ob mein lieber Caspar sie auf der Reise begleitet, so werde ich sie doch bald wohlbehalten in die Arme schließen. Das, meine Liebe, sagt mir nämlich mein mütterliches Gespür.«

5

Den ersten Teil der Strecke von Elbing nach Marienburg legten Agnes und Caspar schweigend zurück. Zwar gab es so vieles, was Agnes von ihrem endlich wiedergefundenen Bruder wissen wollte, doch sie tat sich schwer, einen Einstieg zu finden. Ihm schien es ähnlich zu ergehen. Mehr als einmal hörte sie ihn dicht hinter sich im Sattel tief Luft holen. Bevor die erste Silbe heraus war, ließ er das Reden jedoch bleiben. Sie tröstete sich: Noch lag ein stundenlanger Ritt vor ihnen. Gewiss würde sich eine günstige Gelegenheit ergeben, das Gespräch endlich zu beginnen.

Zunächst führte die Straße sie westwärts aus der Stadt auf den Nogat zu. Bis dorthin waren es knapp zwei Meilen. Auch wer nach Danzig fuhr, nahm diese Strecke, um mit einer Fähre über den Fluss überzusetzen. Davon hatte Struth am Vortag gesprochen. Ab der Furt verlief der Weg nach Marienburg in südliche Richtung stromaufwärts. Die gesamte Ebene von Elbing bis Danzig war fruchtbares Schwemmland der Weichsel und des Nogats. Unzählige kleine Flüsse, Bäche und Gewässer durchzogen sie. Niedrige Sträucher wechselten sich mit lichten Wäldern ab, gelegentlich säumten einzelne Gehöfte den Weg. Außerhalb der Stadtmauern war der Nebel dichter, schob sich wie eine weiße Wand durch die Landschaft. Das spärliche Krächzen der Vögel sowie der Hufschlag des Pferdes hallten darin wider. Lange Zeit begegneten Agnes und Caspar niemandem. Die Fuhrwerke, die kurz nach Öffnen der Tore aufgebrochen waren, hatten einen gewaltigen Vorsprung und mochten längst jenseits des Nogats auf die Weichsel zuhalten.

Es ging bereits auf Mittag zu, als Agnes und Caspar einen einsamen Wanderer überholten, der von einer schweren Kieze auf dem Rücken stark nach vorn gebeugt wurde. Grüßend hob er den Stock in der rechten Hand. Auf einmal wurde ein erstaunlich junges Gesicht unter der Gugel sichtbar. Agnes erschrak, merkte, wie auch Caspar zusammenzuckte. Offenbar befürchtete er dasselbe wie sie: dass der Mann in Wahrheit ein Räuber war, der ihrem Pferd gleich den Stock zwischen die Beine werfen würde, um es zu Fall zu bringen. Sie hielt den Atem an, Caspar presste die Schenkel gegen den Leib des Braunen, spornte ihn zum Traben an. »Recht habt Ihr!«, rief der Mann. »Reitet nur schnell weiter. Nicht, dass Euch zwielichtiges Gesindel auflauert.«

Zu ihrer Erleichterung verharrte der Mann geduldig am Wegesrand, ohne ihnen etwas zu tun. Es dauerte noch eine Weile, bis Agnes aufhörte, argwöhnisch jeden Strauch zu beäugen, der in Sichtweite rückte. Das Pferd fiel wieder ins Schritttempo zurück. In Höhe eines Birkenwalds begegnete ihnen eine alte Frau. Sie führte eine magere Ziege neben sich, hatte auf deren Rücken einige Bündel Reiser gepackt. Kaum hob sie den Kopf, als sie an ihr vorbeiritten. Wenig später kam ihnen endlich ein Fuhrwerk entgegen. »Haltet Euch ran«, rief der Mann, der es lenkte. »Der Fährmann hat nicht viel Lust, allzu oft über den Fluss überzusetzen. Die Strömung ist stark. Dem hält sein morsches Floß kaum stand.«

»Wir müssen nicht über den Fluss«, erwiderte Agnes, woraufhin Caspar ihr einen warnenden Stoß in die Seite versetzte. Sie begriff und schämte sich für ihre Fahrlässigkeit. Als die Begegnung ein gutes Stück hinter ihnen lag, schalt Caspar sie dafür. »Tut mir leid«, wandte sich Agnes über die Schulter zurück an ihn. Sein Gesicht erschien ihr seltsam verbissen. Es erforderte seine gesamte Aufmerksamkeit, das stämmige braune Pferd im Zaum zu halten. Trotz seiner Prahlerei, schon viel an der Seite seines Vaters gereist zu sein, erwies er sich als erstaunlich lausiger Reiter.

»Wenn wir Glück haben, begegnet uns so schnell keiner mehr, dem du unsere Pläne verraten kannst«, entgegnete er schroff. »Die meisten werden wie Struth lange vor uns aufgebrochen sein. Bis uns aus der anderen Richtung die ersten entgegenkommen, dauert es noch.«

»Das heißt aber auch, dass Räuber ein leichtes Spiel haben, wenn sie uns auflauern.«

»Willst du lieber umkehren und bis Anfang der nächsten Woche auf Struths Freunde warten?«

»Nein«, erklärte sie entschieden. »Wir haben beide gewusst, worauf wir uns einlassen.«

»Dann sind wir uns einig.« Wieder gab er dem Braunen die Sporen, um ihn eine Weile traben zu lassen. Endlich schälte sich der Fluss aus den Nebelschwaden. Direkt am Ufer war eine Fähre vertäut, emsig bewacht von einem zotteligen Hund. Sobald er ihrer gewahr wurde, kläffte er aufgeregt und zerrte an dem Seil, mit dem er an einen Pflock gebunden war. Gleich trat der Fährmann aus dem nahe gelegenen Krug. Beim Näherkommen entdeckte Agnes sein narbiges Gesicht und ein zugeschwollenes Auge. Ihr Blick wanderte über das wenig einladende Holzhaus zum Floß hinüber, das nicht so aussah, als könnte es noch einen Reiter mitsamt Pferd über die Fluten des stark angeschwollenen Nogat übersetzen.

»Willst du einkehren?«, fragte Caspar.

»Lieber nicht.« Struths Warnung fiel ihr ein. Schlechte Gesellschaft vermutete er bei dem Fährmann. Damit mochte er recht haben. Eine unheimliche Stille umfing das niedrige Haus, das dicht von Kiefern umringt war. Nirgendwo war ein Pferd angebunden oder ein Fuhrwerk zu entdecken. Erleichtert beobachtete Agnes, wie Caspar dem Fährmann abwinkte und das Pferd links auf die Straße nach Süden lenkte.

»Gute Reise«, rief der Fährmann ihnen nach. Zu ihrer Überraschung schien er nicht sonderlich enttäuscht, seine Dienste umsonst angepriesen zu haben. Agnes sah noch, wie er schnell wieder in seinem Haus verschwand. Das Bellen des Hundes hallte noch eine Weile durch den Nebel.

Fortan führte der Weg mehr oder weniger nah am Strom flussaufwärts. Der Regen der letzten Tage hatte den Nogat stark anschwellen lassen. Von Schlamm und Unrat braun gefärbt, wälzte er sich ihnen träge entgegen, um sich einige Meilen weiter nördlich ins Frische Haff zu ergießen. Selbst einige Schritte vom Ufer entfernt war der Boden stark aufgeweicht. Gelegentlich schwappte eine Welle des Nogats weit über das Flussbett hinaus und nährte die Pfützen auf dem Weg. Die Äste der Bäume, die ihn säumten, hingen niedrig. Gelegentlich schlugen ihnen die Zweige hart ins Gesicht.

Je länger sie unterwegs waren, desto mehr sehnte sich Agnes nach dem munteren Geplapper von Julia und ihrem Vater zurück. Gewiss hätten die beiden viele Geschichten über die Gegend zwischen Elbing und Marienburg zu erzählen gewusst. Auch der Fährmann am Nogat wäre ihnen bestimmt noch einige weitere Betrachtungen wert gewesen. Das hätte sie aus ihren Grübeleien gerissen. Vergeblich durchforstete sie ihr Hirn nach Fröbels alten Geschichten. Dafür aber kreisten ihre Gedanken bald um Laurenz. Wie gefährlich das war, wurde ihr viel zu spät erst bewusst. Längst hatte sie sich da bereits ausgemalt, wie er sie am Abend in der Marienburg abweisen würde. In einer Fassung der Geschichte hörte sie ihn lauthals vor den Ordensrittern verkünden, er kenne niemanden, der Agnes heiße. Flehentlich rang sie die Hände nach ihm, während kräftige Männer sie voller Verachtung aus der Burg jagten. In einer anderen Version stellte sie sich vor, wie sie ihm außerhalb der Burg in einem Gasthaus gegenübertrat. Eine unbeschreiblich schöne junge Frau drängte sich an seine Seite. Er liebkoste sie mit zärtlichen Blicken aus seinen verschiedenfarbigen Augen. Es musste sich um die Tochter seines Förderers aus Danzig handeln, von der Agatha erzählt hatte. Ohne Umschweife würde Laurenz ihrem Drängen nachgeben, Agnes jedwede Unterstützung zu verweigern. Mit einem bedauernden Lächeln würde er sie für immer wegschicken. Ergriffen schluchzte sie auf.

»Was ist?«, fragte Caspar und reckte sein Kinn über ihre Schulter. Seinen warmen Atem auf der Wange zu spüren, tat wohl. Zugleich erschrak sie. Waren das wirklich nur brüderliche Gefühle, die er ihr entgegenbrachte? Empfand sie selbst wie eine Schwester? Gefährlich nah waren sie letztens davor gewesen, sich wie Liebende zu küssen. Wäre ihr im entscheidenden Moment nicht sein Mal im Nacken aufgefallen, hätte sie sich ihm hingegeben – und das nicht nur, weil sie sich von Laurenz zurückgestoßen fühlte.

So weit es ging, rückte sie im Sattel nach vorn, von ihm weg, und murmelte: »Es geht schon wieder«, bevor es auf einmal aus ihr herausbrach: »Ach, nichts geht, und das weißt du genauso gut wie ich. Lass uns endlich offen miteinander reden, Caspar. Ich glaube, wir sind beide noch weit entfernt davon, wirklich zu begreifen, was uns in den letzten Tagen widerfahren ist.«

»Genau deshalb sind wir doch jetzt unterwegs«, erwiderte er. »Du willst zu diesem Laurenz, weil du denkst, er könnte uns …«

»Aber das ist es doch nicht allein!«, fiel sie ihm ins Wort und drehte sich über die Schulter zu ihm um. »Es geht nicht allein darum, was Laurenz uns zu sagen hat. Es geht auch darum, wie wir beide damit umgehen. Eben noch waren wir dabei, uns ineinander zu verlieben, und plötzlich stehen wir uns als Bruder und Schwester gegenüber. Ganz zu schweigen davon, dass gleich zwei Frauen unsere Mutter sein wollen.«

»Vergiss nicht Hermine Hundskötter, die ebenfalls ihren Beitrag dazu liefert. So gesehen, sollten wir dankbar sein, dass zumindest unser Vater zweifelsfrei feststeht. Das ist schon ein großer Vorteil in solchen Streitigkeiten.« Er bemühte sich um ein aufmunterndes Lächeln.

»Lass das!«, brauste sie auf. Kaum hatte er es ausgesprochen, stieß ihr die Ungeheuerlichkeit auf: Gunda hatte sie mit ihrem Vater gezeugt, nachdem ihre Verlobung gelöst worden war und Fischart einer anderen die Ehe versprochen hatte! Hatte die Mutter zu diesem Zeitpunkt bereits Kelletats Werben zugestimmt? Hatten ihre leiblichen Eltern also doppelten Treuebruch begangen und dem betrogenen Böttchermeister auch noch eine unrechtmäßige Tochter untergeschoben? Je länger Agnes darüber grübelte, desto milder wurde sie jedoch gestimmt. Die beiden mussten sich sehr geliebt haben. Laurenz kam ihr in den Sinn, die Leidenschaft, die er in ihr entfacht hatte. Um sie zu stillen, war sie bereit gewesen, sämtliche Bedenken fallenzulassen, weil wahre Liebe sie zu ihm hinzog. Gunda musste Ähnliches für Fischart empfunden haben, sonst hätte sie sich ihm trotz der gelösten Verlobung kaum hingegeben.

»Du hast recht«, lenkte sie wesentlich ruhiger ein. »Gewiss ist es sinnvoll, sich in unserem Fall schon an den kleinen Wahrheiten zu erfreuen. Wer weiß, ob wir die große jemals herausfinden? Immerhin ist einer von uns seit Jahren mit einer gewaltigen Lüge aufgewachsen.«

»Einer? So oder so sind wir das beide, ganz gleich, wer von uns von der richtigen Mutter aufgezogen wurde. Jedem von uns wurde etwas Wesentliches verschwiegen.«

»Weißt du, was das Seltsamste daran ist?« Abwartend sah sie ihn an, er aber schüttelte sacht den Kopf. »Wir haben es nicht einmal gespürt! Wahrscheinlich hätten wir nie davon erfahren, wenn nicht …« Mitten im Satz hielt sie inne, plötzlich unsicher, wie sie ihm am geschicktesten von Laurenz' Auftauchen im Frühjahr in Wehlau berichten sollte, ohne zu viel von ihren Gefühlen zu verraten. »Wenn ich nicht zufällig vor einigen Monaten auf unsere Geschichte gestoßen wäre«, fügte sie schließlich hinzu.

»Eine gute Seite hat die Geschichte jedenfalls«, erklärte Caspar bestimmt. »Ich mag zwar eine Liebe fürs Leben verloren haben, dafür habe ich eine wundervolle Schwester gefunden. Wer weiß, ob diese Art von Liebe nicht weitaus beständiger ist?« Er hauchte ihr von hinten einen scheuen Kuss auf die Wange, um sogleich überzeugt fortzufahren: »Davon abgesehen, weiß ich für meinen Teil noch etwas ganz genau: Was auch immer wir noch herausfinden werden, Editha ist mir stets eine gute, liebevolle Mutter gewesen. Daran wird sich auch dann nichts ändern, falls sich herausstellen sollte, dass sie nicht unsere leibliche Mutter ist.«

Eine Weile ließ Agnes die Worte auf sich wirken. Es war eine beneidenswert eindeutige Liebeserklärung an die Frau, die ihm seit seiner Geburt das gewesen war, was Gunda für sie war: die Mutter. Heftig klopfte ihr Herz, wild wirbelten ihr die Gedanken im Kopf herum.

»Editha liebt mich, wie nur eine Mutter ihr Kind liebt«, setzte er nach, weil er ihr Schweigen wohl falsch verstand. »Daran gibt es für mich nicht den geringsten Zweifel. Immer, wenn ich sie gebraucht habe, war sie für mich da und hat sich um alles gekümmert. Das wird sie auch weiterhin für mich tun, ganz gleich, was da kommen wird.«

»Denkst du, das wäre mit Gunda je anders gewesen?«, brauste sie auf. Zugleich ärgerte sie sich, die Beherrschung verloren zu haben. Lag es daran, dass ihr so manche Ungereimtheit der letzten Jahre in den Sinn kam? Wie oft hatte sie sich danach gesehnt, von Gunda einfach nur in den Arm genommen und geherzt zu werden, eine Träne der Rührung oder des Kummers in ihren Augen zu entdecken. Weder als der gute Zacharias Fröbel im letzten Jahr gestorben noch als Laurenz vor einigen Monaten aufgetaucht war und mit seiner vermeintlich harmlosen Beobachtung den Stein ins Rollen gebracht hatte, hatte Gunda ihr gegenüber ihre Gefühle offenbart. Dennoch wusste sie tief in ihrem Innern, was Gunda für sie empfand. Sie konnte wahrscheinlich nur nicht darüber sprechen. Einst musste ihr Furchtbares zugestoßen sein, was es ihr bis zum jetzigen Tag unmöglich machte, Gefühle zu zeigen. Warum sonst hatte sie sie letztens gemahnt, auf ihr Innerstes zu vertrauen, in sich hineinzuhören, was ihr Herz ihr sagte? Das bedeutete nichts anderes als das, was Caspar von Editha behauptete: Gunda war ihre Mutter!

»Nur mal angenommen«, meldete Caspar sich vorsichtig zu Wort, »du hättest recht und nicht Editha, sondern Gunda wäre unsere Mutter. Weißt du, was mich dann wundert?«

»Was?« Agnes schrak aus ihren Gedanken auf.

»Warum ist sie so ohne weiteres davongegangen? Jede andere Mutter hätte um ihre Kinder gekämpft, hätte sich jedem, der es wagte, sie ihr wegzunehmen oder ihre Mutterschaft in Frage zu stellen, mit aller Kraft widersetzt.« Abermals hielt er inne, kaute auf den Lippen, dachte nach, bevor er leise hinzufügte: »Hätte Gunda nicht wie eine Löwin um uns ringen müssen? Und mir hätte sie zeigen müssen, wie sehr sie sich freut, mich wiederzusehen. Stattdessen hat sie kein Wort an mich gerichtet, geschweige denn, dass sie mir als ihrem lang vermissten Sohn freudig um den Hals gefallen wäre. Lediglich an deine Vernunft hat sie appelliert und dich allein bei uns zurückgelassen. Sollte sie nicht fürchten, dich dadurch erst recht zu verlieren? Verhält sich so eine echte Mutter? Was geht in dieser Frau vor? Verrat es mir!«

Einerseits konnte Agnes ihn verstehen, andererseits fielen ihr Lores Abschiedsworte ein. »Vertrau mir, Lieber: Gunda tut das alles nur aus Liebe. Gerade, weil sie uns aufrichtig liebt, wie nur eine Mutter ihre Kinder liebt, versagt sie sich diesen offenen Kampf. Sie weiß genau, das würde uns alle zu sehr verletzen. Hast du nicht den Blick bemerkt, mit dem sie dich bedacht hat? Noch jetzt wird mir ganz warm ums Herz, wenn ich daran denke. Sie spürt, was Editha dir bedeutet, und will dir nicht weh tun, indem sie deine Liebe zu ihr zerstört. Glaub mir, Gunda ist unsere wahre Mutter, gerade weil sie nicht wie eine Löwin ohne Verstand blindlings angreift und erst einmal großen Schaden anrichtet, sondern mit Bedacht und Liebe handelt.«

Laut schluchzte sie bei ihren eigenen Worten auf. Sie schämte sich, Zweifel an Gunda zugelassen, ihre Liebe in Frage gestellt zu haben. Ab sofort würde sich das ändern. Das war sie nicht nur ihr, sondern auch dem Andenken Lores schuldig. Ergriffen wischte sie sich die feuchten Wangen.

»Was hast du?« Besorgt beugte sich Caspar über ihre Schulter, versuchte, ohne die Zügel loszulassen, ihre Hände zu ergreifen. Der Braune schnaubte entrüstet, geriet aus dem Tritt und stolperte. Gefährlich nah gerieten sie an den Rand der Böschung, die steil zum Fluss abfiel. Es kostete Caspar Mühe, alles wieder ins Lot zu bringen.

»Pass lieber besser auf das Pferd auf!«, rief Agnes, sobald der Braune wieder auf dem Weg zurück war. »Sonst landen wir mit gebrochenem Genick im Graben. Dann sind alle unsere Überlegungen sinnlos, weil wir gar nicht bis zur Marienburg gelangen, um von Laurenz die Wahrheit zu erfahren.«

»Das wäre sehr schade. Übrigens nicht allein in Bezug auf die Frage nach unserer Mutter.«

»So?« Sein neckender Ton ließ sie aufhorchen.

»Hast du etwa schon vergessen, was du mir heute Morgen in Elbing versprochen hast? Du schuldest mir am Ende nämlich noch eine Geschichte.«

»Ach so«, wiegelte sie rasch ab und spürte, wie sich ihre Wangen röteten. Angestrengt sah sie nach vorn und hoffte, er bemerkte das nicht. »Natürlich erzähle ich dir am Ende auch, warum ich Laurenz bei alledem schon so lange vertraue.«

Im Stillen fügte sie die Hoffnung hinzu, sich angesichts dessen, was die Muhme ihr noch über Laurenz' Verpflichtungen verraten hatte, nicht in ihm getäuscht zu haben.

6

Je weiter sie ins Landesinnere vordrangen, desto dünner wurde der Nebel, bis er bald gänzlich verschwand. Dunkle Regenwolken dräuten am Himmel, ließen den Tag früh zur Neige gehen. Krähen sammelten sich auf einem abgeernteten Kornfeld, pickten die letzten Körner aus dem Boden, krächzten heiser. Es wurde noch kälter.

»Erreichen wir Marienburg noch vor Anbruch der Nacht?«, fragte Agnes. Seit ihrem Gespräch war eine lange Zeit ins Land gegangen. Caspar hatte sich ganz aufs Reiten konzentriert. Deshalb war sie bald wieder in ihren Gedanken versunken. Allerdings waren sie längst nicht mehr so düster ausgefallen. Nun aber schmerzte ihr der Rücken, die Zeit wurde ihr lang. Vergebens suchte sie mit den Augen die nähere und weitere Umgebung ab, fand jedoch kaum einen Hinweis auf das Nahen der Stadt. Dabei war sie sicher, die Zinnen der gewaltigen Marienburg schon auf große Entfernung hin erkennen zu müssen.

»Weit kann es nicht mehr sein.« Caspar wirkte unsicher. Auch er schien überrascht, dass ihr Ziel noch nicht in Sicht gekommen war. Erstaunlich lange war ihnen auch kein Wanderer oder Reiter mehr begegnet. Dafür wurde der Wald um sie herum stetig dichter. Der Weg entfernte sich schließlich in einem weiten Bogen vom Fluss, führte eine steile Anhöhe hinauf. Als sie den höchsten Punkt erreichten, lichtete sich das Gestrüpp. Caspar lenkte den Braunen zum Rand der Kuppe und schob die Zweige auseinander. So erhaschten sie endlich den ersehnten Blick in die Ebene, die diesseits des Nogats von einem gewaltigen Bauwerk mit unendlich vielen Türmen, wuchtigen Mauern und hoch aufragenden Dächern beherrscht wurde. Staunend hielt Agnes die Luft an, rief sich Laurenz' Zeichnungen aus seinem Skizzenbuch in Erinnerung. Wie gut er die Anlage getroffen hatte! Die Stadt Marienburg schloss sich im Süden an die Ordensfestung an. Selbst aus dieser großen Entfernung war der von Heinrich von Plauen angelegte Wall gut erkennbar. In einem kunstvoll verschachtelten Mauer-Graben-Zwinger-System umschlang er die Stadt mit zum Teil vierfachen Mauerringen. In jeder Himmelsrichtung ragte ein gewaltiger Turm als Einlass aus den Mauern heraus. Inmitten des gleichförmigen Häusermeers war eine dreischiffige Backsteinkirche zu erkennen. Vor den Mauern der Stadt fanden sich mehrere Ansammlungen von Zelten und Verschlägen, auch diese in strengster Ordnung aufgeschlagen. Offenbar lagerten dort die böhmischen Söldner, die der Hochmeister des Ordens für seinen Feldzug gegen den Preußischen Bund in Dienst genommen hatte. An mehreren Stellen der Zeltstädte stieg Rauch empor, vermutlich Lagerfeuer, an denen sich die Männer wärmten. Schloss, Stadt und Zeltlager verbreiteten eine friedliche Stimmung. Nichts deutete darauf hin, dass dort unten Unstimmigkeiten herrschten oder gar Reisende hinterrücks überfallen wurden.

»Endlich!«, rief Agnes. »Lass uns schnell weiterreiten. Sonst schließen die Tore, ehe wir am Ziel sind. Oder denkst du, die Männer in den Zelten werden uns gefährlich?«

»Ich glaube kaum, dass wir für sie sonderlich interessant sind. Man sieht uns an, wie wenig wir bei uns tragen. Schau nur!« Mit der ausgestreckten Rechten wies er auf ein Lager vor der südöstlichen Stadtmauer. Es sah aus, als bildete sich dort auf freiem Feld eine Menschenansammlung. »Wir sollten uns wirklich sputen. Wer weiß, was sonst noch dazwischenkommen mag.«

Damit wendete er das Pferd und hieß es bergab auf kürzestem Weg auf die Stadt zuhalten.

Kaum hatten sie den Wald hinter sich gelassen, zeichneten sich die Umrisse der Stadt deutlich am Horizont ab. Die düsteren Wolkengebirge schienen von den Spitzen der Türme aufgespießt. Der Wind frischte auf und fegte weitere Wolken heran. Erste Tropfen fielen vom Himmel. Der Braune schüttelte seine zottelige Mähne und trabte an. Agnes krallte sich an den Sattelknauf, Caspar nahm die Zügel fester in die Hand. Aus den kleineren Feldwegen kamen einzelne Wanderer und Knechte mit Karren, die allesamt auf die Stadt zustrebten. Nicht weit vor der Mauer stauten sich einige Fuhrwerke. Der vorderste Wagen war in ein Loch geraten und bekam gefährliche Schlagseite. Der Zugochse bockte, die hoch aufgetürmte

Ladung Fässer und Säcke neigte sich immer weiter zur Seite. Verzweifelt versuchte der Fuhrmann zusammen mit einigen Helfern, das Gefährt schnellstmöglich abzuladen, um es schließlich aus dem Loch herauszuhieven. »Die Söldner!«, rief einer der Männer plötzlich und zeigte nach vorn. In eiligem Galopp preschte eine Handvoll Reiter heran. Agnes stockte das Herz, Caspar fluchte und zügelte das Pferd.

»Was sollen wir tun?«, flüsterte Agnes über die Schulter ihrem Bruder zu und zwirbelte die Enden des Halstuchs um ihre Finger. Auch Caspar fasste sich an das Tuch um seinen Hals. Doch er besann sich nicht lang, sondern gab dem Braunen kurz entschlossen die Sporen. Unerwartet geschickt lenkte er es von der blockierten Straße hinunter auf ein Feld. Zunächst drohte der Braune in einer Pfütze einzusinken, strauchelte, fing sich wieder, stolperte noch einige Schritte, um dann beherzt loszurennen. Bang klammerte sich Agnes am Sattelknauf fest und beugte den Oberkörper nach vorn. Caspar lehnte sich über sie. So passierten sie die Unglücksstelle ein wenig abseits des Weges just in dem Moment, in dem auch die Söldner sie erreichten. Aus den Augenwinkeln beobachtete Agnes, dass sie, statt über die wehrlosen Fuhrleute herzufallen, bereitwillig ihre Hilfe anboten, um den verunglückten Wagen aus dem Loch zu ziehen.

Kurz vor dem östlichen Stadttor lenkte Caspar das Pferd zurück auf die Straße und hieß es im Schritttempo weitergehen. Das Tor erwies sich als etwa zwanzig Ellen hohes und fünfzehn Ellen breites Gebäude, in dem gut und gern ein mehrstöckiges Wohnhaus Platz gefunden hätte. Im oberen Geschoss zierten drei Spitzbogenfenster die Mauern, was darauf schließen ließ, das dort die Wachen untergebracht waren. Eine Marienstatue über dem Eingang hatte dem Tor seinen Namen verliehen.

»Was wollt Ihr in der Stadt?«, herrschte einer der Wachen Caspar an und kreuzte mit seinem Kameraden die Pike.

»Wir sind Kaufleute aus der Königsberger Altstadt und müssen einem der Baumeister auf der Marienburg eine wichtige Nachricht überbringen«, antwortete er. Zu Agnes' Erstaunen nestelte er in seinem Rock herum, um kurz darauf ein Stück Papier hervorzuziehen. »Wollt Ihr das Schreiben sehen? Zunächst werden wir im Goldenen Adler einkehren.«

»Schon gut«, winkte der Wachmann ab. »Seht zu, dass Ihr Eure Unterkunft rasch findet. Es sind viele Fremde in der Stadt. Der Büttel lässt nicht mit sich spaßen, wenn er wen des Nachts ohne Grund auf der Straße antrifft.«

»Das ist ganz in unserem Sinn. Verratet mir bitte den kürzesten Weg zum Gasthaus. Meine Schwester friert und muss sich dringend aufwärmen.«

»Nun gut, dann lasst uns Eurer *Schwester* rasch zu Hilfe kommen.« Es behagte Agnes nicht, wie er das betonte, noch weniger gefiel ihr, wie er Caspar den Weg beschrieb. Als sie einige Schritte vom Tor entfernt waren, teilte sie ihm ihre Bedenken mit.

»Sei nicht so empfindlich. Diese Wachleute sind rauhe Burschen. Was denkst du, wie es in einer Stadt wie dieser zugeht, vor deren Toren seit Monaten Söldner lagern, ohne dass die Weißmäntel auf der Burg ihnen etwas entgegenzusetzen haben?«

»Sei vorsichtig, was du sagst«, mahnte Agnes. »Du wirst dir keine Freunde machen, wenn du hier so über die Kreuzherren sprichst. Soweit ich weiß, steht Marienburg nach wie vor fest auf ihrer Seite, auch wenn die Deutschordensritter die Festung als Sicherheit für den Sold an die Böhmen verpfändet haben.«

»Keine Sorge, Schwesterherz, ich bin vorsichtig. Schließlich bin ich nicht zum ersten Mal in einer Stadt, in der es heißt, auf der Hut zu sein. Als Kaufmann gilt es in der Fremde immer erst auszukundschaften, wie man sich am besten verhält, um nicht unangenehm aufzufallen. Wir wollen keine Kriege führen und keinen Streit beginnen, sondern Handel treiben und unsere Waren zum bestmöglichen Preis loswerden. Das heißt, man sollte mit allen gut klarkommen. Also, verlass dich auf mich, ich werde dich unbeschadet zu deinem Laurenz bringen. Doch zunächst sollten wir den Rat des Wachmanns befolgen und auf direktem Weg unser Gasthaus aufsuchen.«

»Woher hast du die Empfehlungsschreiben und kennst den Namen des Gasthauses?«

»Meinst du das hier?« Schmunzelnd zog er noch einmal das Papier aus seinem Rock und hielt es ihr dicht vor die Nase. Der stärker werdende Regen weichte es bereits auf, dennoch erkannte sie mit Entsetzen, dass es unbeschrieben war.

»Mein Vater hat mir beigebracht, immer ein Stück Papier bereitzuhalten, wenn ich auf eine Stadt zureite. So ein Schreiben macht Eindruck, besagt es doch, man kenne wichtige Leute und stehe unter dem Schutz von einer hochrangigen Person. Die Wachen an den Toren sind selten des Lesens kundig und winken aus Angst, bloßgestellt zu werden, ab, sobald sie auch nur den ersten Zipfel des Papiers erspähen.«

»Ich sehe schon, du bist mit allen Wassern gewaschen!« Schmunzelnd schüttelte sie den Kopf. »Bei dir sollte ich wohl mit allem rechnen. Was aber tust du, wenn die Wachleute das Schreiben doch einmal prüfen wollen?«

»Dann kann ich immer noch bestürzt feststellen, dass mir unterwegs wohl das richtige Schreiben abhandengekommen ist. Was denkst du, wie es in den Krügen meist hergeht? Im Gedränge der Gaststube wird dir alles aus der Tasche stibitzt, was nicht festgenäht ist.«

»Sei da mal lieber vorsichtig.« Immer noch lachend reckte sie den Zeigefinger. »So übel wird einem nicht überall mitgespielt. Vergiss nicht: Ich bin in einem Gasthaus aufgewachsen, das gleich hinter dem Eingangstor zu einer wichtigen Kaufmannsstadt liegt. Wenn du mehr über das Dasein in einem Gasthaus wissen willst, solltest du besser mich fragen.«

»Danke, liebe Schwester«, zwinkerte er ihr zu, »ich werde bei Gelegenheit auf dein Angebot zurückkommen. Aber leider geht es wohl nicht überall auf der Welt so ehrlich zu wie bei euch wackeren Wehlauern.«

»Das klingt, als wärst du seit Jahren tagaus, tagein auf Handelsreisen unterwegs.«

Erstaunlich ernst entgegnete er auf ihre Neckerei: »Man muss nicht unbedingt selbst in der Welt herumreisen, um solche Dinge zu wissen. Es reicht, einfach im geeigneten Moment die Ohren zu spitzen, um aus den Erfahrungen der anderen die richtigen Schlüsse zu ziehen und fürs Leben zu lernen.«

»Daran werde ich dich gewiss noch erinnern.«

Über ihrem Geplänkel hatten sie kaum auf den Weg geachtet. Längst hatten sie ein gutes Stück auf der Hauptstraße zurückgelegt. Marienburg war wie die meisten Ordensstädte rechtwinklig angelegt. Das erleichterte es, sich zurechtzufinden. Die Steinhäuser wuchsen umso mehr in die Höhe, je näher sie dem Markt kamen. Die Läden an den Werkstätten entlang des Weges waren allerdings fest verschlossen, auch waren kaum Händler und Bauersfrauen mit ihren Waren auf der Straße. Dafür zogen zahlreiche Söldner durch die Stadt, die

Waffen offen am Gürtel tragend. Auch Gruppen mit weißbemäntelten Ordensrittern tauchten immer wieder auf. Verwundert bemerkte Agnes, wie wenig sich die des offenen Soldes wegen Zerstrittenen auf der Straße anfeindeten. Fast schon friedlich und mit gegenseitiger Achtung schienen sie einander zu begegnen. Das ließ auf einen friedlichen Ausgang des Streits über die ausstehenden Soldzahlungen hoffen.

Die Bürger Marienburgs zeigten sich nicht sonderlich eingeschüchtert vom selbstbewussten Auftreten beider Parteien innerhalb ihrer Mauern. Längst hatten sie sich vom Preußischen Bund losgesagt und wie die drei Städte Königsbergs dem Orden gegenüber von neuem den Treueeid geleistet. Als Agnes und Caspar den Marktplatz überquerten, kündete lediglich das stark beschädigte Rathaus von den kämpferischen Auseinandersetzungen der letzten Monate. Direkt im Schatten der mächtigen Marienburg, nach wie vor Sitz des Hochmeisters des Deutschen Ordens, waren die Kreuzherren und die Bündischen wohl ebenfalls nicht zimperlich miteinander umgegangen. Lediglich der mit Blendschmuck versehene Nordgiebel des Rathauses zeigte sich unversehrt, der Südgiebel dagegen war ebenso abgebrochen, wie der dazwischen verlaufene Laubengang teilweise eingestürzt war.

»Da vorn ist der Goldene Adler!«, rief Caspar mit hörbarer Erleichterung, nachdem sie den Markt hinter sich gelassen hatten. Auch Agnes freute sich, das Wirtshausschild zu erspähen.

»Beeil dich mit dem Pferd, ich habe riesigen Hunger«, erklärte sie Caspar, kaum dass sie vor dem Haus abgestiegen war und er ihr das Bündel mit ihren Habseligkeiten herunterreichte.

»Geh ruhig schon einmal rein«, schlug er vor. »Ich komme gleich nach.«

»Du solltest besser absitzen, bevor du …«, wollte sie ihn warnen. Er aber winkte ab. »Danke, Schwesterherz, ich weiß, was ich tue.« Verwundert sah sie ihm nach, wie er hoch zu Ross in die Hoftür des Gasthauses ritt. Aus Wehlau wusste sie, wie wenig die Wirtsleute das mochten. Die Knechte im Stall reagierten meist verärgert, wenn die neu eingetroffenen Gäste ihnen derart von oben herab begegneten. Doch sie sparte sich eine weitere Warnung. Wenn Caspar darauf bestand, über das Reisen bestens Bescheid zu wissen, sollte er selbst sehen, wie weit er mit diesem Auftreten kam. Manch einer konnte eben doch nur aus Erfahrung klug werden. Mit gemischten Gefühlen betrat sie die Gaststube.

Drinnen schlug ihr vertrauter Dunst entgegen. Wie gern hatte sie das Gemisch aus menschlichen Ausdünstungen, schwüler Feuchtigkeit, dampfender Suppe und frisch gebrautem Bier! Nach kurzer Zeit unterschied sie die Umrisse der Gäste und entdeckte weiter hinten im niedrigen Raum das prasselnde Herdfeuer. Eine Magd machte sich am Suppenkessel zu schaffen. Der verführerische Geruch nach Gesottenem und fetter Brühe verhieß ein baldiges Ende des leidigen Magenknurrens. Voller Vorfreude wanderte ihr Blick weiter. Den Wirt machte sie nicht weit entfernt von der Feuerstelle an einem der Tische aus. Übermütig redete er mit den dort sitzenden Männern, die sich beim Würfelspiel vergnügten. Beherzt trat Agnes auf ihn zu.

»Gott zum Gruße. Mein Bruder und ich suchen eine Bleibe für die Nacht. Können wir bei Euch unterkommen?«

Gemächlich hob der breitschultrige Mann den Kopf. In dem wettergegerbten Gesicht war ein Auge erloschen, das andere schaute ihr erstaunt entgegen. Sie erschrak. Längst war es zu spät, umzudrehen. Mühsam rang sie sich ein Lächeln ab.

»Sehe ich recht? Ein junges Fräulein wie Ihr, ganz allein unterwegs?«

Abschätzig musterte er sie von oben bis unten. Agnes wurde mulmig, das Lächeln um ihre Lippen wurde starr. Vielleicht hatte sie sich getäuscht, und der vierschrötige Kerl war gar nicht der Wirt. Warum sonst reagierte er so merkwürdig, statt sie erfreut zu begrüßen und ihr etwas anzubieten? Der Kleidung nach legte er keinerlei Wert auf sein Äußeres. Das mit einem zerschlissenen Ledergürtel zusammengeraffte Hemd hatte bereits bessere Tage gesehen, ebenso stand es um die Strumpfhosen und die Schnabelschuhe schlecht. Das grauschwarze Haar hing zauselig um den breiten Schädel, der Bart wurde selten gekämmt und noch seltener gestutzt. So sah kein Wirt aus, zumindest keiner, den sie kannte. Nie und nimmer hätte sich Zacharias Fröbel in solcher Aufmachung seinen Gästen gezeigt. Auch Gunda und Lore hatten stets allergrößten Wert darauf gelegt, ordentlich aufzutreten. Verstohlen schweifte ihr Blick weiter durch die Stube, suchte die unzähligen Gesichter und Gestalten ab. Die meisten Gäste schätzte sie als Kaufleute und reisende Händler ein, die Wert auf eine gut beleumundete Unterkunft legten. Einige erinnerten sie in ihrem Gehabe an Laurenz. Deshalb vermutete sie, es handelte sich ebenfalls um Handwerker, vielleicht sogar Baumeister wie er. Eine Handvoll Studenten kauerte in einer Ecke beieinander, Söldner und einfache Wanderer meinte sie dagegen keine unter den Versammelten zu entdecken. Auch an der Stube selbst war keinerlei Anzeichen von Verwahrlosung abzulesen. Die Tische glänzten sauber poliert, Bier und Suppe rochen gut. Agnes beschloss, sich nicht einschüchtern zu lassen und ihre Zweifel hinunterzuschlucken.

»Ihr irrt«, erwiderte sie freundlich. »Ich bin nicht allein unterwegs. Mein Bruder begleitet mich. Er kommt gleich.«

»So so, Euer Bruder begleitet Euch«, wiederholte der Wirt und verschränkte die Arme vor der Brust. »Dann wollen wir hoffen, er lässt nicht lange auf sich warten.«

»Ja.« Agnes' Stimme klang trotzig. Zu ihrem Schreck blickten die Würfelspieler bereits neugierig auf sie und hatten dafür sogar ihr Spiel unterbrochen. Verlegen wickelte sie die Zipfel ihres Halstuchs auf. Ein großer Fehler. Nun starrten die Männer allesamt auf ihren Hals. Hastig ließ sie die Hand sinken.

»Keine Sorge, liebes Kind«, erklärte der Wirt auf einmal in zuvorkommendem Ton und wies mit der Hand über die Köpfe der Männer ringsum. »Für meine Gäste lege ich meine Hand ins Feuer. Das sind allesamt anständige Menschen. Von denen rückt Euch keiner zu nahe. Setzt Euch und esst von der Suppe. Bis Euer Bruder kommt, kann Euer Magen wohl kaum mehr warten.«

Dröhnend lachte er. Sie errötete, knurrte ihr Bauch doch tatsächlich in diesem Moment wie zur Bestätigung lautstark.

»Nichts für ungut!« Der Wirt führte sie zu einem Tisch in einer kleinen Nische. Den dort sitzenden Männern bedeutete er zusammenzurücken, damit auf der Bank Platz für sie frei wurde. Erleichtert verbarg sie ihr Bündel zu ihren Füßen. Freundlich nickte der Weißhaarige ihr zu, der dem freien Platz gegenübersaß.

Ihr direkter Sitznachbar war ein Mann mit grauem Bart und lichtem Haarkranz, auch die drei anderen schienen vorgerückten Alters zu sein. Nach einem knappen Gruß wandten sie sich wieder ihren Schüsseln zu und aßen weiter.

»Ihr seid mutig, junges Fräulein«, sprach der Weißhaarige sie schließlich an. »Es gehört einiges dazu, in Zeiten wie diesen allein unterwegs zu sein.«

»Ich bin nicht allein. Mein Bruder begleitet mich«, wiederholte Agnes. Zugleich spürte sie, wie leid sie es war, sich für ihr Auftauchen ohne Caspar zu rechtfertigen. Sie hätte wohl doch besser gewartet, bis er aus dem Stall zurückgekommen war. Zum Glück tauchte im selben Moment die Magd auf und stellte eine dampfende Schüssel Suppe sowie einen Becher mit Bier vor sie hin. Hungrig griff sie nach dem Löffel.

»Nur zu, verehrtes Fräulein, stillt erst einmal Euren Hunger. Wenn man satt ist, redet es sich leichter«, gab sich der Weißhaarige verständnisvoll.

Agnes achtete kaum mehr auf ihn. Die Suppe schmeckte so hervorragend, wie ihr verlockender Geruch hatte erwarten lassen. Selbst die Fleischstücke, die in der Brühe schwammen, waren groß und weich. Zufrieden brockte Agnes Brot in die Suppe und nahm einen Schluck Bier. Auch das hielt, was sein malziger Duft verheißen hatte. Das Essen und Trinken fesselte ihre Sinne wie lange nicht. Viel zu spät wurde sie darüber der Veränderung in der Gaststube gewahr: Sämtliche Gespräche waren verstummt. Stattdessen lauschten die Leute einem Lärm, der von draußen hereinschwappte. Ein lautes Wortgefecht war zu hören, dazu ertönte dumpfes Gepolter.

»Scher dich zum Teufel, räudiger Hund!«

»Nimm deine dreckigen Pranken von mir, du elender Erzbube!«

»Dir werd ich helfen, törichter Lump!« Wiederum folgten dumpfe Laute, die wohl Schläge markierten. Scheppernd fiel ein Blecheimer um, Holz krachte. Ein Pferd wieherte entrüstet, aufgeregt gackerten Hühner.

»Da schlagen sich zwei«, erklärte der Gast, der am nächsten zur Tür saß.

»Was Ihr nicht sagt«, erwiderte ein Würfelspieler.

»Wo ist der Wirt?«, fragte ein Dritter und blickte sich suchend um. Von dem einäugigen Wirt war nirgendwo etwas zu sehen. Agnes' Gegenüber erhob sich von der Bank und entfaltete dabei eine ehrfurchtgebietende Größe. »Ich schaue nach, was los ist.«

»Wartet, wir kommen mit!« Die anderen Männer rund um den Tisch sprangen ebenfalls von den Bänken auf.

»Es gibt wohl gewaltigen Ärger drüben im Stall«, erklärte der Graubärtige, der direkt neben Agnes gesessen hatte.

»Wir sollten den Büttel rufen«, schlug ein weiterer Mann aus der Runde vor, der bislang im Schatten des Graubärtigen gesessen hatte. Zum ersten Mal sah Agnes sein Gesicht. Es war von dicken Pusteln und wulstigen Narben überzogen und verriet eine gewisse Jungenhaftigkeit. Er mochte kaum älter als Laurenz sein.

»Am besten, Ihr lauft selbst«, stimmte der Graubärtige zu. Das ließ sich der Narbige nicht zweimal sagen. Schon war er bei der Tür und stürzte in die Dunkelheit. Unter Führung des Weißhaarigen stürmten auch die anderen nach draußen.

Froh, sich selbst keinen gefährlichen Abenteuern aussetzen zu müssen, wandten sich die übrigen Gäste wieder ihren Bechern zu. Bald knallten die Würfelspieler ihre Würfel erneut auf den Tisch. Der Lärm von draußen geriet über dem freudigen Aufjauchzen angesichts des ersehnten Paschs rasch in Vergessenheit. Agnes jedoch hielt es nicht länger auf ihrem Platz. Eine beunruhigende Ahnung beschlich sie. Unauffällig glitt sie von der Bank und stahl sich ebenfalls hinaus.

Vor dem Gasthaus wurde ihr klar, dass der Lärm aus den benachbarten Ställen drang. Durch das offen stehende Tor gelangte sie in den Hof und zur Stalltür.

Zunächst versperrten breite Männerrücken ihr den Blick. Flink bückte sie sich und linste zwischen ihnen hindurch.

Die Prügelei war beendet. Der einäugige Wirt sowie der Weißhaarige hielten jeweils einen Streithahn fest. Noch immer traten und spuckten sie nach ihrem Gegner, allerdings waren sie so weit voneinander getrennt, dass die Tritte ins Leere gingen. Agnes war keineswegs überrascht, dass es sich bei einem von ihnen um Caspar handelte. Der andere musste der Stallknecht sein. Gerade erhielt ihr Bruder wohl die Lektion, die er nicht aus den Erzählungen anderer, sondern am eigenen Leib lernen musste.

»Ruhig Blut, junger Herr«, raunzte der Wirt ihn an, während der Weißhaarige ihn an den Oberarmen fest im Griff behielt. »Auch wenn Ihr ein reicher Kaufmannssohn aus der Königsberger Altstadt seid, gibt Euch das noch lange nicht das Recht, derart mit meinem Knecht umzuspringen.«

»Ist er ehrfürchtiger zu mir, bin ich das auch«, brauste Caspar auf. »Schließlich bin ich Gast und zahle für Eure Dienste.«

»Wer hoch zu Ross in unseren Stall reitet, kann nicht unser Gast sein«, erwiderte der Knecht nicht minder aufgebracht. Er war im gleichen Alter wie Caspar und von ähnlicher Statur.

»Lasst gut sein«, beschwichtigte der Wirt. »Mir scheint, dieser junge Herr hier muss noch lernen, wie er sich auf Reisen zu benehmen hat. Vielleicht sollte er sich ein Beispiel an seiner Schwester nehmen.«

Caspars Gesicht verfärbte sich glutrot. Voller Scham sah er zu Boden. Vorsichtig lockerte der Weißhaarige seinen Griff. Der Knecht grinste frech und hob mit einem triumphierenden Zungenschnalzer den Kopf.

»Du aber hast auch noch einiges zu lernen«, wandte sich der Wirt an ihn. »Selbst wenn ein Gast hochnäsig in den Stall reitet, ist dir noch lang nicht erlaubt, einen Streit vom Zaun zu brechen. Begegnest du ihm dann besonders höflich, wird er schon von allein draufkommen, wie fehl am Platz sein

Auftreten ist. Tut er das nicht, gibt es noch andere Mittel, ihn zur Vernunft zu bringen, verlass dich drauf.«

Mahnend versetzte er dem Burschen einen Tritt in den Hintern und nickte dem Weißhaarigen zu, der Caspar nun ebenfalls losließ. Zu Agnes' Erstaunen ging ihr Bruder geradewegs zu dem Knecht und streckte ihm die Hand entgegen. »Tut mir leid. Ich werde es bestimmt nicht wieder tun.«

Zunächst zögerte der Knecht, dann ergriff er mit einem breiten Lächeln die Hand und schüttelte sie überschwenglich.

»Gut«, erklärte der Wirt. »Dann sind wir uns einig. Künftig führt Ihr Euer Pferd zu Fuß in den Stall, und du, mein Lieber, nimmst es mit Diensteifer entgegen.« Der Knuff, den er seinem Knecht versetzte, fiel fürsorglich aus.

»Das ist ja noch mal gutgegangen«, wandte Agnes sich an Caspar. »Es schadet wohl kaum, wenn du in Zukunft gelegentlich auf meinen Rat hörst.«

»Schon gut, ich habe verstanden.« Erschöpft nickte er und wandte sich an den Wirt. »Werdet Ihr meine Schwester und mich trotzdem für heute Nacht beherbergen?«

»Allein Eurer Schwester zuliebe«, erwiderte der Wirt und schmunzelte. »Verratet mir bitte nur, mit wem ich überhaupt die Ehre habe?«

»Nur zu gern«, kam Agnes Caspar zuvor und nannte dem Wirt ihre Namen, wobei sie, um ihn nicht zu verwirren, sich selbst mit dem Familiennamen Fischart bedachte.

Im selben Moment trafen der Narbige und zwei Büttel mit hoch erhobenen Piken vor dem Gasthaus ein. »Was ist hier los? Wo stecken die Übeltäter?«

»Es hat sich alles geklärt«, wiegelte der Wirt ab.

»Seid Ihr sicher?« Drohend blickten die Büttel in die Runde. »Ihr wisst, welches Gesindel derzeit allerorten unterwegs ist.«

»Habt vielen Dank, Ihr Herren, ich weiß es nur zu gut. Darf ich Euch mit einem Krug Bier vergelten, dass Ihr so schnell zur Stelle wart?« Trotz seiner unterwürfigen Haltung war der Spott aus den Worten des Wirts herauszuhören. Grinsend gewährte er den Bütteln den Vortritt in die Gaststube.

»Sagt, lieber Fischart, was führt Euch und Eure Schwester eigentlich zu uns nach Marienburg?«, wandte sich der Wirt schließlich an Caspar, während er ihm höchstpersönlich eine Schale mit Suppe sowie einen Becher Bier hinstellte. Längst hatte Caspar neben seiner Schwester Platz genommen. Agnes entging nicht, wie aufmerksam der Weißhaarige den Bruder musterte. Kaum wurde er ihres Blickes gewahr, lächelte er und wandte sich seinem direkten Nachbarn zu. Caspar indes schob sich erst einmal hungrig einen Löffel Suppe mit einem großen Stück Fleisch in den Mund, statt dem Wirt zu antworten.

»Wir wollen zur Festung und den Baumeister Laurenz Selege sprechen«, erklärte Agnes an seiner Stelle. »Seit längerem schon soll er dort zusammen mit Meister Jagusch aus Danzig tätig sein«, schob sie nach, als sie des Befremdens auf dem Gesicht des Wirts gewahr wurde. »Kennt Ihr die beiden?«

»Soso, Ihr sucht also die Baumeister Selege und Jagusch.« Nachdenklich rieb sich der Wirt den struppigen Bart. Seine Fingernägel waren schwarz gerändert. In der rissigen Haut auf der Hand zeichneten sich ebenfalls dunkle Spuren ab.

»Was ist dabei?« Agnes wurde unbehaglich.

»Was wollt Ihr von den beiden?«, gab der Wirt zurück.

»Ich muss dringend zu Baumeister Selege. Er ist doch mein …« Mitten im Satz brach sie ab. Was fragte der Wirt so beharrlich nach? Es ging ihn gar nichts an, wen sie warum suchte. Oder bildete sie sich das nur ein? Das häufige Lügen der letzten Tage war ihr aufs Gemüt geschlagen. Kaum wusste sie mehr, wem sie wann was erzählt hatte. Zudem meinte sie aus jeder Bemerkung einen Vorwurf herauszuhören. Sie schluckte, überlegte fieberhaft und setzte schließlich hinzu: »Vor ein paar Wochen ist ein Brief von ihm bei meiner Muhme eingetroffen. Deshalb hat sie uns losgeschickt, um ihn aufzusuchen. Kennt Ihr ihn?«

»Nein«, erklärte der Wirt bedauernd. »Leider kenne ich ihn nicht. Trotzdem werde ich gern versuchen, Euch zu helfen. Seid Euch jedoch im Klaren, dass Ihr nicht so einfach zur Festung der Kreuzherren gehen und nach ihm fragen könnt.«

»Warum nicht?«

»Jungen Frauen wird der Zutritt verweigert. Euer Bruder wird sich denken können, warum. Allerdings hat auch er wenig Aussicht, an den Wachen vorbeizukommen. Ohne ein Empfehlungsschreiben lassen sie niemanden mehr hinein.«

»Wenn das so ist«, mischte Caspar sich wichtigtuerisch ein und zog das Papier von vorhin halb aus dem Innern seines Rocks. Lediglich eine kleine weiße Ecke blitzte heraus.

»Lasst gut sein.« Verschwörerisch zwinkerte der Wirt mit dem gesunden Auge. »Damit kommt Ihr nicht weit. Den Trick mit dem leeren Schreiben kennen die Wachposten zur Genüge. Aber ich habe eine bessere Idee.«

Schon wandte er sich um und ging auf die Würfelspieler zu, an deren Tisch er bei Agnes' Ankunft gestanden hatte, und beugte sich zu jemandem hinunter. Heftig gestikulierend redete er auf ihn ein. Der Angesprochene sah zu ihr, zögerte, schüttelte dann jedoch entschieden den Kopf und wisperte dem einäugigen Wirt etwas zu. Daraufhin legte der ihm den Arm um die Schultern und flüsterte ihm ebenfalls etwas ins Ohr. Als der Wirt zu ihrem Tisch zurückkam, war seine Miene undurchdringlich.

»Ich weiß«, erklärte sie, noch bevor er zum Sprechen ansetzen konnte. »Der Mann kann uns auch nicht helfen.«

»Wie kommt Ihr darauf? Ganz im Gegenteil!«

»Was?« Vor Freude sprang Agnes von der Bank. »Was sollen wir tun?«

»So habe ich das nicht gemeint«, wiegelte der Wirt ihre heftige Reaktion ab. »Zumindest kennt der Mann jemanden, der die beiden kennen sollte. Über den könntet Ihr Euren Baumeistern eine Nachricht schicken, sofern sie tatsächlich noch auf der Burg sind.«

»Wer ist das?«

»Ein anderer Würfelspieler.«

Caspar stöhnte enttäuscht auf, Agnes aber wurde hellhörig. In dem Krug in Pronitten hatte Laurenz die Spielschulden eines seiner Kunstdiener beglichen. Vielleicht war das der Betreffende, von dem der Fremde am Würfeltisch gesprochen hatte?

»Der Mann wird sein Bestes tun. Es mag jedoch schwierig sein, diesen Spieler aufzutreiben. In der Stadt dürfte er sich kaum mehr blicken lassen, weil er in sämtlichen Krügen und Gaststuben Schulden hat. Gebt ihm also ein paar Tage, dann hören wir mehr.«

»Was?«, platzte Caspar dazwischen. »So kommen wir nicht weiter.«

»Dann müssen wir uns eben etwas einfallen lassen, um schneller an Laurenz heranzukommen«, erwiderte Agnes leise und wunderte sich, wie fest ihre Stimme trotz der aufsteigenden Verzweiflung klang. Laut sagte sie zum Wirt: »Habt vielen Dank für Eure Mühe.«

»Verzeiht meine Neugier.« Ungefragt mischte sich der Weißhaarige ins Gespräch. »Ihr seid auf der Suche nach zwei Baumeistern und einem verrufenen Spieler, der die beiden kennen könnte? Wenn sie tatsächlich in Marienburg sind, werdet Ihr sie wohl nur auf der Festung antreffen. Gern biete ich Euch meine Unterstützung an. Meine Gefährten und ich haben viel bei den Deutschordensrittern zu tun. Morgen schon sind wir wieder dort und werden versuchen, Euch ein Empfehlungsschreiben zu besorgen. Geduldet Euch, bis wir Euch eine Nachricht hierher in den Goldenen Adler schicken.«

»Das ist doch etwas!« Erleichtert dankte Caspar seinem Gegenüber. Der nickte ihm wohlgefällig zu.

»Wer seid Ihr und warum tut Ihr das für uns?« Agnes blieb vorsichtig. Unter dem Tisch versetzte Caspar ihr einen Tritt gegen das Schienbein. Der Weißhaarige jedoch lächelte verständnisvoll.

»Ihr habt recht, liebes Fräulein, mich auf das unverzeihliche Versäumnis aufmerksam zu machen, uns noch nicht vorgestellt zu haben. Mein Name ist Johann Telpin, und ich stamme aus Prag, wie auch meine Gefährten Hannes Struck, Petrus Waller und Nikolaus Roseman.« Reihum wies er auf die Männer am Tisch, die ihr respektvoll zunickten, und bedachte mit dem letzten Namen den jungen Narbigen, der den Büttel gerufen hatte. »Unser Geschäft besteht seit einigen Wochen darin, zwischen den Söldnern aus unserer böhmischen Heimat und dem Ordenshochmeister Erlichshausen eine Lösung für die Streitfrage um den geforderten Sold zu finden. Schließlich waren wir es auch, die die Söldner an die Herren vom Deutschen Orden vermittelt haben.«

»Gewiss eine heikle Aufgabe.« Agnes zeigte sich beeindruckt. Es war ein ungeheurer Vertrauensbeweis, offen davon zu erzählen. »Mein Bruder Caspar und ich sind die Kinder von Gernot Fischart, einem Kaufmann aus der Königsberger Altstadt«, beeilte sie sich sogleich, ihre Namen ebenfalls zu nennen.

»Es ist mir eine große Ehre! Wenn Ihr Euren verehrten Herrn Vater wiederseht, so versäumt bitte nicht, ihn unserer tiefsten Hochachtung für seine wohlgeratenen Kinder zu versichern.«

Das Lob stieß Agnes bitter auf. Offenbar kannte er ihren Vater. Der aber schien ihr der Letzte, dem für ihr Verhalten zu danken war. Wenn sie Pech hatte, ahnte er nicht einmal, dass er eine Tochter wie sie hatte. Plötzlich schoss ihr ein unerwarteter Gedanke in den Sinn: Etwas Besonderes musste dieser Fischart an sich haben. Denn ihre Mutter Gunda war eine Frau, die ihr Herz gewiss nicht leichtfertig verschenkte, selbst in jungen Jahren nicht. Vielleicht sollte sie sich doch freuen, ihren unbekannten Vater bald leibhaftig kennenzulernen.

7

Der Wirt hatte Agnes etwas Gutes tun wollen und ihr ein Bett in der Kammer seiner jüngst erst unter die Haube gebrachten Tochter zugewiesen. Außer Agnes nächtigte darin allerdings noch die taube Mutter des Wirts. Zwar gab es in dem Zimmer im Obergeschoss gleich über der Gaststube zwei schmale Betten, die ein noch schmalerer Gang voneinander trennte, dennoch machte Agnes kaum ein Auge zu. Das laute Stöhnen der alten Frau schreckte sie immer wieder auf. Hinzu kam ihr angestrengtes Grübeln, was sie beim baldigen Wiedersehen mit Laurenz erwarten würde. So schlief sie kaum und war froh, als endlich der Morgen dämmerte.

»Du bist verrückt!«, wies Caspar beim morgendlichen Imbiss ihr Ansinnen ab, sogleich zur Marienburg aufzubrechen, um dort auf Johann Telpin und seine Begleiter zu warten.

Forschend blickte sie ihrem Bruder in die Augen, nahm mit einem Anflug von Traurigkeit die Ähnlichkeit seiner Nase mit der ihrer geliebten Großmutter Lore wahr. Sie schluckte und wandte sich ab. Der erste Hahnenschrei lag bereits eine geraume Weile zurück. Die anderen Gäste waren längst aufgebrochen, die Geschwister saßen allein in der Gaststube. Der Wirt ließ sich nicht blicken, die Magd war mit der Suppe beschäftigt. Eine Wirtin oder weiteres Gesinde außer dem Stallknecht schien es nicht zu geben.

»Es wird nicht lange dauern, bis Telpin uns seine Nachricht schickt«, fuhr Caspar fort. »Gedulde dich. Es geht alles seinen erhofften Gang.«

Ob seiner Gemütsruhe verdrehte Agnes die Augen. Sie wollte ihm abermals widersprechen, da betrat ein etwa zwölfjähriger Bursche die Gaststube. Suchend sah er sich um und kam nach kurzem Zögern auf sie zu.

»Verzeiht, seid Ihr Caspar Fischart? Hier ist eine Nachricht für Euch.« Der Junge streckte Caspar ein versiegeltes Schreiben entgegen und verbeugte sich artig.

»Danke. Darauf warten wir bereits.« Caspar gab ihm eine Münze, nahm das Schreiben und sah triumphierend zu Agnes. »Siehst du, es geht alles schneller, als du denkst.«

»Dann lass uns gleich aufbrechen.« Entschlossen sprang sie von der Bank, wickelte sich in ihren Umhang und eilte hinter dem Botenjungen zur Tür hinaus.

An diesem Vormittag zeigte sich die Stadt weitaus freundlicher als bei ihrer Ankunft am Vorabend. Nebel und Regen hatten sich verzogen, klar strahlte die Sonne vom wolkenlosen Oktoberhimmel und spendete wohltuende Wärme. Vor dem näher rückenden Winter blühte das Leben in allen Ecken und Winkeln noch einmal trotzig auf. Die Krämer nutzten die Gelegenheit, ihre Waren unter freiem Himmel feilzubieten. Friedlich schlenderten böhmische Söldner durch die Straßen und brachten ihre letzten Münzen unters Volk. Die Betreiber der unzähligen Garküchen machten beste Geschäfte. Der Geruch nach Gesottenem mischte sich mit dem scharfen Gestank nach Vieh, Schweiß und Mist, der aus den dunklen Ecken kroch. Auch so mancher Söldner sah aus, als brächte er sein Geld besser in die Bade- statt in die Wirtsstuben.

Agnes verschwendete kaum mehr als einen flüchtigen Blick auf das Geschehen in den Gassen. Die vielen umherziehenden Menschen waren ihr bald ein Greuel, erschwerten sie doch das Vorankommen. Geschickt zwängte sie sich durch das Gedränge, fand immer noch einen schmalen Spalt, um zwischen den Leuten hindurchzuschlüpfen. Es war ihr einerlei, ob Caspar ihr folgen konnte oder nicht. Spätestens am Eingang zur Ordensburg würde sie ihn wiedertreffen. Bald erspähte sie am Ende der langen Straße das ersehnte Gemäuer. Gewaltig ragten die Mauern am Horizont auf. Agnes verweilte einen Moment, ganz in dem Anblick versunken, den Laurenz ihr so oft zu schildern bemüht gewesen war. Ergriffen wanderten ihre Augen über die weitläufige Anlage aus rotem Ziegelstein.

Königsberg verfügte über ein eindrucksvolles Ordenshaus, das von einem mächtigen achteckigen Turm im Nordosten sowie einer weitläufigen Maueranlage beherrscht wurde. Selbst nach dem teilweisen Abbau von Wänden und Vorhäusern hatte die auf einer Anhöhe im Norden der Altstadt gelegene Anlage wenig von ihrer Erhabenheit eingebüßt. Beim Anblick der Marienburg jedoch wurde Agnes von tiefer Ehrfurcht gepackt. Die übertraf das Königsberger Schloss bei weitem! Direkt hinter der dreischiffigen Johanneskirche schob sich die trutzige Festung wie ein unendliches Meer aus

Türmen, Mauern, Dächern und Zinnen in die Stadt. Vor kurzem erst waren schwere Bollwerke den bisherigen Mauern vorgelagert worden. Dennoch hatte die Anlage nichts von ihrer harmonischen Schönheit eingebüßt. Aus der Mitte erhob sich die mächtige Hochburg, die nicht allein dank der Ecktürme und der reichverzierten Stufengiebel ihrem Namen alle Ehre machte. Kühn spitzte daraus ein weiterer Turm heraus. Links davon fand sich der einfacher gestaltete Danzker. So manch anderer Burg hätte er allein zur Zierde gereicht.

Agnes' Augen glitten voller Bewunderung die Mauern entlang und machten im Hintergrund ein weiteres hohes Gebäude aus. Dabei musste es sich um den von vier kleinen Ecktürmen umkränzten Hochmeisterpalast handeln. Abermals klangen ihr Laurenz' begeisterte Schilderungen im Ohr, als sie die unterhalb der Dachfirste mit Malerei und allerlei Schmuckwerk kunstvoll umrahmte Fensterreihe bewunderte. Sogleich stellte sie sich vor, wie selbstbewusst der Hochmeister innerhalb dieses Gebäudes residieren musste. Nichts und niemand konnte ihn und seine Mannen darin bezwingen. Eine Geschichte aus dem reichen Schatz des alten Fröbel fiel ihr ein: Angeblich hatte der polnische König Jagiello bei der Belagerung im Jahr 1410 eine Steinkugel auf den Sommerremter abfeuern lassen, um das Gewölbe zum Einsturz zu bringen. Der Hochmeister und seine Berater sollten getötet werden. Bis heute aber steckte jene Kugel in der Wand über dem Kamin, ohne dass der Remter bei ihrem Einschlagen auch nur gezittert hätte, derart trutzig waren die Mauern. Selbst zur Flussseite hin waren solch wehrhafte Mauern der Festung vorgelagert.

»Kaum zu fassen!«, rief Caspar keuchend aus, als er Agnes erreichte und des schnellen Laufens wegen nach Atem rang. Die Hände in die Hüften gestemmt, das Gesicht gen Norden gewandt, starrte er ebenfalls gebannt auf das Ende der Straße, wo sich die Ordensfestung befand. »Die Burg ist uneinnehmbar. Es heißt, im letzten Jahr wären kaum einzelne Mauern gefallen, als die Bürger auch hier versucht haben, die Bastion der Kreuzherren niederzurennen. Trotzdem werden die Ordensritter sie nun bald aufgeben müssen. Sieht man sich die stetig wachsenden Söldnerlager vor den Stadtmauern an, ist es wohl nur eine Frage der Zeit, bis sie gehen müssen. Welch eine Schande! Über Generationen hat die Festung sämtlichen Angriffen getrotzt, um nun schmählich verpfändet zu werden.«

»Alles nur übles Gerede«, widersprach Agnes. »Laurenz hat mir erzählt, die Ordensritter ließen im Innern weitere gewaltige Mauern und Gebäude errichten. Das würden sie wohl kaum tun, wenn sie damit rechnen müssten, die Burg bald schon zu verlieren.«

»Wer weiß, vielleicht bereiten sie auch nur die entscheidende Schlacht vor, um der Übergabe der Burg doch noch einmal zu trotzen. Zu wünschen wäre es ihnen.«

»Stehst du jetzt auf der Seite der Weißmäntel?«

»Du etwa nicht?«

Unsicher lachten sie einander an. Agnes war froh, dass er nicht weiterbohrte. Sie hätte nicht zu entscheiden gewusst, welcher Seite sie sich zurechnete.

»Bei einem Angriff haben die Ordensherren noch immer nicht das Geringste zu befürchten«, stellte sie stattdessen fest.

»Dein Wort in Gottes Ohr, doch vergiss nicht: Die Söldner aus Böhmen, die die Kreuzherren dank unserem neuen Freund Telpin ins Land gerufen haben, gelten als die tapfersten und gefährlichsten Kämpfer unserer Zeit. Deshalb pochen sie auch zu Recht auf ihre hohen Soldzahlungen. Ihr Geld sind sie wert, wie die Erfolge Heinrich Reuß von Plauens gezeigt haben. Wer weiß, wozu sie angesichts dieser Mauern imstande sind.«

»Die Marienburg gilt als die beste Festung«, beharrte sie trotzig.

»Dann lass sie uns von innen besichtigen. Dank Telpins Schreiben stehen uns die Tore offen. Durch das kleine Tor dort vorn müssen wir allerdings erst aus der Stadt hinaus und dann im Osten um die Mauern herum. Oben im Norden, bei der Vorburg, befindet sich der derzeit einzig offene Eingang. Das Schuhtor dort hinten links ist seit dem Überfall der Bündischen im letzten Jahr geschlossen. Ebenso verhält es sich mit dem Brückentor an der Flussseite.«

»Woher weißt du das?«

»Das hat mir der Stallknecht verraten. Einen Vorteil sollte es haben, dass ich bei ihm im Stall genächtigt habe.«

»Es scheint dir gut bekommen zu sein«, bemerkte Agnes spitz, bevor sie ihm in die angegebene Richtung vorauslief.

Das kleine Stadttor unweit der Johanneskirche war nicht mehr als ein unauffälliger Durchlass. Nur wenige Menschen begehrten um diese Zeit, nach draußen gelassen zu werden. Die beiden Wachposten winkten sie rasch durch. Viel zu sehr beanspruchten die Leute, die von der anderen Seite in die Stadt hineinwollten, ihre Aufmerksamkeit. Agnes beschlich ein seltsames Gefühl, als sie dicht an der langen Schlange der Wartenden vorbeiging. Weiterhin befanden sich darunter viele böhmische Söldner. Aus der Nähe betrachtet, war ihnen ihre vielbeschworene Gefährlichkeit nicht anzusehen. Die Waffen hatten sie abgelegt, Bärte und Haare ordentlich gestutzt, die Kleidung gesäubert. So machten sie einen weitaus besseren Eindruck als so mancher der Händler, die reichlich zerlumpt und mit verwahrlosten Karren ebenfalls in die Stadt drängten.

Der Gang entlang der östlichen Außenmauern der Burg ließ Agnes' Hochachtung weiter wachsen. Die zahlreichen Baumeister hatten es auch auf der landeinwärts gerichteten Seite verstanden, der trutzigen Verteidigungsanlage ein eigenes Gesicht zu verleihen. Unter hohen Bäumen, deren Laub längst schon herbstlich bunt gefärbt war, verlief der Weg am Graben um die Feste herum. Wie in Königsberg, so wurde auch hier der Platz genutzt, um Vieh zu halten. Ziegen, Schafe und Schweine wühlten am Boden des mannstiefen Grabens im Dreck. Das Blöken, Grunzen und Meckern ergab eine eigentümliche Musik.

An der Zugbrücke prüften schwerbewaffnete Wachleute jeden gründlich, der Einlass gewährte. Karren und Fuhrwerke, hoch beladen mit Gestein und Geröll, Holz und anderen Baumaterialien, stauten sich vor der Brücke. Dazwischen drängten immer wieder einzelne Männer herein.

Agnes wurde gleich gewahr, dass sie einige der wenigen Frauen war, die sich unter die Wartenden reihte. Sofort wurde sie von den Männern mit zudringlichen Blicken bedacht. »Schaut euch die Kleine an«, brummte ein dickleibiger Mann in zerschlissenem Kittel und löchriger Gugel auf dem kahlen Schädel. »Die wär so recht nach meinem Geschmack.« Er leckte sich die Lippen, als wollte er sie verspeisen. Angewidert wandte sie sich ab.

Caspar legte ihr den Arm um die Schultern und warf dem Mann einen verächtlichen Blick zu. »Lass uns ein Stück weitergehen, Liebes«, erklärte er laut. »Dort vorn ist die Luft besser.«

Entschlossen schob er sie an der Schlange vorbei. »Was fällt Euch ein! Nur weil Euer Rock ohne Flicken ist, heißt das nicht, dass Ihr aufs Anstehen verzichten dürft«, rief ein Mann und verstellte ihnen mit seinem Karren den Weg.

»Schon gut, wir wollen Euch nichts!« Caspar warf ihm ein paar Münzen zu. Geschickt fing der Mann sie auf, zählte sie und lupfte dankend seine Gugel. Den Karren zog er zurück, sobald er das Geld in seinem Beutel verstaut hatte. Agnes fürchtete bereits, das Beispiel würde weitere Leute verleiten, ihnen den Weg zu versperren. Zwei-, dreimal war das tatsächlich der Fall, doch jedes Mal zeigte sich Caspar großzügig.

»Du siehst, gelegentlich mache ich mir bei alltäglichen Dingen die Erfahrungen anderer zunutze und höre darauf, was mir empfohlen wird. So hat mein Vater mich stets dazu angehalten, einige Münzen griffbereit zu halten, um mich im Zweifelsfall kleiner Gefälligkeiten zu versichern.«

»Wie man sieht, hast du Erfolg damit«, stimmte sie zu, überrascht, wie rasch sie sich innerhalb kürzester Zeit der Zugbrücke hatten nähern können. Kaum waren sie an der Reihe, sie zu betreten, kreuzten die Wachen jedoch entschieden die Piken. »Was wollt Ihr?«

»Hinein in die Festung«, antwortete Caspar freundlich.

»Aber ohne das Fräulein«, meldete sich der zweite Posten zu Wort, noch ehe Caspar das Schreiben aus seinem Rock gezückt hatte. »Frauen haben keinen Zutritt.«

»Uns beiden ist der Zutritt erlaubt«, erwiderte Caspar und reichte dem Wachposten das versiegelte Schreiben Telpins. Ratlos sah der Mann darauf, wechselte einen fragenden Blick mit seinem Kumpan. Schon meinte Agnes, er sei des Lesens unkundig, da fiel ihr auf, dass es wohl eher das Siegel war, das ihn stutzen ließ. Neugierig versuchte sie zu erkennen, was ihn daran stören mochte.

»Was gibt es?«, erklang eine Stimme von Seiten der Brücke. Erstaunt sahen sie auf. Unvermittelt stand Johann Telpin hinter den Wachposten, dicht gefolgt von seinen drei Begleitern.

»Wisst ihr nicht, was dieses Siegel bedeutet?«, herrschte Telpin die beiden Wachen an, die sich unter seiner wütenden Stimme duckten. »Lasst sie durch. Die beiden Herrschaften gehören zu meinem Gefolge, wie euch das Schreiben zeigt.«

Damit winkte er Agnes und Caspar zu sich. Die beiden Wachen wagten nicht länger, sich zu widersetzen. Dankbar nickte Agnes ihrem neuen Beschützer zu. Außerhalb der dämmrigen Gaststube wirkte er noch ehrfurchteinflößender. In der faltenreichen Houppelande aus schwerem, dunkelblauem Samt, die am Kragen mit weißem und inwendig mit grauem Feh verbrämt war, wirkten seine Schultern einschüchternd breit. Auf dem Haar thronte ein Barett, das ebenfalls aus dunkelblauem Samt gefertigt war. Die roten Strumpfhosen und die langen Schnabelschuhe verliehen seinem weit ausholenden Gang eine überraschende Leichtigkeit. Bei jedem Schritt klingelten die Glöckchen an den Rogeln. Auch Waller und Roseman waren aufs prächtigste gewandet. Zwar trugen sie kein Feh an ihren Houppelandes, dafür aber war der Biber an ihren Krägen von ausgezeichneter Qualität.

Die drei Herren eilten Caspar und Agnes über die hölzerne Zugbrücke in die Vorburg voraus. Kaum blieb ihnen Gelegenheit, sich die Anlage genauer anzusehen. Im Vorbeihasten schnappte Agnes lediglich flüchtige Eindrücke auf: Rechter Hand hinter der Brücke lagen die Wachgebäude sowie die Rüstkammer, was unschwer an den zahlreichen Wachmännern mit schweren Waffen zu erkennen war, die sich davor sammelten. Aus einer offenen Schmiede klang Hämmern herüber. Mehrere Stallknechte hielten sich dort mit einem halben Dutzend zu beschlagender Pferde auf.

Telpin und seine Gefährten schenkten dem keinerlei Beachtung. Zielsicher hielten sie auf das Innere der weitläufigen

Anlage zu, das sich nördlich des Mittel- und Hochschlosses erstreckte.

Das bunte Treiben unter den ausladenden Eichen und auf den Wiesen erinnerte eher an einen Jahrmarkt denn an eine gut gesicherte Festung. Eine unübersehbar große Zahl Söldner lungerte mitsamt ihren Knappen und Pferden beschäftigungslos herum. Daneben trieben Händler, Huren und Spielleute ihr Geschäft, führten Possen auf oder trachteten danach, sich gegenseitig in günstigen Angeboten auszustechen. Selbst Alte und Kinder waren zu Agnes' Verwunderung darunter auszumachen. Ihr Blick schweifte umher. Am Rand des Platzes gewahrte sie eine Gruppe Spieler. Am liebsten hätte sie Telpin auf die Männer aufmerksam gemacht, um nach Laurenz' würfelsüchtigem Kunstdiener zu fragen. Doch der weißhaarige Böhme lief weiter, ohne nach rechts und links zu sehen. Sie musste sich sputen, wollte sie ihn im Gedränge nicht verlieren.

Stetes Klopfen und Hauen der Steinmetze, Maurer und Zimmerleute übertönte bald das lustige Rufen der Spielleute. Der große Platz direkt vor dem Tor zum Mittelschloss hatte sich in eine riesige Baustelle verwandelt. Neben einem Steinmetz, der gerade dabei war, aus einem kantigen Block die ersten Umrisse einer Figur herauszuarbeiten, bearbeitete ein Holzschnitzer mit flinken Schüben seines Werkzeugs einen dicken Stamm. Grob war bereits zu erkennen, dass daraus einmal ein reich mit Blätterwerk verziertes Gestühl entstehen würde. Ihm gegenüber hämmerte ein Schmied einen Eisenbeschlag. Zwischen all den fleißigen Männern lagerte das Material für weitere Figuren, Gestühle und Beschläge sowie für die Errichtung von Steinmauern und Wällen. In einiger Entfernung war ein Gerüst aufgeschlagen, um eine Krone auf einer mannshohen Mauer zu errichten. Kaum war zu erkennen, dass direkt daneben eine Kapelle stand. Nahebei wurde gerade ein Kran aufgebaut, der den Kirchturm bereits überragte.

Mit jedem Schritt durch das Gewühl wurde Agnes ungeduldiger. Zwischen all den Bauhandwerkern konnte irgendwo Laurenz stecken. Das würde ihr das Reden mit seinem Kunstdiener ersparen. Ihr war, als spürte sie Laurenz' Gegenwart bereits. Kaum achtete sie mehr auf den Weg, stolperte über eine Unebenheit, stapfte in eine Pfütze. Mahnend fasste Caspar ihr unter den Arm. Sie schüttelte ihn jedoch verärgert ab und beschleunigte ihre Schritte, um Telpin einzuholen.

»Habt Ihr den Baumeister Selege gefunden? Wo ist er? Verratet es mir bitte!« Ihr Herz raste, als sie zu dem hochgewachsenen Mann aufschaute. Seine Miene schien unergründlich. Das Lächeln um seine Mundwinkel wirkte wie eingemeißelt.

»Habe ich das gesagt?«, erwiderte er, den Blick weiter geradeaus gerichtet.

»Warum sonst habt Ihr so schnell nach uns geschickt?«

Fahrig spielten ihre Finger mit den Zipfeln ihres Tuchs, glitten über die rauhe Haut des Feuermals im Nacken. Ein Anflug von Trotz erfasste sie. Sie reckte das Kinn und griff Telpin am Arm, bedeutete ihm anzuhalten. Mit hochgezogenen Augenbrauen wandte er sich um.

»Sagt es mir bitte gleich, falls wir uns umsonst Hoffnung machen.«

»Verzeiht, liebes Fräulein, aber Eure Ungeduld habt Ihr offensichtlich von Eurem Vater geerbt. Der kann es ebenso schwer ertragen, eine Weile auszuharren, bis er erfährt, was er erfahren will. Das müsst Ihr Euch abgewöhnen!«

Der Vergleich mit dem ihr unbekannten Fischart schreckte Agnes. »So kennt Ihr meinen Vater persönlich?«

»Aber natürlich!« Telpin lachte auf. »Die Ähnlichkeit Eures Bruders mit Eurem Herrn Vater ist offensichtlich. Das hat mich gestern dazu verleitet, Euch meine Unterstützung anzubieten. Wildfremden hätte ich ganz gewiss nicht so einfach beigestanden und ihnen meinen Namen sowie meine Mission verraten. Den Kindern eines geschätzten Freundes aber tue ich gern einen Gefallen. Noch dazu, wenn es sich um einen so verlässlichen Mann wie den guten Gernot Fischart handelt. Das Gleiche würde er im umgekehrten Fall ebenso tun. Davon abgesehen: Auch Ihr habt einiges von ihm, liebes Fräulein. Mir ist allerdings völlig neu zu erfahren, dass er eine Tochter hat. Bislang hörte ich ihn immer nur von einem Sohn reden. Wie konnte er mir eine so hübsche und kluge Tochter, wie Ihr es seid, verschweigen? Bei nächster Gelegenheit werde ich ihm das vorhalten. Auf eine Tochter wie Euch sollte er überaus stolz sein.«

Er lächelte breit. Dann sah er zu Caspar, der verlegen den Blick abwandte. »Nichts für ungut, mein Lieber. Von Euch spricht er ohnehin nur in den höchsten Tönen, und das, wie es scheint, völlig zu Recht.«

Gutmütig tätschelte er Caspar die Schulter. Laut räusperte sich Petrus Waller, auch Nikolaus Roseman schob sich dichter an Telpin heran und raunte ihm etwas ins Ohr. Daraufhin wurde dessen Gesicht wieder ernst. Die buschigen weißen Augenbrauen zogen sich unwirsch zusammen. »Verzeiht, aber meine Gefährten drängen mich«, erklärte er Agnes mit einem bedauernden Lächeln. »Wir müssen gleich wieder zurück in den Remter. Heinrich Reuß von Plauen wartet dort auf uns. Also los, gehen wir rasch weiter.«

Er hielt auf eine Hütte zu, die sich am Ende des nächsten Querwalls befand. Kaum war sie im aufgeschütteten Mauer- und Balkenwerk zu erkennen.

»Da vorn ist die Bauhütte.« Mit ausgestreckter Hand wies er auf das niedrige Gebäude. Gerade hob er an, Näheres zu erläutern, da wurde Agnes eines Mannes gewahr, der hinter dem Gerüst bei der Kapelle hervorkam. Ihr Herz machte einen Sprung: Das war er! Auf unzählige Schritt Entfernung würde sie die geliebte Gestalt erkennen, zu oft hatte sie sie sich in den letzten Wochen sehnsüchtig in Erinnerung gerufen. Vergessen waren Agathas Worte über Laurenz' Versprechen seinem Meister und dessen Tochter gegenüber. Alles, was in diesem Moment zählte, war, ihn endlich wieder heil und gesund vor sich zu sehen.

»Laurenz!«

Sie stürzte einfach los. Weder achtete sie darauf, was Telpin sagte, noch, ob es schicklich war, in aller Öffentlichkeit so ungestüm auf den Geliebten zuzurennen. Caspar reagierte unerwartet schnell. In kaum drei Schritten stand er bei ihr und hielt sie zurück. »Um Gottes willen, Agnes, nimm Vernunft an! Wir sind nicht allein.«

»Lass mich«, zischte sie. Er aber gab sie nicht frei.

Im selben Moment wurde Laurenz auf sie aufmerksam. Verwundert blieb er stehen, blickte zwischen ihr und Caspar hin und her. Deutlich las sie an seinem geliebten Antlitz ab, was er Ungeheuerliches von ihnen beiden dachte. Verzweifelt suchte sie nach den richtigen Worten, ihm das zu erklären.

Die böhmischen Kaufleute schlossen zu ihnen auf und postierten sich im Halbkreis um sie herum. Neben Laurenz tauchten zwei weitere Männer auf. In einem von ihnen erkannte sie den Stellmachermeister Strack aus Konitz wieder, der ihnen im August im Krug in Pronitten begegnet war. Die schmächtige Gestalt und die dichten schwarzen Haare waren unverwechselbar. Also hatte Laurenz Wort gehalten und ihm eine Anstellung verschafft. Der Zweite aber war Agnes unbekannt. Kleidung und Auftreten ließen auf einen angesehenen Meister schließen, die kräftigen Arme und Hände verrieten, dass er zuweilen körperlich schwer gearbeitet hatte. Das vom Leben gezeichnete Gesicht sowie die Silberfäden im schwarzen Bart und dem dunklen Haar machten klar, dass er mindestens ein gutes Dutzend Jahre mehr auf dem Buckel hatte als Laurenz. Erstaunt wanderte sein Blick über die stumm dastehende Runde, blieb letztlich mit einem merkwürdigen Lächeln auf Caspar haften.

»Fischart?«, fragte er, um sogleich den schmalen Kopf zu schütteln und hinzuzufügen: »Nein, nein, das kann gar nicht sein. Zu viele Jahre sind seither …«

»Ihr verwechselt mich wohl mit meinem Vater«, unterbrach Caspar ihn und ließ Agnes los. Sogleich trat sie zwei Schritte von ihm weg.

»So muss es sein. Ihr seid also bereits der Sohn«, erwiderte der Mann. »Viel zu lange ist es her, dass der liebe Gernot und ich uns begegnet sind. Ihr seid ihm wie aus dem Gesicht geschnitten. Kein Wunder, dass ich zuerst einer Täuschung erlegen bin.«

Über seinen Worten horchte Laurenz auf. »Ihr seid der Sohn von Gernot Fischart aus der Königsberger Altstadt?«

Er trat auf Agnes und Caspar zu, sah von neuem prüfend zwischen ihnen hin und her, blieb am Halstuch hängen, das ihr Bruder ebenso wie sie trug. Ein verständiges Lächeln huschte über Laurenz' Gesicht. Aufmunternd zwinkerte er Agnes zu. »Längst hätte ich darauf kommen müssen!«

»Längst ist es ohnehin an der Zeit, dass du mir und meinem Bruder die ganze Geschichte von damals erzählst«, merkte sie an und stellte sich dicht vor ihn hin. Flehentlich sah sie ihm in die verschiedenfarbigen Augen, saugte jede einzelne Regung auf seinem Gesicht auf. »Du allein kannst uns noch helfen, unsere Mutter vor dem Schlimmsten zu bewahren.«

»Was ist geschehen?«

»Viel zu viel, als dass ich es dir in wenigen Sätzen erklären kann. Du musst mit mir nach Königsberg kommen und unsere Mutter vor dem Verderben retten.«

»So einfach kann ich hier nicht fort.« Bedauernd sah er zu Meister Jagusch. Der wirkte beunruhigt ob ihres aufgeregten Gesprächs. In Agnes flammte Eifersucht auf. Gewiss wollte er Laurenz nicht gehen lassen, weil er um die Bindung an seine Tochter bangte. Sie trat noch näher auf Laurenz zu, genoss seinen warmen Atem auf der Haut.

»Hilf mir, bitte. Du stehst bei mir im Wort!«

Aus den Augenwinkeln sah sie, wie Meister Jagusch erblasste.

8

Kaum hatte Gunda entdeckt, was sie suchte, fiel es ihr schwer, bis zum Ende des Gottesdienstes andächtig auf ihrem Platz zu verharren. Weihrauch drang vom Chor über die Reihen der Gläubigen, eine Glocke wurde geläutet. Die Frauen um sie herum senkten die Köpfe, bekreuzigten sich. Ohne nachzudenken, tat sie es ihnen nach. Unruhig glitt ihr Blick jedoch immer wieder zu derselben Stelle. Auf der rechten Seite der Betenden, nur wenige Reihen weiter vorn, stand Gernot Fischart.

Das Licht in der Johanniskirche zu Memel war nicht sonderlich gut. Die reich ausgemalten Fenster sorgten zwar für üppige Lichtspiele. Die aber waren vor allem von dunklem

Blau, sattem Rot sowie gelegentlich helleren Einsprengseln in Gelb beherrscht. Die spärlich angezündeten Kerzen halfen nicht viel, wenig mehr als nur die Umrisse der versammelten Gläubigen erkennen zu lassen. Dennoch zweifelte Gunda nicht im Geringsten daran, dass der schwere Kopf auf den breiten Schultern ihrem einstigen Verlobten aus der Königsberger Altstadt gehörte. Ihre Hände zitterten, ihr Atem wurde schneller. Ihn nach all den Jahren so nah bei sich zu wissen, war kaum zu ertragen. Stünde sie drüben bei den Männern, reichte es, die Hand auszustrecken, sich ein wenig nach vorn zu recken, und sie könnte ihn bereits berühren.

Gebannt ruhte ihr Blick auf ihm. Die Haltung seines Kopfes sowie die Linien seines Körpers hätte sie jederzeit wiedererkannt, auch in weiteren siebzehn Jahren. Viel zu sehr hatte sie einst jedes einzelne Zucken auf seinem Gesicht geliebt, war viel zu bitter von seiner verschlossenen Miene enttäuscht worden, um auch nur eine Regung von ihm je zu vergessen. Tief hatte sich ihr ins Gedächtnis eingebrannt, wie er den Kopf auf dem wulstigen Nacken zu halten und den schon in jungen Jahren üppigen Leib auf den dünnen Beinen zu balancieren pflegte. Sein Hals war noch kürzer geworden. Das dunkelblonde Haar verdeckte ihn nahezu vollständig, wie auch das Feuermal gänzlich in den Falten unter den Haaren verschwand. Tränen traten Gunda in die Augen. Hastig wischte sie sie fort.

Selbst aus diesem Blickwinkel war zu erkennen, wie verblüffend ähnlich Caspar seinem Vater sah. Sie schluckte, gedachte des schmerzvollen, kurzen Wiedersehens letzte Woche. Zu einem ausgewachsenen jungen Mann war ihr kleiner Junge herangereift, ohne dass sie ihn dabei auch nur ein winziges Stück des Weges hatte begleiten dürfen. Kein Wunder, dass er nur Befremden für sie aufbrachte, in Editha aber seine

Mutter sah. Schuld daran trug allein Gernot. Wie lang schon verzehrte sie sich danach, es ihm offen ins Gesicht zu schleudern! Nun war es endlich so weit. Entschlossen biss sie sich auf die Lippen, spürte ein Kribbeln im Bauch.

Gernot ahnte nicht, was ihm bevorstand. Gelegentlich wippte er auf die Fußspitzen vor, glitt in einer geschmeidigen Bewegung auf die Fußsohlen zurück. Im Vergleich zu anderen Männern wirkte er nicht sonderlich groß. Dafür aber wusste er sich durch seine Haltung Achtung zu verschaffen. Sein dunkelgrüner Rock war nicht nur von taillenbetontem, elegantem Schnitt, sondern auch aus bestem Stoff gefertigt. Ebenso saßen die rot-grün gestreiften Strumpfhosen tadellos an den dünnen Beinen. Die Geschäfte mit dem litauischen Eibenholz schienen ihm trotz Rehbinders düsteren Voraussagen nicht schlecht bekommen zu sein.

Der Priester hob zum letzten Gebet an, die Gläubigen stimmten feierlich ein. Gundas Unruhe wuchs. Nur noch wenige Augenblicke! Fahrig knetete sie die eiskalten Finger, spitzte den Mund, hörte kaum den Schlusssegen. Die ersten Gottesdienstbesucher wandten sich bereits ab, um die Kirche zu verlassen. Auf dem Vorplatz von Sankt Johannis an der Ostseite des Memeler Marktplatzes versammelten sie sich. Der sonntägliche Messbesuch bot eine gute Gelegenheit, wichtige Gespräche in unverfänglichem Rahmen zu führen. Gunda schickte ein Dankgebet gen Himmel, dass ihr bei ihrer Ankunft in Memel die Idee gekommen war, Gernot bei dieser Gelegenheit anzusprechen. Aufmerksam behielt sie ihn im Auge. Sie musste ihn erreichen, ehe ihr jemand zuvorkam. Nur noch wenige Schritte trennten sie von ihm.

»Welch Überraschung: Gernot Fischart!« Ihre Stimme bebte kaum merklich. Tief sog sie die Luft ein und wartete gespannt, bis er sich umdrehte.

Viel zu langsam tat er es.

Für einen Moment raubte ihr der Blick in sein Antlitz die Sinne. Schlagartig wusste sie, warum Zacharias Fröbel ihr geraten hatte, sie solle mit ihrer Rache unbedingt so lange warten, bis sie wirklich sicher war, bei der Begegnung mit Gernot keine weichen Knie mehr zu bekommen. Jetzt war es zu spät. Sie hatte eindeutig nicht lang genug gewartet. Die letzten siebzehn Jahre und all das seither erlebte Leid waren wie ausgelöscht. Zwar waren Gernots Wangen voller, die Tränensäcke dicker und die Falten um die Augen reichlicher geworden, dennoch brachte schon das geringste Zucken um seine Mundwinkel ihr Herz zum Rasen. Sofort hatte sie wieder sein vertrautes Lachen und die wohltönende Stimme im Ohr, mit der er Verse wie »Wem nie durch Liebe Leid geschah« oder »Der mit Glücke traurig ist« so gefühlvoll vorzutragen verstand wie kein anderer. Wie sehnte sie sich nach jenen trauten Abenden in ihrem Dortmunder Elternhaus, an denen Gernot für sie allein jene Worte mit Leben füllte. Die Herzen überquellend von den frisch gekosteten Wonnen der ersten Liebe, die Köpfe prall gefüllt mit süßen Plänen von einer gemeinsamen, unbeschwerten Zukunft am Pregel, hatten sie damals nicht im Traum daran gedacht, dass auch für sie beide Liebesglück und Liebesleid derart erdrückend nah beieinanderlagen wie in jenen Zeilen. Sie seufzte leise, zwang sich in die Wirklichkeit zurück.

Gernot zog die Augenbrauen hoch und rieb sich das Kinn. Erkannte er sie etwa gar nicht wieder? Ungläubig starrte sie ihn an. Erst jetzt fielen ihr die sorgenvollen Furchen um seine Mundwinkel auf. Der rotgefärbte Bart vermochte sie schwerlich zu überdecken. Ebenso gewahrte sie die Falten um die Augen, den müden Blick, mit dem er sie bedachte. Vor ihr stand nicht mehr der ungestüme Jüngling, für den sie einst entflammt war, sondern ein vom Leben gezeichneter Kaufmann. Der Ausdruck auf seinem Gesicht wechselte in rascher Folge von Verwunderung über Ratlosigkeit hin zu schlecht verhohlener Unsicherheit. Mit einem aufgesetzten Räuspern suchte er sie zu überspielen. »Gunda, du? Wie schön, dich wiederzusehen. Nie im Leben hätte ich damit gerechnet, dich hier zu treffen. Was hat dich nach Memel verschlagen?«

»Kannst du dir das nicht denken? Weißt du mich nach allem, was geschehen ist, nicht anders zu begrüßen?«

»Es tut mir leid.« Auf den Fußspitzen wippend, geriet er ins Schwanken, sah sie mit schreckgeweiteten Augen an. In ihrem Kopf drängte eine weitere Erinnerung nach oben: die an jenen entsetzlichen Tag, an dem sie mit Agnes auf dem Arm in der Fischartschen Diele gestanden und ihn um die Herausgabe des kleinen Caspar angefleht hatte. Damals hatte seine Stimme ähnlich bemüht geklungen wie gerade eben, als er ihr dieselben Worte sagte wie vor siebzehn Jahren. In höchster Verzweiflung hatte sie vor ihm gestanden. Ihr Schicksal hatte in seiner Hand gelegen, und er hatte das gewusst. Den drohenden Blick Edithas im Rücken, den bösen Odem der Hundskötterin im Genick aber hatte er nicht einen Funken Mut aufgebracht, sich zur Wahrheit zu bekennen, sondern nur jenes niederschmetternde, erbärmliche »Es tut mir leid« zwischen den Lippen hervorgepresst. Dieses Mal in Memel stand die Sache nicht viel anders. Auch nun lag ihr Schicksal wieder in seiner Hand. Doch nun waren sie allein miteinander, um das ein für alle Mal zu klären. Ihre anfängliche Verliebtheit war wie weggeblasen.

»Lass uns ein Stück gehen, mein Lieber. Jenseits des Trubels hier auf dem Kirchplatz lässt es sich besser miteinander reden.« Liebenswürdig lächelte sie ihn an.

»Wie du willst«, stimmte er zu und lotste sie zu einer Gasse, die nordwärts vom Markt wegführte.

Erstaunlich, dass das Schicksal sie beide ausgerechnet in Memel zusammenführte, einer Stadt, die vor gut zweihundert Jahren von Dortmunder Kaufleuten neben der Memelburg des Deutschen Ordens gegründet worden war. Wie alle Städte des Ordenslandes war auch Memel nach den Bedürfnissen der Siedler aufs sorgfältigste angelegt worden. Prunkvolle Kaufmannshäuser aus rotem Backstein säumten die breiten Straßen. Nur vereinzelt schoben sich niedrige Fachwerkbauten dazwischen. Die Stadt rechnete sich zwar lange schon zum Preußischen Bund, war aber bislang von kriegerischen Auseinandersetzungen mit den Kreuzherren verschont geblieben. Mit weiser Voraussicht hatten die Bürger darauf verzichtet, die Ordensburg zu schleifen. Am westlichen Rand Memels gelegen, bot sie mit ihren trutzigen Wallanlagen einen hervorragenden Schutz vor dem Wasser des Kurischen Haffs. Ruhig und friedlich breitete sich die Stadt zwischen Haff, Dangemündung und der nach Livland sacht auslaufenden Memelebene aus.

Schweigend erreichten Gunda und Gernot das Ufer der Dange und erklommen den niedrigen Wall, der die letzten Häuser der Stadt von dem Fluss trennte. Obenauf verlief ein schmaler Pfad. In stummem Einvernehmen schlugen sie den Weg flussabwärts ein. Kaum eine Menschenseele war unterwegs. Dank der Oktobersonne tanzten goldene Lichtsplitter auf dem Wasser. Das schimmernde Band zog sich in sanftem Schwung am Wall entlang. Der Geruch nach brakigem Wasser drang in die Nasen. Grauweiße Möwen segelten dicht über den Wellen, ein Kormoran störte sie auf, sorgte für das vorläufige Ende der friedlichen Stimmung unter den Tieren. Anders als die Vögel achteten die Schiffsleute den Sonntag.

Dabei wäre der linde Ostwind bestens geeignet, die Segel zu blähen, um den nahen Hafen an der Flussmündung ins Kurische Haff anzusteuern. So aber zeigte sich kein Boot auf dem Wasser. Es wurde kühler. Ein leichter Wind zupfte an der Flügelhaube auf Gundas Kopf, als wollte er sie an den eigentlichen Grund ihres Spaziergangs mit Gernot gemahnen.

»Du bist immer noch sehr schön«, hob Gernot ungelenk an und verschränkte umständlich die Arme auf dem Rücken. »Dein Haar ist wundervoll frisiert, deine weiße Haut makellos glatt. Deine Figur und dein Auftreten betören durch eine jugendliche Unbeschwertheit, wie sie dir schon immer zu eigen war. Beneidenswert! Wie machst du das nur? Kaum ist dir dein Alter anzusehen.«

»Ist das alles, was du mir nach all den Jahren zu sagen hast?« Unvermittelt blieb sie stehen, zwang ihn, ebenfalls anzuhalten, und sah ihn eindringlich an. Er versuchte, ihrem Blick auszuweichen. Sacht berührte sie ihn am Arm. »Auch du hast dich wenig verändert, mein Lieber. Die Verlockung ist groß, deinen Schmeicheleien Glauben zu schenken. Sie sind Balsam für die Seele einer Frau, die merkt, wie ihr die Jahre dahinschwinden.«

»Danach siehst du gar nicht aus.«

»Enttäuscht dich das? Hättest du lieber eine grau gewordene, verhärmte Gestalt vor dir gesehen? Viel hätte wahrlich nicht gefehlt, mich schon in jungen Jahren in eine solche zu verwandeln. Allein Gottes Gnade hat mich davor bewahrt, nachdem du mich damals derart grausam deines Hauses verwiesen hast. Im rechten Augenblick hat mir der Allmächtige einen Menschen geschickt, dessen bedingungslose Liebe mir geholfen hat, mit dem erlittenen Leid fertig zu werden.«

»So bist du also glücklich verheiratet?« Wieder räusperte er sich verlegen.

»Mein Gemahl ist im letzten Jahr gestorben.«

»Ist das der Grund, warum du jetzt vor mir stehst?«, brauste er auf. »Willst du mich jetzt auch dafür verantwortlich machen? Hast du deswegen mit diesem törichten Eibenholzhandel angefangen, den Rehbinder so geheimnisvoll für dich einfädeln musste?«

»Es freut mich, dass du selbst herausgefunden hast, wer hinter den Abschlüssen steckt. Deiner Gemahlin hat Rehbinder wohl erst alles erklären müssen, damit sie es begriffen hat.«

»Woher weißt du das?« Gernot wurde blass.

»Er hat es mir selbst gesagt.«

»Mir gegenüber hat er kein Wort von dir verraten.«

»Auf einen so ehrwürdigen Mann wie ihn ist eben Verlass. Leider gilt das nicht für alle Männer, die mir im Lauf meines Lebens einmal ihr Wort gegeben haben.«

»Willst du damit auf die Auflösung unserer Verlobung anspielen? Welche Wahl hatte ich denn damals? Als die verhängnisvolle Nachricht vom Überfall auf eure Reisegruppe nach Königsberg gelangt ist, habe ich dich für tot halten müssen. Jeder andere an meiner Stelle hätte ähnlich gehandelt.«

»Du hättest dich allerdings nicht am nächsten Tag schon mit Editha verloben und sie eine Woche später heiraten müssen.«

»Lange hast du unserer Verlobung ebenfalls nicht nachgetrauert. Kurz darauf hast du bei Kelletat Trost gefunden.«

»Auf unsere Art haben der Böttchermeister und ich uns sehr geliebt«, stellte sie zu ihrer eigenen Verwunderung trotzig fest, um rasch das Thema zu wechseln: »Du siehst nicht so aus, als hätte dir das Geschäft mit dem litauischen Eibenholz großen Schaden zugefügt.«

»Sag das nicht. Als Wehlau in die Kämpfe mit den Kreuzherren verwickelt wurde und unter Beschuss geriet, hätte es mich fast ruiniert. Du weißt, dass ich die nächste Lieferung bereits im Voraus bezahlt hatte, ohne je das Holz zu erhalten.«

»Ich sehe schon: Trotz der Falten im Gesicht und dem dick gewordenen Wanst hast du dich kaum verändert, mein Lieber. Deine Gier nach gewinnträchtigen Geschäften ist so unersättlich wie ehedem. Nicht mein Verhalten, sondern diese Gier, einem guten Geschäft noch ein besseres hinzuzufügen, wäre dir fast zum Verhängnis geworden.«

»Besäße ich diese Gier nicht, wäre ich wohl kaum ein guter Kaufmann.« In seinen Augen blitzte ein unerwartetes Lächeln auf. »Du hast dich ebenfalls kaum verändert, meine Liebe, sonst hättest du das gar nicht erst so eingefädelt. Weißt du noch, wer mir das Handeln einst beigebracht hat?«

Seine Stimme wurde betörend, einige Atemzüge lang sahen sie einander vielsagend in die Augen. Es freute sie, dass er ihren Vater als seinen Lehrmeister nach wie vor hoch in Ehren hielt.

»Der Neid meiner Königsberger Zunftgenossen hat dazu geführt, dass ich jetzt noch einmal nach Riga gereist bin«, fuhr er nach einer Pause fort. »Sie haben mir den satten Gewinn madig gemacht. Dem wollte ich für eine Weile entgehen. Ist das eigentlich deine lang geplante Rache an mir?«

»Meine lang geplante Rache?« Sie lachte auf. »Glaubst du wirklich, das, was du mir vor siebzehn Jahren mit dem Raub meines Kindes angetan hast, wäre mit einem verlustreichen Holzgeschäft und dem bösen Tratsch deiner Zunftgenossen abgegolten?«

»Wieso sprichst du vom Raub *deines* Kindes? Caspar ist *mein* Sohn! Jeder, der ihn sieht, wird dir das bestätigen.«

»Mir muss das keiner bestätigen, mein Lieber. Eine Mutter vergisst nie, wessen Kind sie über Monate unter dem Herzen getragen und sich später unter Schmerzen aus dem Leib herausgepresst hat. Ebenso wenig vergisst sie, was es heißt, dieses Kindes beraubt zu werden und es bei einer anderen aufwachsen zu sehen.«

»Du bist nicht die einzig Leidtragende in dieser Geschichte.« Plötzlich veränderte sich der Ausdruck auf seinem Gesicht, auch seine Stimme verlor ihre Kraft. Breitbeinig stand er da, verschränkte die Arme vor der Brust und sah eine Weile ziellos in die Ferne. Leise fügte er hinzu: »Ebenso wie du habe auch ich lange für das gebüßt, was damals im Löbenicht geschehen ist. Über Jahr und Tag haben mich die dunkelsten Träume heimgesucht. Bis heute wache ich nachts schweißgebadet auf und erlebe jene schrecklichen Stunden wieder und wieder. Es war einfach entsetzlich, Kelletat nach unserem Streit reglos am Fuß der Treppe liegen zu sehen und dich derart schreien zu hören. Dazu auch die Kinder, *meine* Kinder! Damit hatte ich doch gar nicht gerechnet. Nie werde ich ihren Anblick in der Wiege vergessen.«

Wie er das sagte, schwang Schmerz in jeder Silbe mit. Die Versuchung war groß, ihn einfach in den Arm zu nehmen und sich mit ihm dem Schmerz hinzugeben. Doch dann ging ein Ruck durch ihren Körper. »Mir anzuhören, wie sehr du gelitten hast, ist viel von mir verlangt, mein Lieber. Oder glaubst du, eine Mutter kommt je darüber hinweg, wenn man ihr das Kind von der Brust reißt?«

»Aber ein Vater soll das einfach so verkraften?«, schoss er zurück. Erregt standen sie nah voreinander. Die Augen auf derselben Höhe stierten sie sich an. Gunda schmerzten die Finger, so fest ballte sie die Hände zu Fäusten, Gernot schwollen die Adern an den Schläfen.

Trotzdem lag kein Hass in ihren Blicken. In Gunda wuchs das Verlangen, Gernot um den Hals zu fallen, den Kopf an seiner Brust zu bergen und um all die verlorenen gemeinsamen Jahre zu weinen. Schon neigte sie sich vor, da tauchte Edithas Gesicht vor ihrem inneren Auge auf. Er hatte sie und ihre Liebe verraten. Es war mehr als recht, dass er litt.

»Wieso hast du mir das angetan?«, fragte sie leise und löste die Fäuste.

»Willst du das wirklich von mir hören?« Allmählich fasste er sich wieder, strich sich durch den Bart. Seine Augen glitzerten feucht. Sie nickte kaum merklich. Sacht schüttelte er den Kopf. Dann begann er mit seiner vertrauten, schönen Stimme zu reden. »Deinen Zorn auf mich verstehe ich nur zu gut. Es hilft dir wenig, wenn ich gestehe, wie aufrichtig leid mir tut, was damals geschehen ist. Nach wie vor reut mich mein feiges Verhalten, das musst du mir glauben! Hätte ich auch nur im Entferntesten geahnt, wie sich die Dinge entwickeln, hätte ich rechtzeitig mein Möglichstes versucht, das Schlimmste zu verhindern. Doch ebenso wie du sind wohl auch Editha und ich einem bösen Trug aufgesessen.«

»Du willst nicht allen Ernstes behaupten, dass …«, hob sie an.

»Bitte hör mich bis zum Ende an, bevor du dein Urteil fällst«, bat er und fasste vorsichtig nach ihrer Hand. Sie wollte sich der Berührung widersetzen, doch mit einem Mal fehlte ihr die Kraft. Die Wärme seiner Haut zu spüren tat gut, ebenso, den sanften Druck zu erdulden, den er dabei ausübte. Plötzlich genoss sie es wieder, ihn nah vor sich zu haben, und erwiderte den Händedruck. Ein schüchternes Lächeln stahl sich auf sein Gesicht. Er räusperte sich.

»Als Editha nach der Geburt das tote Kind in Armen hielt und vor Kummer zu zergehen drohte, habe ich ihren Anblick kaum ertragen. Auch wenn du es dir nicht vorstellen magst: Sie ist eine liebevolle Frau mit sehr starken Gefühlen. Vom ersten Augenblick an hat sie sich mir mit größter Zärtlichkeit hingegeben, mich damals selbstlos über die schreckliche Nachricht von deinem vermeintlichen Tod getröstet. Bis zum heutigen Tag haben wir unendlich viele schöne Stunden …«

»Du wolltest mir von dem verhängnisvollen Tag ihrer Niederkunft erzählen«, ging sie erregt dazwischen. »Deine Schwärmerei von Editha ersparst du mir besser.«

»Verzeih«, murmelte er. »Du hast natürlich recht. Doch ich bin mir sicher, wärt ihr beide euch unter anderen Umständen begegnet, hättet ihr euch auf Anhieb gut verstanden.«

Wieder wollte sie ihm entrüstet über den Mund fahren, bezwang sich jedoch im letzten Moment. Nachdenklich betrachtete sie ihn. Dieses Mal erwiderte er ihren Blick eindringlich. Aufrichtigkeit strahlte ihr aus seinen Augen entgegen. Das rührte sie. Mit einem Mal begriff sie, dass sie ihm kaum zutraute, eine Frau zu lieben, die durch und durch schlecht war. Sie dachte an Caspar. Ohne auch nur einen Augenblick zu zögern, hatte er sich sofort auf Edithas Seite gestellt, wie auch Gernot sie jetzt entschieden in Schutz nahm. »So weh es mir tut, muss ich wohl zugeben, dass du recht haben könntest. Etwas Besonderes wird Editha haben, sonst würdest du sie kaum derart innig lieben.«

»Ich wusste es!« Begeistert hob er die Arme, machte einen Schritt auf sie zu, sah dann aber doch von der Umarmung ab. Sie dankte es ihm mit einem Lächeln.

»Editha ist wirklich eine besondere Frau«, fuhr er endlich fort. »Davon abgesehen, hat sie sich vom ersten Tag unserer Ehe an nichts sehnlicher gewünscht als ein gemeinsames Kind. Sie quoll über vor Liebe, und es war klar, dass ich allein ihr nicht genug war, um dieses Gefühl auszuleben. Glücklicherweise war sie bald schon schwanger, fühlte sich von da an wie im Paradies. Umso schlimmer für sie, das Kind noch bei der Geburt zu verlieren.«

Sichtlich bewegt, hielt er abermals inne, sah ziellos in die Ferne und seufzte tief, bevor er sich Gunda wieder zuwandte. Kaum hörbar flüsterte er: »Mir allein habe ich die Schuld daran gegeben. Ich war überzeugt, das tote Kind wäre die Strafe Gottes, weil ich dich und unsere Liebe zu schnell aufgegeben habe. Wie habe ich mir nur einbilden können, Gott ließe mir das ungestraft durchgehen? Schlimm war, dass er Editha damit ebenfalls hart traf. Doch anscheinend hielt er einen Trost für sie bereit: Als die Hundskötterin aus dem Löbenicht zurückkehrte, wo sie Rat bei ihrer Lehrmeisterin gesucht hatte, und uns erzählte, du befändest dich in größter Not, weil du am selben Tag zwei Kindern das Leben geschenkt hattest, schien mir das wie ein neuerlicher Fingerzeig des Himmels. Ich bekam die Gelegenheit, dir noch einmal beizustehen und damit mein Versagen dir gegenüber gutzumachen. Nähmen Editha und ich uns eines deiner beiden Kinder an, würde man dir nicht unterstellen können, deinen Ehemann hintergangen und mit einem zweiten Mann ein Kind gezeugt zu haben.

Natürlich wusste ich, wer dieser zweite Mann war, das aber verriet ich nicht. Editha war sogleich beseelt von der Vorstellung, so doch noch ein Kind an ihrer Brust zu nähren, zumal uns die Hundskötterin wieder und wieder versicherte, damit würden wir dir aus größter Not helfen. Nichts anderes hatte ich also im Sinn, als ich zu dir lief. Ich konnte doch nicht ahnen, dass Kelletat ebenfalls zu Hause war und mich sofort mit Fäusten traktieren würde! Bei dem Gerangel mit ihm ging es mir einzig darum, mich seines Angriffs zu erwehren.

Dass er dabei unglücklich die Treppe hinunterstürzte und starb, bedaure ich unendlich.«

Schuldbewusst senkte er den Blick und schwieg. Sie fühlte sich außerstande, etwas zu erwidern. Zu deutlich stand ihr das Geschehen von damals vor Augen. Ihr Blick schweifte ab, folgte dem Flug einer Möwe. Eine zweite folgte ihr, um schließlich mit einem lauten Kreischen ins Wasser zu stoßen. Mit einem silbrig glänzenden Fisch im Maul tauchte sie wieder auf. Gunda schaute wieder zu Gernot.

Endlich redete er mit leiser Stimme weiter: »Du ahnst nicht, wie erschrocken ich war, als ich Caspar und das Mädchen in der Wiege liegen sah. Der Junge war mir wie aus dem Gesicht geschnitten! Als ich mich zu ihnen beugte und sie weiter ansah, die kleinen Köpfe drehte und bei beiden das Feuermal im Nacken entdeckte, fiel es mir wie Schuppen von den Augen: Alle beiden waren *unsere* Kinder! Ich konnte es kaum fassen, liebe Gunda. Ein einziges Mal nur haben wir uns einander hingegeben, gleich doppelt hat uns das Schicksal das mit den Zwillingen vergolten.«

»Wenn du also sofort gewusst hast, dass beide Kinder von dir waren, warum hast du mir das trotzdem angetan?«

Ratlos suchte sie seinen Blick. Von neuem wich er ihr aus.

»Ich weiß es nicht!« Er zuckte mit den Schultern, schüttelte den Kopf. »Was hätte ich tun sollen? Mich offen zu der Vaterschaft bekennen? Damit wäre weder dir noch mir geholfen gewesen. Im Gegenteil. Das hätte alles nur noch schlimmer gemacht, weil man vor allem dir angelastet hätte, Kelletat schändlich hintergangen zu haben. Vergiss nicht: Du warst eine Fremde, hattest auf dem Weg an den Pregel nach dem Überfall jeglichen männlichen Beistand verloren und hieltest dich erst wenige Monate in Königsberg auf. Er aber galt als ehrbarer Löbenichter Bürger. Unter

Schimpf und Schande hätten sie dich durch die Gassen getrieben!«

Aufgewühlt versagte ihm die Stimme. Er schluckte, beruhigte sich allmählich und fuhr in ruhigerem Ton fort: »Wahrscheinlich aber war ich in jenem Moment an der Wiege einfach nur unfähig, über irgendetwas nachzudenken. Das Einzige, was ich spürte, war der Wunsch, Editha eines der Kinder zu bringen und ihm in meinem Haus ein sorgenfreies Dasein zu bieten. Da der Junge mir so ähnlich sah, habe ich nach ihm gegriffen. Eins musst du schließlich eingestehen, liebe Gunda: Du hättest ihm bestenfalls ein Leben als Böttcher ermöglichen können. Wie anders aber hat er es bei Editha und mir getroffen? Alle Möglichkeiten, die Welt zu erkunden und ein wohlgefälliges Leben zu führen, findet er bei uns. Voll und ganz ist er *mein* Sohn! Für ihn tue ich alles, was in meiner Macht steht.«

Das klang überaus entschlossen. Überrascht sah sie ihn an, unbeirrt erwiderte er ihren Blick. Ein neuer Gedanke formte sich in ihrem Kopf: Was wäre aus ihnen geworden, hätten sie ihre Kinder gemeinsam großgezogen, die Freude an ihnen jeden Tag miteinander geteilt? Tränen traten ihr in die Augen. Sie biss sich auf die Lippen und wandte sich ab.

Er deutete das falsch. »Editha hat darüber hinweggesehen, dass er mir so offensichtlich ähnelt. Nie hat sie ein Wort darüber verloren. Längst liebt sie ihn wie ihr eigen Fleisch und Blut. Sie ist ihm eine wunderbare Mutter.«

Zunehmend fassungslos hatte Gunda ihn reden lassen, bis es mit einem Mal aus ihr herausbrach: »Sie ist aber nicht seine Mutter! Warum nur willst du das nicht begreifen? Ihr habt mir nicht aus der Not geholfen, sondern habt mich überhaupt erst in große Not gebracht. Spätestens, als ich von euch meinen Sohn zurückverlangt habe, hätte euch der

Wahnsinn eures Tuns klar sein müssen. Kelletat war bereit gewesen, beide Kinder als die seinen anzunehmen, und hatte sein Leben dafür geopfert. Das hätte euch Beweis genug sein müssen, zu welchem Unrecht euch die Hundskötterin angestiftet hatte.«

»Aus deiner Sicht gebe ich dir durchaus recht«, hob er von neuem an. »Doch immerhin bin ich der Vater der Zwillinge. War es nicht ebenso unrecht, mir meine Kinder vorzuenthalten? Wieso hätte ich tatenlos mit ansehen sollen, dass ein anderer meinen Sohn für seinen ausgab? Davon abgesehen, kann jedermann auf den ersten Blick sehen, dass er mein Kind ist. Dazu muss man nicht einmal das Mal in seinem Nacken entblößen. Hätte ich nichts unternommen, hätte uns das alle in größte Schwierigkeiten gebracht. So ist dir wenigstens das Mädchen geblieben. Was willst du mehr? Als Witwe wäre es dir kaum gelungen, zwei Kinder standesgemäß aufzuziehen, noch dazu, wenn ruchbar geworden wäre, dass sie gar nicht die leiblichen Kinder deines verstorbenen Gemahls sind. Caspar aber steht dank meiner Erziehung ein gutes Leben bevor.«

Er sah sie mit einem Ausdruck auf dem Gesicht an, der ihr jegliche Hoffnung nahm. Die unermessliche Liebe für seinen Sohn rechtfertigte alles für ihn. Nie würde er sich des begangenen Unrechts wirklich bewusst werden und seine Folgen begreifen. Fröbel kam ihr in den Sinn. In unzähligen Gesprächen hatte er versucht, ihr beizustehen, um das Erlebte zu ertragen. Sie schluckte. »Was geschehen ist, ist geschehen und kann nicht mehr rückgängig gemacht werden. Bis an unser Lebensende werden deine und meine Fassung der Geschichte unvereinbar nebeneinander bestehen. Deshalb hilft es uns wenig, wenn wir wieder und wieder versuchen, den anderen vom jeweils eigenen Standpunkt zu überzeugen.«

»Du sprichst mir aus der Seele, Liebste. Ich wusste, auf deine Besonnenheit ist Verlass.«

»Es gilt, der Wahrheit ins Auge zu sehen«, überging sie seinen Einwurf. »Im Lauf der Jahre ist Caspar tatsächlich zu deinem und Edithas Kind geworden. Als seine leibliche Mutter liegt mir nichts mehr am Herzen als sein persönliches Glück, und das besteht vor allem darin, alles so zu belassen, wie es ist.«

»Gunda, du ahnst nicht, wie froh ich …«, setzte Gernot ergriffen an, sie aber wischte das verärgert fort: »Spar dir deine Dankesworte. Du erhältst noch ausreichend Gelegenheit, den Kindern und mir zu beweisen, wie ernst es dir mit deiner Wahrheitsliebe ist. Es gibt nämlich eine neue Schwierigkeit. Das ist der eigentliche Grund, warum ich dir bis nach Memel entgegengereist bin.«

»Was soll das sein?« Erschöpft wischte Gernot sich die Stirn.

»So, wie ich Caspar nicht aus seiner Familie reißen will, möchte ich dasselbe auch Agnes ersparen.«

»Aber natürlich. Das liegt doch auf der Hand. Ich kenne sie gar nicht, käme nie auf den Gedanken …«, setzte er an, um sich jäh zu unterbrechen und sie ungläubig anzusehen. »Heißt das …?«

Sie nickte stumm.

»Also gut«, seufzte er, »du kannst dich auf mich verlassen. Wie kommt sie nur darauf, nach all den vielen Jahren das Mädchen zu uns holen zu wollen? Ach, das spielt jetzt auch keine Rolle mehr. Ich werde mit ihr sprechen. Sie wird sie in Ruhe lassen. Darauf gebe ich dir mein Wort.«

»Nur zu gern würde ich mich dieses Mal darauf verlassen. Doch damit ist es nicht getan, mein Lieber. Dank Editha und der Hundskötterin wissen sowohl Agnes als auch Caspar, dass sie Zwillinge und deine Kinder sind.«

»Wie ist das möglich? Sind sich die Kinder begegnet?« Er wurde aschfahl.

»Denk daran, mein Lieber: Was geschehen ist, ist geschehen. Es lässt sich nicht mehr rückgängig machen. Jetzt geht es allein darum, den Schaden zu begrenzen. Das aber ist deine Aufgabe.«

»Wie meinst du das?«

»Ganz einfach: Du wirst zurück nach Königsberg reisen und unseren Kindern die Wahrheit über uns beide sagen, vor allem auch, dass ich ihre Mutter bin und nicht Editha.«

»Sie sind also beide in Königsberg. Wie aber geht es weiter? Wirst du Editha und mir Caspar doch wegnehmen? Eben erst hast du selbst gesagt, du würdest …«

»Auf mein Wort ist Verlass. Ich habe dir bereits erklärt, dass ich nicht im Traum daran denke, Caspar sein bisheriges Leben zu zerstören, und dabei bleibe ich. Ein Siebzehnjähriger lässt sich nicht mehr wie ein winziger Säugling irgendwohin mitnehmen. Davon abgesehen, halte ich es für besser, ihn ebenso wie Agnes selbst entscheiden zu lassen, bei wem er künftig leben will.«

»Das ist nicht dein Ernst! Du kannst nicht verlangen, dass ich …«

»Darf ich dich daran erinnern, dass ich bislang noch nie etwas von dir verlangt habe? Dieses eine Mal muss es sein. Vergiss nicht: Es geht um das Wohl unserer geliebten Kinder. Niemand auf Erden bedeutet mir mehr als diese beiden, das gilt für Agnes ebenso wie für Caspar. Über Monate habe ich die beiden unter meinem Herzen getragen. Dabei ist ein Band zwischen uns geknüpft worden, das niemals zerreißen wird. Eben darum muss er die Wahrheit erfahren. Allerdings von dir, mein Lieber. Schließlich hast du sie ihm all die Jahre über vorenthalten. Vertrau ihm, er wird wissen, was er tun soll.«

»Bist du sicher?«

»Warum zweifelst du an ihm? Hast du mir nicht eben erst vorgeschwärmt, wie stolz du bist, was aus ihm geworden ist? Sich lieben heißt einander vertrauen. Das gilt auch zwischen Eltern und Kindern.«

»Ach, Gunda! Du bist wirklich noch dieselbe wie früher.« Ehe sie sich's versah, ergriff er ihre Hände und lächelte sie an. In seinen Augen lag ein schwärmerischer Ausdruck, den sie nur zu gut kannte. Gegen ihren Willen spürte sie ihre Knie weich werden.

»Was ist nur geschehen, dass wir uns so fremd wurden? Denkst du auch noch oft daran, wie wir uns die Verse von …«

»Lassen wir das!«, unterbrach sie ihn brüsk. Sie musste auf der Hut bleiben. Er war dabei, ihr wieder gefährlich nahezukommen. »Dann ist also alles klar. In etwa einer Woche treffen wir uns in deinem Haus in Königsberg.«

»Warum reisen wir nicht gemeinsam? Allein solltest du nicht unterwegs sein. Wir sind eine gut bewaffnete Gruppe von einem halben Dutzend Kaufleuten. Morgen früh brechen wir auf.«

»Vielen Dank für das freundliche Angebot. Doch die Zeiten, in denen ich mich vertrauensvoll in deine Hände begeben habe, sind lange vorbei.«

Ohne einen weiteren Gruß wandte sie sich um und ging den Wall hinunter in die Stadt zurück. Es blieb ihr nicht viel Zeit. Ein schwerer Weg lag vor ihr. Am Nachmittag würde sie bereits weiterreisen.

9

Das unverhoffte Wiedersehen mit Agnes hatte Laurenz in arge Bedrängnis gestürzt. Einerseits hatte alles in ihm danach geschrien, sie in die Arme zu nehmen, zu küssen und fest an sich zu drücken. Andererseits hatte ihn die Vernunft genau davon abgehalten. Mitten auf der Baustelle, noch dazu im Beisein von Meister Jagusch, den böhmischen Kaufleuten und Caspar, durfte er seine Gefühle keinesfalls offen preisgeben. Als sie ihm atemlos eröffnet hatte, er müsse sofort seine Arbeit niederlegen und mit ihr nach Königsberg kommen, hatte er um Fassung gerungen. Die Verantwortung für Agnes sowie das Pflichtgefühl Meister Jagusch, seinen Kunstdienern und Auftraggebern gegenüber rissen gleichermaßen an ihm. Nach einer langen Weile des Nachdenkens hatte er schließlich vorgeschlagen, den anstehenden Sonntag für ein ausführliches Gespräch über die bisherigen Ereignisse und ihre weiteren Pläne zu nutzen. Damit hatte sich auch Meister Jagusch zufrieden gezeigt. Ungern verlor er seinen besten Mann undurchsichtiger Verpflichtungen wegen.

Der auf dieses kurze Wiedersehen auf der Marienburg folgende Nachmittag sowie die daran anschließende Nacht waren Agnes endlos erschienen. Kaum hatte sie danach noch den sonntäglichen Gottesdienst in der Marienburger Johanneskirche auszuhalten vermocht.

Endlich wartete sie zusammen mit Caspar an der östlichen Ecke des Kirchplatzes auf Laurenz, der wie die anderen Handwerker und Baumeister die Messe in der Laurentiuskapelle auf der Vorburg besucht hatte.

Unruhig trippelte Agnes auf der Stelle, zwirbelte sich eine Haarsträhne um die Finger, strich mehrfach den Stoff ihres Rockes glatt. Caspar tat, als merkte er nichts von ihrer Unrast. Die Hände auf dem Rücken verschränkt, wippte er auf den Fußspitzen, sah ziellos über die angrenzenden Backsteingebäude.

»Mach dir nur keine allzu großen Hoffnungen, Agnes. Meister Jagusch wird deinen guten Laurenz nicht so einfach gehen lassen«, erklärte er mindestens zum dritten Mal an diesem Vormittag. Schon am Abend zuvor hatte er mehrfach versucht, ihre Hoffnungen zu dämpfen. Agnes war sich nicht sicher, ob es aus Eifersucht auf Laurenz oder tatsächlich aus Sorge um sie geschah.

»Du magst ihn nicht sonderlich.«

»Ich kenne ihn kaum«, umging er eine direkte Antwort. »Was mir jedoch auffällt, ist dein Verhalten. Du musst vorsichtiger sein. Bis über beide Ohren bist du in ihn verliebt. Auch wenn ich es seit Elbing geahnt habe, hätte ich es begrüßt, von dir eingeweiht zu werden. Vergiss nicht: Du bist mir die ganze Geschichte noch schuldig. Davon abgesehen, ist es ungehörig, deine Gefühle so offen zu zeigen. Das gehört sich nicht für eine ehrbare Jungfer!«

Bei diesem Wort zuckte sie zusammen, senkte den Blick.

»Du machst dich zum Narren, liebes Schwesterherz. So gesehen, ist es höchste Zeit, dass einer auf dich achtgibt.«

»Und derjenige willst ausgerechnet du sein?« Trotz allen Ärgers über seine offenen Worte belustigte sie diese Vorstellung. Herausfordernd stemmte sie die Hände in die Hüften und sah ihn an. Er erwiderte ihren Blick, um die vollen Lippen lag ebenfalls ein Schmunzeln.

»Natürlich werde ich fortan derjenige sein, der dich mit Klauen und Zähnen verteidigt. Habe ich dir nicht vor zwei Tagen erst gesagt, wie unerwartet es mich zwar getroffen hat, plötzlich eine Schwester zu haben, wie ungern ich sie aber gleich wieder verliere? Ich setze alles daran, dich vor unüberlegten Schritten zu bewahren. Wozu sonst ist ein Bruder da?«

»Vielleicht war es doch keine so gute Idee, dir unsere Verwandtschaftsverhältnisse offenzulegen. Bislang bin ich sehr gut ohne Bruder durchs Leben gekommen.«

»Gib zu, meine Liebe: Auf Dauer hat dir das einfach nicht gereicht. Tief in deinem Innern ist dir bewusst gewesen, dass dir etwas Wesentliches fehlt: ein Bruder wie ich! Nie hättest du dich sonst auf den Weg gemacht, mich in Königsberg zu finden.«

Über seinen Worten wurde sie ernst. Er bemerkte das nicht, und sie beschloss, ihn in seinem Glauben zu belassen. Erfuhr er, warum und vor allem *wie* sie Laurenz dafür gewonnen hatte, mit ihr Anfang August gegen Gundas Willen aus Wehlau wegzulaufen, wäre er entsetzt. Nie durfte er erfahren, wie weit ihre Liebe zu Laurenz bereits gediehen war. Am Ende würde er ihn für ihre verlorene Ehre zur Rede stellen. Und das würde er nicht allein als Bruder tun. Viel zu nah war er davor gewesen, sie als Frau und nicht als Schwester zu lieben. Ihr wurde flau. Gerechterweise musste sie sich eingestehen, dass auch sie nicht immer allein geschwisterliche Gefühle für ihn gehegt hatte.

»Wie gut, dass ich dich so schnell gefunden habe.« Sie hob den Blick und zwinkerte ihm zu. »So können wir uns jetzt gemeinsam daranmachen, für unsere Mutter zu kämpfen.«

»Sag besser: für unsere Mütter. Letztlich ist es gleichgültig, wer uns zur Welt gebracht hat. Sie lieben uns beide, jede auf ihre Art.«

»Dein Wort in Gottes Ohr, oder besser: in dem der Hundskötterin. Die allein scheint mir der Ursprung aller Zwietracht zu sein.«

»Dabei hat sie damals nur helfen wollen, sowohl Gunda als auch meiner Mutter.«

»Wollen wir es hoffen«, stellte sie fest. »Alles andere wäre so bösartig, dass ich es nicht einmal einer Frau wie ihr zutraue.«

»Du kennst sie kaum.«

»Ehrlich gesagt, brenne ich nicht darauf, sie besser kennenzulernen.«

Darauf erwiderte er nichts mehr. Agnes ließ den Blick über die Menge schweifen, die aus dem Gotteshaus strömte. Die Bürger unterschieden sich kaum von denen in den drei Städten Königsbergs oder Wehlaus. Am Rand des Vorplatzes sammelten sich die einfacheren Leute, Tagelöhner, Knechte, Mägde sowie niedere Handwerkermeister. Ihre Kleidung verriet, wie wenig sie besaßen. Trotz ihrer spärlichen Mittel aber waren sie alle bestens gepflegt zur Sonntagsmesse erschienen, legten Wert auf saubere Hauben, frisch gestutzte Bärte und glänzend gebürstete Haare. Ein wöchentlicher Besuch im Badehaus gehörte zu ihrem Lohn. Mit ein wenig Abstand zu ihnen versammelten sich die Handwerkermeister und ihre Frauen. Bei ihnen fanden sich bereits elegantere Röcke, Kleider und Hosen. Die bunteren Farben und besseren Stoffe verrieten, dass sie eine eigene Sonntagstracht ihr Eigen nannten. Am besten waren die Kaufleute gekleidet, die selbstherrlich die Mitte des Platzes vor der Johanneskirche für sich beanspruchten. An ihrem selbstbewussten Auftreten war abzulesen, dass sie gewohnt waren, sich auch in der Fremde zu behaupten. Ohnehin waren viele Auswärtige unter ihnen, was an dem bunten Sprachengemisch unschwer zu erkennen war. Kaum waren die verschiedenen Sprachen zu unterscheiden.

»Gott zum Gruße!«, rief einer der Männer in einem auffällig roten Rock und schwenkte sein pelzverbrämtes Barett in ihre Richtung. Agnes kniff die Augen zusammen. Kannte sie den Mann? Schon wollte sie fragen, da wurde sie gewahr, dass er nicht sie, sondern jemand hinter ihr gemeint hatte. Neugierig folgte sie seinem Blick und erspähte nur wenige Schritte entfernt eine strahlende Schönheit von etwa zwanzig Jahren. Gerade betrat sie von Osten her den Kirchplatz und hielt direkt auf sie zu. Dem winkenden Kaufmann weiter vorn schenkte sie keinerlei Beachtung, woraufhin der enttäuscht die Hand sinken ließ.

Agnes begriff sogleich, warum er enttäuscht war: Die junge Frau war bezaubernd. Lockiges schwarzes Haar umrahmte ein ebenmäßiges, schmales Gesicht mit mandelförmigen Augen. Ein tiefroter Surkot aus feinem Samt leuchtete unter einem dunklen Umhang hervor. Gemessenen Schrittes näherte sie sich ihnen. Jede Bewegung schien wohl abgestimmt auf die nächste, ohne dass darin etwas Aufgesetztes, Unnatürliches lag. Beim Näherkommen erkannte Agnes zwei weitere Gestalten dicht hinter dem Fräulein. Es handelte sich um Laurenz sowie Meister Jagusch aus Danzig. Offenbar gehörte die Schönheit zu ihnen. Kurz bevor sie Agnes und Caspar erreichte, sah sie fragend über die linke Schulter zurück. Als Jagusch und Laurenz zustimmend nickten, lächelte sie Agnes und Caspar an.

Agnes erstarrte. Das also war die Tochter von Meister Jagusch! Ihre ärgsten Befürchtungen, die sie auf dem Ritt von Elbing nach Marienburg heimgesucht hatten, wurden wahr. Wieso hatte sie sich nach den Worten der Muhme nur eingeredet, bei Meister Jaguschs Tochter handelte es sich um ein unscheinbares Mauerblümchen, für das es eine Gnade war, von Laurenz geehelicht zu werden? Eine so begehrenswerte Frau wie diese war beileibe nicht darauf angewiesen, jemanden zum Gemahl zu nehmen, der sie nicht liebte. Gleich hier auf dem Marienburger Kirchplatz ließe sich mühelos mehr als einer finden, der würdig und willig wäre, für Laurenz einzuspringen. Sogleich war Agnes sicher, dass er es darauf nicht ankommen lassen würde. Warum sollte er freiwillig auf eine so schöne Frau verzichten? Die Kehle wurde ihr eng, unwillkürlich spielten ihre Finger mit den Zipfeln des Halstuchs. Klopfenden Herzens äugte sie zu Laurenz, versuchte, in seiner Miene einen Hinweis darauf zu finden, wie er zur Tochter seines ehemaligen Meisters stand. Zugleich streckte sie den Rücken durch. Sie wollte sich nicht verstecken. Sie war von ebensolcher Größe und schlanker Gestalt wie die andere. Ihr Auftreten war zwar weniger aufsehenerregend als das dieses schwarzlockigen Engels, aber auch sie hatte ihre Vorzüge.

»Ihr seid also die berühmten Zwillinge aus der Königsberger Altstadt. Wie schön, Euch persönlich kennenzulernen.« Die Stimme der Baumeistertochter klang dunkel. Eher schleppend kamen ihr die Silben über die Lippen. Jedes Mal öffnete sie den volllippigen Mund weiter als nötig. Kein Zweifel: Das Reden stellte eine Anstrengung für sie dar. Höflich reichte sie Agnes die Hand. Ihr Händedruck war warm und feucht. Kaum wartete sie ab, bis Agnes sie angesehen hatte, schon streckte sie auch Caspar die Hand entgegen.

Der schien völlig überrumpelt von ihrem Auftauchen. Fahrig spielte auch er mit den Halstuchzipfeln und wusste kaum, wohin er blicken sollte. Agnes musste schmunzeln. Außer ihr gab es offenkundig noch andere Frauen, die ihm gefielen. Unauffällig versetzte sie ihrem Bruder einen Stoß in die Seite. Viel zu spät und steif erwiderte er daraufhin den Willkommensgruß.

»Und wer seid Ihr?«, fragte Agnes freundlich zurück, um ihrer Ahnung Gewissheit zu verschaffen.

»Das ist meine Tochter Carla«, antwortete der Danziger Baumeister stolz an ihrer statt. »Seit dem Tod meiner Frau vor einigen Jahren begleitet sie mich auf alle Baustellen.«

»Selbst zu denen der Deutschordensritter, die doch angeblich keine Frauen bei sich dulden?«, hakte Agnes nach und erntete von Laurenz einen mahnenden Blick.

»Dank meiner langjährigen Tätigkeit genieße ich gewisse Sonderrechte, die auch die Anwesenheit meiner Tochter erlauben. Verzeiht, liebes Fräulein, dass sie sich so vorgeschoben hat. Als ich ihr erzählt habe, Ihr und Euer Bruder seid Zwillinge, war ihr Wunsch, Euch mit eigenen Augen zu sehen, einfach zu groß. Nie zuvor sind ihr Zwillinge begegnet.«

»Ich hoffe, unser Anblick enttäuscht Euch nicht«, wandte Agnes sich wieder an Carla. »Von Zwillingen habt Ihr vielleicht mehr erwartet. Auf den ersten Blick ähneln mein Bruder und ich uns leider kaum.«

»Das ist bei Bruder und Schwester auch schwer zu erwarten«, erwiderte Carla in ihrer schleppenden Sprechweise. Ungeduldig mischte Meister Jagusch sich ein: »Zumindest tragt Ihr beide auf die gleiche Weise Euer Halstuch. Darf ich fragen, ob es dafür einen besonderen Grund gibt?«

Agnes und Caspar wechselten verwirrte Blicke, bevor Laurenz ihnen unverhofft zu Hilfe kam. »Das ist wohl ein Zeichen der innigen Verbundenheit. Die beiden haben sich lange Zeit aus den Augen verloren und schließlich daran wiedererkannt.«

»Am Halstuch?« Ungläubig schaute Carla auf Laurenz. Agnes behielt sie genau im Blick. Bei der Vorstellung, Laurenz könnte die Tochter seines ehemaligen Meisters auch nur einmal in derselben Weise aus seinen verschiedenfarbigen Augen ansehen wie sie, wurde sie unruhig. Halt suchend tastete sie nach Caspars Hand, was Carla mit einem wissenden Lächeln bemerkte. »Ihr müsst Euch sehr vermisst haben.«

»Wir wollen Euch und Laurenz nicht länger von Eurer wichtigen Unterredung abhalten«, meldete sich ihr Vater wieder zu Wort. »Sobald Ihr wohlbehalten zu Hause eingetroffen seid, richtet bitte Eurem verehrten Herrn Vater die allerbesten Grüße von mir aus. Ich schätze ihn sehr und freue mich, nun auch seinen Kindern begegnet zu sein.«

»Woher kennt Ihr ihn überhaupt?«, fragte Agnes, bevor er sich zum Gehen wandte.

»Oh, das ist eine lange Geschichte. Genau genommen beginnt sie zu der Zeit, als wir beide in jungen Jahren in der Welt unterwegs waren, um Erfahrungen zu sammeln, er als Kaufmann, ich als Steinmetz. In meiner Heimatstadt Danzig haben wir uns getroffen und sind gemeinsam über den Kanal bis nach London sowie im Westen bis an den Rhein gefahren.«

»Wart Ihr auch zusammen in Dortmund?«, fragte sie mit zittriger Stimme.

»Dortmund in Westfalen hat er leider ohne mich besucht. Damals musste ich bereits die Heimreise antreten, was ich sehr bedauert habe. Dortmund muss für einen Steinmetz und Baumeister eine sehr anregende Stadt sein. Leider hat er mir nichts mehr davon erzählt. Wir sind uns erst einige Jahre später in der Königsberger Altstadt wieder begegnet. Damals hat mir dort ein anderer Werkmeister diesen begabten jungen Mann vorgestellt.« Er klopfte Laurenz auf die Schulter. »Längst ist aus ihm ein weithin bekannter Baumeister geworden, dem ich kaum mehr das Wasser reichen kann. Der gute Fischart war, wie gesagt, zufällig dabei, als er mir anvertraut wurde. Doch leider haben wir uns danach erneut aus den Augen verloren. Wundert Euch also nicht, wenn er in meiner

Erinnerung immer noch so jung aussieht wie Euer Bruder. Das rührt daher, dass ich ihn in jenen Jahren am besten gekannt habe.

Da fällt mir ein, dass er mir bei unserer letzten Begegnung sehr stolz von seinem Sohn berichtet hat. Knapp zehn Jahre müsste er wohl zu jener Zeit alt gewesen sein.« Nachdenklich hielt er inne, fuhr sich durch den dunklen Kinnbart und musterte Caspar. »Seltsam, dass er mir nicht auch von Euch erzählt hat, liebes Fräulein, wo Ihr doch im selben Alter wie meine Tochter seid. Ich habe den guten Fischart ganz gewiss mehrere Stunden lang mit Lobpreisungen meiner Tochter unterhalten. So eine Gelegenheit lasse ich mir nie entgehen.«

Laut lachte er auf, klopfte Laurenz und Carla auf die Schultern und umarmte sie schließlich beide, als wären sie gleichermaßen seine Kinder. »Vielleicht bilde ich mir das alles nur ein, und über all den Geschichten von meiner eigenen Tochter habe ich die seinen gar nicht wahrgenommen. Nie im Leben würde ein Mann wie Gernot Fischart eine so schöne und kluge Tochter wie Euch verschweigen. Doch genug der alten Geschichten. Übermittelt Eurem verehrten Herrn Vater meine allerbesten Grüße. Ich danke Euch schon jetzt dafür.«

Tief verneigte er sich vor Agnes, nickte Caspar zu und tätschelte Laurenz die Schulter, bevor er Carla am Arm zupfte, um sie ebenfalls zum Abschied zu bewegen.

»Ich wusste gar nicht, wie bekannt Gernot Fischart hier in Marienburg ist«, bemerkte Agnes verwundert und sah den beiden nach, wie sie Richtung Marktplatz verschwanden. Vor dem teilweise zerstörten Rathaus bogen sie nach rechts in eine Gasse, die zum Flussufer führte. »Nach Johann Telpin ist Meister Jagusch schon der Zweite, der sich so trefflich an ihn erinnert.«

10

Caspar und Laurenz standen schweigend neben Agnes und sahen Meister Jagusch und Carla ebenfalls hinterher. Der Vorplatz der Johanneskirche hatte sich geleert. Die meisten Marienburger waren bereits zum sonntäglichen Mittagsmahl nach Hause gegangen. Wenige fremde Kaufleute und Reisende sowie einige Knechte und Mägde hielten sich noch auf dem Kirchplatz auf. Eine Handvoll böhmischer Söldner strebte einer Gasse ostwärts zu. Kurz stoppten sie an der Ecke, wo eine Garküche Suppe und Gesottenes feilbot. In der Hoffnung, einige Stücke von ihrem Abfall zu ergattern, preschten zwei streunende Hunde in die Ecke. »Fort mit euch!« Einer der Söldner trat mit dem Fuß gegen die Tiere. Aufjaulend trollten sie sich, um nur wenige Schritte entfernt mit eingezogenen Köpfen und Schwänzen zu lauern, bis die Söldner weitergingen und die Reste ihres Mahls achtlos auf den Boden warfen.

»Ist es nicht ein seltsamer Zufall: Ihr seid also der Sohn von Gernot Fischart«, begann Laurenz zögernd, als sowohl Meister Jagusch samt Tochter wie auch die Söldner endgültig aus ihrem Blickfeld verschwunden waren. Nachdenklich verschränkte er die Arme vor der Brust, legte den rechten Zeigefinger an den Nasenflügel und musterte seine Fußspitzen, bevor er wieder den Kopf hob und weitersprach: »Wie oft hat meine Muhme Borten und Bänder für Eure verehrte Frau Mutter gefertigt, die ich in Euer Haus gebracht habe. Nie aber sind wir uns begegnet.« Er stockte, schüttelte ungläubig den Kopf. »Was heißt ›Eure Mutter‹ … Wenn Ihr tatsächlich Agnes' verschwundener Bruder seid, woran ihr beide wohl am wenigsten zweifelt, dann kann die Fischartin gar nicht Eure Mutter sein.«

»Das dürft Ihr nicht sagen!«, fuhr Caspar auf, doch Laurenz bedeutete ihm, sich zu beruhigen, was er erstaunlicherweise auch tat.

»Dafür aber ist Gernot Fischart Euer gemeinsamer Vater. Agnes, ich glaube, du musst mir noch ein paar Dinge verraten, bevor ich das alles begreife.«

»Und mir musst du unbedingt verraten, wieso du ausgerechnet ihn für denjenigen hältst, der uns helfen kann, wo er doch noch weniger als wir selbst von der Geschichte weiß.«

Abermals wurde Caspar nur für einen Moment laut. Sein kurzer Blick zu Laurenz bestätigte Agnes die Vermutung, er wollte vor ihm nicht unbeherrscht wirken. Die Hände auf dem Rücken verschränkt, musterte er Laurenz genau. »Oder wisst Ihr, warum Agnes denkt, Ihr allein könntet uns helfen?«

»Weil er der Sohn der Hebamme unserer Mutter ist!«, platzte Agnes dazwischen.

»Aber die Hundskötterin hat doch gar nicht …? Wieso soll das …? Dann wäre die Streicherin also die Schwester von einer …? Nein, unmöglich kann sie mit der Hundskötterin …« Kaum brachte Caspar einen vernünftigen Satz zusammen, so sehr wühlte ihn diese Behauptung auf. Wieder und wieder schüttelte er den Kopf, ließ die Zungenspitze zwischen den Lippen hervorblitzen.

»Ja, die Streicherin *ist* die Schwester einer Hebamme«, erwiderte Agnes, »allerdings nicht die der Hundskötterin. Mit der hat sie gar nichts zu tun. Es geht um die Hebamme *unserer* Mutter. Das ist Gerda Selege gewesen, weil Gunda Kelletat unsere leibliche Mutter ist. Erinnere dich, was Gunda letztens erzählt hat. Ihr hat Laurenz' Mutter bei der Niederkunft beigestanden. Sie war nicht nur die ältere Schwester der Agatha Streicher, sondern auch die Lehrmeisterin der Hermine Hundskötter.«

»Sei mir nicht böse, aber ich glaube, das ist zu viel auf einmal.«

»Das kann ich verstehen, mein Bester. Mir geht es ähnlich. Setzt Euch nur eine Weile dort vorn auf den Brunnen und besinnt Euch. Mir ist, als müsste ich erst einmal dringend unter vier Augen mit Eurer Schwester reden, wenn Ihr erlaubt.« Sanft tätschelte Laurenz ihm die Schulter und schob ihn in die angegebene Richtung zur Mitte des Platzes.

»Vielleicht nutzt du, liebe Agnes, inzwischen die Gelegenheit, mir zu erzählen, was genau in den letzten Wochen geschehen ist. Wieso bist du plötzlich hier und nicht mehr bei meiner Muhme im Löbenicht, wie wir das vereinbart haben? Wieso hast du deinen Bruder gefunden, obwohl du mir gegenüber stets behauptet hast, nichts von ihm zu wissen? Zumindest scheint ihr beide euch gut zu verstehen. Auch die Sache mit eurem Vater beschäftigt dich offenbar weniger, als ich befürchtet habe. Immerhin hast du, wie es aussieht, stets einen anderen Mann für deinen Vater gehalten.«

»Zacharias Fröbel hat mich zwar wie sein eigen Fleisch und Blut aufgezogen, doch ich wusste immer, dass es sich nicht so verhält. Wie du weißt, hat meine Mutter mir stets gesagt, er wäre nicht mein leiblicher Vater.«

»Entschuldige, das hatte ich vergessen. Aber wie verhält es sich nun mit deinem Bruder und eurem Auftauchen hier auf der Marienburg? Damit bringt ihr mich in eine schwierige Lage. Du kannst dir denken, dass allein Jaguschs Wohlwollen Schlimmeres verhindert.«

»Dafür sollst du ihm einen großen Gefallen tun, der letztlich auch mein weiteres Leben betrifft. Deshalb bestehe ich auf deinem Beistand in der Sache mit Caspar und unserer Mutter.«

»Bitte?« Wieder sah er sie entgeistert an. »Tut mir leid, aber ich begreife immer weniger.«

Bang sah Agnes ihn an, verfolgte aufmerksam jede Regung seines geliebten Gesichts, liebkoste mit den Augen die schön geschwungene Nase, die feinen Züge um den Mund, das spitze Kinn, dessen Linie der schwarze Bart betonte. Heftig rang sie mit sich. Zu groß war die Versuchung, sich ihm einfach an den Hals zu werfen, das Gesicht an seiner Brust zu verbergen und erfüllt von der Wärme seines Körpers all das zu vergessen, was längst zwischen ihnen und ihrer einstigen Verbundenheit stand. Das aber war unmöglich. Sie durfte sich nicht nochmals zum Narren machen. Caspar hatte sie vorhin deutlich gewarnt. Entschlossen suchte sie Laurenz' Blick und sagte rundheraus: »Du wirst sie doch heiraten.«

»Wen?« Kaum hatte er das gefragt, begriff er und lachte auf. »Hat die Muhme dir das erzählt? Hat sie gesagt, Meister Jagusch würde verlangen, dass ich seine Tochter Carla heirate und seine Nachfolge antrete, wenn er nicht mehr als Baumeister arbeiten kann? Ach, Agnes, Liebelein! Wie kannst du das glauben? Du hast doch mein Wort! Das mit Carla ist ein gewaltiges Missverständnis. Allerdings muss ich zu meiner Schande zugeben, nicht ganz schuldlos daran zu sein. Bestimmt hat dir die Muhme auch von ihrer Tochter Gisa erzählt, die den guten Müllerburschen Ludwig in Rauschen geheiratet hat. Die wollte mich einmal heiraten, ich aber wollte das nicht. Der Muhme wäre eine solche Ehe überaus gelegen gewesen. Du weißt, wie sehr sie an ihrer Schwester, meiner lieben Mutter, gehangen hat. Ich wusste nicht so recht, wie ich da herauskommen sollte. Zu der Zeit war ich einzig darauf bedacht, in meiner Handwerkskunst weiterzukommen, zu lernen, was es zu lernen gab, und mich keinesfalls zu früh an Weib und Haus zu binden. Meister Jagusch hat meine Not erkannt, meiner Muhme mit einer Ablehnung ihres Ansinnens nicht weh tun zu wollen. Deshalb hat er ihr gegenüber einmal angedeutet, er könne sich gut vorstellen, mir Carla eines Tages zur Frau zu geben, quasi als Lohn für meine treue Arbeit bei ihm.«

»Das hat sie geglaubt? Mir ist immer so, als durchschaue sie sehr genau, wenn man ihr etwas vormachen will. Lange bevor etwas ausgesprochen ist, weiß sie längst, worum es geht.«

»Ja, das stimmt. Doch bei Meister Jagusch verhält es sich wohl anders. Ihm hat sie geglaubt. Frag mich bitte nicht, wie er das geschafft hat, aber es ist ihm trefflich gelungen, wie du siehst.« Er zwinkerte belustigt. Sie blieb jedoch ernst.

»Warum hast du das nicht richtiggestellt, als Gisa diesen Ludwig geheiratet hat?«

»Wahrscheinlich aus Feigheit. Oder weil sie dank dieser Geschichte nie mehr in Versuchung gekommen ist, mir eine Frau zu suchen.« Vergnügt legte er ihr den Arm um die Schultern und drückte sie leicht gegen seine Brust. »Vergiss nicht: In ihrer Werkstatt sitzen zwei weitere hübsche junge Damen, die aufs Heiraten warten.«

»Wen würdest du lieber nehmen«, ging Agnes erleichtert auf sein Scherzen ein, »Marie oder Theres? Angesichts deiner Vorliebe für dunkel gelockte, fröhliche Schönheiten tippe ich eher auf Theres.«

»Da liegst du völlig falsch: Kleine, rundliche Mädchen mit schiefen Zähnen, die zu Schwermut neigen, liegen mir viel mehr.«

»Da muss ich dich leider enttäuschen. Bei Marie ist dir inzwischen ein anderer zuvorgekommen.«

»Was? Den Burschen werde ich mir vorknöpfen!« Vergnügt machte er Anstalten, sich die Ärmel hochzukrempeln.

»Ich bin gespannt, ob du es mit ihm aufnehmen kannst. Immerhin ist Nedas ein starker Brauknecht.«

Neckend versetzte sie ihm einen Stoß in die Rippen. Er nahm ihre Hand und küsste sie. Dann sah er sie voller Ernst an. »Dann bist du mir in dieser Sache wieder gut?«

Ihr wurde warm ums Herz. Sogleich erfasste sie eine ungeheure Lust, ihn an sich zu drücken, zu küssen und endlich wieder ganz in sich zu spüren.

»Carla ist eine schöne Frau«, sagte sie laut. »Sie wäre jetzt im richtigen Alter. Noch dazu ist sie eine gute Wahl. Was hindert dich daran, sie nicht doch noch zu heiraten?«

»Ach Agnes, Liebelein, du vertraust mir offenbar immer noch nicht. Ich kann Carla nicht heiraten. Wir kennen uns viel zu lang. Bei ihr verhält es sich wie mit Agathas Tochter Gisa, mit der ich aufgewachsen bin. Carla war noch sehr jung, als ich bei Meister Jagusch angefangen habe. Ihre Mutter war gerade gestorben. Von Baustelle zu Baustelle ist sie mit uns gereist. Seither ist sie wie eine kleine Schwester für mich, und ich bin ihr großer Bruder. Nie im Leben würde ich mit ihr als Mann und Frau leben wollen, sie übrigens ebenso wenig mit mir.«

»Weiß Meister Jagusch das auch?«

Für ihr Empfinden zögerte er einen Moment zu lang mit der Antwort. Ein kurzes Flackern in seinen Augen verriet Unsicherheit. Wieder fuhr sein Zeigefinger an die Nasenflügel, die steifen Finger berührten seine Wange. »So ganz wohl noch nicht, aber Carla und ich sind uns einig, nie heiraten zu wollen. Über den Winter wollte ich das mit Meister Jagusch klären. Ich habe inzwischen eigene Kunstdiener und eigene Aufträge, er hat neue Knechte und Kunstdiener. Von der Gilde in Danzig bin ich längst als Meister bestätigt. Es wird also Zeit, dass wir ein für alle Mal getrennte Wege gehen. Ohnehin gibt es im gesamten Ordensland mehr als genug zu tun für tüchtige Werk- und Baumeister wie uns.«

Er hielt inne, ergriff ihre Hände, suchte ihren Blick. »Denk bitte nicht, ich hätte vergessen, was zwischen uns geschehen ist. Vom ersten Tag an war mir klar, wie sehr ich dich liebe. Du hast dich mir ganz und gar hingegeben. Ich weiß, was das bedeutet. Das bindet uns mehr als alles andere aneinander.«

»Warum aber bist du so lange fort von mir und hast mir seither keine Zeile geschrieben?«

Verlegen senkte er den Kopf, ließ ihre Hände allerdings nicht los. »Es tut mir leid, Agnes. Du ahnst nicht, wie schwer es mir gefallen ist. Doch bevor ich nicht mit meiner Muhme gesprochen habe, wollte ich sie im Glauben belassen, uns verbände lediglich der angebliche Auftrag deiner Mutter, dich im Löbenicht in Sicherheit zu bringen. Du hast doch mein Wort, dass ich dich abhole und heirate. Hast du das etwa vergessen?«

»Verzeih, aber ich wusste nicht, was ich davon halten sollte.« Ihre Stimme war nur mehr ein zaghaftes Flüstern. Jetzt war es an ihr, beschämt seinem Blick auszuweichen. Sacht strich er ihr übers Haar. »Alles wird gut, Liebelein!«

Tränen traten ihr in die Augen. Sie biss sich auf die Lippen, um nicht laut aufzujauchzen. Eine unbeschreibliche Freude stieg in ihr auf. Am liebsten hätte sie es mitten auf dem Marienburger Marktplatz aus sich herausgebrüllt, damit alle Welt es erführe. Doch das durfte sie nicht. Es gab noch etwas Wichtiges zu regeln, bevor sie sich ihrem Glück mit Laurenz endlich hingeben durfte. Sie hob den Kopf und lächelte ihn mit tränenverschleiertem Blick an.

»Es wird nur dann alles gut, wenn du mir bei einer anderen Sache beistehst.«

»Es hat wohl mit den Hebammendiensten meiner Mutter für deine Mutter zu tun, wenn ich deine wirren Erklärungen von vorhin richtig deute. Und damit, dass die Fischartin als die Mutter deines Bruders gilt, die von der Hundskötterin entbunden wurde. Zwei Kinder und zwei Mütter, das aber kann bei Zwillingen nicht sein.«

»Hermine Hundskötter beschuldigt meine Mutter, mich direkt nach der Geburt der Fischartin aus den Armen gerissen zu haben. Ihrer Erklärung nach wäre demnach die Fischartin diejenige, die Zwillinge zur Welt gebracht hat, und nicht Gunda. Caspar und ich wären also ihre und nicht Mutters Kinder.«

»Oh.« Laurenz war sichtlich getroffen.

»Bitte hilf mir, Laurenz! Erzähle Caspar die Geschichte, die du mir damals in Wehlau über unsere Geburt und das Mal im Nacken erzählt hast. Dann versteht er, warum ich Gunda und nicht der Hundskötterin glaube. Die Fischartin scheint sie sich mit geheimnisvollen Tinkturen und Tropfen gefügig zu machen. Ich bin mir nicht sicher, ob die sonst so weit gegangen wäre, Gunda tatsächlich Kindsraub vorzuwerfen.«

»Was sagt Fischart dazu? Er als Euer leiblicher Vater muss die Wahrheit doch ebenfalls wissen und bezeugen können.«

»Er ist nicht da. Gunda ist unterwegs nach Riga, um ihm von den Anschuldigungen zu berichten. Ob er ihr jedoch hilft, ist fraglich. Anscheinend hat er schon vor siebzehn Jahren den Trug nicht klargestellt. Da muss es also etwas geben, was ihn hindert, zur Wahrheit zu stehen.«

»Zunächst müsste er zugeben, dein und Caspars Vater zu sein, also deiner Mutter beigewohnt zu haben, ohne mit ihr verheiratet zu sein.«

Laurenz sprach das eher beiläufig aus. Nichts im Klang seiner Stimme verriet, was er darüber dachte. Wie sollte er das auch verurteilen, hatte er doch Gleiches mit Agnes getan! Trotzdem zuckte sie zusammen. Wie schon letztens, als sie mit Caspar auf dem Ritt zur Marienburg darüber geredet hatte, stand ihr wieder die gesamte Tragweite vor Augen: Gunda musste Fischart dereinst so sehr geliebt haben, wie sie jetzt Laurenz liebte. Anders war nicht zu erklären, dass sie sich ihm hingegeben hatte. Eine nie geahnte Zärtlichkeit für sie stieg in ihr auf. Vor ihrem inneren Auge gewann das Bild ihrer Mutter in jungen Jahren zunehmend an Kontur. Sie äugte zu Laurenz. Er schien nichts von ihren Gedanken zu ahnen. Dabei wollte sie es belassen.

»Das aber wird es kaum sein«, räumte sie ein. »Für einen Mann hat das weit weniger weitreichende Folgen als für eine Frau. Nach siebzehn Jahren und dem Tod von Gundas Ehemann ist es ohnehin leicht für ihn geworden, das zuzugeben. Ich fürchte, es hängt mit Kelletats plötzlichem Tod zusammen, für den man damals meine Mutter verantwortlich gemacht hat.«

»So offen hat das nie einer behauptet.«

»Aber alle haben es gedacht. Sie traut sich bis heute nicht, sich im Löbenicht zu zeigen.«

»Das ist schlimm. Hast du schon einmal daran gedacht, dass Fischart gar nicht wissen muss, dass Caspar Gundas Sohn ist? Die Hundskötterin und seine Frau können ihm den Jungen auch untergeschoben haben. Immerhin ist die Fischartin um dieselbe Zeit niedergekommen wie deine Mutter. Vielleicht war ihr Kind tot, und sie wollte ihm das mittels des Kindsraubs verheimlichen. Dazu passt, dass ich mich dunkel erinnere, damals im Haus deiner Mutter mit der Hundskötterin zusammengestoßen zu sein. In heller Aufregung war sie in den Löbenicht gerannt. Ich habe sie meine Mutter um Hilfe anflehen hören, weil bei einer Geburt etwas schiefgelaufen sei. Wahrscheinlich war das die Niederkunft der Fischartin. Dann hat sie die Zwillinge bei deiner Mutter gesehen und vorgeschlagen, einen davon mitzunehmen. Es hätte deiner

Mutter den Ärger erspart, ihrem damaligen Mann gegenüber zu rechtfertigen, zwei Kinder zugleich geboren zu haben. Du weißt, was man in dem Fall von einer Frau denkt.«

»Das hieße, meine Mutter hätte es geduldet, eines der Kinder abzugeben. Nein, mein Lieber, das kann ich mir nicht vorstellen.« Entschieden schüttelte sie den Kopf. »Dann würde sie nun nicht so entschieden versuchen, die Wahrheit ans Licht zu bringen. Bitte erzähl Caspar, was du damals gesehen hast, und dann begleite uns nach Königsberg. Nur so können wir die Ehre meiner Mutter wiederherstellen.«

»Leicht wird das nicht.«

»Aber es dient der Wahrheit.«

»Also gut, fangen wir mit deinem Bruder an.«

Gemeinsam gingen sie zum Brunnen, an dessen Rand Caspar lehnte. Ein dürrer Hund hatte sich vor ihn hingesetzt, schaute ihn bettelnd an, klopfte mit dem strähnigen Schwanz auf die Erde. Bewegte Caspar die Hand, winselte er in der Hoffnung, etwas zu fressen zu erhalten.

»Ich weiß nicht, was der von mir will«, erklärte Caspar, als er Agnes' und Laurenz' ansichtig wurde. »Seit einer ganzen Weile schon läuft er einfach nicht fort. Selbst wenn ich nach ihm trete, bleibt er sitzen.«

»Es ist Euer Geruch«, erklärte Laurenz schmunzelnd. »Der gefällt ihm.«

»Wie schön. Mir gefällt gerade gar nichts mehr.« Lustlos nahm Caspar einen kleinen Stein und schleuderte ihn fort. Der räudige Hund verfolgte den Wurf mit den Augen, verharrte jedoch weiter brav zu seinen Füßen. Caspar seufzte.

»Falls es Euch hilft«, begann Laurenz. »Agnes sagt die Wahrheit. Meine Mutter war die Hebamme Eurer Mutter. Ihr beide seid die Kinder von Gunda Fröbel, die damals Kelletat geheißen und im Löbenicht gewohnt hat.«

»Nein, das glaube ich einfach nicht!« Verzweifelt schüttelte Caspar den Kopf, doch Laurenz gebot ihm wie schon zuvor mit einer beschwichtigenden Handbewegung zu schweigen. »Vertraut mir, es ist so. Ich kann mich noch sehr genau an den Tag vor siebzehn Jahren erinnern, an dem Ihr beide geboren wurdet. Jemand hatte mich losgeschickt, meine Mutter in der Wöchnerinnenstube aufzusuchen. Als ich bei den Kelletats ankam, war ich völlig überrascht, dort zwei Neugeborene vorzufinden. Das eine in den Armen der Mutter, das zweite in dem winzigen Korb vor dem Bett. Sie sahen sich kaum ähnlich, hatten allerdings beide ein auffälliges Feuermal im Nacken. Als ich darauf hinweisen wollte, jagte meine Mutter mich fort. Auf dem Weg nach draußen stieß ich mit der Hundskötterin zusammen, die außer sich schien und meine Mutter um Hilfe rief.

Einige Tage später wollte ich mir die beiden Kinder noch einmal ansehen. Es schien mir ein Wunder, dass eine Frau gleichzeitig einem Mädchen und einem Jungen das Leben schenken konnte. Da aber war das Haus schon verschlossen, der brave Kelletat tot und seine Frau mit den Kindern verschwunden. Meine Mutter hat das sehr getroffen. Noch Jahre später redete sie von dem Vorfall, weil sie nie erfuhr, was genau geschehen war. Im Löbenicht raunte man hinter vorgehaltener Hand, Kelletats Tod wäre kein Unfall gewesen. Deswegen wäre die Frau mit dem Kind und ihrer Mutter spurlos verschwunden. Als ich meine Mutter darauf ansprach, warum man immer nur von einem Kind der Kelletats redete, wusste sie keine Erklärung dafür. Wir haben noch oft darüber gerätselt. Bis aufs Sterbebett hat meine Mutter die Geschichte beschäftigt. Kurz vor ihrem Ende hat sie mir anvertraut: ›An ihrem Mal werden sich die Kinder einst erkennen.‹ Nun sagt selbst, mein lieber Fischart: Ist es nicht genau so gekommen?

Habt Ihr Eure Schwester nicht an dem Mal im Nacken erkannt?«

Behutsam legte er den linken Arm um Caspars Schulter. Agnes rührte es, wie behutsam er mit ihrem Bruder umging. Caspar kämpfte sichtlich mit dem eben Gehörten, nahm jedoch Laurenz' Angebot an und lehnte den Kopf gegen seine Schulter.

Als Agnes die beiden so vertraut miteinander vor sich sah, quoll ihr Herz über vor Liebe. »Danke dir, Liebster!«, sagte sie leise und nahm Laurenz' rechte Hand. Dabei fühlte sie die beiden steifen Mittelfinger, strich zart über sie. Um Laurenz' Mundwinkel zuckte es. Als er ihr das Gesicht zuwandte, strahlten seine verschiedenfarbigen Augen. Ihr Herz frohlockte. »Wirst du uns jetzt nach Königsberg begleiten?«

11

Heaven forbid! Als sie den nackten Fuß aus dem Bett streckte und auf den eisigen Boden setzte, fragte sie sich, was ihr heute wohl bevorstand. Die beiden vergangenen Wochen waren alles andere als ruhig verlaufen. Kaum wollte sie mehr an die hässliche Szene mit Gunda, den beiden Kindern und der Hundskötterin denken. Wenigstens wusste sie inzwischen, woran sie war, und hatte zu ihrer alten Zuversicht zurückgefunden. Das rührte sicher auch daher, dass sie mit den Tropfen und Tinkturen der Hundskötterin vorsichtiger geworden war. Immer häufiger schluckte sie nur die Hälfte oder »vergaß« ein übers andere Mal, davon zu nehmen. Zu ihrer Verwunderung schien es ihr bislang nicht zu schaden. Im Gegenteil. Doch genug davon! Sie sollte aufstehen. Sowohl Caspar als auch Gernot hatten Nachricht geschickt, dass sie in den nächsten Tagen zurückkehren würden. Je eher sie sich um die Vorbereitungen für ein angemessenes Willkommen kümmerte, desto schneller würde die Zeit bis zur Ankunft der Ersehnten vergehen.

Vorsichtig setzte sie auch den zweiten Fuß auf die kalten Holzdielen, unterdrückte das zittrige Frieren, das ihr von den Füßen über die bloßen Beine in den Leib fuhr. Mit der Hand rieb sie sich über die Stirn und spürte plötzlich einen Druck im Schädel. Sie meinte, ihr Kopf würde zerbersten. Im selben Moment stieg ihr Übelkeit die Kehle hinauf. Es schüttelte und würgte sie. Unruhe erfasste sie. *Good grief!* Kam das etwa daher, dass sie seit zwei Tagen ganz auf die Tropfen der Hundskötterin verzichtete?

»Anna«, rief sie kläglich und schlug mit der flachen Hand gegen die Wand zum Flur. »Anna!« Das klang schon etwas lauter, aber immer noch zu leise, um auf sich aufmerksam zu machen. Angestrengt lauschte sie. Im Haus rührte sich nichts. Der Ostwind rüttelte an den Fensterläden, die Hühner gackerten im Hof, der Hund bellte. Editha packte schiere Verzweiflung. Die Tropfen hatten längst ihre Wirkung eingebüßt. Gleich kippte sie besinnungslos um. Stunden würde es dauern, bis jemand vom Gesinde auffiele, dass sie nicht aus dem Schlafgemach gekommen war.

»Anna!« Ihre Stimme wurde weinerlich. Mit letzter Kraft stampfte sie mit den Füßen auf. *Damned old witch!* Sonst horchte das dürre alte Weib an jeder Tür, hörte die Flöhe auf dem Dachboden husten, wenn sie dort Aufregendes vermutete. Hilflos ballte Editha die Fäuste, was ihr kaum mehr gelang. Natürlich musste sie der verlebten Magd zugestehen, dass das Schlafgemach derzeit für ihre neugierigen Ohren nichts Aufregendes zu bieten hatte. Seit Wochen war Gernot fort, auch die Hundskötterin ließ sich seit Tagen nicht blicken. Bestimmt ging die Alte tatsächlich einmal ihren Pflichten in Küche, Haus und Hof nach. Erschöpft sank Editha aufs Bett zurück. Im selben Moment ließ sie ein unerträglicher Schmerz im Unterleib zusammenfahren. Sie kippte zur Seite, krümmte sich wie ein jämmerlicher Wurm und stieß ein schrilles »Anna!« aus.

Dieses Mal hallte der Schrei durchs ganze Haus. Ein Poltern und Lärmen im Erdgeschoss erhob sich, aufgeregte Stimmen wurden laut. Selbst die Schreiber und Ablader in der Diele mussten sie gehört haben. Zitternd vor Angst presste Editha sich die Hand auf den Unterleib. Er war hart wie Stein. Mehrmals strich sie mit den kurzen Fingern darüber. *For heaven's sake!* Was war mit dem Kind? Ihr wurde schwarz vor Augen.

So plötzlich, wie der Schmerz gekommen war, verschwand er wieder. Ungläubig wurde Editha dessen gewahr. Abermals betastete sie sich den Bauch, versuchte angestrengt, in sich hineinzuhorchen. Dann erst rollte sie sich auf den Rücken, streckte die Beine aus, massierte sich den weicher gewordenen Leib und starrte blicklos nach oben, auf das Schnitzwerk an der Unterseite ihres Betthimmels. Auch der Druck im Kopf war verschwunden. Allmählich wurde ihr Atem gleichmäßiger, eine wohltuende Ruhe überkam sie. Das war noch einmal gutgegangen.

Draußen im Flur näherte sich Annas schweres Schlurfen. Wenige Augenblicke später stand die Alte an ihrem Bett und sah in einem Gemisch aus Mitleid, Argwohn und Abscheu auf sie herab. »Was ist, Herrin?«

Editha schauderte. Wie töricht von ihr! Warum ließ sie sich von der Magd nur derart einschüchtern? Entschlossen richtete sie sich auf. »Wo hast du gesteckt? Ich habe gerufen und geklopft, aber du bist nicht gekommen. Muss ich erst im Bett krepieren, bevor du dich zu mir bequemst? Reich mir mein Kleid und die Pantoffel. Lass eiligst nach der Hundskötterin schicken. Ich brauche sie hier. Dann geh in die Küche und richte mir einen Imbiss.«

»Um diese Zeit?«

»Willst du mir etwa vorschreiben, wann ich was esse?«

Verärgert riss sie Anna das Kleid aus den Händen, streifte es über, schnippte mit den Fingern, damit sie ihr den dunkelroten, mit Gold und Silber bestickten Surkot reichte, und zog ihn darüber. Über dem Bauch saß er knapp. Aus Annas Schnaufen hörte Editha heraus, wie sehr die Alte ihren Zustand missbilligte.

»Heute ist Freitag. Bald kehrt mein Gemahl aus Riga zurück. Endlich! Auch mein Sohn wird wieder bei uns eintreffen. Hast du alles gerichtet, damit wir die beiden mit einem guten Mahl empfangen können? Denk daran, den leeren Vogelbauer aus der Wohnstube fortzuschaffen. Wenn mein Gatte ihn weiterhin anschauen muss, wird ihn das nur ärgern. Was ist mit Wein und Bier, frischem Käse und gutem Schinken? Sind die Vorräte wirklich aufgefüllt? Was tust du eigentlich den ganzen Tag, wenn ich dir nicht ständig auf die Finger schaue?«

»Schon gut«, murmelte Anna und schüttelte das Bett auf, bückte sich nach dem Nachttopf.

»Verschwinde endlich in die Küche! Ich habe Hunger«, herrschte Editha sie an und scheuchte sie fort wie eine lästige Fliege. Kaum verklang das Schlurfen auf dem Flur, wandte sie sich dem Spiegel zu und kämmte ihr aschblondes Haar. Dank der Schwangerschaft glänzte es mehr als zuvor. Es fühlte sich samtweich und füllig an. Zufrieden drehte und wendete sie den Kopf nach allen Seiten, streichelte zärtlich über die Wangen, fuhr die hohen Bogen der sorgfältig gezupften Augenbrauen nach.

»Gefallt Ihr Euch?«

Editha erschrak. Wie ging das zu? Gerade erst hatte sie Anna mit all den Aufträgen weggeschickt. So schnell konnte die Hebamme nicht auftauchen. Langsam drehte sie sich um und sah der Hundskötterin so ruhig wie möglich entgegen. »Wo kommt Ihr so rasch her? Ich habe gerade erst nach Euch geschickt.«

»Und schon bin ich da! Das ist einzig meiner Sorge um Euer Wohlbefinden geschuldet. Mir war, als müsste ich dringend nach Euch sehen und Euch neue Tropfen bringen«, erwiderte die Hebamme mit einem falschen Lächeln. Geschäftig zeigte sie auf ein Bündel in ihrer rechten Hand und eilte zum Tisch, um es zu öffnen. »Habt Ihr die Tinktur in den letzten Tagen wirklich wie besprochen genommen, auch vor dem Zubettgehen noch einmal fünfzehn Tropfen?«

Forschend sah sie ihr ins Gesicht. Editha senkte den Blick. Ihr wurde heiß. Die wusste alles über sie!

»Geht es Euch gut? Mir scheint, Ihr regt Euch zu sehr auf.« Die Hundskötterin fasste nach ihrem Handgelenk, fühlte den Puls. »Gibt es einen besonderen Grund, warum Ihr bis eben im Bett gelegen habt?«

»Mir war einfach danach.« Editha löste sich aus ihrem Griff, reckte das Kinn, schlenderte langsam zum Tisch. Unauffällig äugte sie auf die verschiedenen Phiolen und Säckchen, die die Hundskötterin flugs dort ausbreitete. Ein scharfer Geruch stieg ihr in die Nase. Um ihn zu vertreiben, wedelte sie mit der Hand durch die Luft. Dabei fühlte sie abermals den Druck im Kopf. Sie presste die Fingerkuppen auf die Schläfen. Plötzlich verlangte sie dringend nach einem der Wundermittel, die die Hundskötterin mischte. Das Hämmern und Klopfen war einfach nicht mehr zu ertragen. Ihr wurde schwindlig. Angst erfasste sie. Schwer atmend stützte sie sich auf den Tisch.

»Nehmt das. Das wird Euch sofort helfen.« Die Hundskötterin öffnete ein dunkles Gefäß und streckte es ihr unter die Nase. Soweit sie erkennen konnte, enthielt es ein helles Pulver. Die Hebamme griff nach dem Löffel an ihrem Gürtel, gab von dem Pulver darauf und reichte ihn ihr. Gehorsam wie ein Kind schluckte sie das trockene Zeug. Es schmeckte furchtbar.

»Bier!«, verlangte sie und konnte kaum abwarten, bis die Hundskötterin ihr davon aus dem Krug in einen Becher goss. In einem Zug stürzte sie es die Kehle hinunter und schüttelte sich. Auf einen Schlag wurde ihr leicht. Der Druck im Schädel verschwand. Sie konnte wieder klar denken und ruhig atmen. Beglückt sah sie die Hundskötterin an.

»Editha, Liebste!« Polternd wurde die Tür aufgerissen, und Gernot stand auf der Schwelle. Editha und die Hundskötterin fuhren herum, als würden sie bei etwas Verbotenem ertappt. Er stockte. Das Strahlen, das auf seinem Gesicht gelegen hatte, erstarb.

»Gernot!«, stieß Editha überrascht aus und stürmte mit ausgestreckten Armen auf ihn zu. Breitbeinig blieb er in der offenen Tür stehen und sah verwundert zwischen ihr und der Hebamme hin und her. Dann begriff er und wirkte mit einmal verärgert. Jäh stoppte sie, ließ die Arme sinken. »Was hast du, Liebster?«

»Schick sie fort! Auf der Stelle. Sonst gehe ich«, knurrte er.

»Aber …«, wollte sie ansetzen. Am Funkeln seiner leicht aus den Höhlen quellenden Augen sowie am Zittern seiner roten Barthaare las sie ab, wie ernst es ihm war.

»Gut«, sagte sie folgsam und drehte sich zur Hundskötterin um. »Ihr seht es selbst: Mein Gemahl ist schneller zurückgekehrt als gedacht. Viel zu lange haben wir uns nicht gesehen. Ihr könnt Euch denken, dass wir beide lieber …«

»Schon gut, schon gut«, winkte die Hundskötterin ab und grinste. »Kümmert Euch nur gut um Euren verehrten Herrn Gemahl. Das hat er nach all der Unbill seiner Reise wirklich verdient. Ich packe rasch meine Sachen, und dann bin ich auch schon weg. Wenn Ihr mich wieder braucht, lasst mich rufen. Denkt daran, Eure Tropfen genau so zu nehmen, wie wir es besprochen haben. Ihr wisst, wie anfällig Ihr in Eurem Alter und Eurem Zustand seid.«

Der drohende Unterton war deutlich herauszuhören. Editha überlief es kalt. Sie verzichtete darauf, der Hebamme ins Gesicht zu sehen, und murmelte leise: »Danke.«

Auch wenn es ihr nicht behagte, die Hundskötterin allein in ihrem Schlafgemach zurückzulassen, blieb ihr nichts anderes übrig. Gernot war bereits in die Wohnstube hinübergeeilt.

12

Die alte Anna war dabei, den Tisch für ein fürstliches Mahl zu decken. Vorsichtig äugte Editha durch die Stube. Nach wie vor stand der leere Vogelbauer zwischen den Fenstern zur Straßenseite. Draußen war es an diesem letzten Oktobertag kaum einmal richtig hell geworden. Als ginge der Tag bereits wieder zur Neige, noch bevor er seinen Höhepunkt erreicht hatte, kroch bereits die erste Dämmerung herein. Sie tauchte die Stube mit den getäfelten Wänden, den dunklen Möbeln und der niedrigen Holzdecke in ein düsteres Licht. Gernot hatte sich vor dem wuchtigen Schrank aufgebaut, den er im Frühjahr für sein Zinnzeug und die Bücher hatte anfertigen lassen. Ein flüchtiger Blick genügte ihr, um festzustellen, dass sich zu den drei bisherigen Folianten ein neuer dazugesellt hatte. Missmutig schnaubte sie. Gernot bemerkte es nicht. Die Hände auf dem Rücken verschränkt, betrachtete er die aufwendigen Schnitzereien an den Türen und schenkte weder der Magd noch ihr Beachtung. Editha rieb sich die Arme, dabei fror sie kaum. Vom Ofen in der Zimmerecke her breitete sich wohlige Wärme in der Stube aus. Tatsächlich hatte Anna daran gedacht, ihn rechtzeitig anzuheizen. Hoffentlich legte sie nachher auch tüchtig nach, damit das Feuer nicht zu früh erlosch. Gestern Abend hatte Editha in einer ausgekühlten Stube ihr Abendbrot verzehren müssen.

Es war an der Zeit, die Lichter anzuzünden. Gerade wollte Editha die Magd dazu auffordern, da sah sie, wie Gernot zur Fensterfront starrte. Ein letzter Strahl Helligkeit fiel auf sein Gesicht. Editha ahnte, was er vorhatte. Bevor sie ihm zuvorkommen konnte, stand er in zwei großen Schritten beim Vogelbauer und riss ihn vom brusthohen Ständer. Zornentbrannt drückte er den Käfig der verdutzten Magd gegen die Brust. »Nimm das verdammte Stück und lass uns allein.« Anna nickte, drehte sich um und eilte zur Tür hinaus.

»Gernot, Liebster! Was ist nur los?«, fragte Editha, als sie endlich allein mit ihm war. Aufreizend langsam ging sie zu ihm, bemühte sich um ein gewinnendes Lächeln. In der Hoffnung, der Anblick ihres gesegneten Leibes würde ihn beschwichtigen, schob sie den gewölbten Bauch vor. Als er nichts dazu sagte, legte sie die Hand auf den Unterleib, strich mehrmals darüber. Auch darauf ging er nicht ein.

»Zuerst einmal herzlich willkommen zurück zu Hause! Du glaubst nicht, wie ungeduldig ich auf deine Ankunft gewartet habe. Als deine Nachricht gestern hier eingetroffen ist, habe ich Anna sofort angewiesen, alles für deine Ankunft vorzubereiten.«

»Und hast zugleich nichts Eiligeres zu tun gehabt, als die Hundskötterin ins Haus zu rufen, damit sie dir abermals ihre seltsamen Wundermittel aufschwatzt! Dabei hast du das doch gar nicht nötig! Was hat sie dir eben wieder eingetrichtert? Ein Pulver aus zerstoßener Schlangenhaut, gründlich durchmischt mit Wildschweinblut und zerriebenen Marderknochen? Oder Fledermausflügel, abgeschmeckt mit zarten Stückchen von Stierhoden und Krümeln von der Alraune? Hoffentlich hat sie daran gedacht, die Wurzel in der Johannisnacht zu ernten, sonst büßt sie am Ende ihre Wirkung ein. Zu was sollen ihre Zaubermittel überhaupt noch gut sein? Du bist doch wieder schwanger. Bis zur Niederkunft solltest du darauf verzichten. Wer weiß, was sie dir ständig unterjubelt. Hat das teuflische Zeug wenigstens gut geschmeckt? Spürst du die ersten Anzeichen seiner Wirkung? Komm her und lass mich sehen!«

Ehe sie sich's versah, nahm er ihren Kopf in beide Hände und zerrte sie unsanft ans Fenster.

»*For God's sake!* Was fällt dir ein? Du tust mir weh!«, versuchte sie, sich ihm zu widersetzen.

»Hör endlich mit diesem verdammten Englisch auf! Seit achtzehn Jahren lebst du hier bei mir. Höchste Zeit, so zu reden, wie alle hier reden. Dafür solltest du etwas einnehmen.«

Voller Zorn presste er ihr Gesicht noch enger zusammen. Sie musste den Mund öffnen, spürte die eigenen Zähne schmerzhaft an der Innenseite ihrer Wangen und meinte, kaum atmen zu können. Hilflos ruderte sie mit den Händen durch die Luft, versuchte, auf eigenen Füßen stehen zu bleiben, doch sie schwankte bedenklich. Ihre verzweifelte Gegenwehr beeindruckte Gernot nicht. Forschend schaute er ihr ins Antlitz, hob mit dicken Fingern ihre Lider an, um ihre

Pupillen zu prüfen. Es war eine erniedrigende Prozedur. Tränen traten ihr in die Augen. Ihr wurde übel. Die Knie knickten ein, sie sackte weg. Im letzten Moment fing er sie auf, hielt sie an den Oberarmen fest und richtete sie halbwegs wieder auf. Um ihn nicht weiter zu erzürnen, unterdrückte sie einen Aufschrei. Wütend sah er sie an. »Sag endlich, was die Hundskötterin dir da eben eingeflößt hat!«

Mit einem Stoß nach hinten gab er sie frei. Zwar musste sie Halt suchend mit den Armen rudern, doch es gelang ihr, das Gleichgewicht zu halten. Als sie wieder fest auf den Beinen stand, rieb sie sich die schmerzenden Arme, richtete sich auf und sah ihn Versöhnung heischend an.

»Liebster, was fragst du so argwöhnisch? Wieso denkst du, ich ließe mir von der Hundskötterin weiterhin Zaubermittel eintrichtern? Das habe ich nicht nötig, wie du eben selbst festgestellt hast. Die Hundskötterin ist meine Wehmutter. Sie steht mir bei, damit es mir bis zur Niederkunft weiterhin gutgeht. Du weißt, was es heißt, in meinem Alter noch ein Kind auszutragen. Und du weißt auch, wie viel Unglück ich mit all meinen Schwangerschaften hatte. Willst du mir jetzt auch noch diese allerletzte Hoffnung auf ein Kind zerstören? Dabei tue ich das alles doch nur deinetwegen!«

Bei den letzten Worten schluchzte sie auf, fuhr sich mit dem Rücken der einen Hand über die Stirn, als gelte es dort Schweiß abzuwischen, und hielt sich mit der anderen den Leib. Langsam wankte sie zu einem Stuhl, plumpste wie ein schwerer Sack Mehl darauf und stützte den Kopf in beide Hände.

Mit tränenerstickter Stimme fuhr sie fort: »Und ich dachte, du freust dich, dass unserer langjährigen Liebe noch einmal das unverhoffte Glück beschieden ist, Früchte zu tragen. Hast du dir nicht immer noch Kinder mit mir gewünscht?

Warum bist du ausgerechnet jetzt, wo es bald so weit sein wird, derart garstig zu mir? Das könnte unser Kind gefährden! Ach Gernot, Liebster …« Sie verlegte sich aufs Flehen. »Wir haben uns doch immer so sehr geliebt. Hast du vergessen, wie glücklich wir über all die Jahre miteinander gewesen sind? Wie viel Freude wir auch noch des Nachts in unserem Schlafgemach aneinander …«

»Es reicht!«, fuhr er dazwischen und baute sich breitbeinig, die Hände auf dem Rücken verschränkt, zwischen ihr und dem Fenster auf. Unruhig wippte er nach vorn auf die Fußspitzen, verweilte dort einige Atemzüge lang, sank wieder zurück auf die ganzen Füße, wippte erneut nach vorn. Es machte sie wahnsinnig. Am liebsten hätte sie ihm das unterbunden, aber das würde ihn nur von neuem reizen. Sie schaute auf sein Antlitz. Da das Licht von der Fensterseite nur mehr schwach hereinfiel, war keine Regung darin zu erkennen, allein am hellen Aufblitzen der Augäpfel ließ sich erahnen, in welcher Laune er sich befand.

»Kehrt man so nach langer Reise zu seinem liebenden Weib zurück?«, fragte sie schließlich leise. »Setz dich erst einmal zu mir an den Tisch, trink einen Schluck Bier und komm wieder zu dir. Ich kann mir denken, wie anstrengend die letzten Wochen für dich gewesen sind. Jetzt aber bist du wohlbehalten zu Hause, und alles wird gut. Auch Caspar wird vielleicht schon heute Abend, ganz sicher aber in den nächsten Tagen zurück sein.«

»Was heißt das?«, fuhr er auf. »Wieso ist Caspar fort? Warum erfahre ich das erst jetzt, ganz nebenbei? Hast du dich nicht im Frühjahr noch dagegen gestemmt, dass er uns verlässt? Was ist mit unserem Geschäft? Darum sollte sich Caspar kümmern, wenn ich unterwegs bin! In Zeiten, in denen uns die anderen Zunftgenossen jeden Abschluss neiden, muss einer von uns ständig hier sein.«

»Beruhige dich, Lieber, es ist alles gutgegangen. Niemand hat uns etwas tun wollen.« Über ihrem halbherzigen Rechtfertigungsversuch wurde ihr klar, wie töricht sie sich gerade verhalten hatte. Wie sollte sie das nur wiedergutmachen? In keinem Fall durfte er herausfinden, dass sie selbst nicht wusste, wo Caspar gewesen war. Ebenso wenig durfte er erfahren, dass sie nichts unternommen hatte, ihn zu suchen, sondern allein ihrem Gefühl vertraut hatte, er werde wohlbehalten wieder zurückkehren.

»Reg dich nicht gleich wieder auf. Es waren nur wenige Tage«, log sie hastig. »Unerwartet musste er in einer wichtigen Sache die Stadt verlassen. Längst aber hat er Bescheid gegeben, dass er und Agnes ...«

»Er und Agnes?«, wiederholte Gernot krächzend.

Good grief! Was hatte sie da schon wieder angerichtet? Es war nicht zu übersehen, dass er von diesem Namen zutiefst getroffen war. Hastig sprang sie auf, rückte ihm einen Stuhl hin, tätschelte ihm die Schulter. Er hatte recht: Sie war nicht ganz bei Sinnen. Nachdem sie zwei Tage lang gar nichts mehr eingenommen hatte, musste das Pulver der Hundskötterin ihr nun das Hirn umso stärker vernebeln. Sie fühlte sich außerstande, auch nur einen klaren Gedanken zu fassen, geschweige denn, eine weiterreichende Überlegung zu treffen. Mit jedem neuen Wort, jeder weiteren Erklärung verrannte sie sich weiter in der ausweglosen Situation. Es fehlte nicht viel, und sie erzählte ihm alles, was er besser niemals erfuhr: dass Gunda in der Stadt aufgetaucht und Caspar drauf und dran gewesen war, sich in die eigene Schwester zu verlieben. Besser, sie sagte vorerst gar nichts mehr, sonst wurde alles nur schlimmer. Verzweifelt biss sie sich auf die Lippen, sah immer wieder argwöhnisch zu Gernot. Er war gefährlich ruhig geworden. Im Dämmerlicht wirkte sein Antlitz eher blass denn zornesrot wie noch vorhin.

»Du weißt also, wer Agnes ist«, setzte er an.

»Ich …«, wollte sie erwidern, er aber bedeutete ihr zu schweigen.

»Umso erstaunlicher, dass du ihren Namen so ruhig aussprichst und mir wie selbstverständlich erzählst, Caspar wäre mit ihr zusammen unterwegs. Wohin sind die beiden? Wie lange sind sie schon fort? Hast du eine Ahnung, weshalb sie unterwegs sind? Hast du überhaupt auch nur ein einziges Mal dein englisches Spatzenhirn in Bewegung gesetzt, um dich mit der Lage der Kinder zu befassen? Oh, entschuldige, ich vergaß! Die Tropfen und Pulver der Hundskötterin haben das verhindert. Die vernebeln dir das Hirn, bis du gar nicht mehr weißt, wo vorn und hinten ist, und töricht wie ein Lamm tust, was die elende Hebamme will. Wann wachst du endlich auf und begreifst, welches Spiel sie mit dir spielt, was sie in den vergangenen siebzehn Jahren mit uns beiden gespielt hat?«

For heaven's sake! Jetzt hatte sie aber genug. Sie beugte sich vor, stützte die Hände auf seine Schultern und neigte das Gesicht ganz nah zu seinem. Leise sprach sie: »Die Hundskötterin spielt gar kein Spiel mit mir, mein Lieber, das solltest du endlich begreifen. Mit ihren Tropfen ist es ohnehin vorbei. In einer Zeit aber, in der du mich mal wieder mit allem allein gelassen hast, ist sie zu mir gekommen und hat mir geholfen. Und das, wie du nur zu gut weißt, nicht zum ersten Mal in unserem gemeinsamen Eheleben. Genau wie damals vor siebzehn Jahren hat sie im Gegensatz zu dir auch dieses Mal sogleich gewusst, was zu tun ist. Selbstlos hat sie mir beigestanden, als diese Agnes und zudem noch Gunda bei Caspar und mir aufgetaucht sind und mich der unglaublichsten Dinge bezichtigt haben. Wäre die Hundskötterin nicht gewesen, mein Lieber, dann hätten wir nicht nur unseren geliebten

Caspar, sondern auch die neue Frucht in meinem Leib ein für alle Mal verloren. Dank ihrer Hilfe aber«, langsam richtete sie sich auf, reckte den Zeigefinger in die Luft und ließ ihre Stimme bedeutungsvoll anschwellen, »dank der Hundskötterin aber haben wir jetzt auch eine Tochter.«

»Was?« Verständnislos starrte er sie an.

»Ja, du hast recht gehört: Wir haben nun beide Kinder. Wenn du dich an jene Tage vor siebzehn Jahren erinnerst, so ist es wirklich höchste Zeit gewesen, dass auch Agnes zu uns findet. Das arme Ding! Was wäre ihr nicht alles an düsteren Erlebnissen erspart geblieben, wenn du damals schon den Mut aufgebracht hättest, dich Gunda zu widersetzen. Es hätte nur eines einzigen entschlossenen Schrittes bedurft, ihr auch das Mädchen aus den Armen zu reißen und die meineidige Metze für immer aus dem Haus zu jagen. Was hätte sie dagegen tun wollen? Sie hätte es ebenso hinnehmen müssen, wie sie es bei Caspar hatte tun müssen. Wer hätte ihr auch nur einen Funken Glauben geschenkt, wenn sie darauf bestanden hätte, es wären ihre Kinder? Viel zu ähnlich haben sie dir gesehen, sogar dasselbe Mal wie du haben sie beide im Nacken getragen. Gunda hat das auf Anhieb begriffen und nicht länger darauf bestanden, Caspar zurückzufordern. Um ihren eigenen Hals zu retten, ist sie deshalb mit ihrer Mutter und dem Mädchen so schnell wie möglich aus der Stadt fort und hat sich nie mehr hier blicken lassen. Ach, Gernot, warum bist du nur so feige gewesen und hast ihr nicht auch noch das Mädchen weggenommen? Was hätte die Kleine für ein schönes Leben bei uns gehabt! Wir vier wären unendlich glücklich miteinander geworden. Wenigstens jetzt aber ist es mir gelungen, sie für mich zu gewinnen und Gunda ein für alle Mal aus den drei Städten Königsberg fortzujagen. Und wieder war es die Hundskötterin, die mir zur Seite gestanden hat, nicht du. Glaub mir, nie mehr wird Gunda es wagen, uns unter die Augen zu treten oder gar eine Anschuldigung gegen dich zu erheben! Sie ist am Ende. Dieses Mal ist das wirklich so. Für immer wird sie aus unser aller Leben verschwinden.«

»Freu dich nicht zu früh«, entgegnete er trocken.

»Was soll das heißen?«

Stumm sah er sie an, erhob sich gemächlich von seinem Platz und baute sich dicht vor ihr auf. Sie spürte seinen warmen Atem auf ihren Wangen, unterschied jede einzelne Pore auf seiner klobigen Nase. Die Haare seines rotgefärbten Bartes zitterten leicht. Der Blick seiner wässrigen Augen war prüfend auf sie gerichtet.

Da fiel es ihr wie Schuppen von den Augen. Erst schlug sie sich die Hand vor den Mund, dann brach es unbeherrscht aus ihr heraus: »Du hast also schon mit der elenden Klepperin geredet? Hast dich wieder einmal von ihr umgarnen lassen? Gleich hätte ich es wissen können. Deine seltsame Laune hätte mir Warnung genug sein müssen.«

Sie stemmte die Hände auf die breiten Hüften, verengte die blauen Augen zu schmalen Schlitzen und reckte die Nase in die Luft. Gernot schwieg. Das reizte sie noch mehr. In bösem Ton setzte sie nach: »Oder willst du etwa andeuten, es wäre alles noch viel schlimmer? Hast du seit damals etwa gar nichts dazugelernt? Ist es ihr wieder gelungen, dich ins Bett zu zerren und dich für dieses angeblich eine Mal über Jahre, ach, was sag ich, Jahrzehnte, wenn nicht gar für dein ganzes Leben zu bestrafen? Und mich noch mit dazu?«

Schrill hallten die letzten Silben durch die Stube. Die Umrisse von Stühlen, Tisch und Schrank zeichneten drohende, dunkle Gestalten. Das Knistern des im Ofen brennenden Holzes heizte die düstere Stimmung weiter an.

»Du bist vollkommen irr«, sagte Gernot ruhig und ging gemessenen Schrittes dicht an ihr vorbei aus der Stube.

»Rotting son of a whore!«, zischte sie gegen die zufallende Tür und stampfte zornig mit dem Fuß auf. Die Fäuste geballt, trat sie ans Fenster und starrte in die aufziehende Nacht. Wieder spürte sie einen grässlichen Druck im Schädel, presste sich die Fäuste gegen die Schläfen. Es wurde schlimmer und schlimmer. Sie musste doch wieder das Pulver der Hundskötterin nehmen, dringend, sonst platzte ihr gleich tatsächlich der Kopf.

Ihre Finger zitterten, als sie nach dem Beutel am Gürtel tasteten, die Phiole mit dem Pulver herauszogen. Hastig entkorkte sie das Gefäß, wollte es schon an die Lippen setzen. Dann stockte sie, hielt das Gefäß prüfend gegen das schwache Licht, das vom Fenster hereinfiel. Weder der Geruch noch die Beschaffenheit der Rezeptur schreckten sie. Trotzdem zögerte sie. Wollte sie das Pulver wirklich wieder schlucken? Hatte Gernot nicht recht mit seiner Behauptung, das Zeug der Hundskötterin vernebele ihr die Sinne? Zwei Tage war sie ohne es ausgekommen. Nichts Schlimmes war geschehen. Nur, seit sie eben von neuem davon genommen hatte, war ihr so merkwürdig geworden. Nachdenklich betrachtete sie das Gefäß in der rechten Hand, tastete mit der linken über die Brust, bekam das Band mit dem Medaillon zu fassen. Vorsichtig zog sie es unter ihrem Kleid hervor und betrachtete das stark abgegriffene Porträt im letzten Tageslicht dicht vor dem Fenster. Eine fremde Frau mit offenem, glattem Haar und einer beeindruckenden Nase war darauf abgebildet.

Plötzlich musste sie lachen. Niemand in ihrer Familie, erst recht keine der weiblichen Angehörigen, hatte jemals eine solche Nasenform gehabt. Wie hatte sie nur so einfältig sein können und sich von der Hundskötterin derartigen Unsinn einreden lassen? Mit einem entschlossenen Ruck riss sie das Band vom Hals, öffnete das Fenster und schleuderte erst das Medaillon und dann die Phiole mit dem Pulver in hohem Bogen hinaus. Noch bevor sie es unten auf dem Straßenpflaster aufschlagen hörte, schloss sie das Fenster wieder. Die Hände auf dem Riegel, legte sie die Stirn gegen das kühle Glas. Die Kopfschmerzen waren nicht mehr so stark, ebenso hatte der Druck hinter der Stirn nachgelassen. Wenn sie nur zwei, drei weitere Tage durchhielt, würde es ihr gelingen, von dem Teufelszeug ganz loszukommen.

Eine zarte Regung im Unterleib ließ sie aufhorchen. Beglückt strich sie mit der Hand über ihren Bauch. Frieden breitete sich in ihr aus. Das Kind war gerettet, das wusste sie. Nichts und niemand konnte ihr dieses späte Glück noch entreißen.

13

Es war bereits später Nachmittag, als Agnes zusammen mit Laurenz und Caspar endlich Königsberg erreichte. Den ganzen Tag dräuten bereits dunkle Wolken am Himmel. Es war kaum zu unterscheiden, ob die Dämmerung anbrach oder nur weiterer Regen bevorstand. Unerbittlich blies der eisige Ostwind über das hügelige Land um die drei Städte am Pregel, fegte die Regenwolken wie ein ungeduldiger Hirte seine Herde vor sich her. Nur wenige Fuhrwerke und Reisende waren unterwegs. Wer konnte, blieb zu Hause und verrichtete in der Nähe eines warmen Ofens seine Arbeit.

Agnes, Laurenz und Caspar näherten sich den Städten von Süden her. Majestätisch schälten sich die Umrisse der Dächer und Zinnen am Horizont heraus, überlagert von der Burganlage, die auf einem Hügel oberhalb der Altstadt thronte. Schweigend überquerten sie den Alten Pregel über die Grüne Brücke und gelangten so in den Kneiphof. Der Wind trieb auch innerhalb der Stadtmauern sein Unwesen, wirbelte allerorten Laub und Dreck auf, zerrte an den Fensterläden und brachte das Gebälk der Dächer und Gerüste zum Knarren. Mit tief ins Gesicht gezogener Gugel, die Schultern mit einer dicken Decke umhüllt, trieb ein halbwüchsiger Junge zwei Schweine über die Straße. Sobald die Tiere stehen bleiben und auf der Erde nach Essbarem wühlen wollten, schlug er sie mit einem Stock. Empört quiekten die Tiere auf, trippelten weiter. Ein abgemagerter Hund querte ihren Weg, knurrte die Schweine an, zog vor dem Stock des Jungen allerdings rasch den Schwanz ein und rannte in die entgegengesetzte Richtung davon. Ein altes Weib schimpfte, trat mit dem Fuß nach dem Köter, bevor es der beiden Pferde mit den drei Reitern ansichtig wurde. »Bitte eine milde Gabe, meine Herrschaften«, krächzte sie und reckte eine vom Alter gekrümmte Hand empor. Agnes schauderte beim Anblick des faltenüberzogenen Gesichts, aus denen zwei erstaunlich junge, grüne Augen hervorstachen. Laurenz, mit dem sie auf dem stolzen Braunen voranritt, kramte unterdessen in seinem Rock, zog ein paar Münzen hervor und ließ sie auf die offene Handfläche rieseln. »Gott behüte Euch, mein Herr, auf all Euren Wegen und schenke Euch und Eurer Liebsten zahlreichen Kindersegen!«

Ob dieser Worte errötete Agnes, Laurenz indes schmunzelte belustigt. »Habt vielen Dank, liebe Frau!« Kurz lupfte er sein Barett, dann trieb er das Pferd wieder an.

Wenige Ecken weiter lenkte er es nach rechts in die Brodbänkengasse und hielt geradewegs auf den Dom zu. So mied er den Weg über die Krämerbrücke und den Altstädter Markt, der sie direkt am Fischartschen Haus vorbeigeführt hätte. Erleichtert atmete Agnes auf, auch Caspar dankte Laurenz für die Umsicht mit einem knappen Nicken.

Die beiden mächtigen Türme des Doms wirkten in der Dämmerung noch trutziger als sonst. Der Petersplatz davor, auf dem sich zahlreiche Buden von Handwerkern und Krämern befanden, war wie leer gefegt. Die Stände waren verrammelt, die Tische verräumt. Als Laurenz nach links zur Schmiedebrücke einschwenkte, schob sich Agnes fröstelnd näher nach hinten, um an seiner Brust Schutz gegen die Kälte zu finden. Seinen warmen Atem im Nacken zu spüren hatte ihr während der letzten Tage zu Pferd Zuversicht gespendet. Anders als Caspar verstand sich Laurenz nicht nur gut aufs Reiten, sondern war ihr zudem ein angenehmerer Sattelkumpan. Sie kostete jede Gelegenheit aus, seinen Körper zu berühren, seine Nähe zu spüren. Ohne dass es ausgesprochen werden musste, wusste sie: Zwischen ihnen war alles wieder gut. Das verlieh ihr Zuversicht für die bevorstehenden Auseinandersetzungen. Besorgt sah sie zu Caspar. Nach wie vor ritt er gleichauf mit ihnen. An seinem angestrengten Blick nach vorn und dem sichtlichen Bemühen, den Braunen auf Abstand zu Laurenz' Pferd zu halten, las sie ab, wie wenig ihm die derzeitige Lage behagte. Ihm fehlte jemand zum Anlehnen, um Kraft für das Kommende zu gewinnen.

Endlich erreichten sie das Löbenichter Tor. Von dort war es nicht mehr weit bis zum Haus der Muhme an der Krummen Grube. Bei ihrem Aufbruch in Brandenburg am Haff hatten sie beschlossen, zuerst dorthin zu reiten. Bei der Streicherin wollten sie sich stärken und mit Neuigkeiten aus der Stadt versorgen, bevor sie am Abend gemeinsam den schweren Gang zur Fischartin in die Altstadt unternahmen.

»Laurenz!«, ertönte ein aufgeregter Schrei, als sie das Haus der Muhme an der Krummen Grube fast erreicht hatten. Mit weit ausgebreiteten Armen lief ihnen die hochgewachsene Streicherin entgegen, dicht gefolgt von ihren beiden Mägden.

»Was ist?«, fragte Laurenz belustigt, kaum dass er aus dem Sattel geglitten war und die Umarmung seiner Muhme erwidert hatte. »Ihr bereitet uns einen Empfang, als wären wir der Hochmeister persönlich oder gar der polnische König.«

Lächelnd reichte er der schwarzgelockten Theres und der rundlichen Marie die Hand. Dann half er Agnes vom Pferd. Auch sie wurde erst von Agatha, dann von den Mägden herzlich umarmt. Verlegen tat Caspar, als müsste er sich dringend um sein Pferd kümmern. Das schnaubte verächtlich, stieß dampfenden Atem durch die Nüstern aus und schüttelte so heftig den Kopf, dass die helle Mähne wild durch die Luft flog.

»Komm her, mein Lieber.« Laurenz legte ihm den Arm um die Schultern. Er überragte ihn zwar nur wenige Handbreit, wirkte aber dank seiner schlankeren Gestalt weitaus größer. »Lass uns meiner Muhme verkünden, wer du wirklich bist.«

Aufmunternd zwinkerte er ihm zu und zog ihn mit zur Streicherin. Die aber strahlte bereits übers ganze Gesicht. »Ihr müsst mir gar nichts mehr erklären. Längst habe ich euer Geheimnis erfahren.«

»Von wem?« Erstaunt und erschrocken zugleich starrte Agnes sie an. Die verschiedenfarbigen Augen der Muhme sprühten vor Vergnügen. Mit einer knappen Kopfbewegung deutete sie zum Hauseingang. Dort lehnte eine ebenfalls großgewachsene, schlanke Frauengestalt mit einer hellen Flügelhaube auf dem wohlgeformten Kopf in der offenen Tür.

»Mutter!«, rief Agnes und stürmte auf sie zu. Freudig breitete Gunda die Arme aus und fing sie auf, drückte sie fest an ihre Brust.

»Du ahnst nicht, wie sehr ich mich freue, Liebes, dich wieder gesund vor mir zu sehen«, sagte die Mutter leise.

»Ich habe deinen Rat befolgt«, erklärte Agnes. Eindringlich sahen sie einander an.

»Ich weiß«, erwiderte Gunda lächelnd. »Ich sehe, dass du gleich in doppelter Hinsicht auf dein Gefühl vertraut hast.«

»Genau so, wie du es mir geraten hast.«

»Du bist eben ganz meine Tochter.« Schmunzelnd gab die Mutter Agnes' Hände frei und ging langsam auf Laurenz und Caspar zu, die mit den drei anderen Frauen und den Pferden das Hoftor erreichten. Die Muhme wies die Mägde an, die Pferde im Stall zu versorgen. Es war nicht zu übersehen, wie ungern sie den Auftrag befolgten. Viel lieber würden sie miterleben, was sich zwischen den Neuankömmlingen und Gunda weiter abspielte.

»Habt tausend Dank, lieber Selege, dass Ihr mir meine beiden Kinder wohlbehalten zurückbringt«, wandte Gunda sich an Laurenz. »Ihr ahnt nicht, welche Freude Ihr mir damit macht.«

»Und Ihr ahnt nicht, welche Freude es mir gewesen ist, das für Euch getan zu haben«, entgegnete Laurenz und verbeugte sich artig.

Gunda wandte sich an Caspar und sah ihn prüfend an. Er erwiderte ihren Blick. »Wie schön, dich zu sehen, mein lieber Junge. Ich glaube, wir haben uns einiges zu erzählen.«

Sie streckte ihm die Hand hin. Zögernd nahm er sie. Länger als nötig hielten sie einander fest, jeder in den Anblick des anderen versunken. Dieser Moment gehörte den beiden ganz allein.

»Zum Reden gehen wir besser ins Haus«, schlug die Streicherin vor. »Drinnen warten eine warme Suppe und frisches Bier. Mir ist, als hättet ihr heute noch etwas Wichtiges zu erledigen und könntet zuvor eine Stärkung gut vertragen.«

In der Diele empfing sie ein prasselndes Herdfeuer. Der große Tisch in der Mitte war gedeckt, als hätte Agatha geahnt, wann sie eintreffen würden. Neugierig eilte Agnes zunächst zu dem Bottich direkt neben dem Herd und kostete von dem gärenden Bier. »Ihr habt es bestens gelernt, liebe Muhme«, lobte sie. »Dieses Bier wird auch Mohr munden.«

»Mir scheint, du bist der lieben Streicherin eine hervorragende Lehrmeisterin gewesen«, stellte Gunda stolz fest. »Wieso habe ich dein Talent nur so lange brachliegen lassen? Längst hättest du mir zu Hause im Silbernen Hirschen viel Arbeit abnehmen können.«

»Von Agnes' Braukunst schwärmt man bereits in allen drei Königsberger Städten«, berichtete Caspar. »Selbst im Grünen Baum im Kneiphof verkauft die Streicherin, was Agnes braut. Bald reicht der zugewiesene Brau nicht aus, um all den Anfragen Herr zu werden.«

»Ich sehe schon, Liebes«, merkte Gunda an, »es wird schwer, dich zur Rückkehr nach Wehlau zu überreden. Wie aber soll ich es dort ohne dich aushalten?«

Unerwartet versagte ihr bei den letzten Silben die Stimme. Beschämt senkte sie das Antlitz. Zu Agnes' Überraschung trat Caspar zu ihr und legte ihr scheu den Arm um die Schultern. Als sie sich dessen nicht erwehrte, lächelte er scheu. »Grämt Euch nicht. Auch wenn Agnes hierbleibt, werdet Ihr nicht allein sein. In Gedanken ist sie stets bei Euch, genau wie ich.«

»Ja, du hast recht, mein Lieber. Im Herzen seid ihr alle bei mir, ganz egal, wo ihr gerade steckt.« Gunda wischte sich mit dem Handrücken über die Wangen. Ihre langen, dunklen Wimpern glänzten feucht. Nie zuvor hatte Agnes sie so erlebt. Zugleich erfasste sie ein eigenartiges Gefühl, Caspar derart besorgt um Gunda zu sehen. War das etwa Eifersucht? Sie schalt sich dafür.

»Lasst uns endlich etwas essen. Ich sterbe vor Hunger!«, rief Laurenz übermütig dazwischen und führte Agnes zum Tisch. Ehe sie sich's versah, drückte er sie auf einen Stuhl hinunter, setzte sich neben sie und sah die anderen aufmunternd an. Sie folgten seinem Beispiel, während die Muhme den Suppenkessel brachte und ihnen die Schalen füllte. Eine Weile aßen sie schweigend, tranken von dem Bier, das die Streicherin großzügig reichte, und genossen die sich ausbreitende Wärme in ihren Körpern.

»Ihr ahnt alle nicht, wie oft ich mir diesen Moment herbeigesehnt habe«, begann Gunda, sobald Agnes als Letzte ihre Schale ausgekratzt und den Löffel beiseitegelegt hatte. »Fast habe ich schon geglaubt, ihn nicht mehr zu erleben. Dabei hat mir ein Gefühl tief in meinem Herz stets versichert, dass es eines Tages so weit kommen wird.«

»Warum hast du selbst nie etwas getan, um Caspar wiederzufinden?«, platzte es aus Agnes heraus. Verblüfft stellte sie fest, dass die Eifersucht von vorhin noch immer an ihr nagte. Eine Lust, Gunda das spüren zu lassen, erfasste sie. »Spätestens, als Laurenz im April bei uns in Wehlau aufgetaucht ist und dich wiedererkannt hat, wäre eine gute Gelegenheit gewesen, die Wahrheit zu sagen. Längst hätten wir hierherreisen und nach Caspar suchen können. Du aber hast alles abgestritten. Selbst als ich darüber krank geworden bin, hast du mir nicht die Wahrheit gesagt.«

»Verzeih, Liebes, das war ein großer Fehler.« Quer über den Tisch streckte Gunda die Hand nach ihr aus, bat mit einem scheuen Lächeln um Vergebung. »Fröbel hat mich gelehrt, die Dinge anzunehmen, die das Schicksal mir zugewiesen hat, sofern sie nicht zu ändern sind. Nach vorn zu schauen ist sinnvoller, als alle Kraft in den Zorn auf das Geschehene zu stecken. Ich wollte dich vor den Schatten der Vergangenheit bewahren und dir ein unbeschwertes Aufwachsen ermöglichen. Darin hat Fröbel mich stets bestärkt. Am Sterbebett habe ich ihm versprochen, das erste Jahr nach seinem Tod abzuwarten, bevor ich mich entscheide, ob ich doch noch einmal etwas unternehmen würde oder nicht. Ein Anfang sollte das Geschäft mit dem litauischen Eibenholz sein, das ich im Frühjahr mit Rehbinders Hilfe eingefädelt habe. Ich wollte behutsam vorgehen, erst einmal herausfinden, wie es um Gernot und Editha inzwischen steht, wie Caspar bei ihnen herangewachsen ist. Natürlich habe ich das alles nur getan, um irgendwann mit Caspar selbst in Berührung zu kommen. Früher oder später hätte sich die Gelegenheit ergeben und ich hätte mich entschließen können, ob ich euch beiden die Wahrheit sage. Vergiss nicht …«, Agnes wollte sie empört unterbrechen, sie aber bedeutete ihr mit einem Handzeichen zu schweigen, »… Caspar ist in dem Glauben aufgewachsen, dass Editha und Gernot seine leiblichen Eltern sind. Anders als du hat er nie die geringste Ahnung gehabt, wie es sich in Wahrheit verhält.«

»Ich doch auch nicht!«, brauste Agnes auf. »Ich wusste nur, dass Fröbel nicht mein leiblicher Vater ist. Gib zu, dabei wäre es wohl auch für alle Ewigkeit geblieben, hätte Laurenz nicht mein Feuermal entdeckt und dich wiedererkannt. Von dir aus hättest du mir nie ein Wort von meinem Bruder gesagt. Das Geschäft mit Gernot hast du nur eingefädelt, um dich an ihm zu rächen. Um nichts anderes ist es dir gegangen!«

»Zum Teil hast du recht«, lenkte Gunda zu ihrer Verwunderung ein. »Natürlich ist es mir auch um Rache gegangen. So ganz kann ich einfach nicht vergessen, was mir angetan wurde. Eines Tages wirst du selbst Kinder haben und begreifen, was es für eine Mutter heißt, wenn ihr eines der Kinder von der Brust gerissen wird. Diesen Schmerz trägt man für immer mit sich. Die Wunde verheilt niemals. Noch dazu, wenn sie einem von einem der liebsten Menschen, den man je gekannt hat, zugefügt wurde. Aber das ist eine andere Geschichte.«

Sie hielt inne, senkte den Blick und schwieg. Agnes wurde unsicher. Es musste Gunda viel Überwindung kosten, derart offen über ihre Gefühle zu sprechen. Die Streicherin tastete nach Gundas Hand und drückte sie. Dankbar lächelte sie die Muhme an. Agnes spürte einen Stich in der Brust. Wie gern wäre sie diejenige, die ihrer Mutter Mut zusprach, doch sie brachte nicht das rechte Wort über die Lippen. Unüberwindbar schob sich die alte Mauer zwischen sie beide. Was gäbe sie darum, sie ein für alle Mal einreißen zu können!

14

Nach einem verlegenen Räuspern setzte Gunda sich aufrecht hin, ließ den Blick über die Runde schweifen. Links von ihr saß Caspar, ihm gegenüber Laurenz, daneben Agnes, und am Kopfende, zu Gundas Rechten, wachte die Muhme über ihre Gäste. Das leise Knistern des Herdfeuers war wohltuend in der angespannten Stille.

»Als die Hundskötterin mich letztens bezichtigt hat, euch beide von Edithas Brust geraubt zu haben, wurde mir klar, dass ich dringend mit Gernot sprechen muss«, begann Gunda zögernd. »Deshalb bin ich ihm nach Memel entgegengereist.

Er hat mir dort sein Wort gegeben, vor euch allen die Wahrheit zu bezeugen. Gleich nachher sollten wir zu ihm gehen. Doch lasst mich euch vorher noch die Geschichte von Anfang an erzählen. Vielleicht versteht ihr danach besser, wie Gernot, Editha und ich überhaupt in dieses Unglück stürzen konnten.«

Sie sah erst zu Agnes, dann zu Caspar, schließlich noch einmal zu Agnes. »Vergesst nicht: Was geschehen ist, ist geschehen und bleibt es für alle Ewigkeit. Daran ist nicht zu rütteln. Doch glaubt mir, es ist allein aus Liebe geschehen. Das sage ich im Namen aller Beteiligten. Wenn ihr das im Kopf behaltet, wird es euch besser gelingen, mit allem umzugehen.«

Sie löste ihre Hand aus der der Streicherin und legte beide Hände, die Finger fest ineinander verschlungen, vor sich auf den Tisch. Ohne eines ihrer Kinder direkt anzusehen, sprach sie in festem Ton weiter: »Die Geschichte beginnt vor etwas mehr als achtzehn Jahren in meiner Geburtsstadt Dortmund. Gernot und ich lernten uns damals im Kontor meines Vaters kennen.« Sie lachte kurz auf, berichtigte sich mit strahlenden Augen. »Genau genommen eroberte er mein Herz im Sturm. Auch meine Eltern waren ihm vom ersten Tag an zugetan. Als er um meine Hand anhielt, willigten sie nur zu gern ein. Beglückt reiste Gernot im Frühjahr in seine Heimatstadt Königsberg. Wir folgten ihm nur wenige Wochen später. Mein Vater hatte beschlossen, ebenfalls am Pregel ansässig zu werden. Ich war das einzige Kind meiner Eltern, weitere Familie hatten sie nicht. So wurde meine Brautreise zum Umzug des gesamten Kontors. Demzufolge waren die Fuhrwerke mit unserem gesamten Hausstand vollgepackt.«

Abermals schwieg sie, starrte in das flackernde Talglicht auf dem Tisch, als erblickte sie in der Flamme die Wagen voller Kisten, Säcke und Fässer. Agnes behielt sie aufmerksam im Blick. Dank Lores Schilderungen wusste sie, dass der entscheidende Teil der Erlebnisse bevorstand. Um der Mutter Mut zu machen, strich sie ihr sanft über die Hand. Caspar räusperte sich, fingerte an seinem Gürtel, knüpfte den Lederbeutel ab und legte ihn vor sich auf den Tisch, spielte gedankenverloren mit ihm, bis er Gundas Hand berührte. Auf einen Schlag veränderte sich ihr Gesichtsausdruck. Agnes erschrak: Das Antlitz der Mutter wurde aschfahl, die Lippen waren schmal und blutleer. Ein Zittern erfasste ihren schlanken Körper. »Der Lederbeutel, nehmt den Lederbeutel vom Tisch!«, keuchte sie und fasste sich an die Kehle, als drohte sie zu ersticken.

Entschlossen sprang Agnes auf, fegte den Beutel vom Tisch. Gleich eilte sie zur Mutter, legte ihr beruhigend den Arm um die Schultern, wiegte sie wie ein Kind, bis ihr Atem gleichmäßiger wurde. »Mutter kann den Geruch von Leder nicht ertragen. Wenn sie sich aufregt, ist es besonders schlimm.«

»Das erklärt einiges«, sagte Laurenz. »Nur zu gut erinnere ich mich an jenen Morgen im April auf dem Markt in Wehlau. Auch damals seid Ihr des Leders wegen außer Euch geraten.«

»Offenkundig hängt das mit den Erlebnissen auf Eurer Reise zusammen«, stellte die Muhme fest und reichte Gunda einen Becher Bier. »Ihr müsst Furchtbares erlitten haben, das für den Rest Eures Lebens mit dem Geruch von Leder verbunden bleibt.«

»So kann man es nennen«, erwiderte Gunda leise.

»Verzeiht!«, murmelte Caspar.

»Du konntest es nicht wissen.« Nach einigen Schluck Bier ging es Gunda wieder besser. Sie lächelte scheu, verschränkte abermals die Finger auf der Tischplatte ineinander, holte tief Luft und fuhr in einem seltsam unbeteiligten Ton mit ihrer

Erzählung fort: »Bis kurz vor unserem Ziel verlief unsere Reise friedlich. Kaum einen Tag vor Königsberg aber wurden wir überfallen. Ein halbes Dutzend äußerst gewalttätiger Räuber lauerte uns auf, tötete erst die Männer und wandte sich dann uns Frauen zu.«

Sie schluckte, presste die Lippen zusammen. An ihrem gequälten Gesichtsausdruck war abzulesen, dass sie das Gemetzel in der Erinnerung noch einmal durchlebte. Um den Tisch herum breitete sich beklemmende Stille aus. Plötzlich knarrte eine Tür. Erschrocken fuhren sie herum. Die beiden Mägde kamen zur Hoftür herein. Sobald sie bemerkten, dass etwas sehr Bewegendes im Gange war, schlichen sie auf Zehenspitzen zur Treppe und verschwanden ins Obergeschoss. Kurze Zeit später hörte man oben eine Tür ins Schloss fallen. Zufrieden nickte die Muhme. Die beiden widerstanden sogar der Versuchung, am oberen Treppenabsatz verborgen dem Gespräch zu lauschen.

»Ich erspare euch die Einzelheiten«, erklärte Gunda unerwartet fest. »Es war entsetzlich. Ihr habt recht, liebe Agatha: Seither kann ich den Geruch von Leder nicht mehr ertragen. Meine Mutter und ich überlebten das sinnlose Abschlachten und Schänden als Einzige. Ein Fischer und seine Frau fanden uns und beherbergten uns in ihrer Hütte, bis es uns etwas besserging. Im Schutz einer neuen Gruppe Kaufleute gelangten wir schließlich mit großer Verspätung nach Königsberg. Dort hofften wir, bei meinem Verlobten und seiner Familie Unterschlupf zu erhalten. Welch schlimme Überraschung aber erwartete uns dort! Die Kunde vom blutigen Überfall war uns längst vorausgeeilt. Die Fischarts hielten uns für tot und hatten nichts Eiligeres zu tun, als Gernot in Windeseile mit einer Londoner Kaufmannstochter zu verloben. Ihr könnt euch denken, um wen es sich gehandelt hat: um Editha.«

Ihre Miene verschloss sich. Langsam trank sie einen weiteren Schluck Bier. Die Streicherin nickte ihr zu, Laurenz räusperte sich, was ebenfalls wie eine Aufmunterung klang. Nur Caspar saß stumm da. Agnes ahnte, wie schwer es ihm fiel, Gundas Geschichte zu ertragen. Behutsam griff sie nach seiner Hand, drückte sie. Er warf ihr einen dankbaren Blick zu.

»Vor langem schon war die Ehe zwischen Editha und Gernot von deren Vätern beschlossen worden«, fuhr Gunda fort. »Das geschah wohl, während Gernot bei uns in Dortmund weilte und bei meinem Vater um mich warb. Die Verbindung mit der Londoner Kaufmannstochter versprach hervorragende Gewinne für die Zukunft. Als die Nachricht vom vermeintlichen Tod meiner Mutter und mir im Kontor eintraf, nutzten die alten Fischarts Gernots Verwirrung, um ihn zur raschen Heirat mit Editha zu drängen. Benommen vor Trauer willigte er ein. Als ich dann plötzlich doch wiederauftauchte, war er außer sich vor Kummer. Mir ging es ähnlich. Seine Eltern bestanden jedoch weiter auf der Heirat mit Editha. Immerhin war die nicht nur mutterseelenallein aus der Fremde angereist, sondern brachte im Gegensatz zu mir einen beeindruckenden Brautschatz mit. Lore aber war viel zu sehr in ihrer Trauer um Ewald gefangen, um mir tatkräftig beizustehen. Sie schaffte es nicht einmal, um Unterstützung bei einem der vielen Kaufleute in der Stadt zu bitten, die Ewald noch aus Dortmund gekannt hatten. Eine Nacht gewährten uns Gernots Eltern in ihrem Haus Unterschlupf, dann sollten wir, ausgestattet mit einem Beutel Geld als Entschädigung, aus ihrem Leben verschwinden. In dieser einen Nacht fanden Gernot und ich in unserer Verzweiflung Trost beieinander. Für einige Stunden vergaß ich darüber sogar die Greuel des Überfalls. Am nächsten Morgen aber trennten sich unsere Wege. Gernot heiratete Editha, meine Mutter und ich zogen in den Löbenicht. Gernot und ich verloren uns ganz aus den Augen. Das Letzte, was ich hörte, war, dass seine Eltern kurz nach der Hochzeit auf der Reise nach London zu Edithas Eltern starben. Ihr Schiff sank in einem Unwetter auf dem Kanal.«

Wieder legte sie eine Pause ein und pustete sich eine Haarsträhne aus der Stirn. Agnes suchte ihren Blick, wollte darin lesen, was sie empfand, doch Gunda wich ihr aus. »Alles wäre letztlich wohl gutgegangen, hätte ich nicht kurz darauf festgestellt, schwanger zu sein. Natürlich fürchtete ich, es könnte sich um die Frucht der Schändung handeln. Ein uneheliches Kind zu gebären hätte mich und meine Mutter auch noch der letzten Würde beraubt, die uns geblieben war. Überstürzt willigte ich deshalb in die Ehe mit Rudolf Kelletat ein, einem braven, verwitweten Böttchermeister. Er war ein guter Mann. Zwar erkannte er gleich nach der Niederkunft, dass meine Kinder eindeutig nicht die seinen waren, dennoch nahm er sie im Beisein meiner Hebamme Gerda Selege und ihrer früheren Schülerin Hermine Hundskötter als seinen Sohn und seine Tochter an. Die Hundskötterin aber gönnte uns das Glück nicht. Sofort erzählte sie Gernot von den beiden Kindern, insbesondere, dass der Junge ihm wie aus dem Gesicht geschnitten war. Da Editha zur selben Zeit ein totes Kind geboren hatte, überredete sie die beiden, Caspar zu sich zu holen. Damit würden sie mich vor der Schande bewahren, der Zwillinge wegen des Ehebruchs bezichtigt zu werden.«

»Und weil Kelletat den Kindsraub verhindern wollte, tötete mein Vater ihn«, warf Caspar tonlos ein.

»Was?« Wie aus einem Traum erwachend hob Gunda den Kopf, sah auf ihren Sohn, schüttelte sacht den Kopf. »Nein, so war es nicht. Die beiden gerieten zwar in heftigen Streit, doch Kelletat gelang es, Gernot zum Gehen zu bewegen. Als er auf der Treppe nach unten vorausging, muss er aus unerfindlichen Gründen gestolpert und unglücklich gestürzt sein. Gernot war dicht hinter ihm, dennoch bin ich sicher, dass er ihm keinen Stoß versetzt hat. Dazu wäre er niemals fähig.«

»Trotzdem hat er die Lage ausgenutzt, sich Caspar gegriffen und ist mit ihm davongerannt!«, empörte sich Agnes. Auf einmal zweifelte sie, ob sie nachher tatsächlich mit Caspar und Laurenz zu den Fischarts gehen und ihren Vater kennenlernen wollte. Einen Kindsräuber Vater nennen zu müssen, was für ein entsetzlicher Gedanke! Erschüttert sah sie zwischen Gunda, der Muhme, Laurenz und Caspar hin und her. Alle vier waren zu sehr in ihren eigenen Gedanken versunken, um auf sie zu achten.

»Jetzt erinnere ich mich wieder, was mir meine Schwester damals erzählt hat«, meldete sich die Streicherin zu Wort. »Die Hundskötterin, hat sie mir mehrmals gesagt, habe es nicht mehr verdient, sich als ihre Schülerin auszugeben. Sie habe eine üble Sache angezettelt. Was genau das war, darüber hat meine Schwester allerdings zeitlebens geschwiegen.«

»Wahrscheinlich, weil es ihr so zuwider war«, fügte Laurenz an. »Nachdem Kelletat sich ausdrücklich zu den beiden Kindern bekannt hatte, war es völlig überflüssig, einen der Zwillinge wegzugeben. Damit bestand für Euch, liebe Fröbelin, keine Gefahr. Kelletat hätte Euch auch weiterhin treu zur Seite gestanden und Euch gegen sämtliche falschen Unterstellungen in Schutz genommen.«

»Kelletat war in der Tat ein sehr verlässlicher Mann«, pflichtete Gunda bei. »Doch der Hundskötterin war es gelungen, Gernot in den Kopf zu setzen, mir unbedingt helfen zu müssen. Da flammte wohl auch ein Rest seiner Liebe mir gegenüber auf. Vergesst nicht, ihn plagte das schlechte Gewissen, dem Drängen seiner Familie zu leicht nachgegeben und Editha statt meiner geheiratet zu haben. Wild entschlossen, das zumindest teilweise wiedergutzumachen, kam er zu mir. Als er dann noch entdeckte, dass ihr beide sein eigen Fleisch und Blut seid, verlor er völlig den Kopf.«

»Wieso hast du ihn gewähren lassen und deinen Sohn nicht gleich wieder zurückgefordert? Stattdessen bist du kurz darauf bei Nacht und Nebel mit Lore aus dem Löbenicht geflohen. Damit hast du dich selbst ins Unrecht gesetzt.« Sosehr Agnes sich bemühte, gelang es ihr weder, das Verhalten Gernots und der Hundskötterin, noch weniger aber, das der eigenen Mutter zu begreifen.

»Was glaubst du, habe ich getan?«, fuhr Gunda sie verärgert an. »Kelletat war noch nicht einmal unter der Erde, da bin ich mit dir auf dem Arm zu Gernot und Editha in die Altstadt und habe meinen Sohn zurückverlangt. Die Hundskötterin aber hat es so gedreht, dass ich dastand, als wäre ich von Sinnen: Der Junge an Edithas Brust war Gernot wie aus dem Gesicht geschnitten, trug sogar dasselbe Feuermal im Nacken. Als ich daraufhin dein Feuermal zeigen wollte, hat sie mich nur ausgelacht und mir geraten, das besser nicht zu tun. Sonst müsste sie überall erzählen, dass ich meinem braven Kelletat arglistig die Kinder eines anderen Mannes unterschieben wollte. Dass ich eine gemeine Ehebrecherin wäre, die ihren Gemahl die Treppe hinuntergestoßen hätte, als er ihr das Verbrechen im Beisein der Hebamme auf den Kopf zusagte.«

Die Vorstellung von Gundas damaliger aussichtsloser Lage ließ alle betreten schweigen.

»Und Gernot? Was hat er dazu gesagt?«, fragte Agnes schließlich leise.

»Was hätte er sagen sollen?«, fragte Gunda so leise zurück, dass Agnes sicher war, nur sie habe es gehört. »Ihm blieb keine Wahl. Die Hundskötterin hätte es auch so drehen können, dass er als Kelletats Mörder dagestanden hätte und zudem des Kindsraubs bezichtigt worden wäre. Und das bei seinem Sohn, seinem eigen Fleisch und Blut, auf das er als Vater doch ebenfalls ein Recht hatte. Ganz abgesehen davon, dass Editha den Verstand verloren hätte, wäre ihr ein weiteres Mal ein Kind von der Brust genommen worden. Nein, Gernot war sicher, für uns alle das Beste zu tun: Sein Sohn blieb bei ihm und würde von Editha und ihm voller Liebe aufgezogen werden. Und ich war des Verdachts enthoben, Ehebruch begangen zu haben. Als Witwe war es schwer genug für mich, für ein Kind zu sorgen. So gab er mir Geld und schlug vor, ich sollte ganz aus Königsberg weggehen. Das habe ich dann auch getan.«

Von neuem senkte sich eine gespannte Stille über die Runde. Agnes rang heftig mit sich, ob sie die Mutter umarmen oder zu ihrem Platz zurückgehen sollte. Einerseits verstand sie die Not, in der sie damals gewesen war, andererseits war sie weiterhin unendlich zornig. Es war einfach unfassbar.

»Mir ist klar, warum Ihr mich nicht zurückhaben wolltet«, erklärte Caspar ergriffen. »Ständig hätte ich Euch an Gernot erinnert. Wie aber solltet Ihr den Sohn eines Mannes lieben, der Euch das Schlimmste zugefügt hat, was man einer Frau und Mutter zufügen kann?«

»Nein, mein Lieber, das darfst du nicht denken!«, fuhr Gunda auf und griff nach seinem Arm. »Niemals hätte mich das gehindert, dich zurückzufordern. Damals bin ich in der Absicht von den Fischarts fort, mir schnellstmöglich irgendwo Beistand zu besorgen. Ein Gespräch mit Gerda Selege aber hat mir klargemacht, dass ich tatsächlich nichts in der Hand hatte, um meine Geschichte zu beweisen. Hätte ich darauf gepocht, deine rechtmäßige Mutter zu sein, hätte ich den Beischlaf mit Gernot vor der Ehe sowie die bewusste Täuschung Kelletats zugeben müssen. Kelletats plötzlicher Tod wäre mir dann tatsächlich leicht zur Last gelegt worden. Dafür hätte nicht zuletzt die Hundskötterin gesorgt. Ich wäre im Kerker gelandet und hätte damit auch noch Agnes verloren. Nenn es feige, mein Sohn, doch nimm es mir nicht übel: Um dem allen zu entgehen, musste ich noch in derselben Nacht mit Lore und Agnes aus dem Löbenicht verschwinden. Wenigstens eins meiner Kinder wollte ich behalten.«

»Und in Wehlau hast du kurz darauf mit Zacharias Fröbel zum Glück jemanden gefunden, der dir über diese Geschichte hinweggeholfen hat«, fiel Agnes ein. Allmählich begriff sie, worum es der Mutter ging.

»Genau. Und mit jedem Jahr ist mir klarer geworden, wie schlimm es für dich und Caspar wäre, die Wahrheit zu erfahren. Wie hätten wir vor euch dagestanden: die Mutter eine Ehebrecherin, der Vater feige, Editha eine Kindsräuberin? Nein, meine Lieben, das wollte ich euch beiden ersparen. Fröbel hat mich darin bestärkt. Über Rehbinder und andere Kaufleute hörte ich zudem, wie liebevoll die Fischarts Caspar als ihren Sohn aufzogen. Auch Fröbel ist dir, liebe Agnes, immer ein guter Vater gewesen. Deshalb«, damit wandte sie sich wieder ausschließlich Caspar zu, »will ich dich auch jetzt nicht aus Edithas Armen reißen. Sie liebt dich aufrichtig, so wie du sie liebst. Ich aber kann und will nicht verlangen, dass du urplötzlich für mich solche Gefühle empfindest. Ich bin dir völlig fremd. Ich will dich nicht aus deiner Familie zerren, die dir jahrelang alles Glück auf Erden gewesen ist. Hätte die Hundskötterin mich nicht letztens des Kindsraubs bezichtigt, hätte ich alles so belassen, wie es ist. Das wäre für uns alle das Beste gewesen, glaubt mir.«

»Danke«, stieß Caspar aus und sah zu Agnes. Seine Finger spielten mit dem Halstuch, fuhren fahrig darunter bis zum Nacken. Sie musste schmunzeln, tat sie doch gerade dasselbe. Zugleich wusste sie, woran er dachte: an ihr Gespräch auf dem Weg nach Marienburg. Damals waren sie zu demselben Schluss gekommen wie jetzt auch Gunda: Geschehenes war geschehen. Man konnte es nicht mehr ungeschehen machen, sondern nur für die Zukunft daraus lernen.

»Danke«, sagte deshalb auch sie und beugte sich vor, um nach Gundas Hand zu greifen. »Wenn du verziehen hast, werden auch Caspar und ich verzeihen. Wir haben beide eine glückliche, liebevolle Kindheit erlebt. Das dürfen wir nicht zerstören. Künftig aber sollten wir alle füreinander da sein und uns an unserer Geschwisterliebe erfreuen. Das ist ein großes Geschenk.«

Befreit lächelte die Mutter sie an, sah zu Caspar und strich ihm mit der freien Hand über die Wange. Agnes überlief ein wohliger Schauer. Sie äugte zu Laurenz, strahlte ihn an. Auf einmal fühlte sie sich glücklich wie niemals zuvor. Sie wusste, mit Laurenz auf der einen sowie Gunda und Caspar auf der anderen Seite war sie stark genug, ihren leibhaftigen Vater endlich kennenzulernen.

15

Auf Caspars kräftiges Pochen rührte sich hinter der schweren Eichenholztür am Fischartschen Haus zunächst gar nichts. Endlich vernahmen sie das Schlurfen, das Annas Auftauchen ankündigte. Agnes zog den wollenen Umhang enger um die Schultern. Ihre Finger waren steifgefroren und wollten ihr kaum gehorchen. Es war ein langer

Weg von der Löbenichter Krummen Grube bis zur Altstädter Langgasse unweit des Marktplatzes gewesen. Die Nacht hatte den Wind noch eisiger werden lassen. Eine unheimliche Stille lag über den menschenleeren Straßen. Die Flammen der Fackeln, die Caspar und Laurenz trugen, kämpften mühsam gegen das drohende Verlöschen an. Vielleicht war es diese Stimmung, die Agnes frösteln machte. Oder doch die Aufregung vor dem, was jetzt vor ihr lag. Sie äugte zu Gunda. Kerzengerade hielt sich die Mutter neben Caspar, das schmale Gesicht angespannt, zugleich aber von neuer Schönheit erfüllt. Der Stolz auf den wiedergefundenen Sohn sowie die Aussicht, endlich mit Gernot und Editha ins Reine zu kommen, verlieh ihren Augen Glanz. Auch Caspar wirkte auf einmal erwachsener. Agnes' Blick wanderte zu Laurenz. Seine besonnene Reaktion auf Gundas Erzählung hatte sie wenig überrascht. Längst hatte er entschieden, auf Gedeih und Verderb an ihrer und Gundas Seite zu bleiben. Wie sehr sie ihn liebte! Als er ihren Blick auf sich spürte, drückte er ihr die Hand und zwinkerte ihr aufmunternd zu.

Im selben Moment öffnete die alte Anna die Tür. Auf ihrem faltigen Gesicht war keinerlei Erstaunen zu erkennen, als sie die Gruppe vor sich sah. Knapp erwiderte sie den Gruß, strich Caspar sacht über die Wange, nickte Gunda, Laurenz sowie Agnes zu und schlurfte davon, um ihrer Herrschaft Meldung zu erstatten. Rasch traten sie hinter ihr in die Diele und schlossen die Tür, um den eisigen Oktoberwind außen vor zu lassen.

In der riesigen Diele war es jedoch kaum wärmer als draußen. Der Atem bildete Wolken vor den Mündern. Caspar und Laurenz steckten die Fackeln in die Halterungen an der Wand. Sogleich warfen die Flammen tanzende Schatten an das Deckengewölbe. Ohne die Ablader und Schreiber wirkte der weitläufige Raum unheimlich. An der Wand waren Fässer mannshoch gestapelt. Ein leeres Fuhrwerk stand verlassen im Durchgang. Es roch modrig.

Agnes rückte nah an Gunda, Laurenz und Caspar und behielt den oberen Treppenabsatz im Blick. Bald erschien dort ein Mann mittleren Alters mit ähnlich dürren Beinen wie Caspar, aber einem weitaus fülligeren Leib sowie einem massigen Kopf auf kurzem Hals. Das musste Gernot sein. Agnes beobachtete, wie er gemessenen Schrittes die Treppen herunterstieg. Die Kerze in seiner Hand tauchte das Gesicht in ein gespenstisches Licht. Viel mehr als eine breite Nase, einen flammend rot gefärbten Bart sowie leicht aus den Höhlen hervorspringenden Augen war zunächst nicht zu erkennen. Sein Gebaren wirkte sehr behäbig. »Caspar, mein Sohn!«, rief er und eilte auf ihren Bruder zu. Freudig umarmte er ihn und klopfte ihm kräftig auf die Schulter.

»Du ahnst nicht, wie überrascht ich war, dich bei meiner Rückkehr heute Nachmittag nicht zu Hause anzutreffen. Dabei hast du mir noch im Frühjahr entschlossen erklärt, du wolltest die Stadt bis auf weiteres nicht verlassen. Ich hoffe, der kurze Ausflug hat dich eines Besseren belehrt und deine Reiselust geweckt. Ein Kaufmann muss raus in die Welt, je eher, desto besser!« Er lachte auf. »Allerdings bin ich froh, dich den Winter über zu Hause zu behalten.«

»Mal sehen«, murmelte Caspar und trat einen Schritt von ihm weg. So nah beieinander sahen sie sich tatsächlich verblüffend ähnlich, stellte Agnes fest. Trotz des Altersunterschieds wirkten sie wie die jeweils jüngere oder ältere Version ein und desselben Menschen. Agnes fiel es schwer, Gernot nicht allzu aufdringlich anzustarren. In Gernots Augen flackerte Unsicherheit auf, als sich ihre Blicke begegneten. Hastig wandte er sich ab, sah auch Gunda nur kurz an, was die mit einem belustigten Schmunzeln quittierte. Agnes beneidete sie um ihre Gelassenheit.

»Selege, mein Lieber!«, rief er übertrieben aus. »Wie schön, Euch nach so langer Zeit einmal wieder in meinem Haus zu begrüßen. Man sagt, Ihr seid vielbeschäftigt. Quer durchs ganze Land preisen sowohl die Kreuzherren wie auch die reich gewordenen Bürger Eure Baukünste in höchsten Tönen. Das freut mich sehr!«

»Vater, denkst du nicht, es wäre an der Zeit, die Damen zu begrüßen?« Entschlossen trat Caspar zu ihm und deutete auf Gunda und Agnes. Gernot tat, als bemerkte er erst jetzt deren Anwesenheit.

»Oh, verzeih, meine liebe Gunda!« Seine eben noch volltönende Stimme klang mit einem Mal zaghaft. »Bist du nicht einige Tage zu früh hier in Königsberg eingetroffen? Ich habe erst Anfang kommender Woche mit dir gerechnet.« Er streckte ihr die Hand entgegen. Das Zittern war offensichtlich.

Beherzt ergriff Gunda sie und sah ihn dabei weiterhin lächelnd an. »Du wirst doch nicht kleinlich die Tage zählen wollen, mein Lieber? Schau, wen ich dir mitgebracht habe: Agnes brennt darauf, dich kennenzulernen. Ebenso wirst du es kaum erwarten, endlich deine Tochter ans Herz zu drücken.«

Mit Nachdruck schob sie ihm ihre Tochter entgegen. Ohne Scheu sah Agnes ihn an. Gebannt verfolgten auch Caspar und Laurenz, was geschah. Die Zeit dehnte sich.

Gernot zauderte, verharrte unschlüssig bei Gunda, setzte zu reden an, brachte jedoch keinen Ton heraus. Sie versicherte ihm mit einem auffordernden Nicken auf Agnes, was zu tun war. Langsam breitete er die Arme aus. Offenbar erwartete er, Agnes liefe ihm entgegen. Trotzig verharrte auch sie an ihrem Platz, bis Gunda ihr einen mahnenden Blick zuwarf. Im selben Moment schritt Gernot auf sie zu und umarmte sie.

Zunächst rührte sich nichts in ihr. Weder Widerwillen noch Zuneigung keimte in ihr auf. Sie roch das Rosenwasser, mit dem er die dunkelblonden Haare ausgewaschen hatte, den Hauch von Minze in seinem Atem, die Mischung aus Lavendel, Salbei und Thymian, mit dem sein Samtrock vor Motten geschützt wurde. Als er sie endlich freigab, atmete sie erleichtert auf. Auf Armlänge hielt er sie vor sich fest und betrachtete sie aufmerksam. Geduldig ließ sie es geschehen.

Aus der Nähe wurde die Ähnlichkeit zwischen ihm und Caspar noch deutlicher. Unverkennbar hatten sie denselben belustigten Zug um den Mund, einen ähnlichen Augenaufschlag und die gleiche Art, die Augenbraue hochzuziehen. Natürlich wirkte Gernots Antlitz fülliger als Caspars, aufgeschwemmt von all den Jahren, die er dem Sohn voraushatte. In den bernsteinfarbenen Augen stand eine Erfahrung, die von Erlebnissen kündete, von denen Caspar nicht zu träumen wagte. Lediglich die Nase war eindeutig anders als die seines Sohnes. Eine Laune des Schicksals hatte dem Bruder damit eine unleugbare Erinnerung an Lore verliehen. Agnes traten Tränen in die Augen. Wie schade, dass die Großmutter diese Begegnung nicht mehr erlebte!

»*Good grief,* Gernot, was ist hier los?«, ertönte die Stimme der Fischartin von der Treppe. Noch bevor Gernot ihr antworten konnte, hastete sie in unerwartet flinken Schritten über die Stufen nach unten. Mit einem spitzen Aufschrei flog sie Caspar um den Hals. »*Thank goodness,* mein Kind, du bist wieder heil zu Hause!«

Sie bedeckte sein Gesicht mit Küssen, bis er sich entrüstet von ihr befreite. »Mutter, bitte!«

»Was ist, Darling?« Verwundert sah sie ihn an, wandte sich, als er nichts erwiderte, den anderen in der Diele zu. Gunda schenkte sie nur ein verächtliches Stirnrunzeln, Laurenz ein erstauntes Hochziehen der Augenbrauen. Als ihr Blick jedoch auf Agnes und Gernot traf, die weiterhin nah beieinanderstanden, verfinsterte sich ihre Miene, und sie zischte entrüstet: »*Heaven forbid*, was hat das zu bedeuten?«

»Hör endlich damit auf!«, schrie Gernot unvermittelt so laut, dass sich der Schall im Gewölbe verfing. Alle zuckten zusammen. Gernots eben noch friedliches Gesicht verwandelte sich jäh in eine wutverzerrte Grimasse. Die Hände zu Fäusten geballt, stürmte er auf seine Gemahlin zu. Schreckensbleich verharrte sie auf ihrem Platz. Caspar sprang vor sie, breitete die Arme schützend zur Seite aus und starrte Gernot wild entschlossen entgegen.

»Um Gottes willen, haltet ein!« Laurenz eilte dem Wütenden nach und hob die Hände, um ihn zu packen.

Agnes war entsetzt. Der erste Eindruck hatte getäuscht: Gernot konnte von jetzt auf gleich derart außer sich geraten, dass ihm alles zuzutrauen war. Woher wollte die Mutter wissen, dass er Kelletat nicht doch die Stiege hinuntergestoßen hatte? Kaum dachte sie diesen bösen Gedanken, stoppte der Vater, blieb kurz vor Caspar und der Fischartin stehen. Es sah aus, als fände er ebenso plötzlich, wie er sich vergessen hatte, wieder zur Besinnung. Laut schnaufend öffnete er die Fäuste und ließ die Arme sinken. Sein schwerer Leib bebte, beschämt sah er zu Boden.

»Verzeih, Editha«, sagte er leise, »aber ich habe dich bereits vorhin gebeten, dieses verfluchte Englisch ein für alle Mal sein zu lassen.« Langsam hob er den Kopf, fuhr in flehentlichem Ton fort: »Seit mehr als achtzehn Jahren lebst du hier bei mir. Für dich habe ich mein größtes Glück geopfert. Aber du bist nicht einmal bereit, auf deine Muttersprache zu verzichten!«

Kopfschüttelnd wandte er sich ab und schlug die Hände vors Gesicht. Caspar ließ die Arme sinken, auch Laurenz entspannte sich.

Agnes wechselte einen fragenden Blick mit Gunda, dann eilte sie zu Gernot. »Beruhige dich, Vater.« Kurz stockte sie, verwundert über sich selbst, wie selbstverständlich ihr die vertrauliche Anrede über die Lippen kam. Sie äugte abermals zu Gunda, die ihr aufmunternd zunickte. Sacht berührte sie Gernot am Arm und führte ihn zu einem Schemel, der neben dem Schreibpult stand. »Setz dich hierher und reg dich nicht auf. Wir haben noch einiges miteinander zu bereden.«

»Wie geht das zu?«, meldete sich die Fischartin zu Wort, kaum dass sie sich von ihrem Schrecken erholt hatte. »Anscheinend habe ich Entscheidendes verpasst, wenn ihr alle schon so vertraut miteinander seid. Es freut mich zu sehen«, wandte sie sich siegesgewiss an Agnes, »wie einfühlsam du auch mit deinem Vater bist, mein Kind.«

»Sie ist nicht *dein* Kind!« Ungeduldig sprang Gernot auf. Von neuem schwollen ihm die Adern an den Schläfen an, sein Gesicht verfärbte sich gefährlich. Die Fischartin wich zurück.

»Gernot, bitte!«, rief Gunda besorgt, während Caspar und Laurenz abermals Position bezogen. In wenigen Schritten stand nun auch Gunda bei ihm, legte ihm die Hand auf den Arm und suchte seinen Blick. Das brachte Gernot zur Besinnung. Er biss sich auf die Lippen, verschränkte die Arme hinter dem Rücken und richtete die Augen zur Decke, als fände er dort eine Eingebung. Agnes holte tief Luft.

»Ihr hört es selbst, liebe Fischartin«, wandte sie sich an Editha. »Euer Gemahl bestätigt Euch, was wir alle nur zu gut wissen: Ich bin nicht Eure Tochter, ebenso wenig ist Caspar Euer leiblicher Sohn. So wie das gerade unser Vater gesagt hat, wird auch Laurenz Selege das gern vor uns allen bestätigen. Ihr wisst, wer er ist?«

Laurenz grüßte die Hausherrin mit einer respektvollen Verbeugung. »Meine Mutter ist Gerda Selege gewesen, die Hebamme aus dem Löbenicht, bei der Hermine Hundskötter …«

»Ich weiß, wer das gewesen ist, ebenso weiß ich, wer Ihr seid«, fuhr die Fischartin schroff dazwischen. »Wer könnte je Eure seltsamen Augen vergessen?« Herausfordernd stellte sie sich vor ihn. »Auch Eure Muhme, die Streicherin, hat solche Augen. Ein grünes und ein blaues, das muss ein Zeichen sein. Die Frage ist nur: wofür? Doch lassen wir das. Verratet mir lieber, wieso Ihr glaubt, mir etwas über meine Kinder sagen zu können. Ihr seid doch wohl selbst keine Hebamme?« Böse lachte sie auf, musterte ihn von oben bis unten, um sich dann mit einem Blick in die Runde der Aufmerksamkeit aller zu versichern. »Die Dienste Eurer Mutter habe ich aus gutem Grund niemals in Anspruch genommen. Wer wollte schon im Beisein einer Frau gebären, die selbst so ein seltsames Kind wie Euch zur Welt gebracht hat? Kaum kann man Euch ins Gesicht schauen, so merkwürdig muten Eure verschiedenen Augen an. Wenn das mal mit rechten Dingen zugeht!«

»Editha, bitte!«, mahnte Gernot. Ärgerlich winkte sie ab.

»Verzeiht, lieber Selege, doch Ihr scheint mir auch etwas jung, um mir etwas über die Geburt *meiner* Kinder zu verraten.«

»Ich war damals bereits zehn. Sehr gut kann ich mich …«, begann Laurenz, doch Gernot fiel ihm ins Wort. »Nimm doch endlich Vernunft an, Liebste«, verlegte er sich aufs Flehen, verschränkte zur Bekräftigung gar die Hände. »Es hat keinen Sinn, halsstarrig auf einer so unglaublichen Lüge zu bestehen. Lange genug hat sie uns das Leben vergällt. Dabei weiß jeder von uns hier, wie die Wahrheit lautet. Sieh dem ins Auge und höre Gunda und den Kindern zu, was sie dir zu sagen haben.«

»Was sie *mir* zu sagen haben?«, wiederholte sie in schrillem Ton. »Langsam begreife ich: Das ist ein abgekartetes Spiel, das ihr hier mit mir treibt. *Dir* haben sie das alles wohl längst schon gesagt. Ach, ich kann mir denken, wie Gunda dich umgarnt hat. So wie damals, in jener verhängnisvollen Nacht im Haus deiner Eltern, hat sie dich wohl jetzt wieder überrumpelt, ihr zu Willen zu sein.«

»Das ist doch lächerlich!«, brauste Gernot auf. Gunda schüttelte nur den Kopf, doch die Fischartin ließ sich in ihrem Verdacht nicht beirren, zeigte mit dem Zeigefinger anklagend auf sie und rief: »Schau sie dir an, wie sie sich streckt und reckt, um dich buhlt, damit sie dich in ihren Bann ziehen kann. Begreifst du nicht? Sie will dich auf ihre Seite ziehen, damit ihr dann gemeinsam gegen mich und meine Kinder …«

»Niemand will hier etwas gegen Euch tun«, mischte sich Agnes ein. »Es geht uns allein darum, der Wahrheit zu ihrem Recht zu verhelfen. Nachdem die Hundskötterin meine Mutter letztens mit derart ungeheuerlichen Unterstellungen angegriffen hat, schien es Caspar und mir an der Zeit, der Sache auf den Grund zu gehen. Deshalb haben wir Laurenz Selege gebeten, uns seine Erinnerungen an unsere Geburt zu schildern. Als Sohn der Hebamme hat er damals so einiges mitbekommen.«

»Wozu soll das noch gut sein?« Auf einmal wirkte die Fischartin matt. Sie schwankte bedrohlich. Agnes sprang ihr bei. Willig ließ sie sich von ihr zu dem Schemel führen, den Gernot bereitrückte. Caspar stellte sich neben sie und legte ihr die Hand auf die Schulter.

»Wir sind uns alle einig, Mutter«, begann er in ruhigem Ton. »Was geschehen ist, ist geschehen und kann nicht mehr rückgängig gemacht werden. Du bist und bleibst meine Mutter, auch wenn du mich nicht zur Welt gebracht hast. Dafür aber hast du mir all deine Liebe geschenkt und mich zu dem gemacht, der ich jetzt bin.«

»Das sehe ich genauso«, erklärte Gunda und lächelte die Fischartin gewinnend an. Agnes bewunderte sie dafür, so beherrscht über die Schmähungen von Gernots Gemahlin hinwegsehen zu können. »Ihr wisst, welch schreckliche Erlebnisse hinter mir liegen. Nichts ist mir ferner, als ausgerechnet meine Kinder für dieses Unglück büßen zu lassen. Beide haben eine glückliche Kindheit verlebt, sind in einem liebevollen Elternhaus aufgewachsen. Dieses Glück zu bewahren sollte uns allen am Herzen liegen. Deshalb ist es mir wichtig, sie selbst entscheiden zu lassen, wie sie mit der Sache umgehen. Ich denke, Euer Gemahl sieht das ähnlich.«

Halb drehte sie sich zu Gernot um. Der bedurfte dieser Aufforderung nicht, sondern beeilte sich zu versichern: »Voll und ganz stimme ich dir zu, liebe Gunda. Es kann uns nicht darum gehen, altes Unglück mit neuem zu vergelten. Das Wohl unserer Kinder sollte uns über alles gehen.«

»Bist du sicher?« Ungläubig starrte die Fischartin ihn an, erhob sich ächzend von dem Schemel und musterte die Umstehenden. Zuletzt blieb ihr Blick auf Agnes hängen. Agnes meinte, in den blauen Augen aufrichtiges Bedauern zu entdecken. Sie bemühte sich um ein versöhnliches Lächeln, doch die Fischartin wandte sich bereits wieder ab. »Wenn ihr euch alle einig seid, braucht ihr mich wohl kaum mehr.«

»Mutter!«, mahnte Caspar von neuem, und Agnes pflichtete ihm bei: »Das habt Ihr falsch verstanden, Fischartin.«

Gernot zauderte. Abwechselnd sah er zwischen Gunda und seiner Gattin hin und her. Es war nicht auszumachen, welche Gedanken ihm durch den Kopf gingen. Er tat einen zaghaften Schritt auf Gunda zu, hob ratlos die Arme, sie aber schüttelte den Kopf. Ein Hauch von Enttäuschung huschte über sein Gesicht. Sogleich drehte er sich der Fischartin zu und zwang sich, zuversichtlich zu klingen. »Du bist und bleibst meine geliebte Gemahlin. Vor achtzehn Jahren habe ich mich entschieden, dir meine Hand zu reichen. Dazu stehe ich nach wie vor. Vergiss nicht, bald wirst du *unserem* Kind das Leben schenken. Bis dahin solltest du es in vollen Zügen genießen, mir als Vater zweier so wundervoller Kinder zur Seite zu stehen. Das ist ein sehr großes Glück, das ich endlich ohne schlechtes Gewissen mit dir teilen möchte.«

Froh, die richtigen Worte gefunden zu haben, strahlte er sie an. Dann breitete er die Arme aus und gab Caspar und Agnes ein Zeichen, zu ihm zu kommen. Folgsam kamen sie seiner Aufforderung nach. »Eins ist mir noch wichtig, meine Lieben: Ganz gleich, was weiter geschieht: Ihr beide seid mir als meine Kinder gleichermaßen lieb. Künftig werde ich versuchen, euch beiden ein guter Vater zu sein. Wie ihr wisst, sehe ich gemeinsam mit eurer lieben Mutter, also, verzeiht, das heißt …« Er stockte und sah unsicher zwischen Editha und Gunda hin und her. Editha saß reglos auf dem Schemel, hielt sich den vorgewölbten Bauch. Gunda stand nur wenige Schritte entfernt und nickte ihm freundlich zu. Beruhigt fuhr er fort: »Ich sage wohl besser: Meine liebe Frau und ich hoffen trotz unseres vorgerückten Alters noch einmal auf das Glück eines gemeinsamen Kindes. Wenn Gott, der Barmherzige, uns dieses Mal gnädig ist, werden wir im Frühjahr weiteren Familienzuwachs in den Armen wiegen. Das aber bedeutet nicht, dass euch beiden etwas von meiner Liebe oder von meinem Vermögen abgehen wird. Doch lasst euch jetzt erst einmal an die Brust drücken.«

Überwältigt von den eigenen Gefühlen, zog er die Zwillinge gleichzeitig an seinen Leib. Eine Zeitlang verharrte er so. Weder Caspar noch Agnes wagten, sich zu rühren. Als er sie endlich wieder freigab, lag auf seinem breiten Gesicht ein neuer, zufriedener Zug. Die bernsteinfarbenen Augen funkelten, die roten Barthaare zitterten kaum merklich. Es überraschte Agnes, einen Mann wie ihn derart ergriffen vor sich zu sehen.

»Gestattet, lieber Fischart«, brachte Laurenz sich in Erinnerung, »da Ihr nun also zweifelsfrei der Vater dieses schönen Fräuleins seid, so möchte ich Euch und die verehrte Frau Mutter um die Hand Eurer Tochter bitten.«

Er schlug sich die Hand vor die Brust und verneigte sich erst vor Gunda, dann vor Gernot. Beglückt rang Agnes mit sich, ob sie ihm auf der Stelle um den Hals fallen oder ihn erst zu Ende reden lassen sollte. Ein Blick auf Caspar genügte, sie von Letzterem zu überzeugen. Fahrig spielte sie mit den Zipfeln ihres Halstuchs. Caspar griff nach ihrer Hand und hielt sie fest. Belustigt zwinkerte er ihr zu.

»Ihr wisst«, fuhr Laurenz fort, »ich bin ein ehrbarer Baumeister und werde angemessen für das Wohl Eurer Tochter sorgen. Wenn ich im Frühjahr meinen Auftrag auf der Marienburg erledigt habe und nach Königsberg zurückkehre, möchte ich Agnes mit Eurem Einverständnis zum Traualtar führen und mit ihr in meiner Heimatstadt ansässig werden.«

»Meinen Segen habt Ihr!«, versicherte Gunda und reichte Laurenz freudestrahlend die Hand. Agnes jauchzte auf, riss sich von Caspar los und fiel abwechselnd der Mutter und Laurenz um den Hals. Gernot indes zögerte noch.

»*Good grief!*«, meldete sich an seiner Stelle Editha, um sich sogleich erschrocken die Hand auf den Mund zu pressen. Als der befürchtete Ausbruch von Gernot ausblieb, schmunzelte sie auf einmal schelmisch. Bedächtig erhob sie sich von ihrem Schemel. Die Hände in den Rücken gestemmt, watschelte sie mit übertrieben weit vorgestrecktem Bauch auf sie alle zu. »Ist es denn zu fassen, mein Lieber? Kaum bist du Vater einer Tochter geworden, kriegst du auch noch einen ausgewachsenen zweiten Sohn dazu. Nimm sie alle, Gernot, und vergiss nie, wie sehnsüchtig wir beide immer darauf gehofft haben, endlich eine große Familie mit vielen Kindern um uns zu scharen. Wie es aussieht, kann der Traum jetzt in Erfüllung gehen.«

»Also gut«, begann Gernot und schenkte ihr einen erstaunten Blick. Bevor er sich zu Laurenz umdrehte, vergewisserte er sich auch Gundas Billigung. »Wenn die liebe Gunda schon eingewilligt und auch Agnes nichts dagegen hat, stimme ich Eurem Antrag gern zu, lieber Selege. Gleich morgen früh werde ich mich mit Caspar an die Bücher machen, um zu sehen, wie wir Euch den Aufbau Eures Geschäfts hier am Pregel erleichtern können. Mir scheint, so ein vielgereister und überall im Land begehrter Baumeister wie Ihr bedarf eines ganz besonderen eigenen Anwesens, um seine Fähigkeiten gegenüber seinen Kunden unter Beweis zu stellen. Zufällig weiß ich von einem Haus im Kneiphof, das sogar mit dem begehrten Braurecht ausgestattet ist. Das wäre wohl genau das Richtige für euch beide, nicht wahr, liebe Agnes? Caspar wird sich gewiss sehr gern darum kümmern, wie wir es erwerben können. Das Glück seiner Schwester liegt ihm wohl ebenso am Herzen wie mir. Schließlich sollten alle Königsberger etwas davon haben, dass meine begabte Tochter hier bei uns bleibt. Ihr Bier wird uns allen eine Freude sein und uns stets an Gunda erinnern, die wohl demnächst wieder in Wehlau ihre Gäste versorgen wird.«

»Worauf du dich verlassen kannst, mein Lieber«, pflichtete Gunda ihm bei und bedachte ihn mit einem vielsagenden Blick. »Jetzt, da hier alles bestens geregelt ist, zieht es mich in die Stadt zurück, in der ich so viele glückliche Jahre verbracht habe. Im Silbernen Hirschen werde ich das Andenken an meinen verstorbenen Gemahl, den guten Zacharias Fröbel, in Ehren halten. Einst hat er mich wieder Hoffen und Leben gelehrt. In sehr schweren Zeiten hat er mir und meiner Tochter beigestanden und uns ein schützendes Zuhause geboten. Das werden wir ihm nie vergessen.«

Darauf entfuhr Gernot nun doch ein missbilligendes Brummen, was Gunda mit einem mahnenden Hochziehen der Augenbrauen kommentierte. Agnes überging es. Mit ausgestreckten Händen trat sie vor ihren Vater. »Ich danke dir von ganzem Herzen, lieber Vater. Laurenz und ich nehmen das Geschenk sehr gern an.«

Rasch umarmte sie ihn, stürzte dann jedoch von neuem zu Laurenz und küsste ihn übermütig auf den Mund. Zunächst wehrte er sich, war ihm die ungestüme Zärtlichkeit im Angesicht ihrer Familie doch äußerst unangenehm. Sie aber überzeugte ihn schließlich mit ihrer Beharrlichkeit. »Agnes, Liebelein«, brach es unvermittelt aus ihm heraus, und er zog sie fest an seine Brust.

Wie wohl tat es, nach all den Wochen des Sehnens endlich seinen warmen Körper wieder zu spüren, den Geruch seines Leibes und seiner Kleidung einzuatmen und seinem Herzschlag zu lauschen! Darüber vergaß sie völlig, wo sie sich befanden. Beglückt schloss sie die Augen, spürte allein dem warmen Kribbeln im Bauch nach. Gleich wachte sie auf, fand sich neben Laurenz im Gebüsch bei der Alle-Insel vor Wehlau. Es war Sommer. Der heiße August zog über das Land, trieb Mensch und Tier in die schattigen Winkel, dörrte die Erde aus. Munter zirpten die Grillen, ansonsten war alles Leben um sie her zum Erliegen gekommen. Nur sie beide waren lebendig und gaben sich voller Übermut ihrer Liebe hin.

16

Erst das Pochen an der Tür riss Agnes aus ihrem Liebestaumel. Leise seufzend gab Laurenz sie frei, hielt ihre Hände allerdings fest. Caspar stand der Tür am nächsten und öffnete. Als das Schlurfen der Magd aus dem Obergeschoss erklang, stand die Hundskötterin bereits in der Diele und musterte die Versammlung.

»Welch rührendes Bild! Die ganze Familie friedlich vereint.« Ein spöttisches Grinsen lag auf ihrem breiten Antlitz.

»Zu unserem Glück habt nur Ihr uns noch gefehlt«, entfuhr es Gunda nicht minder spöttisch, woraufhin Agnes und Caspar belustigte Blicke wechselten. Gernot schnaufte, rieb sich nachdenklich den roten Bart. Agnes spürte, dass er mit sich rang, was er mit dem unerwünschten Besuch anfangen sollte. Mit undurchdringlicher Miene verharrte seine Gemahlin auf ihrem Platz. Die Hundskötterin indes genoss es, im Mittelpunkt der Aufmerksamkeit zu stehen. Siegesgewiss näherte sie sich der Hausherrin.

»Diese Freude tut Euch sichtlich gut, liebe Fischartin. Wie rosig glänzen Eure Wangen! Wie schön, das zu sehen. Heute Nachmittag noch habe ich mir ernsthaft Sorgen um Euch und Euer Kind gemacht. Vergesst nie, was es bedeutet, in Eurem

Alter noch einmal in gesegneten Umständen zu sein. Wie versprochen bringe ich Euch Eure Stärkung. Nehmt für alle Fälle weiter von diesen Tropfen.«

Sie reichte Editha ein dunkles Gefäß. Die aber schlug es ihr verächtlich aus der Hand. »Ich will Eure Tropfen nicht mehr. Den Weg hierher könnt Ihr Euch künftig sparen. Wie Ihr gerade treffend festgestellt habt, geht es mir tatsächlich wieder bestens. Wenn ich allerdings noch länger Euren fauligen Odem einatmen muss, könnte sich das rasch ändern. Schert Euch fort, stinkende Klepperin! Ab sofort bedarf ich Eurer Dienste nicht mehr!«

»Seid Ihr da sicher?« Die Hundskötterin sah sie forschend an. Agnes schauderte, als sie des falschen Funkelns in den grünen Augen der Hebamme gewahr wurde. Beruhigend drückte Laurenz ihr die Hand. Sie dankte es mit einem scheuen Lächeln.

»Und wie sicher ich mir bin!«, entgegnete die Fischartin. Das Kinn gereckt, die kleinen Hände zu Fäusten geballt, erhob sie sich von ihrem Schemel und trat dicht vor die große, stämmige Frau. Sie musste den Kopf heben, um ihr ins Gesicht zu sehen. »Räudige Schwätzerin! Wage niemals mehr, mir zu nahezukommen und mir auch nur einen Tropfen von deinen seltsamen Tinkturen einzuträufeln. Jeder hier im Raum weiß, was du uns angetan hast. Jeder hier kann das bezeugen. Für immer wirst du dafür in der Hölle schmoren.«

»Guter Gott, Editha!« Beschwichtigend hob Gernot die Hände, tätschelte der Hundskötterin die Schulter. »Verzeiht, meine Liebe, Ihr wisst, wie schnell sich die Sinne einer Schwangeren wandeln. Oft sagen sie in einem Moment genau das Gegenteil von dem, was sie im anderen gemeint haben. Natürlich sind wir Euch zutiefst dankbar für alles, was Ihr in den vielen Jahren für uns Gutes getan habt.« Als Editha wieder schnaufte, warf er ihr einen mahnenden Blick zu, lächelte dann die Hundskötterin zuvorkommend an. »Nie werden wir Euch das vergessen. Doch Ihr seht es selbst: Meine Frau verträgt Eure Tropfen dieses Mal nicht sonderlich gut. Deshalb wird sie wohl besser darauf verzichten. Da auch Euch das Wohl meiner Gemahlin am Herzen liegt, seid Ihr gewiss damit einverstanden, dass wir eine andere Hebamme hinzuziehen. Natürlich werde ich Euch trotzdem den vereinbarten Lohn für die entgangenen Dienste zukommen lassen. Seid versichert, dass wir Euch allezeit in bester Erinnerung behalten.«

Für einen Moment starrte die Hundskötterin ihn sprachlos an. Seine unterwürfige Freundlichkeit verwirrte sie. Dann aber fasste sie sich wieder und holte Luft, um etwas zu erwidern. Doch Agnes kam ihr zuvor. »Mir scheint, für heute seid Ihr hier nicht mehr vonnöten. Ihr habt gehört, was die Fischarts wünschen. Der versprochene Lohn wird Euch morgen geschickt.«

Entschlossen drängte sie die Hebamme zur Tür. Zu ihrer eigenen Verwunderung gelang es ihr ohne große Mühe, sie nach draußen zu schieben. Ein spitzes Lachen entfuhr der kräftigen Frau, als sie sich so unverhofft wieder auf der dunklen Gasse fand. Agnes schloss rasch die Tür.

»Das hast du gut gemacht, Liebes«, lobte Gunda. Auch Laurenz schenkte ihr ein stolzes Lächeln.

»Wie konntest du nur?« Bei ihrem Bruder Caspar stieß ihr Eingreifen dagegen auf Empörung. »Es ist nicht zu fassen, dass du diese gemeine Bübin einfach so ziehen lässt! Nach allem, was sie uns und vor allem Euch, liebe Fröbelin, angetan hat, sollten wir sie sofort dem Büttel übergeben.«

»Und dann?« Herausfordernd erwiderte Agnes seinen Blick, griff sich an das Halstuch. »Willst du ihr die Bühne geben, anderen ausgiebig von den Vorfällen in unserer Familie zu erzählen? Wie stehen unsere Eltern dann da? Begreif doch, Caspar: Auch siebzehn Jahre nach den Ereignissen ist es unmöglich, jemandem zu erzählen, dass du der Sohn von Gunda Fröbel und Gernot Fischart und damit mein Zwillingsbruder bist! Dass Rudolf Kelletat nie mein leiblicher Vater war, auch wenn er selbst das behauptet hat.«

Einen Moment schwiegen alle betroffen. Caspar zürnte ihr nun erst recht ob der offenen Maßregelung und wandte sich ab. Gunda wollte zu ihr gehen, hielt jedoch inne, als sie gewahr wurde, dass Laurenz sich bereits neben sie stellte und ihr zum Zeichen seines Einverständnisses die Hand auf den Arm legte.

»Dem Himmel sei Dank!«, stieß Editha schließlich aus. Zustimmung heischend, suchte sie den Blick ihres Gemahls und erklärte in festem Ton: »Ich kann es kaum fassen, wie rasch die gemeine Bübin aus unserem Haus verschwunden ist. Wollen wir hoffen, dass sie niemals mehr bei uns auftaucht!«

»Bist du von Sinnen, sie derart zu beleidigen?«, brauste Gernot auf, sichtlich froh, seinem aufgestauten Ärger Luft machen zu können. »Wie oft hast du mir ausgemalt, zu was die gerissene alte Pfaffenhure fähig ist? Denkst du, sie lässt sich jetzt so einfach abspeisen? Natürlich wird sie nicht zum Büttel gehen und Klage über uns führen. Damit würde sie sich nur ins eigene Fleisch schneiden. Doch man muss sie nicht sonderlich gut kennen, um zu ahnen, welche Mittel und Wege sie finden wird, uns zu schaden. Mir wird ganz übel, wenn ich daran denke, was sie alles über uns weiß.«

»Du meinst wohl eher: was sie über dich weiß«, erwiderte Editha ungerührt. »Sei versichert, mein Lieber: Nie war ich mehr bei Sinnen als jetzt, da ich aufgehört habe, ihre verdammten Tropfen zu nehmen. Ist es nicht das, was du immer von mir verlangt hast? Darf ich dich an deine eigenen Worte erinnern? ›Wir brauchen ihre Dienste nicht mehr‹, hast du erst heute Nachmittag zu mir gesagt. Je eher wir ihr das zu verstehen geben, desto besser ist es für uns alle. Schließlich haben wir nun, da wir alles unter uns geregelt haben, nichts mehr von ihr zu befürchten.«

»Das hättet Ihr alles schon früher haben können«, merkte Gunda an, doch Editha schenkte ihr keine Beachtung. Ihre ganze Aufmerksamkeit galt Gernot. Mehrmals rieb sie sich über den kugeligen Bauch, scharwenzelte um ihn herum und schob dabei die breiten Hüften aufreizend hin und her.

»Glaub mir, mein Lieber, ich kenne die meineidige Pfennigjungfer bestens. In bald achtzehn Jahren hatte ich Gelegenheit genug.« Spitz lachte sie auf. »Schick morgen wieder einen ausreichend gefüllten Beutel auf den Steindamm und versprich ihr, auch fürderhin regelmäßig zu zahlen, wenn sie schweigt. Dann wird sie sich gut überlegen, ob sie uns weiterhin bedrängt oder nicht. Wir aber sind uns einig, künftig ohne ihre Dienste besser auszukommen. Oder hegst du doch wieder daran Zweifel?«

Sie blieb vor ihm stehen, streckte ihm die zum Kuss gespitzten Lippen entgegen. Er zögerte, äugte erst zu Gunda, dann zu Agnes und Caspar und entschied sich dann, seiner Frau einen flüchtigen Kuss auf den Mund zu geben.

»Zum Glück gibt es außer der Hundskötterin noch viele gute Hebammen hier am Pregel«, mischte Agnes sich ein. »Die Streicherin hält große Stücke auf die Beginen im Kneiphof. Als Schwester einer Wehmutter wird sie wissen, warum. Ich freue mich jedenfalls schon jetzt, wenn ich auch einmal einen Rat dieser Art von ihr brauche.«

»Damit, mein Kind, darfst du allerdings noch eine Weile warten«, beeilte Gunda sich klarzustellen. »Zuerst gibt es noch einiges zu tun, bevor du die Dienste einer Hebamme in Anspruch nimmst.«

»Darauf werde ich schon achten, verlasst Euch darauf«, versicherte Laurenz und verbeugte sich vor Gunda.

»Ich hoffe, Ihr steht zu Eurem Wort. Meine Tochter ist manchmal sehr ungestüm.«

»Das soll ich übrigens von meinem Vater geerbt haben«, erklärte Agnes augenzwinkernd und hauchte ihrer Mutter einen Kuss auf die Wange.

Epilog

Kneiphof (Königsberg)
Ende Oktober 1466

Die zwiefache Geburt hatte Agnes viel Kraft gekostet. Endlich war auch die Nachgeburt überstanden, und sie konnte in die Kissen sinken. Erschöpft schloss sie die Augen. Sie fühlte sich leer und ausgelaugt, unfähig, auch nur die Lider noch einmal zu öffnen. Aus weiter Ferne drangen die gedämpften Stimmen der Mutter und der Hebamme an ihr Ohr. Ein zaghaftes Wimmern schreckte sie auf. Unter größter Mühe gelang es ihr, sich aufzurichten, den Oberkörper auf den Ellbogen zu stützen und die Augen aufzuschlagen.

»Was ist los?« Die eigene Stimme klang ihr fremd. Verwundert kniff sie die Augen zusammen, versuchte, etwas zu erkennen. Das Geschehen in ihrem Schlafgemach spielte sich hinter einem dichten Nebelschleier ab. Schwaches Kerzenlicht beleuchtete einzelne Inseln in dem großzügigen Raum. Die Umrisse der dunklen Eichenholzmöbel und die Muster auf den schweren Teppichen und Vorhängen verschwammen ebenso ineinander wie das Rautenmuster der Fliesen auf dem Boden. Agnes schwindelte. Matt wischte sie sich die schweißnasse Stirn.

In der hinteren Ecke der Stube, nahe dem vom Flur zu beheizenden Ofen, machten sich die Mutter und die Hebamme zu schaffen. Die beiden großgewachsenen, schlanken Frauen hantierten schweigend, Schulter an Schulter an dem auf einem Tisch stehenden Bottich herum. Viel mehr als ihre vornübergeneigten Rücken konnte Agnes nicht erkennen. Vermutlich badeten sie die Kleinen, um sie vom letzten Schleim des Mutterleibs zu befreien. Gewärmte Leinentücher zum Wickeln lagen auf dem gekachelten Ofen bereit. Obwohl Wasserdampf aus dem Bottich aufstieg, ertrugen die Neugeborenen diese Pflege nur unter Protest, wie ihr Wimmern verriet. Die zaghaften Stimmen rührten Agnes.

»Bringt mir endlich meine Kinder!«, rief sie, so laut sie konnte. Das Rufen glich eher einem hilflosen Keuchen. Kaum vermochte es das Knacken des Brennholzes im Ofen zu übertönen. Dafür übertrug sich das Zittern ihres Leibes auf jede einzelne Silbe. Ihre Finger spielten mit dem Halstuch, das sie nicht einmal während der Niederkunft abzulegen gewagt hatte. Fahrig glitten sie unter den Stoff, suchten die Stelle mit der rauhen Haut im Nacken. Schwer rang sie nach Atem, versuchte ein zweites Mal, sich Gehör zu verschaffen. Dieses Mal gelang es ihr besser. »Ist etwas mit den Kleinen? Nun sagt schon! Einen Grund muss es doch geben, dass ihr euch so viel Zeit lasst. Mutter, du weißt, was ich in den letzten Monaten durchlitten habe. Nachts haben mich die schrecklichsten Träume geplagt, tagsüber hat mich der gewaltige Leib zur Tatenlosigkeit verdammt. Bei zwei quirligen Kindern und einem so großen Haushalt war das kaum auszuhalten! Noch dazu, wo Laurenz seit Wochen in Marienwerder ist. Kaum erreichen mich Nachrichten von dort. Ein Wunder, dass ich es überhaupt noch einmal bis zur Niederkunft ausgehalten habe. Aber ich schwöre euch: Das ist das letzte Mal! Auch wenn ich erst achtundzwanzig bin, so will ich kein weiteres Kind mehr empfangen.«

»Das sagst du jedes Mal, Liebes. Doch vertrau mir, in wenigen Wochen denkst du wieder ganz anders darüber.« Strahlend vor Glück kam die Mutter auf sie zu. Vor der Brust wiegte sie ein helles Bündel. Agnes' Herzschlag beschleunigte sich, hastig strich sie die Strähnen ihres braunen Haars aus dem Gesicht. Gunda beugte sich herunter und legte ihr den winzigen Menschen in den Arm. Aus dunklen Augen schaute das Kleine sie an, riss den Mund auf und wackelte mit dem Kopf. »Nun mach schon, enttäusche den kleinen Mann nicht und leg ihn an die Brust!«

Geschickt half die Mutter ihr, den Busen zu entblößen und den gierig nach der Brustwarze schnappenden Mund des Säuglings darum zu schließen. Nach hektischen ersten Schlucken saugte er bald gleichmäßig. Eine seltsame Ruhe breitete sich in der Stube aus. Zart strich Agnes dem Kleinen über die Wange, spürte die samtige, weiche Haut. Auf einen Schlag war sämtliche Unbill der letzten Monate aus ihrem Gedächtnis getilgt.

»Das reicht!«, erklärte die Hebamme Maria Gutloff. Erstaunt drehte Agnes den Kopf und sah die Grauhaarige an. An ihrem linken Nasenflügel prangte eine rotgeäderte Warze, ansonsten war ihre Haut trotz des fortgeschrittenen Alters glatt und ohne Makel. Gütig sah sie Agnes aus ihren grauen Augen an. »Über dem Glück, Euren frischgeborenen Sohn in Armen zu halten, achtet Ihr wohl auf nichts anderes mehr. Hier ist noch ein weiteres hungriges Mäulchen zu füttern.

Denkt künftig immer daran, den Ersten rechtzeitig abzusetzen, sonst reicht Eure Milch nicht für beide Kinder.«

Gunda saß auf der Bettkante und nahm den Kleinen entgegen. Als Agnes ihn mit den Augen verfolgte, entfuhr ihr ein leiser Aufschrei. »Das Mal! Mutter, sieh nur, er hat dasselbe Mal im Nacken wie Caspar und ich.«

Kaum konnte sie abwarten, bis die Gutloff ihr das Mädchen reichte. Mit zittrigen Fingern drehte sie das winzige Köpfchen, besah sich aufgeregt den Hals der Kleinen. »Sie hat es auch!«

Tränen verschleierten ihr den Blick. Während die Hebamme ihr das Mädchen an die zweite Brust legte, tastete sie nach der Hand ihrer Mutter. Gunda umschloss sie fest mit ihren langen, schlanken Fingern.

»Eben schon habe ich deiner Hebamme erklärt, dass mich jeder einzelne Augenblick deiner Niederkunft an die Geburt von dir und deinem Bruder erinnert. Ebenso wie du war auch ich damals völlig überrascht, dass die Wehen nach der Ankunft des ersten Kindes weitergingen, dass der Bauch nicht wesentlich dünner geworden war. Damals aber waren weder meine Mutter noch ich oder meine Hebamme auf die Geburt von Zwillingen vorbereitet. Bei dir gab es seit einigen Tagen zumindest schon die schwache Ahnung, dass dir das bevorstehen könnte. Was wird Caspar sagen, wenn er davon erfährt, dass du Zwillinge geboren hast!«

Ein Schatten huschte über ihr Gesicht. Sie senkte das Antlitz, wischte sich beschämt die Augenwinkel. Auch Agnes erfasste ein Anflug von Trauer.

»Es wird nicht leicht für ihn sein, Mutter. Ein halbes Jahr ist es erst her, dass seine liebe Carla bei der Niederkunft gestorben ist. Welch großes Unglück! Und die beiden hatten sich so auf das Kind gefreut. Nach all den Fehlgeburten schien es ein Wunder, dass sie es so lange im Leib trug und lebend gebar. Nun hat er Frau und Kind verloren.«

»Wie schlimm auch für ihren Vater, den guten Meister Jagusch. Erst ist ihm die Frau in jungen Jahren schon im Kindbett gestorben, dann auch die Tochter. Dabei hat er bei Carlas Hochzeit mit Caspar so darauf gehofft, eines Tages eine große Enkelschar um sich zu versammeln.« Versonnen streichelte Gunda das Köpfchen des Kindes an Agnes' Brust.

»Laurenz und ich werden ihn weiterhin wie einen Oheim in unserer Familie ehren«, erwiderte Agnes. »Das sind wir ihm nicht nur als Lehrmeister und Förderer von Laurenz schuldig. Längst haben wir ihn alle tief ins Herz geschlossen. Carla war Laurenz die Schwester, die er nie gehabt hat. Ich frage mich nur, wie wir Caspar aus seinem Kummer erlösen können. Der Ärmste hat sich seit Carlas Tod in seinem Haus eingeschlossen.«

»Ihr sprecht von Caspar Fischart, nicht wahr?« Neugierig mischte sich die Gutloff ins Gespräch, während sie die ungebrauchten Leinentücher ordentlich faltete und die benutzten in einen Korb räumte. Ihre Schürze hatte sie bereits gewechselt, das graue Haar wieder ordentlich unter der weißen Haube zurückgesteckt.

Agnes zuckte zusammen, bemerkte auch Gundas Entsetzen. Insgeheim dankte sie der Vorsehung, die die Mutter davor bewahrt hatte, ihn nicht laut als ihren Bruder und Gundas Sohn bezeichnet zu haben. Niemand in Königsberg durfte je erfahren, dass er ihr Zwillingsbruder war. Alle sollten glauben, Gundas zweites Kind habe nur wenige Wochen gelebt.

»Ich denke, der junge Fischart wird sich freuen zu hören, dass Ihr die schwere Geburt gut überstanden habt«, fuhr Maria Gutloff fort. Offenbar hatte sie Agnes' und Gundas Entsetzen nicht bemerkt. »Als enger Freund Eures Gemahls nimmt er seit Jahren regen Anteil an Eurem Geschick. Natürlich will ich Euch und Eurem Gatten nicht vorgreifen, doch was haltet Ihr davon, Caspar Fischart die Gevatternschaft des Zwillingsjungen anzutragen? Euren Sohn aus der Taufe zu heben und sich um ihn zu kümmern wird ihm gewiss helfen, die Trauer um seine verstorbene Gemahlin zu überwinden.«

»Ein sehr guter Vorschlag«, stimmte Gunda begeistert zu. »Da er in seiner fünfjährigen Ehe nie das Glück hatte, eigene Kinder in den Armen zu wiegen, wird ihm ein Patenkind gewiss etwas Lebensfreude schenken. Bislang kümmert er sich ohnehin viel zu sehr um seine kleine Schwester. Von den alten Fischarts hört man oft, wie leid sie es sind, dass er die Zehnjährige so übertrieben verwöhnt. Am Ende hält sie sich noch für eine Fürstin, weil sie von ihm unablässig hofiert wird.«

»Wollen wir nur hoffen, es führt nicht dazu, dass die Fischarts die kleine Brida an Caspars Stelle verzärteln«, merkte Agnes an. »Da ihnen spät im Leben noch einmal das Glück eines gemeinsamen Kindes zuteilwurde, fällt es ihnen sicherlich schwer, in ihrer Erziehung Maß zu halten.«

»Ich wüsste einen Weg, das zu verhindern.« Spitzbübisch lächelte die Mutter.

»Ich glaube, ich ahne etwas!« Die Gutloff rieb sich die bloßen Unterarme. Noch vor Agnes schien sie zu begreifen, worauf Gunda hinauswollte.

»Nun sag schon!«, drängte Agnes und räkelte sich in ihren Kissen in eine angenehmere Sitzposition. Das Mädchen war an ihrer Brust eingeschlafen. Den winzigen, warmen Leib an dem eigenen zu spüren schenkte Agnes tiefen Frieden. So erschöpft sie vorhin noch gewesen war, so spürte sie den Körper nun zu neuem Leben erwachen. Ungeduld überkam sie. Sie war des langen Redens müde und wollte gleich nach ihren beiden anderen Kindern schicken. Es drängte sie, ihnen die Nachricht von zwei neuen Geschwistern zu verkünden. Wie würden die beiden Mädchen staunen!

»Nachdem du zwei Kindern zugleich das Leben geschenkt hast, brauchst du zwei Taufpaten«, begann Gunda umständlich und griff von neuem nach Agnes' Hand, wiegte auf dem zweiten Arm den kleinen Jungen, der im Schlaf leise seufzte. Flink eilte die Hebamme zu ihr und nahm ihr das Kind ab, um es in die bereitstehende Wiege zu betten. Agnes presste das Mädchen enger an sich. Wenigstens eines der Kinder wollte sie bei sich im Bett behalten.

»Was du nicht sagst!«, entfuhr es ihr, und sie versetzte Gunda mit dem Knie einen leichten Stoß ins Gesäß. »Und wen soll ich deiner Meinung nach darum bitten?«

»Kannst du dir das immer noch nicht denken?« Gundas rehbraune Augen glänzten vor Vergnügen, um die schmalen Lippen zuckte es. Da begriff Agnes.

»Du meinst Editha Fischart? Ist das dein Ernst?« Sie stockte, musste den Gedanken erst eine Weile auf sich wirken lassen. Eindringlich musterte sie die Mutter. Gunda hatte die Mitte der vierzig zwar überschritten, dennoch wenig von ihrem Schwung verloren. Das glatte braune Haar, das sie ordentlich unter die Flügelhaube gesteckt hatte, wies keine Spur von Grau auf, nur wenige Falten zierten ihr schmales Gesicht. Selbst der schlanke, hochgewachsene Leib zeigte kaum Anzeichen von ersten Gebrechlichkeiten. Großmutter Lore hatte im selben Alter weitaus deutlichere Spuren des Altwerdens zu beklagen gehabt. Wahrscheinlich, sagte sich Agnes nicht zum ersten Mal, rührte das daher, dass Lore zeit ihres Lebens ihrem einzigen, viel zu früh verstorbenen Gemahl Ewald nachgetrauert hatte. Gunda dagegen war inzwischen bereits zum dritten Mal verheiratet und stand in ihrer Heimatstadt Wehlau weiterhin tatkräftig dem Silbernen Hirschen vor, während ihr Gatte Kollmann eigenen Geschäften nachging. Ulrich und Griet beklagten sich gelegentlich darüber, wie ungern Gunda ihnen das Bierbrauen nach wie vor überließ. Dabei bewiesen die beiden seit fast einem Dutzend Jahren, dass sie sich mindestens ebenso gut darauf verstanden wie ihre Lehrmeisterin.

»Was spricht gegen Editha?«, erwiderte Gunda. »Sie würde über diese Ehre beglückt sein. Auch Gernot wird sich darüber freuen. Die Patenschaft bindet unsere Familien enger zusammen.« Verschwörerisch zwinkerte sie Agnes zu.

»Wer bindet hier wen enger zusammen?« Munter ertönte Laurenz' Stimme von der Tür her.

»Liebster!«, jauchzte Agnes und hätte ihm am liebsten das Bündel mit der kleinen Tochter entgegengestreckt. Allein die friedliche Andacht des schlafenden Säuglings hinderte sie daran. »Sieh nur, welch großes Glück uns beschieden ist!«

Noch ehe sie mehr verraten konnte, schweifte sein Blick bereits durch das Schlafgemach. Als er des zweiten Kindes in der Wiege gewahr wurde, breitete sich ein Leuchten über sein Gesicht aus. Sein grünes und sein blaues Auge strahlten um die Wette, um seinen Mund zuckte es stolz. Er strich sich über den schwarzen Bart, legte den rechten Zeigefinger an die leicht nach oben gebogene Nase und schüttelte sacht den Kopf. »Kaum zu fassen! Zwillinge! Wahrscheinlich kann ich mir das Nachschauen ersparen. Schon jetzt bin ich mir sicher, der kleine Junge in der Wiege trägt ebenso wie das Mädchen an deiner Brust ein ganz bestimmtes Mal im Nacken.«

»Woher wisst Ihr das?« Die Hebamme Maria Gutloff schlug ein Kreuz vor der Brust.

»Das ist ein Familiengeheimnis!« Agnes, Gunda und Laurenz brachen in schallendes Gelächter aus. Davon erwachten die Säuglinge und stimmten ein empörtes Weinen an. Vom Flur ertönten aufgeregte Kinderstimmen. »Es ist da, es ist da!«

Die achtjährige Lore mit ihrem blonden Haarschopf stürmte voran, die dreijährige Gerda hinterdrein. Gleich kletterte Gerda zu Agnes ins Bett und suchte ihren rotbraunen Lockenschopf in der Armbeuge der Mutter zu verbergen. Lore dagegen stellte sich andächtig vor die Wiege. Mit großen Augen verfolgte sie, wie Großmutter Gunda den Kleinen aus der Wiege nahm und ihn auf den Armen wiegte, bis er aufhörte zu weinen. Dann neigte sie sich vor und zeigte ihr den Bruder. Gerda dagegen schmiegte sich Daumen lutschend an Agnes' Busen.

»Geht das wieder weg?«, fragte sie und versuchte, die neue Schwester von der Mutter wegzuschieben. »Das stört!«

»Du wirst dich bald an deine kleine Schwester gewöhnen«, erklärte Laurenz und hob Gerda auf, setzte sie sich auf die Schultern, was sie mit einem erfreuten Jauchzen begleitete.

»Warum gleich zwei?«, fragte Lore. »Eins wäre genug gewesen. Wie heißen die überhaupt?«

»Darüber haben wir noch gar nicht nachgedacht«, gestand Agnes und sah ratlos zu Laurenz. »Vielleicht nehmen wir einfach die Namen der Paten? Was hältst du davon, Caspar als Gevatter des Jungen und seine Mutter Editha als Patin des Mädchens zu bitten?«

»Oh«, entschlüpfte es ihrem Gemahl überrascht. Flüchtig streifte sein Blick Gunda, dann zwinkerte er Agnes zu. »Mir scheint, das ist weniger eine Frage denn eine Feststellung. Wie ich dich kenne, hast du es längst beschlossen.«

»Aber nur, wenn du einverstanden bist.«

»Bleibt mir eine Wahl?« Schwungvoll setzte er Gerda zurück auf den Boden und eilte zu Agnes, nahm ihre freie Hand und bedeckte sie mit Küssen. »Ach, Liebste, du ahnst nicht, wie froh ich bin! Wenigstens bin ich mir von Anfang an sicher, dass beide Zwillinge unsere Kinder sind.«

»Und ich weiß, dass sie mir von niemandem geraubt werden!«

Agnes fiel ihm um den Hals und verschloss ihm den Mund mit einem langen, zärtlichen Kuss.

»Falls Ihr irgendwelche Befürchtungen hegt«, wandte sich unterdessen Maria Gutloff beflissen an Gunda, »kann ich Euch beruhigen: Ich gehöre nicht zu den Hebammen, die eine Mutter nach der Geburt von Zwillingen drängt, eines davon heimlich fortzuschaffen. Noch dazu, wenn der Gemahl die Zwillinge so gern annimmt wie Euer Eidam. Die Vorstellung, die Mutter müsse die Kinder mit zwei Männern kurz hintereinander gezeugt haben, ist einfach nur töricht. In meiner früheren Heimatstadt Heiligenbeil, wo ich als junge Wehmutter erste Erfahrungen gesammelt habe, wollte man mir aus meiner Haltung einen Strick drehen. Deshalb habe ich mich vor mehr als zwanzig Jahren schon zu den Beginen in den Kneiphof geflüchtet. In einer so reichen Stadt wie dieser hängt zum Glück niemand mehr ernsthaft dieser merkwürdigen Vorstellung über Zwillingskinder an. Eine der letzten Hebammen, die sie noch verfochten hat, war Hermine Hundskötter vom Steindamm. Vielleicht erinnert Ihr Euch an sie? Zum Glück hat sie die Stadt vor einigen Jahren verlassen. Von Eurer Freundin, der Fischartin, weiß ich, dass in ihrer Londoner Heimat etwas so Ungeheuerliches niemals geglaubt wurde. Je besser der Handel Königsbergs mit England gedeiht, desto eher wird sich wohl auch im Ordensland diese Überzeugung verbreiten. Die Kaufleute werden dafür sorgen, sie selbst in die entlegensten Winkel zu tragen.«

»Euer Wort in Gottes Ohr!«, merkte Agnes an, nachdem sie sich von Laurenz gelöst hatte. Trotz des Kusses war ihr kein Wort der Gutloff entgangen.

»Ich denke, hier im Ordensland brechen jetzt so oder so andere Zeiten an«, pflichtete Laurenz bei. »Nicht allein solch seltsamer Aberglaube wird ein Ende finden. Meine Mutter, die Hebamme Gerda Selege, hat ihm ebenfalls lange angehangen. Ein sehr trauriges Erlebnis mit einer Zwillingsgeburt hat sie dann aber eines Besseren belehrt. Noch auf ihrem Sterbebett hat sie sich deswegen die ärgsten Vorwürfe gemacht.« Ein Anflug von Trauer huschte über sein Antlitz. Agnes drückte ihm die Hand. Dankbar lächelte er.

»Vielleicht habt Ihr schon gehört, was der vor wenigen Tagen in Thorn beschlossene Friede zwischen dem Preußischen Bund und den Deutschordensherren noch so alles für uns bereithält«, wechselte er das Thema. »Die Zeiten der Ordensherrschaft sind ab sofort vorbei.«

»Gut zu hören!« Agnes strahlte ihn an. »Dann hat wohl auch das ständige Streiten im Land ein Ende.«

»Erzähl uns mehr davon«, bat Gunda. »Der Freude über die Ankunft der Kinder wegen haben wir alle hier schmählich versäumt, dich nach der monatelangen Abwesenheit angemessen willkommen zu heißen. Du wirst in Marienwerder erfahren haben, worauf sich die Kreuzherren mit dem polnischen König geeinigt haben. Wenn ich daran denke, wie viele Städte in den letzten dreizehn Jahren des sinnlosen Streites wegen belagert und bekämpft wurden, wie viele Menschen dabei ihr Leben lassen mussten, wird mir noch heute bang.«

»Dabei hat es nur in Konitz gleich im ersten Jahr des Krieges eine richtige Schlacht gegeben«, warf Agnes ein und fügte auf Laurenz' erstaunten Blick hin hinzu: »Erinnerst du dich nicht an den Stellmacher Strack, der uns damals in Pronitten davon erzählt hat? Alles hat er verloren: Familie, Freunde, Heimat und Besitz.«

»Oh, der gute Strack! Wie sollte ich ihn vergessen? Auf der Marienburg war er Jagusch und mir später eine große Hilfe«, bestätigte Laurenz nach einigem Nachdenken. »Als aufrechter Anhänger des Preußischen Bundes wird es ihn freuen, dass in Thorn nun endlich bestätigt wurde, wofür der Bund von Beginn an eingetreten ist: Das Ermland, Pommerellen, das Kulmer Land sowie die Gegend um Marienburg und noch einige weitere Städte werden ebenso wie die lange schon vom Orden abtrünnigen Städte Danzig, Elbing und Thorn dem polnischen König direkt unterstehen. Auch die Marienburg ist für den Orden für immer verloren. Das ist wohl die gerechte Strafe, dass sie sie einst an die böhmischen Söldner verpfändet haben. Der Rest des Ordenslandes verbleibt zwar bei den Kreuzherren, doch der Hochmeister muss dem polnischen König Heeresfolge und den Treueeid leisten. Sitz des Hochmeisters bleibt natürlich die Festung hier in Königsberg. Allerdings verliert der Deutsche Orden letztlich seine Eigenständigkeit, während der polnische König eine Art Lehnsherr für ihn wird. Damit wird festgeschrieben, was sich seit dem Sieg von Tannenberg vor mehr als zwei Lebensaltern schon angekündigt hat.«

»Das scheint dir zu gefallen«, stellte Agnes fest, während die Kinder wie die beiden anderen Frauen ihn voller Ehrfurcht ansahen.

»Es war an der Zeit«, erwiderte er und grinste. »Dabei habe ich als Baumeister gut von den ständigen Scharmützeln gelebt. Immerhin haben sie mir stets neue Aufträge beschert. Sowohl in den Städten als auch auf den Ordensburgen gab es viel zu bauen. Die einen verlangten nach neuen Wällen und Verteidigungsanlagen, die anderen wollten die beim Schleifen und Belagern erbeuteten Steine zu neuen Gebäuden aufgerichtet sehen.«

»Ich glaube, die goldenen Zeiten sind auch fortan für dich nicht vorbei. Tüchtige Baumeister werden von den reich gewordenen Kaufherren ebenso gern beschäftigt wie von den zu neuer Macht gelangten Fürsten.«

»Das stimmt. Der Wohlstand ist uns sicher. Deshalb habe ich auch noch eine kleine Überraschung für dich, Liebelein.«

Ehe sie sich's versah, sprang er auf und eilte aus dem Schlafgemach, um kurz darauf mit einem von einem Tuch bedeckten Gegenstand zurückzukehren.

Agnes fiel es schwer, ruhig im Bett sitzen zu bleiben und Laurenz beim Lüften des Geheimnisses geduldig gewähren zu lassen. Viel zu langsam zog er das Tuch herunter.

»Ein Vogel!«, jauchzte Lore auf und klatschte begeistert in die Hände. Ihre jüngere Schwester ahmte sie nach. Stolz versank Agnes im Anblick ihrer Kinder, die alle vier viel von ihrem Vater hatten. Die Älteste hatte gar dieselben verschiedenfarbigen Augen, während Gerda rehbraune wie ihre Großmutter Gunda hatte.

»Was sagst du dazu, Liebelein?«, musste Laurenz sie förmlich aus ihrer Betrachtung reißen. Langsam drehte sie den Kopf und besah sich den verschreckt in einer Ecke des Käfigs kauernden grauroten Papagei. Wie sein Artgenosse, den Laurenz ihr vor unendlich vielen Jahren einmal zum Geschenk hatte machen wollen, so hatte auch er einen riesigen schwarzen Schnabel und leuchtend rote Schwanzfedern. Sprechen allerdings konnte er wohl noch nicht. Stumm spreizte er die rechte Kralle zur Seite, suchte den Kopf unter einem der beiden Flügel zu verbergen. Agnes lockte ihn mit einem leisen Schnalzen. Vorsichtig näherte er sich der Seite des Käfigs. Sie streckte den Finger durch die Gitterstäbe und kraulte ihn am

Nacken. Das ließ er gern geschehen. Bald reckte er wohlig den grauen Kopf und gurrte genüsslich. Mit großen Augen verfolgten die Kinder, was ihre Mutter tat.

Die Hebamme Gutloff allerdings wirkte nicht sonderlich erfreut über das Tier in der Wöchnerinnenstube.

»Wenn ich dich so mit dem Vogel umgehen sehe, fällt mir der gute Zacharias Fröbel ein«, meldete sich Gunda zu Wort. »›Wer die Sprache der Vögel spricht, spricht die Sprache des Herzens‹, hat er gesagt, als er dich mit den Tauben und Hühnern im Hof spielen sah.«

»Da kann ich ihm nur zustimmen«, sagte Laurenz mit einem stolzen Blick auf seine Frau.

»Was herrscht denn hier für ein Trubel?« Während sie alle weiter den Vogel bewunderten, trat Muhme Agatha aus dem Löbenicht ins Schlafgemach. In der Hand hielt sie eine aufwendig bestickte Borte aus dunkelblauem Samt, die von Gold- und Silberfäden reich durchwirkt und mit bunten Stickereien verziert war.

»Ich komme wohl ein bisschen zu spät«, bemerkte sie, nachdem sie die Wiege mit dem einen Säugling und Agnes mit dem zweiten im Bett erspäht hatte. »Eigentlich wollte ich dir diese Borte noch rechtzeitig vor der Niederkunft bringen, damit du etwas zur Hand hast, woran du dich in schweren Stunden festhalten kannst. Aber wie schon bei meiner alten Magd Marie, die heute früh das fünfte Kind von ihrem kräftigen Nedas zur Welt gebracht hat, bin ich auch bei dir eindeutig zu spät dran. Dabei haben Theres und ich in den letzten Tagen nichts anderes getan, als an den Borten für euch beide zu weben. Aber was wissen so zwei alte, alleinstehende Bortenmacherinnen wie wir auch über die Zustände von Hochschwangeren? Mir geht wohl das Gefühl für das, was künftig geschieht, mehr und mehr verloren.«

»So darfst du nicht reden, liebe Muhme! Ich bin mir sicher, du hast dein besonderes Gespür nach wie vor. Nur manchmal haben es gewisse Dinge etwas eiliger und machen deinem Gespür einen Strich durch die Rechnung.« Aufmunternd lächelte Agnes ihr zu. »Täusche ich mich, oder hast du gerade nicht sonderlich überrascht festgestellt, dass ich Zwillinge zur Welt gebracht habe?«

»Bei einer Frau wie dir war früher oder später nichts anderes zu erwarten«, erklärte Laurenz.

»Das liegt auch an dem Mann, der mir seit vielen Jahren so treu zur Seite steht!« Ungeachtet der vielen Besucher und Kinder im Raum schlang sie ihm abermals den freien Arm um den Hals und küsste ihn. Wohlig seufzte das kleine Mädchen an ihrer Brust auf.

Anhang

Nachbemerkung

Meine Familie hat keine Wurzeln in Ostpreußen. Die habe ich mir erst »angeheiratet«. Dennoch fasziniert mich das Land schon seit vielen, vielen Jahren. Vielleicht waren es die (viel zu knapp ausgefallenen) Geschichtsstunden zum Deutschen Orden, zu Polen und dem Baltikum, vielleicht der einjährige Warschau-Aufenthalt meiner Schwester Ende der 1980er Jahre, der mir einen ersten Besuch in Polen ermöglichte, oder die Erzählungen der aus Elbing stammenden und in Königsberg aufgewachsenen Großmutter meines Mannes …

Am Ende war es bestimmt all dies zusammen, was meine Liebe zu dieser Gegend im Nordosten Europas geweckt hat. Ich wollte dem großen Unbekannten endlich auf die Spur kommen, Dinge entdecken, von deren Existenz ich nur eine rudimentäre Ahnung besaß, und Orte mit eigenen Augen sehen, von denen ich so viel gehört hatte.

In den letzten Jahren habe ich zwei ausgedehnte Reisen sowohl in den polnischen als auch in den russischen Teil Preußens unternommen. Zurückgekehrt bin ich jeweils mit einem Kopf voll neuer Ideen, mit mehreren Notizbüchern voll spannender Informationen sowie (meinem Mann sei Dank!) unzähligen beeindruckenden Fotos. Und natürlich auch immer wieder mit faszinierenden Bernsteinen. Das »Gold der Ostsee« hat ebenfalls eine große Leidenschaft in mir entfacht. Jedes einzelne Stück erzählt eine besondere Geschichte, birgt glanzvolle Geheimnisse in sich. Nicht weniger rätselhaft und beeindruckend sind die Ruinen der Ordensburgen und der Kaufmannsstädte, die in den letzten Jahren vielerorts aufwendig in die alte Pracht zurückversetzt wurden. Wenn das goldene Abendlicht auf die roten Backsteinmauern fällt, entfalten diese steinernen Zeugnisse vergangener Zeiten einen eigenen Zauber, dem ich mich nicht mehr entziehen kann.

»Gold und Stein« habe ich dort oben also zuhauf gefunden, die als Stoff für Romane über bewegende Zeiten in einer wundervollen, geschichtsträchtigen Landschaft dienen. Bereits meine Trilogie um *Die Wundärztin* Magdalena (Knaur 2010) hat Königsberg und die Gegend entlang des Frischen Haffs zwischen Elbing und Frauenburg zum Schauplatz. Am Ende des zweiten Teils, 2011 bei Knaur unter dem Titel *Hexengold* veröffentlicht, kehrt Magdalena in die Königsberger Heimat ihrer Vorfahren zurück, im dritten und letzten Roman der Reihe, *Bernsteinerbe* (Knaur Juni 2012), verknüpft sich ihr weiteres Schicksal eng mit dem Aufstand der preußischen Stände gegen den Großen Kurfürsten.

Das alles ereignet sich in der zweiten Hälfte des siebzehnten Jahrhunderts, als Preußen schon rund einhundertfünfzig Jahre als säkulares Fürstentum existierte. Bis 1525 aber stand es unter der Herrschaft des Deutschen Ordens. Die Ritter in den weißen Mänteln mit dem signifikanten schwarzen Kreuz waren im frühen dreizehnten Jahrhundert im Auftrag des Papstes und des Kaisers aufgebrochen, das unbekannte Land von den heidnischen Pruzzen zu erobern, seine spärlichen Bewohner zu christianisieren und an den strategisch wichtigen Punkten unter dem Schutz trutziger roter Backsteinburgen neue Städte zu gründen. Verständlicherweise stieß dieses Vorgehen auf das Misstrauen der unmittelbaren Nachbarn. Mit dem Königreich Polen und dem Großherzogtum Litauen, seit 1386 in Personalunion vereinigt, entbrannten immer wieder kriegerische Auseinandersetzungen um einzelne Gebiete an der West- und Ostgrenze des Ordenslandes. Ihren Höhepunkt fanden die Streitigkeiten in der berühmten Schlacht bei Tannenberg im Jahr 1410. Für den Deutschen Orden endete sie mit einer schweren Niederlage, deren Auswirkungen das Geschehen im Ordensland während des gesamten fünfzehnten Jahrhunderts prägten und letztlich den Niedergang der Ordensherrschaft in Preußen einläuteten.

Ist es nicht immer wieder das Ende einer Ära, kurz vor Anbruch einer neuen Zeit, in der sich das Aufregendste ereignet? Das hat mich dazu bewogen, ausführlicher die Ereignisse im Ordensland des fünfzehnten Jahrhunderts zu untersuchen. Den Menschen, die damals gelebt haben, wollte ich näherkommen, die genaueren Umstände kennenlernen, die ihren Alltag bestimmten. Zum besseren Verständnis erlauben Sie mir noch einige weitere Anmerkungen.

Der Dreizehnjährige Krieg (1453–1466)

Auch Preußischer Städtekrieg genannt, liefert er den historischen Hintergrund für das Geschehen in *Gold und Stein.* Er stellt eine direkte Folgeerscheinung der Niederlage der Kreuzherren bei Tannenberg dar. Trotz der mehrjährigen Dauer war er weniger ein großer, von entscheidenden Schlachten geprägter Konflikt als vielmehr eine über viele Jahre schwelende Auseinandersetzung zwischen dem Deutschen Orden und den aufstrebenden preußischen Kaufmannsstädten. Auslöser waren letztlich die gewaltigen Steuererhöhungen, mit denen Hochmeister Heinrich von Plauen der Ältere die Zahlungen des Ordenslandes an Polen und Litauen aufbringen wollte.

Zu diesen Kontributionen war er nach der Schlacht von Tannenberg im »Ersten Vertrag von Thorn« verpflichtet worden. Die Stände und Hansestädte aber wollten nicht ohne Gegenleistung höhere Abgaben zahlen und verlangten mehr Einfluss im Ordensland. 53 preußische Adelige sowie 19 Städte fanden sich im März 1440 in Marienwerder zusammen, darunter neben den drei Städten Königsbergs (Altstadt, Löbenicht, Kneiphof) auch Wehlau, Danzig, Elbing, Kulm und Thorn, um die ständischen und städtischen Privilegien, Freiheiten und Rechte notfalls auch gegen den Willen des Ordens durchzusetzen. Während sich Hochmeister Konrad von Erlichshausen (im Amt von 1441 bis 1449) um einen maßvollen Umgang mit dem Bund bemühte, lehnte sein Neffe und Nachfolger Ludwig von Erlichshausen (1450–1467) das kategorisch ab. So überzeugte er Kaiser Friedrich III. letztlich davon, den Bund im Dezember 1453 für unrechtmäßig zu erklären und seine sofortige Auflösung zu verfügen.

Davon aber ließen sich die Bündischen nicht einschüchtern. Unter Berufung auf ihr Widerstandsrecht kündigten sie am 4. Februar 1454 dem Orden den Gehorsam auf und stellten sich unter den Schutz des polnischen Königs Kasimir IV. Am 22. Februar 1454 folgte die offizielle Kriegserklärung, verbunden mit ersten kriegerischen Ausfällen gegen die Ordensburgen. Binnen weniger Tage gelangten die meisten Burgen in die Hände der Aufständischen. Die Ordensritter wurden festgesetzt, in die Flucht geschlagen oder traten freiwillig zum Bund über. Schon Anfang März legte eine Inkorporationsurkunde die künftige Struktur des Ordenslandes unter der Lehensherrschaft des polnischen Königs fest.

So leicht aber gab sich der Deutsche Orden nicht geschlagen. Die Marienburg sowie einige kleinere Städte und Burgen befanden sich weiterhin in seiner Hand, ebenso blieb die Ordensherrschaft in Livland von den Ereignissen weitgehend unberührt. Nach dem Anwerben von Söldnern vor allem aus Böhmen kam es im September 1454 zur Schlacht bei Konitz, der einzigen größeren Auseinandersetzung des Krieges. Dort erlitten die polnischen Truppen unter Kasimir IV. und die Bündischen eine herbe Niederlage. In der Folge wurde die Belagerung der Marienburg aufgegeben, und ein Teil der Städte, darunter auch die drei Königsberger Städte, unterwarfen sich wieder den Kreuzherren.

Beiden Seiten fehlten die Mittel, weitere kriegsentscheidende Schläge zu führen und die teuren böhmischen Söldner angemessen zu entlohnen. Daraus erwuchsen neue Schwierigkeiten, wie auch die fiktive Romanhandlung schildert. Ebenso wenig aber sahen sich die Kriegsparteien in der Lage, eine friedliche Lösung zu finden. So schleppten sich die Auseinandersetzungen noch über Jahre hin. Letztlich musste der Orden die an die Söldner verpfändete Marienburg 1457 kampflos aufgeben und verlor 1460 auch die Stadt Marienburg an Polen. Neuer Sitz des Hochmeisters wurde Königsberg, während das westliche Preußen mit den aufstrebenden Handelsstädten Danzig und Elbing dem polnischen König zufiel. Am 19. Oktober 1466 führten die langwierigen Friedensverhandlungen endlich zum Erfolg. Der »Zweite Vertrag von Thorn« unterstellte den reichen preußischen Westen mit Städten wie Danzig und Elbing sowie dem Bistum Ermland der polnischen Krone, während der ärmere Osten mit den Bistümern Pomesanien und Samland beim Orden verblieb. Zudem musste der Hochmeister dem polnischen König einen Treueeid schwören und künftig Heeresfolge leisten. Die Teilung in West- und Ostpreußen wirkte sich bis ins zwanzigste Jahrhundert aus.

Zwillinge im Mittelalter

In *Gold und Stein* stehen weniger die Geschehnisse um den Deutschen Orden als vielmehr das Schicksal jener Menschen im Vordergrund, die damals im Ordensland gelebt und die Auswirkungen der Ereignisse am eigenen Leib gespürt haben. Direkte Zeugnisse über ihren Alltag sind spärlich. Die Beschäftigung mit Brauchtum, Sagen und Aberglauben erlaubt jedoch einen guten Ansatz, sich dem Denken und Fühlen der damaligen Zeit anzunähern.

Bei der Lektüre von Büchern über die Alltags- und Kulturgeschichte des fünfzehnten Jahrhunderts stolperte ich mehrmals über Bemerkungen zu Zwillingen. Seit Jahrtausenden ranken sich um deren Geburt die unterschiedlichsten Mythen. Wurde sie in manchen Kulturen als besondere Auszeichnung, göttliche Fügung oder gar höchstes Glück bezeichnet, galt sie in anderen als Gefahr. Im Mittelalter mehren sich die Belege für die Auffassung, eine Zwillingsgeburt wäre der Beweis für die Untreue der Mutter. Ein Mann, so dachte man, könne unmöglich zwei Kinder zugleich zeugen. Um den »Fehltritt« der Mutter zu vertuschen, hat man deshalb oft gleich nach der Geburt eines der Kinder getötet oder ausgesetzt.

Was aber, wenn die Mutter sich mit allen Mitteln gegen diese vermeintlich »gute« Lösung für sie wehrt? Wenn sie zwar tatsächlich Ehebruch begangen hat, aufgrund der Ähnlichkeit der Kinder aber sicher ist, dass die beiden nur *einen* Vater haben? Und wenn ihr die rechtmäßige Ehefrau des Kindsvaters unter dem Vorwand, sie vor Schande bewahren zu wollen, eines der Zwillinge wegnimmt, weil ihr eigenes Kind tot ist, das geraubte aber dem leiblichen Vater, ihrem Ehemann, wie ein Ei dem anderen gleicht, sie es also überzeugend als eigenes Kind ausgeben kann? Hat die leibliche Mutter eine Möglichkeit, ihr

Anrecht auf das Kind glaubhaft zu machen? Werden sich die beiden Kinder nach der Trennung vermissen? Oder später auf Anhieb wiedererkennen? Wie wird die leibliche Mutter auf das unverhofft wiedergefundene Kind reagieren? Wie der Vater? Wie weit wird die falsche Mutter gehen, um »ihr« Kind zu verteidigen? Fragen über Fragen, die mich zu der Romanhandlung inspiriert haben. Insbesondere, als ich beim Recherchieren für meine aus England gebürtige Figur Editha darauf stieß, dass man auf der Insel den Brauch, Zwillinge als Schande der Mutter anzusehen und gleich nach der Geburt zu trennen, im späten Mittelalter wohl gar nicht kannte.

Frauen und das Bierbrauen

Deutet sich in der Einstellung zu Zwillingsgeburten eine Geringschätzung Frauen gegenüber an, so darf das nicht darüber hinwegtäuschen, welch bedeutende Rolle ihnen im damaligen Alltag von Kaufmanns- und Handwerkerhaushalten tatsächlich zukam. Ganz selbstverständlich vertraten sie den auf Handelsreisen befindlichen Kaufmannsgemahl im Kontor, ebenso traten sie im Todesfall eigenständig dessen Erbe an. Das galt auch in anderen Berufszweigen. Davon abgesehen, ergriffen Frauen im Mittelalter oft Berufe, die weder mit dem des Vaters, des Ehemanns oder sonst eines Familienmitglieds zu tun hatten. Neben gängigen wie Hebamme, Heilerin, Näherin oder Köchin findet sich darunter auch das Bierbrauen. Das überrascht insofern, als Bier für die Hansestädte eines der wichtigsten Exportgüter gewesen ist. Dennoch wurde es selbst in Städten wie Lübeck und Hamburg – ähnlich wie im Roman für die Königsberger Städte beschrieben – im Mittelalter noch fast ausschließlich im Nebenerwerb gebraut. Anbaugebiete für Gerste und Hopfen finden sich zu jener Zeit in vielen nördlichen Regionen, so auch rund um Königsberg. Man darf nicht vergessen: Das Mittelalter war auch in Nordosteuropa wärmer als heute. Erst die Kleine Eiszeit in der Frühen Neuzeit hat zu entscheidenden Veränderungen der Klima- und Vegetationszonen geführt. Neben Danzig, Rostock, Wismar und Stralsund galten die Königsberger Städte als wichtiger Ausfuhrhafen für Hopfen. Erst durch die zunehmende Bedeutung der Klosterbrauereien und die Etablierung des Brauens als zünftisch organisierten Handwerksberuf mit einer eigenen Rolle (= Ausbildungsregel) im Verlauf des sechzehnten Jahrhunderts wird es zu einem Männerberuf. Bis dahin oblag das Bierbrauen im Wesentlichen den Frauen, was sich davon ableitet, dass Bier aufgrund der schlechten Trinkwasser- und Brunnenqualität ein wichtiges Lebensmittel war und dass das Brauen im vierzehnten und fünfzehnten Jahrhundert vor allem zur Selbstversorgung betrieben wurde.

Bei der Besiedelung der neu angelegten Städte im preußischen Ordensland erhielt nicht jede Hausstelle das Braurecht, ebenso wurde in der Brauordnung festgelegt, wie oft im Jahr welche Menge Bier gebraut werden durfte. So wollte man ein Überangebot an Bier vermeiden. In den Königsberger Städten Altstadt, Löbenicht und Kneiphof besaß demzufolge nicht jedes Wirtshaus das Braurecht, andererseits verfügten Kaufleute darüber, ohne es wirklich zu nutzen. Sie verkauften das Braurecht an Dritte weiter, die die zugewiesene Menge – das Brau – für den eigentlichen Braurechtinhaber brauten. Gebraut wurde in Königsberg nicht, wie anderswo oft üblich, in allgemein zugänglichen Brauhäusern, sondern in den Dielen der Häuser selbst. Die erforderlichen Sudpfannen und Braugeräte wurden von der Gemeinschaft der Brauberechtigten angeschafft und am jeweils zugewiesenen Brautag von einem oder mehreren Brauknechten ins Haus gebracht. Da sich das untergärige Brauen erst ab 1480 durch böhmische Brauknechte in Europa verbreitete, wurde in der Mitte des fünfzehnten Jahrhunderts obergärig gebraut. Die Zugabe von Hopfen machte das Bier haltbarer, allerdings nicht so lange wie das nach untergärigem Verfahren gebraute. Die Braupause zwischen Georgi (24. April) und Michaeli (29. September) kannte man noch nicht. Gebraut wurde auch in den Sommermonaten, in denen die warmen Temperaturen das Bier rasch verderben ließen.

Es war nicht ganz einfach, diese Informationen zum Brauwesen im Ordensland des fünfzehnten Jahrhunderts zusammenzutragen. Die Quellenlage ist dünn und nicht immer eindeutig. Wertvolle Hinweise für die Recherche erhielt ich von Prof. Anton Piendl aus Freising sowie von Michaela Knoer, Bibliothekarin der Gesellschaft für Geschichte des Brauwesens e. V. in Berlin, und von meiner Kollegin Sabine Ebert aus Freiberg. Dafür gebührt ihnen herzlichster Dank!

Gold und Stein ist ein Roman. Die handelnden Figuren und ihr Schicksal sind frei erfunden. Nicht frei erfunden sind die Namen der höheren Würdenträger sowie einzelner Akteure des Dreizehnjährigen Krieges. Ebenso existieren die Handlungsorte. Im Interesse einer besseren Lesbarkeit habe ich darauf verzichtet, die im fünfzehnten Jahrhundert gebräuchlichen prussischen Namen für die Städte zu verwenden.

Für die Übersetzungen danke ich Anke Ausborn (Schwedisch), Eva Kirbach und Michael Liekens (Flämisch) sowie Sabine Zimmer (Polnisch). Besonderer Dank geht an Eduard Politiko für die kundige Reiseleitung in Kaliningrad.

Heidi Rehn, Herbst 2011

Figuren

WEHLAU

Agnes: Gastwirts- und Brauerstochter
Griet: Magd im Silbernen Hirschen
Gunda Fröbel, geb. Rosskamp: Gastwirtin des Silbernen Hirschen, Mutter von Agnes und Tochter von Lore
Haude: Böttchermeister
Kollmann: Bauer und Kaufmann aus Bürgersdorf bei Wehlau
Laurenz Selege: Baumeister aus dem Königsberger Löbenicht
Leibold: Baumeister
Lore: verwitwete Mutter von Gunda, Großmutter von Agnes
Rehbinder: Kaufmann aus dem Königsberger Kneiphof
Ulrich: Brauknecht im Silbernen Hirschen
Zacharias Fröbel: verstorbener Gastwirt des Silbernen Hirschen, Ehemann Gundas und Stiefvater von Agnes

KÖNIGSBERG

Agatha Streicher: Bortenmachermeisterin, Muhme von Laurenz Selege
Anna: Magd im Haus der Fischarts
Caspar Fischart: Kaufmannssohn
Editha Fischart: Kaufmannsgattin, gebürtige Engländerin
Gerda Selege: verstorbene Hebamme, Mutter von Laurenz, Schwester von Agatha Streicher
Gernot Fischart: Kaufmann, Gemahl von Editha und Vater von Caspar
Heinrich Wollrode: Kunstdiener bei Laurenz Selege
Hermine Hundskötter: Hebamme, einstige Schülerin von Gerda Selege

Ludwig Perlbach: Kaufmannsgenosse von Gernot
Marie: Bortenmachermagd bei Agatha
Meister Friedrich: Baumeistergenosse von Laurenz
Meister Jörgen: Gastwirt des Goldenen Hasen
Mohr: Bierbeschauer
Nedas: Brauknecht
Rudolf Kelletat: verstorbener Böttchermeister, erster Gemahl von Gunda Fröbel
Spelmann: Kaufmannsgenosse von Gernot
Theres: Bortenmachermagd bei Agatha

ELBING UND MARIENBURG

Bertram Struth: Getreidehändler aus Danzig
Carla: Tochter von Baumeister Jagusch
Jagusch: Baumeister und vormaliger Lehrmeister von Laurenz aus Danzig
Johann Telpin: Kaufmann aus Prag
Julia: Tochter von Bertram Struth

Glossar

ENGLISCH

Blasted old shrew: verdammtes altes Weib
Damnable: abscheulich, grässlich
Damned old witch: verdammte alte Hexe
Disgusting: eklig, widerwärtig
Don't be so shy, sweet little darling: Nicht so schüchtern, süßer kleiner Liebling!
For God's sake: Um Gottes willen!
For heaven's sake: Um Himmels willen!
Get off you damned bastards: Schert euch fort, elendes Pack!
Get off you sewer-sipping piece of crap: Hau ab, du Abwasser schlürfendes Stück Scheiße!
Good gracious: Oh du liebe Zeit!
Good grief: Großer Gott! Du meine Güte!
Heaven forbid: Gott bewahre!
Holy cow: Heiliger Bimbam!
Holy moly: Heiliger Strohsack!
Mangy dog: räudiger Hund
Rotting son of a whore: faulender Hurensohn
Silly shrew: törichtes Weib
Thank goodness: Gott sei Dank!
Tricky cow: durchtriebenes Weib
Well done: Gut gemacht!

FLÄMISCH

Ja, dat gespuis moet verdwijnen: Ja, fort mit dem Gesindel!
Wees gegroet, gezel: Seid gegrüßt, mein Lieber!

Hoe vergaat het met je in de handel?: Was machen die (Handels-)Geschäfte?

Bedankt, ik mag niet klagen: Habt vielen Dank. Ich kann nicht klagen.

POLNISCH

Bóg z wami: Gott beschütze Euch!

Na zdrowie: Zum Wohl!

Wyruszajmy w drogę. Nasza droga jeszcze jest długa: Lasst uns aufbrechen. Der Weg ist noch lang.

SCHWEDISCH

Sluta nu. Låta oss vidga dricka: Schluss jetzt. Lasst uns weiter trinken!

Akzise: Abgabe, (Verbrauchs-)Steuer

Alraune: Nachtschattengewächs. Die an Menschengestalten erinnernde Wurzelform führte im Mittelalter dazu, dass man der Heilpflanze Zauberkräfte nachsagte.

Anger: großer Platz, Marktplatz

Beginen: ab dem dreizehnten Jahrhundert übliche Bezeichnung für (weibliche) christliche Laien, die in einer ordensähnlichen Hausgemeinschaft ein frommes, eheloses Leben führen

Bernsteinregal: Monopolrecht des Deutschen Ordens, den an der samländischen Küste vorhandenen Bernstein wirtschaftlich zu nutzen, das heißt, ihn zu gewinnen, zu verarbeiten und zu verkaufen

Bogner: auch Bogenbauer, stellt Pfeil, Bogen und zuweilen auch Armbrüste her

Braker: Prüfer, die die aus Litauen stammenden Waren an den Lastadien des Königsberger Kneiphofs, der Altstadt oder des Löbenichts hinsichtlich Menge und Qualität in Augenschein nahmen und nach Entrichtung der erforderlichen Gebühr mit dem Brakzeichen versahen, um sie zur Weiterverschiffung freizugeben

Danzker: mit Aborten versehener, zumeist westlichster Turm in einer Burg des Deutschen Ordens. Da in dieser Himmelsrichtung vom Ordensland aus gesehen die Stadt Danzig liegt, wird eine Verballhornung der Stadt hinter dem Begriff vermutet.

Eidam: Schwiegersohn

Feh: grau- bzw. am Bauch weißhaariges Winterfell der osteuropäischen (sibirischen) Eichhörnchen; diente im Mittelalter als Statussymbol und war nur dem Adel oder hohen Würdenträgern gestattet

Felleisen: eine Art Rucksack oder Tornister, ab dem fünfzehnten Jahrhundert als Gepäckstück üblich

Foliant: von lat. *folium* für »Blatt«, Bezeichnung für ein Buch, das etwa die Größe eines einmal gefalteten Pergamentbogens hat (heute etwa DIN-A3-Format), was für mittelalterliche Handschriften eine weitverbreitete Größe war

Freiheiten: ursprünglich das Acker- und Weideland vor den Toren der drei Königsberger Städte, das der Orden den Bürgern zur Verfügung gestellt hatte. Aus ihnen entwickelten sich im Lauf der Zeit bewohnte Vorstädte (Steindamm, Haberberg, Sackheim, Tragheim).

Gevatter: alte Bezeichnung für Taufpate (männlich)

Gewerke: hier: Stand der zünftisch organisierten Handwerker

Gogeln (auch Gugeln, Kogeln): Schnäbel an den Schnabelschuhen

Großschäffer: Die beiden im Deutschen Orden für den Außenhandel Zuständigen nannten sich Großschäffer. Einer war hauptsächlich für den Bernsteinexport zuständig (darauf hatte der Orden das Monopol) und saß in Königsberg. Der zweite kümmerte sich um die Ausfuhr des Getreides und hatte seinen Amtssitz bis zum Dreizehnjährigen Krieg (1453–1466) in der Marienburg. Sie regelten auch die Einfuhr bestimmter Waren in den Ordensstaat. Dabei hatten sie die gleichen Aufgabenbereiche.

Gugel: kegelförmige Kopfbedeckung, die im Spätmittelalter oftmals nicht mehr bis auf die Schultern hinabreichte

Heuke: ärmelloser, glockenförmig geschnittener, etwa wadenlanger Mantelumhang, ursprünglich von Männern und Frauen, nach 1400 aber vor allem von Frauen des Bürgertums getragen

Höker: einfache (Klein-)Händler oder Hausierer, die ihre Ware in Tragen auf dem Rücken (→ Kieze) mit sich herumschleppen und gleich auf der Straße »verhökern«, also verkaufen

Houppelande: weites, faltenreiches Obergewand

Hübscherin: im Mittelalter Bezeichnung für Prostituierte

Kieze: offener Tragkorb, Tragegestell für den Rücken

Klapperholz: Dauben, das sind Längshölzer, die zur Herstellung der Fässer benötigt werden

Klepperin: Schwätzerin (mittelalterliches Schimpfwort)

Knecht: Im fünfzehnten Jahrhundert ist der Begriff weiter als heute gefasst und schließt auch die später als »Gesellen« titulierten Gehilfen in Handwerks- und anderen Berufen wie zum Beispiel Brauereigewerbe mit ein.

Koggenborten: Bretter für den Schiffbau

Kreuzherren: Angehörige des Deutschen Ordens, abgeleitet von dem schwarzen Kreuz auf ihrem weißen Mantel (deshalb gelegentlich auch »Weißmäntel«)

Krug: alte Bezeichnung für eine Schank- oder Gastwirtschaft

Krüger / Krügerin: Wirtsleute in einer Schankwirtschaft

Krüseler: im Spätmittelalter weitverbreitete Haubenform für Frauen, eigentlich eine Art Schleier mit eingekräuselten Stoffkanten

Kunstdiener: Geselle eines Werkmeisters, der in der Regel zwei »Kunstdiener« fördern durfte, um sie für die nächste Stufe – den Parlier – auf dem Weg zum Werkmeister weiterzubilden

Lastadie: Abgeleitet von lat. *lastadium* oder *lastagium* für »Schiffsballast«, wird damit der Landeplatz (auch Dock, Mole, Pier oder allgemein Hafen) für Schiffsgüter bezeichnet. Jede der drei Königsberger Städte verfügte über ihre eigene Lastadie, am berühmtesten ist die des Kneiphofs am Hundegatt.

Lischke: kleine, regellose Siedlung aus der Ordenszeit, Dorf mit einfacher Palisadenumzäunung

Lokator: vom Deutschen Orden Beauftragter, der Siedler für das Ordensland anwirbt und anschließend die Gründung sowie den Aufbau der neu entstehenden Städte beaufsichtigt

Margareta: Schutzheilige der Gebärenden

Metze: Frau niederen Standes, Dirne (mittelalterliches Schimpfwort, abgeleitet von Mechthild)

Muhme: alte Bezeichnung für Tante oder Base, Verwandte insbesondere auf der mütterlichen Seite (analog zum männlichen »Oheim«), aber auch für Amme oder sonstige nahestehende Person

Oheim: alte Bezeichnung für Onkel (auf der mütterlichen Seite), aber auch für den Vormund

Pantaleon: Schutzheiliger der Ärzte und Hebammen

Pfleger: Bezeichnung für den Leiter eines »Amtes«, i.e. ein Teilgebiet einer Komturei des Deutschen Ordens. Sein Amtssitz ist eine der Ordensburgen.

Remter: Speise- und Versammlungssaal der Ritter in den Ordensburgen. In der Marienburg finden sich im Hochmeisterpalast ein Sommer- und ein Winterremter.

Schäffer: die im Deutschen Orden für den Handel Zuständigen

Schappel: im Mittelalter aufkommender reifenförmiger Kopfschmuck für Männer und Frauen aus Metall oder Blumen

Schwäher: alte Bezeichnung für Schwiegervater

Schwäherin: alte Bezeichnung für Schwiegermutter

Stellmacher: Handwerker, der Räder, Wagen sowie landwirtschaftliche Geräte aus Holz fertigt, in Süddeutschland auch »Wagner«

Surkot: ärmelloses, farbiges Überkleid

Teufelsfenster: auch »Höllenfenster« genannter übertrieben weiter Ärmelausschnitt, der in der Mode der Gotik aufkam und das Vorder- und Rückenteil des Kleides oft zu einem sehr schmalen Stück Stoff verkleinerte

Tölpelin: weibliche Form von Tölpel (mittelalterliches Schimpfwort)

Tresor: großer, wuchtiger Schrank mit verschließbaren Türen

Trippen: dicke Holzsohlen, die man als eine Art Unterschuh mit Draht oder Lederriemen zum Schutz vor Dreck unter die Schnabelschuhe schnürte

Vettel: von lat. *vetula* (altes Weib), abwertende Bezeichnung für eine (alte) Frau mit verdorbenem Charakter; im Spätmittelalter: liederliches Frauenzimmer

Weißmäntel: andere Bezeichnung für die Deutschordensritter, abgeleitet von den weißen Mänteln, die sie trugen

Werkmeister: Baumeister, Oberhaupt der Bauhütte an einer deutschordensritterlichen Burg

Willkür: Rechtsbegriff, hier im mittelalterlichen Sinn bezogen auf die festgelegten Rechte der Stadt im Rahmen ihrer Selbstverwaltung

Zungenkläffer/-kläfferin: Schwätzer, Verleumder (mittelalterliches Schimpfwort)

Quellenangaben

Carmina Burana, zitiert nach: »Die Lieder der Benediktbeurer Handschrift«, vollständige Ausgabe des Originaltextes nach der von Bernhard Bischoff abgeschlossenen kritischen Ausgabe von Alfons Hilka und Otto Schumann. Übersetzung der lateinischen Texte von Carl Fischer, der mittelhochdeutschen Texte von Hugo Kuhn. Anmerkungen und Nachwort von Günter Bernt. 4. Auflage. dtv, München 1989.

Gottfried von Straßburg, zitiert nach: © »Gottfried von Straßburg, Tristan. Text und kritischer Apparat«, herausgegeben von Karl Marold und bearbeitet von Werner Schröder. Verlag Walter de Gruyter, Berlin 1977. Vers 204 bis 207

HEIDI REHN

Die Wundärztin

Roman

Deutschland im Dreißigjährigen Krieg: Die kluge Söldnertochter Magdalena arbeitet als Wundärztin im kaiserlichen Tross. Bald entbrennt sie in großer Liebe zu dem Kaufmannssohn Eric – eine verbotene Liebe. Als Eric plötzlich spurlos verschwindet, muss die inzwischen schwangere Magdalena schweren Herzens allein im Tross weiterziehen. Zwei Jahre später geschieht das Unerwartete: Der tot geglaubte Eric liegt schwer verwundet vor ihr – und wird des Mordes beschuldigt. Magdalena steht vor der schwersten Entscheidung ihres Lebens …

Knaur Taschenbuch Verlag

HEIDI REHN

Hexengold

Roman

Deutschland zehn Jahre nach dem Ende des Dreißigjährigen Krieges: Eigentlich könnte die ehemalige Wundärztin Magdalena mit ihrem geliebten Eric ein glückliches Leben in Frankfurt führen, wo er sich als Kaufmann etabliert hat. Doch da erfährt sie, dass ihr Mann ihr offensichtlich Nachrichten über ihre verschollene Familie in Königsberg verheimlicht hat. Gründet ihr ganzes Glück auf einer Lüge? Als Eric spurlos verschwindet und Magdalena plötzlich mittellos dasteht, macht sie sich auf nach Königsberg, um das Geheimnis ihrer Familie zu enthüllen und damit auch Erics Vergangenheit auf den Grund zu gehen.

Knaur Taschenbuch Verlag

HEIDI REHN

Das Bernsteinerbe

Roman

Herbst 1662: In den Wirren des Königsberger Aufstandes trifft Carlotta, die Tochter der einstigen Wundärztin Magdalena, ihre erste Liebe Mathias wieder. Als Offizier der Kurfürstlichen Armee gehört er zu den Belagerern der Stadt, und ihre Beziehung steht unter keinem guten Stern. Als sich die politische Lage in Königsberg zuspitzt, geraten Carlotta und ihre Mutter in Verdacht, wichtige Geheimnisse an die Belagerer verraten zu haben. Ihnen bleibt nur die Flucht aus der Stadt …

Knaur Taschenbuch Verlag